KATE CHARLES | Schuldig, wer vergisst

Das Buch

Callie Anson, Diakonin der All Saints' Church in Paddington, hat alle Hände voll zu tun: Sie weiß nicht recht, wohin ihre Beziehung mit dem Polizisten Marco Lombardi führen soll. Und dass ihr Bruder sich bei ihr einquartiert und dem verhinderten Paar damit jede Möglichkeit zu einer ruhigen Aussprache genommen hat, hilft nicht gerade weiter. Hinzu kommen berufliche Herausforderungen. Da ist einmal Morag Hamilton, eine ältere Dame, die nicht nur gesundheitliche Schwierigkeiten hat, sondern sich auch noch um ihre Enkelin Alex sorgen muss. Deren Eltern zeigen nämlich wenig Interesse am Wohlergehen ihrer Tochter und ahnen nicht einmal etwas von der gefährlichen Bekanntschaft, die ihr Kind im Internet gemacht hat. Leider sind die Hamiltons nicht die einzige Familie in Callies Gemeinde, hinter deren nach außen perfekter Fassade sich Kälte, Gleichgültigkeit oder sogar Schlimmeres verbergen. Im Namen der Liebe geschehen die schrecklichsten Verbrechen ...

Die Autorin

Kate Charles, in Amerika geboren, lebt schon seit vielen Jahren mit ihrem Mann und zwei Hunden im englischen Bedford. Als ehemalige Vorsitzende der Crime Writers Association und Expertin für viktorianische Kirchen und deren Geschichte hat Kate Charles bereits zahlreiche Kriminalromane geschrieben.

Lieferbare Titel

»Die Feinde der Priesterin« (978-3-453-35171-4)
»Die Schlingen des Bösen« (978-3-453-35146-2)

KATE CHARLES

Schuldig, wer vergisst

Roman

Aus dem Englischen
von Anke und Eberhard Kreutzer

Diana Verlag

Die Originalausgabe erschien 2007 unter dem Titel
Secret Sins
bei Poisoned Pen Press, Scottsdale, USA

FSC
Mix
Produktgruppe aus vorbildlich bewirtschafteten Wäldern und anderen kontrollierten Herkünften
Zert.-Nr. SGS-COC-1940
www.fsc.org
© 1996 Forest Stewardship Council

Verlagsgruppe Random House FSC-DEU-0100
Das für dieses Buch verwendete
FSC-zertifizierte Papier *München Super*
liefert Mochenwangen Papier.

Deutsche Erstausgabe 07/2007

Printed in Germany 2007
Redaktion | Angelika Lieke
Umschlagmotiv | © Volker Beinhorn/buchcover.com
Umschlaggestaltung | Hauptmann & Kompanie Werbeagentur,
München – Zürich, Teresa Mutzenbach
Herstellung | Helga Schörnig
Satz | C. Schaber Datentechnik, Wels
Druck und Bindung | GGP Media GmbH, Pößneck

ISBN 978-3-453-35199-8

http://www.diana-verlag.de

Für Laurel Anderson,
den größten Fan der Welt

EINS

Callie Anson begegnete Morag Hamilton zum ersten Mal bei einer Veranstaltung der Mothers' Union, die sich die Förderung von Ehe und Familie auf die Fahnen geschrieben hatte, in der All Saints' Church in Paddington. Als kleine Diakonin hielt sie sich bewusst zurück und saß in der hinteren Reihe, während Jane Stanford, die Frau des Pfarrers, die Vortragende des Abends vorstellte. Callies Gedanken schweiften hierhin und dorthin, verweilten aber keinen Augenblick bei der Frau, die ihnen demonstrieren sollte, wie man aus Joghurtbechern und Schleifen mithilfe von Schere und Leimpistole festliche Weihnachtsdekorationen bastelt. Die Mothers' Union interessierte sie ohnehin nicht sonderlich, doch sie wusste, dass sie Janes Missfallen genauso provozieren würde, wenn sie nicht käme, wie wenn sie sich bei ihren Veranstaltungen in den Vordergrund drängte. Und so hatte sie längst begriffen, dass sie am wenigsten falsch machen konnte, wenn sie sich im wörtlichen Sinne ins zweite Glied zurückzog.

Als der richtige Gebrauch der Leimpistole erklärt wurde, schweifte Callies Aufmerksamkeit noch weiter ab, nämlich hin zu der Frau, die ihr bei den Hinterbänklern am nächsten saß. Trotz ihrer eher unauffälligen Erscheinung und zurückhaltenden Art hätte sie sich doch an die Frau erinnert, falls sie sich schon einmal begegnet wären: Sie war im mittleren bis fortgeschrittenen Alter, klein, gedrungen, adrett, mit kräftigen Händen, die sie über der schwarzen Handtasche und dem Schottenrock gefaltet hielt. Ihr graues Haar war kurz und ordentlich, wenn auch nicht modisch geschnitten, und ihre Augen verbargen sich hinter einer Brille mit altmodisch großem Gestell. Was für Callie inmitten der gepflegten Londoner Damengesellschaft aus dem Rahmen fiel, war der Teint dieser Frau, ihre von geplatzten Äderchen geröteten Wangen, die den Eindruck machten, als hätte sie einen großen Teil ihres Lebens in weniger vornehmer Gesellschaft, unter freiem Himmel und in einem raueren Klima als dem milden Nieselregenwetter von Paddington, Bayswater und Hyde Park verbracht.

Sobald der Vortrag zu Ende und der Applaus verebbt war, ergriff Callie die erstbeste Gelegenheit, sie anzusprechen. Alles strebte, wenn auch diskret, zur Teemaschine, doch die Frau zögerte einen Moment, und Callie drehte sich zu ihr um.

»Hallo«, sagte sie und streckte ihr die Hand entgegen. »Ich glaube, wir kennen uns noch nicht. Ich bin die Kuratin, Callie Anson.«

Die Frau hatte einen festen Händedruck. »Morag Hamilton«, sagte sie, und ihre kehlige Aussprache verriet ebenso wie ihr unenglischer Name, woher sie stammte. »Ich bin neu hier.«

»Freut mich, Sie kennenzulernen, Morag. Es ist schön, Sie bei uns zu haben. Wohnen Sie in der Pfarrgemeinde?«

»Ja, das tue ich. Sogar direkt um die Ecke.« Morag verriet mit einer Neigung ihres Kopfes, um welche Richtung es sich handelte.

»Ach, dann sind wir ja Nachbarn«, sagte Callie und hob den Blick zur Decke. »Ich habe die Wohnung da oben.«

»Über dem Laden sozusagen.« Morag lächelte. »Das kenne ich. Mein Mann war Landarzt, und wir wohnten über der Praxis.«

»In Schottland?«, wagte Callie sich vor.

»Richtig, in den Highlands«, ergänzte Morag. »Gartenbridge. Nicht weit von Aviemore. Kennen Sie die Gegend?«

Callie schüttelte den Kopf. »Nein, ich war nur ein-, zweimal in Edinburgh, aber weiter nach Schottland rein bin ich nie gekommen.«

Morag lachte kurz auf. »Edinburgh liegt so weit im Süden, dass es kaum noch zu Schottland zählt!«

»Die Highlands sollen sehr schön sein.«

»Sie sind das Paradies auf Erden.« Morag blickte über Callies Schulter hinweg in die Ferne, und ihr Gesicht bekam einen beinahe verklärten Ausdruck. »Sie sollten wirklich mal hinfahren. Nach einer Woche dort wollen Sie nie wieder weg.«

Callie packte die Neugier. Wenn die Highlands so vollkommen waren, dann fragte sich, was Morag Hamilton in London zu suchen hatte. War ihr Mann in Rente gegangen und hatte plötzlich ein Faible für die Großstadt entwickelt? Sie überlegte gerade, wie sie die Frage diplomatisch formulieren sollte, als ihr Jane Stanford zuvorkam, die mit besitzergreifender Geste die Rednerin zu den Getränken manövrierte. »Callie, ich glaube, Mrs Barton könnte ein bisschen Hilfe am Teeausschank brauchen«, sagte sie in spitzem Ton und zog dabei missbilligend die Stirn in Falten, als wollte sie ihr sagen, sie hätte eigentlich auch selbst darauf kommen können. »Ich würde natürlich einspringen, aber ich muss mich um unsere Rednerin kümmern.«

»Ja, natürlich, Jane.« Callie entschuldigte sich mit einem stummen Lächeln bei Morag Hamilton, die mit einem kurzen Blick auf Jane nur vielsagend eine Braue hochzog. Die kleine Geste brachte ihr auf der Stelle Callies Sympathie ein, und sie wusste, dass sie den Neuzugang aus Schottland mochte. »Wir sehen uns nachher, Mrs Hamilton«, versprach sie, bevor sie sich umdrehte. »Zum Tee und einer gefüllten Pastete geht's hier lang.«

»Bitte nennen Sie mich Morag«, erwiderte die andere Frau. »Und ich würde mich freuen, Sie wiederzusehen.«

Rachel Norton wachte ganz allmählich auf, und nicht, weil es draußen schon hell gewesen wäre. Die einzige Lichtquelle kam vielmehr aus dem angrenzenden Badezimmer, ein heller Streifen rund um die gelaugte Kiefertür. Diese viktorianischen Häuser besaßen viele Reize, doch für die echten, alten Stilelemente musste man ein paar Dinge in Kauf nehmen, wie etwa Türen, die nicht ganz in ihren Rahmen passten, oder Schiebefenster mit Einfachverglasung, die kalten, stürmischen Tagen im Winter nicht viel entgegenzusetzen hatten.

Noch im Zustand zwischen Wachen und Schlafen konnte Rachel nicht recht sagen, ob sie von Geräuschen im Badezimmer oder den Bewegungen des Babys geweckt worden war. Unter der Bettdecke strich sie sich mit der Hand über die große Wölbung ihres Bauchs und konnte sich noch immer nicht ganz an die Gestalt gewöhnen, die sie über die letzten Monate angenommen hatte. Ja, das Baby strampelte, alles in Ordnung.

Sie wechselte die Stellung und legte sich schließlich auf den Rücken – alles andere war zu unbequem.

Der Spalt rund um die Badezimmertür verwandelte sich in ein lichtgefülltes Rechteck, als Trevor hereinkam, bereits mit Sporthose, grauem T-Shirt und seinen neuen teuren Laufschuhen bekleidet. Seinen iPod hatte er mit einer speziellen Halterung am Oberarm befestigt.

»Morgen«, murmelte Rachel.

»Oh, Schatz.« Trevor kam ans Bett und beugte sich über sie, um ihre Stirn zu küssen. »Ich hoffe, ich hab dich nicht geweckt – ich hab versucht, leise zu sein.«

»Das Baby hat gestrampelt.«

Trevor lachte zärtlich und streichelte die Decke über der Wölbung. »Er wird ein Fußballspieler. Denk an meine Worte, Liebes!«

»Du weißt natürlich ganz genau, dass es ein Junge wird.« Rachels Protest kam halbherzig und automatisch, fast wie ein Ritual. Der Ultraschall hatte kein klares Bild ergeben, doch Trevor ließ sich nicht beirren.

»Kann gar nicht anders sein. Ein schöner blonder Junge.« Trevor nahm eine Strähne von Rachels dichtem blondem Haar und zwirbelte sie sich liebevoll um den Finger, bevor er sich auf die eigenen kurz geschnittenen, nicht viel dunkleren Haare klopfte. »Was sonst?«

Rachel wechselte das Thema. »Wie spät ist es?«

»Sieben. Wie immer, wenn ich joggen gehe.«

Man konnte tatsächlich die Uhr danach stellen, dachte sie. Um sieben Joggen am Kanal - sommers wie winters, im Hellen oder im Dunkeln - dann zum Duschen und für ein schnelles Frühstück nach Hause und um halb neun an den Schreibtisch.

Trevor war viel glücklicher, seit er nicht mehr in die City zur Arbeit musste. Sein Büro lag am anderen Ende des Flurs, in dem großen Erkerzimmer an der Straßenseite. Als sie das Haus vor einem halben Jahr kauften, hatte Rachel sich gewünscht, dort das Schlafzimmer einzurichten, doch Trevor war hartnäckig geblieben. »Ich werde mehr Zeit im Arbeitszimmer verbringen als im Bett - und du wahrscheinlich auch. Ist einfach sinnvoller, den größten Raum dafür zu nehmen. Platz für sämtliche Computer und Aktenschränke. Und gutes Licht.« Sie hatte nicht wirklich darum gekämpft. Schließlich war es ein geräumiges Haus, und ihr Schlafzimmer an der Rückseite war tatsächlich groß genug. Außerdem hatten sie einen Durchbruch zum angrenzenden Schlafzimmer gemacht und ein Bad eingerichtet, was ihnen immer noch einen dritten Raum fürs Kinderzimmer ließ.

Von der schmuddeligen, beengten Wohnung in Stoke Newington, die sie sich bis zu ihrer Hochzeit einige Jahre geteilt und in der sie auch noch das erste Jahr ihrer Ehe verbracht hatten, bis zu diesem stattlichen Heim hatten sie es weit gebracht. Trevor war ein Computer-Genie - das hatte sie ihm schon immer bestätigt, und als sein Chef wieder einmal auf ihm herumhackte, antwortete er ihm, er könne sich seinen Job sonst wohin stecken. Er machte sich als unabhängiger IT-Berater selbstständig und nahm einige - nein, viele - seiner alten Kunden mit. Die Mund-zu-Mund-Propaganda trug noch das ihre bei, und jetzt brummte das Geschäft. In praktischer Nähe zum Kanal- und damit zur Joggingstrecke, hatten sie die viktorianische Doppelhaushälfte in Paddington gekauft und Stoke Newington für immer hinter sich gelassen.

Auch Rachel kündigte ihre Stelle. Sie hatte als Buchhalterin in derselben Firma wie Trevor gearbeitet, in der sie sich auch kennenlernten. Trevor bestand darauf, dass sie stattdessen zukünftig ihm die Bücher führen könne. Schließlich bräuchte er jetzt, wo die Geschäfte so gut liefen, eine versierte Buchhalterin. Die tägliche Fahrerei vermisste sie weiß Gott nicht, ihre Kollegen und Freunde dagegen schon. Sie hatte seit ihrer Schulzeit in dem Unternehmen gearbeitet, und so waren diese Leute für sie fast wie eine Familie. Die angenehmen Kaffeepausen, die kleinen Geheimnisse, die man mittags bei einem Sandwich austauschte, die Drinks in der Eckkneipe nach Feierabend: All das hatte sie gar nicht richtig zu schätzen gewusst, bis sie beschlossen hatte, ihre Arbeit tatsächlich aufzugeben. Jetzt, wo sie diese Dinge nicht mehr hatte, erschienen sie ihr unendlich kostbar, und sie trauerte ihnen in einem Maße nach, das sie nie für möglich gehalten hätte.

Und nun, wo das Baby unterwegs war, wollte Trevor, dass sie überhaupt nicht mehr arbeitete. »Wir brauchen das Geld nicht«, sagte er oft. »Du kannst zu Hause bleiben und dich nur um das Baby kümmern.«

»Aber deine Bücher ...«

»Ich kann einen Buchhalter einstellen«, hatte Trevor großspurig erklärt. »Ich gebe eine Annonce auf.«

Das Baby trat sie wieder, diesmal heftiger als davor. Rachel zuckte zusammen und massierte sich den Bauch.

»Ich bin dann mal weg.« Trevor beugte sich über sie und streifte ihre Lippen mit einem zarten Kuss. »Gleich wieder da. Du brauchst dich mit dem Aufstehen nicht zu beeilen, Liebling. Lass dir ruhig Zeit.«

»Viel Spaß«, rief sie ihm nach.

»Joggen soll nicht Spaß machen«, rief ihr Trevor ins Gedächtnis, während er sich die Kopfhörer des iPod in die Ohren steckte und auf die Play-Taste drückte. Er winkte noch einmal über die Schulter und ging bereits im Flur in Laufschritt über.

Rachel wartete, bis sie die Haustür zufallen hörte, dann setzte sie sich mühsam auf und zog ihren Laptop unter dem Bett hervor. Sie balancierte ihn auf ihrem Bauch, klappte ihn auf, stellte die Verbindung zum Internet her und rief ihre E-Mails ab.

Neville Stewart hatte seinen Freund Mark Lombardi seit Wochen nicht gesehen. Zwar waren sie sich auf dem Polizeirevier gelegentlich über den Weg gelaufen und hatten ein-, zweimal zusammen in der Kantine gegessen, doch es schien, als sei es mit den alten Tagen der gemeinsamen Junggesellenabende im Pub vorbei.

Es hatte keinen Streit gegeben; sie hatten ihre Gewohnheiten nicht mit Absicht geändert. Es hatte sich nur so ergeben, dass die zwei eingefleischtesten Singles des Reviers gleichzeitig eine Beziehung eingegangen waren und nichts mehr so war wie früher.

Heute allerdings wusste Neville nicht so recht weiter, er war unruhig und vermisste die alte Kameradschaft mit Mark.

Es gab einen tieferen Grund für seine Rastlosigkeit, über den er nicht allzu gern nachdachte.

Triona.

Er hatte den gegenwärtigen Zustand, dieses Auf-der-Stelle-Treten, eindeutig satt. Ihre Beziehung litt an Perspektivlosigkeit. Wieso war sie nur so stur?

Sie waren sich vor einigen Monaten wieder über den Weg gelaufen - neun Jahre nach einer kurzen, aber heftigen Affäre, die bei ihnen beiden Narben hinterlassen hatte. Der Funke sprang immer noch über, stellte Neville vom ersten Augenblick an fest. Triona hatte auf ihn eine Wirkung, wie keine andere Frau vor oder nach ihr es je gehabt hatte.

Er hatte sie eingeladen, mit ihm essen zu gehen, und sie hatte angenommen.

Er hatte sie von zu Hause abgeholt - von ihrer piekfeinen Wohnung in einem umgebauten Lagerhaus mit Blick über den Fluss.

Aus dem Essen war nichts geworden. Sie waren nur bis in ihr Schlafzimmer gekommen.

Neville blätterte die Papiere auf seinem Schreibtisch durch, ohne richtig hinzugucken, während er an diese Nacht mit einer komplizierten Mischung aus brennendem Verlangen, Selbstmitleid und Ärger zurückdachte.

Es war so gut wie früher gewesen. Sogar noch besser. Triona war inzwischen reifer, eine erwachsene Frau, die wusste, was sie wollte und wie sie Lust bereiten konnte, ohne dass sie ihre spontane animalische Energie eingebüßt hätte. Er kannte sie so gut, hatte jede Einzelheit ihres Körpers vor Augen, und dennoch war sie eine Fremde für ihn, eine Quelle ungeahnter Freude.

Diese erste Wiedersehensnacht war die beste, unvergesslichste Nacht in Nevilles bisherigem Leben gewesen. Wäre es nach ihm gegangen, hätte es nie geendet. Er hatte - selbstverständlich - angenommen, dass dieser ersten Nacht noch viele weitere folgen würden.

Als er am Morgen danach Triona in den Armen hielt, während sie ihren Kopf an seine Brust schmiegte, hatte er sich im Schlafzimmer umgesehen. »Eine tolle Wohnung«, sagte er und spielte mit einer Strähne ihres langen schwarzen Haars. Als sie sich das erste Mal begegneten, war es kürzer gewesen - wild und lockig und kaum in den Griff zu bekommen. Jetzt hatte sie es wachsen lassen und trug es tagsüber zu einem ordentlichen, eleganten Knoten gezähmt. In jener Nacht allerdings hatte er es entfesselt, und es war wieder zu der ungebändigten Lockenpracht aufgesprungen. »Hast du sie gekauft? Ich nehme mal an, du hast keine Lust, wieder in meine alte, schmuddelige Bude zurückzukommen. Wäre wahrscheinlich sinnvoller, wenn ich bei dir einziehen würde.«

Triona hatte den Kopf verdreht und ihn angestarrt, sodass der schläfrige Schleier aus ihrem Blick verschwand. »Wovon zum Teufel redest du da?«

»Von meiner Wohnung. Ist immer noch dieselbe in Shepherd's Bush. Nicht schöner als damals und nicht eben praktisch für deinen Job in der City. Das hier wird zwar ein bisschen mehr Fahrerei für mich, aber ...«

Als er den Ausdruck in ihrem Gesicht sah, sprach er den Satz nicht zu Ende. »Red keinen Blödsinn, Neville.« Triona setzte sich auf und wickelte sich in die Decke. »Keiner von uns zieht irgendwo anders ein.«

»Aber ...« Er streckte die Hand nach ihr aus; sie zuckte zurück.

»Es ist passiert«, sagte sie spitz. »Es ist einfach passiert, okay? Und ich hab es genossen. Das leugne ich gar nicht. Aber es wird sich nicht wiederholen. Du irrst dich, wenn du meinst, wir wären wieder zusammen. Da irrst du dich gewaltig.«

Irgendwann war sie ein wenig nachgiebiger geworden. »Wenn du mich wiederhaben willst«, sagte sie, »dann musst du es beweisen. Du musst um mich werben. Du kriegst mich nicht noch mal ins Bett. Wir vergessen, was gestern war, und tun so, als wären wir uns gerade zum ersten Mal begegnet.«

»Aber damals haben wir schon einen Tag, nachdem wir uns kennengelernt hatten, miteinander geschlafen«, rief Neville ihr ins Gedächtnis. »Und ein paar Tage später bist du bei mir eingezogen.«

Sie verzog die Mundwinkel zu einem Lächeln. »Wir waren vielleicht keine Musterexemplare«, räumte sie ein, »aber diesmal wird es anders sein, Neville. Wenn du wirklich eine Beziehung willst, dann zu meinen Bedingungen. Und die sind höchst einfach. Mit einem Wort: Du musst um mich werben.«

Wie sie es sagte, so meinte sie es auch. Und er hatte sich die Beine ausgerissen, es ihr recht zu machen. Einladungen zum Abendessen, Blumen, das volle Programm.

Nachdem dieses Spielchen nun schon seit Wochen so ging, hatte Neville die Nase voll. Von der Künstlichkeit, von der Frustration. Sie traten auf der Stelle.

Gestern Abend hatte er sie zur Rede gestellt. Nach dem Dinner - zugegeben, ein schöner, romantischer Abend - hatte er sie gedrängt, einen Schritt weiterzugehen. »Lass mich diese Nacht bleiben«, hatte er gebettelt. »Findest du nicht, wir haben lange genug gewartet?«

Triona war unerbittlich gewesen. »Auf keinen Fall, Neville. Du kapierst es einfach nicht, oder?«

Er hatte mit einer einzigen Frage die Sache auf den Punkt gebracht. »Willst du mit mir zusammen sein oder nicht?«

Sie hatte den Blick gesenkt und den Kopf abgewandt. »Darum geht es nicht.«

Aus Nevilles Sicht ging es aber genau darum. Er wollte mit ihr zusammen sein. *Bei* ihr sein - in ihrem Bett, in ihren Armen. Gott, wie sehr er sich das wünschte! Doch von den Spielchen hatte er genug. Was zu viel war, war zu viel.

Heute Abend, nahm er sich vor, stand er nicht zur Verfügung. Und morgen Abend vielleicht auch nicht. Er würde sie schmoren lassen.

Er griff nach dem Telefon und rief Mark Lombardi an.

Jane Stanford hatte Weihnachten, auch wenn es für ihren Mann Brian stets eine sehr hektische Zeit war, schon immer große Bedeutung beigemessen und versucht, es für ihre Familie zu etwas Besonderem zu machen.

Bei den mageren Bezügen eines Pfarrers konnte man es sich nicht erlauben, für das ganze Drumherum Geld zum Fenster hinauszuwerfen, und so musste Jane sehr sorgfältig planen. Das ganze Jahr über legte sie kleinere Beträge zur Seite und bemühte sich dann, das Beste aus dem wenigen, was sie hatten, herauszuholen. Frisch geschlagene Bäume wurden immer teurer; vor einigen Jahren hatte sie einen sehr schönen bei einem Wohltätigkeitsbasar der Kirche erstanden und einige Dekorationen selbst gebastelt. Aus Wollresten hatte sie Krippenfiguren gestrickt, für den Kranz an der Haustür im Park ein paar Kiefernzapfen aufgesammelt und dazu die Schleife aus einem uralten Blumengesteck wiederverwertet. Am letzten Sonntag vor Beginn der Adventszeit hatte sie ihren eigenen Plumpudding gebacken, und der Früchtekuchen, den sie dank eines großzügigen Gemeindemitglieds mit einem Schuss Brandy würzen konnte, stand sogar noch länger in der Speisekammer, um richtig durchzuziehen.

Ihre Gemeindemitglieder waren sehr spendabel, dachte Jane, besonders zu Weihnachten, wo sie den Stanfords genügend Flaschen zukommen ließen, um sie durch die ersten Monate des neuen Jahres zu bringen. In ihren Augen war es tatsächlich ihre und Brians Gemeinde und nicht nur die ihres Mannes. Sie war seine Partnerin in seinem Amt und stolz auf ihre Berufung als Pfarrersfrau. Darin fühlte sie sich all den modernen Ehefrauen von Geistlichen überlegen, die ihren rechtmäßigen Platz im Zentrum der Gemeinde nicht zu schätzen wussten und stattdessen arbeiten gingen. Oder sich heutzutage gar selbst ordinieren ließen!

Das brachte Janes Gedanken unwillkürlich auf Callie Anson, die Kuratin ihres Mannes. Warum sie Brian nicht wieder einen netten jungen Mann zugeteilt hatten, konnte sie nicht begreifen. Bis jetzt waren die Kuraten immer nette junge Männer gewesen: einige angenehmer als andere, einige intelligenter oder begabter als andere, aber stets Männer. Die netteren hatte Jane fast wie Familienmitglieder behandelt, wie ältere Brüder der Zwillinge; sie hatte sie zum Essen eingeladen und manchen sogar die Wäsche besorgt. Doch so sehr sie sich auch bemühte, wurde sie mit Callie Anson einfach nicht warm.

Sie war nicht wirklich eifersüchtig auf Callie – jedenfalls nicht richtig. Sie hielt Callie nicht für eine laszive Versucherin, die es darauf anlegte, ihr den Mann auszuspannen, auch wenn Jane andererseits wusste, dass solche Dinge zwischen Pfarrern und weiblichen Kuraten schon vorgekommen waren. Sie hatte ein, zwei entsprechende Artikel in der Zeitung gelesen. Aus Nähe konnte Intimität entstehen, und wenn Menschen durch ihren Beruf Tag für Tag zusammen waren und vertrauliche Informationen miteinander teilten ... Nun ja, wer weiß, wohin das führen konnte? Das sollte natürlich nicht heißen, dass sie Brian misstraute.

Er hatte vorgeschlagen, Callie zum Weihnachtsmittagessen einzuladen. Das kam für Jane überhaupt nicht infrage. »Sie hat ihre eigene Familie«, hielt sie dagegen. »Ihre Mutter wohnt in Kensington, nicht wahr? Und hat sie nicht auch noch einen Bruder? Wieso sollte sie zu uns kommen? Weihnachten ist ein Familienfest.«

»Ich dachte nur, es wäre nett, es ihr anzubieten«, sagte Brian nachsichtig. »Ich glaube, mit ihrer Mutter versteht sie sich nicht allzu gut, und als Tom Kurat war, hast du ihn mindestens zwei Mal zu Weihnachten eingeladen.«

»Das war was anderes«, entgegnete Jane, auch wenn sie nicht erklären konnte, weshalb.

Zum ersten Mal würden die Jungen aus Oxford heimkommen. Jane und Brian hatten sie einmal während des Semesters besucht und sie zum Essen eingeladen, doch Charlie und Simon waren seit Semesterbeginn noch nicht wieder zu Hause gewesen.

Daher war es diesmal etwas Besonderes, und Jane war fest entschlossen, dieses Weihnachten für die Familie Stanford zu etwas ganz Besonderem zu machen, ohne Kuraten oder andere Schmarotzer, die es verderben konnten.

An diesem Abend fühlte sich Jane gegenüber Callie Anson erst recht nicht in Geberlaune: Brian, der zwei Karten zu einem exklusiven vorweihnachtlichen Benefizkonzert bekommen hatte, hatte beschlossen, Callie Anson mitzunehmen statt seiner Frau. Jane war davon überzeugt, ihre Enttäuschung sehr gut vor ihm verborgen zu haben; sie hatte es sogar geschafft, ihm betont unbekümmert einen schönen Abend zu wünschen.

»Macht es dir auch bestimmt nichts aus?«, hatte Brian im letzten Moment gefragt – viel zu spät, um noch irgendetwas ändern zu können, falls sie ehrlich gewesen wäre.

»Ich mach's mir einfach allein gemütlich«, hatte Jane ihm versichert.

Sie wärmte sich ein Resteessen auf und hörte sich *The Archers* im Radio an. Danach schaute sie in der Programmzeitschrift nach, was im Fernsehen lief. Als sie feststellte, dass sie keine der aufgeführten Sendungen interessierte, versuchte sie, sich in ihren Schmöker aus der Bücherei zu vertiefen.

Doch sie konnte das Bild nicht aus dem Kopf bekommen, wie sich Brian mit Callie Anson amüsierte: wie sie zusammen das Konzert hörten, danach das köstliche Essen beim Empfang der Livery Company genossen, wie sie mit interessanten und wichtigen Leuten plauderten. Brian würde ihnen Callie vorstellen und mit ihr prahlen. Callie mit ihrem glänzenden braunen Haar und ihrer attraktiven Figur, vermutlich in einem brandneuen Kleid.

Sie zwang sich, an etwas anderes zu denken - an Weihnachten und an die Jungen.

Sie legte das ausgeliehene Buch, das ohnehin nicht so spannend war, zur Seite, stand auf und ging zum Telefon. Spontan wählte sie Simons Handynummer. Ein Plausch mit ihm war genau, was sie jetzt brauchte, um sich ein bisschen zu trösten. Mütter durften keine Lieblingskinder haben, erst recht nicht bei Zwillingen, und das war bei Jane auch nicht der Fall, nicht direkt. Sie liebte ihre beiden Jungs über alles. Doch Simon war ihr im Temperament viel ähnlicher und von allen Menschen auf der Welt derjenige, der ihre Stimmungen am schnellsten verstand und dann meistens genau richtig darauf reagierte.

»Mum?«, meldete sich Simon, als er ihre Stimme hörte. Er klang überrascht. Und bildete sie sich das nur ein oder klang er wirklich nicht erfreut?

»Hallo, Liebling, ich wollte mich nur mal melden.«

»Ehm ... Mum. Kann ich dich später zurückrufen?«

Ihre mütterlichen Antennen, die auch das kleinste Signal empfingen, vibrierten. »Alles in Ordnung?«

»Ja. Ich bin nur gerade ... es geht im Moment schlecht, ja?«

»Ist nicht so wichtig«, versicherte sie ihm. »Du brauchst nicht zurückzurufen.«

»Ist gut, also dann tschüs, Mum.« Er legte auf.

Jane blieb einen Moment reglos stehen und starrte auf den Hörer in ihrer Hand. Was zum Teufel stimmte da nicht?

Charlie würde es wissen. Er und sein Zwillingsbruder hatten sich immer überaus nahegestanden. Jane wählte seine Nummer. Er meldete sich, nachdem es ein paarmal geklingelt hatte.

Nunmehr vorsichtig geworden, fragte sie ihn: »Hast du einen Moment Zeit oder störe ich?«

Charlie lachte. »Ich arbeite gerade an einem Referat. Folglich bin ich über die Unterbrechung hocherfreut, Mum. Was gibt's?«

Was sollte sie sagen? »Ich hab mich nur über Simon gewundert«, sagte sie. »Ich habe ihn eben angerufen, und er ... na ja, ich hab mich nur gefragt, ob irgendwas nicht stimmt.«

»Ach so«, sagte Charlie. »Wahrscheinlich ist er gerade bei Ellie. Und möchte nicht gestört werden, wenn du verstehst, was ich meine.«

»Ellie?«

Am anderen Ende herrschte kurzes Schweigen. »Hat er dir nicht ...?«, fing Charlie an. »Oh, Mist.«

»Wer ist Ellie?« Jane hörte, dass ihre Stimme schrill klang, als sie den Namen aussprach, ihn auf der Zunge schmeckte und instinktiv wusste, dass er ihr noch vertraut werden würde.

»Er hat gesagt, er würde mit dir reden. Schon vor Wochen, Mum. Ich dachte, das hätte er auch getan.«

»Mit mir über was reden?« Sie ließ ihre Stimme bewusst ruhig klingen.

»Über Ellie.« Charlie seufzte. »Seine Freundin.«

»Freundin?«

»Er hat sie bei einer Erstsemesterveranstaltung kennengelernt. Sie sind sofort miteinander ausgegangen, und seitdem sind sie unzertrennlich. Er verbringt seine ganze Zeit mit ihr - ich sehe ihn seit Wochen kaum noch.« Charlie seufzte wieder. »Ich dachte wirklich, er hätte es dir gesagt, Mum.«

»Nein«, antwortete sie und spielte mit dem Telefonkabel, indem sie versuchte, die verhedderte Stelle in der Spirale aufzudröseln. »Aber wieso, Charlie? Wieso hat er es mir nicht erzählt?«

Charlie sprach langsam, als wählte er seine Worte mit Bedacht. »Vielleicht dachte er, du bist eifersüchtig.«

»Eifersüchtig?« Jane brachte ein Lachen heraus, das selbst in ihren eigenen Ohren aufgesetzt klang. »Wieso sollte ich eifersüchtig sein? Simon hat immer Freundinnen gehabt. Ihr beide hattet welche. Die ganze Schulzeit hindurch.« Und das stimmte: Es war nur natürlich. Ihre Söhne waren gut aussehende junge Männer aus Fleisch und Blut. Natürlich hatten sie ihre Freundinnen gehabt.

»Freundinnen, ja.« Charlie räusperte sich. »Mit Ellie ist das was anderes, Mum. Es ist ... was Ernstes.«

»Aber er kennt sie doch erst seit ein paar Wochen.«

Charlie brachte ein trockenes Kichern heraus. »Du hat uns immer erzählt, dass du in dem Moment, wo du Dad begegnet bist, gewusst hast, dass er der Richtige ist.«

»Ja, aber ...« Es sah Charlie ähnlich, sie daran zu erinnern und den Spieß umzudrehen.

»Ellie ist die Richtige, Mum.« Sein Ton war einfühlsam, als brächte er einem Kind möglichst schonend eine schlechte Nachricht bei. »Glaub mir, sie ist die Richtige.«

Neville und Mark hatten sich an einem chinesischen Imbiss nicht weit vom Bahnhof verabredet. »Trifft sich gut«, sagte Mark, als sie einander über ein rotes Tischtuch hinweg ansahen. »Callie ist heute Abend aus. Mit ihrem Chef, dem Pfarrer. Irgend so 'ne piekfeine Veranstaltung.«

»Wehret den Anfängen«, warnte Neville und grinste. »Am Ende gibt sie dir noch seinetwegen den Laufpass.«

Mark lächelte. »Keine große Gefahr. Er ist verheiratet.«

»Und du meinst, das ist ein Hinderungsgrund?«

»Außerdem im mittleren Alter und nicht gerade ein Adonis. Callie hat einen besseren Geschmack - zumindest bilde ich mir das ein.«

Neville unterdrückte einen Anflug von Neid. »Demnach läuft's gut bei euch?«

»Ja und nein.« Mark fuchtelte mit seinen Stäbchen herum. »Callie ist großartig. Ich bin wirklich ganz und gar ...« Er schluckte. »Na ja.«

»Ich weiß schon. Es ist diese Familiensache.«

Mark seufzte. »Immer die Familiensache.«

»Sie mögen sie nicht?«

Er sah Neville nicht an. »Sie kennen sie noch gar nicht. Sie wissen nicht mal von ihr.«

»Großer Gott, Mark.« Neville schüttelte den Kopf. »Wie lange wolltest du denn noch warten, bis du ihnen von ihr erzählst? Vielleicht bis du die Hochzeitseinladungen verschickst?«

Mark stand auf und ging zum Buffet. »So weit sind wir noch lange nicht, Nev.«

Neville folgte ihm. »Sag es ihnen ganz einfach. Bring's verdammt noch mal hinter dich, Mann. Das mit euch läuft doch jetzt schon seit Monaten. Wenn du glaubst, das ist was von Dauer, dann musst du es ihnen sagen.«

»Ich möchte gerne glauben, es ist von Dauer.«

Er nahm einen Teller und betrachtete die Auswahl an Vorspeisen, bevor er sich für einen Krabben-Cracker, eine Frühlingsrolle und einen Löffel Algen entschied. »Anders gesagt, ich kann mir meine Zukunft nicht mehr ohne sie vorstellen.«

Neville häufte sich von Soße triefende Rippchen auf seinen Teller und garnierte sie mit ein paar Wan-Tans, während er das Bild von Triona, das ihm einen kurzen Moment lang im Kopf herumspukte, energisch verbannte. »Dann hast du keine andere Wahl.«

»Ich weiß, ich weiß.« Mark kehrte zum Tisch zurück. Nachdenklich stocherte er mit seinen Stäbchen in den Algen herum.

»Wie kannst du nur dieses grässliche Gras fressen?«, sagte Neville und nahm ein Rippchen in die Finger.

»Es ist gut, nur ein bisschen schwer aufzuspießen.«

Neville kaute an seinem Rippchen herum und blieb eine Weile stumm.

Mark dachte laut nach. »Meine Schwester«, sagte er. »Ich könnte mit meiner Schwester reden. Die hat vielleicht mehr Verständnis. Und eine Idee, wie ich es meiner Mutter schonend beibringen kann. *Nostra mamma.*«

Mit dem Rippchen im Mund fragte Neville: »Ist deine Schwester eigentlich verheiratet?«

»O ja, schon seit Jahren. Sie ist fast neun Jahre älter als ich«, fügte er hinzu.

»Und sie hat gemacht, was eure Eltern von ihr erwartet haben?« Neville zog ironisch eine Augenbraue hoch. »Einen Italiener geheiratet und 'ne Menge Bambinos gekriegt?«

»Bambini«, korrigierte Mark ihn unwillkürlich. »Zufällig nur zwei. Serena hatte Probleme mit ihren Schwangerschaften – genau wie meine Mutter. Mehrere Fehlgeburten und so.«

Neville verzog das Gesicht. »So genau wollte ich es auch wieder nicht wissen.«

»Entschuldige, aber du hast gefragt.«

Neville legte den abgenagten Knochen zur Seite und fiel über das nächste Rippchen her. »Mehr Ärger, als die Sache wert ist«, murmelte er. Wie Frauen im Allgemeinen, hätte er beinahe hinzugefügt. Das allerdings hätte das Gespräch in eine Richtung gelenkt, die er tunlichst vermeiden wollte. So was mochte für Mark in Ordnung sein – diese mediterranen Typen trugen das Herz auf der Zunge, er dagegen dachte nicht daran, seinen Liebeskummer auszubreiten. Nicht mal gegenüber Mark. Und er würde auch nicht mit Triona reden. Heute Abend nicht. Vielleicht nie wieder.

Zwei

Es dauerte mehrere Tage, bis Callie die Zeit fand, Morag Hamilton einen Besuch abzustatten. Hinterher hätte sie nicht mehr sagen können, was sie dazu brachte, ihre Termine umzuschmeißen, Morags Anschrift herauszufinden und unangekündigt bei ihr auf der Matte zu stehen. Aber egal, warum sie es getan hatte, sie bereute es nicht.

Bei ihrem Anblick legten sich Morags Augenwinkel in einen freudigen Faltenkranz. »Was für eine nette Überraschung«, sagte sie und riss die Tür weit auf. »Kommen Sie rein und trinken Sie eine Tasse Tee mit mir. Ich hab gerade Wasser aufgesetzt.«

»Sehr gerne.« Callie folgte ihr in die Wohnung.

Der Pfarrbezirk von All Saints' in Bayswater war voller eleganter alter Häuser, die in Wohnungen umgewandelt worden waren. Dieses hier gehörte nicht dazu. Es war ein Wohnblock aus den Sechzigerjahren - einem Tiefpunkt in der britischen Architektur - und fiel zwischen all den georgianischen Residenzen auffällig aus dem Rahmen. Zur Zeit seines Entstehens musste es der Inbegriff an moderner Wohnkultur gewesen sein, doch jetzt wirkte es altmodisch, kahl und hässlich. Morag hatte offensichtlich aus ihrer Wohnung das Beste gemacht und sie mit behaglichen Möbeln und Aquarellen in sanften Farben, die vermutlich schottische Landschaften darstellten, ausgestattet. In dem klotzigen modernen Kamin loderten natürlich wirkende Flammen, und auf einem alten Klavier waren mehrere gerahmte Fotografien aufgereiht. Eine vielseitige Sammlung von neueren Taschenbuch-Romanen und in Leder gebundenen Klassikern von Dickens, Scott und Robert Louis Stevenson drängte sich in einem hohen Bücherregal. Callie hatte die Angewohnheit, ihre Antrittsbesuche bei neuen Gemeindemitgliedern mit einem Blick auf die Bücher und Fotos zu beginnen, um etwas über die Interessen, die persönliche Geschichte und die Familie des Betreffenden zu erfahren. So auch in diesem Fall.

Hier gab es Anknüpfungspunkte in Hülle und Fülle, doch Morag kam sehr schnell mit dem Tee zurück.

»Entschuldigung«, sagte Callie, als sie bei ihrer genauen Betrachtung der Bilder ertappt wurde. Doch Morag schien nichts dagegen zu haben. »Kein Problem. Da ist nichts Geheimnisvolles dran.«

»Ihre Familie?«, ermunterte Callie sie, ihr etwas über sich zu erzählen.

»So ist es.«

»Und Sie haben einen Hund!« Callie nahm das Foto von einem kräftigen, hellbraunen Cairn-Terrier zur Hand, der vor einer Heidelandschaft stand, in deren Hintergrund hohe Berge aufragten, und mit glänzenden Augen in die Kamera blickte.

»*Hatte* einen Hund«, sagte Morag in nüchternem Ton, obwohl Callie hinter der Bemerkung starke Gefühle wahrnahm. »Macduff. Der beste Hund auf der Welt.«

»Ach so, er ...«

»Lebt nicht mehr. Ist jetzt ein halbes Jahr her. Ist immerhin sechzehn geworden, schönes Alter für einen Hund. Aber ...«

Callies Bedauern war aufrichtig. »Oh, das tut mir so leid. Sie müssen ihn sehr vermissen.«

»Und ob ich das tue.«

»Ich habe auch einen Hund«, vertraute ihr Callie spontan an. »Einen Cockerspaniel - schwarz-weiß. Bella. Ich habe sie noch gar nicht so lange, aber ich kann mir nicht vorstellen, wie es wäre, sie zu verlieren.«

Morag seufzte und bekam feuchte Augen. »Ist halt nicht zu ändern. Trotzdem hart, wie kurz sie leben.« Sie griff nach einem anderen Foto, auf dem ein Mann mit rotblondem Haar und Metallrandbrille zu sehen war. »Donald, mein Mann. Wir waren fast vierzig Jahre verheiratet. Er ist ein paar Monate vor Macduff gestorben. Und ich schäme mich zu sagen, dass ich von beiden Macduff wahrscheinlich sogar ein bisschen mehr vermisse. Andererseits war ich auch viel mehr mit ihm zusammen als mit Donald. Er war Arzt - hat die ganze Zeit, die Gott ihm gegeben hat, gearbeitet, und noch ein paar Überstunden obendrauf.«

»Dann sind Sie jetzt allein?«

»Ja, ich bin allein.« Morag stellte das Bild aufs Klavier zurück und wandte sich wieder ihrem Teetablett zu. »Nehmen Sie Zucker, meine Liebe?«

»Nein, danke.« Callie setzte sich ihr gegenüber in einen abgewetzten, aber bequemen Sessel, während Morag ihnen Tee einschenkte. Jetzt war sie noch neugieriger geworden: Warum war Morag Hamilton nach London gezogen?

»Sie sagen, Sie wohnen noch nicht lange hier?«, fühlte sie vor.

»Nein, erst seit Kurzem.« Morag reichte Callie eine Tasse. »Ich kenne hier noch kaum jemanden. Es ist nicht ... na ja, es ist nicht wie in Schottland. Die Leute hier sind ein bisschen zugeknöpft, oder? Sie überschlagen sich nicht gerade vor Freundlichkeit.«

»In All Saints' versuchen wir schon, freundlich zu sein«, sagte Callie, sich verteidigend.

Morag bot ihr einen Teller mit Shortbread-Keksen an. »Ja. Und das weiß ich zu schätzen. Eine Reihe Leute haben nach dem Gottesdienst mit mir gesprochen und so. Aber Sie sind die Erste, die vorbeikommt.«

Callie schämte sich für ihre Gemeinde, vom Pfarrer ganz zu schweigen. Als sie bei ihrer wöchentlichen Besprechung Brian gegenüber Morag Hamilton erwähnte, hatte er sie geistesabwesend angesehen. »Ich glaube, ich weiß, wen Sie meinen«, hatte er gesagt. »Kleine Frau? Graues Haar? Wenn Sie Zeit haben, besuchen Sie sie auf jeden Fall mal.«

Wenigstens hatte sie Brians Segen, dachte sie nüchtern. Er hatte nicht gern das Gefühl, dass sie etwas hinter seinem Rücken machte.

»Ich muss Ihnen was beichten«, sagte Morag, als Callie gerade in ein Shortbread biss.

O je, dachte Callie, die sofort an die kirchliche Bedeutung des Wortes dachte. Sie hatte noch niemandem die Beichte abgenommen, und als Diakonin ohne Priesterweihe durfte sie das auch noch gar nicht. »Wenn Sie das Sakrament der Beichte wollen, dann müssen Sie sich leider an Father Brian wenden«, entschuldigte sie sich. »Ich bin nur Diakonin.«

Morag lachte. »Nicht die Art Beichte!«

Callie wurde rot und sagte: »Ach so, ja dann.«

»Ich war noch nie ein großer Kirchgänger«, fuhr Morag fort. »Ich habe immer versucht, ein anständiger Mensch zu sein, aber ich hatte weder Zeit noch Lust, ständig in die Kirche zu rennen.«

»Hm«, erwiderte Callie, die nicht recht wusste, was an dieser Stelle von ihr erwartet wurde.

»Aber als ich nach London kam und sah, dass All Saints' direkt um die Ecke liegt, dachte ich mir, ich kann da vielleicht leichter Leute kennenlernen.«

Callie konnte ihre Neugier nicht länger zügeln. »Wieso sind Sie denn überhaupt nach London gezogen?«, platzte sie heraus. »Wenn Sie hier niemanden kennen?«

»Oh, ich habe nicht gesagt, dass ich hier niemanden kenne«, sagte Morag und verzog die Mundwinkel zu einem ironischen Lächeln. »Ich habe nur gesagt, dass ich allein lebe. Das ist auch so, aber mein Sohn und seine Familie wohnen hier in der Nähe, in St. John's Wood.«

»Ihr Sohn!« Callie prustete ein paar Kekskrümel in ihren Schoß.

»Angus.« Morag setzte ihre Teetasse ab und ging zum Klavier, um ein anderes Bild zu holen, das sie vor Callie auf den Tisch stellte. »Und das ist meine Enkelin Alex, und meine Schwiegertochter Jilly.«

Callie nahm das Foto und sah es sich genau an. Kein Schnappschuss, sondern ein Familienporträt aus einem Studio, und sicher nicht billig. Der Mann, Angus, stand in der Mitte, was Callie interessant fand. Er schien nicht sehr groß zu sein und hatte dunkles Haar, das sich über der Stirn stark lichtete, obwohl er trotzdem überraschend jung aussah. Er trug einen gut sitzenden, höchstwahrscheinlich maßgeschneiderten Anzug und dazu eine leuchtend bunte Krawatte, wie sie derzeit von Nachrichtensprechern bevorzugt wurden. Seine Augen starrten unter schweren Lidern hervor beinahe herausfordernd in die Kamera.

Jilly, die Frau, stand rechts von ihm. Hätte man den Begriff »Traumfrau« im Lexikon nachgeschlagen, dachte Callie, hätte ihr Bild alles erklärt. Sie war blond, sie war jung. Sie war auf eine höchst gepflegte, elegante Weise schön. Ihr Kleid war nicht direkt gewagt, verbarg aber auch nicht viel: ein Körper, der im Fitnessstudio genauso zu Hause war wie auf der Sonnenbank. Ihr Blick war kokett von der Seite auf ihren Mann gerichtet.

Das Kind, Alex, war eine vollkommen andere Sache. Auch wenn sie - zweifellos auf Anweisung des Fotografen - in die Kamera schaute, wirkte der Blickkontakt erzwungen, als hätte sie mit alldem wie auch mit den anderen Personen auf dem Bild absolut nichts zu tun. Ihre Augen sprachen so deutlich wie Worte: »Das hier war nicht meine Idee und hat nichts mit mir zu tun.«

Niemand hätte in ihr ein schönes Kind gesehen, dabei war sie trotz ihres Versuchs, sich unsichtbar zu machen, zweifellos faszinierend. Ihr Haar war eher kraus als gelockt, und sie hatte einen großen Mund, der sich zu einem aufgesetzten Lächeln verzog, sodass ihre Zahnspange zum Vorschein kam. Ihre großen, ausdrucksvollen Augen wurden von dichten Wimpern gerahmt.

»Wie alt ist Alex?«, fragte Callie. »Ist das ein aktuelles Foto?«

»Ja, ziemlich. Sie ist zwölf.«

Das erklärte es zum Teil: Callie erinnerte sich, dass zwölf ein besonders schwieriges Alter war.

»Armes Schätzchen«, sagte Morag in liebevollem Ton. »Ihr Gesicht ist noch nicht ganz fertig. Auch wenn man es ihr im Moment noch nicht ansehen mag, aber ich glaube, sie wird mal eine Schönheit. Wie ihre Mutter. Sie hat viel von ihrer Mutter.«

Callie konnte sich nicht vorstellen, dass Alex je wie die glamouröse Frau auf dem Bild aussehen würde. »Wie Jilly?«, platzte sie heraus.

Morag gab ein kehliges Geräusch von sich. »Sie glauben doch nicht etwa, dass Jilly ihre Mutter ist? Jilly ist nur eine angemalte Puppe, aber keine echte Schönheit.«

»Demnach ist Jilly ihre Stiefmutter.« Auch das erklärte eine Menge.

»Ja.« Es schien, als traute sie sich nicht, mehr zu sagen.

»Wieso lebt sie nicht bei ihrer Mutter?« Callie wusste zwar, dass sie das nichts anging, doch das Mädchen, das sie nur von diesem Foto kannte, hatte es ihr irgendwie angetan.

Morag zuckte die Achseln und sah auf die Uhr. »Das ist eine lange Geschichte, meine Liebe. Heute habe ich nicht die Zeit, sie Ihnen zu erzählen – ich hab gleich einen Termin.

Aber wenn Sie noch einmal wiederkommen möchten, sollen Sie alles über Alex erfahren.«

Callie trank ihren Tee aus und wusste bereits, als sie aufstand, dass sie wiederkommen würde.

Die hohen Absätze hallten energisch durch den Krankenhausflur. Frances Cherry, Klinikgeistliche, lauschte einen Moment auf ihre eigenen Schritte, ohne die ältere Frau, aus deren Zimmer sie kam und an deren Bett sie gesessen hatte, auch nur einen Moment zu vergessen. Die Frau war verzweifelt, und nicht nur, weil sie wusste, dass sie sterben musste. »Ich will nicht, dass sie es bekommt«, brachte Irene Godfrey mühsam heraus. »Nicht einen Penny.«

»Sie ist Ihre einzige Angehörige?«

»Sie ist ein Monster! Ich habe sie seit Jahren nicht gesehen. Sie ist nur gekommen, um sicherzustellen, dass sie mein Haus und mein Geld bekommt.«

Frances hegte keinen Zweifel, dass die Frau damit richtig lag: Das ganze Auftreten der Nichte war alles andere als liebevoll gewesen. Sie hatte frühmorgens von der Klinik einen Anruf bekommen, weil ihre Tante nicht mehr lange zu leben hatte, doch sie war gleich zur Sache gekommen. Sie hatte vorgeschlagen, augenblicklich ihren Anwalt anzurufen und alles schriftlich von ihm aufsetzen zu lassen. Ein ordentliches Testament. »Es geht sowieso alles an mich«, hatte sie gesagt, »aber es wäre viel leichter, wenn wir es rechtzeitig unter Dach und Fach bringen würden.«

Irene Godfrey hatte sich geweigert, und die Nichte war gegangen. Wütende Schritte, die den Flur entlangklapperten.

»Sie hasst Katzen! Seit eh und je«, schluchzte die alte Frau. »Als sie noch klein war und ihre Mum sie einmal zu Besuch mitbrachte, hat sie Snowball getreten! Ich hab sie einmal dabei erwischt. Wie kann man so grausam sein? Snowball war ein wehrloses Tier.«

»Und jetzt glauben Sie …«

»Ich glaube, sobald ich nicht mehr bin, wird sie Fluffy und George einschläfern lassen. Das lasse ich nicht zu.« Sie drückte Frances' Hand mit erstaunlicher Kraft.

»Aber wer …?«

»Meine Freundin Maisie. Die würde sich um die beiden kümmern«, sagte die Frau. »Sie liebt die Tiere. Ich weiß, dass ich ihr vertrauen kann.« Mühsam setzte sie sich aufrecht hin. »Ich muss mein Testament machen«, sagte sie bestimmt. »Und zwar sofort, bevor es zu spät ist.«

Frances glaubte ihr. Sie glaubte auch, dass die Nichte nichts unversucht lassen würde, es anzufechten, wenn es nicht korrekt und mit aller Sorgfalt aufgesetzt wurde.

»Haben Sie einen Anwalt?«, fragte sie.

»Nein. Ich hab auch noch nie einen gebraucht.« Der Frau standen die Tränen in den Augen. »Können Sie nicht einen für mich finden? Jetzt?«

Auf dem Nachttisch stand eine Uhr, auch wenn Frances nicht wusste, warum. Die Zeit hatte für Irene Godfrey jegliche Bedeutung verloren. Eine Sanduhr, musste sie unwillkürlich denken, wäre passender gewesen. Frances stellte fest, dass es noch früh am Morgen war, gerade erst sechs. Noch vollkommen dunkel draußen. Kein Anwalt, der etwas auf sich hielt, wäre um diese Zeit schon aus den Federn und erst recht nicht willens, mit jemandem zu telefonieren, dem er noch nie zuvor begegnet war.

Andererseits wusste sie nicht, wie viel Zeit sie noch hatten. Wie lange konnte sie es sich leisten zu warten?

Sie streichelte Irene Godfreys Hand und betete still. Die Antwort kam fast im selben Moment. »Triona«, dachte Frances dankbar.

Triona wäre vielleicht nicht gerade begeistert, doch sie würde kommen.

Zwei Stunden später war das Dokument fertig. Triona O'Neil, Inbegriff professioneller Kompetenz, hatte ein einfaches Testament aufgesetzt und ein paar Krankenschwestern hereingerufen, um Irene Godfreys Unterschrift zu bezeugen. Nur wenige Minuten später hatte die alte Frau die Augen geschlossen und war in Frieden von ihnen gegangen. Frances hatte ein Gebet gesprochen und sich danach mit Triona auf den Weg ins Krankenhaus-Café gemacht, während die Krankenhausmaschinerie sich in Gang setzte und das Bett für den nächsten Patienten frei machte.

»Komm«, sagte sie, »ich lade dich auf einen Kaffee ein. Und sogar noch auf ein klebriges Rosinenbrötchen, wenn du willst. Du hast es dir verdient.«

»Du siehst geschafft aus«, sagte Triona geradeheraus. »Wie lange bist du schon hier?«

Frances schüttelte den Kopf. »Oh, erst seit ein paar Stunden. Normalerweise arbeite ich nicht nachts, aber Mrs Godfrey hat nach mir gefragt, und die Schwestern wussten, dass sie nicht mehr lange zu leben hatte.«

So angeschlagen sie selbst sich fühlte, aber Triona sah eindeutig schlimmer aus, als Frances erwartet hätte, selbst wenn man die frühe Stunde berücksichtigte. Auch wenn ihr Haar mit dem strengen Knoten so ordentlich und gepflegt wie immer wirkte, waren die bläulichen Augenringe, die mehr als nur ein oder zwei Stunden Schlafentzug verrieten, nicht zu übersehen.

Sie kannten sich schon sehr lange, hatten sich aber zwischendurch einmal einige Jahre lang aus den Augen verloren. Frances fiel es immer noch schwer, diese elegante, reife Frau mit der leidenschaftlichen jungen Unruhestifterin in Einklang zu bringen, die Triona früher gewesen war. Sie musste, rechnete Frances nach, ein wenig über dreißig sein. Aus Frances' Sicht, die auf die fünfzig zuging, in ihren besten Jahren.

Frances wiederholte ihre Entschuldigung für den frühen Anruf. »Ich wusste mir wirklich nicht anders zu helfen«, sagte sie. »Ich hatte keine Ahnung, was ich sonst machen sollte. Das arme Ding war schrecklich aufgebracht. Und wenn du die Nichte gesehen hättest …«

Triona winkte ab. »Mach dir keine Sorgen. Du hast mich nicht geweckt, falls du das denkst.«

»Alles in Ordnung bei dir?«, fragte Frances spontan.

»Ja.« Triona wandte das Gesicht ab.

Sie hatten das Café erreicht, in dem es von Krankenhauspersonal wimmelte, das zwischen verschiedenen Tätigkeiten auf einen Happen zu essen und einen Kaffee hereingekommen war. Frances sah sich um und entdeckte einen Tisch, der gerade frei wurde. »Wie wär's, wenn du dich schon mal hinsetzt, und ich stelle mich an. Was möchtest du trinken? Kaffee oder Tee?«

»Kaffee, bitte.«

Ein paar Minuten später war sie mit einem Tablett zurück am Tisch: Kaffee und Brötchen mit Speck. »Ich dachte, wir sollten was essen«, sagte sie. »Ein kleines Frühstück.« Frances erlag nicht oft einer solchen Versuchung, doch der Duft nach Speck war auf einen leeren Magen einfach zu verführerisch gewesen.

»Danke.«

»Du isst doch Speck, oder? Heather, meine Tochter, ist Veganerin geworden. Sie würde wahrscheinlich nie wieder mit mir reden, wenn sie sähe, wie ich zulange.«

»Wie geht's Heather denn?« Triona nahm einen Teller und einen Henkelbecher vom Tablett.

»Gut, soweit ich das beurteilen kann. Du weißt, dass sie verheiratet ist? Sie und ihr Mann kommen zu Weihnachten. Dauert also nicht mehr lange.«

»Doch, ich erinnere mich.«

»Ich freue mich drauf«, sagte Frances.

Sie freute sich wirklich, doch das war nur die halbe Wahrheit. Auf der anderen Seite fürchtete sie sich auch ein wenig vor dem Besuch. Sie und Graham sollten ihren neuen Schwiegersohn kennenlernen, einen alternden amerikanischen Aussteiger - mit Pferdeschwanz -, einen Mann namens Zack, der Heather dazu gebracht hatte, jede tierische Nahrung kategorisch abzulehnen. Dieses Weihnachten würde es Nussbraten geben.

»Geht's Graham gut?«, fragte Triona.

»Ja, er hat wie immer viel um die Ohren.«

»Was ist eigentlich aus Leo geworden?«

Ihrem lieben Freund Leo Jackson. Frances seufzte unwillkürlich. »Ich denke, es geht ihm den Umständen entsprechend.«

»Du weißt, ich lese keine Zeitung. Aber ich weiß, dass die Journalisten eine kurze Aufmerksamkeitsspanne haben - die müssten ihn inzwischen doch wohl vergessen haben.«

»Mehr oder weniger.« Frances nahm einen belebenden Schluck Kaffee. »Er hat sich erst mal abgesetzt, und die Presse hat sich auf ihr nächstes Opfer gestürzt.«

Triona zog eine Braue hoch. »Untergetaucht?«

»Nicht ganz. Zuerst schon - der Bischof hat ihn in ein Kloster geschickt. Zum Nachdenken und zur geistlichen Betreuung. Aber so wie Leo nun mal ist, hatte er es bald satt. Er steht mehr auf Aktion als auf Kontemplation.« Sie lächelte, als sie sein Bild vor ihrem geistigen Auge sah: ein Hüne von einem Mann, ständig auf Achse. »Also ist er freiwillig in die Karibik gegangen. In die Hurrikanhilfe. Als ich das letzte Mal von ihm hörte, war er gerade mit dem Wiederaufbau einer Kirche beschäftigt, die dem Erdboden gleichgemacht war.«

Sie vermisste ihn schrecklich. Er war jahrelang ein fester Bestandteil ihres Lebens gewesen, ein Freund, der immer für sie da gewesen war - mit einem Wort der Aufmunterung oder einer Umarmung. In den schwierigen Jahren ihres Kampfs um die Zulassung von Frauen zur Priesterweihe war er ein Fels in der Brandung gewesen. Und auch in jüngster Zeit hatten sie so viel miteinander durchgestanden. Ihre Freundschaft war ein außergewöhnlich starkes Band. Sie dachte daran, wie oft sie sich hier in der Kantine getroffen und über einer Tasse Kaffee geplaudert hatten - ein seltsames Paar in ihrer äußeren Erscheinung: Leo, so riesig und so schwarz, zusammen mit ihr, dem zarten kleinen Rotschopf. Keiner von beiden entsprach dem typischen Bild, das die meisten Menschen mit einem anglikanischen Geistlichen verbinden.

Plötzlich hatte sie einen Kloß im Hals. Wäre er jetzt hier gewesen, hätte er es gemerkt. ›Frannie, Schätzchen‹, hätte er mit seiner dröhnenden, melodischen Stimme gesagt und sich besorgt über den Tisch gebeugt; ihre kleine weiße Hand wäre unter seiner großen schwarzen verschwunden. »Was ist los mit dir? Du kannst es dem alten Leo sagen.«

Stattdessen saß ihr Triona gegenüber. Und sie war diejenige, der es nicht gut zu gehen schien. Ihre von Natur aus helle Haut wirkte noch bleicher als sonst, und auf ihrer Oberlippe und Stirn lag ein ungesunder feuchter Schleier. Sie schluckte und nippte an ihrem Kaffee. Ihre Augen weiteten sich plötzlich, und ihre Hand fuhr zum Mund. »Entschuldige«, sagte sie schwach hinter vorgehaltener Hand und sprang auf. »Bin gleich wieder da.« Ihr Kopf fuhr herum. »Wo ist das Klo?«

Frances war ebenfalls auf den Beinen. »Hier lang«, sagte sie und ließ ihr Frühstück stehen, um Triona zur Damentoilette zu führen.

»Tut mir leid, du brauchst nicht ...«

Frances wartete bei den Waschbecken und hörte unmissverständlich, wie Triona sich übergab. Und zwar so heftig, dass es ihr den ganzen Magen umzudrehen schien. Sie erinnerte sich genau an das Gefühl und wusste instinktiv, was mit ihrer Freundin nicht stimmte.

Nach einiger Zeit kam Triona aus der Kabine. Sie sah vollkommen elend aus und schaute sie verlegen an. »Tut mir leid«, murmelte sie. »Ich wollte dir dein Frühstück nicht verderben.«

Frances stand mit einem feuchten Papierhandtuch bereit, um Triona das Gesicht abzuwischen. »Kein Grund, sich zu entschuldigen. Du kannst ja nichts dafür.«

»Ich glaube, es war der Speckgeruch. Und ich hätte den Kaffee nicht trinken sollen.«

»Wahrscheinlich. Als ich mit Heather schwanger war, musste ich um Kaffee auch einen großen Bogen machen.«

Triona schluckte schwer und wandte den Blick ab. »Dann weißt du ja Bescheid«, sagte sie ausdruckslos.

»Wenn man selbst mal schwanger war, ist das wirklich nicht schwer zu erraten. Morgendliche Übelkeit ist scheußlich.« Frances war kleiner als Triona und konnte daher der anderen Frau nicht den Arm um die Schulter legen, stattdessen streichelte sie ihr den Arm. »Möchtest du drüber reden?«, schlug sie vor.

»Nein.« Triona schluckte wieder. »Doch, aber nicht hier. Und nicht im Café.«

»Keine Essensgerüche«, bestätigte Frances. Sie arbeitete schon seit Jahren im Krankenhaus und kannte dort jeden Winkel. Es gab ein paar Sprechzimmer, in die sich Ärzte mit Angehörigen von Patienten zurückzogen, um ihnen schlechte Nachrichten hinter verschlossener Tür mitzuteilen, und eins davon war ganz in der Nähe. Sie führte Triona dorthin und dirigierte sie zu einem Sessel, dann zog sie sich selbst einen Stuhl heran, sodass sie seitlich von ihr saß. Manchmal war es leichter, etwas Schwieriges zu sagen, wenn man dem anderen nicht direkt ins Gesicht zu sehen brauchte.

»Es hat erst vor ein paar Tagen angefangen, vielleicht vor einer Woche«, sagte Triona. »Aber es ist schrecklich.« Sie faltete die Hände auf dem Schoß.

»Und der Vater?«, fragte Frances in sanftem Ton.

Triona spuckte den Namen beinahe aus. »Neville, der Mistkerl.«

»Neville Stewart? Detective Inspector Neville Stewart?« Sie war erstaunt und konnte es nicht verbergen.

»Genau der.«

»Aber ...« Frances dachte zurück und versuchte sich zu erinnern. Neville Stewart. Frances konnte sich gut vorstellen, dass wahrscheinlich ein Menge Frauen diesen Mann mit seinem jungenhaften Gesicht und dem durchtrainierten Körper attraktiv finden würden, auch wenn er absolut nicht ihr Typ war. Bei ihr hatte er natürlich auch seinen irischen Charme nie spielen lassen; sie hatte ihn sogar kaum einmal lächeln gesehen. Nun ja, räumte sie für sich ein, über Geschmack ließ sich eben nicht streiten.

»Ich fange am besten von vorne an, okay?« Trionas Tonfall klang auf einmal irischer als sonst.

»Das wäre vermutlich hilfreich.«

Triona drehte sich so, dass sie mehr in Richtung Fenster als zu Frances sprach. »Ich habe Stewart vor vielen Jahren kennengelernt. Es ist fast zehn Jahre her.«

»Ungefähr um die Zeit, als wir beide uns aus den Augen verloren haben«, wurde Frances bewusst.

»Ja. Und wahrscheinlich war er der Hauptgrund dafür. Als wir zusammen waren, zusammenlebten, blieb in meinem Leben für nichts anderes mehr Zeit.«

»Und wie lange ging das so?«

»Drei Monate. Eine Ewigkeit – wie man's nimmt.« Triona schloss die Augen. »Gott, hab ich ihn geliebt. Ich war verrückt nach ihm. Und er ... ich glaube, er hat überhaupt keine Ahnung, was das Wort ›Liebe‹ bedeutet.«

Sie schluckte und verstummte. Es trat eine lange Pause ein.

»Hat er dich nach drei Monaten verlassen?«, gab Frances nach einer Weile das Stichwort.

»Nein, ich habe *ihn* verlassen. Ich bin ausgezogen.«

»Ich fürchte, ich kann dir nicht folgen«, gab Frances zu.

Triona verschränkte die Hände ineinander und öffnete sie dann wieder in einer dramatischen Geste. »Ich wollte, dass er mich heiratet, verstehst du? Aber er hatte schreckliche Angst, sich zu binden. Also dachte ich, dass ich ihn einfach schockiere, damit er was tut. Ich zog aus. Ich war mir so sicher, dass er mich suchen ... finden würde, irgendwas. Hat er aber nicht. Er hat keinerlei Anstalten gemacht, mich zu finden. Er hat mich einfach verdammt noch mal gehen lassen.«

Frances verstand immer noch nicht. Das schien ihr ein ziemlich abwegiger Versuch zu sein, jemandem zu sagen, dass man auf einen Heiratsantrag von ihm hoffte. Und es schien eine Geschichte zu sein, die sich über Jahre angestaut hatte. Sie wartete, bis Triona weitersprach.

»Ein paar Monate später hab ich dann jemand anderen geheiratet. Einen Mann, den ich von der Arbeit her kannte – einen Anwalt aus der Kanzlei, in der ich meine Referendarzeit gemacht habe.

Ich habe ihn nicht geliebt«, fügte sie unverblümt hinzu. »Ich habe ihn nur geheiratet, um dem verdammten Neville Stewart eins auszuwischen. Ich hoffte, der irische Bastard würde nachts wach liegen und daran denken, was ihm fehlte, was er einem anderen überlassen hatte.«

»Und war es so?«

Triona stieß ein kurzes, bitteres Lachen hervor. »Von wegen. Er hat nicht mal gewusst, dass ich verheiratet war! Ich hab sechs Jahre lang eine schlechte Ehe über mich ergehen lassen, um es ihm heimzuzahlen, und er wusste es nicht mal.«

Das erklärte allerdings nicht, wieso sie jetzt von ihm schwanger war. Frances hatte Übung darin, geduldig zu warten und zuzuhören. Sie faltete die Hände im Schoß.

Triona stand auf und lief rastlos zum Fenster. »Und dann spaziert er plötzlich wieder in mein Leben. Oder ich in seins – wie man's nimmt. An dem Tag, als du ...« Sie schwieg taktvoll, um Frances nicht an etwas zu erinnern, das sie lieber vergessen würde. »Ich hatte ihn nicht mehr gesehen, seit ich ihn damals verlassen habe. Neun Jahre, fast auf den Tag genau.«

Frances sah die Spannung in Trionas Rücken und hörte den Schmerz in ihrem Tonfall.

»Neun Jahre lang hatte ich ihn leidenschaftlich gehasst. Aber als ich den Bastard wiedersah, stellte ich fest, dass die Liebe auch noch da war. Es die ganze Zeit gewesen war. Du kannst nicht einfach aufhören, jemanden zu lieben, nur weil du es willst, oder?«

»Wahrscheinlich nicht.«

»Er war immer noch frei und ungebunden. Ich selbst hatte meinen Mann schon Jahre zuvor verlassen. Du weißt, es hätte damals gegen das Berufsethos verstoßen, uns zu treffen, solange dein Fall nicht vollständig geregelt war. Aber danach ... er hat mich zum Essen eingeladen. Und dumm, wie ich war, habe ich Ja gesagt.«

»Also seid ihr wieder zusammen.«

»Ich wünschte, es wäre so einfach.« Wieder dieses bittere Lachen, während Triona die Arme um ihren Körper schlang und die Stirn an das kalte Fensterglas legte. Es hatte gerade zu regnen begonnen; dicke Tropfen prasselten gegen die Scheibe und rollten dann langsam herunter, sodass ihre Bahnen wie Perlenschnüre schimmerten. »Wir haben miteinander geschlafen. Nur das eine Mal. Ein Mal, offenbar ein Mal zu viel.« Sie rieb sich den Bauch. »Er wollte sofort bei mir einziehen. Da anknüpfen, wo wir aufgehört hatten. Aber ich ... habe Nein gesagt.«

»Du wolltest nicht, dass ihr wieder zusammenkommt?«

»Ich wollte es mehr als irgendetwas sonst.« Triona fing an, im Rhythmus des Regens mit den Fingern an die Scheibe zu trommeln. »Aber zu meinen Bedingungen, nicht zu seinen. Ich habe ihm gesagt, er muss sich Mühe geben. Mich erobern, um mich werben.«

»Und hat er das getan?«

Triona blitzte sie über die Schulter hinweg an. »Oh, er war fantastisch, jedenfalls ein paar Wochen lang. Blumen, romantische Rendezvous in teuren Restaurants, Theaterbesuche. Jeden Abend, wenn er keinen Dienst hatte. Ich fing an, Mitleid mit ihm zu haben - er gab so viel Geld für mich aus, und ich wusste, dass er es sich eigentlich nicht leisten kann. Ich war kurz davor, klein beizugeben, ihn bei mir einziehen zu lassen.«

Alles, was sie erzählte, war in der Vergangenheitsform, registrierte Frances, bevor sie begriff, was passiert sein musste. »Aber als er erfuhr, dass du schwanger bist ...«, platzte sie heraus. Die alte Geschichte.

Triona drehte sich zu ihr um und hob trotzig das Kinn. »Er weiß es nicht«, sagte sie.

»Aber was ...«

»Ich habe mich ein bisschen ... seltsam gefühlt. Diese verfluchte Übelkeit am Morgen. Also hab ich dann vor rund einer Woche einen Test gemacht. Auf diesen Streifen gepinkelt, ihn blau gefärbt: schwanger.« Triona schloss die Augen. »Ich wollte es ihm an dem Abend sagen. Dass ich mit seinem Baby schwanger bin. Aber dann ...« Sie schluckte. »Er rief nicht an. Nicht an dem Abend und am nächsten Tag auch nicht. Und seitdem habe ich nichts mehr von ihm gehört. Der Bastard.«

»Aber er weiß es doch gar nicht.« Frances versuchte, ihn zu verteidigen. »Vielleicht hat er hart gearbeitet, an einem wichtigen Fall.«

»Das hab ich mir die ersten ein, zwei Tage auch eingeredet. Aber danach? Schließlich hat er ein Telefon. Sogar mehr als eins. Und ein Handy. Soweit ich weiß, hat er sich nicht alle Finger gebrochen. Wenn er einfach nur beschäftigt wäre, könnte er anrufen und es mir sagen. Nein, er hat beschlossen, dass er mich nicht mehr sehen will, und macht sich wie ein Feigling aus dem Staub.«

»Wieso rufst du nicht ihn an? Um zu sehen, was los ist? Ich bin sicher, wenn du ihm erst mal von dem Baby erzählst ...«

Triona fiel ihr ärgerlich ins Wort. »Darum geht es ja gerade. Ich werd's ihm nicht sagen. Ich *kann* ihn nicht anrufen. Ich will nicht, dass er mich aus Mitleid heiratet. Oder aus einem verdammten Pflichtgefühl heraus.« Sie schwieg kurz und fuhr dann in ruhigerem Ton fort: »Du musst dazu einfach wissen, wie das mit Neville und mir ist. Unsere Beziehung war immer ... extrem. Höhen und Tiefen. Die guten Zeiten waren fantastisch, unbeschreiblich. Die schlechten ziemlich schlimm. Und wenn er mich nur heiraten würde, weil er sich in die Ecke gedrängt fühlt - und nicht, weil er es mehr als irgendetwas sonst auf der Welt möchte -, dann wäre unser Leben die reine Hölle. Ich wäre ihm zuwider. Er würde mich hassen. Und am Ende täte ich es umgekehrt sicher auch. Was wäre das für eine Familie, um darin ein Kind großzuziehen? Es wäre für keinen von uns fair.«

Frances stand auf und ging zu ihr. Sie nahm ihre Hände und drückte sie. »Und was hast du jetzt vor?«, fragte sie sanft.

»Oh, ich werd's nicht wegmachen lassen, wenn du das meinst.« Triona blinzelte heftig, wie um die Tränen zurückzuhalten. »Ich bin immer dafür gewesen, dass die Frau die Wahl hat; ich habe das Recht von Frauen verteidigt, mit ihrem Körper zu machen, was sie wollen. Das weißt du. Egal, was der Heilige Vater dazu sagt. Aber wenn es um mein eigenes Baby geht ... na ja, ich könnte es einfach nicht.« Sie verlor den Kampf gegen die Tränen; sie rannen ihr die Wangen herunter wie die Regentropfen am Fenster. »Ich werde dieses

Baby bekommen. Ohne den verdammten Neville Stewart. Und wenn ich Glück hab, wird er es nie erfahren.«

Detective Inspector Stewart langweilte sich. Es schien Wochen her, dass er zuletzt einen anständigen Fall zwischen die Zähne bekommen hatte. Autodiebstahl, Straßenraub, Einbruch, Kleinkriminalität im Drogenmilieu: alles zu öde, um auch nur ein Wort darüber zu verlieren. Nur selten bekamen sie die Täter zu fassen, und wenn es ihnen doch einmal gelang, dann machte das kaum einen Unterschied – die Gauner waren wieder auf der Straße, bevor man das Wort ›Staatsanwalt‹ auch nur ausgesprochen hatte. Was er jetzt gebraucht hätte, wäre ein anständiger Mord. Etwas, das ihn auf Hochtouren laufen lassen und seine grauen Zellen wieder in Schwung bringen würde. Etwas, das seine langen, einsamen Abende füllte.

Die Schreibtischarbeit brachte ihn schier um den Verstand. Jedes noch so kleine Verbrechen zog einen Haufen Papierkram nach sich. Aber er war schließlich nicht zur Polizei gegangen, um den Kugelschreiber zu schwingen.

Mit Abscheu betrachtete er seinen übervollen Eingangskorb und wünschte sich beim Anblick des unaufhörlichen Regens vor der Scheibe einmal wieder, er hätte das Rauchen nicht aufgegeben. Neville schob den Stuhl vom Tisch zurück und machte sich auf die Suche nach Kaffee.

Im Flur vor seinem Büro lief er Sergeant Sid Cowley über den Weg, der in die entgegengesetzte Richtung unterwegs war. Cowley trug Mantel und Schirm.

»Hey, Sid. Was gibt's?«

Cowley schwieg einen Moment. »Hi, Chef. Bin gerade zu 'nem Fall unterwegs.«

»Irgendwas Interessantes?«

»Wahrscheinlich nicht.« Cowley zuckte die Achseln. »Vermisste Person. Kerl geht joggen, kommt nicht nach Hause.

Frau gerät in Panik.« Er zuckte wieder die Achseln. »Ist vermutlich nur irgendwo untergekrochen, wo's trocken ist. Bis ich da bin, hat er's sich längst zu Hause gemütlich gemacht und nimmt 'ne heiße Dusche, nachdem er sich die Gardinenpredigt von seiner Alten angehört hat.«

Neville traf eine spontane Entscheidung. »Warten Sie einen Moment, Sid. Ich komme mit. Hole nur schnell meinen Mantel.«

»Das ist wirklich kein Fall für einen Detective Inspector.«

»Sie wollen nur nicht, dass ich Ihnen im Weg bin, was, Sid?« Neville schlug dem Sergeant auf die Schulter. »Nur für den Fall, dass die Ehefrau ... zum Anbeißen ist? Oder verzweifelt?«

»Verziehen Sie sich«, brummte Cowley. »Alles, was recht ist, Chef.«

Muss wohl einen Nerv getroffen haben, dachte Neville selbstzufrieden und schnappte sich seinen Regenmantel. Er konnte in Sid Cowley lesen wie in einem offenen Buch, wenn es um Frauen ging.

Dieser Fall war vielleicht nichts Aufregendes. Er hatte sich vielleicht sogar schon erledigt, bevor sie überhaupt angekommen waren. Aber wenigstens brachte er ihn aus dem verdammten Revier heraus.

Drei

Diese Frau *war* zum Anbeißen. Sie war jung, sie war sehr hübsch, sie war blond, und wenn Neville sich nicht irrte, war das ihre natürliche Haarfarbe und keine aus der Tube: ein sattes Weizenblond, das nur sehr schwer künstlich herzustellen ist.

Außerdem war sie sehr schwanger.

Das allerdings dürfte Sid Cowley einen entscheidenden Dämpfer verpasst haben.

Und sie stand kurz vor einem hysterischen Ausbruch.

»Trevor verspätet sich nie«, sagte sie und führte sie ins Wohnzimmer im Erdgeschoss der stattlichen viktorianischen Doppelhaushälfte. »Ich sage immer, man kann seine Uhr nach Trevor stellen. Ich ziehe ihn manchmal damit auf.«

Er würde die Sache Sid überlassen, beschloss Neville; immerhin war es sein Fall. Cowley zog sein Notizbuch hervor. »Dann fangen wir mal von vorne an, Mrs ... eh ...«

»Norton. Rachel Norton.« Sie legte die Arme um ihren enormen Bauch.

Das Wohnzimmer war sauber, fast steril; es wirkte wie ein selten benutzter Raum. Die dreiteilige Sofagarnitur passte perfekt in das Ambiente, als sei sie speziell dafür angeschafft, und sah aus, als hätte nie jemand darauf gesessen.

Da dies kein geselliger Besuch war, wurde ihnen auch kein Kaffee angeboten. Rachel Norton bedeutete den beiden Polizisten mit einer höflichen Geste, auf dem Sofa Platz zu nehmen.

Cowley schaute auf die Notizen, die er sich zuvor am Telefon gemacht hatte. »Also, Mrs Norton. Sie sagen, Ihr Mann, Mr Trevor Norton, ist um sieben Uhr joggen gegangen.«

»Wie immer. Jeden Tag. Ob's regnet oder die Sonne scheint.« An diesem Tag tat es eindeutig Ersteres: Der Regen peitschte gegen das Erkerfenster an der Straßenfront und strömte in breiten Rinnen daran herab. Sie betrachtete das Fenster und zitterte unwillkürlich, während sie mit den Armen ihre Schultern umfasste.

»Und wann haben Sie ihn zurückerwartet?«

»Er ist immer um acht zurück. Dann duscht er schnell, zieht sich an, isst eine Schale Müsli und sitzt um halb neun am Schreibtisch.«

Cowley blinzelte und schien verwirrt. »Demnach arbeitet er ...«

»Hier, von zu Hause aus. Habe ich das nicht gesagt? Er führt von daheim seine eigene Firma.«

»Als was arbeitet er, Mrs Norton?«, warf Neville ein. Cowley kniff die Augen zusammen - eine stumme Warnung, sich rauszuhalten.

»Er ist IT-Berater.« Ihr Stolz war deutlich herauszuhören. »Trevor ist ein Computer-Genie. Vor ungefähr einem Jahr hat er beschlossen, selbst was aufzuziehen. Bis jetzt läuft es sehr gut.«

»Arbeitet er ausschließlich hier?«, nahm Cowley den Faden auf. »Oder auch schon mal außer Haus?«

»Oh, er verbringt eine Menge Zeit außer Haus. Das gehört zu seinem Job, wissen Sie. Er muss dahin, wo die Computer sind. Wenn jemand ein Problem hat oder so, dann rufen die Leute ihn an, und er fährt hin.«

»Vielleicht hatte er einen Termin«, sagte Cowley. »Oder es hat sich plötzlich was Dringendes ergeben. Hat er ein Handy dabei, wenn er joggen geht?«

Rachel Norton schüttelte den Kopf. »Nein, beim Laufen will er ungestört sein. Er nimmt nur seinen iPod mit.«

Neville beobachtete Sid Cowleys Reaktion; unverkennbar huschte ein Anflug von Neid über sein Gesicht. Neville wusste, dass Sid sich sehnlichst einen iPod wünschte, aber noch nicht genug Geld beisammen hatte, um sich einen kaufen zu können. Mehr als einmal hatte Neville Sid mit der ganzen Selbstgerechtigkeit des ehemaligen Rauchers gesagt, wenn er seine zwei Päckchen am Tag aufgeben würde, könnte er sich schon bald dieses kleine Ding mit den schönen weißen Kopfhörern leisten.

Apropos, Sid hatte sich, seit Neville ihn morgens getroffen hatte, noch gar keine angezündet. Er hatte im Wagen nicht geraucht und auch Mrs Norton nicht gefragt, ob er im Haus rauchen dürfe - das war sonst gewöhnlich das Erste, was er tat. Und wenn er genau hinsah, stellte er fest, dass Sid einen Kaugummi kaute. Hol mich der Teufel - gab er wirklich das Rauchen auf?

»Was für einen iPod hat er denn?«, fragte Cowley.

Rachel Norton runzelte die Stirn und sah ihn befremdet an. »Ich weiß nicht genau. Das neueste Modell, nehme ich an. Ist das denn wichtig?«

»War nur neugierig«, murmelte er und kam wieder zur Sache. »Sie haben demnach keine Ahnung, wo er hingegangen sein könnte.«

»Er ist noch *nie* derart zu spät gekommen.« Sie sah auf die Uhr. »Es ist fast elf. Er hätte schon vor drei Stunden zu Hause sein müssen. Vor *drei Stunden*.«

Drei Stunden waren in ihrer Polizeiwelt gar nichts. Wäre das sein Fall gewesen, dachte Neville, hätte er die Sache an diesem Punkt abgebrochen, der Lady ein paar beruhigende

Worte gesagt und sie gebeten, sich bei ihnen zu melden, wenn der Göttergatte nach Hause käme, und ansonsten am nächsten Morgen anzurufen, sollte er bis dahin immer noch nicht aufgetaucht sein. Trevor Norton war ein erwachsener Mann. Falls er für ein paar Stunden von der schwangeren Frau verduften wollte, dann ging das die Polizei wohl kaum was an.

Doch das hier war nicht sein Fall, und er sagte kein Wort. Sid hatte offensichtlich andere Vorstellungen. Entweder versuchte er, mit seiner pedantischen Vorgehensweise beim Boss Eindruck zu schinden, oder aber er war trotz ihres grotesk dicken Bauchs von Rachel Norton angetan. Vielleicht langweilte er sich aber auch nur genauso wie Neville selbst und hatte nichts Besseres - oder Interessanteres - zu tun.

»Führt Ihr Mann einen Terminkalender?«, fragte Cowley. »Vielleicht auf seinem Schreibtisch?« Sie schüttelte den Kopf. »Keinen aus Papier. Es ist auf seinem Computer. Und natürlich auf seinem PDA Organizer.«

»Können wir den mal sehen?«

»Ja, selbstverständlich.« Rachel Norton führte sie wieder in die Eingangsdiele und von dort aus die Treppe hoch. Sie musste sich am Geländer festhalten und buchstäblich daran hochziehen. »Tut mir leid«, sagte sie, als sie schwer atmend oben angekommen war. »Ich bin derzeit ein bisschen schwerfällig auf den Beinen.«

Cowley sah sie von oben bis unten an. »Trevor freut sich bestimmt über das Baby?«

»Er ist völlig aus dem Häuschen«, sagte sie mit einem Lächeln. »Kann's kaum erwarten.«

Neville wusste, worauf Sid hinauswollte: Derselbe Gedanke war ihm auch schon gekommen. Vielleicht kam Trevor mit der Aussicht auf seine Vaterrolle nicht zurecht. Vielleicht war es für ihn alles ein bisschen zu viel gewesen, und er hatte sich verdünnisiert.

Der Raum über dem Wohnzimmer an der Eingangsseite des Hauses war ein Büro, das mit modernen, zweckmäßigen Möbeln im Ikea-Stil sowie der neuesten Technik ausgestattet war. Die zwei eleganten Flachbildschirme mussten wohl Computer sein, auch wenn sie mit dem hässlichen beigen Plastikklotz auf seinem eigenen Schreibtisch im Revier wenig gemeinsam hatten. Einen Drucker konnte er erkennen, doch daneben standen noch alle möglichen anderen Geräte und jede Menge elektronischer Schnickschnack herum, von deren Funktionen er keine Ahnung hatte.

Und es gab ein Telefon, das wie auf Kommando zu klingeln begann, als sie das Büro betraten.

Rachel Norton fuhr sich mit der Hand an den Hals; sie griff nach dem Hörer. »Hallo«, sagte sie mit zittriger Stimme, was am Treppensteigen liegen mochte, auch wenn Neville das bezweifelte.

Er beobachtete sie genau, als sie auf die Stimme am anderen Ende horchte. »Nein, Trevor ist nicht hier. Ich weiß auch nicht - tut mir leid - ja, das mache ich.«

Inzwischen nutzte Cowley die Unterbrechung, um den Kaugummi aus dem Mund zu nehmen, ihn in ein Papierchen zu wickeln und in einen Papierkorb zu werfen, bevor er sich einen frischen einwarf.

Rachel legte das Telefon auf und nagte an ihrer Unterlippe, während sie sich zu Cowley umdrehte. »Das war einer von Trevors Kunden. Trevor sollte zu ihm kommen, um mit ihm seine Konfigurationen durchzugehen. Um zehn. Er hat noch nichts von ihm gehört. Er hat es auf Trevors Handy versucht, aber es ist ausgeschaltet.« Sie holte tief Luft. »Beweist das nicht, dass hier etwas ganz und gar nicht stimmt? Trevor würde nie einen Kunden hängen lassen.«

Cowley schaute zu den Computern herüber. »Könnten wir wohl seinen Terminkalender sehen, Mrs Norton?«

Sie setzte sich vor einen der Rechner und tippte ein Passwort ein. Der Bildschirmschoner verschwand und gab den Blick frei auf einen dunkelblauen Desktop mit verschiedenen Icons.

»Er hat den Computer angelassen?«, fragte Cowley.

»Trevor lässt die Rechner immer laufen«, sagte sie über die Schulter hinweg, während sie ein Icon anklickte. »Er sagt, für Geräte, die regelmäßig in Gebrauch sind, sei das besser. Das ständige An- und Ausschalten ist nicht gut.«

Eine Kalenderseite erschien auf dem Bildschirm, die genau wie eine aus Papier gestaltet war. »Das hier ist für heute«, sagte Rachel Norton. »Der Termin um zehn. Und noch einer heute Nachmittag um zwei.« Sie zeigte auf den Bildschirm. »Und um vier bringt er mich zur Geburtsvorbereitung.«

Das bewies immer noch nicht, dachte Neville, dass Trevor Norton nicht vorhatte zu verschwinden.

Er nahm den einzigen dekorativen Gegenstand auf dem Schreibtisch zur Hand, einen Silberrahmen mit einem Foto von Rachel Norton in einem traditionellen weißen Hochzeitskleid. Schlank, schön und strahlend. »Wie lange sind Sie denn schon verheiratet?«

»Fast ein Jahr. Wir haben kurz nach Weihnachten geheiratet.« Sie schluckte und rieb sich den Bauch. »Wir waren schon ein paar Jahre zusammen, und Trevor war bereit, eine Familie zu gründen. Wir beide wollten das. Also haben wir beschlossen zu heiraten. Es war eine schöne Hochzeit.«

Cowley schrieb etwas in sein Notizbuch und klappte es dann zu. »Also, erst einmal vielen Dank, Mrs Norton«, sagte er. »Bitte rufen Sie uns unbedingt an, falls Ihr Mann nach Hause kommt.«

»Falls?«, fragte sie, während sie sich umdrehte und zu ihm aufsah. »Und falls er nun nicht kommt? Was ist dann?«

Ein paar Minuten später saßen sie wieder im Wagen. »Was halten Sie von der Sache, Chef?«, fragte Cowley, während er hinters Lenkrad rutschte.

Neville zuckte die Achseln. »Ich glaube immer noch, dass er vielleicht irgendwo untergeschlüpft ist, um ins Trockene zu kommen, als es zu schütten anfing. Oder er hat sich aus dem Staub gemacht.«

»Mit so einer Frau? Der müsste verrückt sein.« Cowley steckte den Schlüssel ins Zündschloss, doch bevor er ihn herumdrehte, wickelte er seinen Kaugummi ein, steckte ihn in den Aschenbecher und holte einen frischen aus der Packung. »Vielleicht hat er wegen des Babys kalte Füße bekommen. Wäre nicht das erste Mal, dass so was passiert.«

Cowley nickte nachdenklich. »Ja, vermutlich.«

»In der Theorie klingt ein Baby toll. Aber dann bläht sich seine Frau auf wie ein Ballon, Sie wissen schon, was ich meine.«

»Vielleicht hat er sogar jemand anders gefunden.« Cowley drehte den Zündschlüssel, und der Wagen sprang stotternd an. »Er und seine Frau vögeln wahrscheinlich derzeit nicht viel, und vielleicht geht er dafür woanders hin. Kann ich ihm nicht verdenken, Chef. Nicht wirklich.«

»Wenn er in vierundzwanzig Stunden nicht wieder aufgetaucht ist, dann würde ich wohl eine solche Möglichkeit in Betracht ziehen. Ich meine, an Ihrer Stelle«, fügte er hinzu. »Wenn es mein Fall wäre.«

»Der Computer«, sagte Cowley umsichtig. »Da könnten E-Mails drauf sein oder so. Manchmal kaum zu fassen, was die Leute alles in ihrem Computer haben.«

»Oder er kommt in den nächsten fünf Minuten nach Hause.«

»Oder auch nicht. Kein Rauch ohne Flamme, Chef.«

Neville griff das Stichwort auf. »Da wir gerade von Rauch reden, Sid ...«

»Ja?«, fragte der in abwehrendem Ton zurück.

»Habe ich heute Morgen richtig bemerkt, dass da etwas fehlte?«

Cowley wandte den Blick nicht von der Straße vor ihnen. »Na schön. Ich versuche, mit dem Rauchen aufzuhören.«

»Was ich über den iPod gesagt habe, hat Ihnen somit eingeleuchtet?« Neville freute sich diebisch. »In zwei, drei Wochen haben Sie genug gespart, um sich einen zu kaufen.«

»Das ist nur ein Argument«, gab Cowley zu. »Um ehrlich zu sein, Chef ... Haben Sie schon mal was von *findagain.co* gehört?«

»Häh? Was ist das denn?«

»Eine Website. Um Leute aufzuspüren, mit denen man zur Schule gegangen ist«, erklärte Cowley. »Damit man sich wiedertreffen kann.«

Neville schnaubte verächtlich. »Der reine Albtraum! Die Gewissheit, in meinem ganzen Leben keinen von den Clowns jemals wiedersehen zu müssen, mit denen ich zur Schule gegangen bin, gehörte für mich zu den besten Argumenten dafür, Irland zu verlassen. Wie dem auch sei, was hat das mit dem Preis für Glimmstängel zu tun?«

»Na ja«, erklärte Cowley, und es klang ein wenig defensiv, »ich hab mich da angemeldet. Und dieses Mädchen gefunden - ein Mädchen, auf das ich in der Schulzeit mächtig scharf war. Damals hatte sie keine Zeit für mich, aber jetzt ... tja, es läuft großartig.«

»Aha, ein Mädchen.« Sid hatte immer ein Auge auf das eine oder andere Mädchen, doch bis jetzt hatte ihn das noch nie vom Rauchen abgehalten. Vielleicht war dieses Mädchen ja ein bisschen kostspieliger. Das konnte Neville nachempfinden: Triona mit ihrer Vorliebe für teure Restaurants und Theaterbesuche hatte ihn fast in den Ruin getrieben, bevor er zu dem Schluss kam, dass es langte. »Sie ist teuer?«

»Nein, das ist es nicht.« Die Ampel vor ihnen schaltete auf Gelb, und Sid trat auf die Bremse. »Sie hasst Rauchen. Sie sagt ... wenn sie mich küsst, ist es, als ob sie einen Aschenbecher auslecken würde. Sie sagt, wenn ich nicht damit aufhöre …«

»Ach so. Ich verstehe.« Armer Sid, dachte er. Die verdammte Frau hatte ihn ganz schön fest beim Wickel. Er kannte das Gefühl. Nicht gut. Überhaupt nicht gut. »Nun denn, Sid, ich hoffe, sie ist es wert«, sagte Neville und schüttelte den Kopf. »Ich wünsche Ihnen von Herzen, dass sie es wert ist.«

Mark Lombardi sah seine Schwester in letzter Zeit kaum noch. Nicht halbwegs oft genug, wenn man bedachte, dass sie die ersten zehn Jahre seines Lebens wie eine zweite Mutter für ihn gewesen war. Serena war acht gewesen, als Mark zur Welt kam; und solange seine Mutter von morgens bis abends im La Venezia, dem Familienrestaurant, arbeitete, war es an Serena hängen geblieben, ihm abends bei den Schularbeiten zu helfen und ihn ins Bett zu bringen.

Inzwischen arbeitete sie genauso hart wie ihre Mutter im Restaurant, sodass sie mittags und abends viel zu beschäftigt war. Wenn Mark Serena sehen wollte, dann musste er sie gezielt am Vormittag besuchen.

Als Serenas Kinder noch jünger gewesen waren, hatte Mark oft abends als Babysitter ausgeholfen. Inzwischen war Angelina an der Universität und Chiara zwölf – ein Alter, in dem sie es als die größte Beleidigung empfand, einen Babysitter zu haben, selbst wenn es sich dabei um ihren heiß geliebten Onkel Marco handelte.

Serena hatte schon mit achtzehn Jahren geheiratet, ganz nach dem Geschmack der Familie – *la famiglia*. Auch wenn seine Mutter es nie zugegeben hätte, hegte Mark den Verdacht, dass die ganze Sache von vornherein geplant gewesen war. Giuseppe di Stefano, Sohn eines Freundes von Marks Tante mütterlicherseits, war aus Italien angereist, um in London zu studieren. Er hatte im Restaurant einen Job bekommen – hauptsächlich als Tellerwäscher –, um damit sein Studium zu finanzieren. Als Freund der Familie durfte er sogar als Langzeitgast ins Gästezimmer ziehen.

Das Unvermeidliche war geschehen; die Nähe hatte ihre Wirkung nicht verfehlt. Serena verliebte sich bis über beide Ohren in Joe, wie sie ihn bald nannten, und sie heirateten, sobald er sein Studium abgeschlossen hatte.

Jetzt wohnten sie einen Steinwurf vom Restaurant entfernt in Clerkenwell. Das war nicht nur für Serena praktisch, sondern auch für Joe, der im nahe gelegenen Bloomsbury an der University of London unterrichtete.

Auch von Marks Wohnung aus war es nicht weit. Er war vor wenigen Jahren in ein Apartment in der Nähe von High Holborn gezogen, das er sich mit einem Burschen teilte, der in der City arbeitete. Seine Mutter war entsetzt gewesen: Wieso sollte er daheim ausziehen? Noch dazu, um mit einem Fremden zusammenzuwohnen, wo er doch im Kreise seiner Familie leben konnte? Von seiner ihn liebenden *mamma* umsorgt und bekocht? Das war nicht normal. Das war nicht einzusehen. Italienische Männer blieben daheim bei ihren Müttern, bis sie heirateten und die Ehefrauen sich um sie kümmerten. Das war der Lauf der Dinge.

Er hatte nicht damit gerechnet, mit seinem Auszug so viel Staub aufzuwirbeln, doch selbst wenn, hätte er es in Kauf genommen. Für ihn war es absolut unverzichtbar, in seinen eigenen vier Wänden zu leben, auch wenn er die Wohnung mit einem Fremden teilte. Sein Mitbewohner Geoff war der Preis, den er zu zahlen hatte; allein hätte er sich die Wohnung niemals leisten können. Sie kamen gut miteinander zurecht, es gab keine Konflikte, zumal sie sich kaum sahen. Beide machten viele Überstunden, und in seiner Freizeit war Mark mit Callie zusammen.

Callie. Er dachte an sie, während er seine Cornflakes aß; er dachte meistens an sie, wenn er sich nicht auf andere Dinge konzentrieren musste. Und oft sogar dann.

Was sollte er wegen Callie unternehmen?

Ein Problem mit Callie war natürlich ihr Beruf. Sie war eine Diakonin der anglikanischen Kirche. Noch keine Priesterin, doch in wenigen Monaten würde sie es sein. Und das war, auch wenn er es nicht gerne zugab, für ihn ein Problem.

Nicht die Sache mit der anglikanischen Kirche; das machte ihm nichts aus. Seine Eltern allerdings - besonders seine Mutter - hätten damit natürlich ihre liebe Not. Für sie gab es nur eine Kirche, und das war nicht die anglikanische.

Für Mark dagegen ging es nur um ihre Priesterschaft. Er war mit der Kirche aufgewachsen, hatte vor Father Luigi und Father Giovanni und Father Giorgio und all den anderen Priestern, die ihre Schäfchen auf dem Pfad der Tugend hielten, den nötigen Respekt gehabt. Sie waren anders - ein wenig entrückt. Nicht wie Menschen aus Fleisch und Blut mit entsprechenden Bedürfnissen. Seine Mutter hatte ihm diese idealisierte Auffassung des Priesteramts eingeflößt, und sie war tief in ihm verankert.

Callie dagegen war definitiv aus Fleisch und Blut: und sehr begehrenswert obendrein. Sie war attraktiv, warmherzig und - ja - sexy.

Unter anderen Umständen jedenfalls ...

Aber sie war dabei, Priesterin zu werden. Sie musste sich an feste Normen halten, an eine ganz bestimmte Lebensweise, die sie zu etwas Besonderem machte. Es wäre nicht richtig, sie in eine physische Beziehung zu drängen, jedenfalls nicht, solange er ihr noch keine feste Bindung versprechen konnte.

Dafür war es noch zu früh. Seine Eltern wussten nicht einmal, dass sie existierte.

Weihnachten mit all seinen familiären Verpflichtungen war nicht mehr weit, und er würde Callie über die Feiertage so oft wie möglich sehen wollen. So konnte es nicht weitergehen; er durfte sie nicht vor *la famiglia* verstecken. Es war höchste Zeit, dass er mit Serena sprach. Sie war vernünftig und würde seine Situation nachempfinden können. Sie würde nicht ausflippen wie seine Mutter. Sie würde wissen, wie er seiner Mutter die Sache schonend beibringen konnte.

Am besten ging er jetzt auf dem Weg zur Arbeit bei ihr vorbei. Auf der Stelle, bevor ihn der Mut verließ.

Abgesehen von ihrer unglücklichen Neigung zu Fehlgeburten hatte Serena di Stefano wenig mit ihrer Mutter gemein. War Grazia Lombardi klein und dunkelhaarig und entsprach damit der klassischen Vorstellung von italienischen Frauen, so hatte Serena die Gene irgendeines obskuren venezianischen Vorfahren geerbt: Sie war groß und schön, mit einer wunderbaren rotgoldenen Mähne. (Angesichts der Tatsache, dass auch ihr Vater dunkelhaarig und mittelgroß war, hatte es von Anfang an die Witze über den Milchmann oder *il postino* gegeben.) Und während Grazia Lombardi äußerst reizbar war, machte Serena, »die Heitere«, ihrem Namen alle Ehre. Ob sie so getauft wurde, weil sie bereits als Baby eine fröhliche, ausgeglichene Natur an den Tag gelegt hatte, ließ sich nicht mehr eindeutig klären. Ihre Heiterkeit war jedoch tief verwurzelt. Selbst in den schwierigsten Situationen war sie nicht leicht aus der Ruhe zu bringen, seien es nun häusliche Streitigkeiten oder Krisen in der Küche vom La Venezia. Wenn Grazia Lombardi die Nerven verlor, konnten sie darauf zählen, dass Serena di Stefano ihre bewahrte.

Sie begrüßte ihren Bruder mit einem Kuss auf beide Wangen, einem Lächeln und strahlenden Augen. »Komm rein, Marco. Ich hab frischen Kaffee aufgebrüht.«

Der Kaffee war auf italienische Weise zubereitet, in einem kleinen Topf auf dem Herd, stark und aromatisch, ohne Milch in einer winzigen Tasse serviert. Ein Fingerhut voll reinen Koffeins. Mark nahm ihn dankbar an.

Sie setzten sich an den Küchentisch; in diesem Haushalt war genau wie in dem ihrer Eltern die Küche das eigentliche Zentrum, in dem sich Alltäglichkeiten ebenso wie bedeutsame Momente abspielten.

»Wie läuft's denn so?«, fragte Mark.

»Im Restaurant geht's zu wie im Tollhaus.«

»Na ja, Weihnachten eben. Gibt es viele Betriebsfeste?«

Sie nickte. »Es werden von Jahr zu Jahr mehr. Und es fängt immer früher an – dieses Jahr ist es schon vor dem Dezember losgegangen. Jeden Mittag, jeden Abend. Wir sind total ausgebucht. Wenn das so weitergeht, servieren wir das Weihnachtsessen in den Sommerferien, um die Liste abzuarbeiten.«

Mark grinste. »Und wie kommt Mama damit klar?«

Serena verzog das Gesicht. »Dreimal darfst du raten.«

»Es ist ihr Lebenselixier«, beantwortete Mark seine Frage selbst.

»Das kannst du laut sagen. Ohne das Restaurant würde sie einfach nur rumsitzen und ... alt werden. Die ganze Aufregung hält sie jung.«

Als er die Fältchen um Serenas Augen sah, wurde Mark bewusst, dass sie selber keine junge Frau mehr war. In diesem Jahr hatte sie ihren vierzigsten Geburtstag gefeiert. In den mittleren Jahren, egal, wie man es betrachtete. Und so viel jünger war er auch nicht mehr – ein ernüchternder Gedanke.

»Wie geht's Joe?«, fragte er automatisch nach einem erfrischenden Schluck Kaffee.

»Joe ist ... eben Joe. Arbeitet lange, besonders gegen Semesterende. Er hat jede Menge Klausuren zu korrigieren und behauptet, zu Hause, wo Chiara so viel Krach macht, hätte er nicht die nötige Ruhe dafür. Sie übt gerade den Text für das Krippenspiel bei der Schulaufführung ein.«

»Ich dachte, sie wäre die Maria.«

Serena nickte. »Ist sie auch. Eine große Ehre, Mama ist ganz aus dem Häuschen.«

»Seit wann hat Maria denn Text zu sprechen?«, wollte Mark wissen. »Ich dachte, sie sitzt nur strahlend da vor Glück, Gottes Sohn geboren zu haben.«

»Vergiss nicht Mariä Verkündigung«, sagte Serena mit einem Lächeln. »Du weißt schon. Wo der Engel ihr alles erklärt, die ganze Ave-Maria-Geschichte. ›Mir geschehe, wie du gesagt hast‹, antwortet Maria. Dann sagt sie das Magnificat: ›Meine Seele erhebt den Herrn, und mein Geist freut sich Gottes.‹ Und dann hat Maria noch einen Monolog an der Krippe.«

»Wie?« Mark stellte seine Tasse ab. »Ich bin ja nicht gerade bibelfest, aber soviel ich weiß, hat Maria keinen Monolog.«

Serena zog eine Augenbraue hoch. »Dichterische Freiheit. Die Lehrerin hält sich für eine kleine Theaterschriftstellerin. Jedenfalls hat Chiara einiges an Zeilen zu lernen. Du wirst doch kommen, oder?«

»Fest in meinem Terminkalender vorgemerkt. Würde ich um nichts auf der Welt verpassen wollen. Jetzt schon gar nicht, wo ich von dem Text weiß.«

Sie griff nach der Kaffeekanne und hielt sie einladend über die Tasse. »Noch Kaffee?«

Mark warf einen verstohlenen Blick auf die Uhr an der Wand; er musste endlich mit dem Grund für seinen Besuch herausrücken, schließlich war er auf dem Weg zur Arbeit. »Ja, danke, noch ein bisschen.«

Nachdem sie sich selber nachgeschenkt hatte, machte Serena eine Packung Biscotti auf und schüttete sie auf einen Teller. »Nimm einen«, drängte sie ihn. »Ich hab sie für Angelina gekauft. Sind ihre Lieblingskekse.«

»Wann kommt sie nach Hause?«

Für den Bruchteil einer Sekunde – so kurz, dass Mark nicht sicher war, ob er sich das nur eingebildet hatte – huschte ein Schatten über Serenas Gesicht. »Ich weiß es nicht genau. Ihr Semester ist nächste Woche zu Ende. Aber sie sagt, sie kommt erst ein paar Tage vor Weihnachten heim. Wahrscheinlich nicht rechtzeitig für Chiaras Krippenspiel.«

»Oh, ich bin sicher, sie richtet es irgendwie ein, wenn sie kann.«

An diesem Punkt bestand an Serenas Ausdruck kein Zweifel mehr: Sie war nicht glücklich. »Das ist nicht die ganze Geschichte«, sagte sie gedehnt.

Mark hatte keine Ahnung, wovon sie sprach. Angelina war ein intelligentes, vernünftiges Mädchen, das ihren Eltern keine unnötigen Sorgen bereitete.

»Sie hat einen neuen Freund«, platzte Serena heraus.

Das war kaum verwunderlich, da sie nicht nur intelligent und vernünftig war, sondern auch ein hübsches Mädchen, gerade mal zwanzig, und im zweiten Studienjahr. Eher erstaunlich, dass es bis jetzt gedauert hatte. »Und? Wo liegt das Problem?« Noch während er die Frage aussprach, wusste Mark, mit einem mulmigen Gefühl im Magen, wo das Problem lag. »Er ist kein Italiener«, sagte er betont.

»Nein. Er ist kein Italiener. Er ist auch kein Engländer. Er ist ... nun ja, er ist aus Hongkong. Ein Chinese. Und sie bringt ihn zu Weihnachten mit nach Hause.«

Tapferes Mädchen, dachte Mark. Sie musste wissen, was ihr bevorstand.

Serena verfolgte mit dem Finger das Muster auf dem Tischtuch. »*Mir* soll's recht sein. Solange sie glücklich ist. Mir ist es egal, ob er Italiener oder ... oder Indianer ist.«

»Aber Joe ist es nicht egal«, vermutete er.

»Joe war auf hundertachtzig. *Pazzo.* Ist stinksauer durchs Haus marschiert, hat ein Riesentheater gemacht.« Sie schüttelte den Kopf. »Na ja, er ist immerhin ihr Vater. Die beiden ... das war schon immer was Besonderes.«

»Aber schließlich bedeutet das doch nicht, dass sie den Chinesen auch heiratet«, wandte Mark ein. »Er ist ihr erster Freund. Muss doch nicht unbedingt gleich was Ernstes sein.«

»Wenn es nichts Ernstes wäre, würde sie ihn nicht mit nach Hause bringen«, erklärte Serena. »Sie muss wissen, was ihr Vater davon hält. Außerdem«, fügte sie hinzu, »war Joe *mein* erster Freund. Papa war Mammas erster Freund.«

Ja, dachte Mark, in dieser Familie nahmen sie Beziehungen ernst. Das war Teil des Problems. Das war Teil *seines* Problems. »Was ist mit ... Mama?«, fragte er. »Hast du es ihr schon erzählt?«

Serena seufzte. »Nein. Noch nicht. Ich überlege immer noch, wie ich es ihr beibringen soll. Du weißt, was sie sagen wird, was sie immer sagt: *›Mogli e buoi die paesi tuoi.‹*«

Es war in der Familie ein geflügeltes Wort, das auf Italienisch poetisch, auf Englisch eher prosaisch klang und demzufolge Ehepartner und Rinder immer aus dem eigenen Land stammen sollten. »Ja«, stöhnte Mark, »genau das wird sie sagen.«

»Vielleicht erzähle ich es Papa, und der soll es ihr dann beibiegen. Aber das wäre ganz schön feige.«

»Nun denn«, sagte Mark, »wie's aussieht, werden wir auf jeden Fall ein interessantes Weihnachtsfest haben.« Er trank seinen Kaffee aus und stand auf. Jetzt war ganz offensichtlich nicht der richtige Zeitpunkt, um Serena mit *seinem* Problem zu belasten. Das musste warten.

Es war Freitag, und Callie hatte keinen Dienst. Sie hatte noch keine Pläne gemacht und hoffte, dass Marcos Terminkalender ihnen ein bisschen Zeit miteinander ließ. Allerdings hatte er ihr am Donnerstagabend gesagt, er hätte bis abends zu tun.

Der Regen prasselte unaufhörlich herunter, sodass sie Bella nur zu einem kurzen, zügigen Spaziergang am Rand des Hyde Park mitnehmen konnte. Trotzdem war der Hund klatschnass - er musste abfrottiert und gebürstet werden. Danach nahm Callie ein ausgiebiges, erfrischendes Schaumbad, wie sie es sich an den anderen sechs Tagen der Woche nicht leisten konnte. Anschließend zog sie Jeans und einen bunten Ringelpulli an - am Freitag kein Hundehalsband, wie sie ihren weißen Kragen manchmal im Stillen für sich nannte.

Während sie in der Wanne saß, hatte sie überlegt, ob sie ein paar Weihnachtsdekorationen für die Wohnung kaufen sollte. Vielleicht sogar einen Baum und eine Lichterkette. Andererseits brachte das Wetter einen nicht gerade in Festtagsstimmung. Außerdem wäre es nett, das mit Marco zusammen zu tun. Gemeinsam mit ihm würde es Spaß machen, den Baum zu schmücken, alleine dagegen war es nur eine lästige Pflicht.

Eine lästige Pflicht. Das brachte ihre Gedanken unweigerlich auf ihre Mutter. In den letzten Wochen, in denen sie und Marco sich nähergekommen waren, hatte sie ihre Mutter vernachlässigt, und das nagte an ihrem Gewissen. Laura Anson roch Schuldgefühle schon von Weitem, und sie verstand es bestens, sie auszunutzen.

Sie sollte wirklich ihre Mutter besuchen.

Callie ging in ihr Arbeitszimmer, setzte sich auf den Schreibtischstuhl und starrte auf das Telefon. Um sich Mut zu machen.

Das Telefon klingelte. Hinrichtung aufgeschoben. »Danke, lieber Gott«, dachte sie und griff nach dem Hörer.

»Hi, Schwesterherz«, hörte sie ihren Bruder sagen.

»Peter!«

»Lange nicht gesehen.«

So lang war es auch wieder nicht her - nur ein paar Tage; mit ihrem Bruder Zeit zu verbringen, war eine Freude und keine Pflicht, und da sie beide flexible Arbeitszeiten hatten, schafften sie es meistens, mindestens einmal die Woche zusammen zu sein. Peter war freischaffender Musiker; er arbeitete gewöhnlich abends, und so kam er oft tagsüber auf eine Tasse Tee oder einen Happen zum Mittagessen vorbei.

»Du warst am Montag zum Mittagessen hier«, erinnerte sie ihn.

»Was hast du im Moment gerade vor? Ist dein freier Tag, oder?«

Callie seufzte. »Eigentlich war ich dabei, mich seelisch auf einen Besuch bei Mum vorzubereiten. Ich saß gerade am Telefon, um mich für heute Nachmittag bei ihr anzumelden.«

»Ich komme mit«, erbot er sich. »Das macht es für uns beide leichter.«

»Oh, das wäre fantastisch.« Er hatte recht: Ihre Mutter konnte sich nicht gleichzeitig auf sie beide einschießen.

»Was hältst du davon, wenn wir zuerst was zu Mittag essen?«, schlug Peter vor. »Ich lade dich ein«, fügte er großspurig hinzu. »McDonald's.«

»Bestimmt reicht's doch für ein bisschen was Netteres. So oft, wie du schon bei mir gegessen hast.«

Er lachte leise und unbeschwert. »Na gut, dann leg ich noch eins drauf: Was hältst du von Pizza Express?«

»Klingt gut.«

»In ungefähr einer Stunde? Der an der Earl's Court Road? Ich glaube, das ist der nächste auf dem Weg zu Mum.«

Callie sah auf die Uhr. »Müsste zu schaffen sein. Ich ruf Mum kurz an.«

»Dann bis gleich.« Und in provozierendem Ton fügte er hinzu: »Ich habe dir was Interessantes zu erzählen.«

O nein, dachte Callie. Er hat sicher schon wieder einen neuen Freund. Die nächste Romanze ohne Zukunft.

In Bezug auf sein Liebesleben war Peter ebenso romantisch wie optimistisch: eine attraktive, doch gefährliche Kombination. Er stürzte sich in jede neue Beziehung mit ungebrochenem Optimismus und glaubte jedes Mal aufs Neue, diesmal wirklich den Richtigen gefunden zu haben. Die unvermeidliche Enttäuschung hielt nie lange an. Bei all dem Auf und Ab war Callie seine engste Vertraute, die sich mit ihm freute und ihn hinterher tröstete. An diesem Tag war sie nicht sicher, ob sie der Aufgabe gewachsen war.

Kein Zweifel, Peter war diesmal noch um einiges überschwänglicher als sonst, als sie ihn im Eingangsbereich des Pizza Express entdeckte, wo er sich vor dem Regen untergestellt hatte. Es sah Peter absolut nicht ähnlich, zu früh da zu sein – ganz und gar nicht.

Dann brachten sie es am besten gleich hinter sich, beschloss Callie. »Raus damit, was ist los?«, fragte sie, während sie zu ihrem Tisch geleitet wurden.

»Alles zu seiner Zeit, Schwesterherz.«

Der Kellner stand bereit. »Möchten Sie was trinken?«

Peter fragte mit hochgezogener Augenbraue: »Ist das mit Mum noch aktuell?«

»Ja. Um halb drei.«

Er drehte sich noch einmal zum Kellner um. »Dann ja. Unbedingt. Eine Flasche Hauswein, roten.«

»Eine ganze Flasche Wein zum Mittagessen?«, protestierte Callie halbherzig.

»Vielleicht bestelle ich sogar noch eine zweite. Denk dran, es geht zu Mum.«

Ihre Mutter. Eine verbitterte Frau, die es ihrem Mann nie verziehen hatte, vor ihr gestorben zu sein. Eine Frau, die nie mit dem einverstanden war, was ihre Sprösslinge trieben. Die sich immer darüber beklagte, dass ihre Kinder sie nicht oft genug besuchten, und wenn sie es dann taten, deutlich zu verstehen gab, dass sie es ermüdend und lästig fand. Die es immer noch nicht aufgegeben hatte, für ihren schwulen Sohn ein nettes Mädchen zum Heiraten zu suchen.

Callie hielt ihr Glas hin, sobald die Flasche kam.

Peter studierte die Speisekarte. »Ich glaube, ich nehme den amerikanischen Hot. Oder den hotten Amerikaner, wie ich es lieber nenne.« Er grinste. »Man lebt von der Hoffnung.«

»Ich denke, ich kann der Veneziana nicht widerstehen«, sagte Callie mit einem entsprechenden Lächeln.

»Komisch, dass du das sagst.« Peter legte die Speisekarte auf den Tisch zurück und stieß mit ihr an. »Das erinnert mich an das, was ich dir erzählen wollte.«

»Tatsächlich?«

»Du kämst nie drauf, wo ich gestern zu Mittag gegessen habe.«

Callie schüttelte den Kopf.

»La Venezia. In Camberwell.« Er nahm einen Schluck Wein und beobachtete ihre Reaktion über den Rand des Glases hinweg.

Sie starrte ihn ungläubig an. »Peter! Sag, dass das nicht wahr ist!«

»Doch. Und ich kann nur sagen, das Essen war himmlisch.«

Das Restaurant von Marcos Familie. Trotz ihrer wiederholten Anspielungen hatte er sie noch nie dorthin eingeladen. Sie wurde allmählich schon paranoid und glaubte, es müsse irgendeinen Grund geben, weshalb er sie nicht mit seiner Familie bekannt machen wollte. »Aber ...«, stotterte sie.

Peter war mächtig stolz auf sich. »War weiß Gott nicht leicht, da reinzukommen. Es war brechend voll. Diese ganzen betrieblichen Weihnachtsfeiern - inklusive Knallbonbons und diesen albernen Papierkrönchen. Aber ich hab mit einem der Kellner geflirtet, und er hat für mich einen kleinen Tisch in der Ecke gefunden.«

Sie stöhnte: Das wurde ja immer schöner.

»Und dann kam jemand anders, um meine Bestellung anzunehmen. Eine Frau, und sie schien den Laden zu schmeißen. Schätze, sie war Marcos Schwester, vom Alter her käm's hin. Und um Mund und Nase sah sie ihm ein bisschen ähnlich – eindeutig Familie.«

»Peter!« Callie schloss vor Verlegenheit die Augen.

»Keine Sorge, Schwesterchen. Ich hab nicht gesagt, wer ich bin. Ich hab nicht gesagt: ›Ach übrigens, meine Schwester vögelt Ihren Bruder.‹«

Sie riss die Augen auf. »Das tue ich nicht. Wie oft muss ich dir das noch sagen?«

Peter grinste boshaft. »Ich wollte dich austricksen. War den Versuch wert.«

»Ich tue es wirklich nicht. Meinst du, ich würd's dir sonst nicht erzählen?«

»Also, dann weiß ich wahrlich nicht, was mit dir los ist. Er ist absolut hinreißend. Wenn er andersrum wäre, also, ich würde nicht lange brauchen, um ihn ins Bett zu kriegen.« Er nahm einen Schluck Wein. »Bist du sicher, dass er es *nicht* ist? Würde zumindest erklären, weshalb noch nichts gelaufen ist.«

Callie wollte das Thema nicht diskutieren. Tatsache war, dass Marco sie noch in keiner Weise bedrängt hatte, mit ihm ins Bett zu gehen, und sie war nicht sicher, wie sie im anderen Fall reagieren würde. Nicht, dass sie nicht gewollt hätte, aber sie waren nicht verlobt, waren noch nicht mal kurz davor. Anders als damals mit Adam. Trotzdem ... »Er ist nicht schwul«, erklärte sie in einem Ton, der ausdrücken sollte, dass sie das Thema als erledigt betrachtete.

»Zu schade«, sagte Peter nachdenklich.

Peter befürwortete ihre Beziehung zu Marco Lombardi – sogar ganz entschieden. Das war für Callie ein dickes Plus zu Marcos Gunsten. Für Adam, ihren ehemaligen Verlobten, hatte er nie etwas übrig gehabt. Er hatte sich nicht von seiner Überzeugung abbringen lassen, Adam sei nicht gut genug für seine Schwester. Und die Ereignisse hatten ihm recht gegeben.

Sie konnte es kaum abwarten, ihn nach Marcos Schwester zu fragen: Wie sie aussah, was sie gesagt hatte. Ob seine Eltern auch da gewesen seien und ob er sich mit ihnen irgendwie unterhalten hätte.

Doch den Gefallen tat sie Peter nicht. Vielmehr presste sie die Lippen zusammen und starrte ihm mit funkelnden Augen ins feixende Gesicht. Sie hatte sich nie in seine Beziehungen eingemischt, und sie wusste nicht, wieso er sich umgekehrt bei ihr das Recht herausnahm.

Trotzdem wusste sie, dass sie ihm nicht lange böse sein konnte. Das war schon immer so gewesen, und von allem anderen abgesehen mussten sie sich an diesem Nachmittag einem gemeinsamen Gegner stellen.

VIER

Neville hätte nach Dienstplan das ganze Wochenende frei gehabt. Er hatte sich schon lange darauf gefreut, es zusammen mit Triona zu verbringen. Sie hatten geplant, bereits am Freitagabend London zu verlassen, zu einem gemütlichen Country-Pub mit offenem Kamin rauszufahren – einem von diesen Landgasthöfen, die Bed & Breakfast und außergewöhnlich gutes Essen anboten. Ein romantisches Wochenende auf dem Land, bei dem man ... eben machte, was man auf dem Lande machte. Über ein gutes Glas Guinness vor dem prasselnden Feuer hinaus hatte sich Neville noch keine großen Gedanken gemacht, wie genau sie ihre Zeit verbringen würden. Mit ein bisschen Glück würde es ihm gelingen, Triona ins Bett zu kriegen. Zwei Tage und zwei Nächte. Duftende Holzscheite und die gesunde Landluft würden zweifellos Wunder wirken, und er könnte ihren Widerstand brechen. Das war der Teil seines Plans, der ihm am meisten am Herzen lag, das Kernstück sozusagen.

Alles im Eimer. Er hatte sie nicht angerufen und würde es auch nicht tun. Sie war aus seinem Leben gestrichen und er ohne sie besser dran.

Und das Wochenende stand ihm gähnend leer vor Augen.

Trotz seines Vorhabens, mal ordentlich auszuschlafen, wachte Neville früh auf. Im noch dunklen Zimmer wälzte er sich auf die andere Seite und versuchte, wieder einzuschlafen.

Vielleicht würde er später einen Bummel über den Shepherd's Bush Market machen. Das hatte er samstagsmorgens schon immer genossen: einfach nur die reichhaltigen Auslagen und die noch größere Vielfalt an Menschen bestaunen, die hier kauften und verkauften. Für später blieb immer noch ein Besuch im Pub. Seinem Stammlokal, wo sie sich perfekt auf das Zapfen von Guinness verstanden. Wenn er wollte, konnte er sich volllaufen lassen, bis er nicht mehr stehen konnte - ihm blieb der ganze Sonntag, um seinen Rausch auszuschlafen.

Oder er würde sich ein Mädchen suchen. Eins, dem nichts an einer ernsten Beziehung lag oder daran, sich mit Champagner und Rosen umwerben zu lassen. Er hatte immer noch sein kleines Adressbuch; er kannte immer noch ein paar solcher Mädchen. Er musste das Wochenende nicht allein verbringen, wenn er nicht wollte.

Als kurz vor sieben das Telefon klingelte, zeigte sich, dass dies alles hypothetische Fragen waren.

»Chef?«, sagte die Stimme von Sid Cowley.

»Das ist mein freier Tag«, brummte Neville. »Falls Sie es schon vergessen haben.«

»Das können Sie vergessen, Chef.« Cowley schwieg. »Der Kerl gestern? Der Typ, der morgens vom Joggen nicht nach Hause gekommen ist?«

»Ja, was ist mit dem?«

»Ein Mann, der mit seinem Hund früh Gassi gegangen ist, hat was Seltsames entdeckt und uns von seinem Handy aus angerufen.«

»Und?«

Neville glaubte zu wissen, wohin das führte, und es gefiel ihm nicht sonderlich.

»Wir können noch nicht mit Sicherheit sagen, ob es sich um den Mann handelt, aber ... es sieht ganz danach aus, als hätten unsere Typen Trevor Norton aus dem Kanal gefischt.«

»Verdammte Scheiße«, sagte Neville.

Während Callie freitags keinen Dienst hatte, nahm Pfarrer Brian sich immer den Samstag frei. Folglich musste Callie die Morgenandacht alleine abhalten.

Am Abend zuvor war es ziemlich spät geworden. Sie waren zwar nicht ausgegangen, doch Marco hatte eine DVD von einem ziemlich neuen Film mitgebracht, und nach dem von ihm gekochten Abendessen hatten sie es sich auf dem Sofa gemütlich gemacht und ihn sich zusammen angesehen. Er war erst kurz vor Mitternacht gegangen.

So verbrachten sie inzwischen mehr oder weniger alle Abende gemeinsam, wenn Marco keine Überstunden machte oder Callie irgendeinen Termin oder einen besonderen Gottesdienst hatte. War für beide Feierabend, kam er zu ihr nach Hause - nie umgekehrt, weil er sich seine Wohnung mit jemandem teilte. Manchmal ließen sie sich etwas zu essen bringen; häufiger kochten sie abwechselnd eine Mahlzeit. Marco war der bessere Koch - bei seinem Familienerbe kein Wunder -, und er schien es zu genießen, mit einer prallgefüllten Einkaufstüte bei ihr zu erscheinen und etwas Leckeres aus den mitgebrachten Zutaten zu zaubern. Seine Mahlzeiten konnten sowohl am Herd als auch anschließend bei Tisch zu einer zeitaufwendigen Angelegenheit werden.

Callie hatte ihren Wecker so spät wie irgend möglich gestellt. An diesem Morgen blieb keine Zeit für ein entspanntes Bad. Eine kurze Dusche musste genügen, und als sie anschließend in ihr Priestergewand schlüpfte, sprach sie mit Bella, die dasaß und sie mit feuchten, braunen Augen beobachtete. »Keine Zeit, um noch an die Luft zu gehen, mein Schatz«, sagte sie. »Aber ich verspreche dir, direkt nach der

Morgenandacht zurückzukommen. Dann können wir einen schönen langen Spaziergang machen.« Sie zog die Schlafzimmergardinen auf und warf einen Blick nach draußen. »Es regnet auch nicht mehr wie gestern. Also kein Problem.«

Bella gab keinen Ton von sich, doch Callie legte ihren stummen Blick als Zustimmung aus.

Reverend Brian Stanford, Pfarrer von All Saints', blieb an seinem freien Tag gerne lange im Bett. Normalerweise galt das auch für seine Frau Jane, doch an diesem Morgen war sie schon früh wach. Eine Weile blieb sie noch im Bett, dann stand sie auf und zog sich rasch ihren Morgenmantel über – das viktorianische Pfarrhaus war zugig und schlecht geheizt. Sie lief so leise, wie sie konnte, um Brians Schlaf nicht zu stören.

Jane ging hinaus in den Flur, stellte sich auf den Treppenabsatz zum ersten Stock. Dort befand sich ein Fenster, und wenn man in einem bestimmten Winkel stand und die Gardine ein wenig lupfte, konnte man die Kirche sehen. Zuweilen fand Jane es beruhigend, das solide, viktorianische Gotteshaus zu betrachten.

Außerdem reichte die Sicht auch bis zum Gemeindesaal und der Tür an der Seite zur Wohnung der Kuratin im ersten Stock. Im selben Moment, als Jane dort stand, flog diese Tür auf, und Callie hastete mit flatternder Soutane heraus, um im Eilschritt zur Kirche zu kommen.

Schon wieder spät dran, dachte Jane und verzog missbilligend den Mund. Zwar hatte sie keine Armbanduhr um, doch die Uhr am Kirchturm zeigte, dass die Kuratin auf den letzten Drücker kam.

Nicht wirklich überraschend, wenn man bedachte, wie spät dieser junge Mann letzte Nacht ihre Wohnung verlassen hatte. Auf der Kirchuhr war es fast Mitternacht gewesen.

Jane war gewöhnlich um Mitternacht nicht mehr auf, und es war auch nicht ihre Gewohnheit, das Kommen und Gehen bei der Kuratenwohnung im Auge zu behalten. Doch in letzter Zeit hatte sie nicht gut geschlafen, und so schlich sie nachts oft zu diesem Fenster und suchte den tröstlichen Anblick der Kirche.

Letzte Nacht hatte sie diesen jungen Mann nicht zum ersten Mal gesehen. Schon bei früheren Gelegenheiten hatte sie im schummrigen Licht der Straßenlaternen einen Blick auf ihn erhascht. Einmal hatte sie ihn bei Tage gesehen und ihn sich genauer angeschaut. Schlank, mit gewelltem dunklem Haar.

Sie fragte sich, wer er wohl war: jedenfalls kein Mitglied ihrer Gemeinde, so viel war schon mal sicher. Jane hielt sich etwas darauf zugute, die Gemeinde bestens zu kennen, und jemand Neues wäre ihr nicht entgangen. Und sie fragte sich auch, ob Brian wohl davon wusste. Hatte seine Kuratin sich ihm anvertraut?

Die Verlobung mit Adam Masters war erst vor wenigen Monaten in die Brüche gegangen. Sie verschwendet wirklich keine Zeit, dachte Jane säuerlich.

Junge Leute schienen heutzutage die Beziehungen zu wechseln wie andere die Hemden. Nicht, dass Callie noch gar so jung war – immerhin war sie schon dreißig. Doch Jane kam es vor, als gehörte sie einer völlig anderen Generation als sie und Brian an, der inzwischen auf die fünfzig zuging.

Und ihr eigener Sohn Simon? War seine Beziehung zu dieser gewissen Ellie eine kurzlebige Angelegenheit? Charlie glaubte es offenbar nicht, und sein Zwilling kannte ihn schließlich besser als irgendjemand sonst. Jane hoffte inständig, dass Charlie sich in diesem Fall einmal täuschte.

Nicht dass sie eifersüchtig wäre, wie Charlie angedeutet hatte. Das war lachhaft: Wieso um Himmels willen sollte sie auf die Freundin ihres Sohnes eifersüchtig sein? Nein, Simon war einfach zu jung. Gerade mal achtzehn, viel zu jung, um sich mit einem Mädchen einzulassen.

Einzulassen? Was hieß das heutzutage? So wie Charlie sich ausgedrückt hatte, bedeutete es, dass sie miteinander schliefen. Sex hatten, um es klar zu sagen. Junge Menschen schienen das mir nichts dir nichts zu tun, auch wenn sie ihre eigenen Jungs nicht so erzogen hatten. Falls es aber doch so war, dann hoffte sie zumindest, dass Simon so klug war, aufzupassen. Es konnte schon mal ein Malheur passieren, und Jane hatte keine Lust, schon Großmutter zu werden.

Sie hatte Brian noch nicht von Simon und Ellie erzählt. Es hatte sich einfach noch keine Gelegenheit ergeben. Und irgendwie hatte sie auch das Gefühl, mit Brian darüber zu sprechen würde der Beziehung mehr Gewicht verleihen, als sie verdiente, und Tatsachen schaffen, wo noch gar keine waren. Möglicherweise hielt er es für seine Pflicht, mit Simon ein Gespräch von Mann zu Mann zu führen - als Vater und, schlimmer noch, als Priester. Das wäre schrecklich - für alle Beteiligten unerträglich peinlich. Falls sie es ignorierte, erledigte sich das Problem vielleicht von selbst, und Brian brauchte nie davon zu erfahren.

Außerdem war heute in Oxford der letzte Tag des Herbstsemesters. Morgen würden die Jungen nach Hause kommen, und vielleicht kühlten ja die Wochen der Trennung von Ellie Simons Glut ein wenig und ließen ihn die Sache danach etwas nüchterner betrachten.

Morgen! Jane konnte es kaum erwarten.

Fröstelnd kehrte sie ins Bett zurück. Als sie gerade wieder neben Brian unter die Decke kroch, drehte er sich auf den Rücken und streckte die Arme über den Kopf. »Oh, ich hab prächtig geschlafen«, sagte er. »Wie spät ist es denn?«

»Kurz nach acht.«

»Janey«, er drehte sich zur Seite, um sie anzusehen, und sagte in schmeichelhaftem Ton, »du würdest mir nicht vielleicht das Frühstück ans Bett bringen, oder?«

Frühstück im Bett? Das hatte er immer genossen, als eine besondere Gunst. Aber es hatte einmal Zeiten gegeben, da war es nicht das Erste, was ihm einfiel, wenn er an seinem freien Tag neben seiner Frau aufwachte. Nun ja, dachte Jane sarkastisch, demnach waren sie jetzt wohl wirklich und wahrhaftig im fortgeschrittenen Alter.

»Also gut. Gleich«, willigte sie ein. »Aber zuerst wollte ich dich noch was fragen.«

»Was denn?«, murmelte er und hörte nur mit einem Ohr hin.

»Hast du gewusst, dass es in Callie Ansons Leben einen neuen Mann gibt? Hat sie dir von ihm erzählt?«

»Was?« Jetzt hatte sie Brians Aufmerksamkeit geweckt.

Die Morgenandacht zog nie viele Gemeindemitglieder an; es gab sogar Zeiten, in denen Callie alleine war. An diesem Morgen saßen allerdings noch drei andere in den Kirchenbänken, und Callie registrierte, dass eine davon Morag Hamilton war.

Nach der kurzen Andacht blieb sie noch zurück, während Callie sich an der Tür von den anderen verabschiedete. »Ich wollte nur fragen, ob Sie vielleicht heute Morgen ein klitzekleines bisschen Zeit für mich hätten«, fragte sie schüchtern, als sie an der Reihe war. »Ich hasse es, Sie zu belästigen ...«

Callie sah ihr ins Gesicht und erkannte, dass sie Sorgen hatte. »Sie belästigen mich überhaupt nicht«, sagte sie sofort. »Ich muss meinen Hund jetzt ausführen, aber wenn Ihnen ein bisschen Bewegung nichts ausmachen würde ...«

»Im Gegenteil.« Morag lächelte dankbar. »Ich kriege viel zu wenig Bewegung.«

»Dann kommen Sie mit. Wir holen Bella ab und gehen mit ihr in den Park.«

Als Neville am Kanal ankam, war das Absperrband der Polizei bereits gespannt und die Kollegen von der Spurensicherung eingetroffen. Ebenso Sid Cowley, der die Hände tief in den Taschen seiner Lederjacke vergrub - der Regen war in nasskaltes Dezemberwetter übergegangen, das einem in die Glieder kroch. Cowley starrte mürrisch vor sich hin, während sein Kiefer an einem Nikotinkaugummi arbeitete. »Evans ist hier gewesen«, sagte er mit Bezug auf ihren Detective Superintendent. »Ist nicht lange geblieben, aber er betraut Sie mit dem Fall. Ist ab jetzt nicht mehr meiner.«

Das war nur fair: Ein Detective Sergeant konnte sich um eine Vermisstenmeldung kümmern, doch wenn eine Leiche im Spiel war, gehörten die Ermittlungen in die Hände eines ranghöheren Beamten. Dennoch tat Cowley Neville leid. »Machen Sie sich nichts draus, Kumpel«, murmelte er. »Dann bin ich derjenige, der sich den Kopf zerbrechen muss.«

»Kopfzerbrechen ist garantiert, Chef.« Cowley grinste ihn grimmig an. »Als Tatort gibt das hier verdammt wenig her. Wir wissen nicht mal, ob es überhaupt der Tatort ist. Er könnte an jeder anderen Stelle im Kanal gelandet sein.«

Neville sah den weiß gekleideten Kollegen von der Spurensicherung bei der Arbeit zu - sie machten Fotos und krochen auf der Suche nach Beweismaterial auf Händen und Knien herum. »Er ist vermutlich ertrunken, oder?«, fragte er den Sergeant.

»Sagt jedenfalls der Doktor. Wasser in der Lunge. Sicheres weiß man natürlich nicht, bis sie ihn auf dem Untersuchungstisch haben.«

Irgendetwas war hier faul, zumindest nach Nevilles Gefühl. »Können wir überhaupt davon ausgehen, dass es ein Verbrechen ist?«, fragte er. »Ich meine, woher wollen wir wissen, dass er in dem grässlichen Regen nicht nur ausgerutscht und reingefallen ist?«

»Er hat einen Schlag auf den Kopf bekommen«, erklärte Cowley sachlich. »Bevor er ins Wasser gefallen ist. Ich hab ihn gesehen - es war kein Unfall. Das musste mir nicht erst der Pathologe sagen. Auch Evans hat das gleich erkannt. Deshalb hat er Sie mit dem Fall betraut.«

»Ach, zum Teufel.« Neville spähte zum Ufer hinüber, wo eine Plane die sterblichen Überreste des Opfers bedeckte. »Und sind wir schon sicher, dass es unser Mann ist? Trevor Norton?«

Cowley nahm den Kaugummi aus dem Mund, wickelte ihn in ein Papierchen und warf sich einen frischen ein, bevor er antwortete: »Er hat keinerlei Ausweispapiere dabei, wenn Sie das meinen, Chef. Aber er passt auf die Beschreibung. Weiß, männlich, Ende zwanzig. In Jogginganzug. Teure Sportschuhe.«

»Und der iPod?«, fragte Neville bei der Erinnerung an Cowleys neidische Frage tags zuvor.

»Kein iPod.« Cowley nickte bedächtig. »Ich weiß, es ist jetzt Ihr Fall, Chef. Aber ich an Ihrer Stelle würde da ansetzen. Ich glaube, der arme Kerl wurde wegen seines iPod umgebracht.«

Morag war von Bella entzückt, was Callie noch mehr für sie einnahm. »Ich vermisse Macduff wirklich sehr«, vertraute die Schottin ihr an. »Er war so ein prächtiger kleiner Kerl. Kleiner Hund, großes Herz.«

»Haben Sie schon mal überlegt, sich wieder einen anzuschaffen?«, fragte Callie. »In London halten sich eine Menge Leute einen Hund. Und wir sind so dicht am Hyde Park.«

Morag lief neben Callie den Bürgersteig entlang und blickte geradeaus. »Als Macduff starb, hab ich gedacht, ich würde mir nie wieder einen Hund zulegen«, erklärte sie, und ihre Worte nahmen als kleine Wölkchen in der kalten Luft sichtbar Gestalt an. »Zu ... schmerzlich. Wenn man ihn verliert. In letzter Zeit habe ich allerdings schon öfter überlegt, wie schön es wäre, was Lebendiges um sich zu haben.«

»Na dann.« Callie war Feuer und Flamme. »Ich bin sicher, Sie könnten einen Rettungshund bekommen. Oder falls Sie wieder einen wie Macduff wollen - ein Cairn, nicht wahr? -, da gibt es sicher irgendwo Züchter. Ich könnte im Internet nachsehen.«

»Nein.« Morag schüttelte den Kopf. »Nein, das wäre dem Hund gegenüber nicht fair.«

»Aber warum denn nicht? Es ist wirklich nichts Besonderes, sich in London einen Hund zu halten. Und Sie sind doch meistens daheim, nicht wahr?«

Morag blieb stehen, und Callie zog Bella an der Leine zurück. Schließlich wandte sich Morag zu Callie um. Ihre Augen füllten sich mit Tränen, die ihr über die gegerbten Wangen rollten. »Oh, es tut mir leid«, sagte Callie reumütig. »Ich wollte Sie nicht beschwatzen oder so.«

»Ich war beim Arzt«, sagte Morag so leise, dass Callie die Ohren spitzen musste. »Deshalb wäre es nicht fair, mir einen Hund anzuschaffen. Ich ...« Ihre Stimme ging in ein kurzes Schluchzen über. »Ich habe Krebs.«

Das gehörte zu den Dingen, die Neville an seinem Beruf hasste: den Angehörigen die schlimme Nachricht zu überbringen. Doch jetzt, wo er den Fall bearbeitete, war es auch an ihm, Rachel Norton über die Leiche aus dem Kanal zu unterrichten. Und es duldete keinen Aufschub. Hatten sie erst die Arbeit am Fundort abgeschlossen und den Toten zur Leichenhalle geschafft, musste er mit Rachel Norton dorthin fahren, damit sie ihn als nächste Angehörige identifizierte.

»Gott, Sid«, sagte er, als sie in die Nähe des viktorianischen Hauses kamen. »Bei solchen Gelegenheiten wünschte ich mir, ich würde noch rauchen. Im Moment könnte ich gut und gerne einen Glimmstängel gebrauchen.«

»Ich auch, Chef«, sagte Cowley finster. »Es sind …« Er sah auf die Uhr. »Es sind jetzt siebenunddreißig Stunden und zweiundzwanzig Minuten seit meiner letzten Zigarette.«

»Wen interessiert das schon, eh?«, seufzte Neville. »Und was machen wir, wenn bei ihr plötzlich die Wehen anfangen oder so? Wir sollten auf der Stelle einen Family Liaison Officer dazuholen.«

Sie standen vor dem Haus der Nortons. Neville wollte gerade die Klingel drücken, als er und Cowley sich ansahen und wie aus einem Mund sagten: »Yolanda Fish.«

»Rufen Sie sie von Ihrem Handy aus an«, wies Neville den Sergeant an. »Wenn sie es irgendwie einrichten kann, soll sie sich mit uns im Leichenschauhaus treffen.«

Nevilles Finger schwebte immer noch über dem Klingelknopf. Für jeden noch so kurzen Aufschub dankbar, wartete er, bis Cowley seinen Anruf erledigt hatte und zur Bestätigung nickte. »Ja«, sagte er. »Sie kommt.«

»Gott sei Dank«, murmelte Neville und drückte wild entschlossen die Klingel.

Rachel Norton öffnete schon nach wenigen Sekunden. Es war, als hätte sie seit ihrem letzten Besuch vor fast vierundzwanzig Stunden hinter der Tür gestanden und gewartet. Sie hatte Schatten unter den großen Augen, und ihr Gesicht war blass. Sie fuhr sich mit der Zunge über die trockenen Lippen. »Kommen Sie rein«, sagte sie in einem niedergedrückten Ton und einer vom Weinen rauen Stimme. Sie trat beiseite, um sie hereinzulassen.

Wieder folgten sie ihr in das sterile Wohnzimmer. Neville lehnte ihre Aufforderung, sich hinzusetzen, dankend ab und zog es vor, ihr die schlechte Neuigkeit im Stehen zu überbringen. Dafür bedeutete er ihr mit einer stummen Geste, sich zu setzen.

Sie ließ sich in einem Sessel nieder und blickte von Neville zu Cowley. »Mrs Norton«, fing Neville an. Gott, wie er das hasste. »Leider haben wir möglicherweise schlechte Neuigkeiten für Sie.«

Morag Hamilton zitterte am ganzen Körper und zog ihren Mantel enger um sich. »Hätten Sie was dagegen, dass wir weiterlaufen?«, fragte sie. »Es ist schrecklich kalt heute Morgen.«

Callies erster Impuls war, Morag in die Arme zu schließen, doch deren Körpersprache ermunterte sie nicht dazu. Stattdessen lief sie im Gleichschritt neben ihr her Richtung Park. »Wann haben Sie ... wann haben Sie das erfahren?«, fragte sie vorsichtig.

»Gestern. Die Spezialistin rief gestern an und hat mir die Untersuchungsergebnisse mitgeteilt. Natürlich hatte ich schon seit einer ganzen Weile den Verdacht. Das ist normal, wenn man seinen eigenen Körper kennt, nicht wahr? Besonders wenn man«, fügte Morag mit einem ironischen Lächeln hinzu, »den größten Teil seines Lebens an der Seite eines Arztes zugebracht hat.«

»Was ... was hat sie denn genau gesagt?« Sie wollte nicht in sie dringen und Fragen stellen, die Morag nicht beantworten wollte – ›Was für ein Krebs ist es denn?‹ oder ›Haben sie ihn früh genug erkannt?‹ oder ›Wie lange geben sie Ihnen noch?‹. Es war besser, Morag zu überlassen, wie viel sie ihr verriet und was sie lieber für sich behielt. Callie sah sie von der Seite an und registrierte, dass sie wieder zitterte. »Hören Sie, wenn es Ihnen lieber wäre, in ein Café zu gehen und sich ein bisschen aufzuwärmen ...«

»Nein, es geht schon.« Sie lächelte. »Die kleine Bella wäre davon nicht begeistert. Schauen Sie sich das Schätzchen nur an – sie hat ihren Spaß.«

Die Schlimmsten, dachte Neville, waren diejenigen, die schrien und brüllten und nicht glauben wollten, was man ihnen sagte. Zu der Sorte gehörte Rachel Norton nicht. Sie saß reglos da, die Arme um den mächtigen Bauch gelegt, und zuckte vom stummen Schluchzen.

Neville stand linkisch auf der Stelle und hätte sich sehnlichst gewünscht, Yolanda Fish, die Kollegin aus dem Familien-Kontakt-Programm, wäre schon da. Sid Cowley erwies sich in seiner neuen untergeordneten Rolle als nicht sonderlich nützlich. Es war, als hätte er sich davongestohlen: Ihr Fall, Chef, nun sehen Sie zu, wie Sie damit klarkommen.

Neville warf Cowley einen Blick zu und formte mit den Lippen das Wort »Tee«.

Cowley schien für die Gelegenheit, eine Weile verschwinden zu können, überaus dankbar zu sein, und verließ das Zimmer.

Neville hatte das Gefühl, als sei es in dem Raum stickig und zu stark geheizt. Nach der nassen Kälte draußen war es hier drinnen wie im Gewächshaus. Er merkte, wie ihm der Schweiß den Rücken herunterlief. Als er den Anblick von Rachel Nortons verzerrtem Gesicht nicht länger ertrug, schloss er kurz die Augen. Sie hatte den Blick nach oben gerichtet und den Mund schmerzlich verzogen. Sie bekam das Baby doch wohl nicht auf der Stelle?

Nach einer scheinbaren Ewigkeit kehrte Sid Cowley mit einem etwas ungeschickt zusammengestellten Teetablett zurück, das er auf dem Couchtisch abstellte. Wenigstens hatte er an den Zucker gedacht. Neville goss den Tee in einen ziemlich unpassenden Homer-Simpson-Henkelbecher und rührte drei Löffel Zucker hinein.

Rachel Norton sah ihn einfach nur an und schwieg weiter. Sie machte keinerlei Anstalten, die Tasse zu nehmen, die er ihr hinhielt, sodass Neville sich gezwungen sah, sich neben sie zu knien, ihr das Gefäß in die Hände zu drücken und an den Mund zu führen. »Trinken Sie«, wies er sie an. »Das wird Ihnen guttun.«

Sie nahm gehorsam einen Schluck und verzog das Gesicht. »Ich hasse gesüßten Tee.«

»Das ist gut bei Schock.«

»Zu heiß. Zu süß.« Rachel blieben die Worte im Halse stecken. Es folgte eine zweite Tränenflut. »Trevor mag ... mochte ... zwei Löffel Zucker.«

Dazu gab es nichts weiter zu sagen.

»Sein Lieblingsbecher«, fügte Rachel hinzu und schluckte schwer. »Homer Simpson. Sein Held.«

Auf der Tasse hielt der Mann mit dem runden Bauch, der gelben Haut und den drei Haaren auf dem Kopf eine Dose Bier in die Höhe. »Alles läuft besser mit Homer-Simpson-Duff-Bier«, stand darauf.

»Möglicherweise ist er heilbar«, sagte Morag in ihrer nüchternen Art. »Sie können mir natürlich nichts versprechen, aber es ist nicht vollkommen hoffnungslos.«

»Das ist gut«, sagte Callie, die sich der Situation nicht im Mindesten gewachsen fühlte.

»Aber die Behandlung wird kein Zuckerschlecken. Eine Menge Medikamente mit starken Nebenwirkungen.«

Bella tollte vor ihnen durch den Park; sie war überglücklich, draußen zu sein, und war gegen die Kälte immun. Callie wünschte sich, ihre Ausbildung zur Geistlichen hätte einen Kurs darüber eingeschlossen, wie man mit Situationen wie dieser umging. So aber musste sie sich behutsam vortasten und auf ihren gesunden Menschenverstand wie auf ihr Mitgefühl vertrauen - und auf Gott. »Ist es nicht ein großes Glück, Ihren Sohn in der Nähe zu haben? Ihre Familie? Die helfen Ihnen ganz sicher, die schwere Zeit durchzustehen, Morag.«

Die ältere Frau stieß ein lautes, freudloses Lachen aus. »Angus? Machen Sie Witze?«

Yolanda Fish war nicht immer bei der Polizei gewesen. Über zwanzig Jahre lang hatte sie als Hebamme gearbeitet. Dann, nach dem berüchtigten Mord an dem schwarzen Teenager Stephen Lawrence, der nie aufgeklärt werden konnte und zu einer staatlichen Untersuchung hinsichtlich rassistischer Tendenzen bei der Londoner Polizei geführt hatte, hatte diese sich aktiv darum bemüht, Minoritäten anzuwerben und sie - entsprechend den offiziellen Empfehlungen in Verbindung mit dem Ermittlungsverfahren - als Kontaktpersonen zu den Familien der Opfer auszubilden. Yolandas Mann Eli, ein Berufspolizist, hatte von der Initiative gehört und sie ermuntert, sich zu bewerben.

Sie hatte gegen eine berufliche Veränderung in den mittleren Lebensjahren nichts einzuwenden gehabt und schaute nie zurück. »Ich hatte die Wahl: entweder das hier oder die Kirche, und Schwarz steht mir nicht«, witzelte sie gerne.

Die Stelle war wie eigens für sie geschaffen. Yolanda verfügte in großem Maße über sämtliche Qualitäten, die der Job erforderte: Mitgefühl, Takt und eine gute Portion gesunden Menschenverstand. Sie war, im besten Sinne des Wortes, eine weise Frau und eine fürsorgliche obendrein. Und ihre Reife und Erfahrung rundeten das Bild noch ab.

Yolandas größter Kummer war es, dass sie und Eli nicht mit Kindern gesegnet waren. In ihrer früheren Laufbahn waren all die Babys, die sie mit auf die Welt gebracht hatte, das Ventil für ihren Mutterinstinkt gewesen. Jetzt kamen ihre pflegerischen Fähigkeiten den Menschen zugute, mit denen sie zusammenarbeitete, einschließlich ihrer Kollegen bei der Polizei, die in ihr so etwas wie eine Übermutter sahen. Und da sie auf keine Beförderung aus war, sondern nur ihre Pflichten als Detective Constable so gut wie möglich erfüllen wollte, stand sie den Karriereträumen anderer nicht im Weg. Bei diesen Qualitäten war es kein Wunder, dass jeder, der sie kannte, den größten Respekt vor ihr hegte.

Und so huschte ein freudiges, erleichtertes Lächeln über Nevilles Gesicht, als sie bei ihrer Ankunft am Leichenschauhaus Yolanda entdeckten, die wie verabredet bereits auf sie wartete.

Man hätte sie schwer übersehen können: eine große, stattliche dunkelhäutige Frau mit kerzengerader Körperhaltung, gekleidet in leuchtende Farben und mit einer Frisur aus winzigen, rund um den Kopf geflochtenen Zöpfchen. An diesem Tag trug Yolanda - von der Hose über den Pullover bis hin zu den Ohrgehängen und dem Klunkerhalsband - ein strahlendes Türkis.

Mit einem diskreten Nicken in Richtung der beiden Kollegen lief sie schnell auf Rachel Norton zu und stellte sich in knappen Worten vor. »Ach, Schätzchen«, sagte sie dann sanft und leise. »Wann soll das Baby denn kommen?«

»Heiligabend.« Rachels Unterlippe zitterte; ihre Augen füllten sich mit Tränen. »Trevor ... er hat immer gesagt, es würde das beste Weihnachtsgeschenk aller Zeiten. Und jetzt ist er ... o Gott.« Sie sah sich um, als würde ihr erst in diesem Augenblick bewusst, wo sie sich befand und weshalb sie hergekommen war. Neville hatte den Eindruck, als erwachte sie plötzlich aus ihrem Schockzustand wie aus einem tiefen Schlaf.

Yolandas starker Arm legte sich um die Schulter der jungen Frau. »Ach, armes Schätzchen, armes Schätzchen.«

»Ich ertrage das nicht«, schluchzte Rachel. »Ich kann das nicht.«

»Doch, Sie schaffen das, Mädchen. Es wird schwer, aber Sie schaffen das.« Yolanda drückte ihr die Schulter. »Für Trevor.«

Sie brachten es schnell hinter sich. Gemeinsam betraten sie den Raum; der Gerichtsmediziner legte das Gesicht frei; Rachel nickte und presste dann ihr Gesicht an Yolandas Hals. Es bedurfte keiner Worte.

Danach war die Leiche zur Obduktion freigegeben, und sie würden bald um einiges besser wissen, womit sie es zu tun hatten.

Bis jetzt konnten sie mit Sicherheit nur eines sagen: dass Trevor Norton keines natürlichen Todes gestorben war.

Alex Hamilton kam in eine leere Wohnung nach Hause. Das war nichts Neues, zumindest nicht in den Monaten, seit sie in London wohnten: Ihr Vater machte Überstunden, und ihre Mutter führte ihr eigenes Leben. Das Einzige, was Alex an Versorgung erwarten durfte, war eine Auswahl an Fertiggerichten im Kühlschrank; Jilly kochte meistens nicht, weder für sich selbst noch für ihren Mann und schon gar nicht für Alex, die, wie sie oft genug betonte, schließlich nicht ihre Tochter war.

Alex hatte sowieso keinen besonders großen Hunger. Den hatte sie überhaupt nur selten: Essen war ihr nicht wichtig, und deshalb war sie auch dünn wie ein Strich. In der Schule lebte sie vorwiegend von Knabberzeug und Schokolade, und am Abend plünderte sie wahllos, was sich in der Küche fand. Die Fertiggerichte waren in der Mikrowelle leicht aufzuwärmen, und falls sie die nicht mochte, gab es immer noch eine Schale Müsli oder eine Scheibe Toast.

Wirklich wichtig war für Alex nur ihr Computer, ihre Verbindung zur Welt. Ihr Dad hatte ihn ihr geschenkt, und sie hätte nicht gewusst, was sie ohne ihn anfangen sollte.

Alex ließ den Rucksack neben der Haustür fallen, warf ihre Jacke über den nächstbesten Stuhl - wofür Jilly sie später zusammenstauchen würde, aber wen interessierte das schon? - und ging direkt in ihr Zimmer. Auch wenn außer ihr niemand in der Wohnung war, schloss sie die Tür hinter sich.

Sie hatte den Computer zwar immer an, doch der Zugang war mit einem Passwort geschützt. Obwohl Jilly wahrscheinlich sowieso zu dämlich war, ihn zu benutzen, selbst wenn sie die Neugier treiben würde - aber man wusste ja nie. Dumm wie ein Stuhl, das war Jilly. Wegen ihrer grauen Zellen hatte Dad sie bestimmt nicht geheiratet, so viel stand schon mal fest.

Genauer gesagt wusste Alex überhaupt nicht, wieso er sie geheiratet hatte. Zugegeben, sie war schön, aber auch wieder nicht so schön. Jedenfalls nicht, wenn man das ganze Make-up von ihrem Gesicht herunterkratzte. Und schon gar nicht so schön wie Alex' Mum. Im Vergleich zu ihrer Mum war Jilly nichts als eine angemalte Puppe. Sie hatte vor einiger Zeit mal gehört, wie Granny das zu Granddad sagte, und es war ihr im Gedächtnis geblieben. Eine dämliche, eitle Puppe. Und blöd, blöd, blöd.

Alex tippte ihr Passwort ein und starrte erwartungsvoll auf den Monitor. Zwei neue E-Mails! Als Erste würde sie die von Kirsty öffnen.

Kirsty war ihre beste Freundin - ihre allerbeste Freundin auf der ganzen Welt, und das schon so lange sie zurückdenken konnte. Sie lagen im Alter nur wenige Wochen auseinander und waren zusammen in Gartenbridge aufgewachsen. Sie waren unzertrennlich gewesen - in der Schule waren sie in dieselbe Klasse gegangen und in den Ferien hatten sie jeden Tag zusammen gespielt, die ländliche Umgebung ausgekundschaftet und ihre Fantasiewelten miteinander geteilt.

Kirsty fehlte Alex schrecklich. Fast so sehr wie ihre Mum, nur anders. Ihre Sehnsucht nach ihrer Mum war ein gähnender Abgrund, den sie in ihrem Innersten fest abgeschottet hatte und um den sie, weil er einfach zu wehtat, einen großen Bogen machte; höchstens tief in der Nacht, in ihren schlimmsten Albträumen, tappte sie manchmal hinein. Die Trennung von Kirsty dagegen stand sie Tag für Tag durch.

In ihrer neuen Schule gab es niemanden wie Kirsty. Niemanden, der ihr so seelenverwandt war, eine echte Freundin.

Die fanden sich alle so toll, so gescheit. Das waren Snobs. Sie hielt sich von allen fern und wusste genau, dass die anderen sie seltsam und unnahbar fanden. Sie sah nicht aus wie diese Schickimicki-Tussen, und sie redete auch nicht wie sie. Hinter ihrem Rücken äfften sie ihren Akzent nach, und zwar laut genug, dass sie es auch hörte.

Alex machte sich nichts draus - das sagte sie sich jedenfalls selbst. Sie wollte keine von denen als Freundin. Dank der Computermagie hatte sie immer noch Kirsty.

In den ersten schrecklichen Wochen nach dem Umzug schrieben sie sich mindestens ein Dutzend Mal am Tag. Alex heulte sich bei Kirsty aus, schrieb sich in ihren Mails den ganzen Kummer von der Seele, und Kirsty spendete Alex den Trost, den sie so nötig brauchte. Es sei ja nicht für lange, versicherte sie Alex. Ihr Vater wäre die langweilige, dämliche Jilly sicher bald leid. Er würde merken, was für einen Riesenfehler er gemacht hatte, und ehe Alex es sich versah, wären sie wieder in Schottland. Wieder in Gartenbridge, und alles wäre wie früher.

Mit der Zeit war die Flut der E-Mails ebenso verebbt wie der Überschwang der Gefühle. Inzwischen hielt Kirsty Alex darüber auf dem Laufenden, was in der Schule und im Dorf passierte, und berichtete ihr über irgendwelche Veränderungen. Zum Beispiel hatte der Laden an der Ecke, in dem sie nach der Schule immer Süßigkeiten gekauft hatten, dichtgemacht. Eine ihrer Lieblingslehrerinnen würde heiraten und nicht vor dem nächsten Schuljahr wiederkommen. Die Käufer von Alex' altem Haus hatten es gelb gestrichen.

Gelb! Die Farbe, die sie am allerwenigsten ausstehen konnte. Es sah bestimmt schrecklich aus. Alex hasste den Gedanken an solche Veränderungen, den Gedanken, dass plötzlich in *ihrem* Haus irgendjemand anders wohnte. Es war das einzige Haus, das sie je gekannt hatte, das Haus ihrer glücklichen Kindheit. Es war nur wenige Monate her. Es war eine Million Jahre her.

Noch weniger wollte sie daran denken, dass Kirsty sich verändern könnte. Doch in ihren letzten Mails gab es bereits die ersten Anzeichen dafür. Kirsty hatte schon ihre Tage bekommen, Alex dagegen hatte diesen Meilenstein auf dem Weg zum Frauwerden noch nicht erreicht. Und Kirstys Neuigkeiten drehten sich zunehmend um Ewan Fraser, einen Jungen, den sie mit seinen Segelohren und Sommersprossen beide einmal verachtet hatten. Wenn sie Kirsty glauben sollte, hatte er sich in den letzten Monaten mächtig zu seinem Vorteil verändert. Er wartete auf Kirsty, ging mit ihr von der Schule nach Hause. Ewan Fraser! Allein bei dem Gedanken bekam man das Kotzen!

Kirsty mit einem Freund - undenkbar. Wie hatten sie sich über die Mädchen eine Klasse über ihnen kaputtgelacht, wenn sie den Jungen hinterherschmachteten.

Dabei hatte Alex selbst ein Geheimnis - das sie noch niemandem anvertraut hatte, nicht einmal Kirsty! Sie hatte selber einen Freund. Einen Freund!

Im Hochgefühl ihres köstlichen Geheimnisses schlang sie die Arme um sich.

Jack - seinen Nachnamen hatte er ihr noch nicht verraten - sah im Unterschied zu dem jämmerlichen Ewan Fraser sehr gut aus. Er war witzig, und er war nett.

Nicht, dass sie sich schon persönlich kennengelernt hätten. Noch nicht. Bis jetzt kannte sie ihn nur vom Foto. Aber sie mussten ja auch nichts überstürzen. Er war ihr Freund, ihr Vertrauter, jemand, dem sie ihr Herz ausschütten konnte. Wenn es soweit war, würden sie sich treffen.

Jetzt wartete erst einmal eine E-Mail von ihm. Mit dem strahlendsten Lächeln seit Monaten, bei dem sie ihre verhasste Zahnspange zeigte, klickte Alex darauf, um sie zu öffnen.

FÜNF

So ungern Neville zugab, dass Sid Cowley vielleicht richtig lag, musste er doch eingestehen, dass er wahrscheinlich den Nagel auf den Kopf getroffen hatte. Alles sprach dafür, dass Trevor Norton tatsächlich wegen seines iPod getötet worden war.

Einfach nur eins von diesen sinnlosen Verbrechen - am falschen Ort, zur falschen Zeit. Sie hatten so etwas immer wieder gesehen. So ein armes Schwein geht am Samstagabend auf ein Bier in die Kneipe um die Ecke, gerät mitten in eine Schlägerei und landet auf dem Tisch des Gerichtsmediziners. Oder eine junge Mutter fährt ihr Kleines so wie schon hundertmal zuvor im Kinderwagen spazieren, und irgendso ein besoffener Wichser gerät mit seinem Wagen auf den Bürgersteig - zack, beide tot.

Tod aus dem Nichts, unvorhersehbar. Und für nichts und wieder nichts. Es hätte ebenso gut den nächsten Typ mit einem iPod treffen können - man sah die Dinger inzwischen überall -, und statt Rachel Norton hätte sich eine andere Frau die Augen ausgeheult. Nach der Autopsie sprachen er und Sid auf dem Weg zurück zum Haus der Nortons darüber. Das Ergebnis war wie erwartet: Trevor Norton war ertrunken, nachdem er mit einem stumpfen Gegenstand einen Schlag auf den Kopf bekommen hatte.

Nichts deutete darauf hin, es könnte etwas anderes als ein Zufallsverbrechen sein, und das machte die Ermittlungsarbeiten höllisch schwer. Trevor Norton konnte von irgendeinem beliebigen Menschen getötet worden sein, der sich inzwischen an irgendeinem beliebigen Ort befand. Wenn die Proben, die sie bei der Obduktion genommen hatten, nicht irgendeine überraschende Spur erbrachten, oder aber der stumpfe Gegenstand auftauchte oder der Mord von irgendeiner Überwachungskamera aufgezeichnet worden war, gab es vielleicht nichts, was den Täter mit dem Mord in Zusammenhang brachte, außer diesem iPod. Einer unter unzähligen iPods in dieser Stadt – spurlos und anonym. Die berühmte Nadel im Heuhaufen.

Andererseits musste allen Möglichkeiten nachgegangen werden, was eine gründliche Durchsuchung des Nortonschen Hauses einbezog.

Wie auch eine Menge Fragen an Rachel Norton. Fragen, die sie in diesem Moment verständlicherweise nicht gerne beantworten würde. Neville wusste, dass sie in dieser Situation nicht nur mit der verstörten Rachel fertig werden mussten, sondern auch mit Yolanda Fish, die ihren Schützling wie die Henne das Küken hüten würde.

Mark Lombardi hatte gerade in der Polizeikantine das Mittagessen beendet und war auf dem Weg zu seinem Schreibtisch, als sein Handy in seiner Tasche vibrierte.

Callie!, dachte er mit einem Lächeln. Doch als er das Telefon herauszog, sah er auf dem Display, dass es seine Schwester war.

Er drückte den Knopf, um den Anruf entgegenzunehmen. *»Pronto. Ciao, Serena.«*

»Marco, tut mir leid, dich zu behelligen.« Er hörte eine Menge Lärm im Hintergrund – das Klappern und Klirren von Geschirr und Besteck und das Stimmengewirr vieler Menschen. »Kannst du mich verstehen?«

»Keine Sorge, ich verstehe dich bestens. Was gibt's?«

Sie seufzte hörbar ins Telefon. »Ich muss dich um einen riesigen Gefallen bitten, Marco.«

»Was?«

»Hast du heute Abend was vor?«

Das klang nicht gut. Er hatte Callie versprochen, am Abend mit sämtlichen Zutaten rüberzukommen und ihr Schritt für Schritt beizubringen, wie man frische Pasta zubereitet. »Eigentlich schon«, sagte er zögernd.

»Du weißt, dass ich dich nicht darum bitten würde, wenn ich irgendeinen anderen Ausweg wüsste, aber könntest du es vielleicht absagen?«

»Ich höre«, sagte er. Babysitten? Es wäre nicht das erste Mal gewesen, dass er im letzten Moment gefragt wurde, ob er auf seine Nichte Chiara aufpassen könnte.

»Ich hab dir ja erzählt, wie wir mit all diesen Weihnachtsfeiern ausgebucht sind.«

»Ja.«

»Na ja, eine von den Studentinnen, die bei uns aushelfen, kam heute Mittag mit einer schrecklichen Erkältung rein. Das können wir nicht brauchen. Geht einfach nicht, dass jemand sich über dem Essen der Gäste die Nase schneuzt oder ihnen ins Gesicht niest.«

Mark glaubte zu wissen, in welche Richtung die Sache ging. »Also hab ich sie nach Hause geschickt«, fuhr Serena fort, »und seitdem hänge ich am Telefon, um Ersatz zu finden.«

Er hatte inzwischen seinen Schreibtisch erreicht. Mark schloss die Augen und verabschiedete sich von der verlockenden Vorstellung, wie er den Abend mit Callie genießen würde: zusammen in ihrer kleinen Küche, die Hände bis zu den Ellbogen im Nudelteig. Callie mit einem Mehlfleck auf der Wange ... »Lass mich raten. Du möchtest, dass ich heute Abend bei euch kellnere.«

Seine Schwester klang flehentlich. »Wir sind total ausgebucht. Wir können uns einfach nicht leisten, zu wenig Personal zu haben. Heute Abend nicht. Wenn du ...«

»Ja, geht in Ordnung«, sagte er und gab sich Mühe, seine Enttäuschung zu verbergen.

Ihr nächster Seufzer brachte die reine Erleichterung zum Ausdruck. »Marco, du bist ein Juwel. Wirklich.«

»Klar doch.«

»Du hast was gut«, sagte sie. »Könntest du schon um sechs hier sein? Oder noch besser um halb? Sobald die Mittagsgäste weg sind, müssen sämtliche Tische gedeckt werden, und die Knallbonbons ...«

»Ich werde da sein. Keine Sorge, *sorella mia*.«

Yolanda öffnete Neville Stewart und Sid Cowley nur widerstrebend die Tür. Sie war selbst Polizistin und wusste, dass sie nur ihre Arbeit erledigten und dass sie damit nicht warten konnten. Doch ihr Instinkt, Rachel zu schützen und ihr die Kollegen vom Hals zu halten, war ebenfalls stark, vor allem angesichts ihrer Schwangerschaft.

Yolandas Aufgabe als Familienkontaktperson bei der Polizei brachte sie oft in Konflikte, die sie normalerweise gut meisterte. Im Zuge der Ermittlungen bei einem Mord war sie sozusagen das menschliche Gesicht der Polizei - sie kümmerte sich um die Hinterbliebenen und hielt sie über den Fortgang der Ermittlungen auf dem Laufenden. Sie hatte für sie da zu sein, an ihrer Seite - eher wie ein Sozialarbeiter oder Priester als Gesetzeshüter.

Andererseits ... andererseits war es eine unumstößliche Tatsache, dass die meisten Mordopfer von jemandem getötet wurden, den sie kannten. In vielen Fällen natürlich sogar von jemandem aus der eigenen Familie. Woraus folgte, dass die Menschen, um die sich Yolanda kümmerte, oft selbst zum Kreis der Verdächtigen gehörten. Zuweilen stellte sich heraus, dass einer von den Leuten, die sie mit Tee versorgte und in ihrem Kummer tröstete, der Mörder war. Als Polizistin musste sie sich dieser Möglichkeit wohlbewusst und daher innerlich offen sein. Manchmal musste sie ihre Vertrauensstellung innerhalb der Familie nutzen, um etwas herauszufinden, das bei der Aufklärung des Verbrechens half, etwas, zu dem die ermittelnden Kollegen keinen Zugang hatten - ein paar Worte, die in einer Extremsituation fielen, ein Einblick in die Familiendynamik. Und sie hatte damit kein Problem; es gehörte zu ihrem Job, selbst wenn es von ihr verlangte, gegenüber den Menschen, denen sie half, ein wenig Distanz zu wahren.

Doch Rachel Norton war anders. Sie war höchst verletzlich und völlig allein. Sie hatte außer Yolanda niemanden, der sich um sie kümmern konnte. Ihre Eltern, erklärte sie ihr, waren in Griechenland. Ihre Schwester lebte in Leicester und hatte selbst eine Familie, um die sie sich kümmern musste, und davon abgesehen hatten sie kein allzu enges Verhältnis. Mit Trevors Familie verstand sie sich nicht gut genug, um sie jetzt um sich haben zu wollen, und seit sie nicht mehr arbeitete, hatte sie keine Freunde, auf die sie ohne zu zögern zurückgegriffen hätte.

Und so entfaltete Yolanda in diesem Fall ihren ganzen Beschützerinstinkt mit einer Ernsthaftigkeit, die ihr bei ihrer Tätigkeit so sehr zugute kam. Eli würde in den nächsten Tagen nicht viel von ihr zu sehen bekommen, so viel stand fest, ob sie den Mörder nun bald schnappten oder nicht.

»Sie werden hoffentlich nicht zu sehr in sie dringen?«, sagte sie von der Tür aus streng zu den beiden Beamten. »Sie hatte einen schweren Schock. Sie ist sehr verletzlich.« Es wäre zwecklos gewesen, um einen Aufschub bis morgen zu bitten.

»Wir sind nicht ganz und gar unsensibel, wissen Sie.« Neville ging an ihr vorbei ins Haus, und Cowley folgte ihm auf dem Fuß. »Aber wenn wir unsere Arbeit machen sollen, müssen wir ihr schon ein paar Fragen stellen.«

Rachel wartete im Wohnzimmer. Sie hatte sich nicht gerührt, seit Yolanda an die Tür gegangen war. Sie hockte vornübergebeugt, mit gesenktem Kopf in der Mitte des Sofas. Yolanda setzte sich wieder an ihre Seite und nahm ihre Hand, während die beiden Polizisten sich auf den Sesseln niederließen.

»Mrs Norton«, sagte Neville. »Ich weiß, das ist schwer für Sie. Aber ich bin sicher, Sie wollen uns dabei helfen, denjenigen zu schnappen, der das getan hat.«

Sie nickte, das Gesicht von ihrem offenen blonden Haar verdeckt, sodass es sich Yolandas prüfendem Blick entzog. Mit ihrer freien Hand strich Yolanda es ihr hinters Ohr, um ihren Schützling besser im Auge zu haben.

»Mrs Norton, hatte Ihr Mann irgendwelche Feinde?«

»Feinde?« Sie zuckte zusammen und saß plötzlich kerzengerade. »Aber er wurde doch überfallen! Sie sollten lieber draußen auf den Straßen nach dem Mörder suchen, statt Ihre Zeit mit solchen lächerlichen Fragen zu vergeuden!«

»Wir müssen das fragen«, warf Cowley ein, sein Notizbuch gezückt.

»Hatte er irgendwelche Feinde?«, wiederholte Neville. »Zum Beispiel geschäftliche Konkurrenten?«

Sie schüttelte energisch den Kopf. »Nein. Nichts dergleichen. Er war geschätzt. Von seinen Klienten. Von allen.«

Neville trommelte mit den Fingern auf die Sessellehne. »Dann fällt Ihnen also niemand ein, der sich seinen Tod gewünscht haben könnte.«

»Natürlich nicht.«

»In Ordnung, Mrs Norton.« Neville warf Sid Cowley, der ihm gegenübersaß und sich eifrig Notizen machte, einen kurzen Blick zu. »Jetzt muss ich Sie etwas fragen, das Sie vielleicht sehr aufregen wird.«

Yolanda spürte die Anspannung in Rachels Körper und drückte ihre Hand noch fester; sie warf Neville einen warnenden Blick zu. »Sachte, sachte.«

»An diesem Punkt können wir noch keine Möglichkeit ausschließen, deshalb müssen wir ein paar heikle Fragen stellen. Nehmen Sie's bitte nicht persönlich.« Yolanda begriff durchaus, dass diese Worte ebenso an sie wie an Rachel gerichtet waren.

Neville wechselte die Stellung. »War Trevor ... ehm, ich meine ...« Er räusperte sich. »Ist es möglich, dass es ... noch andere Frauen in seinem Leben gegeben hat?«

Rachels Reaktion kam für Yolanda überraschend: nicht Wut oder Empörung, kein »Wie können Sie es wagen?« Nein, Rachel sackte nach vorn, und die Tränen flossen aufs Neue. »Sie begreifen einfach nicht, oder?«, seufzte sie.

»Begreife was nicht?«

Sie schluckte schwer, griff nach einem Taschentuch und tupfte sich die Augen ab. »Dass Trevor ... er hat mich mehr als irgendetwas sonst geliebt. Es hat nie eine andere für ihn gegeben. Niemals. Ich war die erste Frau in seinem Leben. Die einzige.« Sie schneuzte sich. »Vermutlich haben Sie noch nie jemanden so sehr geliebt, Inspector. Ich erwarte deshalb auch gar nicht, dass Sie das verstehen.«

Bei diesen Worten, stellte Yolanda fest, schien Neville sich unbehaglich zu fühlen. Er konnte Rachel offenbar nicht in die Augen sehen. »Und ... und das Baby?«, fragte er. »Trevor hat sich auf das Baby gefreut?«

»Er war aus dem Häuschen. Das habe ich Ihnen schon mal gesagt.«

»War es ... geplant?«

Rachel funkelte ihn wütend an. »Das geht Sie nun wirklich nichts an, Inspector. Aber ... ja. Wir hatten es schon eine Weile versucht. Und schließlich hat es geklappt.« Sie schnappte nach Luft. »Wie gesagt, Trevor war ... begeistert, überglücklich.« Sie drehte sich zur Seite, packte Yolandas Hand fester und sagte zu ihr: »Es war, als hätte er endlich alles, was er sich je gewünscht hatte. Mich. Sein eigenes Geschäft. Erfolg. Dieses Haus. Und dann noch das Baby.«

Neville stand auf, und Cowley folgte seinem Beispiel. »Wenn Sie nichts dagegen haben, Mrs Norton, sehen wir uns mal ein bisschen im Haus um. Möglicherweise müssen wir für eine gründliche Durchsuchung noch ein paar Kollegen dazubitten.«

»Wozu in aller Welt?« Sie ließ Yolandas Hand los und stand mühsam auf. »Trevor wurde nicht hier getötet«, sagte sie den Polizisten ins Gesicht. »Wozu soll das gut sein? Haben Sie nicht schon genug angerichtet mit Ihren ... Ihren hässlichen Unterstellungen? Wozu müssen Sie auch noch über mein Haus herfallen?« Jetzt war die Wut, die Yolanda schon früher erwartet hatte, eindeutig entflammt.

»Mrs Norton«, sagte Neville, und der irische Zungenschlag war umso weniger zu überhören, je förmlicher er sprach. »Wir haben unsere Vorgehensweisen. Vorerst können wir noch gar nichts ausschließen. Wir wollen denjenigen finden, der Ihren Mann ermordet hat. Ich bin sicher, das wollen Sie auch.«

»Schon, aber ...«

»Wir können das mit Ihrem Einverständnis machen. Oder wir gehen zu einem Richter und lassen uns einen Durchsuchungsbefehl ausstellen. Das liegt bei Ihnen. Aber zweifellos verstehen Sie, weshalb wir dazu gezwungen sind.«

Rachels Schultern sackten herunter; sie bedeckte ihr Gesicht mit den Händen. »Ja, meinetwegen.«

»Und Trevors Computer«, fuhr Neville fort. »Den müssen wir mitnehmen.«

Sie hob abrupt den Kopf. »Warum?«

»Reine Routine. Wir müssen seine Dateien, seine Festplatte untersuchen.«

»Sie kriegen von uns eine Empfangsbestätigung«, warf Cowley ein. »Sie bekommen ihn bald zurück.«

Yolanda sah ihnen hinterher. Sie legte Rachel, die jetzt unter Schluchzen zuckte, einen Arm um die Schulter. »Na, na«, sagte sie sanft, »Yolanda ist hier und passt auf Sie auf, Schätzchen. Yolanda ist ja da.«

Samstage waren für Callie immer problematisch. Die meisten Menschen genossen den Samstag als freien Tag, doch Callie hatte umso mehr zu tun, als Brian nicht zur Verfügung stand. Und die Abende waren noch schwieriger in Anbetracht der Tatsache, dass der Sonntagmorgen bevorstand. Dieser Sonntag aber war schlimmer als gewöhnlich: Sie war mit der Predigt dran, und sie hatte sie noch nicht mal fertig geschrieben.

So war sie zwar enttäuscht, als Marco anrief, um ihr für diesen Abend abzusagen, aber gleichzeitig auch ein wenig erleichtert. Sie hatte dadurch nicht nur Zeit, ihre Predigt in Ruhe zu Ende zu schreiben, sondern konnte ihr sogar noch ein bisschen Schliff geben. Außerdem ließ es ihr etwas Muße zum Nachdenken.

Sie saß vor ihrem Computer und suchte nach neuen Erkenntnissen über den Advent - die Zeit des Wartens, die Zeit der freudigen Erwartung - und ertappte sich dabei, wie immer wieder das Gesicht von Morag Hamilton zwischen ihr und dem Monitor auftauchte.

Morag wartete, freudige Erwartung gab es für sie allerdings nicht mehr. Sie harrte in Angst und Einsamkeit.

Callie wusste, wie sich Einsamkeit anfühlt: In den schrecklichen Wochen, nachdem ihr Verlobter Adam ihr eröffnet hatte, er habe jemand anderen gefunden, hatte sie sich so allein gelassen gefühlt, dass es für ein Leben reichte. Doch eine so entsetzliche Situation, wie Morag Hamilton sie ertragen musste, kannte sie nicht: qualvolle Behandlungen mit schrecklichen Nebenwirkungen - und am Ende doch keine Garantie, dass sie ihr Leben um mehr als ein paar Wochen oder Monate verlängern würden.

Und sie, Callie, steckte jetzt auch mittendrin. Ob sie wollte oder nicht. Das gehörte zu den Dingen, auf die sie keins ihrer Theologie-Seminare vorbereitet hatte. Sie konnte nicht distanziert mit den Problemen ihrer Gemeindemitglieder umgehen - sich ihren Kummer anhören, ohne betroffen zu sein. Schon jetzt hatte sie begriffen, dass ihr geistliches Amt von ihr forderte, sich auf ihren Schmerz einzulassen, ihn mitzufühlen. Mit den Menschen an Orte zu gehen, die sie lieber meiden würde, einfach nur, um ihnen die Hand zu halten.

Es war gleichzeitig ein Vorrecht und eine so große Verantwortung, dass sie zuweilen der Mut verließ und sie sich fragte, ob sie der Aufgabe gerecht werden konnte. Ganz sicher nicht ohne Gottes Hilfe.

Außerdem war es etwas, das eine eigene Form von Einsamkeit mit sich brachte. Menschen vertrauten ihr ihre tiefsten Geheimnisse an, ihre Ängste, ihre Schuld und auch ihr Glück, und das allein schon war eine riesige Last, die sie kaum schultern konnte. Diese Dinge durfte sie mit niemandem teilen oder besprechen. Nicht einmal mit Brian. Und auch nicht mit Marco.

Oft wünschte sie sich, sie hätte in Marco einen Ansprechpartner, wenn sie ein Problem besonders drückte. Er war klug, er nahm Anteil, und auch er hatte einen Beruf, bei dem er sich den Kummer anderer Menschen anhören musste.

Tatsächlich hatte sie zuweilen das Gefühl, als unterschieden sich ihre Berufe gar nicht mal so sehr. Marco redete nicht viel über seine Arbeit, doch nach allem, was er ab und zu erwähnte, hatte eine Familienkontaktperson innerhalb der Polizei eine besondere Stellung. Bei anderen Polizisten endete die Verantwortung, wenn der Fall mehr oder weniger abgeschlossen war und bei der Staatsanwaltschaft landete. Doch als Kontaktperson waren seine Aufgaben eher fließend; sie reichten noch in die Zeit des Prozesses hinein und oft darüber hinaus. Zu jedem beliebigen Zeitpunkt konnte er auf unterschiedlichen Ebenen mit einer Reihe Familien beschäftigt sein, mit denen er in Verbindung blieb und die er unterstützte. Einmal hatte Marco ihr gegenüber festgestellt, dass ihre Berufe sich sehr ähnelten, nur dass er für die Kripo arbeitete und sie für Gott. Damals hatte sie seine scheinbar leicht hingeworfene Bemerkung amüsant gefunden, doch es steckte viel Wahrheit darin.

Neville war froh, aus dem Haus der Nortons rauszukommen, und nach Cowleys heftigen, mahlenden Kieferbewegungen zu urteilen, ging es dem Kollegen nicht anders. Sie hatten einen Constable hinzugezogen, der den PC abholen und zu diesen mysteriösen Spezialisten bringen sollte, die nicht nur die derzeitigen Daten auf der Festplatte untersuchten, sondern teilweise auch das wieder sichtbar machten, was in der Lebensspanne eines Geräts darauf gelöscht worden war. Trevor Norton war zwar IT-Spezialist, doch Neville ging jede Wette ein, dass selbst er auf seinem Computer Dinge hatte, die er für endgültig gelöscht hielt.

»Nicht, dass es was bringt«, brummte er gegenüber Cowley. Eine flüchtige Durchsicht von Trevor Nortons E-Mails hatte nichts Aufregendes oder Schockierendes zutage gefördert. Es war so ziemlich alles rein geschäftlich und absolut legal. Keine dubiosen Machenschaften, keine offensichtlichen Feinde. Kein Hinweis auf eine heimliche Freundin oder Geliebte, jedenfalls nicht in den E-Mails. »Ich vermute mal, er wäre nicht so dämlich gewesen, es seiner Frau auf dem Tablett zu servieren, falls er was mit einer anderen hatte«, räumte Neville ein. »Immerhin hat sie die Buchhaltung gemacht. Sie hatte Zugang zu seinem Computer.«

»Sie sind auf dem Holzweg«, brummte Cowley.

Neville war eigentlich sicher, dass Cowley recht behalten würde: Dieses Verbrechen hatte mit Trevor Nortons Privatleben nicht das Geringste zu tun. Trotzdem durften sie nichts unversucht lassen und bei der üblichen Routine nicht schlampen. Am Ende würden sie darüber Rechenschaft ablegen müssen, wie sie ermittelt hatten, und sie sollten beweisen können, dass sie selbst den unwahrscheinlichsten Möglichkeiten nachgegangen waren.

Und man wusste ja nie. Vielleicht irrte sich Cowley doch. Das hoffte Neville - zumindest hätten sie dann einen Ansatzpunkt, jemanden, den sie sich vornehmen konnten. Etwas Sinnvolleres zu tun, als nur Däumchen zu drehen, bis sie die Ergebnisse der DNA-Analyse vorliegen hatten.

Trotz der Ablenkungen schaffte es Callie, ihre Predigt fertig zu schreiben. Sie druckte sie aus, las sie noch einmal durch und führte mit Bleistift einige Korrekturen durch.

Zeit zum Abendessen, stellte sie fest, als sie Bella geduldig vor ihrem leeren Fressnapf sitzen sah. Callie füllte ihn, und Bella wedelte vor Dankbarkeit mit dem ganzen Körper, bevor sie sich auf die Mahlzeit stürzte.

Callie selbst hatte wenig Appetit, wusste aber, dass sie etwas essen musste. Im Kühlschrank fand sie noch ein paar Reste: eine halbe Portion Lasagne, ein bisschen Hühnchen, eine Tupperschüssel mit Suppe. Auch wenn sich nichts davon mit Marcos selbst gemachter Pasta messen konnte, musste es - mithilfe ihrer zuverlässigen Mikrowelle - genügen.

Sie aß unter Bellas aufmerksamem Blick am Küchentisch. Nachdem sie den Abwasch erledigt hatte, ging sie zurück ins Wohnzimmer.

Im Kamin lagen noch die Reste vom vorabendlichen Feuer; wäre Marco wie geplant heute hier gewesen, hätte er ihn ausgekehrt und ein neues Feuer in Gang gebracht. Aber auch wenn ihr in dem Raum mit der hohen Zimmerdecke kalt war, war es ihr heute einfach zu viel Aufwand. Stattdessen nahm sie die Wolldecke von der Sofalehne, wickelte sich darin ein und machte es sich vor dem Fernseher bequem.

Sie studierte die Programmzeitschrift und konnte nichts Interessantes finden. Seit wann, fragte sie sich, war das Fernsehprogramm am Samstagabend so öde geworden? Die hundert Besten von irgendwas, eine haarsträubend peinliche Reality-Show, eine Sendung mit untalentierten, jaulenden Teenagern und die Wiederholung eines alten Films, den sie schon beim ersten Anschauen nicht sonderlich gut gefunden hatte.

Bella sprang neben ihr aufs Sofa und schmiegte sich an sie. »Ach, Bella«, murmelte Callie, »was würde ich nur ohne dich machen?«

Callie hatte längst festgestellt, dass ihre schwarz-weiße Cockerspanielhündin eine wundervolle Zuhörerin war, und eine diskrete obendrein. Das war genau, was sie an diesem Abend brauchte. Ihr ging die Schottin einfach nicht aus dem Kopf. »Also, ich erzähl dir mal von Morag und ihrer Familie«, sagte sie und kraulte Bella hinter den Schlappohren.

Die Geschichte war, so wie Morag sie ihr erzählt hatte, faszinierend – wenn auch zugleich bedrückend. Und im Zentrum stand Angus, Morags einziges Kind.

Angus Hamilton war trotz aller Bemühungen seiner Eltern zu einem rechten Rabauken herangewachsen. Er hatte sich, so weit das in einer Stadt in den Highlands von Schottland überhaupt ging, mit einem ziemlich rüpelhaften Freundeskreis umgeben und war auch ein paarmal mit dem Gesetz in Konflikt geraten: Alkoholgenuss als Minderjähriger, Schlägereien, Sachbeschädigungen. Mit sechzehn hatte er die Schule ohne Abschluss abgebrochen und schien drauf und dran, sein Leben zu vergeuden.

Natürlich bereitete das seinen Eltern einiges Kopfzerbrechen, vor allem angesichts der Position seines Vaters als einziger Arzt in der kleinen Stadt.

Dann geriet Angus in den Bann einer Frau, die einige Jahre älter war als er: Harriet Campbell, die Besitzerin des örtlichen Pubs. »Ich kann nicht gerade sagen, dass Donald und ich hoch beglückt darüber gewesen wären«, hatte Morag eingeräumt, »aber wir wurden eines Besseren belehrt.«

Harriet war Lehrerin. Tatsächlich hatte sie einige Jahre zuvor Gartenbridge verlassen, um in Edinburgh zu unterrichten. Als ihre Eltern, Gastwirte von Beruf, bei einem Unfall im Spanienurlaub tödlich verunglückten, kam sie aus einer Art Pflichtgefühl heraus in das Heimatstädtchen zurück, um das Familiengeschäft zu übernehmen.

Noch nie zuvor war der Pub so beliebt gewesen; die jungen Männer - und eine ganze Reihe der älteren ebenso - hingen an der Kneipe wie die Bienen am Honigtopf, und das nicht nur zum Trinken. Harriet Campbell war schön, lebendig, sexy. Der Traum eines jeden Mannes.

Doch Harriet hatte etwas in Angus gesehen - etwas, das niemand sonst bisher wahrgenommen hatte. Die Lehrerin in ihr erkannte seine schnelle Auffassungsgabe und sein Talent im Umgang mit Zahlen. Sie sagte ihm auf den Kopf zu, dass er sein Leben verschwendete.

Anders, als es bei seinen Eltern der Fall gewesen war, hörte er auf sie. Mit ihrer Ermunterung und Unterstützung klemmte er sich hinter die Bücher und erwarb die Qualifikationen, über die er wenige Jahre zuvor noch die Nase gerümpft hatte. Dem Schulabschluss folgten Buchhaltungskurse für Fortgeschrittene.

Angus Hamilton verdankte Harriet Campbell, dass etwas aus ihm geworden war. Da hegte seine Mutter keinen Zweifel. »Ohne sie«, hatte sie zu Callie gesagt, »wäre er immer noch in Gartenbridge. Oder wahrscheinlich sogar im Gefängnis. So unbändig war der Junge.«

Stattdessen arbeitete er jetzt als kaufmännischer Geschäftsführer einer großen Firma in der City von London. Verheiratet mit Jilly.

»Aber was ist bis dahin passiert?«, hatte Callie gefragt. »Und was ist mit Harriet?« Sie dachte an das auffällige Gesicht auf dem Foto: die kleine Alex, in der ihre Großmutter schon die Schönheit der Mutter erkannte. Nicht Jillys. »Dann ist Alex Harriets Tochter?«

Was als eine Art Mentor-Schüler-Beziehung begonnen hatte, entwickelte sich zu etwas Komplexerem. Es war passiert, als Angus noch unglaublich jung war, gerade erst neunzehn. Harriet, damals fünfundzwanzig, war schwanger geworden, und sie hatten überstürzt geheiratet.

»Donald und ich waren anfangs natürlich nicht gerade begeistert«, hatte Morag ihr erzählt. »Angus war noch so jung - wir dachten, er wird damit nicht fertig. Aber auch da lagen wir falsch. Eine eigene Familie zu haben, hat ihn erwachsen gemacht. Harriet und er waren so verliebt - sie himmelten sich gegenseitig an, und als dann Alex kam, waren sie eine sehr glückliche Familie.«

Als Callie an diesem Punkt von Morags Geschichte angelangt war, verlor Bella plötzlich das Interesse und wurde unruhig. Sie sprang vom Sofa und lief zu der Tür am oberen Treppenabsatz.

»Musst du mal raus?«, fragte Callie.

Bella wedelte mit dem Schwanz.

Das war der Nachteil dabei, sich einen Hund zu halten, wenn man im ersten Stock wohnte: Sie konnte nicht einfach die Tür aufmachen und Bella in den Garten rauslassen. Callie musste sich ihren Mantel anziehen und Bellas Leine holen. Sie hätte eigentlich aus den flauschigen Pantoffeln schlüpfen und Schuhe anziehen sollen, aber sie hatte nicht vor, weit zu gehen.

Es war inzwischen sogar noch kälter geworden; Callies Atem bildete frostige Wölkchen. Leider machte sich Bella gar nichts aus der Kälte und ließ sich Zeit mit der Suche nach der richtigen Stelle für ihr Geschäft. »Nun mach schon«, sagte Callie und schlang fröstelnd die Arme um den Leib. Sie hatte keine Handschuhe angezogen, sodass sie zusätzlich zu den kalten Füßen in den Hausschuhen auch noch kalte Finger bekam. »Hi, Cal«, sagte eine Stimme in der Dunkelheit.

Callie fuhr zusammen, ihr Herz hämmerte. Sie wirbelte herum und zerrte an Bellas Leine.

Es gab nur einen einzigen Menschen, der sie Cal nannte.

Adam.

Es war alles andere als kalt im La Venezia. Mark schwitzte in der Küche, und selbst der Gastraum des Restaurants war von der schieren Körperwärme so vieler Menschen, die sich an den Tischen drängten, überhitzt. Doch niemand beklagte sich; dem Geräuschpegel nach zu urteilen, amüsierten sich alle bestens.

»Noch eine vom selben!« Ein Mann, dessen Gesicht von dem gerötet war, was er bereits konsumiert hatte, hielt Mark eine leere Weinflasche entgegen. Er trug die rote Pappkrone aus seinem Knallbonbon schief auf dem Kopf.

»Ja, Sir. Noch eine Flasche Hausmarke rot.«

»Bringen Sie am besten gleich zwei«, brüllte der Mann, »dann sparen Sie sich einen Weg. Ist ja noch früh am Abend.«

Mark warf einen Blick auf seine Armbanduhr. Leider hatte der Mann recht: gerade mal acht durch. Es war wirklich noch früh am Abend, und er fühlte sich bereits völlig erschöpft.

Kein Wunder, dass er sich aus dem Familienbetrieb verdrückt hatte und stattdessen zur Polizei gegangen war. Selbst die anstrengendste Polizeiarbeit war verglichen mit dem hier ein Kinderspiel.

Serena segelte an ihm vorbei, ein Tablett mit mehreren Tellern dampfender Ravioli balancierend – die Spezialität ihrer Mutter und eines der beliebtesten Gerichte des Hauses. Sie erwischte ihn bei einem Blick auf die Uhr und warf ihm über die Schulter hinweg ein Lächeln zu. »Kopf hoch, Marco, in ein paar Stunden hast du's geschafft.«

»Was machst du denn hier?«, platzte Callie heraus. Ihr pochte das Herz inzwischen bis zum Halse – vor Überraschung, sagte sie sich. Sie hätte bei jedem so reagiert, der plötzlich im Dunkeln auftauchte und sie derart erschreckte.

»Einen Spaziergang«, sagte Adam Masters, der Mann, den sie eigentlich einmal hatte heiraten wollen. »Bin gerade dabei, eine Predigt fertig zu schreiben. Wollte einen klaren Kopf bekommen, ein bisschen frische Luft schnappen.« Er beugte sich vor und kraulte Bella hinter den Ohren. »Ist das deiner oder hütest du den für jemanden?«

»Mein*e*«, korrigierte sie ihn automatisch. Bella wedelte freudig mit dem Schwanz – Verräterin. »Sie gehört mir.«

»Ich wusste gar nicht, dass du einen Hund hast.«

Callie verkniff sich eine sarkastische Bemerkung. Es gab inzwischen eine Menge Dinge, die Adam nicht über sie wusste, und sie sah keinen Grund, weshalb sich daran etwas ändern sollte. Es war drei Monate her, seit er sie sitzen gelassen hatte; für sie beide war das Leben weitergegangen. »Sie heißt Bella«, sagte sie.

Er trat von einem Bein aufs andere. »Verdammt kalt heute Abend«, sagte er. »Willst du mich nicht auf einen heißen Tee einladen?«

Das war das Letzte, womit sie gerechnet hatte. Sie ging im Kopf den Zustand ihrer Wohnung durch: Hatte sie den Abwasch gemacht? War das Wohnzimmer aufgeräumt? »Meinetwegen«, sagte sie widerstrebend.

»Ich glaube, ich habe deine Wohnung noch gar nicht gesehen.« Adam sprach in einem freundlich sachlichen Plauderton. Er folgte ihr die Treppe hinauf, und sie war sich mit einem Mal ihrer flauschigen, abgetragenen rosa Pantoffeln bewusst.

»Es ist nichts im Vergleich zu deiner«, sagte sie bei der Erinnerung an die elegante georgianische Erdgeschosswohnung, die Adam bezogen hatte. Sie war nur ein einziges Mal da gewesen, zu einem absolut katastrophalen Essen mit Adam und Pippa, seiner neuen Verlobten. »Aber für uns ist sie genau richtig.«

»Uns?«

»Für Bella und mich«, sagte sie kühl. Sobald sie in der Wohnung waren, nahm sie die Hündin von der Leine und schlüpfte aus ihrem Mantel.

Glücklicherweise sah das Wohnzimmer einigermaßen ordentlich aus, auch wenn die Decke, in die sie sich eingewickelt hatte, auf dem Boden lag. Sie hob sie auf, faltete sie zusammen und legte sie wieder über die Sofalehne. »Was hättest du gerne, Adam? Kaffee? Tee?«

»Du weißt doch, dass ich abends nie Kaffee trinke«, sagte er in neckendem Ton.

Ich weiß nichts von dir, hätte sie am liebsten geantwortet. Habe vielleicht nie etwas von dir gewusst. »Dann also Tee.«

»Tee wäre perfekt. Lapsang, falls du welchen hast.« Sie hatte keinen. Lapsang war immer Adams Lieblingstee gewesen; Callie mochte ihn ebenfalls, doch seit ihrer Trennung hatte sie keinen mehr angerührt. Wenn es nach ihr ginge, würde es auch so bleiben. Dieser eigenwillig rauchige Geschmack würde für sie immer wieder Adam und ihre gemeinsamen gemütlichen Abende heraufbeschwören. »Kein Lapsang. Englischer Frühstückstee, Earl Grey oder normaler.«

»Dann tut's der normale.«

Zum Glück folgte er ihr nicht in die Küche. Ohne zu fragen ließ er sich aufs Sofa plumpsen und klopfte mit der flachen Hand auf den Sitz neben ihm. Die treulose Bella sprang hoch und schmiegte sich an ihn, während er sie streichelte.

War es wirklich Zufall gewesen, dass er ihr im Dunkeln über den Weg lief? Während sie den Tee zubereitete, dachte Callie darüber nach. Hätte er für den Fall, dass sie nicht da draußen gewesen wäre, geklingelt? Aber warum? Und wo war die süße Pippa?

Sie konnte ihn ebenso gut danach fragen; schließlich hatte sie nichts zu verlieren. Nicht mehr. »Wo ist denn Pippa?«, fragte sie betont beiläufig, als sie ihm einen Henkelbecher Tee hinstellte. »Kommt sie nicht sonst immer am Wochenende?«

Adam zuckte die Achseln und lächelte. »Dieses Wochenende nicht. Sie ist bei ihrer Mum, um die Hochzeit zu planen. Das Kleid und all diese Dinge.«

Zu ihrem Ärger merkte Callie, wie sich ihr Herz zusammenkrampfte. Sie sank in einen Sessel und zwang sich, Adam anzusehen und den Mund zu einem aufgesetzten Lächeln zu verziehen. »Dann habt ihr schon den Termin festgelegt? Irgendwann im Frühling?« Als sie und Adam verlobt gewesen waren, hatten sie nicht vorgehabt, vor ihrem ersten Jahr als Kuraten zu heiraten, sondern eher erst im nächsten Herbst. Doch sie ging jede Wette ein, dass Pippa ihn früher vor den Altar zerren würde.

Er schüttelte den Kopf und sah sie verständnislos an. »Offen gesagt, Cal, findet sie noch diesen Monat statt. Direkt nach Weihnachten.«

»Weihnachten!«

»Es gibt keinen vernünftigen Grund, länger zu warten.«

»Und was ist mit Pippas Stelle?« Callie wusste, dass sie Grundschullehrerin war.

»Sie hat ihnen gesagt, dass sie zum Ende des Schuljahrs kündigt.« Adam griff nach seiner Tasse Tee. »Ich bin sicher, dass sie in der ersten Zeit in London als Vertretung unterrichten kann. Und irgendwann wird sie bestimmt auch eine volle Stelle finden.«

Callie nahm einen Schluck Tee. Er war kochend heiß.

»Jedenfalls«, sagte Adam, als wäre dies eine ganz normale Unterhaltung, »ist die Hochzeit am achtundzwanzigsten. Am Tag der Unschuldigen Kinder. Du kommst doch, Cal?«

Die letzten Gäste waren gegangen und anschließend auch das Personal; das La Venezia hatte endlich geschlossen, und die Familie war unter sich. Während Serena und ihr Vater im Restaurant die Tische frisch deckten, die Salzstreuer nachfüllten und die Knallbonbons verteilten, half Mark seiner Mutter in der Küche dabei, alles sauber und ordentlich zu hinterlassen. Sie hatte schon immer gesagt, dass man ein Restaurant nur mit diesem Grundsatz führen könne: Man durfte am Abend erst gehen, wenn alles so war, wie man es am nächsten Tag zur Öffnungszeit brauchte. Das war plausibel, zog aber lange, anstrengende Nächte nach sich.

Bevor sie die letzte gekochte Pasta wegwarf, hielt Grazia Lombardi inne und sah ihren Sohn an. »Hast du überhaupt irgendwas gegessen, Marco?«

Mark überlegte. Zuletzt hatte er sich zum Mittagessen eine Brühwurst mit Brötchen und Kartoffelchips gegönnt, und das war einige Stunden her. Seitdem hatte er nur noch einen Keks und eine Tasse Tee zu sich genommen. Heute Abend hatte er sich irgendwann zwischendurch ein paar Brotsticks geschnappt. »Nicht viel«, gab er zu.

»Oh, du musst was essen.«

»Ach, lass nur, Mama.« Er sagte es halbherzig, weil er durchaus merkte, wie sein Magen knurrte. Außerdem wusste Mark sowieso, dass seine Worte auf taube Ohren stoßen würden.

Sie machte sich mit dem Geschick und der Schnelligkeit an die Arbeit, die man brauchte, um die Küche eines beliebten Restaurants zu führen. Eine Bratpfanne, ein bisschen gehackte *pancetta*, ein Schuss Sahne, ein Ei: Wenig später stand ein Teller *spaghetti alla carbonara* vor ihm. *»Mangia«*, befahl sie.

Er gehorchte. Es schmeckte köstlich, er war ausgehungert, und schon nach kurzer Zeit war der Teller leer. *»Grazie, mamma«*, sagte er kleinlaut.

Während er noch aß, hatte seine Mutter schon die Bratpfanne abgewaschen und alles weggeräumt. Er reinigte Teller und Besteck, und sie machte ihnen in der Zwischenzeit zur Belohnung für anständige Arbeit eine Kanne Kaffee.

Niemand, dachte Mark, kochte einen Kaffee wie seine Mutter, nicht einmal Serena: Er war so dick wie Sirup, stark und aromatisch. Bei zahllosen Gelegenheiten hatte er ihr bei der Zubereitung zugesehen; er hatte sie nach ihren Tricks gefragt und versucht, ihn genauso gut hinzubekommen, aber er schmeckte nie so wie bei ihr. Sie zauberte ihren Kaffee. Mit der Brühe, die aus der Maschine kam und die sie ihren Gästen servierten, hatte das nichts zu tun. Die Gäste wussten es nicht besser; sie hatten ja keine Ahnung, was ihnen entging.

Sie goss ihn in winzige Tassen und reichte Mark eine davon. Er schnupperte daran und schloss genüsslich die Augen, bevor er einen kleinen Schluck davon trank. »Mmm, Mama. Wunderbar.«

Genau in dem Moment schlug sie zu. »Also, Marco«, sagte sie, »wir haben dich in letzter Zeit nicht sehr oft zu Gesicht bekommen.«

Er wusste, dass sie recht hatte: Bevor er Callie kennengelernt hatte, war er viel öfter abends im Restaurant vorbeigekommen - wenn auch nicht, um auszuhelfen, sondern vielmehr, um die Gaumenfreuden zu genießen, die seine Mutter zu bieten hatte. So plötzlich in die Enge getrieben, verfiel er auf seine übliche lahme Ausrede. »Es gab bei der Arbeit so viel zu tun, Mama.«

Grazia Lombardi kaufte ihm das nicht ab. »Marco«, sagte sie. »Sag mir die Wahrheit. *Veramente, hai una ragazza?* Hast du eine Freundin?«

SECHS

Yolanda Fish war am Samstagabend nicht nach Hause gegangen. Sie wollte in Reichweite sein, falls Rachel sie für irgendetwas brauchte.

Der Hausarzt schaute vorbei und bot Rachel ein Beruhigungsmittel an. Sie lehnte es ab; sie wollte nichts nehmen, was ihrem Baby schaden könnte. Yolanda begrüßte diese Entscheidung, hatte aber selbst ein paar Tricks auf Lager. In ihren Jahren als Hebamme hatte sie ein selbst gemachtes Gebräu entwickelt, das der werdenden Mutter eine Nacht gesunden Schlafs verschaffte, ohne dem Kind im Mindesten zu schaden. Es war im Prinzip nichts anderes als warme Milch mit ein paar Kräutern; nach einer kurzen Fahrt zum Laden um die Ecke hatte sie alle Zutaten beisammen, die sie brauchte, und Rachel hatte den Becher ohne ein Wort des Protests vertrauensvoll geleert.

Im Haus der Nortons gab es kein Gästezimmer; es war, als erwarteten - oder wünschten - sie keine Gäste. Deshalb hatte Yolanda ein paar Sofakissen in das Kinderzimmer neben Rachels Schlafzimmer geschleppt und sich dort ein Behelfsbett zurechtgemacht. Es war erstaunlich bequem, und sie schlief gut.

Doch als lange vor Morgengrauen das Telefon klingelte, war sie augenblicklich wach. Es war ein schnurloses Telefon;

sie hatte es aus Rachels Schlafzimmer mitgenommen und es stattdessen neben sich auf den Boden gelegt, um alles von ihr fernzuhalten, was ihren Schlaf stören könnte.

Yolanda griff nach dem Apparat, drückte den Knopf, um den Anruf entgegenzunehmen, und hielt sich das Telefon ans Ohr. »Hallo?«

»Rachel?« Es war kaum mehr als ein Flüstern, sodass sie das Geschlecht des Anrufers nicht erkennen konnte.

»Nein. Sie schläft. Kann ich ihr was ausrichten?«

Ein hörbares Klicken, dann folgte das Freizeichen.

Yolanda zuckte die Achseln, legte den Apparat wieder auf den Boden und machte es sich erneut auf ihrem improvisierten Bett bequem. Doch an Schlaf war nicht mehr zu denken. Sie knipste das Licht an und sah auf die Uhr: Es war gerade erst sechs Uhr morgens.

Nachdenklich griff sie erneut zum Telefon und wählte die 1471, um zu erfahren, wer der Anrufer war, doch die Nummer war nicht freigegeben.

Wieder einmal wachte Jane früh auf - diesmal jedoch aus reiner Vorfreude und Aufregung. Heute kamen endlich ihre Jungs nach Hause.

Wäre es nicht gerade Sonntag gewesen, hätten sie und Brian sie in Oxford abgeholt. So aber nahmen die beiden einen der Busse, die regelmäßig zwischen Oxford und London verkehrten. Rechtzeitig zum Mittagessen würden sie daheim sein.

Jane war beim Metzger gewesen und hatte ein schönes Stück Rindfleisch gekauft, schon immer das Lieblingsessen ihrer Söhne. Es sollte ein richtig gutes Sonntagsessen geben, mit allem Drum und Dran, ohne Kosten zu scheuen. Rinderbraten und Yorkshirepudding, Bratkartoffeln mit reichlich Gemüse, und zum Schluss einen üppigen Trifle, der bereits im Kühlschrank stand.

Jane hatte keine Ahnung, wie sie den Gottesdienst durchstehen, geschweige denn, ihre Aufmerksamkeit auf höhere Dinge richten sollte. Advent und Vorfreude, das zumindest passte.

Es war nicht weiter verwunderlich, dass Callie nicht gut geschlafen hatte.

Adam! Wie konnte er es nur wagen, einfach so aufzukreuzen, als sei nichts dabei, und dann auch noch die Dreistigkeit besitzen, sie zu seiner Hochzeit einzuladen?

Sie wünschte, sie hätte eine schlagfertige, patzige Antwort parat gehabt. Stattdessen hatte sie einen großen Schluck brühend heißen Tee getrunken, sodass sie kein Wort herausbrachte.

Und als sie endlich den Mund aufbekam, signalisierte sie schüchtern ihr Einverständnis. Feigling! Ja, sie würde versuchen zu kommen. Elender Feigling! Wie konnte sie nur so schwach sein, so wenig Rückgrat zeigen? Weshalb hatte sie ihm nicht einfach gesagt, er solle sich zum Teufel scheren?

Stundenlang, so kam es ihr vor, hatte sie dieselben Fragen gewälzt, bevor sie endlich einschlafen konnte. Doch dann hatten sie - so wie seit Wochen nicht mehr - böse Träume geplagt, in denen Adam sie verfolgte. Der verfluchte Adam, wie konnte er es wagen, sich auch noch in ihre Träume einzuschleichen? Sie wollte nicht von Adam träumen. Sie wollte nichts mehr mit ihm zu schaffen haben. Und ganz gewiss wollte sie nicht zu seiner Hochzeit gehen, zur perfekten Pippa - schlank und blond und schön.

Am allerwenigsten wollte sie über die Wirkung nachdenken, die Adams Nähe auf sie hatte. Gegen ihren Willen hatte sie diesen alten Sog sexueller Anziehungskraft gespürt; irgendwo in ihrem Unterbewusstsein hatte sie sich gewünscht, er würde sie wie früher in die Arme schließen und sie könnten alles hinter sich lassen, was in der Zwischenzeit geschehen war. Vor allem Pippa. Aber auch Marco. Gott, wie konnte ihr Körper nur so ein Verräter sein?

Und so fasste sie, als sie erwachte und Bellas Wärme an ihrer Seite spürte, den Entschluss, ihn schleunigst aus ihren Gedanken zu verbannen. »Was für eine Zeitverschwendung«, sagte sie laut zu Bella. »Er ist es einfach nicht wert, weißt du. Peter hat das schon immer gesagt.«

Bella machte keine Anstalten, das Bett zu verlassen, und schien auch nicht das Bedürfnis zu haben, Gassi zu gehen. Dankbar streichelte Callie ihr das seidige Fell und schaltete innerlich um. Vor Adams aufdringlichem Besuch war sie mit etwas anderem beschäftigt gewesen und hatte ihrer Hündin davon berichtet. »Ich erzähle dir weiter von Morag, in Ordnung?«, schlug sie vor.

Sie hatte an der Stelle aufgehört, als Angus und Harriet verheiratet und zusammen mit Baby Alex eine glückliche Familie waren.

Angus hatte einen guten Job. Eine Hightech-Software-Firma hatte ein kleines Stück von Gartenbridge entfernt einen neuen Hauptsitz gegründet, und dank seiner kürzlich erworbenen buchhalterischen Qualifikationen wurde er sofort dort eingestellt. Er war engagiert und wirklich begabt. Binnen weniger Jahre war er die Karriereleiter bis fast zur Spitze des Finanzsektors aufgestiegen.

Harriet hatte unterdessen den Pub aufgegeben. Sie verkaufte ihn an ein begeistertes, neu zugezogenes Paar und erwarb mit dem Erlös einen kleinen Buchladen in Gartenbridge. Ein Leben lang war es ihr Traum gewesen, eine Buchhandlung zu führen; mit ihrem Enthusiasmus und ihrer Energie schaffte sie es schon bald, ihn recht erfolgreich zu etablieren und diese Arbeit einfallsreich mit ihrer Mutterrolle in Einklang zu bringen. Aus dem glücklichen Baby Alex wurde ein ausgeglichenes kleines Mädchen.

Bis Jilly in ihr Leben trat.

Sie waren ihr bei einer Dinnerparty über den Weg gelaufen. In den begrenzten gesellschaftlichen Kreisen von Gartenbridge waren Dinnerpartys eher eine Seltenheit, und dieser spezielle Abend war etwas ganz Besonderes, das Highlight der Saison.

Morag und ihr Mann Donald waren ebenfalls da gewesen, und so war das, was sie darüber zu erzählen hatte, ein Augenzeugenbericht.

Der Gastgeber war der leitende Direktor der Software-Firma, in der Angus arbeitete. Wenngleich ein Mann in fortgeschrittenem Alter, wie es seiner Position entsprach, war er im Besitz eines um viele Jahre jüngeren Luxusweibchens.

Und besagte Frau hatte eine langjährige Schulfreundin in London, die gerade bei ihr auf Besuch war.

Jilly Greaves.

Morag hatte den Abend sehr anschaulich beschrieben. Harriet in ihrem roten Kleid: ein durchaus nicht neues Kleid, das jedoch ihre weibliche Figur, ihren schönen Teint, das schimmernde Kastanienbraun ihrer Haare und ihre leuchtenden dunklen Augen unterstrich. Jilly dagegen eine blasse Schneekönigin in Eisblau. Angus hatte mit Harriet am Arm den Raum betreten, und der Stolz, mit einer solch bemerkenswerten Frau verheiratet zu sein, stand ihm ins Gesicht geschrieben. Doch bei Tisch saß Jilly neben ihm, hing bei jedem Wort, das er sagte, an seinen Lippen und himmelte ihn aus ihren großen blauen Augen an. Am Ende des Abends hatte es Angus offensichtlich erwischt. Harriet musste ihn förmlich von der Party loseisen, und Morag konnte nur ahnen, welche Worte zwischen ihnen hinter geschlossenen Türen fielen.

Danach war alles ganz schnell gegangen.

Jillys Besuch dauerte eine Woche, lang genug für mehrere weitere Begegnungen - ob zufällig oder nicht - zwischen ihr und Angus. Am Ende dieser Woche eröffnete Angus Harriet, er sei entschlossen, sich von ihr scheiden zu lassen und Jilly Greaves zu heiraten.

Jilly wiederum hegte nicht die geringste Absicht, nach Schottland zu ziehen. Sie hatte immer in London gelebt, dort hatte sie ihre Familie - London war der Mittelpunkt ihres Universums.

Ihr Vater hatte ein paar Strippen gezogen, und es dauerte nicht lange, bis Angus Hamilton einen gut bezahlten Job in der City als kaufmännischer Geschäftsführer einer großen, angesehenen Firma bekam.

In der Zeit, die es brauchte, um die Scheidung durchzubekommen, planten Jilly und ihre Mutter eine spektakuläre Hochzeit. Sie fand in der Kirche von St. John's Wood statt, mit einem Empfang im Lord's Cricket Ground.

Morag schämte sich, Callie gegenüber zuzugeben, dass sie und Donald von Schottland heruntergekommen waren, um dabei zu sein. Zu diesem Zeitpunkt hatten sie sich dazu verpflichtet gefühlt, weil Angus - wie sehr sie die Heirat auch ablehnen mochten - immerhin ihr einziger Sohn war und seine Familie bei einem solch bedeutenden Anlass vertreten sein sollte. Alex war - zusammen mit Jillys Nichten und einigen ihrer Freundinnen - eine äußerst widerstrebende Brautjungfer gewesen. Und in ihrer Mitte Jilly selbst - strahlend in einem Kleid, das ein Vermögen gekostet haben musste. Triumphierend.

Die Hochzeit war im letzten Frühjahr gewesen: Seitdem hatte sich für Morag so viel verändert. Erst der Tod ihres Mannes, dann der Verlust ihres Hundes. Die Entwurzelung aus ihrer Heimat und ihr Umzug nach London, auf Drängen ihres Sohnes.

Das, so erklärte sie Callie mit einiger Bitterkeit, sei die größte Ironie. Angus hatte sich nicht darin beirren lassen, der Umzug sei nur zu ihrem Besten. Sie wäre dann in ihrer Nähe; schließlich seien sie die einzige Familie, die sie noch habe.

Doch seit sie in London wohnte, hatte Morag sie nur wenige Male zu sehen bekommen. Sie waren alle zu beschäftigt: Angus hatte einen anspruchsvollen Job und kam erst spät von der Arbeit, und Jilly hatte mit ihrer eigenen Familie genug zu tun. Jedes Mal, wenn Morag ihnen vorschlug, sich einmal zu treffen, hatten sie eine andere Ausrede parat.

Sie ließen sie nicht einmal zu Alex.

Und diese Woche, in der sie mehr als je zuvor auf ihre Familie angewiesen gewesen wäre, um mit der Diagnose und der Tatsache fertig zu werden, dass sie an einer schweren Krankheit litt, an der sie vielleicht sterben würde, hatten sie es nicht wissen wollen.

Immer wieder versuchte sie, einen von ihnen am Telefon zu erreichen, aber es war jedes Mal nur der Anrufbeantworter dran, und trotz der hinterlassenen Nachrichten rief niemand zurück. An diesem Punkt hatte sie keinen anderen Ausweg mehr gesehen, als Angus in der Firma anzurufen.

Er war abweisend, hatte Morag gesagt. Sogar richtig verärgert. »Mutter, du musst begreifen, dass ich ein beschäftigter Mann bin. Ich nehme bei der Arbeit keine persönlichen Anrufe entgegen.«

»Aber ich muss mit dir reden«, hatte sie gesagt und sich Mühe gegeben, es nicht wie Betteln klingen zu lassen. »Es ist wichtig. Mir geht es nicht gut, Angus. Ich brauche deine Unterstützung.«

Sie hatte ihren Ohren nicht getraut, als er ihr sagte, dass sie künftig besser vorher einen Termin abmachen sollte, um mit ihm zu sprechen. »Mach es am besten über Jilly«, hatte er gesagt. »Sie führt unseren privaten Terminkalender. Wenn es wirklich so wichtig ist, können wir dich bestimmt irgendwie einschieben.«

»Kein Wunder«, sagte Callie zu Bella, »dass die Frau am Boden zerstört ist.«

Als Mark frühmorgens aufwachte, war er auf sich selbst wütend. Seine Mutter hatte ihm die perfekte Gelegenheit gegeben. Sie hatte die Frage gestellt, ihm goldene Brücken gebaut.

Und er hatte sich vor der Antwort gedrückt.

Anders konnte man es nicht sehen. Seine Feigheit hatte gesiegt.

»Nein«, hatte er gesagt. Keine Freundin. »Ich hab nur bei der Arbeit ziemlich viel zu tun, das ist alles.«

Abgesehen von allem anderen war es ein Verrat an Callie. Wie Petrus, der Jesus dreimal verleugnet: »Ich kenne den Menschen nicht.«

Doch seine Mutter hatte ihn kalt erwischt, er konnte sich keine sorgfältige Antwort mehr zurechtlegen. Da war es so viel einfacher gewesen, seiner Feigheit nachzugeben.

Wie konnte er die Sache jetzt noch in Ordnung bringen? Er konnte schlecht zugeben, dass er ihr keine aufrichtige Antwort gegeben hatte. Das würde die Sache nur noch schlimmer machen.

Wieso hatte er ihr nicht einfach die Wahrheit gesagt? Wieso hatte er seiner Mutter nicht ins Gesicht gesagt: »Ja, ich habe eine Freundin. Aber die Bezeichnung wird meinen Gefühlen zu ihr nicht gerecht. Ich bin mir ziemlich sicher, dass ich den Menschen gefunden habe, mit dem ich den Rest meines Lebens verbringen möchte. Und übrigens, sie ist keine Italienerin. Aber das ist mir egal, und wenn du sie erst mal kennengelernt hast, wird es dir auch egal sein. Sie ist wundervoll - du wirst sehen.«

Stattdessen hatte er zu seinem eigenen Entsetzen versprochen, sich zu bessern und seiner Familie mehr Zeit zu widmen. Auf Drängen seiner Mutter hin hatte er zugesagt, gleich diesen Sonntag - also heute - damit anzufangen.

Sonntagmittag war die ganze Woche hindurch die einzige Zeit, in der La Venezia geschlossen hatte; erst zum Abendessen machten sie wieder auf. Sonntagmorgens traf sich die Familie in der italienischen Kirche von Clerkenwell zur Messe, bevor sie sich bei den Lombardis zu einem ausgedehnten, von Mama persönlich zubereiteten Mittagessen einfanden. Sie ließ nicht einmal irgendjemand anderen in die Küche: das Sonntagsessen für *la famiglia* zuzubereiten war für Mama der Höhepunkt der Woche.

Mark hatte die letzten paar Sonntage ausgelassen. Jetzt musste er es wieder gutmachen. Dabei hatte er Callie schon halb versprochen, heute mit ihr zusammen einen Weihnachtsbaum für ihre Wohnung zu kaufen und zu schmücken. Nachdem er ihr schon gestern Abend abgesagt hatte, ertrug er den Gedanken nicht, sie heute schon wieder zu enttäuschen.

Aber er hatte es Mama versprochen.

Wenn er sich doch nur klonen und an zwei Orten gleichzeitig sein könnte.

Er hob den Kopf und sah auf die Uhr. Die Messe begann um zehn, und es war bereits nach neun. Er musste sich beeilen.

Doch er hörte bereits seinen Mitbewohner im Bad unter der Dusche. Und Geoff duschte lange und ausgiebig. Er hatte seine Chance verpasst. Wer zu spät kommt, den bestraft das Leben. Mark stöhnte und drehte sich noch einmal auf die andere Seite.

Als Alex am Sonntagmorgen aufwachte, hielt sie wie gewöhnlich Buster Bear im Arm.

Buster war trotz des Namens ein Bärenmädchen. Alex besaß sie schon, so lange sie denken konnte. Buster, so viel wusste sie, war ein Geschenk von Granny und Granddad, als sie ein Baby war. Und Mum hatte jedes Jahr zu Weihnachten ein neues Kleid für Buster gemacht. Das vom letzten Jahr wurde allmählich ein wenig schmuddelig.

Alex klammerte sich verzweifelt an den verblassenden Traum, in dem sie und Mum und Dad zusammen im Urlaub waren, und sträubte sich dagegen, ganz aufzuwachen. Der Duft nach Kaffee zog durchs Haus, also waren Dad und Jilly schon auf.

Und es war Sonntag! Der Wochentag, den Alex am meisten hasste. Noch mehr als die Schultage.

Sonntagnachmittag wurde sie zu Jillys dämlicher Familie geschleift. Mit Jilly zusammenzuleben, war schlimm genug, aber dass sie auch noch Zeit mit ihrer schrecklichen Familie verbringen sollte ...

Jillys Mutter war genauso blöd wie sie selbst, nur älter. Ebenso Jillys Schwester Melanie. Die beiden hatten bei der großen Verteilung keine einzige graue Zelle abgekriegt. Wenigstens ignorierten sie Alex genauso wie Jilly. Und Jillys Dad war noch schlimmer: Er behandelte sie von oben herab und hänselte sie wegen der Spange. Der absolute Horror allerdings waren Jillys beide Nichten. Unendlich viel schlimmer als der Rest - sogar schlimmer noch als die Mädchen in der Schule.

Sie *waren* beide an ihrer Schule, wenn auch glücklicherweise nicht in ihrer Klasse. Beatrice war ein Jahr älter als Alex; Georgina - nach Jillys Vater benannt und eindeutig sein Liebling - ein Jahr jünger. Sie waren beide blond und hübsch, auf dieselbe seichte Art wie alle Frauen in der Familie, und sehr auf ihr Äußeres, ihre Klamotten bedacht.

Beim Essen waren sie die reinsten Unschuldslämmer. Sie waren höflich und kannten ihren Platz. Nach der Mahlzeit wurden sie allerdings rausgeschickt. »Mädchen, wollt ihr nicht in euer Zimmer gehen und spielen? Und nehmt Alex mit.« Das war der Anfang ihrer Folterqualen.

Sie waren unbarmherzig, von Natur aus grausam. Sie hatten einen sicheren Instinkt dafür, wie sie Alex am wirkungsvollsten verletzen konnten. Waren sie erst einmal mit dem Vorgeplänkel durch - ihr krauses Haar, ihre Spange, ihre dünne Figur, ihre hässlichen Kleider, die komische Art, wie sie sprach –, dann kamen sie – mit vereinten Kräften – zur Sache.

»Weißt du, dass Tante Jilly dich hasst?«, fing Beatrice an. »Sie wünschte sich, du müsstest nicht bei ihnen leben. Wieso musst du das eigentlich?«

»Weil ihre Mum sie nicht haben will«, fiel Georgina dann ein, und zwar an Beatrice und nicht an Alex gerichtet. »Ihre richtige Mum hasst sie nämlich auch.«

»Das ist nicht wahr«, platzte Alex dann gegen ihren Willen heraus. »Das stimmt nicht! Meine Mum liebt mich!«

»Vielleicht ist ihre Mum ja auch tot.«

»Sie ist nicht tot!«

»Wetten doch? Sie haben es dir nur nicht gesagt. Sie ist tot. Vielleicht hat sie sich umgebracht. Oder sie ist mit einem anderen Mann durchgebrannt. Oder auch einer anderen Frau. Deine Mutter ist eine Lesbe.«

»Eine Lesbe! Ihre Mutter ist eine Lesbe!«

»Ist sie nicht!«

»Wetten, deine Mum ist so hässlich wie du? Deshalb hat dein Dad sie verlassen.«

»Ihre Mum ist alt. Alt und hässlich. Hat mir Tante Jilly erzählt.«

So ging es endlos weiter, während Alex sich die größte Mühe gab, nicht zu weinen und ihnen wenigstens nicht zu zeigen, wie tief sie sie verletzten.

Jeden Sonntag dasselbe Spiel.

Alex drückte Buster an ihren Körper. »Ich gehe nicht hin«, flüsterte sie entschlossen. »Ich tu's einfach nicht.« Das schwor sie sich jeden Sonntag, aber sie wurde einfach nicht gefragt und gegen ihren Willen mitgenommen.

Heute sollte das anders ein. Sie hatte etwas Wichtiges zu erledigen, etwas, das sie am besten tun konnte, wenn sie allein in der Wohnung war. Da Widerstand, wie sie inzwischen wusste, zwecklos war, musste sie sich eine andere Taktik ausdenken.

Sie rollte sich ganz klein zusammen und wartete auf das, was unweigerlich kommen würde.

Ihr Dad klopfte an die Tür. »Alex? Alex, Mädel? Bist du auf? Willst du einen Happen Frühstück?«

Alex antwortete nicht, und eine Minute später öffnete er die Tür einen Spalt. »Alex?«

Sie stöhnte und sagte in leisem, leidendem Ton, »Dad, ich fühle mich überhaupt nicht gut. Ich hab solche Bauchschmerzen.«

Nach der Eucharistiefeier tat Jane etwas für sie vollkommen Untypisches: Sie kehrte geradewegs nach Hause zurück, ohne auch nur einen Moment auf einen Plausch mit dem einen oder anderen Gemeindemitglied zu verweilen. Normalerweise blieb sie an der Kaffeemaschine stehen und beaufsichtigte den Ausschank nach dem Gottesdienst. Sie traf Absprachen über den Blumenschmuck beim nächsten Treffen der Mothers' Union; sie hielt sich für ein diskretes Gespräch mit jemandem bereit, der den Pfarrer nicht direkt angehen wollte, aber wusste, dass ein Wort mit Jane genauso wirkungsvoll war.

Heute dagegen hatte sie andere Dinge im Kopf. Sie wollte dafür sorgen, dass ihr Mittagessen in jeder Hinsicht perfekt war.

Gewöhnlich nahmen sie ihre Mahlzeiten in der Küche ein, dem wärmsten Raum in dem zugigen, schlecht geheizten Haus; aber heute sollte es ein Festmahl im Esszimmer geben, und Jane musste nicht nur den Tisch dafür decken, sondern auch rechtzeitig einheizen. Dann war das Gemüse zu putzen: Karotten, Rosen- und Blumenkohl, dazu geröstete Kartoffeln und Pastinaken. Ganz zu schweigen vom Eierteig für den Yorkshirepudding.

Alles war so geplant, dass sie um halb zwei essen konnten - eine halbe Stunde später als gewöhnlich, um für den Fall gewappnet zu sein, dass die Jungen sich verspäteten.

Als Brian von der Kirche zurückkehrte, kam er zu ihr in die Küche. »Kann ich irgendwie helfen, Janey? Den Tisch decken oder Kartoffeln schälen?«

»Glaubst du im Ernst, ich hätte die Kartoffeln noch nicht geschält?«, schnauzte sie ihn an, was gar nicht ihrer Art entsprach. »Ich habe alles unter Kontrolle.«

Brian zuckte zurück. »Entschuldigung, Janey, wollte mich nur nützlich machen.«

»Tut mir leid«, sagte sie, augenblicklich milde gestimmt.

»Es sind doch nur unsere Jungs«, machte er ihr klar.

Doch als es zwanzig Minuten später klingelte, standen nicht nur die Jungs vor der Tür.

Nach der Messe, zu der Mark im allerletzten Moment erschienen war, verdrückte er sich aus der Kirche und schaltete sein Handy ein. Callie musste noch beim Gottesdienst sein, doch er konnte ihr eine Nachricht aufsprechen.

»Ich bin nicht sicher, wann genau ich bei dir sein werde«, sagte er leise, für den Fall, dass sich seine Mutter hinter ihm anschlich und mithörte. »Ich komme, sobald ich kann.« Es war eine vage Auskunft, aber mehr war im Moment nicht möglich.

Jane öffnete mit einem strahlenden Lächeln die Tür. »Charlie! Simon!«

Charlie hatte einen großen, uralten Koffer dabei - er hatte einmal Brian gehört -, den er fallen ließ, um sie zu umarmen. »Mum. O Mum, es ist toll, endlich wieder zu Hause zu sein.«

Simon hatte einen Seesack über der Schulter. Und neben ihm stand ein Mädchen, ebenfalls mit einem Koffer. Sie stand dicht an Simon gedrängt, fast, als suchte sie bei ihm Schutz.

Bevor er auf seine Mutter zuging, um sie zu umarmen, räusperte sich Simon und sagte in einer Mischung aus Stolz und Zärtlichkeit: »Mum, das ist Ellie.«

Kaum waren Dad und Jilly verschwunden, machte sich Alex auf die Suche nach etwas zu essen. Ihre Magenschmerzen waren auf wundersame Weise verflogen. Tatsächlich hatte sie richtig Hunger. Sie aß einen Teller Müsli und wusch anschließend das Geschirr ab, damit niemand etwas merkte. Dann aß sie eine Banane und vergrub die Schale zuunterst im Mülleimer. Das war für sie einigermaßen ungewöhnlich; normalerweise hätte sie einfach ihr schmutziges Geschirr auf dem Tisch stehen lassen und die schwarze Bananenschale darüberdrapiert.

Eins war mal klar: Jilly war pedantisch. Natürlich hatten sie eine Putzfrau, die an den meisten Tagen kam, doch Jilly genoss die Hausarbeit und war stolz darauf, alles in Ordnung zu halten. Das sorgte für ständigen Zündstoff zwischen ihr und Alex, die mit der oft wiederholten Lebensphilosophie ihrer Mutter aufgewachsen war, dass langweilige Frauen makellos saubere Häuser hatten. Alex' Mutter hatte Besseres zu tun gehabt, als ständig zu putzen, und Alex machte sich auch nicht viel daraus. Natürlich fing sie an, ihre Nachlässigkeit und Schlamperei zu kultivieren, sobald sie spitzbekommen hatte, dass sie Jilly damit auf die Palme brachte. Sie schleuderte den Rucksack neben die Haustür, ließ die Schuhe im Wohnzimmer liegen, warf dreckige Kleider neben den Wäschekorb statt hinein. Ein Guerillakrieg mit Zermürbungstaktik.

»Es freut mich, Sie kennenzulernen, Mrs Stanford«, sagte Ellie. Wenigstens, dachte Jane, hatte das Mädchen Manieren. Jemand hatte sie vernünftig erzogen.

Darüber hinaus gab es wenig, was sie für das Mädchen einnahm. Sie sah ganz normal aus, war weder besonders hübsch noch ausgesprochen unscheinbar. Jane hatte sich in ihren nächtlichen Fantasien eine Femme fatale ausgemalt, eine Sirene von so auffälliger Schönheit, dass Simon ihr einfach verfallen musste: rotes Haar, das ihr in üppigen Locken um das gekonnt geschminkte Gesicht fiel, und sinnliche Rundungen, die ihr aus den knappen Kleidern quollen.

Ellie war kein bisschen sinnlich gerundet, sondern eher einen Hauch zu dünn, und ihr Oberkörper verschwand in einem gefütterten Anorak, die Beine steckten in Jeans. Ihr Haar war braun und glatt und lang, ohne eine richtige Frisur, und sie schien überhaupt kein Make-up zu tragen.

»Ich freue mich auch, Sie kennenzulernen«, sagte Jane nach dem Bruchteil einer Sekunde, den sie brauchte, um das Mädchen zu taxieren. »Kommen Sie doch rein.«

»Wir wollten dich überraschen«, sagte Simon. »Wir dachten, das geht in Ordnung.«

Wir, dachte Jane. Simon war jetzt Teil eines *Wir*.

»Wenn es euch recht ist, würde Ellie gern ein paar Tage bleiben«, sagte Simon, »bevor sie zu ihren Eltern weiterfährt.«

»Sie sind herzlich willkommen«, sagte Jane.

Das Mädchen lächelte. »Wenn es Ihnen keine Umstände macht, Mrs Stanford.«

»Überhaupt nicht. Das Bett im Gästezimmer ist immer gemacht.« Damit, so hoffte Jane, war eines schon mal geklärt.

Sie fing einen Blick zwischen ihnen auf: hochgezogene Augenbrauen bei Simon, zusammengepresste Lippen bei Ellie.

Demnach schliefen sie also wirklich miteinander. Nun ja, was sie in Oxford machten, entzog sich ihrer Kontrolle, doch was unter ihrem Dach geschah, bestimmte immer noch sie.

Simon ließ es auf sich beruhen, streifte sich die Tasche von der Schulter und stellte sie ab. »Wo ist Dad?«

»Er sitzt mit den Sonntagszeitungen im Wohnzimmer.«
»Manche Dinge ändern sich nicht«, grinste Charlie.

Alex' kostbarster Besitz - sogar noch kostbarer als Buster - war ein Medaillon, das sie stets am Hals trug, selbst wenn sie schlief; nur zum Baden nahm sie es ab. Es hatte ihrer anderen Granny gehört, der Mutter ihrer Mutter, die schon tot war, als sie geboren wurde. Darin steckte ein winziges Foto von Alex' Mum ungefähr in dem Alter, in dem sie selbst jetzt war. Ihre Mum hatte es ihr zu ihrem zehnten Geburtstag geschenkt, und seitdem trug sie es immer bei sich. Es war für Alex ein großer Trost, allein schon, weil es ihr Hoffnung machte, dass sie eines Tages genauso schön sein würde wie ihre Mutter. Mit zwölf hatte sie Alex ziemlich ähnlich gesehen, das war ein gutes Zeichen für die Zukunft. Und indem sie das Medaillon trug, fühlte sie sich ihrer Mum irgendwie näher.

Jetzt gab es einen weiteren Grund, weshalb das Schmuckstück, das sie so dicht am Herzen trug, besonders wertvoll war: Auf der Rückseite des Fotos von der jungen Harriet steckte ein Bild von Jack.

Er hatte es ihr vor einigen Tagen als E-Mail-Anhang geschickt. Statt es auszudrucken und in einen Rahmen zu stecken, wo Jilly es finden würde, wenn sie in ihrem Zimmer herumschnüffelte, hatte sie es auf dem Computer auf ein winziges Format verkleinert, um es um den Hals zu tragen, wo es nie jemand zu sehen bekommen würde.

Sie öffnete das Medaillon, sah sich beide Fotos an, küsste jedes und ging an den Computer. Es gab Arbeit, und die wollte getan sein, bevor Dad und Jilly zurückkamen.

Nachdem Jane mit den Essensvorbereitungen fertig war, schnell ein weiteres Gedeck aufgelegt und einen Stuhl herangeschoben hatte, saßen sie endlich alle um den Esstisch:

Charlie auf der einen, Simon und Ellie auf der anderen Seite und die Eltern an den beiden Enden. Brian schnitt dicke Scheiben von dem Rinderbraten ab, den Jane vollendet, genau nach dem Geschmack ihrer Söhne, zubereitet hatte. Die besten Scheiben platzierte er auf dem Teller, den er vor Ellie hinstellte, den Gast des Hauses. »Nehmen Sie sich Gemüse«, forderte Jane sie auf und deutete auf die dampfenden Schüsseln in der Mitte des Tischs.

»Danke, Mrs Stanford.«

»Ehrlich gesagt, Mum«, warf Simon nach einem kurzen Seitenblick auf seine Freundin ein, »hätte Ellie wohl lieber einen leeren Teller. Sie ist nur zu höflich, um es zu sagen, aber sie isst kein Fleisch.«

»Ach so.« Jane presste die Lippen aufeinander und entfernte den Stein des Anstoßes, um ihn Simon hinzuschieben.

»Ich auch nicht, Mum, wenn du nichts dagegen hast.« Er setzte ein wenig überzeugendes Lachen auf. »Sie versucht, auch aus mir einen Vegetarier zu machen, und zwar mit Erfolg. Ich habe seit mindestens zwei Wochen kein Fleisch mehr angerührt.«

»Aber wir lieben Gemüse, Mrs Stanford«, beeilte sich Ellie zu versichern. »Und das alles hier sieht köstlich aus.« Sie nahm von Brian einen leeren Teller entgegen und häufte sich Rosen- und Blumenkohl sowie die Karotten darauf.

Wir.

»Dann gib mir das Fleisch, Mum«, sagte Charlie und griff nach dem Teller. »Auf diese Weise kriege ich die dreifache Portion ab.«

»Dem Himmel sei gedankt«, sagte Brian aus ganzem Herzen. »Ich dachte schon, deine Mutter und ich müssten es ganz allein aufessen.«

»Mich macht so schnell keiner zu einem verweichlichten Vegetarier«, versicherte Charlie ihnen. »Und Mums Rinderbraten könnte ich nie widerstehen.«

Alex wusste genau, was sie später einmal werden wollte: Computergrafikerin. Zu diesem Zweck hatte sie ihren Vater gebeten, ihr die beste derzeit verfügbare Software zu kaufen, damit sie auf dem Weg dahin schon einen kleinen Vorsprung hatte. Mit *Photosphop* konnte sie schon recht gut umgehen, und so startete sie das Programm, nahm ein Foto von sich und scannte es in ihren Computer ein.

Als Erstes musste mal diese Zahnspange verschwinden. Das war ein Kinderspiel, und bald hatte sie ein perlweißes Lächeln ohne den Makel des Metalls. Sie konnte ihre Nase ein bisschen kleiner machen und vielleicht auch den Mund. An ihrem Haar war nicht viel zu machen, aber sie würde ihr Bestes versuchen, um die Krause ein wenig abzuschwächen. Dagegen konnte sie ihre flache Brust ein bisschen heben und sich ein paar Pfund auf die Rippen zaubern, damit sie nicht gar so dünn aussah.

Die Kunst bestand darin, sich sowohl ein wenig attraktiver als auch ein paar Jahre älter zu machen, ohne sich allzu sehr zu verfremden. Eine neue, verbesserte Alex, so, wie sie für ihren Verehrer erscheinen wollte.

Nein, nicht Alex: Sasha. Unter dem Namen schrieb sie sich mit Jack. Irgendjemand - ihre Mutter? - hatte ihr einmal erzählt, das sei die russische Koseform für Alexandra, und sie fand, dass es viel glamouröser und exotischer klang als das fade alte »Alex«.

Jack hatte ihr sein Foto geschickt und sie um ihres gebeten. Sobald es so gut aussah, wie es eben ging, würde sie es ihm mailen. Mit herzlichen Grüßen von Sasha.

Der Tag schien ewig zu dauern. Zuerst das Mittagessen, dann Spiele am Nachmittag. Wie sich zeigte, war Ellie beim Scrabble brillant und schlug alle anderen mit Leichtigkeit. Beim Monopoly war sie fast genauso gut; niemand anders hatte eine Chance. Als letzten Rettungsanker holte

Jane ein Puzzlespiel heraus, das eigentlich für Weihnachten gedacht war, und sie saßen alle gemeinsam um den Tisch und fügten ihre Teile ein, während sie drauflosplauderten.

Sie aßen Kuchen zum Tee, und später, nachdem sie sich »Songs of Praise« im Fernsehen angeschaut hatten, ein paar Sandwiches. Glücklicherweise hatte Jane für die von Ellie und Simon noch ein Päckchen Käse im Kühlschrank. Sie saßen noch ein paar Stunden am Puzzle, bevor es Zeit für heiße Milchgetränke war.

»Simon, würdest du mir eben ein bisschen helfen?«, bat Jane in der Hoffnung, mit ihrem Sohn ein paar Minuten allein zu sein.

Er sah stirnrunzelnd vom Puzzle auf. »Gleich, Mum.«

»Ich mach das schon«, sagte Charlie prompt und folgte ihr in die Küche. Er holte die Milch aus dem Kühlschrank, sie stellte den Topf auf den Herd.

Jane hatte sich noch gar nicht zurechtgelegt, was sie ihrem Sohn eigentlich sagen wollte, und so war sie auch nicht sicher, wie sie es mit Charlie anpacken sollte. Er machte es ihr leicht.

»Wahrscheinlich fragst du dich, weshalb Simon dir nicht vorher Bescheid gegeben hat, dass er Ellie mitbringt«, sagte er und schüttete die Milch gluckernd in den Topf.

»Na ja, es kam schon ein bisschen überraschend«, räumte sie ein.

»Er wusste einfach nicht, wie er es dir beibringen sollte. Ich hab ihn gefragt, ob er dich vorgewarnt hätte, dass sie mitkommt, und er hat gesagt, es wäre wohl am einfachsten, sie einfach mitzubringen. Dann bräuchte er nichts zu erklären. Sie wäre einfach da, und du würdest dir selbst deinen Reim drauf machen.«

Jane seufzte. »Ich wünschte schon, ich hätte es vorher gewusst. Wenigstens, dass sie kein Fleisch essen. Ich kam mir so ... dämlich vor, als Simon wegen des Bratens die Nase gerümpft hat.«

»Er benimmt sich nur ein bisschen albern.« Charlie drückte ihr die Schultern. »Nimm's dir nicht zu Herzen, Mum. Er ist verliiiiiebt.« Er lachte. »Lass ihm ein paar Monate Zeit, und er haut sich wieder Fleisch rein. Das geht vorüber, glaub's mir.«

Jane wünschte sich, er würde recht behalten.

Nach der heißen Milch, als alle schon nach oben und zu Bett gegangen waren, verweilte sie noch in der Küche und ließ sich mit dem Saubermachen Zeit. Sie stellte schon einmal die Müslipackungen fürs Frühstück raus und deckte den Tisch mit Schalen und Löffeln. Fünf Schalen, fünf Löffel. Und einen zusätzlichen Stuhl. Sie fühlte sich irgendwie aufgekratzt und hatte noch keine Lust, ins Bett zu gehen. Doch dann traf sie die Erschöpfung mit einem Schlag. Von einer Minute auf die andere wurde sie unsäglich müde und wusste nicht, ob sie es noch die Treppe hinauf schaffen würde, bevor sie der Schlaf übermannte.

Das Haus war still; sie hörte nur das tiefe Ticktack der Standuhr - sie hatte ihren Großeltern gehört und war vermutlich das beste Möbelstück, das sie besaßen -, als sie die Treppe hoch und den langen Flur entlang zu ihrem Schlafzimmer schlich.

Aus irgendeinem Grund blieb sie einen Augenblick vor Simons Tür stehen.

Jane hörte leises Murmeln und dann ein unterdrücktes Kichern.

So viel also zu getrennten Schlafzimmern. Aber was konnte sie jetzt noch machen? Sie konnte wohl kaum hineinplatzen und die empörte Mutter spielen. Das war einfach nicht ihr Stil und würde sie sowieso nur alle in größte Verlegenheit bringen. Wenn sie nun gerade ...

O Gott.

Mit einem Seufzer ging sie bis zum Ende des Flurs. Behutsam machte sie die Schlafzimmertür auf und rechnete damit, dass es längst dunkel war und Brian schnarchte.

Doch es brannte noch Licht, und Brian saß, in ein Buch vertieft, im Bett.

»Ach«, sagte Jane, »ich dachte, du schläfst längst.«

Er legte das Buch weg. »Ich hab auf dich gewartet.«

Trotz ihrer Erschöpfung freute sie sich. Er hatte auf sie gewartet. So wie früher.

»Wir hatten heute noch überhaupt keine Gelegenheit zu reden«, sagte Brian und klopfte mit der flachen Hand auf das Bett neben ihm.

»Reden? Nein, das stimmt.«

»Dabei gibt es eine Menge zu bereden.« Er grinste. »Sie ist ein fabelhaftes Mädchen, findest du nicht, Janey?«

»Oh ... ja. Natürlich.«

Falls es nicht ganz überzeugend geklungen hatte, schien Brian es nicht zu merken. »Das muss man sich mal vorstellen«, fuhr er fort, »da findet Simon ein solches Mädchen und erzählt uns nicht mal davon. Er ist ein stilles Wasser, der Bursche. Wollte uns überraschen, und das ist ihm ja auch gelungen!«

»Sie scheint sehr nett zu sein«, brachte Jane immerhin heraus.

»Sie ist großartig!«, begeisterte sich Brian. »Was für ein Gewinn für die Familie!«

Jane sank auf den Bettrand und fing an, sich die Schuhe aufzuschnüren. »Greifst du den Dingen nicht ein bisschen voraus?«, fragte sie. »Sie haben sich doch gerade erst kennengelernt.«

»Aber sie ist genau richtig für ihn. Das sieht man auf den ersten Blick. Manchmal weiß man das einfach. Stimmt's?«

Sie hatte bei der ersten Begegnung mit Brian gewusst, dass er der Mann fürs Leben war. Doch das würde sie jetzt nicht zugeben. »Er ist noch so jung. Sie sind beide noch so jung. Viel zu jung, um an eine feste Bindung zu denken.«

»Ach, komm schon, sei nicht so ein Spielverderber.« Brian zupfte verspielt an ihrem Pferdeschwanz und sagte dann nachdenklich: »Weißt du, was ich glaube, weshalb ich sie so mag?«

»Weshalb?«

»Weil sie mich an dich erinnert, Janey. Als du jung warst.«

Jane schloss die Augen, ihre Stimme war ausdruckslos. »Ach, tut sie das?«

Sieben

»Callie, es tut mir leid.«

Sie merkte, dass sie das Telefon umklammerte, und lockerte bewusst ihren Griff. »Ich habe auf dich gewartet. Den ganzen Nachmittag.«

»Ja, ich weiß«, sagte Marco, »ich habe die ganze Zeit gedacht, ich komme früh genug weg. Aber ... na ja, es riss einfach nicht ab.«

»Du hast nicht wieder angerufen, nachdem du diese Botschaft hinterlassen hast.« Sie hatte nicht einmal Bella zu einem Spaziergang ausgeführt, weil sie jeden Moment mit einem Lebenszeichen von ihm rechnete.

Callie hörte sein Seufzen in der Leitung. »Ich hatte vergessen, mein Handy aufzuladen. Es hatte, kurz nachdem ich bei dir angerufen hatte, keinen Saft mehr.«

Sie biss sich auf die Zunge, um nicht spitz zurückzufragen: Hat deine Familie kein eigenes Telefon? Sie wollte auf keinen Fall den Eindruck erwecken, sie hätte nichts anderes als ihn im Kopf. Schließlich hatten sie keine festen Pläne für den Nachmittag gemacht, und außerdem war sowieso noch nichts ... Festes ... zwischen ihnen. Sie mochte ihn, immer mehr; sie hätte nie gedacht, dass sie nach Adam je wieder jemanden so sehr mögen würde. Bis zu diesem Punkt war ihre Beziehung völlig unbeschwert gewesen: Sie verbrachten einfach viel Zeit miteinander und fühlten sich wohl, wenn sie zusammen waren. Wenn er sie küsste, wurde ihr davon so heiß, dass sie sich manchmal wünschte, alle Vernunft in den Wind zu schlagen und es einfach geschehen zu lassen. Doch bis jetzt hatte sie sich, was das betraf, noch jedes Mal wieder ziemlich gut unter Kontrolle bekommen. In ihren vernünftigeren Stimmungen konnte sie, nach allem, was sie mit Adam durchgemacht hatte, damit leben.

Sie und Mark stritten sich sonst nie, es war noch kein einziges böses Wort zwischen ihnen gefallen. Jetzt aber hatte sie das Gefühl, als fehlte nicht mehr viel. Er war rücksichtslos gewesen, und sie war gerade in keiner vernünftigen Stimmung - keine gute Kombination.

Aber natürlich hatte er jedes Recht, den Sonntagnachmittag mit seiner Familie zu verbringen. Sie hatte ihn schließlich nicht für sich gepachtet.

Diese Gedanken gingen ihr in Bruchteilen von Sekunden durch den Kopf. »In Ordnung«, sagte sie.

»Was genau?«

Sie bewahrte einen neutralen Ton. »Alles in Ordnung, was auch immer.«

»Wir sehen uns später, ja? Heute Abend?«

»Ich glaube, ich bin mit Kochen dran.«

Sie hatte wohl nicht besonders enthusiastisch geklungen, denn er kam mit einem Gegenvorschlag. »Nein, wir gehen aus. Ich lade dich ein. Einverstanden?«

»Einverstanden.« Er hatte höchstwahrscheinlich ein schlechtes Gewissen.

»Dann bis später. Um sieben herum, hoffe ich. Vielleicht schon ein bisschen früher.« Er beendete das Gespräch.

»Männer!« Callie warf das Telefon aufs Sofa.

Bella sah sie aufgeschreckt an.

»Mal ehrlich, Bella. Man kann keinem von ihnen trauen. Sind doch alle gleich. Ich weiß wirklich nicht, wieso wir

Frauen uns eigentlich was aus ihnen machen. Ist mir völlig schleierhaft.« Sie setzte sich und umarmte den Hund. Während sie ihn hinter den Ohren kraulte, murmelte sie: »Willst du einen guten Rat, Bella? Lass dich nie mit einem Mann ein. Sie machen nichts als Ärger.«

Yolanda Fish hatte die zweite Nacht auf ihrem Lager in Rachel Nortons Kinderzimmer geschlafen. Normalerweise wäre sie jetzt nach Hause gegangen, aber für Yolanda war das kein normaler Fall. Sie brachte Rachel einen außergewöhnlichen Beschützerinstinkt entgegen - vor allem wegen des Babys, aber auch, weil die Frau so ganz und gar allein war. Niemand war bisher gekommen, um sie zu trösten oder nach ihr zu sehen; niemand hatte sich auch nur telefonisch gemeldet, außer diesem mysteriösen abgebrochenen Anruf. Und Rachel machte keinerlei Anstalten, ihrerseits jemanden anzurufen. Das bereitete Yolanda Kopfzerbrechen; es war irgendwie nicht normal, so isoliert zu sein. Als sie frühmorgens wach lag und auf Geräusche aus dem Nachbarzimmer lauschte, nahm sie sich fest vor, das Thema bei Rachel zur Sprache zu bringen.

Als sie hörte, dass Rachel wach war und aufs Klo ging, begab sie sich selbst nach unten und machte Tee. Sie kehrte mit dem Tablett direkt wieder nach oben zurück und klopfte mit der freien Hand an die Schlafzimmertür.

»Herein«, sagte Rachel, und Yolanda folgte der Aufforderung.

Rachel saß aufrecht im Bett. Sie war rot im Gesicht, fast, als hätte sie Fieber.

»Alles in Ordnung, Schätzchen?« Yolanda war mit wenigen Schritten bei ihr und legte Rachel die Hand auf die Stirn.

»Ja. Mir fehlt nichts.« Sie nahm die Tasse Tee. »Danke.«

Yolanda saß am Fußende des Bettes und schaute Rachel beim Trinken zu.

»Wenn Sie jemanden benachrichtigen wollen«, sagte sie, »dann übernehme ich gerne die Anrufe für Sie. Falls Sie es nicht selber machen möchten.«

Rachel sah sie über den Tassenrand hinweg an und schüttelte den Kopf. »Nein, niemanden.«

»Was ist mit Ihren Eltern?«

»Wie gesagt, die sind im Urlaub.«

Für Yolanda war das eine fadenscheinige Ausrede: Falls Eli gestorben wäre, egal, ob eines natürlichen Todes oder unter mysteriösen Umständen, hätten ihre Eltern mit Sicherheit alles stehen und liegen lassen und wären gekommen, um ihr zu helfen. Unabhängig davon, wo oder in welcher Verfassung sie gerade waren. »Die würden es doch bestimmt wissen wollen«, sagte sie. »Zumindest könnten Sie ihnen die Wahl lassen, zurückzukommen.«

Jetzt starrte Rachel in ihre Tasse und wich Yolandas Blick aus. »Wenn Sie es denn unbedingt wissen müssen«, sagte sie, »ich habe seit Jahren nicht mehr mit meinen Eltern gesprochen. Ich habe nur behauptet, sie seien im Urlaub, weil das besser klang.«

»Sie haben seit *Jahren* nicht mit ihnen geredet?«

Rachels Lippen zitterten. »Mein Dad ... nun ja, er war wohl das, was man als gewalttätig bezeichnen würde. Er hat mich geschlagen, und zwar oft. Als ich klein war. Er kam oft völlig besoffen aus der Kneipe nach Hause und machte mit mir, was ihm passte. Und Mum ... die wollte es gar nicht wissen. Ich hab versucht, es ihr zu sagen, aber sie wollte nichts hören.«

»Ach, Schätzchen.«

»Ich bin von zu Hause weg, sobald ich konnte. Bin nach London gegangen. Hab eine Stelle angenommen, bin Trevor begegnet. Das war's. Verstehen Sie jetzt, weshalb ich mich nicht bei ihnen melden will? Oder auch bei meiner Schwester?«

Yolanda war entsetzt, aber es erklärte eine Menge. »Du liebe Güte, Sie armes Ding.«

Rachel zuckte die Achseln. »Ist lange her. Schnee von gestern. Außerdem«, fügte sie sachlich hinzu, »hat es in der Zeitung gestanden, nicht wahr? Inzwischen weiß es wohl jeder.«

Die Zeitungen! Yolanda hatte nicht daran gedacht, in der Sonntagszeitung nachzusehen. Nicht, dass sie ausführlich berichten würden: Die Leiche war erst am Samstag gefunden worden, und Redaktionsschluss für die Sonntagsausgaben war sehr früh. Heute war das vielleicht was anderes. Und sie vermutete stark, dass sie auf Nachfragen von der Presse gefasst sein sollten.

Nicht dass dies hier aus Sicht der Medien ein spektakulärer Mord war. Oder auch aus Sicht der Polizei: Vieles sprach dafür, dass es sich nur um einen gemeinen Raubüberfall handelte, der schiefgegangen war.

Andererseits, dachte Yolanda kurz darauf, stürzte sich die Presse derzeit auf solche Dinge wie Rowdytum und Jugendvandalismus. Sie spielten den Moralapostel, wenn es darum ging, den Verfall der Gesellschaft zu geißeln, der sich in der Zunahme von Straßenkriminalität seitens junger Rüpel manifestierte, die mit ihrer Zeit nichts Vernünftiges anzufangen wussten, keine Kinderstube genossen und keine Werte mitbekommen hatten. Vielleicht würden sie den Fall als jüngsten Beweis für eine Gesellschaft werten, die dem Jugendkult verfallen und aus den Fugen geraten war. Zufällig war Yolanda darin mit ihnen einer Meinung, aber darum ging es nicht. Sie war besser auf einiges gefasst.

Bis dahin war sie entschlossen, bei Rachel auszuharren und sie irgendwie aus ihrer Isolation herauszubekommen. »Was ist mit den Frauen, mit denen Sie gearbeitet haben?«, fragte sie. »Haben Sie zu denen jeden Kontakt abgebrochen?«

Rachel zuckte die Achseln. »Eigentlich nicht. Aber ich gehöre auch nicht mehr zu ihrer Welt.« Es klang wehmütig, wie sie das sagte. »Die City scheint weit weg.«

»Fehlt Ihnen das? Ich meine, mit anderen Leuten zu arbeiten?«

»Ja, schon«, räumte sie ein, »ich fühle mich irgendwie ein bisschen einsam.«

»Das gehört, wie alle sagen, zu den Nachteilen, wenn man selbstständig und von zu Hause aus arbeitet.« Es überstieg Yolandas Vorstellungsvermögen, sich auszumalen, wie langweilig es sein musste, den ganzen Tag im eigenen Haus eingeschlossen zu sein. Mit niemand anderem zu reden als dem eigenen Mann. Sie liebte Eli, aber sie konnte sich nicht vorstellen, so zu leben.

»Es war Trevors Idee«, sagte Rachel. »Er *brauchte* keine anderen Menschen, wissen Sie. Ich habe ihm genügt - hat er immer gesagt. Solange er mich hätte, bräuchte er niemanden sonst.« Sie starrte in ihren Tee.

»Aber das ist keine gesunde Einstellung, Schätzchen«, entgegnete Yolanda und bemühte sich, es nicht wie eine Kritik an Trevor klingen zu lassen. »Vielleicht war es ja für ihn in Ordnung, aber ...«

»Er hatte es auch nicht gern, wenn ich allein irgendwo hinging«, platzte Rachel heraus. »Es wäre nicht sicher - hat er immer gesagt. Besonders jetzt, wo das Baby unterwegs ist.« Sie schnappte nach Luft. »Er war ... sehr fürsorglich mir gegenüber.«

Und jetzt war sie allein und wehrlos. Yolanda hätte sie am liebsten in die Arme genommen. Doch irgendetwas fing an, tief in ihrem Innern zu nagen. Rachel schien unbedingt glauben und auch die Polizei davon überzeugen zu wollen, dass Trevor ein wahrer Heiliger und ihre Ehe das vollkommene Glück auf Erden gewesen sei. Doch aus lebenslanger Erfahrung wusste Yolanda, dass keine Ehe perfekt war. Auch diejenigen, die funktionierten, hatten ihre Grauzonen und ihre trüben Seiten, von denen nur die beiden Ehepartner wussten - oder nicht einmal die, wenn sie nur beharrlich genug geleugnet und verdrängt wurden. Wo lag in *dieser* Beziehung die Wahrheit unter der Oberfläche?

Neville war mit seinem Papierkram ständig im Verzug. Nicht, dass er desorganisiert gewesen wäre: Es interessierte ihn nur einfach nicht. War ein Fall erst einmal gelöst, hatte er keine Lust, ihn noch schlüssig zusammenzufassen, sondern wollte stattdessen lieber gleich zum nächsten Fall, zur nächsten Herausforderung übergehen.

Doch Papiere verschwanden nicht von selbst in den Akten, und Informationen erschienen nicht aus eigenem Antrieb im Computer.

Daher stapelten sich bei Neville die Rückstände auf seinem Schreibtisch. Er wusste um dieses Manko und nahm immer mal wieder einen Anlauf, sei es aus plötzlich übermächtigen Schuldgefühlen oder auch nur aus Langeweile heraus. Zuweilen war es auch eine willkommene Flucht vor etwas, das ihn noch weniger interessierte als die trockenen Fakten eines alten Falls.

Jetzt war ein solcher Zeitpunkt. Der Tod von Trevor Norton hatte ihn nicht so gefesselt wie gehofft. Willkürakte, Gelegenheitsverbrechen, wie dieses eins zu sein schien, gehörten nicht zu den Dingen, die ihn faszinierten. Sie wurden, wenn überhaupt, durch die forensische Arbeit im Labor gelöst, durch eine Menge harter Arbeit ihrer Computerspezialisten oder zuweilen auch durch schieres Glück. Für einen Detective mit Talent und Fantasie, für den er sich hielt, war das nichts.

Trevor Norton war nicht mehr am Leben - er joggte nicht mehr, er arbeitete nicht mehr an seinen Computern, er wartete nicht mehr auf die Geburt seines ersten Kindes -, weil er mit einem iPod durch die Gegend gerannt war. Punkt. Klipp und klar. Keine menschlichen Emotionen außer Gier und Habsucht im Spiel. Kein verworrenes Knäuel an Motiven zu entwirren, kein vertracktes Geflecht an Alibis.

Die Autopsie hatte auf Anhieb nichts zutage gefördert. Natürlich hatten sie Proben weggeschickt, doch es würde einige Zeit brauchen, bis die Ergebnisse vorlagen. Laut dem Coroner war mit der gerichtlichen Untersuchung erst in ein, zwei Tagen zu rechnen. Die Computer-Asse würden noch eine Weile brauchen, um die Daten auf Trevor Nortons Festplatte hervorzuholen, und es konnte Tage dauern, bis das gesamte Filmmaterial von den Überwachungskameras ausgewertet war. Haus-zu-Haus-Befragungen wurden rund um den Wohnsitz der Nortons und bis zu der Stelle durchgeführt, an der die Leiche gefunden wurde: Routinearbeit - in Nevilles Augen kein Anlass zur Hoffnung, irgendwelche Ergebnisse zu erzielen. Er hatte es Sid Cowley überlassen, das zu organisieren und mit allem weiterzumachen, was sonst noch im Fall Norton getan werden konnte. Was nicht viel war.

Er dagegen wühlte sich unterdessen durch seinen Wust Papier. Der Stapel am Rand seines Schreibtischs türmte sich inzwischen so hoch, dass er umzukippen und herunterzufallen drohte.

Im Moment besaßen diese Berge noch dieselbe Logik wie die Schichten in einem Felsmassiv, die jeweils etwas zu erzählen hatten. Gerieten sie jedoch durcheinander, wäre er aufgeschmissen. Drastische Maßnahmen waren angesagt.

Und es war wie immer eine Reise in die Vergangenheit, eine Alternative zu etwas noch Langweiligerem.

Er nahm ein Formular mit einer Zeugenaussage in die Hand und warf einen Blick darauf. Willow Tree: Bei dem Namen hielt er inne. Ihm kam eine Unterhaltung über Namen wieder in den Sinn, die ihn dazu gebracht hatte, sein eigenes problematisches Verhältnis zu seinem Vornamen preiszugeben. Willow Tree hatte ihren von Umweltaktivisten bekommen, die sich offenbar nicht darüber im Klaren waren, wie sehr sie ihr Kind den Hänseleien anderer Leute aussetzten. Wie konnten Eltern ihren Kindern nur so etwas antun?

Er versuchte, sich ihr Bild heraufzubeschwören. Eine unkonventionelle junge Frau, um es vorsichtig auszudrücken: karottenrot gefärbtes Haar zu Stacheln hochgegelt, dicker Lidstrich um die Augen, ein Ring durch einen Nasenflügel und schillernd grüne Fingernägel. Unter dieser Aufmachung war sie jedoch wahrscheinlich ein hübsches Mädchen und als Zeugin die reine Wohltat gewesen - knapp und sachlich, artikuliert, kooperativ. Intelligent. Aufgeregt, aber nicht hysterisch. Er hatte Willow Tree nett gefunden.

Und jetzt, dachte Neville, jetzt wo der Fall Schnee von gestern war ...

Es gab keinen guten Grund, weshalb er Willow Tree nicht privat wiedersehen sollte. Nicht den geringsten.

Sie hatte ihm eine Handynummer gegeben; sie stand direkt vor seiner Nase auf dem Formular. »Unter der Nummer können Sie mich jederzeit erreichen«, hatte sie zu ihm gesagt.

Wieso nicht?

Er streckte die Hand nach dem Telefon aus und tippte die Nummer ein.

Brian Stanford pflegte seit vielen Jahren die Tradition, montags die ans Haus gefesselten Gemeindemitglieder zu besuchen, damit sie das Sakrament empfangen konnten. Als Callie neu in die Gemeinde kam, hatte sie ihn zu diesen Besuchen begleitet, und so gehörten sie inzwischen zu ihrer wöchentlichen Routine.

Das ganze Wochenende hindurch hatte Callie Morag nicht aus dem Kopf bekommen. Sie erwähnte es nach der Morgenandacht gegenüber Brian. »Ich glaube, wir sollten Morag

Hamilton heute besuchen«, schlug sie vor. »Sie war gestern nicht in der Kirche.«

»Morag Hamilton?«, fragte er und runzelte die Stirn. »Helfen Sie mir auf die Sprünge.«

»Ich habe Ihnen letzte Woche von ihr erzählt. Ich hab sie ein paarmal besucht. Sie sagten, das wäre wünschenswert«, fügte sie hinzu, da sie wusste, wie empfindlich er sein konnte, wenn er glaubte, sie würde ihre Grenzen als Kuratin übersteigen und seine Autorität ihr gegenüber untergraben.

Brian nickte. »Ach ja, die Schottin. Graues Haar.«

»Richtig.«

»Ist sie denn krank?« Er sah auf die Uhr, als hätte er sich um Wichtigeres oder dringlichere Termine zu kümmern, die keinen Aufschub duldeten.

Callie überlegte, wo sie anfangen sollte. »Nun ja, es ist eine lange Geschichte«, sagte sie. »Ich habe sie am Samstag getroffen.«

»Erzählen Sie mir später davon«, sagte Brian. »Vielleicht unterwegs.«

Er hatte sich bereits in Bewegung gesetzt, um nach Hause zu kommen. Vielleicht, spekulierte Callie, war er an diesem Morgen besonders hungrig und konnte keine Minute auf sein Frühstück warten.

Am Nachmittag berief Neville nach ergebnislosen Haus-zu-Haus-Befragungen und auch sonst keinen Anhaltspunkten eine informelle Pressekonferenz ein. Er hatte nicht vor, darin Rachel Norton zu erwähnen – bei dieser Art von einem Fall war das nicht nötig –, doch ihm fiel kein triftiger Anhaltspunkt mehr ein, um die Ermittlungen weiterzuführen, und eine solche Konferenz würde sich vielleicht als nützlich erweisen. Jedenfalls konnte es nicht schaden.

Er verteilte Fotos von dem Toten und gab anschließend eine kurze Erklärung ab.

Trevor Norton war Freitagmorgen getötet worden, sagte er, während er wie jeden Tag um die gleiche Zeit am Grand Union Canal entlangjoggte. Ihnen sei bekannt, dass er einen iPod getragen habe, der jetzt fehlte. Falls irgendjemand Trevor Norton an besagtem Morgen gesehen hätte oder sonst irgendwelche sachdienlichen Hinweise machen könne, wäre er für einen Anruf bei einer speziell eingerichteten Hotline sehr verbunden.

Um den Sympathiebonus auszunutzen, fügte er außerdem hinzu, Mr Norton hinterlasse eine Ehefrau, die bald ihr erstes Kind zur Welt bringe. »Sie waren erst seit einem Jahr verheiratet«, schloss er.

Das war, wie er augenblicklich merkte, ein kluger Schachzug gewesen: Die Journalisten warfen sich Blicke zu und schrieben eifrig mit, während ein leises Murmeln durch die Reihen ging.

»Haben Sie noch irgendwelche Fragen?« Neville sah in die Runde.

»Wie heißt Mrs Norton mit Vornamen?«, wollte ein Mann in der Ecke wissen.

»Rachel.«

Eine elegant gekleidete Frau hob die Hand. »Haben Sie ein Statement von Mrs Norton, das wir verwenden können?«

»Derzeit nicht.« Vielleicht, überlegte er, war es doch keine so tolle Idee gewesen, Rachel ins Spiel zu bringen; er rief besser anschließend Yolanda an, um sie vorzuwarnen. »Mrs Norton ist tief erschüttert, und ich möchte Sie bitten, ihre Privatsphäre zu respektieren.«

Es war eine Fernsehkamera im Raum, auch wenn Neville nicht im Mindesten damit rechnete, die Geschichte könnte es in die Abendnachrichten schaffen. Der Reporter neben dem Kameramann fragte: »Hat Mrs Norton eine Beschreibung des iPod geliefert?«

Neville erwiderte seinen Blick mit blankem Unverständnis. Er gehörte nicht der iPod-Generation an; sein technisches Territorium reichte noch so eben bis zu CDs. Wenn er ehrlich war, zog er Langspielplatten vor und besaß eine heiß geliebte Sammlung traditioneller irischer Musik in diesem museumswürdigen Format.

Sehen nicht alle iPods gleich aus?, fragte er sich. Solche weißen Dinger mit weißen Ohrstöpseln dran? Er würde Cowley danach fragen. Möglicherweise war es wichtig, erkannte er jetzt: Ein neuer und vielleicht auffälliger iPod im Besitz eines Jugendlichen konnte irgendjemandem aufgefallen sein und möglicherweise den Durchbruch in diesem Fall bedeuten. »Dazu kann ich Ihnen im Moment noch keine Angaben machen«, sagte er.

»Inspector Stewart«, beharrte die schicke Frau, »haben Sie irgendetwas dazu zu sagen, inwiefern dieses Verbrechen den Zustand der Jugend in diesem Land reflektiert? Die Art und Weise, wie sie die Straßen dieser Stadt für unbescholtene Bürger, die ihren Geschäften nachgehen, zur No-Go-Zone machen?«

Neville verspürte nicht die geringste Lust, in dieses Wespennest zu stechen. Sein Chef, Detective Superintendent Evans, wäre sicher nicht erfreut, wenn er irgendetwas sagte, das ein schlechtes Licht auf die Fähigkeit der Polizei warf, die Straßen von London sicher zu machen. »Wir haben bis jetzt noch keinerlei Erkenntnisse über den Täter«, sagte er energisch. »Nach allem, was wir wissen, könnte es ebenso gut ein Pensionär gewesen sein.«

Die Presse brauchte nicht lange, um Rachel Norton aufzuspüren. Zuerst kam ein Anruf von einem der anspruchsvolleren Blätter, und Yolanda fing ihn höflich, doch bestimmt ab.

»Mrs Norton hat Ihnen zum gegenwärtigen Zeitpunkt nichts mitzuteilen«, erklärte sie. »Sollte sie sich entschließen, eine Erklärung abzugeben, werden Sie sicher davon erfahren.«

Die Boulevardpresse dagegen wäre mit einer solch manierlichen Abfuhr sicher nicht zu beeindrucken. Eine Stunde nach der Pressekonferenz klingelte es an der Tür.

Yolanda setzte ihre abweisendste Miene auf und sah die Frau auf dem kurzen Weg zwischen Bürgersteig und Haustür mit zusammengekniffenen Augen an. »Mrs Norton steht Ihnen nicht zur Verfügung«, sagte sie entschieden und blies ihren heißen Atem in die feuchte, kalte Luft.

Die Frau, die in einem teuer wirkenden Kamelhaarmantel vor ihr stand, sah nicht aus wie eine Journalistin und schenkte Yolanda ein strahlendes Lächeln. »Eigentlich wollte ich mit Ihnen sprechen.«

Das traf Yolanda unerwartet. »Mit *mir*?«

»Ich wollte Sie nach Ihrer Meinung über Straßenkriminalität fragen.«

»Straßenkriminalität!«

»Und über das Bandenwesen, das es gesetzestreuen Bürgern in diesem Land unmöglich macht, unbehelligt ihren Geschäften nachzugehen«, fügte die Frau in schmeichelndem Ton hinzu.

Jetzt war Yolanda nicht zu halten; es war ein Thema, zu dem sie eine klare Meinung und starke Gefühle hegte. »Ich glaube«, sagte sie, »es gibt da draußen eine Menge Eltern, die hinter Schloss und Riegel gehören.«

»Dann machen Sie die Eltern verantwortlich.«

»Sehen Sie, diese Jugendlichen, die um Mitternacht noch draußen auf der Straße sind, manchmal sogar noch später – das ist eine Schande. Was denken sich die Eltern eigentlich dabei? Ahnen die auch nur, wo und mit wem sie zusammen sind und was sie im Schilde führen?«

Die Frau nickte zustimmend. »Und interessiert es sie überhaupt?«

»Leute, denen es gleichgültig ist, wo ihre Kinder sich gerade rumtreiben, verdienen es einfach nicht, sie zu haben«, erklärte Yolanda mit der ganzen Leidenschaft ihrer frustrierenden Kinderlosigkeit.

Am Nachmittag absolvierte Callie mit Brian ihre Runde durch die Gemeinde. Bis sie Moragș Wohnung erreichten, war es schon Teezeit; Morag bot dazu selbst gemachtes Shortbread an, dem keiner von ihnen widerstehen konnte.

Callie hatte das Gefühl, dass Morag in Brians Gegenwart ein wenig angespannt wirkte und nicht sehr mitteilsam war, was die jüngste Entwicklung in der Familiensituation betraf. »Ich komme bald wieder vorbei«, versprach sie Morag, als sie sich verabschiedeten.

Es war ihr letzter Besuch an diesem Tag. Auf dem zügigen Rückweg Richtung Kirche kam es Callie so vor, als hätte sie Brian noch nie so schnell laufen gesehen. Es war kalt, doch sein untypisches Tempo musste noch andere Gründe haben.

»Habe ich Ihnen erzählt«, klärte er sie auf, »dass meine Söhne nach Hause gekommen sind? Über die Ferien?«

»Wie schön. Dann sind also schon Semesterferien?«

»Ja. Sie müssen sie unbedingt kennenlernen«, sagte Brian und fügte hinzu: »Simon hat seine Freundin mitgebracht. Ellie. Ein reizendes Mädchen.«

»Ich wusste gar nicht, dass er eine Freundin hat.«

»Ich auch nicht.« Brian lachte nachsichtig. »Er hat uns alle überrascht. Aber sie ist eine tolle junge Frau.«

Callie drängte sich die Frage auf, ob Jane das wohl genauso sah.

Wie immer kam Alex nach der Schule in eine leere Wohnung. Sie ließ ihren Rucksack direkt neben der Haustür fallen, schmiss ihre Jacke auf den Boden und lief schnurstracks in ihr Zimmer.

Der Computermonitor war schwarz. Schwarz! Kein Bildschirmschoner, kein Fenster zur Passworteingabe. Alex stöhnte vor Ärger auf und drückte die Neustarttaste.

Es tat sich gar nichts.

Sie schaute unter dem Schreibtisch nach und entdeckte, dass das Kabel ausgestöpselt war.

Musste die Putzfrau gemacht haben. Um den Staubsauger einzustecken. Wäre nicht das erste Mal.

Sie hatte Jilly schon hundertmal gesagt, sie sollte ihr Zimmer in Ruhe lassen. Sie hatte sie angefleht, es der Putzfrau zu sagen. Wieso konnten sie ihr nicht einfach eine schlichte Bitte erfüllen?

Alex kroch unter den Schreibtisch und schob den Stecker in die Dose, bevor sie den Startknopf drückte. Im selben Moment erwachte der Bildschirm zum Leben.

E-Mail, darum ging es.

Ja! Da war eine Nachricht von Jack.

Eifrig klickte sie die Nachricht an, um sie zu öffnen.

›HI SASHA!! FAND DEIN FOTO TOLL!! SOLLN WIR UNS BALD MAL TREFFEN?!?!?!?!?!!‹

Alex schnappte nach Luft und beugte sich tief über die Tastatur, um ihre Antwort zu tippen.

Als sie die Treppe zu ihrer Wohnung hochstieg, dachte Callie an Bella; sie war zuletzt um die Mittagszeit zu Hause gewesen, um sie auszuführen, doch der Hund musste bald wieder raus. Am besten kümmerte sie sich als Erstes darum und brachte es hinter sich, bevor es noch dunkler wurde und sie es sich daheim gemütlich machte, denn dann hätte sie keine Lust mehr, noch einmal rauszugehen.

Als sie schon fast oben war, hörte sie Stimmen hinter der Tür. Männliche Stimmen. Was zum Teufel war das? Geschwätzige Einbrecher?

Als sie die Tür öffnete, wurde es plötzlich still, und zwei Gesichter drehten sich zu ihr um. Peter, der quer in einem Sessel hing. Und Marco auf dem Sofa, Bella auf dem Schoß. Teegeschirr - Becher, Kanne, Keksdose - war quer über den Couchtisch verteilt, und eine ziemlich große Fichte lehnte so in einer Zimmerecke, dass sie umzufallen drohte.

Bella wedelte mit dem Schwanz, verließ jedoch nicht ihren Platz.

»Hi, Schwesterherz«, sagte Peter. »Wurde aber auch langsam Zeit, dass du nach Hause kommst. Wie gut, dass ich einen Schlüssel habe. Bin auf Marco gestoßen, der mit diesem Mordsbaum draußen stand und sich den Arsch abfror.«

»Ich habe dich nicht so früh erwartet«, sagte Callie zu Marco und ignorierte ihren Bruder erst einmal. »Du hast gesagt, um sieben herum.«

Er lächelte zaghaft, als sei er sich nicht sicher, mit was für einer Begrüßung er zu rechnen hatte. »Ich habe mich früher loseisen können. Ich wollte noch einen Baum finden«, fügte er hinzu. »Deine Wohnung sah ohne einen so kahl aus.«

Callie schüttelte angesichts ihrer beiden Gäste den Kopf. »Ich gehe mal davon aus, dass noch keiner Bella runtergeführt hat?«

»Und ob«, sagte Peter artig. »Kaum, dass wir hier waren, wirklich - sie hat drauf bestanden. Dann haben wir uns zur Belohnung einen Tee gemacht. Es ist klirrend kalt da draußen, weißt du?«

Dadurch, dass sie ihr erspart hatten, noch einmal rauszugehen, war sie bereit, ihnen alles zu vergeben. »Ich weiß.«

»Ich wollte gerade ein Feuer anmachen«, warf Marco ein. »Aber Bella ist mir auf den Schoß gesprungen und hat sich nicht mehr vom Fleck gerührt.« Der Hund lehnte sich an seine Brust und sah ihn verzückt an, während er ihr die Ohren kraulte.

»Und wir wollten den Baum aufstellen, um dich zu überraschen«, fügte Peter hinzu. »Jetzt können wir es ja alle zusammen machen. Dann macht es mehr Spaß.«

Callie sah Marco an. »Ich dachte, wir gehen heute Abend aus?«

»Und lasst mich hier, um auf Bella aufzupassen?«, fragte Peter empört. »Keine Chance. Ich denke, wir bestellen eine Pizza.«

Jetzt wandte Callie sich ihrem Bruder zu. »Was genau treibt dich eigentlich her? Hast du keine eigene Wohnung?«

Peter wand sich aus dem Sessel, kam zu ihr herüber und legte ihr den Arm um die Schulter. »Nun ja, Schwesterchen, genau da liegt das Problem.«

Das klang gar nicht gut, und sie war zu Recht alarmiert.

Er erzählte ihr – als amüsante Anekdote –, dass die Frau in der Wohnung über ihm ihre Badewanne überlaufen lassen hatte. Und zwar schlimm, denn sie hatte die Decke zum Einsturz gebracht. »Alles voller Putz«, sagte er grinsend. »Du machst dir keine Vorstellung von der Sauerei.«

Callie machte sich eine Vorstellung davon, doch ihre Gedanken richteten sich eher auf die Folgen, die das Malheur für sie selber hatte. »Dann bist du also ...«

»Ohne ein Zuhause. Für den Augenblick jedenfalls. Auf der Suche nach einer Bleibe, wo ich mein müdes Haupt betten kann, um nicht lange um den heißen Brei herumzureden. Auf Gedeih und Verderb auf dich angewiesen. Du würdest deinen armen Bruder doch nicht auf die Straße setzen, oder?«, bettelte er.

»Aber ich habe kein freies Zimmer«, protestierte Callie. Der Gedanke, dass der unordentliche Peter in ihr geordnetes Leben einbrechen sollte ...

»Dieses Sofa lässt sich zu einem Bett ausziehen, nicht wahr?«

»Ja, aber ...«

»Schwesterchen, du bist meine einzige Hoffnung«, erklärte er. »Ich kann sonst nirgends hin.« Er grinste sie an. »Dazu kommt, dass ich im Moment sozusagen in einer Zwischenphase zwischen zwei Freunden bin. Und dummerweise stehe ich mit keinem meiner Exe auf allzu gutem Fuß. Wahrscheinlich hätte ich darauf größeren Wert legen sollen.«

»Und wenn du nun ...«, fing Callie an, doch Peter legte ihr die Hand auf den Mund.

»Sag's nicht«, befahl er ihr. »Wag es ja nicht, das M-Wort auszusprechen.«

An dieser Stelle schaltete sich Marco, der ihrer Unterhaltung amüsiert vom sicheren Sofa aus zugehört hatte, ein. »Ist von mir die Rede?«

»Nein«, sagten sie beide wie aus einem Mund, als Peter seine Hand wieder sinken ließ.

»Denn das würde nicht funktionieren. Ich teile mir die Wohnung mit jemandem, und er würde nicht mitspielen.«

»Ich dachte an unsere Mutter«, sagte Callie energisch. Noch während sie es aussprach, wusste sie, dass sie den Gedanken wieder verwerfen musste. Nicht mal im Traum würde Peter das auch nur in Erwägung ziehen. Dabei konnte niemand wissen, ob Laura Anson überhaupt zustimmen würde. Ihre Mutter würde sich bestimmt bitter beklagen, ausgenutzt zu werden. Selbst wenn sie Ja sagte und Peter bei sich einziehen ließ, würde sie sich alle fünf Minuten ans Telefon hängen und Callie *en detail* seine neuesten Vergehen schildern. Ein Handtuch auf dem Badezimmerboden, ein schmutziger Teller auf dem Tisch, verbotenes Essen, das er sich einverleibt hatte. Unverzeihliche Sünden, die sie eine nach der anderen melden würde.

»Ich werde der perfekte Gast sein«, erklärte Peter und griff sich mit einer dramatischen Geste ans Herz. »Ich gelobe hoch und heilig, dir nicht in die Quere zu kommen. Ich werde nichts stehen lassen. Du wirst gar nicht mitkriegen, dass ich überhaupt da bin.«

Den Tag wollte sie erleben. »Dann kochst du dir selbst?«

»Na ja, das nicht«, räumte er grinsend ein. »Aber ich esse, was auf den Tisch kommt, ohne zu murren.«

Sie sah ein, dass es einfach kein Entrinnen gab. »Also gut ...«

»Und ich führe Bella aus, selbst wenn es kalt ist«, fügte er hastig hinzu. »Mit dem Gassiführer unter einem Dach, ist das nichts?« Ein unschlagbares Angebot.

Callie warf Marco einen verständnisheischenden Blick zu; er zuckte die Achseln und schüttelte den Kopf. Verständigung ohne Worte: Sie beide erkannten, dass Peter Anson als Mitbewohner es ihnen nicht gerade leichter machen würde, ihre Beziehung zu vertiefen.

»Um was für einen Zeitraum handelt es sich?«, fragte sie. »Wie viele Tage?«

»Ein paar Wochen, schlimmstenfalls. Du bist mich los, ehe du dich's versiehst.«

Du lieber Himmel, dachte sie. Ein paar Wochen - das hieß, auch über Weihnachten. Aber wie konnte sie es ihm abschlagen?

»Na schön.« Callie gab sich geschlagen. »Was für eine Rabenschwester würde wohl ihren eigenen Bruder auf die Straße setzen?«

Peter erdrückte sie fast in seiner Umarmung. »Danke, Schwester, du wirst es nicht bereuen.«

Die Hoffnung stirbt zuletzt, dachte Callie.

Neville verabredete sich mit Willow Tree in einem Pub in der Nähe des Polizeireviers - nicht in seinem und Marks Stammlokal, sondern in einer etwas schickeren Kneipe mit einer anständigen Speisekarte. Er wollte ihr ein gutes Essen spendieren und dann sehen, wie der Abend sich so entwickelte.

Neville kam mit etwas Verspätung aus dem Büro – der Coroner hatte angerufen, um einen Termin für die gerichtliche Untersuchung anzuberaumen –, und so lief er im Eilschritt zum Pub. Sie wartete nicht draußen auf ihn, aber eigentlich hatte er bei diesen Temperaturen auch nicht damit gerechnet.

Sie lehnte, ein Guinness in der Hand, an der Bar. »Hi, Inspector Stewart«, sagte sie und hob zum Gruß das Glas.

»Nennen Sie mich Neville.« Er grinste anerkennend. Guinness! Eine Frau, so recht nach seinem Geschmack. Und sie sah ein wenig konservativer aus als bei ihrer letzten Begegnung; ihr orangefarbenes Haar war nicht mehr zu Stacheln gestylt, ihre Fingernägel leuchteten dunkelrot statt grün, und in der Nase steckte ein dezenter kleiner Stein statt des goldenen Rings. Sie war ziemlich attraktiv. Unter ihrem Schaffellmantel erhaschte er einen Blick auf eine hauchzarte Bluse mit Folkloredruck und einem verführerisch tiefen Ausschnitt.

Er bestellte sich ebenfalls ein Guinness; während es gezapft wurde, drehte er sich zu ihr um. »Danke, dass Sie gekommen sind. Ich hoffe, Sie haben es gleich gefunden?«

»Kein Problem. Ich war schon mal hier. Ich arbeite ein paar Straßen weiter, im Bioladen. Planet Earth. Kennen Sie den?«

»Nein, ich steh nicht so auf Bio«, räumte Neville ein und verzog das Gesicht.

Sie lächelte. »Hatte ich mir irgendwie schon gedacht.«

»Und Sie sind trotzdem gekommen. Das ist ein gutes Zeichen.«

»Ich war ... neugierig«, gestand Willow, »weshalb Sie mich angerufen haben.«

Es war keine direkte Frage, und Neville beantwortete sie auch nicht. Er nahm sein Guinness vom Barkeeper entgegen, hielt es hoch, um es fachmännisch zu prüfen, und stieß dann mit ihr an. »Auf Neuanfänge«, sagte er und nahm einen großen Schluck.

»Demnach sind Sie außer Dienst«, bemerkte sie.

»Heute Abend ja.«

»Dann ist das hier nicht ... dienstlich?«

»Du lieber Himmel, nein!« Hatte sie das etwa gedacht? Dass er sie hierher bitten und zu einem Fall befragen würde, der seit Monaten abgeschlossen war? »Ich dachte, ich hätte klar gesagt, dass das hier vollkommen ... inoffiziell ist.«

»Wollte nur sichergehen.« Sie nippte an ihrem Drink und leckte sich den Schaum von der Oberlippe – eine unbewusste Geste, die Neville äußerst sexy fand. »Ich wusste nicht, wie lange dieser Drink reichen sollte.«

»So lange, wie Sie wollen. Der Zapfhahn da gibt jede Menge her.« Neville sah auf die Tafel hinter dem Tresen, auf der in Kreide die Speisekarte stand. »Möchten Sie was zu essen bestellen?«, fragte er. »Die machen hier köstliche Burger.« Kaum hatte er es ausgesprochen, fiel ihm wieder ein, dass sie in einem Bioladen arbeitete, und er versuchte, seinen Fehler auszubügeln. »Ich bin sicher, sie bieten auch was Vegetarisches an«, fügte er hinzu. »Tofu oder so was in der Art.« Viel weiter reichten seine Kenntnisse über vegetarisches Essen nicht; er hoffte, dass es nicht allzu ignorant klang.

Willow lachte. »Ich bin keine Vegetarierin, Neville.«

»Ich dachte nur ...«

»Sie haben gedacht, dass jemand, der in einem Bioladen arbeitet, Vegetarier sein muss. Falsch. Macht es mich zu einem Hund, wenn ich in einer Tierarztpraxis arbeite?« Sie nahm einen großen Schluck aus ihrem Glas und sah ihn aufmerksam an. »Zufällig liebe ich einen guten Burger. Oder ein saftiges Steak«, fügte sie hinzu.

Dieser Abend wurde immer vielversprechender. »Dann nehmen wir doch Steak«, sagte Neville. »Steak mit Pommes.«

»Klingt gut. Meins bitte nicht durch.«

Er bestellte beim Barkeeper und führte sie an einen freien Tisch. »Sie sind eine erstaunliche Frau, Willow Tree«, sagte er und hob das Glas in ihre Richtung.

»Das freut mich. Ich bin immer gerne für eine Überraschung gut.«

Es gab noch eine Sache - na schön, vielleicht zwei -, die den Abend für ihn abrunden würden. »Sie mögen nicht zufällig irische Musik?«

»Ich liebe irische Musik«, sagte sie wie aus der Pistole geschossen. »Ich wohne praktisch direkt neben einem Pub, in dem sie die beste irische Musik in ganz London spielen. Und das beste Guinness zapfen. Besser als in jeder Kneipe in Kilburn.«

»Wo soll das denn sein?« Er klang skeptisch.

»Paddy's Place. Ganz nahe an der Edgeware Road. Kennen Sie sicher, oder?«

Neville konnte nicht fassen, dass es einen irischen Pub geben sollte, von dem er noch nie gehört hatte - und dazu ganz in der Nähe. »Nein«, räumte er ein. »Kenne ich nicht.«

»Wenn Sie mögen, können wir nach dem Essen rübergehen«, schlug sie vor.

Er lehnte sich mit einem zufriedenen Seufzer auf seinem Stuhl zurück. Was immer der morgige Tag an Sorgen bereithalten mochte, heute Abend jedenfalls war Neville Stewart ein glücklicher Mann.

ACHT

Frances Cherry hatte ein anstrengendes Wochenende im Krankenhaus hinter sich, nachdem es von ernsten Erkältungskrankheiten und sogar Unterkühlungen nur so wimmelte. Der Montag war nicht besser gewesen. Triona O'Neil ging ihr nicht mehr aus dem Kopf, doch sie hatte keine Gelegenheit gehabt, etwas für sie zu tun. Außerdem wusste sie auch gar nicht genau, was sie tun könnte, doch die Tatsache, dass sich Triona ihr anvertraut hatte, gab Frances das Gefühl, irgendwie für sie verantwortlich zu sein.

Wo es um das Sakrament der Beichte oder etwas Vergleichbares ging, hielt sich Frances strikt an die berufliche Schweigepflicht. Doch das hier war etwas anderes: Triona hatte von Frau zu Frau mit ihr geredet, von Freundin zu Freundin, und nicht in ihrer Funktion als Pfarrerin. Das verschaffte Frances mehr Spielraum.

Sie zögerte nicht, mit ihrem Mann Graham, der selber Pfarrer und äußerst verschwiegen war, zu sprechen und seine Meinung zu hören. Die Antworten fielen nicht immer so aus, wie sie sie gerne hören wollte, was seinen Rat aber nur noch wertvoller machte.

Erst am Dienstagmorgen hatte sie Gelegenheit, das Thema anzuschneiden. Über dem Müsli brachte sie am Frühstückstisch das Gespräch indirekt darauf. »Du erinnerst dich sicher an Detective Inspector Stewart?«

Graham sah von seiner Schüssel auf und zog die Augenbrauen hoch. »Denkst du etwa, den könnte ich vergessen?«

»Vermutlich nicht.« Sie verzog das Gesicht.

»Eine Zeit lang gehörte er ja fast schon zur Familie. Sag ja nicht, er ist wieder da.«

»Nein, nein«, antwortete Frances mit Nachdruck.

»Wieso versuchst du dann, mir das Frühstück zu verderben, und erinnerst mich an etwas, das ich lieber vergessen würde?«

Um ihrem Anliegen Nachdruck zu verleihen, legte sie den Löffel beiseite. »Also, es geht um meine Freundin Triona.«

»Die Anwältin«, sagte er.

»Ja. Ich wusste nur vage, dass sie und Neville Stewart sich früher mal gekannt hatten. Aber jetzt sieht es so aus, als wäre ihre Bekanntschaft bedeutend intensiver, als ich vermutet hatte.«

»Tatsächlich?«

So knapp und sachlich wie möglich gab Frances ihm die Unterhaltung wieder, die sie vor wenigen Tagen mit Triona geführt hatte. »Ich weiß nicht, was ich machen soll«, sagte sie am Schluss.

Graham stand auf, spülte seine Müslischale aus und räumte sie in den Geschirrspüler. »Ich würde mich an deiner Stelle da raushalten. Das ist nicht deine Angelegenheit, Fran.«

»Aber sie hat sich mir anvertraut, und das gibt mir das Gefühl, dass ich irgendetwas tun sollte, um ihr zu helfen.«

Er schenkte sich Kaffee nach und schüttelte den Kopf. »Und das wäre? Inspector Stewart anrufen und ihm sagen, der Klapperstorch wäre unterwegs?«

»Nein, natürlich nicht.«

So wie er es darstellte, klang es irgendwie albern. Sie hatte wirklich nichts damit zu tun.

Und doch – Triona war ihre Freundin. Vielleicht erst mal nur ein Telefonat. Sie konnte sie anrufen und ihr einfach ihre Unterstützung anbieten. Mit ihrem berüchtigten irischen Temperament war es möglich, dass Triona ihr sagte, sie solle sich um ihre eigenen Angelegenheiten kümmern; um ihrer Freundschaft willen beschloss Frances, das Risiko einzugehen.

Callies Wecker klingelte: Zeit für eine Dusche, eine schnelle Tasse Tee und einen Gang mit Bella vor der Morgenandacht.

Fröstelnd wickelte sie sich in ihren Frotteebademantel und tappte durchs Wohnzimmer ins Bad. Diesen vertrauten kurzen Weg legte sie normalerweise zurück, ohne extra das Licht anzuknipsen.

Im Dunkeln stieß sie schmerzhaft mit dem Schienbein gegen etwas Hartes: den Rahmen der Schlafcouch.

»Au!« Sie hüpfte zur Seite und rieb sich die Stelle.

Peter.

»Callie?«, brummte er vom Bett aus, »wassis los?«

»Ich habe mich gestoßen.« Sie knipste das Licht an.

Peter drehte sich auf die andere Seite und vergrub das Gesicht im Kissen. »Das kommt davon, wenn man so früh aufsteht. Geschieht dir recht.« Die Worte drangen dumpf aus den Daunen.

»Sei nicht albern«, schnaubte Callie. »Das ist mein Beruf. Gott, du erinnerst dich?«

»Dann solltest du vielleicht über deinen Beruf nachdenken.« Peter drehte sich auf den Rücken und legte den Arm schützend über die Augen. »Meiner Meinung nach hätte Gott dafür gesorgt, dass es hell ist, wenn er wirklich gewollt hätte, dass du so früh aufstehst.«

Callie holte tief Luft. Er versuchte sie zu provozieren, sagte sie sich. Das sah Peter ähnlich. Aber sie würde sich nicht in eine Diskussion verwickeln lassen. Schon gar nicht an seinem ersten Tag als ihr Gast, um Himmels willen. »Wie auch immer«, sagte sie in vernünftigem Ton. »Bella ist die Uhrzeit egal und auch, ob es draußen hell oder dunkel ist. Wenn sie muss, dann muss sie. Und wie war das noch mal mit deinem Versprechen, sie auszuführen?«

»Du machst wohl Witze.« Damit zog Peter sich die Decken wieder über den Kopf.

Yolanda erwachte von einem dumpfen Schrei, der direkt aus dem Raum unter ihr zu kommen schien. Binnen Sekunden war sie aus ihrem provisorischen Bett gesprungen, sah kurz nach, ob Rachels Zimmer leer war, und hastete dann die Treppe hinunter, wobei sie unterwegs die Lichter anknipste.

Der Schrei wiederholte sich und führte Yolanda zur Rückseite des Hauses. »Ich komme«, rief sie schon von Weitem.

Sie fand Rachel in der Küche vornübergebeugt, während sie sich an den Stiel eines Wischmopps wie an einen Rettungsanker klammerte. Ihr Gesicht war bleich und mit einem dünnen Schweißfilm bedeckt. Yolanda eilte an ihre Seite, löste ihren Griff um den Stiel und führte Rachel zu einem Stuhl. »Was ist los, Schätzchen?«, fragte Yolanda in sanftem Ton. »Was ist passiert?«

»Ich glaube, das Baby kommt.« Sie presste die Worte keuchend hervor, während sie sich die Hände seitlich an den Bauch hielt. »Es tut so weh.«

»Schon gut, schon gut.« Yolanda strich ihr übers Haar und rechnete im Kopf nach: Es war möglich. Siebenunddreißig Wochen waren zwar früh, galten aber als Grenzfall im normalen Rahmen. »Hatten Sie das vorher schon mal?«

Rachel stöhnte. »So noch nicht. Es hat noch nie wehgetan.«

»Was haben Sie denn bloß getan?«

»Ich hab den Küchenboden gewischt.«

Yolanda machte sich nicht die Mühe, sie zu fragen, weshalb sie so etwas tat. Sie hatte so etwas schon zu oft gesehen:

Diese rastlose Energie in den Wochen vor der Geburt. Es war ein wohlbekanntes Phänomen. Der Nesttrieb, wie sie es immer nannte. Aufräumen, sauber machen, bereit sein.

»Ich bringe Sie am besten ins Bett rauf«, sagte Yolanda. »Dann schaue ich mal nach. Das wird schon alles«, sagte sie energisch. »Yolanda ist da und passt auf Sie auf.«

Jane gab sich die größte Mühe, Ellie zu mögen. Simon betete sie offensichtlich an. Brian fand sie wundervoll, und Charlie akzeptierte sie schon selbstverständlich als eine Art Familienmitglied, und so beschloss Jane, sich einen Ruck zu geben.

Während sie am Dienstagmorgen den Frühstückstisch deckte, versuchte sie, ihre Gefühle zu analysieren. Wieso war sie die einzige Außenseiterin, wenn alle anderen Ellie vergötterten?

Es war schwer, es beim Namen zu nennen. Natürlich hatte sie erst einmal einen Schock bekommen, das Mädchen so unerwartet in ihrem Haus zu haben. Dann kam der Gedanke hinzu, dass Simon für eine ernste Beziehung noch viel zu jung war. Er hatte immer noch zweieinhalb Jahre Universität vor sich, plus weitere Abschlüsse, die danach anstanden.

Ellie war nicht unhöflich oder unfreundlich zu ihr: Vielmehr war sie ausnahmslos herzlich. Sie war eine wohlerzogene junge Frau, die immer im richtigen Moment ihre Dankbarkeit zum Ausdruck brachte, indem sie Jane für die Mahlzeiten, für eine Tasse Tee und andere Formen der Gastfreundschaft Anerkennung zeigte.

Wieso nur, fragte sich Jane, ging ihr das Ganze so unter die Haut?

Vielleicht lag es gerade daran, dass Ellie derart höflich war. »Danke, Mrs Stanford. Ein wunderbares Essen.« »Das war köstlich, Mrs Stanford.« Es war genau die Art, in der Jane vor vielen Jahren mit ihren älteren Großtanten reden musste. Mit Ehrerbietung vor dem fortgeschrittenen Alter ...

Vielleicht war es das. Ellie gab ihr das Gefühl, alt zu sein. Sie behandelte sie wie jemanden, mit dem man Nachsicht üben musste. Jemanden, der schon alles hinter sich hatte – eine Generation, die nicht mehr zählte, sondern längst zum alten Eisen gehörte. Der man zwar mit Respekt, aber mit wenig Interesse begegnete.

Genauso, wie sie sich gegenüber ihren Großtanten gefühlt hatte, erkannte Jane mit Schrecken. Deren Welt war von ihrer so weit entfernt gewesen, dass sie ihnen außer diesen Artigkeiten nichts zu sagen hatte. Es gab einfach zu wenig Berührungspunkte. Sie hatten schon im Krieg gelebt, mal ehrlich – wie langweilig war das denn?

Hielt Ellie sie für langweilig, weil sie in den Sechzigerjahren Kind, in den Siebzigern Teenager und in den Achtzigern eine junge Ehefrau gewesen war?

Aber ich bin nicht alt, dachte Jane betrübt. Für sie war noch nicht alles vorbei. Frauen zwischen vierzig und fünfzig waren heutzutage in ihren besten Jahren. Man musste sich doch nur mal all die Filmstars ab vierzig aufwärts ansehen: Meg Ryan, Demi Moore, sogar Julia Roberts. Ganz zu schweigen von Madonna!

Mit perfektem Timing, das aus langer Praxis herrührte, schaltete sie den Wasserkocher genau in dem Moment an, als Brian von der Morgenandacht zur Haustür hereinkam. Er hatte sein Frühstück gern, sobald er nach Hause kam, und wenn er die Soutane abgelegt hatte und in die Küche kam, konnte sie den Tee eingießen.

Er kam ein paar Minuten später herein und hielt einen Brief in der Hand.

»Oh, die Post ist offenbar früher da als sonst«, bemerkte Jane, während sie Milch in ihre Tassen schüttete.

»Janey ...«, sagte Brian in seltsamem Ton.

Sie hob den Kopf und sah ihn direkt an: Seine Augen waren weit aufgerissen, als hätte er einen Schock erlitten, und er reichte ihr den Brief mit sichtlich zitternder Hand. »Ist irgendwas passiert? Komm schon, sag's mir!«

Er sprach ruckartig, abgehackt. »Nein. Nichts passiert, das heißt doch, schon.«

Jane verstand gar nichts mehr und war besorgt. Sie griff nach dem Brief, aber er hielt ihn fest. »Sag schon«, drängte sie.

Brian brauchte einen Moment, bevor er antwortete. Er schien sich zusammenzureißen, leckte sich die Lippen und räusperte sich. »Erinnerst du dich an meinen Onkel Bernard?«

»Ja.« Jane versuchte, sich das wenige, was sie über diesen Onkel wusste, den sie nie gesehen hatte, in Erinnerung zu rufen. Der Bruder von Brians verstorbenem Vater war ausgewandert, als Brian noch ein Kind war, und besaß in Australien eine Art Farm oder Ranch. Er hatte nie geheiratet und war auch nie nach England zurückgekommen, noch nicht einmal auf Besuch. Er schrieb ihnen aber jedes Weihnachten, also war das vielleicht die alljährliche Grußkarte.

»Er ist tot«, sagte Brian tonlos. »Er ist vor einem Monat gestorben.«

»Oh! Das tut mir leid.«

Brian wedelte mit dem Brief und verzog das Gesicht zu einem merkwürdigen Lächeln. »Er hat uns einiges Geld hinterlassen, Janey! Genauer gesagt, eine Menge Geld.«

Sie schnappte ihm den Brief aus der Hand und überflog ihn.

Es handelte sich um das Schreiben eines Anwalts in typischem Juristen-Englisch, doch das Wesentliche war klar. In seinem Testament hatte Bernard Stanford seinem Neffen hundertfünfzigtausend australische Dollar hinterlassen, das waren, nach Schätzung des Anwalts, mehr als sechzigtausend Pfund Sterling. Ein Scheck würde bald folgen.

Sechzigtausend Pfund! Jane bemerkte nach einer Weile, dass sie zu atmen aufgehört hatte. Sie holte tief Luft, dann noch einmal. Ihr zog sich vor Freude und Aufregung der Magen zusammen.

Mit dem bescheidenen Salär eines Pfarrers eine Familie zu versorgen, war all die Jahre hindurch Janes schwierige Aufgabe gewesen. Sie war stolz darauf, dass sie als Hausfrau Brian auf jede erdenkliche Weise in seinem Amt unterstützt und zwei kluge Jungen großgezogen hatte, auf die jede Mutter stolz gewesen wäre. Die Tatsache, dass sie Zwillinge waren, bedeutete, dass sie alles doppelt rechnen musste, was stets die Haushaltskasse strapaziert und Jane vor so manche Herausforderung gestellt hatte. Wenn Opfer nötig wurden, dann war meist sie es, die sie brachte: Sie sorgte dafür, dass die Jungen wie auch Brian niemals Mangel litten. Wenn sie eine Ewigkeit in ihrem Laura-Ashley-Kleid herumlief, wenn sie sich auf Wohltätigkeitsbasaren die abgelegten Kleider anderer Leute kaufte, dann war das nur ein geringer Preis, den sie gerne für das Wohlergehen der Familie zahlte.

Und jetzt auf einmal: Geld! Und zwar eine Menge Geld. Mehr Geld, als in den letzten drei Jahren zusammen durch ihre Hände geflossen war.

Der Knoten in ihrem Magen entzündete sich zu einer Flamme, die zu lodern begann, als ihr die verschiedensten Möglichkeiten durch den Kopf geisterten. Längst begrabene Träume und Hoffnungen lebten wieder auf. Es war noch nicht zu spät, sagte sie sich triumphierend. Nein, es war noch nicht zu spät.

Es dauerte mehr als eine Minute, bis das Klingeln des Mobiltelefons durch die tiefen Schichten von Nevilles Schlummer drang. »O Gott«, brummte er und tastete danach, bevor er auch nur ansatzweise wach war. Seine Hand fand das Handy auf dem Nachttisch, sein Finger drückte die Taste, doch seine Augen waren noch immer fest zugekniffen. »Ja?«, brummte er.

»Chef? Wo sind Sie?« Sid Cowley klang ungeduldig, ja irritiert.

»Ich bin ...« Neville öffnete mit einiger Mühe die Augen. Wo, verdammt noch mal, war er?

Ein Schlafzimmer. Klein. Kommode, Nachttisch, seine Kleider auf dem Boden. Er lag in einem Doppelbett - allein. Er hatte dieses Zimmer noch nie zuvor gesehen - jedenfalls nicht, dass er sich erinnern konnte. Wie zum Teufel war er bloß hierher geraten?

Neville leckte sich mit der pelzigen Zunge über die trockenen Lippen. »Ist doch egal, wo ich bin. Was wollen Sie?«

»Sie müssten bei der Arbeit sein, Chef.«

»Arbeit!« Er drehte sich um und schaffte es, sich sein Handgelenk dicht vors Gesicht zu halten. Ja, er trug seine Uhr. Und es war zehn durch! »Hol mich der Teufel!«, murmelte er.

Allmählich kehrte die Erinnerung zurück, wenn auch nur vage. Der irische Pub - ein verdammt guter Pub -, und Willow hatte mit der Musik recht behalten. Und was passte besser zu Livemusik als Guinness? Viel Guinness. Er war immer stolz darauf gewesen, eine Menge davon zu vertragen und so ziemlich jeden unter den Tisch trinken zu können. Doch Willow hatte sich als würdiger Saufkumpan erwiesen und Pint für Pint mitgehalten.

Bis ... was? Sein Gedächtnis verließ ihn an irgendeinem Punkt unmittelbar vor dem Aufruf zur letzten Bestellung, als er ihnen noch ein paar Pint spendiert hatte, die sie über die Runden bringen sollten, bis die Musiker Feierabend machten.

»Ich habe auf Sie gewartet«, fuhr Sid penetrant fort. Wie eine sirrende Mücke im Telefon. »Der Coroner hat schon versucht, Sie zu erreichen. Und es gibt ein paar ... Neuigkeiten ... in dem Fall.«

»Neuigkeiten?« Neville war mit einem Schlag wach. »Gute oder schlechte?«

»Eine gute und eine ... wahrscheinlich nicht so gute«, sagte Sid provozierend und - zweifellos absichtlich - ausweichend. »Na, jedenfalls sollten Sie besser so schnell wie möglich hierher kommen. Egal, wo Sie sind«, fügte er betont hinzu.

»Schon gut, schon gut. Ich komme.« Da er immer noch keinen blassen Schimmer von seinem derzeitigen Aufenthaltsort hatte, konnte Neville nicht mehr versprechen.

Als er nach seinen Kleidern griff und sich ihm von der plötzlichen Bewegung der Kopf drehte, kam des Rätsels Lösung mit je einem großen Henkelbecher in jeder Hand zur Tür herein. Sie trug ein weites, langes T-Shirt mit einem Logo des Planet Earth quer über der Brust und dazu anmutig nackte Beine. »Oh«, sagte sie. »Du bist schon wach? Ich bring dir Kaffee.«

»Hoffentlich ist er stark«, sagte Neville und griff nach dem Becher.

Willow ließ sich neben ihm auf dem Bett nieder und nahm einen Schluck von ihrem eigenen Becher. »So stark, wie ich konnte.«

Stark genug; dazu auch noch brühend heiß, aber das machte Neville nichts aus. Hauptsache, das Koffein zeigte Wirkung und schoss ihm direkt ins Blut. Er fühlte sich schon ein bisschen weniger groggy und schwang die Beine aus dem Bett, um sich seine Hose zu schnappen.

»So eilig?«, fragte Willow.

»Die Arbeit ruft. Ich muss ins Büro.« Er drehte sich zu ihr um und sah sie vorwurfsvoll an. »Wieso hast du mich nicht geweckt? Es ist zehn durch!«

Willow lächelte. »Du hast so friedlich geschlafen. Und so fest wie ein Stein. Ich glaube, ich hätte dich gar nicht wecken können, selbst wenn ich gewollt hätte. Und«, fügte sie hinzu.

»Ich hab den Vormittag frei. Ich muss erst nach dem Mittagessen ins Geschäft.« Sie setzte sich im Schneidersitz hin und lehnte sich ans Kopfende ihres Bettes.

Die verschränkten Beine und das, was diese Stellung enthüllte, lenkte Neville davon ab, sich anzuziehen; außerdem warf es gewisse Fragen auf, die, wie er fand, beantwortet werden mussten, bevor er hier seinen Abschied nahm. Er setzte sich wieder. »Was ... was ist letzte Nacht gewesen?«, fragte er zögernd, ohne sie direkt anzusehen.

»Ich dachte mir schon, dass du dich nicht erinnern würdest.« Willows Ton war nüchtern. »Du hattest eine Menge getrunken. Wir beide, genauer gesagt. Meine Wohnung ist nicht weit von dem Pub. Also sind wir zu mir gegangen.«

»Und?« Er wollte nicht grob oder ungalant sein, doch er musste es einfach wissen.

»Du willst wissen, ob wir miteinander geschlafen haben?«, fragte Willow lachend. Sie schien sich wirklich zu amüsieren. »Also, wir haben tatsächlich im selben Bett geschlafen. Ich hab nur das eine, und ich hatte keine Lust, aufs Sofa zu ziehen. Streng genommen haben wir also miteinander geschlafen.«

»Aber ...«

Willow schüttelte den Kopf. »Hör zu, Neville. Du hattest gestern Abend nur ein einziges Thema. Das heißt, nachdem du ein paar Pints intus hattest.«

Er hatte keine Ahnung, wovon sie sprach. Hatte er sie etwa bedrängt?

»Deine Freundin, diese Triona, so heißt sie doch, oder? Hübscher Name. Ungewöhnlich.«

»Triona!« Der Name platzte aus ihm heraus und hallte ihm dumpf im Kopf nach.

»Du hast den ganzen Abend von ihr gesprochen. Wie sie dir das Leben so richtig zur Hölle gemacht hat, wie satt du es hast, auch wenn du sie einfach nicht aus dem Kopf kriegen kannst. Sie sei der Inbegriff von dem, was du dir an einer Frau wünschst - schön und sexy und klug und witzig.«

»Das soll ich gesagt haben?«

»Nicht gerade die cleverste Anmache, falls du mich ins Bett kriegen wolltest«, sagte sie lachend und entspannt. »Die meisten Frauen haben es nicht so gern, wenn ein Mann ihnen von anderen Frauen vorschwärmt. Verdirbt einem ein bisschen den Spaß.«

Neville war völlig verblüfft. Er hatte noch nie über Triona gesprochen. Zu keinem Menschen. Undenkbar. Sie war seine heimliche Qual, über die er nicht einmal mit Mark geredet hätte, geschweige denn mit einer Frau, die er kaum kannte.

Aber Willow konnte das schließlich nicht erfunden haben. Also musste es wohl stimmen.

»Ich sollte mich wohl irgendwie geschmeichelt fühlen«, sagte Willow. »Offenbar findest du mich zugänglich - der Kumpeltyp, wenn schon nichts anderes.«

Offenbar hatte er sich wie ein Vollidiot benommen.

Sie strich sich mit der Hand durchs Haar und zerzauste es zu dünnen roten Stacheln. »Willst du meinen freundschaftlichen Rat?«

Nicht wirklich, hätte er am liebsten gesagt. In Bezug auf Triona konnte er auf jeglichen Rat gut verzichten.

Willow legte sein Schweigen wohl als Zustimmung aus. »Kämpf um sie«, sagte sie unverblümt. »Erobere sie zurück. Du bist bis zum Wahnsinn in sie verliebt, Neville. Du bist unglücklich ohne sie. Wieso benimmst du dich eigentlich ihr gegenüber wie der letzte Waschlappen?«

Das traf ihn empfindlich genug, um endlich die Sprache wiederzufinden. »Waschlappen?«, fragte er wütend zurück.

»Na schön, dann eben nicht Waschlappen. Dann eben wie ein Macho-Arsch. Wenn du nicht deinen Willen bekommst, ziehst du den Schwanz ein und machst dich vom Acker.« Der Ton, in dem sie das sagte, und ihr Lächeln nahmen ihren

Worten den Stachel. »Hör zu, Neville. Ich mein's wirklich gut«, fügte sie hinzu. »Glaub mir, ohne sie wirst du nie glücklich.«

»Braxton-Hicks-Kontraktionen«, erklärte Yolanda; nachdem sie Rachel ins Bett befördert und sie gründlich untersucht hatte. »Weiter nichts. Nur Vorwehen, vom Stress und der Überanstrengung.«

Rachel hielt plötzlich die Luft an und legte vor Schmerz die Stirn in Falten. Kurz darauf entspannte sie sich wieder und konnte endlich etwas sagen. »Ich hatte schon mal Vorwehen. Das hier fühlt sich anders an.«

»Ihr Termin rückt näher. Und Sie hätten nicht den Küchenboden wischen sollen«, sagte Yolanda und versuchte dabei, streng zu klingen.

»Tut mir leid.«

»Sie machen das nicht noch einmal, oder?«

»Nein.« Rachel drehte den Kopf und sah ihr in die Augen. »Danke, Yolanda«, sagte sie. »Wirklich, danke für alles. Ich weiß nicht, was ich ohne Sie gemacht hätte.«

»Ist nur mein Job«, erwiderte Yolanda beinahe brüsk. In Wirklichkeit tat ihr diese Anerkennung verdammt gut.

Frances legte mitten am Vormittag eine Pause ein und ging an ihren verwaisten Schreibtisch, um Triona in ihrer Kanzlei anzurufen.

»Hi«, sagte sie, als sich die Freundin meldete. »Ich wollte nur mal hören, wie's dir so geht.«

»Ich kotze mir immer noch die Seele aus dem Leib«, sagte Triona. »Selbst die trüben Tassen, die ich hier als Kollegen um mich habe, werden es früher oder später spitzkriegen.«

Frances schwieg einen Moment. »Und ... Neville? Hast du ihn mal angerufen?«

»Nein, das habe ich auch nicht vor. Wenn ich Glück habe, sehe ich den Bastard nie wieder. Und er kriegt's nie raus.«

»Nun denn«, sagte Frances halbherzig, als sie merkte, dass ihre Freundin von ihrem wilden Entschluss nicht abzubringen war, »wenn du das Bedürfnis hast, dich mal auszuquatschen, weißt du ja, wo du mich findest.«

»Danke«, sagte Triona. »Und danke für deinen Anruf. Weiß ich wirklich zu schätzen.«

Sid Cowley saß an Nevilles Schreibtisch, trank Kaffee und las den *Globe*. »Wie nett von Ihnen, mal vorbeizuschauen, Chef«, sagte er sarkastisch, als der Besitzer des Schreibtischs zur Tür hereinkam. »Evans wird entzückt sein.«

»Evans? Gott im Himmel, was hat der damit zu tun?« Nach Nevilles langjähriger Erfahrung verhieß es grundsätzlich nichts Gutes, wenn Detective Superintendent Evans sich in einen Fall einmischte.

»Ist nur so, dass er heute Morgen den *Globe* zu Gesicht bekommen hat. Seine Sekretärin hat ihn mit der Nase draufgestoßen.«

Cowley hielt ihm die Zeitung hin, und Neville schnappte sie sich. Wahrscheinlich stand etwas über seine Pressekonferenz drin – was sonst?

FÜR SEINEN IPOD GETÖTET, lautete die Schlagzeile über einem körnigen Foto von Trevor Norton. Nun denn, das traf die Sache ziemlich genau, falls sie mit ihrem Verdacht richtig lagen. Weshalb sollte Evans darüber ausflippen?

»Lesen Sie's«, sagte Cowley. »Lilith Noone schlägt wieder zu.«

»In einem weiteren Fall von unkontrollierbarem Rowdytum wurde der junge werdende Vater Trevor Norton am Freitag brutal ermordet, weil jemand es auf seinen iPod abgesehen hatte«, las Neville laut. »Norton, dessen Frau Rachel kurz vor der Niederkunft mit ihrem ersten Kind steht, joggte am Grand Union Canal in der Nähe seines Hauses in Paddington, als er überfallen und erschlagen wurde. Seine Leiche wurde am nächsten Tag aus dem Kanal gezogen.

Auch wenn iPod-Morde in den USA nicht unbekannt sind, ist dies der erste Totschlag in diesem Land, der wohl definitiv mit dem bei Jugendlichen überaus beliebten digitalen Musikwiedergabegerät in Zusammenhang steht.

Detective Inspector Neville Stewart, der leitende Ermittlungsbeamte, hielt gestern eine Pressekonferenz, bei der er es ablehnte, einen Zusammenhang zwischen diesem Mord und der heutigen blindwütigen, gewalttätigen Jugendkultur zu sehen - einer Kultur, die es, wie der vorliegende Fall einmal wieder zeigt, gesetzestreuen Bürgern in diesem Land immer schwerer macht, unbehelligt ihren Geschäften nachzugehen.

Eine Familienkontaktperson der Polizei im Haus der Nortons äußerte sich weniger zurückhaltend. Detective Constable Yolanda Fish erklärte: ›Ich glaube, es gibt da draußen eine Menge Eltern, die hinter Schloss und Riegel gehören. Sehen Sie, diese Jugendlichen, die um Mitternacht noch draußen auf der Straße sind, manchmal sogar noch später - das ist eine Schande. Was denken sich die Eltern eigentlich dabei? Ahnen die auch nur, wo und mit wem sie zusammen sind und was sie im Schilde führen?‹

Infolge dieser beklagenswerten Entwicklung wird das Kind von Trevor Norton aufwachsen, ohne seinen Vater je kennenzulernen. Wie lange noch will die Polizei antisoziales Verhalten und Rowdytum auf unseren Straßen dulden? Wie dieser tragische Fall deutlich macht, sind die Grenzen zwischen Jugendkultur und Gesetzlosigkeit bis hin zu brutalem Mord fließend.«

In diesem Tenor ging es weiter, doch Neville hatte genug gelesen. »Allmächtiger«, sagte er aus ganzem Herzen und warf das Blatt auf seinen Schreibtisch. »Jetzt verstehe ich, weshalb Evans kocht.«

»Wenigstens wird er aus Yolanda Kleinholz machen und nicht aus uns«, stellte Cowley mit selbstzufriedenem Grinsen fest.

»Ich bin mit ihr einer Meinung«, gab Neville zu. »Sie hat in Bezug auf diese kleinen Scheißkerle, die sich vierundzwanzig Stunden am Tag auf der Straße rumtreiben, absolut recht.« Kaffee. Er brauchte dringend Kaffee; er war schon halb zur Tür hinaus, als er über die Schulter hinweg sagte: »Aber wissen Sie was, Sid? In diesem Fall hoffe ich, dass sie falsch liegt. Ich hoffe, wir werden beweisen, dass die verfluchte Lilith Noone diesmal komplett danebenliegt. Wäre es nicht fantastisch, wenn die Überwachungskameras uns eine kleine alte Dame präsentieren würden, die ihm eins über die Rübe zieht?«

»Ach so, ja«, sagte Cowley. »Die gute Nachricht, die ich erwähnt habe? Die Typen von der CCTV-Auswertung *haben* was gefunden. Ich fürchte allerdings, keine kleine, alte Lady.«

Neville blieb ruckartig stehen, und sein Kaffee war vergessen.

Callies Handy klingelte, während sie gerade zum Besuch eines Gemeindemitglieds unterwegs war. Als sie auf dem Display Marks Nummer sah, lächelte sie unwillkürlich. »Marco«, sagte sie ins Handy. »Hi.«

»Guten Morgen, *cara mia*.«

Jedes Mal, wenn er sie so nannte, schlug ihr das Herz ein wenig höher. »Was gibt's?«

»Ich wollte nur mal hören, wie du klarkommst. Mit Peter.«

Callie seufzte ins Telefon. »Ich wusste, es war ein Fehler, nachzugeben, und ich hatte recht.«

»Er hat dir kaum eine Wahl gelassen«, rief ihr Mark ins Gedächtnis. »Er hat diese Familienmasche ganz schön gekonnt ausgespielt. Mit so was kenne ich mich aus. Was hat er denn getan?«

»Nichts«, sagte sie aus vollem Herzen. »Das ist es ja gerade. Er schlief noch, als ich zur Morgenandacht wegmusste. Und ich durfte Bella selbst ausführen.«

»Aber er hat dir versprochen, das für dich zu übernehmen.«

»Eben«, seufzte Callie. »Und als ich zurückkam, hatte er sich gerade erst hochgerappelt. Er hat seine Bettcouch offen gelassen, und seine Müslischale stand auf dem Küchentisch. Zusammen mit der Milch und allem anderen.«

»Und wo war er?«

»Im Bad. Für die nächste volle Stunde. Er hat mein Handtuch benutzt und es mitten auf dem Boden liegen lassen. Ach, Marco«, sagte sie niedergeschlagen, »ich weiß nicht, wie ich das überstehen soll. Ein paar Wochen, hat er gesagt. Wochen!«

»Ich wünschte, ich könnte dir helfen«, antwortete Mark mitfühlend. »Aber weißt du was? Ich hatte dir gestern versprochen, dich zum Essen einzuladen, und Peter hat uns einen Strich durch die Rechnung gemacht. Wie wär's also mit heute Abend? Sollen wir heute zusammen essen gehen?«

»Er wird vermutlich mitgehen wollen.«

»Er ist nicht eingeladen«, sagte Mark in entschlossenem Ton.

»Ich hasse es, wenn ich daran denke, wie er meine Wohnung versauen wird, während wir unterwegs sind. Aber trotzdem, Marco, liebend gerne.«

Callie lächelte immer noch, als sie ihr Handy wieder in die Handtasche steckte.

»Dann haben die das Filmmaterial aus den Überwachungskameras schon durchgesehen? Das ging aber schnell«, sagte Neville. »Die hatten doch gesagt, das würde Tage dauern.«

»Wie's aussieht, hatten sie einfach Glück. Haben sich zufällig gleich den richtigen Film vorgenommen.«

»Haben Sie es gesehen?«

»Ja, Chef. Hab 'nen Blick draufgeworfen.« Natürlich konnte Cowley sich einen Seitenhieb nicht verkneifen. »Während Sie noch geschlafen haben, oder was auch immer.«

Neville ignorierte die Spitze. »Und?«

»Genau, was man erwarten würde. Kerl mit Kapuzenpulli.«

»Soll das heißen, sie haben tatsächlich Material vom Mord?« Das, dachte Neville, wäre ein reines Wunder. Zu schön, um wahr zu sein.

»Nein, das nicht. Aber ... also, ich denke, Sie gehen am besten selbst hin und schauen es sich an. Die werden es Ihnen erklären.«

Ein paar Minuten später beugte Neville sich über einen Computer, während ein junger Pfiffikus die Maus schwang. Es gab Neville das Gefühl, alt zu sein – alles lief heutzutage über Computer, und mit Jungs, die glatt seine ... na ja, was auch immer, die eben kaum alt genug waren für den Führerschein, korrigierte er sich.

»In ein paar Jahren erledigen die Computer unsere ganze Arbeit«, sagte der Knabe, Danny Duffy, mit aufrichtigem Enthusiasmus. »In den USA haben sie bei der Videoüberwachungstechnik schon ein paar erstaunliche Durchbrüche erzielt. Gesichtserkennung, automatische Observation Verdächtiger oder Personen, die sich auffällig verhielten. Der Computer meldet uns sogar, wenn irgendwas im Busch ist.«

»Schau mal einer an«, sagte Neville süßsäuerlich. In ein paar Jahren würden sie überhaupt keine Cops mehr brauchen. Nur noch Kids mit Computern. Vielleicht sollte er vorsorglich schon jetzt das Handtuch werfen, noch vor dem großen Exodus.

»Jedenfalls, hier ist das, was ich gefunden habe.« Der Junge klickte ein Fenster an, und ein körniges Bild setzte sich in Bewegung. »Nicht besonders scharf, ich weiß. Ich hab's verbessert, so weit ich konnte. Aber das Wetter muss ziemlich übel gewesen sein.«

Neville erinnerte sich an den Morgen, an dem der Regen an Rachel Nortons Wohnzimmerfenster prasselte wie ein unwillkommener Besucher, der verlangte, hereingelassen zu werden. »Ja, es war wirklich nicht gut.«

»Mehrere Kameras haben Trevor Norton beim Joggen drauf. Und dann - hier.« Danny Duffy zeigte auf eine Gestalt, welche - die Hände in den Taschen eines Kapuzensweatshirts vergraben - am Rand des Bildschirms entlangschlenderte.

»Dieser Kerl, also, man kann wegen der Kapuze sein Gesicht nicht sehen. Leider. Aber gucken Sie mal. Hier kommt er gelaufen. Dann geht er aus dem Bild. Und jetzt - kommt Trevor Norton.«

Neville lehnte sich vor, um Trevor Norton besser sehen zu können, wie er auf der einen Seite des Fensters herein- und binnen Sekunden auf der anderen wieder hinausjoggte.

»Das Entscheidende ist, dass dieser Typ außer dem Opfer der einzige Mensch weit und breit ist. Niemand sonst. Und Trevor verschwindet, bevor er die nächste Kamera erreicht. Löst sich in Luft auf. Wir sehen ihn nicht wieder.«

Yolanda war in der Küche und bereitete Sandwiches zum Mittagessen, als Neville sie auf ihrem Handy anrief. »Wie läuft's denn so?«, fing er an.

Sie warf einen Blick auf Rachel, die schicksalsergeben am Tisch saß; vielleicht erwähnte Yolanda besser nicht die falschen Wehen. »Alles in Ordnung«, sagte sie.

Das musste an Smalltalk genügen, und Neville kam zur Sache. »Nur ein paar Dinge, die Sie wissen sollten.«

»Ich bin ganz Ohr.«

»Am besten die schlechte Nachricht zuerst, ja?«, fragte er charmant.

»Schlechte Nachricht?«

»Sie haben nicht zufällig den *Globe* von heute Morgen gesehen?« Sein Ton war neutral, doch Yolanda merkte, wie ihr das Herz in die Hose rutschte. Sie hatte gewusst, dass sie gegenüber dieser Journalistin keine dicke Lippe riskieren sollte, aber nicht an sich halten können. Eli sagte ihr immer wieder, ihre große Klappe würde sie noch mal in ernsthafte Schwierigkeiten bringen.

»Nein«, räumte sie ein, »aber ich kann mir denken, was drinsteht.«

»Dann schlage ich vor, dass Sie einen Blick draufwerfen, bevor Sie einen Anruf von Evans bekommen. Denn den *werden* Sie bekommen. Er hat es gesehen, und er ist darüber nicht erbaut.«

»Das kann ich mir lebhaft vorstellen.« Und das konnte sie in der Tat: Evans war schon zu seinen besten Zeiten kein hübscher Anblick, aber Evans, wenn er an die Decke ging ... gruselig war da noch untertrieben. »Gibt es denn auch noch gute Neuigkeiten?«, fragte Yolanda hoffnungsvoll.

»Na ja, ich habe mit dem Coroner gesprochen. Er eröffnet morgen Früh das Ermittlungsverfahren.« Neville gab ihr Ort und Zeit durch. »Meinen Sie, dass sie hingehen will?«

»Wahrscheinlich.« Wieder schielte Yolanda zu Rachel hinüber, die der Unterhaltung keine Beachtung zu schenken schien, sondern in die Betrachtung ihrer Fingernägel versunken war.

»Das ist aber nicht die eigentliche gute Nachricht. Die hab ich mir für zuletzt aufgehoben«, sagte er.

»Sollte ich mich besser setzen?«

Neville lachte leise. »So gut ist sie nun auch wieder nicht. Lediglich ein Anfang. Die CCTV-Asse haben was gefunden. Eine kurze Sequenz von jemandem, der wahrscheinlich unser Mörder ist.«

»Großartig!« Bei diesem Stichwort sah Rachel stirnrunzelnd auf.

»Das Dumme ist nur«, fuhr er fort, »dass er eins von diesen Kapuzen-Sweatshirts trägt, und man kann sein Gesicht überhaupt nicht sehen. Irgendso ein kleiner Wichser, genau wie Sie gesagt haben. Jeans und Kapuzenpulli.«

»Darf ich es Rachel sagen?«

»Sicher. Sie muss schließlich wissen, wie wir mit den Ermittlungen vorankommen.«

Neville beendete das Telefonat, und Yolanda drehte sich zu Rachel um, die jetzt ganz bei der Sache war. »Sie haben mir etwas zu sagen? Etwas Wichtiges?«, wollte sie wissen.

Yolanda beschloss, nicht um den heißen Brei herumzureden. »Sie haben eine Videoaufnahme von dem Kerl gefunden, der wahrscheinlich Trevor getötet hat.«

Rachel riss die Augen auf; sie fuhr sich mit der Hand an den Mund. Dann schlossen sich zitternd ihre Lider, und wäre sie eine Figur aus einem viktorianischen Roman gewesen, dann hätte es geheißen, sie sei in Ohnmacht gefallen.

Im Haus der Stanfords gab es beim Abendessen nur ein einziges Thema: das Geld, und wie sie es am besten ausgeben sollten.

Die Jungen äußerten sich freimütig und hatten die kreativsten Ideen. »Bali«, sagte Simon entzückt. »Wie wär's mit einem Urlaub auf Bali, Mum?«

»Oder Tahiti«, suggerierte Charlie. »Wir könnten alle zusammen hinfliegen. Weihnachten am Strand.«

»Wir könnten eine Weltreise machen«, schwärmte Brian. »Ich könnte ein Sabbatical beantragen. Ich hatte nie eins, also steht es mir zu. Wir könnten uns ein halbes Jahr freinehmen und uns die Welt ansehen. Stell dir mal vor, Janey«, fügte er hinzu. »All diese Länder, die wir noch nie gesehen haben und auch nie zu sehen hoffen konnten.«

Ellies Vorschläge gingen in eine praktischere Richtung. »Sie könnten sich eine Immobilie kaufen. Sechzigtausend Pfund wären eine anständige Summe Eigenkapital für einen kleinen Bungalow irgendwo, und es wäre eine tolle Investition. Dann hätten Sie etwas für die Zeit nach der Pension.«

»Wir sind noch nicht ganz im Pensionsalter«, entgegnete Jane säuerlich. Es war ihr erster Kommentar zu den Höhenflügen am Tisch.

»Nein, natürlich nicht, Mrs Stanford.« Ellie wandte sich ihr mit einer ernsten und, wie Jane zu sehen glaubte, leicht herablassenden Miene zu. »Aber wenn die Zeit irgendwann kommt, ist es immer gut, Wohneigentum zu haben.«

»Vielleicht ein Cottage am Meer«, schwärmte Brian. »Ich hab schon immer davon geträumt, mich mal ans Meer zurückzuziehen. An der Südküste hat die High Church eine ehrwürdige Tradition.«

»Oder vielleicht eine Wohnung in London«, hielt Charlie dagegen. »Ihr könntet sie vermieten und wärt nahe genug dran, um ein Auge drauf zu haben. Wenn ihr dann in Pension geht, könnt ihr sie verkaufen und einen Reibach machen. Davon kauft ihr dann euer Cottage am Meer.«

»Wie wär's mit einer Wohnung in Oxford?«, warf Simon ein. »Wir könnten da wohnen. Würde eine Menge Geld sparen und wäre viel angenehmer, als im College zu hausen.«

Dabei erläuterte er nicht näher, registrierte Jane, wen genau er mit »wir« meinte. Sie hatte ganz bestimmt nicht vor, Geld dafür zu investieren, dass ihr Sohn und Ellie im Komfort und der Abgeschiedenheit einer eigenen Wohnung miteinander schlafen konnten.

Charlie lenkte das Gespräch in eine andere Richtung. »Oder was haltet ihr von einem neuen Wagen?«

Brian grinste verlegen und rückte mit einem Geständnis heraus. »Ich hab mir schon immer einen Jaguar gewünscht.«

Simon prustete los. »Du alter Fuchs, Dad! Und ich dachte die ganze Zeit, du fährst diesen schrottreifen Escort nur aus sentimentaler Anhänglichkeit!«

»Ein ehrwürdiger schwarzer Mercedes würde zu einem respektablen Geistlichen ja wohl besser passen als ein schnittiger Sportwagen!«

»Ein Volvo wäre etwas, das Sie sich vielleicht überlegen sollten«, steuerte Ellie einen Vorschlag bei. »Das sind sehr zuverlässige Autos, und die tun's viele Jahre. Meine Großeltern haben einen.«

Niemand schien zu bemerken, dass Jane keinerlei Vorschläge machte. Erst viel später, nachdem alle schlafen gegangen waren, fragte Brian sie:

»Was meinst du eigentlich, Janey? Wie sollten wir das Geld ausgeben? Für Ferien? Ein Auto? Eine Investition?«

Sechzigtausend Pfund. Für die meisten Menschen nicht eben ein Vermögen - nicht wie sechs Richtige im Lotto -, aber doch genug, um sich spürbar auf ihr Leben auszuwirken.

»Na ja«, sagte sie zögernd. »Zunächst mal wäre es schön, ein bisschen was davon an Weihnachten zu verpulvern. Uns und den Jungs ein unvergessliches Fest zu bereiten.«

»Aber das kostet sicher nur ein paar hundert Pfund.« Brian stieg ins Bett und breitete die Arme aus. »Denk an was Größeres, Janey. An was richtig Großes. Gibt es nicht irgendetwas, das du dir wünschst?«

Jane schlüpfte neben ihm unter die Decke. »Doch, da gäbe es etwas«, sagte sie ruhig. »Etwas, das wir uns bis jetzt nicht leisten konnten.«

»Sag schon. Egal was, du hast es verdient.«

»Ich wünsche mir noch ein Baby.«

NEUN

Am Mittwochmorgen kam Callie – mit einem schlechten Gewissen, weil sie es nicht früher geschafft hatte, endlich dazu, Morag Hamilton zu besuchen.

Morag begrüßte sie herzlich. »Kaffee?«, schlug sie vor. »Ich setze Wasser auf.«

»Sehr gerne.« Callie folgte ihr in die Küche und nahm Platz, während Morag Kaffee machte; unwillkürlich dachte sie an ihre eigene Küche und den Zustand, in dem sie war. »Mein Bruder ist für kurze Zeit bei mir eingezogen«, erzählte sie Morag.

»Das ist nett. Oder nicht? Mögen Sie sich?«

Callie verzog das Gesicht. »Na ja, vermutlich sollte es nett sein. Wir stehen uns sehr nahe, und die meiste Zeit komme ich großartig mit ihm aus. Wenn er mir nicht zu dicht auf die Pelle rückt.«

»Ah.« Morag nickte verständnisvoll. »Sie sind es gewohnt, allein zu wohnen.«

»Es ist nicht nur das.« Rastlos stand Callie auf und lief in der Küche auf und ab. »Um es klar zu sagen, er ist ein Chaot. Ich bin weiß Gott keine Sauberkeitsfanatikerin, aber – na ja, die Wohnung ist nicht gerade besonders groß. Ich habe kein extra Zimmer, also kann ich nicht einfach die Tür hinter ihm zumachen. Er ist ... überall. Er und sein Chaos.«

Morag gluckste mitfühlend. »Und wie lange soll das gehen?«

»Bis er seine Zimmerdecke repariert kriegt, und das kann Wochen dauern.« Mit einem Schauder fügte sie hinzu: »Oder bis ich ihn umbringe. Oder auch mich selbst. Dabei ist er erst seit ein paar Tagen da!«

Callie zuckte erschrocken zusammen, als sie merkte, wie ichbezogen das alles klingen musste, und wie lächerlich. Morag würde wahrscheinlich in ihrer Einsamkeit die Invasion einer Reihe von schlampigen, schwer erträglichen Angehörigen durchaus begrüßen. »Entschuldigen Sie bitte«, sagte sie reumütig. »Ich bin nicht hergekommen, um über *mich* zu reden. Wie läuft's bei *Ihnen*?«

»Ich komme zurecht.« Morag reichte Callie eine Tasse, bevor sie ihren Gast ins Wohnzimmer führte, wo sie es sich zu beiden Seiten des gemütlichen elektrischen Kaminfeuers bequem machten. »Nichts Neues an der Gesundheitsfront. Ich warte immer noch auf einen Termin.«

»Und die Familie?«

Morag schüttelte den Kopf. »Gestern Nachmittag hatte ich eine Nachricht auf meinem Anrufbeantworter. Von Alex.«

»Ihrer Enkeltochter!« Callie warf einen Blick zu den Familienfotos auf dem Klavier hinüber.

»So ein Pech, dass ich gerade nicht da war, als sie anrief.« Sie legte die Hände um den Henkelbecher, wie um sie zu wärmen, und seufzte. »Ich war nur mal eben geschwind zur Post. Als ich zurückrief, war Jilly dran. Meine Schwiegertochter«, fügte sie betont hinzu und verzog das Gesicht.

»Die ›angemalte Puppe‹«, erinnerte sich Callie. »Und?«

»Sie ließ mich nicht mit Alex reden. Sie sei gerade bei den Hausaufgaben und nicht zu stören.«

»Aber das ist ...« Callie wusste nicht, wie sie den Satz zu Ende bringen sollte. Grausam? Lachhaft? Sie zuckte die Achseln.

»Reine Mutwilligkeit, schätze ich«, ergänzte Morag. Ihr stiegen die Tränen in die Augen. »Ach, Callie. Ich mache mir solche Sorgen um meine kleine Alex. Sie sollte nicht auf Gedeih und Verderb dieser Frau ausgeliefert sein. Könnte ich doch nur etwas tun.«

Neville traf überpünktlich beim Coroner ein. Er würde Sid Cowley nicht noch eine Vorlage liefern, gegen ihn zu sticheln.

Doch Cowley war trotzdem vor ihm da. Er lehnte vor dem Gerichtssaal an der Wand und rauchte eine Zigarette. »Morgen, Chef.«

»Sid! Ich dachte, Sie hätten das Rauchen aufgegeben!« Neville deutete mit strengem Finger auf die Zigarette. »Und Sie hatten es schon so gut geschafft!«

»Ja, sicher.« Cowley zuckte die Achseln und vermied es, Neville in die Augen zu sehen. »Hat nicht funktioniert.«

Neville fiel der Grund für Sids Abstinenz ein: seine alte Flamme aus der Schulzeit, die er im Internet wiedergefunden hatte. »Das Mädchen? Ich dachte, es lief so gut?«

»Am Ende dann doch nicht so gut.« Cowley nahm einen langen, genüsslichen Zug und blies den Rauch durch die Nase aus. »Wie sich rausstellte, hatte sie irgendwie zu erwähnen vergessen, dass sie einen Ehemann hat.«

Seine moralische Überlegenheit als jemand, der als ehemals starker Raucher sein Laster seit Langem aufgegeben hatte, konnte Neville nicht daran hindern, ein bisschen Passivrauchen zu genießen, wenn es sich so ergab. Er rückte unauffällig näher an Cowley heran und lachte leise. »Entdecken Sie auf Ihre alten Tage doch noch Ihr Gewissen, Sid? Hätte Ihnen gar nicht zugetraut, dass Sie sich von so einem unbedeutenden Detail wie einem Ehemann abschrecken lassen würden, wenn Sie wirklich scharf auf eine Frau sind.«

»Gewissen?« Cowley schnaubte verächtlich. »Wohl eher so was wie Angst. Er ist ungefähr zwei Meter groß und hat ein Kreuz wie ein Preisboxer. Hat gedroht, mich alle zu machen, wenn ich seiner Frau noch mal zu nahekomme. Und ich hab ihm das aufs Wort geglaubt.«

»Sid, Sid, Sid.« Neville schüttelte grinsend den Kopf. »Wann werden Sie endlich erwachsen?«

Cowley wechselte abrupt das Thema. »Hören Sie, Chef. Mir ist da ein Gedanke gekommen.«

»Der wäre?«

»Die Haus-zu-Haus-Befragung hat überhaupt nichts ergeben. Meinen Sie, es könnte vielleicht was bringen, wenn wir den Tathergang nachstellen? Zum Beispiel Freitagmorgen, eine Woche nach dem Mord?« Er fuchtelte mit seiner Zigarette in der Luft herum. »Der Kerl beim Joggen am Kanal. Der iPod. Der Junge im Kapuzenpulli.«

Neville wünschte sich, er wäre selbst auf die Idee gekommen. »Kein schlechter Gedanke, Sid. Wenn Sie die Leute zusammentrommeln, kümmere ich mich um die Presse. Man weiß ja nie ...« Er brach mitten im Satz ab, als Yolanda Fish mit Rachel Norton um die Ecke kam. Also wollte sie wirklich dabei sein, auch wenn das hier reine Formsache war. Er konnte es ihr nicht verdenken - er an ihrer Stelle hätte es nicht anders gehalten.

Rachel war bleich, und Neville hatte das Gefühl, als wäre sie seit ihrer letzten Begegnung vor ein paar Tagen noch ein bisschen runder geworden. Er hoffte inständig, dass sie das Baby nicht hier und jetzt, mitten im Gerichtssaal des Coroners, bekam.

Jane hatte gleich am frühen Morgen in der Praxis ihres Hausarztes angerufen, um einen Termin zu machen. Es war sicher schon ein paar Jahre her, seit sie das letzte Mal beim Arzt gewesen war; sie war kerngesund und hielt nichts davon, ihren Arzt unnötig zu behelligen. Das letzte Mal dürfte sie mit einem der Jungs nach irgendeiner Sportverletzung da gewesen sein. Charlie, der gelegentlich ein bisschen ungeschickt war, hatte sich einmal mit einem Cricketball das Handgelenk gebrochen, und Simon hatte auf dem Rugbyfeld eine Menge Kratzer und blaue Flecken abbekommen.

Sie hatte nach Dr. Forsythe gefragt, der in all den Jahren, die sie in London lebten, ihr Hausarzt gewesen war, bei der Gelegenheit jedoch erfahren, dass der alte Doktor bereits vor anderthalb Jahren in Pension gegangen war. »Dr. Orme hat seine Patienten übernommen«, sagte die Sprechstundenhilfe. »Ich gebe Ihnen einen Termin bei ihm.«

Und so saß Jane in dem Wartezimmer, das sich außer dem Namensschild am Eingang kein bisschen verändert hatte. Außer ihr wartete die übliche Mischung aus Patienten: ein alter Mann, der hustend in der Ecke saß; ein junger Mann, der sich den Arm rieb; ein hyperaktives Kind, das wahrscheinlich die Schule schwänzte, indem es behauptete, todkrank zu sein, jetzt aber mit Karacho durch das Wartezimmer fegte, während seine Mutter versuchte, es irgendwie im Zaum zu halten. Außerdem, stellte Jane fest, saß dort eine Frau in den mittleren Schwangerschaftsmonaten, die sich unbewusst über den gewölbten Bauch strich, während sie ein zerlesenes Klatschblatt überflog.

Jane hatte selbst eine von diesen Zeitschriften auf dem Schoß, verlor jedoch schnell das Interesse, als sie merkte, wie veraltet sie war: Bestimmt die Hälfte der Berühmtheiten, um die es darin ging, hatten sich inzwischen von den Partnern getrennt, mit denen sie dort noch abgebildet waren und die sie unsterblich zu lieben vorgaben. »Er ist der Mann, den ich ein Leben lang gesucht habe«, turtelte ein Stimmwunder, doch Jane wusste definitiv, dass sie kürzlich jemand anderen geheiratet und dass es mindestens eine weitere Affäre zwischendurch gegeben hatte. Wo sollte das alles nur hinführen?

Jane legte die Zeitschrift zur Seite und ließ noch einmal den entscheidenden Moment des gestrigen Abends Revue passieren. Brians verblüfftes Gesicht würde sie nie vergessen. »Ein Baby?«, hatte er schließlich herausgebracht. »Ein *Baby*?« Keinen Urlaub. Auch kein Auto. Ein Baby.

Vorzugsweise ein Mädchen, hatte sie zu ihm gesagt. Falls sich das machen ließ.

In dem Moment unterbrach die Sprechstundenhilfe ihre Gedanken. »Mrs Stanford? Gehen Sie schon mal rein?«, rief sie von ihrem Schreibtisch aus.

Wie sich herausstellte, war Dr. Orme noch jung. Ziemlich frisch von der Uni, schätzte sie. Jung, blond, mit blassen, sommersprossigen Händen und beinahe unsichtbaren Wimpern. »Was kann ich für Sie tun, Mrs ... ehm ... Stanford?« Er überflog ihr Krankenblatt, um irgendwelche Anhaltspunkte zu bekommen.

»Ich bin nicht krank«, erklärte sie ihm. »Mir fehlt nichts. Ich komme, um ... mir Ihren Rat einzuholen.«

»Rat?« Er hob den Kopf.

Jane holte tief Luft. Jetzt gab es nur noch die Flucht nach vorne. »Ich wünsche mir ein Baby«, sagte sie.

Er starrte sie an. War das, fragte sie sich, ein überraschter oder ein ungläubiger Blick? »Und Sie wollen von mir wissen, was ich von der Idee halte?«, fragte er.

»Nein.« Sie war an der Meinung des jungen Mannes nicht interessiert; sie suchte eher praktischen Rat. »Ich möchte wissen, was ich tun muss.«

Er biss sich auf die Lippe und starrte auf seine Unterlagen. »Wie ich sehe, haben Sie ... zwei Söhne? Offenbar haben Sie das schon selber rausgekriegt.«

Ha, ha, ha, dachte Jane. Sehr witzig. Sie überhörte die Bemerkung und erklärte: »Ich meine, rein medizinisch. Ich habe gelesen, Folsäure würde helfen?«

»Vor der Empfängnis? Ja, das empfehlen wir. Und in den ersten zwölf Schwangerschaftswochen. Das schützt vor *Spina bifida*.«

»Gibt es noch mehr solche Dinge? Meine letzte Schwangerschaft ist eine ganze Weile her«, räumte sie ein. »Ich weiß, dass die Medizin seitdem Fortschritte gemacht hat.«

Dr. Orme zog eine Schublade auf und wühlte darin herum, bis er schließlich eine Broschüre fand. »Das hier sind die letzten Ratschläge vom Gesundheitsamt«, sagte er. »Kein Alkohol, wenn möglich. Kein Rauchen.«

»Kein Problem.«

»Bei der Ernährung gibt es auch ein paar Dinge zu beachten«, erklärte er ihr. »Zu vermeiden sind rohe Eier, Thunfisch, Weichkäse und Pasteten. Steht alles hier drin.« Er schob ihr das Heft hin. »Und der Koffeinkonsum sollte eingeschränkt werden.«

Jane nahm das Heft und steckte es in ihre Handtasche. »Ich habe ... noch eine Frage.«

»Ja?«

»Ich hätte gerne ein Mädchen. Gibt es irgendwelche neuen ... technischen Verfahren ... um die Wahrscheinlichkeit zu erhöhen?«

Jetzt sah er sie wirklich überrascht an. »Nicht, dass ich wüsste, Mrs Stanford. Es sei denn, Sie wären bereit, eine Menge Geld auszugeben und sich einigen ziemlich unangenehmen Prozeduren zu unterziehen. Vielleicht sollten Sie sich stattdessen überlegen, ein Kind zu adoptieren oder in Pflege zu nehmen? In Ihrem Alter ...«

Jetzt war es heraus. »Ich bin nicht so alt«, sagte Jane schnippisch. »Schon gar nicht zu alt, um ein Kind zu bekommen. Viele Frauen kriegen ihre Kinder, wenn sie über vierzig sind. Schließlich sind wir nicht wie Sarah und Abraham!«

Sie hatte dasselbe Argument bei Brian angebracht, der nur süßsäuerlich gelächelt hatte. Dr. Orme hingegen sah sie nur verständnislos an. Er war, rief sie sich in Erinnerung, noch sehr jung, und junge Leute kannten heutzutage ihre Bibel nicht mehr. »Sarah und Abraham?«, sprach er ihr nach.

»Ach, nicht so wichtig«, sagte Jane. »Ich will nur sagen, ich bin nicht zu alt, um ein Baby zu bekommen. Es ... funktioniert noch alles.«

Er schüttelte den Kopf. »Darum geht es eigentlich nicht, Mrs Stanford. Aber sind Sie sich der Risiken einer Schwangerschaft bei Frauen ab, sagen wir, fünfunddreißig bewusst? Es gibt einige neuere Studien dazu, weil immer mehr Frauen die Familiengründung hinauszögern. Daraus ergeben sich alle möglichen Probleme und Risiken - Schwierigkeiten bei der Empfängnis, Eileiterschwangerschaften, Missbildungen beim Fötus, Fehlgeburten. Ganz zu schweigen von genetischen Anomalien wie Downsyndrom.«

»Ich weiß, ich weiß.« Sie wusste es wirklich. Sie hatte von diesen Studien gelesen und die Berichte in den Nachrichten gesehen. Und damit sie es auch ja nicht vergaß, hatte Brian auch noch ihr Gedächtnis aufgefrischt. Aber das schreckte sie nicht ab. Sie war entschlossen. Sie wünschte sich ein Baby - und sie würde eins bekommen.

Die gerichtliche Untersuchung zur Feststellung der Todesursache erwies sich als das, womit alle gerechnet hatten: eine reine Formalität. Nach der Eröffnung wurden die spärlichen Fakten verlesen, bevor der Coroner das Verfahren vertagte.

Vor der Tür warteten schon die Presseleute mit gezückten Kameras. Neville hätte es ahnen müssen - immerhin war dies das erste Mal, dass sie die trauernde, schwangere Witwe zu Gesicht bekamen. Die Morgenausgaben hatten das verschwommene Standfoto der Überwachungskamera mit dem Kapuzenkerl gebracht, das die Polizei ihnen zur Verfügung gestellt hatte, und so zeigten die Berichterstatter noch lebhaftes Interesse. Unwillkürlich trat Neville vor Rachel, um sie vor den Kameras zu schützen.

»Mrs Norton!«, rief ein Reporter. »Haben Sie irgendetwas zu dem Mord an Ihrem Mann zu sagen? Zu dem Rowdy, der ihn auf dem Gewissen hat?«

»Mrs Norton ist zu betroffen, um mit Ihnen zu sprechen«, erklärte Neville entschlossen. »Ich bin sicher, das verstehen Sie.«

»Inspector Stewart, gibt es inzwischen irgendwelche weiteren Erkenntnisse in dem Fall?«, fragte jemand anders. »Jetzt, wo Sie ein Foto von dem Mörder haben?«

Neville überlegte blitzschnell, dass er sich die Gelegenheit zunutze machen sollte; er hoffte, Yolanda und Sid genügend Vorsprung zu verschaffen, indem er mit der Presse sprach, sodass sie Rachel unbemerkt wegbringen konnten.

»Also«, sagte er bedächtig. »Wir haben natürlich die Bevölkerung gebeten, uns bei der Identifizierung des Mannes auf dem Foto zu unterstützen. Und wir planen, am Freitag, also genau eine Woche nach dem Mord, den Tathergang zu rekonstruieren.«

Das Ablenkungsmanöver funktionierte; die Journalisten stellten ihm noch ein paar Fragen, er dehnte seine Antworten so lang wie möglich aus, und als er schließlich, dicht gefolgt von der Presse, das Gebäude verließ, waren Yolanda und Rachel längst über alle Berge.

Cowley dagegen wartete draußen mit der unvermeidlichen Zigarette auf ihn. »Sie haben ein Taxi genommen«, sagte er. »Rachel war ziemlich mitgenommen.«

»Wundert mich nicht.«

»Ich hatte Angst, sie kommt jeden Moment nieder.« Cowley schüttelte den Kopf. »Gott, sie ist verdammt rund. Als meine Schwester ihr Baby bekam ...«

Nicht *das* schon wieder. Neville fiel ihm ins Wort. »Ja, Sid, die Geschichte von Ihrer Schwester und dem Baby kenne ich in- und auswendig«, rief er ihm in Erinnerung.

»Schon gut, schon gut.«

Besser, er lenkte Cowleys Aufmerksamkeit entschieden in eine andere Richtung. »Gibt es noch irgendetwas über den Fall, das ich wissen sollte?«

Cowley betrachtete eingehend die glühende Spitze seiner Zigarette, bevor er antwortete. »Die Computer-Experten sind mit Trevors Rechner fertig. Danny Duffy hat gestern Nachmittag vorbeigeschaut. Nachdem Sie Feierabend gemacht hatten.«

War das schon wieder als verkappte Kritik gemeint, als Rache dafür, dass er sich nicht zum x-ten Mal über Schwangerschaft und Wehen seiner Schwester auslassen durfte? Neville beschloss, es auf sich beruhen zu lassen. »Und was hat er gesagt?«

»Er hat gesagt, sie hätten nichts gefunden. Nur Berufliches, so wie Rachel behauptet hatte. Konten, Geschäftsvorschläge, Projektmanagement, E-Mails an Kunden. Sonst nix. Keine Freundin nebenher oder so. Jedenfalls keine Mails in der Art.«

»Aber«, sagte Neville, »die Version ist jetzt, wo wir das Filmmaterial haben, sowieso nicht mehr ganz aktuell. Sie hatten wohl recht mit Ihrer Vermutung, dass es ein Zufallsverbrechen ist. Wegen des iPod.«

»Ja, Chef. Sieht ganz danach aus, als hätte ich recht gehabt.« Cowley nahm einen tiefen Zug von seiner Zigarette und lächelte selbstzufrieden.

»Aber dieses Grinsen können Sie sich ruhig abschminken, Sid. Bis wir das Kapuzen-Kid gefunden haben. Möglichst mit dem iPod im Händchen.«

Allerdings waren sie diesem Ziel, gestand Neville sich ein, bis jetzt kein bisschen näher gekommen als zu Beginn ihrer Ermittlungsarbeit.

Mark hatte seinen Abend mit Callie in vollen Zügen genossen. Er hatte sie in ein nettes italienisches Restaurant in der Nähe des Picadilly Circus eingeladen, wo es vorzügliches Essen gab.

Wenn auch nicht ganz so gut wie im La Venezia, dachte er wehmütig. Callie würde Mamas Ravioli lieben.

Es war einfach zu dumm, dass er sie nicht dorthin einladen konnte. Und es wurde höchste Zeit, dass er daran etwas änderte.

Wild entschlossen, mit seiner Schwester zu reden, machte er ein wenig früher Feierabend und nahm einen Umweg, der ihn bei ihr zu Hause vorbeiführte. Um diese Zeit - zwischen dem Ende des Mittagessens und dem Erscheinen der ersten Abendgäste im Restaurant - war Serena fast immer daheim. Mark wusste, dass sie gerne da war, wenn Chiara aus der Schule kam. Immerhin war die Kleine erst zwölf, und obwohl sie recht gut für sich sorgen konnte, war sie doch zu jung, um den ganzen Tag allein gelassen zu werden.

Chiara öffnete ihm die Tür. »Onkel Marco!«, kreischte sie und warf sich ihm so heftig an die Brust, dass ihm die Luft wegblieb und er beinahe das Gleichgewicht verlor.

»Hey, hey.« Er umarmte die kompakte kleine Gestalt. Sie war in letzter Zeit ein ganzes Stück gewachsen, doch für ihn war sie immer noch ein Kind.

Irgendwann ließ sie ihn los und trat zur Seite, um ihn hereinzulassen. »Rechnet Mum mit dir?«, fragte sie. »Weil sie ist nämlich nicht da.«

»Nicht?« Marco ging unwillkürlich in die Küche, als müsste Chiara sich irren und Serena dort bei einer Kanne Kaffee sitzen.

»Nein. Als ich von der Schule kam, war sie nicht da.« Es klang ein Hauch Sorge durch.

»Hat sie eine Nachricht hinterlassen?«

»O ja.« Chiara nahm sie vom Küchentisch und reichte sie ihm. »Da steht nur, dass sie wegmusste. Und dass sie mir zum Tee Sandwiches hingelegt hätte.«

Das passte zwar nicht im Mindesten zu Serena, war andererseits aber auch kein Grund, sich Gedanken zu machen.

»Ich habe sie noch nicht gegessen. Willst du eins?« Chiara ging zum Kühlschrank und holte einen Teller mit Sandwiches heraus. »Sind genug da, Onkel Marco. Mozzarella mit Tomaten.«

Mark setzte Wasser auf, dann machte er es sich mit Chiara am Tisch bequem, wo sie zügig ihre Sandwiches verzehrten.

»Ich bin froh, dass du gekommen bist, Onkel Marco«, sagte Chiara offen. »Hat Mum dir gesagt, dass du vorbeischauen sollst? Um auf mich aufzupassen oder so?«

»Nein, das war reiner Zufall. Ich hatte gehofft, mit deiner Mum ... über eine Sache zu reden.«

Unbewusst spielte sie mit einer Strähne ihres langen schwarzen Haars, die sie sich um den Finger drehte. Mark kannte sie schließlich ihr ganzes Leben lang und wusste, dass Chiara nur mit ihren Haaren spielte, wenn ihr etwas zu schaffen machte. Vielleicht war es die Aufregung wegen des bevorstehenden Krippenspiels? »Ist alles in Ordnung?«, fragte er. »Mit dem Theaterstück und so?«

»Oh, das läuft alles bestens«, winkte sie ab. »Ich habe meinen Text gelernt. Von vorn bis hinten.«

»Auch den Monolog?«

»Selbst den.« Chiara zuckte die Achseln. »Das wird schon schiefgehen.« Doch sie zwirbelte immer noch ihr Haar.

Dann war es vielleicht die Unsicherheit wegen Angelina – der neue Freund und die Möglichkeit, dass sie es nicht rechtzeitig für die Vorführung nach Hause schaffte. »Wie läuft's denn so bei Angelina?«, fragte er.

»Gut, soviel ich weiß. Ich hab Sonntagabend mit ihr gesprochen, als sie anrief. Sie hat einen Freund, wusstest du das?« Chiara grinste. »Er heißt Li. L-I, nicht L-E-E. Er ist Chinese.« Dann fügte sie hinzu: »Ich bin mir nicht sicher, ob das wirklich sein Vorname oder sein Nachname ist. Ich glaube, irgendwie ist es bei den Chinesen falsch rum.«

»Ich schätze mal, dein Dad ist nicht eben begeistert davon«, klopfte Mark auf den Busch. »Ich meine, von dem Freund.«

Sie zuckte wieder die Achseln. »Nein. Andererseits wäre Dad mit keinem Freund zufrieden, mit dem Angelina nach Hause kommt.«

Das, musste Mark ihr lassen, war eine sehr weise und tiefsinnige Erkenntnis. Vielleicht war Chiara ja doch schon erwachsener, als er dachte. »Und du?«, fragte er. »Hast du schon einen Freund?«

Chiara zog angewidert die Nase kraus. »Kann mich hüten! Jungs sind blöd.«

Doch noch nicht so erwachsen. »Blöd?«

»Nicht persönlich gemeint«, fügte sie hinzu. »Aber du bist ja auch kein Junge. Nicht mehr.«

Möglicherweise hätte Mark an diesem Punkt aufgegeben, hätte Chiara nicht das getan, was sie nur tat, wenn sie ernstlich verstört war: Sie steckte sich das untere Ende des zusammengedrehten Haars in den Mund und kaute darauf herum.

Mark warf alle Bedenken, sich nicht einzumischen, über Bord. Er lehnte sich über den Tisch und berührte ihren Arm. »Hey, *bambina*, ist alles in Ordnung?«

Ihr Gesicht verzog sich, und sie kniff die Augen zu. »Nein«, sagte sie leise. »Nein, ich glaube nicht.«

»Was ist los? Sag's Onkel Marco.«

»Ich bin mir nicht sicher.« Sie flüsterte fast, was gar nicht zu Chiara passte. »Ich hab nur das Gefühl, dass etwas ... nicht stimmt. Ganz und gar nicht stimmt.«

»Weil deine Mum nicht da ist?«, riet er.

»Das auch. Und gestern Nacht war was los.«

»Was denn?«, fragte Mark direkt.

»So was wie ... ein Streit, glaube ich.« Chiara schluckte, als wäre sie kurz davor, loszuheulen. »Es war schon spät. Ich bin davon aufgewacht. Sie haben gebrüllt. Sich richtig angebrüllt.«

»Deine Mum und dein Dad?«

Sie nickte kläglich. »Mum und Dad streiten sich schon mal. Zum Beispiel wegen Angelinas Freund. Aber das war was anderes, Onkel Marco. Sie haben richtig geschrien.«

»Hast du gehört, was sie gesagt haben?«

»Nein.« Sie schüttelte den Kopf. »Aber es war so laut. Und ... ich glaube ... Mum hat geheult.« An diesem Punkt war es auch bei Chiara aus; die Tränen flossen in Strömen.

Alex Hamilton vermisste nicht nur ihre Mum und ihre beste Freundin Kirsty, sie vermisste auch ihre Granny. Sie hatte ihre Großmutter seit Wochen nicht mehr gesehen - überhaupt erst wenige Male, seit Granny nach London gezogen war, und auch nur immer höchstens ein paar Minuten. Als sie noch in Gartenbridge lebten, in den Jahren, in denen ihr gar nicht bewusst gewesen war, was für ein glückliches Leben sie führten, hatte sie Granny fast jeden Tag gesehen. Während der Schulferien und an Samstagen, wenn Mum in ihrem Buchladen arbeitete, hatte sie praktisch bei Granny und Granddad gewohnt. Granny hatte ihr Essen gemacht, ihr Lieblings-Shortbread gebacken, ihr aus Büchern vorgelesen, ihr ein paar Melodien auf dem Klavier beigebracht, mit ihr Brettspiele gespielt, ihr erlaubt, Macduff auszuführen. Sie liebte ihre Granny.

Doch jedes Mal, wenn sie Grandma gegenüber Dad oder Jilly erwähnte, zuckten die nur die Achseln. »Granny hat zu tun«, sagten sie dann. »Jetzt, wo sie in London wohnt, hat sie nicht mehr so viel Zeit.«

Erst jetzt war ihr klar geworden, dass sie Granny ja einfach anrufen konnte.

Gestern, nach der Schule, hatte sie sich von der Auskunft ihre Nummer geben lassen. Sie war richtig aufgeregt gewesen, als sie versuchte, sie zu erreichen, doch leider hörte sie dann am anderen Ende nur die Ansage des Anrufbeantworters. Im Moment nicht erreichbar. Hinterlassen Sie eine Nachricht.

Sie hatte eine Nachricht hinterlassen, aber Granny hatte nicht zurückgerufen.

Heute hatte sie sogar noch mehr Grund, mit ihrer Großmutter zu telefonieren.

In der Schule war es zu einer Begegnung mit ihren Stiefkusinen, der abscheulichen Beatrice und der nicht minder schrecklichen Georgina gekommen. Gewöhnlich schaffte sie es, ihnen aus dem Weg zu gehen, doch heute hatten die beiden sie kalt erwischt. Sie hatte im Speisesaal allein an einem Tisch gesessen und von Jack geträumt, als sie sich von hinten anschlichen.

Ihre Lieblingshänseleien drehten sich wie immer um ihre Mutter.

Es regte Alex auf und machte ihr gleichzeitig ein schlechtes Gewissen. Sie hatte so viel von Jack geträumt, dass sie weniger an ihre Mum gedacht hatte und daran, wie sehr sie ihr fehlte.

Konnte das wirklich stimmen, diese schrecklichen Dinge, die sie ihr über Mum erzählten? War ihre Mutter tot? Alex hatte zumindest keinen Beweis, dass sie am Leben war.

Granny, hatte sie sich gesagt, Granny musste es wissen. Granny würde ihr die Wahrheit sagen.

Diesmal hatte sie Glück: Ihre Großmutter meldete sich bereits beim zweiten Klingelton.

»Alex!«, sagte sie, und es klang sehr glücklich. »Wie geht es dir, Schätzchen? Ich hab mein liebes kleines Mädel ja eine Ewigkeit nicht mehr gesehen.«

Alex konnte nicht anders: »Ich hab dir gestern was auf Band gesprochen. Und du hast nicht zurückgerufen.«

»Aber natürlich habe ich das! Jilly hat gesagt, du wärst zu beschäftigt, um ans Telefon zu kommen.«

Dieser gemeine Verrat! Ein paar Sekunden verschlug es Alex vor lauter Hass auf Jilly und ihre ganze schreckliche Familie die Sprache. »Sie ist eine Lügnerin! Jilly ist eine verdammte Lügnerin!«

Morag schwieg, und so fuhr Alex fort: »Granny, kann ich dich was fragen?«

»Aber natürlich.«

»Wegen meiner Mum.« Die Worte kamen fast schluchzend heraus. »Sag mir die Wahrheit. Ist meine Mum tot?«

»Tot?« Granny klang schockiert. »Aber Kleines, natürlich nicht.«

»Du würdest es mir ehrlich sagen, oder?«

»Ich würde es dir sagen«, versprach ihre Großmutter.

»Aber wieso hat sie mir dann nicht geschrieben?«, wollte Alex wissen. »Oder gemailt? Wieso kommt sie mich nicht besuchen? Oder sonst irgendwas? Mum liebt mich doch. Wenn sie wirklich am Leben ist, wie kann sie mich einfach so ... so ignorieren? Wenn sie nicht tot ist, wo ist sie dann?«

»Ach Alex, Mädchen.« Es herrschte lange Schweigen, dann sagte Granny langsam, als wählte sie jedes Wort mit Bedacht: »Deine Mutter lebt. Aber es geht ihr nicht gut.«

»Liegt sie im Sterben?« Es kam wie ein Angstschrei heraus.

»Nein, nein. Ihr geht es ... im Kopf nicht gut.« Granny holte tief Luft. »Du und dein Dad - na ja, ihr wart ihr ganzes Leben. Sie liebt euch beide so sehr. Und als sie euch verloren hat ... ist sie einfach ... nicht damit fertig geworden.«

»Willst du damit sagen, Mum ist verrückt?«, fragte Alex geradeheraus.

»Ihr geht es ... nicht gut«, wiederholte ihre Großmutter. »Aber sie wird gut versorgt.«

»Dann ist sie in einem Irrenhaus.« Noch während Alex es aussprach, wusste sie, dass es stimmte. Welchen anderen Grund konnte es dafür geben, dass ihre Mum sich bei ihr nicht meldete?

»Natürlich nennen sie es nicht so. Es ist eine Art Privatklinik.«

Um Alex fing sich plötzlich alles an zu drehen. »Hast du sie besucht? Mit ihr geredet?«

Wieder trat eine lange Pause ein. »Ich hab's versucht. Sie lassen keine Besucher zu ihr. Aber ich bin über ihren Zustand auf dem Laufenden. Die Ärzte glauben, es könnte einen Hauch besser werden.«

Alex stöhnte. »Wieso hat Dad mir nichts davon gesagt? Jilly hat mir immer einzureden versucht, ich wäre bei ihnen, weil Mum mich nicht haben wollte. Ich wusste, das kann nicht sein. Aber wieso hat Dad mir nicht die Wahrheit gesagt?«

Sie wusste die Antwort: Weil Dad nichts tat, was Jilly nicht wollte. Und Jilly wollte nicht, dass sie wusste, wo ihre Mum war.

»Das kann ich nicht sagen«, erwiderte ihre Granny.

»Aber du kannst mir sagen, wo sie ist!«, wurde Alex bewusst. »Ich könnte ihr einen Brief schreiben, Granny, bitte sag es mir! Wo ist meine Mum?«

Gewöhnlich drängte es Callie nach der Abendandacht wieder in ihre Wohnung zurück – zu Bella und einem kurzen Spaziergang, dann zu einer gemütlichen Tasse Tee im Sessel. Doch jetzt, wo Peter bei ihr wohnte, fürchtete sie jedes Mal, was sie zu Hause erwartete.

Bella kam wie immer an die Tür und wedelte vor Freude mit dem ganzen Körper. Callie hockte sich hin und streichelte sie, während sie nach Peter Ausschau hielt.

»Hi, Schwesterherz«, rief er. »Ich bin in der Küche.«

Was führte er im Schilde? Sie tätschelte Bella noch einmal kurz, richtete sich dann auf und ging hin, um nachzusehen.

Peter stand an der Theke und zeigte mit strahlendem Grinsen auf ein schwarz-weißes Gerät vor ihm.

»Guck mal, Callie!«, sagte er. »Schau nur, was ich dir gekauft hab.«

»Was ist das?«, fragte sie verständnislos.

»Was das ist? Nun ja, nichts weiter als der neueste Schrei an Küchengerät!«

Callie brauchte eine Weile, bis sie begriff, wozu das Ding gut sein sollte. »Ist das ein ultramoderner Dosenöffner?«, riet sie aufs Geratewohl.

»Ach du liebe Zeit!« Er schüttelte vorwurfsvoll den Kopf. »Erkennst du das denn nicht?«

»Also, ehrlich gesagt, nein.«

Peter öffnete eine Schachtel neben dem Apparat. »Was darf's denn sein? Tee? Oder Kaffee? Espresso, Cappuccino oder Filterkaffee? Entkoffeiniert oder normal? Oder lieber eine heiße Schokolade?«

»Ich denke, Tee«, sagte Callie, die immer noch nicht verstand.

»In Ordnung.« Er kramte etwas aus der Schachtel hervor und zeigte es ihr; es war eine Art Kapsel. »Sieh mal, die wirfst du hier rein. So. Dann stellst du deinen Becher drunter. Das ist natürlich wichtig. Dann drückst du diesen Knopf. Und in wenigen Sekunden ...« Mit einer theatralischen Geste deutete er auf die Maschine, die eine braune Brühe in den Henkelbecher spritzte. »Voilà! Frischer Tee, wie bestellt.«

»Aber ... wozu?« Was war falsch daran, einen Kessel Wasser aufzusetzen? Wozu brauchte man eine Maschine, die die halbe Arbeitsplatte einnahm, nur um sich eine Tasse Tee zu machen?

»Es ist leicht und es geht schnell. Du kannst dir im Handumdrehen jedes beliebige heiße Getränk zubereiten.« Er zeigte ihr die Schachtel mit den Kapseln. »Du wirfst nur eine davon rein, und ehe du dich's versiehst, ist dein Getränk fertig.« Peter sah sie erwartungsvoll an. »Na, ist das nicht toll?«

»Es ist ... sehr schön.«

Wie bei einem Kind, dessen Geschenk zurückgewiesen wird, sackten seine Mundwinkel nach unten. »Ich dachte, du würdest dich freuen«, sagte er. »Ich wollte irgendwas machen, als Dankeschön dafür, dass du mich aufgenommen hast, und ich dachte, es würde dir gefallen.«

»Es gefällt mir auch.« Callie war gerührt und gab sich alle Mühe, begeistert zu klingen. »Es ist eine wunderbare Überraschung, Peter. Wirklich. Es gefällt mir sogar sehr.«

Sie fand ihn unheimlich lieb. Als Gast war er eine Plage, aber ihr Bruder war trotzdem unglaublich lieb. Callie schämte sich dafür, wie sehr er ihr als Störfaktor in ihrem häuslichen Leben erschienen war. Was würde wohl für eine Priesterin aus ihr werden, wenn sie nicht einmal ihren eigenen geliebten Bruder ein paar Tage lang ertrug?

Yolanda bereitete eine heiße Milch für Rachel zu, um sie vor dem Schlafengehen zu beruhigen, und nahm die Tasse mit nach oben. Sie hob die Hand, um anzuklopfen; die Tür war einen Spalt breit geöffnet, und als sie im Zimmer eine leise Stimme hörte, blieb sie wie angewurzelt stehen.

»Ich hab dir eine Mail geschickt«, sagte Rachel leise. »Hast du die nicht bekommen?«

Sie muss an ihrem Handy sein, vermutete Yolanda.

Sie hätte jetzt laut klopfen und ein paar Sekunden warten müssen, bevor sie die Tür aufschob und hineinging.

Stattdessen blieb sie stehen und lauschte.

»Ich weiß, ich weiß«, sagte Rachel in einem Flüsterton, der halb ungeduldig, halb zärtlich klang. »Für mich ist es auch hart. Aber wir können uns nicht sehen. Jetzt nicht, vielleicht eine ganze Weile nicht.« Es trat eine Pause ein. »Ich weiß. Aber du darfst nicht anrufen. Es ist zu gefährlich. Sie lässt mich nie allein. Nicht mehr als ein paar Minuten. Ich kann kaum aufs Klo, ohne dass sie mit will. Sie meint es gut, aber ...«

Yolanda rührte sich nicht; selbst wenn sie es versucht hätte, wäre es ihr nicht gelungen.

»Ja«, murmelte Rachel. »Du weißt, ich liebe dich auch. Wir müssen einfach nur Geduld haben, weiter nichts.«

Zehn

Alex konnte in dieser Nacht kaum schlafen. Ihre Mutter war am Leben; aber es ging ihr nicht gut. All ihre unterdrückten Gefühle über die Trennung von ihrer Mum hatten sich zu einem Aufruhr an Liebe und Sehnsucht zusammengeballt.

Am Ende wollte Granny ihr doch nicht genau sagen, wo sie sich befand. Aber aus dem, was sie weggelassen, und auch aus dem, was sie nicht hatte abstreiten können, hatte Alex einige Anhaltspunkte gewonnen. Sie war in Schottland. Nicht in den Highlands und auch nicht in Edinburgh. In einer Privatklinik irgendwo im südlichen Grenzgebiet, den Borders.

Wenn Alex eines konnte, dann war es die Beschaffung von Informationen aus dem Internet. Und das Internet schlief nicht.

Fast die ganze Nacht hindurch fischte sie in ihrem dunklen Zimmer in elektronischen Gewässern nach weiteren Anhaltspunkten; als sie irgendwann die Augen nicht mehr offen halten konnte und ins Bett sank, hatte sie ein kleine Liste von Möglichkeiten zusammengetragen.

Bekam Alex zu wenig Schlaf, so ging Yolanda in dieser Nacht ganz leer aus. In dem Zimmer neben Rachel lag sie seit Stunden angespannt wach und drehte sich gedanklich im Kreis.

Sie musste etwas unternehmen, so viel stand fest. Aber was? Sollte sie Rachel zur Rede stellen? Oder schnurstracks zu Neville Stewart gehen?

Vielleicht reagierte sie auch einfach überzogen, und es gab eine unschuldige Erklärung für das, was sie belauscht hatte. Vielleicht hatte es ja etwas ganz anderes zu bedeuten, als sie befürchtete. In diesem Fall schuldete sie Rachel die Gelegenheit, es ihr zu erklären.

Doch wenn sie zuerst mit Rachel sprach, brachte das zwei Schwierigkeiten mit sich: Zum einen war die junge Frau in einer sehr labilen physischen Verfassung. Jede zusätzliche Aufregung nach allem, was sie schon durchgemacht hatte, konnte vorzeitige Wehen auslösen. Außerdem würde Yolanda sich für den Fall, dass ihr schlimmster Verdacht sich bestätigen würde, von ihr in die Karten sehen lassen und ihr Gelegenheit geben, etwas zu unternehmen, das die Ermittlungen behinderte.

Darüber hinaus hatte sie sich bisher vergeblich das Hirn zermartert, um irgendeine glaubhafte, unschuldige Erklärung zu finden. Es gab einfach keine. Im Verlauf der letzten Tage hatte Yolanda Rachel über ihren angeborenen Beschützerinstinkt hinaus irgendwie ins Herz geschlossen. Sie bewunderte ihren stoischen Gleichmut und ihre Tapferkeit. Sie mochte sie als Mensch.

Wenn nun aber diese stoische Ruhe und diese Tapferkeit etwas ganz anderes zu bedeuten hatten? Wenn ihr Trevors Tod tatsächlich gleichgültig war? Wenn sie sogar froh war, ihn los zu sein?

Oder sogar noch finsterere Gründe hatte ...

Vor der letzten Annahme scheute Yolanda zurück. Es war schwer genug für sie, sich mit dem Gedanken abzufinden, dass Rachel jemand anderen als Trevor liebte. Jemanden, von dessen Existenz Yolanda bisher keine Ahnung gehabt hatte ...

In dem Moment erinnerte sie sich an den Anruf, den sie an ihrem ersten Tag frühmorgens abgefangen hatte. Eine Stimme, die im Flüsterton »Rachel?« gefragt hatte.

Sie sollte Neville Stewart davon erzählen. Und zwar auf der Stelle. Doch durfte sie wirklich die arme Frau verraten, die jeden Moment ihr Kind gebären konnte? Wenn sie Rachel zur Rede stellte, ging sie das Risiko ein, eine Frühgeburt heraufzubeschwören. Doch war die Gefahr nicht noch größer, wenn sie die ermittelnden Kollegen unterrichtete?

Sie war Polizistin, rief sich Yolanda streng ins Gedächtnis. Das war ihr Beruf, ihre Berufung. Und nur deshalb befand sie sich hier in diesem Haus. Nicht als Hebamme, nicht als Freundin oder Gehilfin von Rachel. Als Polizeibeamtin war es ihre Pflicht, dem Gesetz Geltung zu verschaffen. Es sollte gar keine Frage sein, was sie als Nächstes tat - es war eine Selbstverständlichkeit.

Dann kam ihr eine Idee, die ihr zumindest eine Atempause verschaffen würde. Sie konnte mit Eli reden. Eli war klug und erfahren. Zwar konnte sie sich denken, was sie von ihm zu hören bekäme, doch sie würde ihm einfach die Fakten aufzählen und dann weitersehen.

Mark war zutiefst beunruhigt.

Chiara war kein Kind, das sich in seiner Fantasie etwas zusammenreimte. Nein, wenn sie die Befürchtung hatte, in ihrer Familie stimmte etwas nicht, dann war er geneigt, ihr zu glauben.

Serena und Joe schrien sich an? Brüllten, wie Chiara sich ausgedrückt hatte?

Er konnte sich nicht vorstellen, dass Serena irgendjemanden aus irgendeinem Grund je anbrüllte. Sie war der friedlichste, gelassenste Mensch, den er kannte. Mark versuchte sich an irgendeine Gelegenheit zu erinnern, bei der Serena ausgerastet war. Selbst seine frechen Schuljungenversuche, sie zu irgendwelchen Gefühlsreaktionen zu provozieren, als sie die ersten zarten Regungen für Joe empfand, waren kläglich fehlgeschlagen. Man konnte Serena unmöglich aus der Reserve locken.

Die Unerschütterlichkeit seiner Schwester gehörte zu den Grundfesten seines eigenen Lebens.

Mark hätte sich an diesem Abend gerne Callie anvertraut, wurde aber durch Peters Anwesenheit daran gehindert. Doch er war so offensichtlich mit den Gedanken woanders, dass Callie es bemerkte. Sie begleitete ihn zur Tür, um sich unter vier Augen von ihm zu verabschieden.

»Alles in Ordnung, Marco?«, fragte sie ihn. »Ich hatte das Gefühl, du warst heute Abend nicht ganz da.«

Er schüttelte den Kopf. »Mich bedrückt was. Tut mir leid.«

»Bei der Arbeit?«, hakte Callie nach.

»Nein. Es ist was mit der Familie«, sagte er und verzog das Gesicht.

»Aber nicht mit meiner, oder? Nicht wegen Peter?« Sie klang besorgt. »Ich weiß, dass er mit dieser Kaffeemaschine ein bisschen genervt hat ...«

Er beeilte sich, sie zu beruhigen. »Nein, nicht wegen Peter. Natürlich nicht. Nein, es ist *la mia famiglia*, wie immer.«

»Irgendetwas, das du mir sagen kannst?«, fragte Callie zurück. »Ich bin eine ziemlich gute Zuhörerin.«

Dankbar für das Angebot und ernstlich in Versuchung, es auf der Stelle anzunehmen, schloss Mark sie in die Arme. »Du bist eine wundervolle Zuhörerin, *cara mia*.« Er küsste sie auf die Nase. »Und ich werde es dir erzählen. Wenn ich selbst klarer sehe. Bald.«

Doch wie sollte er begreifen, was los war, ohne mit Serena zu sprechen?

Auf seinem Weg zur Arbeit machte Neville am Kiosk an der Ecke halt, um die Morgenzeitungen mitzunehmen: Bei dem

Aufgebot an Reportern und Fotografen im Gericht musste etwas über den Fall drinstehen.

Bei keiner Zeitung hatte der Mord es auf die Titelseite geschafft, außer beim *Globe*. Sie hatten es fertiggebracht, Rachel in dem kurzen Moment zu fotografieren, bevor Neville sich zwischen sie und die Kameras schob. Und sie hatten die Geschichte ausgeschlachtet.

ARME RACHEL lautete die reißerische Überschrift.

»Oh, verdammt«, murmelte Neville. Er zahlte mit einer Fünf-Pfund-Note und steckte anschließend das Kleingeld in die Hosentasche, bevor er in sein schmuddeliges Lieblingscafé ging, um die Blätter kurz zu überfliegen.

»Kaffee«, bestellte er wie immer und wusste, dass er einen starken bekommen würde.

Der Artikel im *Globe* stammte natürlich von Lilith Noone, seiner alten Nemesis; zuweilen kam es ihm so vor, als sei sie allein zu dem Zweck auf der Welt, ihm das Leben schwer zu machen, auch wenn er wusste, dass sie sich nicht nur mit ihm solche Mühe gab. Wie gewöhnlich hatte sie den Finger auf den einen heiklen Punkt gelegt, mit dem er sich garantiert bei Detective Superintendent Evans in die Nesseln setzte. Er ersparte sich die erste Hälfte, den Druck auf die Tränendrüsen über die arme Rachel, und las am Ende weiter.

»Seit dem Mord an dem angehenden Vater Trevor Norton ist fast eine Woche vergangen. Die Polizei verfügt über Videoaufzeichnungen vom Mörder, und zwar von dem Moment unmittelbar vor dem Verbrechen, das einem Kind unwiederbringlich den Vater nimmt – und das alles nur für einen iPod. Weshalb haben sie das Ungeheuer noch nicht geschnappt, bevor es vielleicht erneut zuschlägt? Wir dürfen nicht zulassen, dass diese Rowdys unsere Stadt so unsicher machen, dass unbescholtene Bürger sich nicht mehr auf die Straße wagen können!«

Jeden Donnerstagmorgen begab sich Callie zu einer Dienstbesprechung mit Brian ins Pfarrhaus - um ihre Terminkalender abzustimmen, vorauszuplanen und die Ereignisse der letzten Woche zu diskutieren. Während sie nicht das Geringste gegen die Treffen als solche hatte, ertappte sie sich dabei, den Moment zu fürchten, in dem Jane Stanford ihr die Tür öffnete.

Tatsache war, dass Jane sie nicht leiden konnte. Callie war sich dessen im selben Maße bewusst, wie sie hinsichtlich der Gründe ratlos war. Marco behauptete, Jane sei eifersüchtig auf sie, aber sie konnte nicht erkennen, warum: Sie hatte wirklich nicht das geringste Interesse daran, Jane den Mann zu stehlen. Brian war als Chef und Kollege vollkommen akzeptabel, aber sie fand ihn als Mann nicht auch nur annähernd attraktiv. Selbst wenn sie noch so verzweifelt wäre, selbst wenn es nicht bereits einen wunderbaren und sehr begehrenswerten Mann in ihrem Leben gäbe, könnte sie niemals auch nur das Geringste an Brian finden. Weshalb also hatte Jane Stanford eine solche Abneigung gegen sie?

Im Allgemeinen äußerte sich diese Haltung in einer eisigen Höflichkeit. Das war immerhin noch besser als die andere, seltenere Variante - ihre gehässigen, schnippischen Bemerkungen. Bei einigen Gelegenheiten hatte sich Jane sogar ganz besonders ins Zeug gelegt, Callie aus der Fassung zu bringen, und so war es kaum verwunderlich, dass Callie diesen Begegnungen immer mit höchst gemischten Gefühlen entgegensah.

Bevor sie den Klingelknopf drückte, holte sie tief Luft und fragte sich, während sie sich wappnete, nicht zum ersten Mal, weshalb Brian nie selber an die Tür kam.

Diesmal allerdings erschien in der Diele weder Jane noch Brian. Vielmehr war es ein junger Mann mit Janes dunklem Haar und Brians leicht fliehendem Kinn. Einer der Zwillinge, die über Weihnachten aus Oxford nach Hause gekommen waren, war ihr augenblicklich klar.

»Oh, hallo. Charlie, richtig? Oder Simon?«

Der junge Mann grinste sie an. »Das Erste war richtig. Ich bin Charlie. Wir sind zwar eineiig, aber derzeit kann man uns leicht auseinanderhalten. Mein Bruder ist der siamesische Zwilling - an der Hüfte mit seiner Freundin verwachsen. Sie kriegen ihn nicht mehr ohne sie zu Gesicht.«

»Ach so - ich wusste nicht, dass er eine Freundin hat. Dann ist sie auf Besuch?«

Charlie ruckte mit dem Kopf in Richtung Treppe. »Oben. In seinem Zimmer. Beim Knutschen zweifellos. Zumindest besitzen sie so viel Sitte und Anstand, es nicht in der Öffentlichkeit zu tun und die Pferde scheu zu machen.«

Was wohl Jane davon halten mochte, musste Callie unwillkürlich denken. Sie war in Bezug auf ihre Jungen sehr besitzergreifend; Callie hatte sie bis dahin noch nicht persönlich kennengelernt, doch nach allem, was sie je von Jane über ihre Söhne gehört hatte, nahm sie äußerst regen Anteil an deren Leben.

»Sie müssen die Kuratin sein«, sagte Charlie. »Dad erwartet Sie.« Er musterte sie von oben bis unten. »Er hat mir gar nicht erzählt, dass Sie so hübsch sind.«

Callie merkte, wie sie errötete. Lächerlich, in ihrem Alter.

»Aber«, fügte Charlie hinzu, »das würde er natürlich auch vor Mum nicht wagen.«

»Ich muss mal für 'ne Stunde oder so weg. Kommen Sie so lange klar, oder soll ich Ihnen für die Zeit jemand anders schicken?« Yolanda gab sich Mühe, nicht verletzt zu sein, als sie in Rachels Gesicht einen Ausdruck der Erleichterung wahrnahm. Es erinnerte sie an das Einzige, was sie aus ihren Grübeleien tunlichst ausgeklammert hatte - die verletzenden Dinge, die Rachel über sie gesagt hatte. »Sie lässt mich nie allein ...« Und das, nachdem sie fast eine Woche lang ihr eigenes Privatleben für sie auf Eis gelegt hatte!

»Ich komme schon klar«, sagte Rachel.

Yolanda reichte ihr einen Zettel. »Hier haben Sie meine Handynummer, für den Notfall.«

»Ich komme schon klar«, wiederholte Rachel.

Gestern noch wäre es Yolanda äußerst schwergefallen, sie auch nur für wenige Minuten allein zu lassen. Auch jetzt noch kostete es sie einen Hauch Überwindung, als sich das irrationale Gefühl breitmachte, sie würde ihre Pflicht vernachlässigen.

Dennoch stellte sie fest, dass sie sich darauf freute, ihren Mann wiederzusehen. Sie war jetzt fünf Nächte lang von zu Hause weg gewesen, und das war für sie entschieden zu lange. Yolanda und Eli hatten sich immer sehr nahegestanden, so wie man es bei vielen kinderlosen Ehepaaren beobachten konnte; der Umstand, dass sie jetzt auch noch in derselben Berufssparte arbeiteten, hatte sie einander noch nähergebracht.

Sie hatten verabredet, sich während des Mittagessens zu treffen, in einem gemütlichen Café nicht weit vom Polizeirevier entfernt; es war ein Stammlokal, in dem sie schon oft zusammen gegessen hatten, wenn es ihr Dienstplan erlaubte. Eli wartete schon an ihrem Lieblingstisch in der Ecke auf sie. Er stand auf, um sie zu begrüßen und sie so fest in die Arme zu schließen, dass sie keinen Zweifel daran hegen konnte, wie sehr er sich freute, sie zu sehen.

»Hey, Süße«, sagte er. »Ich hab dich vermisst.«

»Und ich dich erst.«

Ach, es tat so gut, mal wieder bei ihm zu sein. Sie lächelten sich stumm über den Tisch hinweg an, bis die Kellnerin kam, um ihre Bestellung entgegenzunehmen.

»Schinkensandwich«, sagte Eli, ohne auf die Speisekarte zu gucken. »Und einen Teller Fritten.«

»Backkartoffel, mit Thunfisch und Mais«, wählte Yolanda.

Als die Kellnerin gegangen war, griff Eli über den Tisch und drückte ihre Hand. »Ist wirklich toll, dich wiederzusehen, Süße. Und welchem Umstand verdanke ich noch gleich die Ehre?«

»Ach, Schatz.« Plötzlich bildete sich ein dicker Kloß in ihrem Hals. »Es ist was passiert. Ich wollte mit dir reden, bevor ... na ja, bevor ich was unternehme. Um mir deinen Rat einzuholen.«

»Schieß los«, sagte Eli und fügte hinzu, »Ich hab die Zeitungen gelesen, wenn das irgendwie von Hilfe ist.«

»Zeitungen?«, fragte Yolanda irritiert.

»Die Tageszeitungen«, präzisierte er. »Gestern, die Sache über dich. Nimm's mir nicht übel, aber das war nicht besonders diplomatisch.« Eli grinste sie an. »Stimmt natürlich jedes Wort, ist aber nicht unbedingt dazu angetan, Evans' Herz zu erobern.«

»Ich hab nur gesagt, was ich dachte.«

»Und heute«, fuhr Eli fort, »auf der Titelseite des *Globe*.«

»Heute? Was hab ich denn heute schon wieder verbrochen?«

»Nicht du«, beruhigte er sie. »Es war ein Foto von Rachel drin, nach der gerichtlichen Untersuchung. Ich hab dich hinter ihr erkannt. In dem Bericht ging es um den üblichen Mist über Rowdytum und die Polizei, die nicht ausreichend dafür sorgt, dass die Straßen sicherer werden.«

»Oh, das wird Evans gefallen«, sagte Yolanda mit einem sarkastischen Grinsen. »Aber deswegen bin ich nicht gekommen.«

»Also, dann schieß mal los.« Wieder drückte er ihre Hand.

Sie gab ihm, soweit sie sich erinnern konnte, den Teil des Telefongesprächs wieder, den sie belauscht hatte. »Ich weiß einfach nicht, was ich davon halten soll«, sagte sie am Schluss.

Eli runzelte die Stirn. »Sie liebt jemanden. Nicht ihren Mann. Es sei denn, er hätte aus dem Jenseits angerufen.«

»Oder …« Einen Moment lang saß sie stumm da und versuchte, dem Gedanken nachzugehen. »Und wenn Trevor nun gar nicht wirklich tot ist?«

»Nicht tot? Aber sie haben doch seine Leiche aus dem Kanal gefischt«, erinnerte Eli sie.

»*Eine* Leiche. Sie ist diejenige, die ihn identifiziert hat.«

Er strich sich mit der Hand über den glatt rasierten Schädel. »Oh, verstehe.«

»Wir haben nichts weiter als ihr Wort dafür, dass es sich um Trevor handelt.« Yolanda schien immer aufgeregter. »Er hatte keinerlei Ausweispapiere dabei. Er war schließlich joggen. Da ist das zu lästig.«

Die Kellnerin stellte das Essen vor sie auf den Tisch.

»Danke«, sagte Eli mit einem Lächeln.

In der Hoffnung, er würde es nicht merken, griff Yolanda schnell über den Tisch und schnappte sich eine Fritte.

»Hey! Das sind meine!« Eli legte die Hände schützend um den tiefen Teller.

»Klar, aber was dein ist, soll auch mein sein, so ist das nun mal in der Ehe.« Die Fritte war heiß; sie knabberte vorsichtig daran, während sie noch immer über die neue Möglichkeit nachdachte. »Also, nehmen wir mal an, Trevor muss aus irgendeinem Grund für eine Weile abtauchen. Er ist vielleicht in ein Geschäft verwickelt, das schiefgegangen ist. Oder er hängt finanziell in den Seilen – hat sich übernommen und kann nicht alle Gläubiger bezahlen.«

»Hmhmhmhm …« Eli nickte und ermunterte sie, weiterzureden, während er sich Ketchup auf seine Pommes spritzte.

»Wenn ihm alles ein bisschen zu viel wird und er sich einfach verdrückt, hinterlässt er eine schwangere Frau, die seine Suppe auslöffeln muss. Falls sie an dem Geschäft beteiligt ist, kann es sogar sein, dass sie finanziell haftet. Das wäre nicht fair gegenüber Rachel. Besonders, wenn er sie liebt.«

»Und deshalb«, sagte Eli, »inszeniert er seinen eigenen Tod?«

»Genau. Und sie ist eingeweiht. Sie meldet ihn als vermisst, sagt, er wäre joggen gegangen. In der Zwischenzeit taucht er ab. Alle denken, er ist tot. Er hält sich eine ganze Weile versteckt. Irgendwann, wenn niemand mehr auf sie achtet, kann Rachel ebenfalls verschwinden, sie kommen irgendwo wieder zusammen und fangen gemeinsam von vorne an.«

Eli biss in sein Sandwich, kaute ausgiebig und schluckte den Bissen herunter, bevor er sagte: »Klingt plausibel, muss ich sagen. Möglich. Bleibt nur eine klitzekleine Frage.«

»Ich weiß.« Yolanda spießte etwas von ihrer Kartoffel auf. »Was soll ich machen?«

»Das war nicht die Frage, die mir vorschwebt.« Er zog die Augenbrauen hoch, während er sie ansah. »Ich dachte mehr an die Leiche im Kanal. Wenn es nicht Trevor war, wer dann?«

Da er wusste, dass Serena im Restaurant unabkömmlich war, wartete Mark, bis die Mittagszeit vorüber war, bevor er sie auf dem Handy anrief. »Ich wollte dich fragen, ob ich mal vorbeikommen kann«, sagte er. Egal, wo das Problem lag, am Telefon ließ es sich nicht besprechen.

Serena klang angespannt. »Heute Nachmittag hab ich keine Zeit, Marco. Ich mache Inventur.«

»Inventur?« Eine Bestandsaufnahme ihres Lebens? Das klang ernst.

»Im Restaurant«, erklärte sie. »Bei all den Weihnachtsfeiern sind ein paar Sachen knapp geworden, und ich muss noch vor den Feiertagen einiges nachbestellen, wenn es rechtzeitig da sein soll.«

»Ach so, verstehe.« Er war zwar erleichtert, gab aber nicht auf. »Kannst du dir nicht helfen lassen?«

»Musst du nicht arbeiten?«

»Zufällig«, erwiderte er, »hab ich heute Nachmittag frei. Ich sollte jemanden zum Gericht begleiten, aber die Verhandlung wurde im letzten Moment verschoben. Ich könnte also rüberkommen und dir zur Hand gehen.«

»In Ordnung«, antwortete seine Schwester, und es klang dankbar. »Das wäre großartig.«

Und so waren sie beide wenig später allein im Vorratsraum des La Venezia. Mark zählte und Serena schrieb alles auf.

»Was ist mit Klopapierrollen?«, fragte sie.

»Siebenundzwanzig. Das sind zwei Zwölferpackungen und drei extra.«

»Du liebe Güte«, seufzte Serena. »Damit kommen wir höchstens ein paar Tage hin, so wie das weggeht. Ich muss zum Großmarkt fahren und die Vorräte auffüllen. Keine Ahnung, wann ich das machen soll.«

Sie klang so ungewöhnlich hilflos, dass Mark sich zu ihr umdrehte und den richtigen Zeitpunkt für gekommen hielt. »Hör mal, Serena«, sagte er liebevoll. »Ist alles in Ordnung?«

Serena wandte den Blick ab. »Diese Weihnachtsfeiern. Wir sind derart ausgebucht. Vermutlich macht mir das zu schaffen.« Sie schluckte schwer, und Mark sah mit Entsetzen, dass ihr die Tränen die Wangen herunterliefen. Er konnte sich nicht entsinnen, seine Schwester je weinen gesehen zu haben.

»Es sind nicht nur die Weihnachtsfeiern, stimmt's?«, hakte er nach und ging ein Stück näher an sie heran. »Da ist noch etwas anderes.«

»Verfluchte Klopapierrollen!« Die Worte platzten aus ihr heraus, als hätte ihre ganze Frustration sich darin zusammengeballt und jetzt entladen; sie beugte sich vor und schluchzte laut.

»Serena!« Mark legte den Arm um ihre Schultern. »Was ist los?«

»Ich ... kann ... einfach ... nicht mehr!«, heulte sie.

»Sag's mir, sag mir, was los ist.«

»Ich ... kann nicht.«

Mark erinnerte sich an ihre frühere Unterhaltung. »Ist es wegen Angelina?«, machte er einen Vorstoß. »Irgendwas wegen diesem Freund?« Seine Fantasie ging mit ihm durch. »Will sie ihn heiraten? Ist sie ... schwanger?« Das würde einiges erklären.

»Nein, nein.« Serena schüttelte heftig den Kopf. »Nicht Angelina.«

»Und mit Chiara ist auch alles in Ordnung?«

»Ja, alles bestens.«

Vielleicht war Serena krank, dachte er mit einem flauen Gefühl im Magen. Frauenprobleme. Vielleicht Krebs. Er konnte sich seine Schwester nicht krank vorstellen: außer diesen Fehlgeburten, die sie mit ihrem gewohnten Gleichmut hingenommen hatte, und einer gelegentlichen Erkältung war sie nie krank gewesen.

Aber wieso sollte sie Joe anbrüllen, wenn sie krank war?

Mark wusste nicht, ob er sich wirklich in dieser Richtung vortasten sollte.

Die Ehe seiner Schwester war wie die seiner Eltern stets ein leuchtendes Beispiel für ihn gewesen. Vielleicht war das ein Grund dafür, weshalb er noch nicht verheiratet war: Diese beiden liebevollen Beziehungen, die er immer vor Augen gehabt hatte, waren eine stete Warnung, sich nicht in etwas zu stürzen, das weniger befriedigend sein könnte.

Trotzdem musste er fragen, er musste es einfach wissen.

»Joe?«, fragte er.

Serena kramte nach einem Taschentuch und nahm, als sie keins fand, eine rote Serviette von einem Regal, um ihr Gesicht hineinzudrücken.

»Ist was mit Joe?«, fragte Mark beharrlich.

»Joe!« Der Name kam unter gequältem Schluchzen heraus. Mark preschte einfach weiter voran. Von allen Möglichkeiten wäre er mit dieser am besten zurechtgekommen: »Ist er ... krank?«

Seine Schwester schüttelte den Kopf, zuerst langsam, dann immer heftiger.

»Dann ...«

Auch wenn ihre Worte nur gedämpft durch die Serviette kamen, verstand Mark sie nur zu gut. »Er hat eine Affäre.«

Yolanda zog einen Stuhl an Nevilles Schreibtisch heran. Sie setzte sich hin, schlug die Beine übereinander, stellte sie dann wieder nebeneinander und räusperte sich.

»Ja?«, sagte Neville so geduldig, wie er konnte.

Ihm war überhaupt nicht nach Geduld zumute. Evans hatte ihn in sein riesiges Eckbüro zitiert und ihm unmissverständlich zu verstehen gegeben, dass er von den Fortschritten der Ermittlungen nicht beeindruckt war und schon gar nicht davon, wie Lilith Noone sie alle genüsslich zum Frühstück verspeist hatte. Immer die alte Leier: Wieso tut die Polizei nicht ihre Pflicht? Das letzte Mal hatte sie in dieses Horn geblasen, als es um Rassismus ging; jetzt war es das Rowdytum. So viel musste Neville ihr lassen - sie wusste ihre Klagelieder genau an die Stimmungen der öffentlichen Meinung anzupassen.

»Ich weiß nicht recht, wie ich es Ihnen sagen soll«, fing Yolanda an und fummelte an einem ihrer Zöpfe herum.

Nevilles Magen krampfte sich zusammen. »Was sagen?«

»Ich habe mich gefragt, ob wir bei diesem Fall vielleicht die ganze Zeit auf der falschen Fährte sind.«

Spätestens jetzt war ihm klar, dass er nicht hören wollte, was auch immer sie ihm zu sagen hatte. Das Problem war nur, dass er sie als Polizistin schätzte; er wusste, dass sie weder dumm noch verstiegen war. »Ja?«, fragte er in nunmehr besorgtem Ton.

»Ich weiß, das klingt verrückt, aber hören Sie es sich zumindest an.«

Neville seufzte. »In Ordnung.«

»Ist es möglich, dass ... nun ja, dass die Leiche im Kanal jemand anders war als Trevor Norton?«

Sein Kopf fuhr hoch. »Seine Frau hat ihn identifiziert«, sagte er spitz. »Sie waren dabei, schon vergessen?«

»Das ist es ja.«

Neville starrte sie an. »Vielleicht bin ich ein bisschen schwer von Begriff, aber ich habe nicht die geringste Ahnung, wovon Sie sprechen.«

Sie wich seinem Blick aus. »Wenn Rachel Norton nun nicht die Wahrheit gesagt hätte? Wenn die Leiche gar nicht ihr Mann war, sondern jemand anders?«

»Weshalb zum Teufel sollte sie das tun?«

»Vielleicht, weil wir glauben sollen, er sei tot«, erklärte Yolanda. »Vielleicht musste er ... verschwinden. Aus irgendeinem Grund.«

»Oh.« Neville schwieg einen Moment, während er im Kopf in einen anderen Gang wechselte. Wenn sie den Fall nun tatsächlich die ganze Zeit falsch angepackt hätten? Wäre schließlich nicht das erste Mal. »Ja ...«, sagte er endlich. »Ja, ich sehe, worauf Sie hinauswollen. Aber wieso?«

»Angenommen, er hatte Schulden oder war sonst irgendwie in Schwierigkeiten«, gab sie zu bedenken. »Es wären alle möglichen Gründe denkbar, aus denen jemand verschwinden muss.«

Er schüttelte den Kopf. »Nein, ich meine, wie kommen Sie jetzt auf einmal darauf? Ist irgendwas vorgefallen? Ich meine, haben Sie einen Grund dafür, plötzlich anzunehmen, dass dieser Fall nicht so eindeutig ist, wie er scheint?«

»Ja, so ist es«, sagte Yolanda gedehnt. »Ich bin nicht übergeschnappt, Neville. Ich hab mir das nicht aus den Fingern gesogen.«

»Ich höre.«

»Es war etwas, das ich belauscht habe.«

Mit einem Schlag war Neville ganz da, und sein Gehirn arbeitete auf Hochtouren. Während sie noch das Telefonat wiedergab, war er ihr gedanklich schon einige Schritte vorausgeeilt.

»›Wir müssen nur Geduld haben, weiter nichts.‹ Das hat sie gesagt«, endete Yolanda mit ihrem Bericht.

»Und Sie glauben, Trevor ist abgetaucht und wartet so lange, bis er und Rachel wieder zusammen sein können? Und sie macht bei alledem gemeinsame Sache mit ihm?«

»Wäre möglich«, sagte sie. »Würde zumindest zu dem passen, was sie gesagt hat.«

»Wirft aber auch ein paar andere Fragen auf«, betonte Neville.

»Ich weiß«, räumte sie ein. »Zum Beispiel, wessen Leiche sie dann identifiziert hat.«

Waren diese Zweifel erst mal auf dem Tisch, stach man in ein gewaltiges Wespennest. War es reiner Zufall, dass sie einen Toten aus dem Kanal gezogen hatten, der auf die Beschreibung von Trevor Norton passte? Oder war es alles ein gewaltiges Täuschungsmanöver vonseiten Rachel Nortons gewesen und verbarg sich dahinter eine weitaus düsterere und komplexere Tat? Hatte in Wahrheit Trevor einen unschuldigen Jogger ermordet – einen, der ihm ein wenig ähnlich sah –, damit er untertauchen konnte? »Der Film aus der Überwachungskamera!«, schoss es ihm in den Kopf. Die CCTVs logen nicht. Auch wenn die schlechten Wetterbedingungen sie fast unkenntlich machten, handelte es sich auf dem Filmmaterial um zwei Männer.

»Daran habe ich schon gedacht«, sagte Yolanda. »Wenn nun Trevor der Kerl mit der Kapuze war und nicht der Jogger?«

»Hol mich der Teufel.« Angesichts der vielfältigen neuen Möglichkeiten schloss er einen Moment die Augen. Verkehrte Welt. Trevor der Mörder und nicht das Opfer? Rachel eine Lügnerin?

Als hätte sie seine Gedanken erraten, sagte Yolanda: »Egal, welche Schlüsse man letztlich zieht, steht zumindest fest, dass sie eine verdammt gute Lügnerin ist. Sie hatte mich – und wohl alle anderen auch – mit der Nummer von der trauernden Witwe um den Finger gewickelt. Muss uns für einen Haufen Idioten gehalten haben.«

Neville hörte die Bitterkeit aus ihren Worten heraus und wunderte sich einen Moment darüber.

»Idioten.« Er schnippte mit den Fingern. »Das sind wir auch! Wir vergessen eines.«

»Was?«

»Wir haben immer noch die Leiche! Das heißt, der Coroner hat sie.« Plötzlich grinste Neville triumphierend. »Die Kamera mag uns vielleicht ein X für ein U vormachen, aber die DNA sagt uns immer noch die Wahrheit.«

Yolanda nickte. »Allerdings ...«

»Das heißt, wir brauchen lediglich ein bisschen von Trevors DNA, und wir sind aus dem Schneider.«

Sie stand auf. »Das darf ich wohl als einen Wink verstehen.«

»Mit dem Zaunpfahl, allerdings.« Er machte eine ausladende Geste mit beiden Händen. »Husch, husch zurück zu Rachel. Schnappen Sie sich eine Zahnbürste oder einen Kamm, egal, was. Ich schicke Ihnen dann ein bisschen später Sid vorbei, und Sie übergeben ihm die heiße Ware. Sehen Sie nur zu, dass sie keinen Verdacht schöpft. Sie darf auf keinen Fall merken, dass wir dabei sind, ihr auf die Schliche zu kommen.«

Vielleicht, dachte Neville, war das genau der Durchbruch, den sie brauchten. Nicht gerade der, auf den er gehofft hatte, aber manchmal war Polizeiarbeit eben so.

ELF

Mark kannte Joe schon ebenso lange wie Serena, und er hatte geglaubt, ihn gut zu kennen, wenn natürlich auch nicht so gut wie seine Schwester.

Irgendwann war sie in der Lage, ihm die Einzelheiten zu erzählen, das heißt, so viel, wie sie herausbekommen hatte.

Als sie Joes Jackett zur Reinigung bringen wollte, hatte sie einen Zettel - genauer gesagt, einen Liebesbrief - in der Tasche gefunden. Ein paar Tage lang grübelte sie darüber nach und stellte ihren Mann dann zur Rede. Mit dem Beweisstück konfrontiert, gestand er alles. Ja, er hatte eine Affäre. Mit einer seiner graduierten Studentinnen, einem Mädchen - einer Frau - namens Samantha Winters. Das bedeutete nicht, erklärt Joe, dass er sie nicht mehr liebte. Er stünde zu seiner Ehe, seiner Frau und seinen Töchtern. Es sei aber nun mal passiert.

Serena hatte versucht, das irgendwie zu akzeptieren, vertraute sie ihrem Bruder an, auch wenn sie es nicht verstand. Sie bemühte sich, nicht wütend zu sein. Aber es fiel ihr schwer. Entsetzlich schwer. Die Stabilität ihrer Beziehung hatte sie immer für selbstverständlich genommen. Das und die Tatsache, dass sie und Joe dieselbe Auffassung von der Ehe hatten: eine lebenslange Bindung, die man vor Gott einging, einschließlich des Treueversprechens. Jetzt sah es auf einmal so aus, als ob Joe zu einer großzügigeren Interpretation gewechselt sei.

»Er sagt, er liebt mich noch«, sagte sie unter Tränen. »Aber wie kann das sein, wenn er so was tut, Marco? Ich begreife das einfach nicht.«

Mark wusste nicht, was er dazu sagen sollte, und fühlte sich auch nicht zum Sprecher für einen Geschlechtsgenossen berufen. Er hörte sich einfach ihren hervorbrechenden Schmerz an, tröstete sie mit Liebe und Verständnis und war an ihrer Seite, als sie sich zusammenriss, um sich bei Chiaras Heimkehr von der Uni ebenso wenig anmerken zu lassen wie am Abend vor den Gästen im Restaurant, vor allem aber gegenüber ihren Eltern. Mama und Papa durften niemals davon erfahren. So viel war beiden Geschwistern klar. Als Mark sich schließlich auf den Heimweg machte, kochte er innerlich. So vernünftig er gewöhnlich war, kehrte sich jetzt die Hilflosigkeit in blanke Wut. Wie konnte Joe es wagen, seine Schwester nach so vielen Ehejahren derart zu behandeln?

Einen Moment lang blieb er auf dem Bürgersteig stehen und sah den Fußgängern hinterher, die achtlos an ihm vorübergingen, starrte auf den stockenden Autoverkehr, der sich durch die Straßen wühlte, während er versuchte, die Orientierung wiederzugewinnen, nachdem ihm seine Welt so gründlich auf den Kopf gestellt worden war.

Was jetzt?

In seiner Wut drängte ihn sein erster Impuls, in Joes Büro zu spazieren und ihn zur Rede zu stellen: ihn anzubrüllen, ihm ins Gesicht zu schlagen und ihn mit allen Schimpfwörtern zu belegen, die er kannte, bevor er ihm dann sämtliche Knochen brach und ihn in Stücke riss.

Sein zweiter, schon etwas vernünftigerer Gedanke war, zu Callie zu gehen, sich ihr in die Arme zu werfen und sich bei ihr auszuheulen, so wie Serena es bei ihm getan hatte. Ihre vernünftige und mitfühlende Lebenseinstellung würde ihm zweifellos helfen, seinen Ärger zu dämpfen.

Aber wenn Callie nun nicht zu Hause war? Und was war mit Peter, der jetzt in Callies Wohnung allgegenwärtig war?

Er hatte eigentlich nicht das Recht, sich Callie aufzudrängen. Das hier war reine Familiensache. Er musste allein damit klarkommen.

Doch er würde auf jeden Fall mit Joe reden. Er würde sich bemühen, ihn nicht windelweich zu prügeln, aber er brauchte eine Erklärung. Für sich selbst ebenso wie für Serena.

Joes Büro in der Universität lag nicht weit vom Restaurant entfernt. Er brauchte zehn Minuten bis dorthin. Es schien noch einmal kälter geworden zu sein, und er lief schnell. Unterwegs allerdings kamen ihm Zweifel, ob sein Vorhaben wirklich klug war. Wäre es Serena überhaupt recht oder würde es sie noch mehr aufregen, wenn Joe erfuhr, dass sie mit Marco gesprochen hatte? Einen Moment lang stand er an der Eingangstür zu dem Gebäude und sah zu, wie die Studenten kamen und gingen. Wenig anziehende Jungen in zerrissenen Jeans und Anoraks und unglaublich junge, mit Rucksäcken beladene Mädchen. War das da vielleicht Samantha Winters? Oder die da drüben?

Er fror zu sehr, um zu lange dort herumzustehen, und so folgte er einer schnatternden Schar von einem halben Dutzend Studenten ins Gebäude, wo er erneut stehen blieb, um sich zu orientieren, wo es zu Joes Büro ging. Er war ein-, zweimal in irgendwelchen Familienangelegenheiten da gewesen, hatte ansonsten aber über die Jahre wenig Grund gehabt, Joe bei seiner Arbeit zu besuchen. In der Nähe des Haupteingangs befand sich eine Anzeigetafel, und er schaute nach. Zweiter Stock.

Vielleicht war Joe gar nicht in seinem Zimmer, sagte sich Mark, während er die Treppe hochging; vielleicht hatte er eine Vorlesung oder war sogar schon zu Hause. Er konnte auch mitten in einer Besprechung sein. Als Mark schließlich vor der Tür landete, hoffte er beinahe auf irgendeinen Glücksumstand, der ihm die Konfrontation ersparen würde.

Er klopfte an, und die Antwort kam prompt. »Herein«, rief eine vertraute Stimme.

Joe saß, einen Kuli in der Hand, an seinem Schreibtisch vor einem Stapel Hefte. Als die Tür sich öffnete, blickte er auf. »Oh, Marco, hallo.« Er klang erstaunt: Erwartete er jemand anderen? »Semesterende«, sagte er und verzog das Gesicht, während er auf die Klausuren zeigte. »Ich hasse das Korrigieren so schon, aber am Semesterende ist es am schlimmsten.«

»Ich war gerade bei Serena«, kam Mark gleich zur Sache. Er war nicht in der Stimmung für freundliche Plaudereien oder andere Artigkeiten.

»Verstehe«, sagte Joe und legte den Stift zur Seite.

»Sie ist sehr verletzt«, sagte Mark. Das war nicht das, was er sich zurechtgelegt hatte, doch es rutschte ihm heraus, während er mit einer Woge der Wut zu kämpfen hatte. Wie konnte Joe einfach so dasitzen, während er dabei war, sein Familienleben zu zerstören?

Joe zog die Augenbrauen hoch. »Ja, das glaube ich. Das hat sie mir auch unmissverständlich mitgeteilt.« In seinem ruhigen Ton schwang eine Spur Ironie mit.

Mark schluckte schwer und ballte in den Jackentaschen die Hände zu Fäusten; dann brach es aus ihm heraus. »Wie konntest du das tun, Joe? Sie ist deine Frau! Bedeutet dir das gar nichts?«

»Es bedeutet mir eine Menge. Hat es von Anfang an getan.« Er schüttelte den Kopf. »Aber du bist doch nicht naiv, Marco! Solche Dinge passieren nun mal, besonders in meiner Position. Das gehört beinahe zum Berufsstand.«

Mark starrte ihn an, während die Worte und ihre unterschwellige Andeutung ihm langsam ins Bewusstsein drangen. »Soll das etwa heißen ...?«, fragte er langsam. »Das ist nicht das erste Mal, ja?«

»Du wirst mich nicht dazu bringen, dir darauf Rede und Antwort zu stehen«, sagte Joe feixend. »Sagen wir einfach, es tut mir leid, dass Serena damit konfrontiert wurde.«

»Du meinst, es tut dir leid, dass du dich erwischen lassen hast.«

Joe senkte den Kopf. »Ich wollte ihr nie wehtun. Das musst du wissen.«

»Ihr nicht wehtun? Du hast ihr Leben ruiniert!«

»Sie wird darüber hinwegkommen«, sagte Joe, während er wieder zu seinem Kugelschreiber griff, um damit herumzuspielen. »Sie wird es müssen. Was bleibt ihr anderes übrig? Mich verlassen? Ich glaube nicht. Das ist keine Option. ›In guten wie in schlechten Tagen‹, du weißt schon. Und sie würde lieber sterben, als dass es eure Eltern rausbekommen. Also«, fügte er hinzu, »wird sich nichts ändern. Nicht wirklich.«

Er hatte recht: Serena würde ihn nie verlassen, egal, was er ihr antat. »Nur dass sie dir nie wieder vertrauen kann«, sagte Mark bitter. »Du bist ihr untreu geworden, und sie wird mit diesem Wissen leben müssen.«

»Wie gesagt, das tut mir wirklich leid. Ich liebe Serena, und ich wollte sie nie verletzen.«

»Du *liebst* Serena? Das bringst du noch über die Lippen, nach dem, was du getan hast?« Ohne eine Antwort abzuwarten, fuhr Mark fort: »Was ist mit diesem ... diesem Mädchen? Liebst du die nicht?«

»Ach Marco, Marco.« Joe schüttelte müde den Kopf, als würde ihm die Unterredung lästig werden. »Du klingst wie deine Schwester. Wieso haben's die Frauen alle so mit der Liebe?«

Von dem herablassenden Ton provoziert, schoss Mark zurück: »Weil Liebe das einzig Entscheidende ist. Sie hält Menschen zusammen, Familien in Gang ...«

»Du bist tatsächlich naiv.«

Die Tür flog auf, eine junge Frau rauschte herein und plapperte sofort los: »Ich habe gute Neuigkeiten, Schatz. Diese Theaterkarten, auf die ich so scharf war ...« Sie brach mitten im Satz ab, als sie merkte, dass Joe nicht allein war. »Oh.« Sie sah Mark an, dann fuhr ihr Kopf zu Joe herum. »Störe ich bei irgendwas?«

Sie war ein zierliches blondes Geschöpf und unglaublich jung. Wohl kaum älter als Angelina, dachte Mark. »Ist kein guter Zeitpunkt, Sam«, sagte Joe, ohne sie anzusehen.

Doch Mark ertrug es nicht länger. Was es zu sagen gab, war gesagt, und in seinem ganzen Leben war er noch nicht so nah daran gewesen, zu körperlicher Gewalt zu greifen; er wusste, wenn er auch nur eine Sekunde länger blieb, würde er sich vergessen. Also vergrub er seine Hände noch tiefer in seinen Taschen, damit sie Joe nicht an die Gurgel gingen, wirbelte herum und verließ den Raum.

Jetzt zu Rachel Norton zurückzukehren - nach allem, was sie inzwischen wusste -, gehörte zu den schwierigsten Missionen in Yolandas bisheriger Polizistenlaufbahn. Sie konnte Rachel nicht mehr ohne Weiteres glauben; egal, wie sich die Leiche im Kanal und die Stimme am Telefon letztlich erklären sollten, hatte sich Rachel die größte Mühe gegeben, etwas vor ihr zu verbergen. Yolanda musste sich nun dumm stellen und Rachel genauso behandeln wie bisher.

Mit einer Kaltluftfront waren die Wolken gekommen, und für Yolanda sahen sie sehr nach Schnee aus. Schnell schlüpfte sie mit dem Schlüssel, den Rachel ihr gegeben hatte, ins

Haus und achtete darauf, genügend Lärm zu machen, damit sie ihre Rückkehr mitbekam. »Ich bin zurück«, rief sie obendrein, während sie ihr Schaltuch abnahm und den Mantel auszog.

Von Rachel war nirgends etwas zu sehen; schließlich fand Yolanda sie oben in ihrem Schlafzimmer, wo sie auf ihrem Bett lag und ziemlich erschöpft aussah.

»Oh - Sie sind wieder da«, sagte Rachel mit matter Stimme.

Yolanda wurde bewusst, dass sie viel länger weggeblieben war als beabsichtigt oder angekündigt. »Tut mir wirklich furchtbar leid, dass ich so lange gebraucht habe«, entschuldigte sie sich. »Geht's Ihnen einigermaßen, Schätzchen? Kann ich Ihnen was bringen?«

»Eine Tasse Tee wäre schön.« Sie rappelte sich mit einiger Mühe zum Sitzen hoch.

»Ich bringe ihn rauf«, versprach Yolanda. »Sie können ruhig im Bett bleiben.«

Zu ihrer Erleichterung war Rachel einverstanden und folgte ihr nicht in die Küche. Geistesabwesend füllte Yolanda den Kessel und setzte ihn auf, während sie in der zunehmenden Dämmerung auf die Uhr sah. Gerade mal kurz nach drei, und schon war es in der Küche dunkel genug, um Licht anknipsen zu müssen. Yolanda hatte den größten Teil ihres Lebens in London verbracht, doch an die grausam kurzen Tage des britischen Winters hatte sie sich nie gewöhnen können.

Sie konnte jetzt selbst eine Tasse Tee gebrauchen. Sie nahm die Kanne vom Abtropfbrett, steckte ein paar Teebeutel hinein und holte die Milch aus dem Kühlschrank.

Rachel mochte ihren Tee schwach, und so goss Yolanda ihr eine Tasse ein, während sie den restlichen Tee in der Kanne nach ihrem eigenen Geschmack länger ziehen ließ. Vorsichtig trug sie die Tasse nach oben. »So, da wären wir,

Schätzchen«, sagte sie und stellte den Tee auf den Nachttisch.

»Das ist lieb.« Rachel lächelte sie dankbar an.

Yolanda ging wieder nach unten und goss sich selber einen Henkelbecher ein. Heiß und stark – genau das, was sie brauchte. Sie nippte genüsslich daran, während sie die Gardinen zuzog, ein paar weitere Lampen einschaltete und überlegte, wie sie jetzt vorgehen sollte.

Das Dringlichste war, etwas mit Trevors DNA in die Finger zu bekommen. Und wie Neville Stewart betont hatte, musste es geschehen, ohne bei Rachel Verdacht zu erregen. Das war vielleicht gar nicht so einfach: Solange Rachel im Schlafzimmer war, kam sie nicht so ohne Weiteres in das angrenzende Badezimmer, wo sie am ehesten Trevors Zahnbürste finden würde. Und woher sollte sie überhaupt wissen, welche seine war?

Sie hatte den Beutel für das Beweisstück in der Tasche; Sid Cowley wartete auf ihren Anruf. Sie musste etwas unternehmen, und zwar bald.

Alex trödelte auf ihrem Heimweg nicht herum. Abgesehen davon, dass es zu kalt war, um irgendwo herumzuhängen, hatte sie es auch eilig, nach Hause zu kommen. In Mathe, der letzten Stunde an diesem Tag, hatte sie, statt dem langweiligen Lehrer zuzuhören, einen Schlachtplan entwickelt, was sie tun konnte, um ihre Mum zu finden. Es hing alles davon ab, ob sie es schaffte, am Telefon wie eine Erwachsene zu klingen.

Während sie die Treppe zur Wohnung hochging, übte sie schon einmal, indem sie ihre Stimme senkte und bedächtig sprach. »Guten Tag«, sagte sie und drehte den Schlüssel in der Tür um. Es klang kein bisschen überzeugend, stellte sie fest, während sie wie gewohnt ihre Tasche in die Diele warf. Dann musste sie es eben so lange versuchen, bis es funktionierte.

»Ich bin zu Hause«, rief sie in ihrem normalen Ton, nicht so sehr zur Begrüßung, als viel mehr, um herauszufinden, ob jemand da war.

Gott sei Dank keine Antwort. Das hieß, Jilly war nicht da, und Alex hatte die Wohnung für sich.

Heute hielt sie sich nicht mit Essen auf, sondern schnappte sich gleich das schnurlose Telefon, bevor sie in ihr Zimmer und an den Computer ging. Nachdem sie ihr Passwort eingegeben hatte, öffnete sie die Liste mit den entsprechenden Privatkliniken und Betreuungseinrichtungen, die sie zusammengestellt hatte.

Fang vorne an, sagte sich Alex. Sie tippte die Nummer einer Einrichtung in Jedburgh ein.

»Hellooo«, meldete sich eine Frau nach drei Klingelzeichen, und beinahe wäre ihr ganzes Vorhaben daran gescheitert, dass sie beim vertrauten Klang des schottischen Akzents eine Woge der Sehnsucht überkam. Sie packte das Telefon fester und schluckte schwer.

»Hellooo?«, wiederholte die Frau.

Alex erholte sich und senkte das Kinn, was ihr zumindest psychologisch dabei half, mit einer einigermaßen tiefen Stimme zu sprechen. »Guten Tag«, sagte sie. »Wäre es wohl möglich, mit einer Ihrer ... ehm ... Bewohnerinnen zu sprechen?« Nannte man sie Bewohner oder Patienten?, fragte sich Alex. Und fügte hinzu: »Mrs Harriet Hamilton.«

»Mit dem Namen haben wir hier niemanden«, lautete die Antwort. »Tut mir leid.«

»Oh. Dann entschuldigen Sie bitte die Störung.«

Nun ja, sagte sich Alex weise, sie konnte nicht erwarten, schon beim allerersten Versuch Erfolg zu haben. Immerhin hatte die Frau sie nicht gleich als Hochstaplerin entlarvt. Sie wandte sich der zweiten Adresse auf ihrer Liste zu.

Für Neville hatte sich schlagartig alles verändert. Dieser Fall, der ihm von Anfang an knochentrocken und langweilig erschienen war, wurde auf einmal interessant. Völlig auf den Kopf gestellt.

Nicht nur irgendein Gelegenheitsverbrechen also, sondern eine raffiniert geplante und ausgeführte Tat.

Er saß noch lange, nachdem Yolanda gegangen war, an seinem Schreibtisch und ging sämtliche denkbaren Möglichkeiten durch, die er sich notierte, bevor er mit Sid darüber sprach.

Ein Mord. Ein richtiger Mord. Kaltblütig und kalkuliert, auch wenn die Wahl des Opfers, wenn er mit seiner Vorstellung vom Tathergang richtig lag, wohl eher zufällig war. Jemand, der Trevor im Körperbau und Erscheinungsbild nicht unähnlich war, sodass Rachels Identifizierung nicht infrage gestellt werden würde, aber wiederum nicht eine bestimmte Person.

Es war seltsam; es war unwahrscheinlich. In dem Fall hätte es Raffinesse und mehr als nur ein Quäntchen Glück erfordert.

Also, dachte Neville. Nehmen wir mal an, Trevor hätte irgendein armes Schwein getötet und in den Kanal geschmissen, um anschließend unterzutauchen.

Wen?, schrieb er.

Diese eine Frage zog einen ganzen Rattenschwanz weiterer nach sich.

Nicht nur die Kleinigkeit, wessen Leiche das war, sondern noch eine Menge anderer Rätsel. Zum Beispiel, wenn das hier nicht Trevors Leiche war, sondern die irgendeines anderen Kerls, weshalb war dann niemand anders als vermisst gemeldet? Wieso hatte sich nicht irgendeine andere besorgte Ehefrau oder Freundin ans Telefon gehängt?

Es würde sich lohnen, das zu überprüfen und sicherzustellen, dass es nicht in anderen Revieren tatsächlich noch solche offenen Meldungen gab.

Außerdem mussten sie sich das CCTV-Filmmaterial noch einmal in anderem Lichte betrachten und neu interpretieren. Hatten diese jungen Streber und Computer-Freaks Möglichkeiten, die Bilder vielleicht doch noch ein bisschen schärfer zu kriegen, sodass man die beiden Männer besser erkennen konnte? Sie waren einfach davon ausgegangen, dass der Jogger Trevor Norton war; zu dem Zeitpunkt gab es auch keinen Grund, daran zu zweifeln. Jetzt wäre es wichtig, ihn noch einmal genau unter die Lupe zu nehmen.

Das brachte Nevilles Gedanken auf Trevors Computer. Sie hatten die Daten, die sie von seinem PC gesichert hatten, für bare Münze genommen. Geschäftskram. Konten und Termine. So viel wusste er von den Freaks. Nichts verdächtiges Privates.

Wenn nun aber der Geschäftskram irgendwelche finanziellen Probleme oder schwerere Betrügereien offenbarte? Würde das Material unter einem neuen Blickwinkel neue Erkenntnisse bringen? *Computer,* schrieb Neville, und dann *Telefon.*

Diese mysteriösen Anrufe bei Rachel: der letzte, den Yolanda gerade erst mit angehört hatte, und dann derjenige, den sie selber einige Tage davor abgefangen hatte. Egal, ob die Anrufe aus dem Festnetz oder von einem Handy aus geführt worden waren, sollten sie sich zurückverfolgen lassen. Es dauerte vielleicht einige Zeit, die entsprechenden Daten zu bekommen, aber irgendwann würden sie rausgefunden haben, woher sie kamen.

Vielleicht verfolgte er ja die falsche Spur, sagte sich Neville. Vielleicht war das hier die grandioseste Sackgasse aller Zeiten. Aber wenn schon – er hatte etwas, worüber er nachdenken konnte. Eine neue Richtung. Und das konnte wahrlich nicht schaden, selbst wenn es am Ende nichts brachte.

Er stand auf und machte sich auf die Suche nach Sid Cowley.

Schon seit ein paar Tagen hatte Alex nichts mehr von Kirsty gehört. Das hatte sie besonders jetzt, wo sie an so vieles andere zu denken hatte, nicht weiter beunruhigt.

Sie hatte gerade eine weitere Möglichkeit von der Liste gestrichen, als ihr Computer einen kurzen Klingelton ertönen ließ, um eine neue E-Mail anzuzeigen.

Jack, dachte sie mit einem seltsamen Kribbeln im Bauch. Doch es war eine Nachricht von Kirsty, die in letzter Zeit – seit ihrer bedauerlichen Nähe zu Ewan Fraser – diesen seltsamen Großbuchstabenstil aus dem Textmessaging übernommen hatte, was die Kommunikation zwischen Teenagern für jeden anderen nahezu unverständlich machte.

MUSSTE DIR NUR UNBEDINGT SCHREIBEN!!!! DU KENNST DOCH DIE WEIHNACHTSDISCO?!?!!?? EWAN HAT MICH EINGELADEN MIT IHM HINZUGEHEN!!!!!! OMG LOL. DAS IST SO ABSOLUT COOOOOL!!!!!!! LOL

Alex konnte die ganzen Abkürzungen inzwischen ziemlich gut übersetzen, auch wenn sie sich geschworen hatte, niemals in ihren eigenen Mitteilungen so tief zu sinken. Vor einem Jahr war alles noch so anders gewesen, erinnerte sich Alex. Sie und Kirsty hatten zusammen über die Mädchen gelacht, denen die Weihnachtsdisco derart wichtig war. Sie würden lieber sterben, als da hinzugehen, waren sie sich einig gewesen. Und schon gar nicht mit Ewan Fraser, fügte sie im Stillen hinzu, während sie versuchte, sich ihn ins Gedächtnis zu rufen. Entweder hatte sie in Bezug auf ihn völlig danebengelegen, oder er hatte sich bis zur Unkenntlichkeit verändert.

Oder aber Kirsty war plötzlich erblindet und hatte es ihr nur nicht erzählt.

Als Callie von ihren Nachmittagsbesuchen in der Gemeinde zurückkam, war die Wohnung leer: kein Peter, keine Bella. Demnach hatte er sich endlich aufgerafft und den Hund ausgeführt, nahm sie dankbar an. Sie konnte die Zeit nutzen, um an ihrer nächsten Predigt zu arbeiten. Zuerst brauchte sie aber eine wärmende Tasse Tee - und zwar auf die altmodische Art zubereitet, auch wenn sie dabei einen schuldbewussten Blick auf die schimmernde neue Maschine warf. Sie nahm die Tasse mit in ihr Arbeitszimmer, während sie auf dem Weg dorthin den Heizkörper eine Stufe höher stellte.

Doch kaum hatte sie sich an den PC gesetzt und die Datei geöffnet, klingelte das Telefon.

»Callie?«, sagte ihre Mutter übellaunig.

Du lieber Gott, Mum. »Hallo, Mum«, erwiderte sie so froh und heiter, wie sie konnte, während sie schnell überlegte, wie lange es wohl her war, seit sie das letzte Mal mit ihrer Mutter gesprochen hatte. Sie und Peter hatten sie vergangenen Freitag besucht. Seitdem hatte sie nicht mehr bei ihr angerufen.

»Wollte nur wissen, ob alles in Ordnung ist«, sagte Laura Anson. »Weil ich nichts mehr von dir gehört habe.«

Schuld, Schuld, Schuld. Wie schaffte ihre Mutter das nur immer wieder?

»Oh, alles bestens.« Callie bemühte sich - wie so oft, wenn sie mit ihrer Mutter sprach - um einen übertrieben munteren Ton, eine Art Abwehrmechanismus, um nicht zu schuldbewusst zu klingen.

»Ich hab auch von Peter schon lange nichts mehr gehört«, fuhr ihre Mutter fort. »Und er geht auch nicht ans Telefon.«

»Hast du's mal auf seinem Handy versucht?«, schlug Callie vor.

»Du weißt, ich hasse diese Dinger. Und die Anrufe sind so teuer. Hast du ihn mal gesprochen?«

Wenn das nicht eine Fangfrage war! »Zufällig wohnt er im Moment bei mir«, sagte Callie sachlich.

»Bei *dir*?«

»Er hatte ein Problem mit der Wohnung und brauchte für ein paar Tage eine Bleibe.«

»Ach so«, sagte ihre Mutter und legte eine Fülle von möglichen Bedeutungen in diese zwei Silben.

Da Callie ihre Mutter nur allzu gut kannte, pickte sie sich eine der unausgesprochenen Fragen heraus, um sie zu beantworten. »Ich bin sicher, er wollte dich nicht belästigen. Er kommt und geht zu den seltsamsten Zeiten, weißt du. Das Leben eines Musikers eben ...«

Ihre Mutter schnaubte laut und verächtlich. Peters Berufswahl war für sie ein ständiger Stein des Anstoßes; sie hätte sich gewünscht, er wäre seinem Vater in den öffentlichen Dienst gefolgt, und sie ließ keine Gelegenheit aus, ihrer Enttäuschung Ausdruck zu verleihen. In Bezug auf Peters Homosexualität folgte sie der umgekehrten Strategie und ignorierte sie konsequent. »Na ja, dann hoffe ich«, fuhr sie fort, »dass er nächste Woche abends mal vorbeikommt. Die Tochter meiner Freundin Ida ist gerade von der Uni nach Hause gekommen, und ich glaube, sie würde sehr gut zu Peter passen. Natürlich ist sie ein bisschen jung für ihn, aber sie studiert Medizin, steuert also eine gute, solide Karriere an. Wird höchste Zeit, dass sein Leben in geordnete Bahnen kommt.«

Callie hatte schon lange aufgegeben, sie darauf aufmerksam zu machen, wie dumm und vergeblich ihre Versuche waren, Peter mit passenden Mädchen zu verkuppeln. »Ich werde ihm sagen, er soll dich anrufen, ja?«, schlug sie vor.

»Dann ist er im Moment nicht da?«

»Nein. Er ist mit Bella raus.«

»Bella?«, fragte ihre Mutter in scharfem Ton.

»Meinem Hund«, stellte Callie richtig.

»Oh, ich hatte ganz vergessen, dass du einen Hund hast.«

Das erinnerte Callie daran, dass ihre Mutter sie noch nie in ihrer Wohnung besucht hatte; sie schien immer irgendeine Ausrede zu haben. »Hör zu, Mum«, sagte sie spontan. »Hättest du nicht Lust, morgen mal vorbeizukommen? Das ist mein freier Tag, Peter ist hier, und ich könnte was zum Mittagessen machen. Du könntest Bella kennenlernen und sehen, wo ich wohne. Ich könnte dich sogar mal durch die Kirche führen.«

»O nein«, sagte ihre Mutter prompt. »Das ist nicht möglich. Morgen Nachmittag habe ich Bridge. Ein andermal.«

Wie du willst, dachte Callie, die ihre Worte schon in dem Moment bedauert hatte, als sie ihr herausgerutscht waren. Dann war sie - und mit ihr Peter - zumindest für morgen aus dem Schneider. Vielleicht konnte sie stattdessen ein paar Weihnachtseinkäufe machen: Die Festtage waren nicht mehr weit, und es war höchste Zeit, dass sie sich darum kümmerte. »Ja, dann eben ein andermal«, bekräftigte sie und hoffte, dass es nicht ganz so erleichtert klang, wie sie sich fühlte.

»Und du kriegst deinen Bruder dazu, mich anzurufen? So bald wie möglich?«

»Ja, ich werd's ihm sagen.«

»Vielleicht verrätst du ihm aber besser nicht, weshalb«, fügte Laura Anson verdrießlich hinzu. »Er weiß offenbar nicht zu schätzen, was ich alles für ihn tue, wie ich mich ins Zeug lege, das richtige Mädchen für ihn zu finden. Wo er nun mal offenbar nicht in der Lage ist, das alleine hinzukriegen.«

Darauf, dachte Callie, erübrigt sich jede Antwort. Mit perfektem Timing klingelte es an der Tür. Nicht Peter: Er hatte seinen eigenen Schlüssel. »Es ist jemand an der Tür, Mum«, sagte sie. »Ich seh mal besser nach. Du hörst von mir.«

Yolanda brauchte Trevors Zahnbürste, und zwar so schnell wie möglich. Während sie eine zweite Tasse Tee trank, überlegte sie, wie sie darankommen konnte. Am Ende entschied sie sich für den geradlinigen Weg: Schließlich hatte Rachel keine Ahnung von ihrem Verdacht und daher auch keinen Grund anzunehmen, dass es mehr als reine Routine war.

Sie ging nach oben und klopfte in der Hoffnung, dass Rachel nicht schlief, an die Schlafzimmertür.

»Herein«, rief Rachel und beugte sich über das Bett, um etwas darunterzuschieben, als Yolanda die Tür aufmachte.

»Tut mir leid, Sie noch einmal behelligen zu müssen, Schätzchen. Aber ich höre gerade, die müssen noch ein paar Tests machen, und sie fragen an, ob sie vielleicht Trevors Zahnbürste dafür haben können.« Sie legte einen forschen, professionellen Ton an den Tag.

Rachel schloss einen Moment schmerzlich die Augen und antwortete dann ebenso sachlich: »Sicher. Kein Problem. Soll ich sie eben holen?«

»Sie brauchen nicht extra aufzustehen.« Yolanda ging ins Badezimmer. »Sagen Sie mir nur, welche Farbe sie hat.«

»Es ist die rote, mit Homer am Griff.«

Mit dieser Beschreibung war es nicht schwer, sie im Zahnputzbecher zu finden, neben der etwas dezenteren blauen. Behutsam steckte Yolanda sie in den Beweismittelbeutel.

»Die hier, ja?« Sie kam wieder zurück und zeigte sie Rachel.

»Ja.« Rachel verzog das Gesicht. »Ich habe sie ihm letztes Weihnachten geschenkt, es war als Witz gemeint. Sie ist schon völlig hinüber, aber er erlaubt ... hat mir nicht erlaubt, sie wegzuwerfen und ihm eine neue zu kaufen.« Die Worte endeten in einem unterdrückten Schluchzen. »Er liebte diese dämliche Homer-Simpson-Zahnbürste.«

»Ach, armes Schätzchen«, sagte Yolanda spontan. Sie spielt, rief sie sich ins Gedächtnis, sie spielt nur. Doch Rachel durfte auf keinen Fall merken, dass sie es wusste. Sie steckte die Zahnbürste ein und trat ans Bett, um Rachel ein Papiertaschentuch zu reichen.

»Danke«, schniefte Rachel und wischte sich die Tränen vom Gesicht. »Zu blöd von mir. Wegen einer albernen alten Zahnbürste. Tut mir leid.«

Mark hatte jedes Zeitgefühl verloren. Es war dunkel, und es war sehr kalt. Er war eine Weile auf dem Gordon Square herumgelaufen und dann einfach in einen Bus gestiegen, ohne darauf zu achten, wohin er fuhr. Er war auf der Oxford Street gelandet, wo er ausgestiegen war, um noch eine Weile zu laufen. Die Bürgersteige wimmelten von Leuten bei den Weihnachtseinkäufen, die mit Tragetaschen beladen an den festlich geschmückten Schaufenstern mit ihren verführerischen Auslagen vorbeihasteten. Mark bahnte sich einen Weg durch die Menschenmenge und wunderte sich einen Moment, wieso man sich ein ums andere Jahr diesen Stress antat. Er war da nicht besser als die anderen; er hatte noch nicht einmal darüber nachgedacht, welche Weihnachtsgeschenke er kaufen wollte.

Er bog in eine Nebenstraße ein, um von den grellen Lichtern und den Menschenmassen wegzukommen. Unentwegt lief er weiter, nahm dabei wie von ferne wahr, dass ein paar vereinzelte Schneeflocken vom frostigen, schwarzen Himmel fielen.

Irgendwann merkte er, dass er in Bayswater gelandet war. Zu keinem Zeitpunkt hatte er sich bewusst entschieden, zu Callie zu gehen, doch seine Füße trugen ihn anscheinend von allein dorthin.

Zu Callie. Er bog in eine Straße ein, dann in die nächste, die ihn an ihre Tür bringen würde. Es schneite jetzt heftiger, und seine Sohlen hinterließen Abdrücke auf dem Bürgersteig.

Die Treppe hoch zur Wohnung. Klingeln.

Und dann war Callie da. »Marco, du bist ja völlig zugeschneit! Wo in aller Welt hast du nur gesteckt? Du musst völlig durchgefroren sein.«

Er brachte keinen Ton heraus und sah sie nur an. So normal und kein bisschen anders als vor dem Moment, in dem sich seine Welt auf den Kopf gestellt hatte.

Sie zog ihn herein, nahm seine eisigen Hände in ihre warmen. »Oh, Marco«, sagte sie.

Mark beugte sich vor und gab ihr einen zarten Kuss; ihre Lippen waren so warm wie ihre Hände.

»Du bist so kalt«, sagte sie. »Ich wünschte, ich hätte ein Feuer gemacht. Aber komm hier rüber an die Heizung.« Sie rieb ihm energisch die tauben Hände. Er hatte noch immer nichts gesagt.

»Du musst erst mal was Heißes trinken«, erklärte Callie. »Was möchtest du? Kaffee? Tee?«

»Kaffee. Schwarz.«

Callie schenkte ihm ein schiefes Lächeln. »Das krieg ich hin. Oder ich kann dir mit meiner neuen Zaubermaschine alle möglichen exotischen Varianten bieten.«

Sie ließ seine Hände los. »Bleib hier und wärm dich erst mal ein bisschen auf. Ich bin gleich wieder da.«

Und das war sie, mit einem dampfenden Henkelbecher, den sie ihm reichte, damit er sich schon einmal die Hände daran wärmen konnte.

Der erste Schluck rieselte ihm wunderbar heiß die Kehle herunter. Mund, Hals und Bauch fühlten sich gleich besser an. Weshalb hatte er gar nicht gemerkt, wie kalt er war? Starben Leute auf diese Weise an Unterkühlung?

»Und jetzt«, sagte sie, als er ein paar Schlucke getrunken hatte, »jetzt erzählst du mir erst mal, was los ist. Wieso tauchst du hier wie der leibhaftige Yeti auf?« Sie strich ihm die Wassertropfen aus dem Haar.

Bis zu diesem Moment war er sich nicht sicher gewesen, ob er es ihr wirklich erzählen wollte. Jetzt gab es keinerlei Zweifel mehr. Aber wo fing er am besten an?

Genau in diesem Moment flog die Tür auf. Ein schwarzweißer Hund – im Moment mehr weiß als schwarz – stürzte, gefolgt von Peter, herein. »Gott, Callie«, sagte ihr Bruder und schüttelte sich dabei wie der Hund, um die Flocken loszuwerden. »Hast du gewusst, dass es schneit? Wie verrückt! Bella ist richtig durchgedreht.« Bei Marks und Callies Anblick verstummte er und verzog schuldbewusst das Gesicht. »Uups. Hab ich euch gestört?«

ZWÖLF

Es kam, wie es kommen musste: In dieser Nacht setzten bei Rachel die Wehen ein. Diesmal konnte es keinen Zweifel geben, besonders nicht für jemanden mit Yolandas Erfahrung.

Yolanda schlief - fester, als sie erwartet hätte -, als Rachel im Nachbarzimmer schrie. Auf diese Laute innerlich geeicht, war sie sofort hellwach und wusste, was das Geräusch zu bedeuten hatte.

Binnen Sekunden war sie an Rachels Seite. Rachel versuchte mühsam, aus dem Bett zu kommen, und die Gefühle, die sie jetzt vermittelte, waren echt. »Ich glaube ... ich glaube, meine Fruchtblase ist geplatzt«, stöhnte sie. »Und ... ohhhh.« Sie krümmte sich vor Schmerzen.

»Schon gut, Schätzchen.« Yolanda legte ihr einen Arm um die Schulter.

Nach einer scheinbar endlosen Wehe sackte Rachel mit schweißglänzendem Gesicht in sich zusammen. »Es ist tatsächlich so weit, nicht?«, flüsterte sie und griff nach Yolandas Hand. »Ich krieg das Baby.«

Es hätte keinen Sinn gehabt, um den heißen Brei herumzureden und das Offensichtliche zu leugnen. »Ja, sieht so aus. Aber ich bin ja hier, und das wird schon.«

Wenn Neville sich einen zur Brust nehmen wollte, dann fiel seine Wahl fast immer auf Guinness; nur wenn ihn ein schwerer Anfall keltischer Melancholie heimsuchte, trank er schon mal irischen Whiskey.

Heute Nacht erwischte es ihn kalt. Weil er nicht schlafen konnte, war er aufgestanden, hatte zu Flasche und Glas gegriffen und sich einen Sessel ans Fenster gezogen, sodass er zusehen konnte, wie der Schnee in dicken Flocken lautlos vom Himmel segelte. Das unaufhörliche Rieseln hatte etwas Hypnotisches, während Flasche und Glas ihre anästhesierende Wirkung zeigten. Früher einmal hätten noch Zigaretten dazugehört. Noch nie hatte er die Entscheidung, das Rauchen aufzugeben, so bereut wie jetzt. Hätte er eine Packung im Haus gehabt, hätte er sich eine angezündet.

Neville wusste, dass er eigentlich allen Grund hatte, in Hochstimmung zu sein. Endlich passierte etwas; der Fall war kurz vor einem entscheidenden Durchbruch. Sie hatten Trevors Zahnbürste, und das Labor würde sämtliche Hebel in Bewegung setzen, um die DNA abzugleichen.

Er hatte keinen Grund, deprimiert zu sein. Aber er war es trotzdem: zutiefst deprimiert, voller Zweifel an sich und seinen Fähigkeiten.

Sicher, der Mord an dem Jogger - wer auch immer er war - schien beinahe aufgeklärt. Aber nicht dank Nevilles überragenden Fähigkeiten, seinem sicheren Instinkt oder auch nur seiner harten Arbeit. Das meiste war schieres Glück gewesen, und den Anteil an Polizeiarbeit konnte Yolanda für sich verbuchen, nicht er.

Hatte er schon die kritische Grenze erreicht? War er schon zu lange in diesem Geschäft?

Inspector Neville Stewart. Wie ging's für ihn weiter? Der Rang des Chief Inspector war de facto abgeschafft, und er würde es gewiss nie bis zum Superintendent bringen. Zum Arschkriecher fehlte ihm jedes Talent; er war einfach nicht karrieregeil genug, um sich bei den richtigen Leuten einzuschleimen. Mit harter Arbeit und dank seiner Erfolge hatte er es zum Inspector gebracht, doch weiter käme er damit nicht.

War es an der Zeit, alles hinzuschmeißen? Etwas völlig anderes zu machen? Vielleicht Versicherungen zu verkaufen? Sollte er sich als Kfz-Mechaniker oder Computer-Doktor ausbilden lassen?

Er hatte immer Polizist werden wollen; etwas anderes war ihm nie in den Sinn gekommen. Vielleicht aber war es jetzt höchste Zeit dafür.

Er goss sich noch einen Fingerbreit Whiskey ein und blickte hinaus in den Schnee. Das Wetter erinnerte ihn daran, dass es schon kurz vor Weihnachten war und dass das Jahr zur Neige ging; das wiederum erinnerte ihn daran, dass er nächstes Jahr vierzig wurde. Vierzig! Früher einmal war ihm das unglaublich alt erschienen, das Ende von allem, was die Bezeichnung »Leben« verdiente. Abgehalftert. Jenseits von Gut und Böse.

In der Tiefe seiner Melancholie lauerte natürlich der unausweichliche Gedanke an Triona. Er hatte versucht, ihn beiseite zu schieben. Hatte sich eingeredet, ganz gut ohne sie zu leben. All den Stress und die Komplikationen konnte er nicht brauchen.

Neville nahm einen Schluck Whiskey, dann noch einen großen, um das Glas zu leeren. Mit einem Knall landete das Glas neben der Flasche auf dem Tisch. Verdammt! Willow hatte recht gehabt. Er brauchte Triona tatsächlich. Verflucht noch mal - er *liebte* sie. Da. Er hatte es zugegeben.

»Du wirst ohne sie nie glücklich sein«, hatte Willow gesagt. War er auch nicht. Es ging ihm richtig dreckig.

Ohne nachzudenken, griff er nach dem Telefon, überlegte es sich aber, bevor er die Nummer eintippte. Es war mitten in der Nacht; Triona wäre nicht begeistert, wenn er sie aus dem Bett klingelte.

Doch wenn er bis zum Morgen wartete, bis er nüchtern war, änderte er vielleicht seine Meinung.

Neville stand auf und ging zu seinem Computer. Er benutzte ihn nur selten, E-Mails waren nicht sein Ding. Im Grunde hatte er ihn nur dastehen, weil ihn ein gelegentliches Solitäre-Spiel entspannte, wenn sein Dienstplan ihm den Griff zur Flasche nicht gestattete.

Er öffnete sein E-Mail-Programm. Keine Nachrichten. Gott sei Dank! Er klickte auf »neue Nachricht« und tippte geschickt mit zwei Fingern. »Hi, Triona, ich glaube, wir sollten miteinander reden. Ruf mich an, und vielleicht können wir uns treffen. N.«

Das sollte reichen. Es legte ihn auf nichts Unwiderrufliches fest. Er zögerte nur eine Sekunde, bevor er die Nachricht versendete.

Anders als bei den meisten Erstgeburten sprach vieles dafür, dass dieses Kind es ziemlich eilig hatte, das Licht der Welt zu erblicken. Nachdem Yolanda die Abstände zwischen den Wehen gestoppt hatte, kam sie zu dem Schluss, dass sie nicht allzu lange damit warten sollten, ins Krankenhaus zu fahren. Sie rief ein Taxi und machte sich daran, ein paar Sachen in eine Reisetasche zu packen.

»Gibt es vielleicht doch jemanden, den ich anrufen soll? Einen Freund oder Angehörigen?« Sie stellte die Frage nur pro forma; sie kannte die Antwort im Voraus, doch sie musterte Rachel genau, während diese den Kopf schüttelte.

»Niemand. Aber Sie kommen doch mit?«

»Ja, natürlich.«

»Und Sie bleiben bei mir?«, fragte Rachel stockend. »Wenn ... wenn es so weit ist? Sie lassen mich nicht allein?«

»Wenn Sie es wollen.«

»Ja, ja. Sogar sehr.«

Gegen ihren Willen war Yolanda gerührt. Sie mahnte sich, ihre professionelle Objektivität zu bewahren - als Hebamme wie auch als Polizistin -, doch es fiel ihr schwer. Trotz allem, trotz der Lügen und der Täuschungsmanöver und der verletzenden Bemerkungen, die sie mit angehört hatte, war ihr Rachel Norton nicht gleichgültig. Was auch immer Rachel getan hatte, so hatte sie es aus Liebe getan. Und welche Frau hätte nicht schon aus Liebe etwas Dummes getan?

Sowohl während das Taxi sich im Schneckentempo durch die verschneiten Straßen bewegte als auch anschließend während der Aufnahmeprozedur im Krankenhaus klammerte sich Rachel an sie, und als sie wenig später in den Kreißsaal kam, war Yolanda an ihrer Seite und hielt ihr die Hand.

Jane Stanford ließ den schlafenden Brian im Bett zurück und schlich sich an ihr Lieblingsfenster auf dem Treppenabsatz, wo sie im blass orangefarbenen Licht der Straßenlaterne die Schneeflocken betrachtete. Schon jetzt hatten sie alles in eine Decke gehüllt: das Gras, die Bäume, den Gehweg, die Straße, die geparkten Autos ebenso wie die Kirche. Um diese Zeit gab es keinen Verkehr und keine Reifenspuren, die dieses Winterwunderland in seiner magischen Unberührtheit zerstörten.

Doch Janes Gedanken kreisten weder um den Schnee noch um das Thema, von dem sie seit Tagen wie besessen war: ihren Wunsch nach einem Baby und Brians seltsame Unfähigkeit zu begreifen, was es ihr bedeutete. Sie hatte ihn noch nicht davon überzeugt, dass ihr unverhofftes Erbe Gottes Antwort auf ihre Gebete war. Nein, in seinen vernünftigeren Momenten hielt er eine Anzahlung auf ein Cottage nahe Brighton oder Hove für das Beste, aber auch der Traum, einen Haufen Geld für eine Kreuzfahrt oder einen teuren Sportwagen hinzublättern, war noch nicht ausgeträumt.

Jane dachte vielmehr an die unerwartete Wendung am gestrigen Abend. Charlie war wie ein kleines Kind in die weiße Pracht hinausgelaufen und hatte übermütig versucht, einen Schneemann zu bauen. Simon dagegen hatte die Wetterlage mit Stirnrunzeln und Kopfschütteln quittiert.

»Nicht gerade tolles Reisewetter, wenn es so weitergeht«, hatte er gesagt.

»Reisewetter? Aber wir wollen doch nirgends hin«, hatte Jane gekontert.

»Ellie und ich schon. Morgen. Haben wir dir bestimmt gesagt, Mum.«

Und auf diese Weise hatte er es ihr beigebracht; als hätte sie es bereits wissen müssen. Als wäre es so oder so für sie kein großer Unterschied.

Er und Ellie würden am Morgen abreisen, um zu ihren Eltern zu fahren. Die Dickinsons wohnten in einem Dorf in Northamptonshire und würden Simon und Ellie in Kettering vom Zug abholen. Sie wären über Weihnachten dort und kämen zu Silvester wieder zu ihnen zurück.

Ganz beiläufig, einfach so. Simon wäre zu Weihnachten nicht zu Hause. Zum ersten Mal in seinem Leben wäre er zu Weihnachten nicht bei seiner Familie.

Weihnachten würde nicht mehr dasselbe sein. Dieses Jahr nicht und nie wieder. Jane wusste das mit einer Gewissheit, die sie zugleich beunruhigte und deprimierte. Tief getroffen verschränkte sie fest die Arme, legte die Stirn an die kalte Scheibe und starrte in den Schnee.

Wegen des Schnees und des daraus folgenden Verkehrschaos brauchte Frances an diesem Morgen ein wenig länger ins Krankenhaus. Sie ging zuerst in ihr Büro, um den Mantel abzulegen und ihre Mailbox abzuhören sowie im Computer nach E-Mails zu sehen.

Nichts Dringendes, Gott sei Dank. Und auch keine wichtige Post. Sie wollte gerade ihre Handtasche wegschließen und sich auf die übliche Runde machen, als es zaghaft an ihre Bürotür klopfte.

»Herein?« Frances blickte auf, und Triona stand vor ihr. »Oh! Das ist aber eine Überraschung«, sagte sie und fügte hinzu, »wie schön, dich zu sehen!«

Triona verzog schuldbewusst das Gesicht. »Ich hoffe, ich störe nicht.«

»Kein bisschen.«

»Was dagegen, dass ich den Mantel ausziehe?«

»Mach's dir bequem.« Frances zeigte auf den Garderobenständer, an dem schon ihr eigener Mantel hing.

Triona folgte der Aufforderung. »Entschuldige, dass ich einfach so hereinplatze. Ich hab versucht, dich mit einer E-Mail vorzuwarnen, aber mein Computer will im Moment nicht. Muss einen Virus haben.« Sie schnitt eine Grimasse. »Ich hab's sowieso nicht mit der Technik.«

Frances wusste immer noch nicht, ob es für den Besuch einen konkreten Grund gab; sie deutete auf einen Stuhl. »Willst du dich nicht setzen? Kann ich dir einen Kaffee oder sonst was besorgen?«

»Keine Zeit.« Triona sah auf die Uhr. »Ich habe einen Termin. Für einen Ultraschall. Ich war bei meiner Hausärztin, und sie meinte, es könnte nicht schaden, schon jetzt einen zu machen. Ich bin über dreißig – uralt, weißt du. Ich wollte dich nur fragen, ob du vielleicht mitkommen könntest – Händchen halten, sozusagen.«

Was auch immer auf Frances' Terminkalender stand, konnte warten. »Ja, selbstverständlich«, sagte sie prompt und freute sich, dass Triona sie gefragt hatte.

Neville schaffte es zur Arbeit, auch wenn er vom nächtlichen Whiskey etwas angeschlagen war und den Schnee verfluchte. Doch ihm blieb keine Zeit, es sich an seinem Schreibtisch bequem zu machen und einen schwarzen Kaffee zu schlürfen: Es ging fast augenblicklich los.

Als Erstes kam der Anruf aus dem Labor, wo sie die Nacht durchgearbeitet hatten. »Wollten nur die DNA-Ergebnisse durchgeben«, sagte der Techniker, »die Proben passen.«

»Passen?« Neville war so verblüfft, dass er beinahe seinen Kaffeebecher fallen ließ. Mit dieser Auskunft hatte er keineswegs gerechnet. »Wollen Sie damit sagen, dass unser Toter tatsächlich Trevor Norton ist?«

»Was ich Ihnen sage, ist, dass die Zahnbürste dem Mann im Leichenschauhaus gehört hat. Der Abgleich ist definitiv positiv. Passt zu 99,9 Prozent.«

Nach einem verzögerten Dankeschön legte Neville auf und ordnete die Fakten in seinem Kopf neu. Der Tote war also doch Trevor Norton, es sei denn, Rachel hätte ihnen die falsche Zahnbürste gegeben, was nun doch zu weither geholt schien. Besonders, wenn man die Theorie verfolgte, Trevor hätte einen beliebigen Fremden ermordet. Wie wären sie dann an dessen Zahnbürste gekommen?

Demnach war Trevor wirklich tot, und sie konnten wieder von vorn anfangen. Yolandas Überlegungen erwiesen sich als reine Spekulation.

Trevor Norton war tot. Aber was war mit Rachel und diesem Telefonat? Neville musste mit Sid Cowley reden, doch seine kurze Suche erbrachte, dass Sid noch nicht im Haus war. Wenig später erreichte Neville ihn auf dem Handy. »Ich stecke im Stau«, stöhnte Cowley. »Irgendein Wichser steht auf der Kreuzung quer. Ist ins Schleudern geraten, und jetzt geht gar nichts mehr.«

»Na ja, dann kommen Sie eben so schnell Sie können.« Als Nächstes versuchte Neville, Yolanda zu erreichen, zuerst auf ihrem Handy - auf dem sie, wie eine blecherne Stimme ihn wissen ließ, im Moment nicht erreichbar war – und dann bei Rachel zu Hause. Nichts.

Wo zum Teufel steckte sie, und weshalb hatte sie in einer so kritischen Situation ihr Handy ausgeschaltet?

Rachels Niederkunft verlief, obgleich über eine Woche zu früh, ohne Komplikationen. Yolanda, die auf Hunderte Geburten zurückblickte, geleitete sie professionell hindurch und war zugleich darauf bedacht, dem verantwortlichen Arzt nicht auf die Füße zu treten.

Kurz nach zehn Uhr morgens legte sie Rachel ein winziges, aber gesundes Baby in die Arme. »Es ist ein Mädchen«, sagte sie. »Ein wunderschönes Mädchen.«

»Trevor war sich immer ganz sicher, dass es ein Junge wird.« Rachel schien den Tränen nahe.

»Was wissen Männer schon?« Die zynische Bemerkung war ihr herausgerutscht, bevor Yolanda recht darüber nachgedacht hatte, doch Rachel schien es nicht mitbekommen zu haben.

»So viel Haar«, murmelte Rachel.

Das war Yolanda durchaus nicht entgangen: ein Kopf mit üppigem, schwarzem Haar. Pechschwarz, rabenschwarz.

Mark fuhr gewöhnlich am liebsten mit dem Bus zur Arbeit, doch an diesem Morgen beschloss er angesichts der Verkehrsprobleme, auf die U-Bahn umzusteigen.

Allerdings stand er mit dieser Entscheidung nicht alleine: Wer sonst mit dem Auto, Fahrrad oder Bus oder auch zu Fuß zur Arbeit kam, strömte an diesem Morgen die Rolltreppen hinunter und zwängte sich in die überfüllten Waggons.

Dicht gedrängt mit entschieden zu vielen Menschen, die sich an ein und derselben Stange festhielten, wanderten Marks Gedanken zu dem merkwürdigen Verlauf des Vortags zurück. Peter hatte ihn daran gehindert, Callie zu erzählen, was geschehen war, und so schleppte er Serenas Kummer und seine eigene Wut noch immer mit sich herum. Die Enthüllung über Joes Untreue löste bei Mark Gefühle aus, die er wochenlang hatte unterdrücken können: Konflikte und ungelöste Probleme mit diesem wunderbaren, schrecklichen Wesen *la famiglia* Lombardi, seinem Platz darin und seiner Pflicht, sie intakt zu halten. Weshalb glaubte er eigentlich, er müsse dafür sorgen, dass das Boot nicht ins Schwanken geriet? Und wieso meinte er, die Welt würde aus den Fugen geraten, wenn er ihnen – und sich – gestand, wie wichtig Callie für ihn geworden war?

Er musste etwas unternehmen. Etwas, das schon vor Wochen fällig gewesen wäre. Er hatte es zu lange hinausgezögert, und jetzt beschloss er, keinen Tag länger zu warten. Komme, was da wolle. Heute. Heute würde er es tun.

Kaum hatten sie Rachel in die Entbindungsstation geschafft, entschuldigte sich Yolanda, um nach einem Telefon zu suchen.

»Ich muss ihnen Bescheid geben, wo ich bin«, erklärte sie Rachel.

Erschöpft, doch vor Mutterglück strahlend, nickte Rachel nur.

Im Unterschied zum übrigen handydominierten London, wo Münzfernsprecher eine vom Aussterben bedrohte Spezies darstellten, war das Krankenhaus, in dem Mobiltelefone nicht benutzt werden durften, gut bestückt.

Gut bestückt, sagte sich Yolanda, außer wenn man in Eile war. Kein Wunder, dass die Telefone in der Nähe der Entbindungsstation besonders heiß liefen. Sie stellte sich in der Schlange hinter mehreren jungen Männern und einer frischgebackenen Großmutter an.

Die stolzen, redseligen Väter waren schlimm genug, doch die Oma übertraf sie noch bei Weitem. Sie machte drei Anrufe hintereinander. Yolanda konnte jedes Wort mithören. Alle drei Gespräche verliefen mehr oder weniger gleich: detaillierte Schilderungen der Wehen, gefolgt von entzückten Lobgesängen auf das Baby, zweifellos das wundervollste, das je das Licht der Welt erblickt hatte. Zuletzt dann die ausgiebige Spekulation über den Namen. »Sal ist für Benjamin, aber sie sagt, Nige will nichts davon wissen. Er meint, das klingt zu sehr nach einem schwulen Schwachkopf. Und er ist sicher, dass er mal Fußballer wird, verstehst du? Sie könnten ihn also am besten gleich Wayne nennen, sagt er. Er hat ihm einen kleinen Fußball-Strampler gekauft, in dem sie ihn aus dem Krankenhaus abholen wollen. So was Süßes hast du noch nicht gesehen.«

Unter anderen Umständen hätte Yolanda sich vielleicht milde amüsiert, sogar noch beim zweiten Durchgang, aber irgendwann war sie mit ihrer Geduld am Ende. »Komm schon«, murmelte sie leise und sah auf die Uhr. Sie würden sich im Revier schon wundern, was mit ihr los war.

Zu guter Letzt hatte die Oma auch das Dilemma mit den Namen zum dritten Mal erschöpfend behandelt, und sie rauschte von dannen, ohne sich ein einziges Mal umzusehen. Yolanda hechtete zum Telefon und rief Neville Stewart an.

»Wo zum Teufel stecken Sie? Und wo waren Sie die ganze Zeit?«, fragte er. »Ich hab den ganzen Morgen versucht, Sie zu erreichen. Sie sind nicht bei den Nortons, und Ihr Handy ist ausgeschaltet.«

»Ja, ich weiß. Tut mir leid.«

»Wo sind Sie denn?«, wiederholte Neville.

»Im Krankenhaus«, sagte sie kurz angebunden. »Rachel hat gerade das Baby bekommen.«

»Ach so.« Es herrschte Schweigen in der Leitung, während er die Information sacken ließ.

»Es ist ein Mädchen, falls es Sie interessiert. Klein, aber gesund. Mutter und Kind sind wohlauf.«

»Das ist jetzt nicht so wichtig. Sie müssen sofort herkommen. Es gibt ein paar Dinge, die Sie wissen sollten. Die DNA und all das. Wir müssen entscheiden, wie wir weiter verfahren.«

»Dann lag ich mit der Theorie, dass Trevor noch am Leben ist, daneben?«, fragte sie.

»Können Sie laut sagen. Meilenweit daneben.«

»Dann ... na ja, schon gut. Aber ich lass Rachel nicht gern hier allein«, sagte Yolanda. »Selbst jetzt nicht. Oder eher jetzt erst recht nicht.«

Neville lachte. »Für die nächste Zeit wird sie wohl kaum irgendwo hingehen, aber Sie brauchen sie ja nicht allein zu lassen. Finden Sie jemanden, der sich zu ihr setzt und ein Auge auf sie wirft, bis ... na ja, darüber müssen wir reden.«

»Und an wen hatten Sie da gedacht? Können Sie nicht eine Kollegin schicken?«, schlug Yolanda vor.

»Das wird nicht nötig sein«, sagte er. »Suchen Sie sich eine Krankenschwester. Einen Seelsorger. Sagen Sie demjenigen, es sei wichtig. Und auch nicht für lange.«

Leicht gesagt, dachte Yolanda, während sie auflegte und über die Schulter hinweg den ungeduldigen jungen Mann sah, der in der Schlange hinter ihr kam. Im Krankenhaus waren alle beschäftigt. Glaubte Neville Stewart allen Ernstes, hier säßen ein paar Schwestern herum und warteten nur darauf, als polizeiliche Hilfskraft eingespannt zu werden?

In dem Moment erspähte sie wie zur Antwort auf ein stummes Gebet eine Frau, die mit dem weißen Kragen eines Geistlichen den Flur entlanglief.

Zwei Minuten später war Yolanda wieder an Rachels Bett. »Schätzchen, ich muss mal ... für eine Weile weg.«

Rachel drehte sich um und lächelte versonnen. »Kein Problem. Mir geht's gut.«

»Das ist Frances«, stellte Yolanda ihr die Frau vor, die hinter ihr stand. »Sie ist die Klinikgeistliche. Frances setzt sich ein Weilchen zu Ihnen, solange ich weg bin.«

»Aber ich bin gar nicht religiös.«

»Das macht nichts. Sie wird Ihnen nur ... Gesellschaft leisten. Sie müssen nicht mit ihr reden.«

Rachel war zu erschöpft, um sich zu streiten, und zuckte nur die Achseln.

Mark wartete mit seinem Anruf bei Callie bis zum späten Vormittag. Er wusste, es war ihr freier Tag, und vielleicht schlief sie mal aus. Doch es meldete sich ihr Bruder.

»Sie ist nicht da«, verkündete Peter. »Sie macht Weihnachtseinkäufe. Ich musste dableiben, um auf den Hund aufzupassen«, fügte er mürrisch hinzu. »Ich musste Bella bei Schnee und Eis ausführen.«

»Und Callie hat sich vom Schnee nicht abhalten lassen?«

»Inzwischen hat es ja aufgehört, und es taut sogar schon. Sie dürfte keine Probleme haben – der Verkehr scheint schon wieder zu fließen, und die Busse fahren auch normal. Versuch's mal auf ihrem Handy«, schlug Peter vor.

Mark folgte diesem Rat und erreichte Callie beim dritten Klingelzeichen.

»Ich bin in der Oxford Street«, sagte sie. »Ist sogar eine ziemlich gute Zeit zum Einkaufen. Der Schnee hat eine Menge Leute abgehalten.«

»Wegen heute Abend«, sagte Mark und legte eine Pause ein, um tief Luft zu holen.

»Wenn du's nicht schaffst, mach dir keine Sorgen.«

»Nein, das ist es nicht.« Er hatte sich entschieden, und jetzt wollte er es auch durchziehen. »Ich wollte dich fragen, ob du ... mit mir essen gehst.«

»Natürlich, Marco, wenn du Lust dazu hast.«

»Ich möchte dich ins La Venezia ausführen.«

Jetzt herrschte bei Callie Schweigen. »Gerne.«

»Aber zuerst müssen wir reden«, fuhr er fort. »Ich muss dir ein paar Dinge erklären, bevor wir hingehen. Wie wär's also, wenn wir uns vorher zu einem Drink treffen würden?«

»Ja, klar. Ich gehe davon aus«, fügte Callie trocken hinzu, »dass die Einladung nicht Peter einschließt?«

Mark lachte. »Du hast es erfasst.«

Frances zog sich neben Rachels Bett einen Stuhl heran. Sie hatte keinen Schimmer, was sie hier eigentlich sollte: Die schwarze Frau hatte sich als Polizistin ausgewiesen und ihr bestenfalls eine vage Begründung geliefert, doch die Dringlichkeit des Anliegens war offensichtlich gewesen. »Es ist sehr wichtig, sie nicht alleine zu lassen«, hatte sie gesagt. »Ich hoffe, ich bin nicht lange weg. Falls ich nicht rechtzeitig zurück sein kann, schicke ich eine Kollegin, die Sie ablöst.«

Frances hatte den Eindruck, als wäre Rachel kurz davor, einzuschlafen. »Sie brauchen nicht zu reden oder so«, sagte sie, »ich werde einfach nur hier sitzen.«

Rachel nickte schläfrig und döste fast augenblicklich weg. Wenige Minuten später brachte eine Schwester ein dunkelhaariges Baby ans Bett und weckte Rachel. »Zeit zum Stillen«, sagte sie, »das Baby hat Hunger.«

Als sie das Kind entgegennahm, war nicht zu übersehen, dass sie keine Übung hatte. »Das Erste, nicht?«, fragte die Schwester. »Keine Sorge. Ich gebe Ihnen ein bisschen Hilfestellung und zeige Ihnen, wie's geht. Kinderspiel. Die Kleine weiß, was sie tun muss, Sie werden sehen.«

Während das Baby gestillt wurde, fuhr die Schwester mit dem ermunternden Geplapper fort. Frances überlegte, ob sie sich lieber taktvoll zurückziehen sollte, dachte aber an die Mahnung dieser Yolanda Fish, Rachel nicht einen Moment lang allein zu lassen.

»Wollen Sie die Kleine ein Weilchen dabehalten?«, fragte die Schwester, als die Mahlzeit beendet war. »Sie müssen aber nicht. Wenn Sie lieber ein bisschen schlafen wollen, kann ich sie wieder mitnehmen.«

»Nein, ich würde sie gerne ein bisschen hierbehalten.« Rachel legte ihre Arme fester um das Baby.

»In Ordnung, dann machen wir's ihr mal bequem.« Die Schwester sorgte dafür, dass Rachel ordentlich zugedeckt war, und legte ihr das Kind dann in die Armbeuge. »Vielleicht kommt Daddy später zu Besuch?«, fragte sie schüchtern mit einem Augenzwinkern in Frances' Richtung.

Rachel biss sich auf die Lippe. »Ich glaube nicht.«

Als die Krankenschwester gegangen war, beugte sich Frances herüber, um sich das Baby anzusehen. »Sie ist wunderschön, nicht wahr?«

»Das Schönste, was ich je gesehen habe.« Rachel sprach bewegt und so leise, dass sie kaum zu verstehen war. »Ich hätte nie gedacht ... na ja, ich konnte sie mir überhaupt nicht vorstellen. Nicht als Menschen aus Fleisch und Blut. Aber sie ist ...« Sie hielt die Tränen zurück und strich dem Baby behutsam mit einem Finger über die Wange.

»Ich weiß genau, was Sie meinen«, sagte Frances. »Es war dasselbe mit unserer Tochter. Man hat ein Baby neun Monate im Bauch und meint, man ist drauf gefasst, aber wenn es dann endlich da ist, ist man völlig unvorbereitet.«

Rachel drehte den Kopf herum und schaute Frances an, als sähe sie die Geistliche zum ersten Mal. »Sie haben auch eine Tochter?«

»Ja. Heather heißt sie. Inzwischen ist sie fast fünfundzwanzig – ich kann's kaum glauben. Kommt mir so vor, als hätte ich sie erst letzte Woche so in den Armen gehalten.«

Rachels Blick wanderte zu Frances' Kragen. »Sind Sie wirklich Priesterin?«

Das war, musste Frances unwillkürlich denken, in gewissen Kreisen eine ziemlich heikle Frage: Es gab jede Menge traditionalistische männliche Kollegen, die ihre Ordinierung nicht für rechtens oder gültig hielten. Doch diese junge Frau interessierte sich natürlich nicht für derlei theologische Spitzfindigkeiten. Sie lächelte und sagte einfach: »Ja.«

»Kann ich mit Ihnen sprechen? Ich meine, als ... Priesterin?«

»Aber natürlich.« Frances nickte.

Jetzt sah Rachel fast schüchtern weg. »Stimmt es, dass Sie niemandem weitererzählen können ... dürfen, was ich Ihnen zu sagen habe?«

»Alles, was Sie mir anvertrauen, bleibt unter uns.« Und Gott, fügte Frances in Gedanken hinzu.

»Ich bin nicht religiös«, wiederholte Rachel, als hätte sie die unausgesprochenen Worte gehört. »Ich gehe nicht in die Kirche oder so.«

»Das macht nichts. Ich bin für jeden da, der mich braucht«, versicherte ihr Frances.

Rachel schwieg einen Moment und beugte das Gesicht über den flaumigen dunklen Kopf ihres Babys; die Tränen tropften aus ihren Augen auf die Wange des Neugeborenen. Als sie schließlich wieder das Wort ergriff, war ihre Stimme nur noch ein dünnes Flüstern. »Ich habe etwas Schreckliches getan, etwas wirklich, wirklich Schreckliches.«

DREIZEHN

Die drei Mädchen standen in der Essensschlange hinter Alex und sprachen absichtlich laut, sodass sie jedes Wort hören musste.

»Traurig, nicht wahr?«, sagte Beatrice, Alex' Stiefkusine. »Sie ist so flachbrüstig, dass sie glatt als Junge durchgehen würde.«

»Vielleicht ist sie ja auch ein Junge«, trug Georgina bei.

»Das würde einiges erklären«, sagte Beatrices beste Freundin Sophie.

»Klar, zum Beispiel, weshalb sie keinen Freund hat. Obwohl sie andererseits so hässlich ist, dass kein Junge zweimal hingucken würde. Es sei denn, sie zieht sich einen Sack über den Kopf«, fügte Beatrice hinzu. »Und dann diese Zahnspange. Wer möchte denn schon einen Mund voll Metall ablutschen?«

Georgina und Sophie kicherten hysterisch, als Alex zu ihnen herumwirbelte. Sie hatte versucht, sie zu ignorieren; sie hatte sich eingebläut, sie seien es nicht wert, sich provozieren zu lassen. Doch sie hatte die Nase voll.

»Redet ihr über mich?«, fragte sie die Mädchen wütend.

Beatrice verschränkte die Arme über dem recht üppigen Busen. »Ich sehe zumindest kein anderes hässliches, flachbrüstiges Mädchen weit und breit. Wer sich den Schuh anzieht ...«

Alex fühlte sich zwischen dem Bedürfnis zu weinen und Beatrice eine reinzuhauen hin und her gerissen. Sie widerstand beiden Impulsen. »Zufällig habe ich auch einen Freund.«

»Wohl in Schottland«, höhnte Beatrice. »Wie passend. Wie heißt er denn gleich? Nessie?«

»Ihr Freund ist das Ungeheuer von Loch Ness!«, stichelte Georgina.

»Er heißt Jack, und er wohnt in London!« Ohne nachzudenken, ob es klug war, griff Alex nach der Kette um ihren Hals und zog den Anhänger unter ihrem Pullover hervor. »Da, das ist er!«, verkündete sie und öffnete das Medaillon.

Beatrice beugte sich vor und musterte das winzige Bild. »Behauptest du. Hast du wahrscheinlich aus irgendeiner Zeitschrift ausgeschnitten oder so.«

»Hab ich nicht!«

»Lass mal sehen«, forderte Georgina und schnappte nach dem Schmuckstück. »Wer ist denn auf dem anderen Foto? Bist du das?«

»Meine Mutter. Als sie in meinem Alter war.«

Alex' Ton hätte sie warnen sollen, es nicht noch schlimmer zu treiben, doch sie achteten nicht darauf.

»Ach, deine hässliche Mutter. Sie ist genauso hässlich wie du. Kein Wunder, dass dein Dad sie verlassen hat.« Georgina zerrte an dem Kettchen; es war alt und zart und riss, sodass sie das Medaillon in der Hand hielt.

»Gib her!« Alex schnappte danach, doch Georgina war schneller.

Sie machte blitzschnell eine Faust und hielt sie sich über den Kopf. Obwohl ein Jahr jünger als Alex, war sie größer und hatte längere Arme. »Hol's dir doch!«

»Das gehört mir!« Alex spürte ein Zentnergewicht in der Brust; sie rang beinahe nach Luft. Ihr kostbarster Besitz auf der Welt direkt vor ihrer Nase in der Hand dieses schrecklichen Mädchens ... Sie schluchzte vor Wut und Frustration. »Gib sofort her!«

»Oh, sie ist eine Heulsuse«, spöttelte Sophie. »Also, ehrlich, Beatrice. An deiner Stelle würde ich nie laut sagen, dass dieser Loser mit mir verwandt ist.«

»Ist sie ja gar nicht«, stellte Beatrice gegenüber ihrer Freundin klar. »Nur weil meine Tante Jilly so dämlich war, ihren Vater zu heiraten, ist sie noch lange nicht mit *mir* verwandt.«

Alex packte ein Büschel von Georginas langem blondem Haar und zog in ihrer Wut fest daran. »Gib mir meinen Anhänger!«

Georgina schrie. Schrill. Köpfe fuhren herum, und einen Moment später war eine der Lehrerinnen zur Stelle. »Was um Himmels willen ist hier los?«, wollte sie wissen.

Neville saß an seinem Schreibtisch, während Yolanda auf und ab marschierte.

»Demnach ist Trevor Norton tatsächlich tot«, sagte Yolanda.

»Mausetot«, bestätigte Neville. »Im Leichenschauhaus liegt definitiv Trevor. Hat die DNA-Analyse bestätigt.«

»Und Rachel ...«

»Sie macht uns was vor, das wissen wir, aber wir wissen nicht, was.« Neville schüttelte den Kopf. »Und vielleicht hat es nicht einmal was mit dem Mord zu tun. Es kann durchaus sein, Yolanda, dass er tatsächlich von einem Rowdy ermordet wurde. Wegen seines iPod. Punkt, Ende der Geschichte. Genau wie Sid von Anfang an gesagt hat.«

Wenn es nur so einfach wäre, dachte Yolanda. Aber ihr Gefühl sagte ihr, dass an diesem Szenario irgendetwas nicht stimmte.

»Und was machen wir jetzt?«

»Ich weiß nicht, was *ich* jetzt mache«, sagte Neville betont. »Wahrscheinlich wieder von vorn anfangen. Aber ich weiß, was Sie jetzt machen. Sie gehen nach Hause.«

Sie blieb abrupt stehen. »Nach Hause? Sie machen wohl Witze?«

»Hören Sie, Yolanda.« Nevilles Ton war fest und entschlossen, als er ihr an den Fingern einer Hand seine Gründe aufzählte. »Sie sind Familienkontaktperson und keine Ermittlerin. Sie haben die ganze Woche über verdammt hart gearbeitet. Rachel Norton liegt im Krankenhaus - für die nächsten ein, zwei Tage bleibt sie, wo sie ist. Es gibt nichts, was Sie im Moment tun könnten. Also gehen Sie einfach heim.«

»Na ja«, räumte Yolanda unwillig ein, »sie werden sie frühestens am Wochenende entlassen, besonders, wo das Baby ein bisschen früh gekommen ist.«

»Sag ich doch.« Neville grinste sie an. »Gehen Sie nach Hause, Yolanda, haben Sie ein bisschen Spaß mit Ihrem Mann, schlafen Sie mal wieder im eigenen Bett. Und kommen Sie nicht vor Montag zurück. Das«, fügte er hinzu, »ist eine Dienstanweisung.«

Alex saß im Büro der Schuldirektorin, und ihr Herz schlug ihr bis zum Hals. Sie war noch nie in Schwierigkeiten gewesen. Sie hatte auch von Anfang an nicht in diese schreckliche Schickimicki-Schule gepasst, aber dennoch sorgsam darauf geachtet, nicht die Aufmerksamkeit der Direktorin auf sich zu lenken.

Sie versuchte sich zu entspannen, indem sie sich auf dem harten Stuhl zurücklehnte und sich lässig gab. Die Direktorin telefonierte; Alex hörte nur ab und zu hin. »Schlechtes Benehmen«, hörte sie. »... gewöhnliche Straßenkinder.«

Die Direktorin lehnte sich über den Schreibtisch, öffnete eine Akte und sah einen Moment hinein. »Dein Vater wird sehr enttäuscht von dir sein«, sagte sie und funkelte Alex über die Lesebrille hinweg an. »Und hast du irgendetwas dazu zu sagen, junge Dame?«

Alex konnte sich denken, was von ihr erwartet wurde. »Tut mir leid«, sagte sie gefügig, aber nur, damit sie zum nächsten - entscheidenden - Punkt kommen konnte. »Und könnte ich wohl bitte mein Medaillon wiederhaben? Diese ... Georgina. Sie hat es immer noch. Ich will es zurück.«

Frances hatte im Lauf der Jahre eine ganze Menge Bekenntnisse am Krankenbett zu hören bekommen, doch Rachels war eins der seltsamsten - und eins der bewegendsten.

In einem Ton, der zuweilen nur noch ein Hauchen war, emotional, aber nicht hysterisch, berichtete Rachel von einer Ehe, die schon gekippt war, kaum dass sie begann; von einer wiederaufgeflammten Romanze und der fast unausweichlichen Tragödie, als es unmöglich wurde, beides zusammenzuhalten.

In den ersten Jahren, solange Trevor und Rachel nur zusammenlebten, war noch alles eitel Sonnenschein. Zwar versuchte er schon da immer wieder ein bisschen, sie zu bevormunden, war eifersüchtig auf ihre Freundschaften mit Arbeitskollegen, doch als sie erst verheiratet waren, wurde alles noch viel schlimmer: Sie durfte mit niemandem Zeit verbringen außer mit ihm. Dann kaufte er das Haus in Paddington und machte sich selbstständig, wodurch sie praktisch von jedem anderen Menschen und von ihrem alten Leben abgeschnitten war.

Rachel rieb sich zwar ein wenig daran, doch sie war ein ziemlich kompromissbereites - ja duldsames - Wesen, und es war nicht ihre Art, sich ihm offen zu widersetzen.

Eines Tages spielte sie gerade ein wenig auf ihrem Laptop herum und surfte im Internet, als sie über *findagain.co* stolperte.

Sie wurde spontan Mitglied, aber der erste Kontakt kam von der anderen Seite: von einem jungen Mann, der für kurze Zeit an der Schule ihr Freund gewesen war. Ihre Beziehung war von Anfang an zum Scheitern verurteilt. Abdul Mahmoud war das Kind pakistanischer Immigranten, und seine Eltern hatten gegen die Verbindung noch mehr Widerstand geleistet als ihre eigenen. Ihre Eltern waren von seiner Hautfarbe nicht begeistert, und seine, fromme Muslime, lehnten Rachel als Ungläubige ab. Sie waren beide noch sehr jung gewesen und hatten sich in die Trennung gefügt.

Dabei konnte Rachel Abdul nie ganz vergessen und musste immer wieder an die wunderbaren heimlichen Küsse in einsamen Schulfluren zurückdenken, an wenige verstohlene Rendezvous und schüchterne Zärtlichkeiten in der hintersten Kinoreihe. Wenn Trevor besonders schwierig war, schwelgte sie manchmal in der Erinnerung an Abdul und wagte sich auszumalen, wie es wohl gewesen wäre, wenn sie sich ihren Eltern widersetzt und ihr Leben zusammen gestaltet hätten.

Als er per E-Mail Kontakt mit ihr aufnahm, konnte sie es vor Freude - wie auch vor Angst - kaum fassen. Freude bei dem Gedanken, Abdul wiederzusehen, und Angst davor, dass Trevor dahinterkommen könnte und die Situation außer Kontrolle geriet.

Aber Trevor fand es nicht heraus. Nach einigen Wochen, in denen sie sich täglich Dutzende Mails geschickt hatten, verabredeten Rachel und Abdul sich, und die Situation geriet tatsächlich gänzlich außer Kontrolle.

Sie und Trevor hatten lange versucht, ein Baby zu bekommen. Das war ein Grund, weshalb sie geheiratet hatten: Trevor wünschte sich sehnlichst ein Kind und wollte sie vorher zu seiner Frau machen.

Als sie feststellte, dass sie schwanger war, wusste sie allerdings nicht mit Sicherheit, wessen Baby es war.

Unter anderen Umständen wäre es vielleicht nicht so schlimm gewesen; sie wäre vielleicht damit durchgekommen. Doch sie und Trevor waren beide blond - und Abdul nicht. Rachel verstand natürlich aus dem Biologieunterricht der Oberstufe genug von Genetik, um zu wissen, dass das Baby, falls Abdul der Vater war, nicht blond sein konnte, wie Trevor es erwartete. Je mehr sie darüber nachdachte, desto mehr geriet Rachel in Panik. Sobald das Kind zur Welt käme, wüsste Trevor Bescheid. Er würde sie umbringen.

Daran hegte sie nicht den geringsten Zweifel. Er liebte sie so total, so besitzergreifend; er war sich ihrer so sicher. Angesichts des lebenden Beweises dafür, dass es einen anderen Mann für sie gab, würde er sie töten.

Und was noch schlimmer war: Er würde möglicherweise ihrem Baby etwas antun. Ihr Kindheitstrauma elterlicher Gewalt, das sie so lange hatte verdrängen können, stand ihr wieder vor Augen. Sie erzählte Frances von ihrem herrschsüchtigen, brutalen Vater, dem Mann, vor dem sie ironischerweise in Trevors Arme geflüchtet war. Die Geschichte drohte sich zu wiederholen; Trevor hatte sich in ihren Vater verwandelt, und das Wohlergehen ihres Babys stand auf dem Spiel.

Je näher der Geburtstermin rückte, desto verzweifelter suchte das heimliche Paar nach einer Lösung.

Der Plan reifte im Verlauf mehrerer Wochen heran.

Trevor war ein Gewohnheitstier; das kam ihnen zugute. Er ging jeden Tag um die gleiche Zeit joggen, sommers wie winters, bei Regen und bei Sonnenschein. Er nahm stets dieselbe Route am Kanal entlang. Folglich brauchte Abdul nichts weiter zu tun, als in einem Hinterhalt auf ihn zu warten – und zwar an einer Stelle im toten Winkel der Überwachungskameras.

Es gab mehrere fehlgeschlagene Versuche, bei denen ein störender Passant ihnen einen Strich durch die Rechnung machte. Doch dann waren eines Tages die Bedingungen perfekt: ein Morgen mit miserablem Wetter, mit schweren, anhaltenden Regenfällen, von denen sich höchstens der fanatischste Jogger nicht abschrecken lassen würde.

Am Ende war es aberwitzig einfach gewesen. Der unerwartete Schlag auf den Kopf, dann der Schubs in den Kanal. Den iPod an sich zu nehmen, war Abduls spontane Idee gewesen. Er hoffte - zu Recht, wie sich zeigte - darauf, dass der Diebstahl das wahre Mordmotiv verdunkeln würde.

Rachel versuchte nicht, ihre Tat schönzureden, und übernahm die volle Verantwortung dafür; das war nach Frances' Erfahrung schon an sich ungewöhnlich, und sie stellte fest, dass Rachel ihr damit Respekt abrang. In den Jahren als Krankenhausgeistliche hatte sie immer wieder festgestellt, dass die meisten Menschen selbst in den extremsten Fällen versuchten, ihre eigenen Untaten und ihr Versagen auf jemand anders abzuwälzen. »Ich hätte es nicht getan, wenn mein Mann nicht ...« oder »Hätte mich meine Frau nur mehr ermutigt, was hätte ich alles erreichen können ...« oder »Meine Kinder haben mich immer daran gehindert ...«

»Es war eine entsetzliche Tat«, sagte sie. »Aber ich musste es tun. Für mich und für mein Baby. Es war meine Idee, ihn zu töten. Ich hatte solche Angst davor, was passieren würde, wenn er es herausbekam, und ich wusste mir keinen anderen Rat. Auch wenn Abdul die Tat ausgeführt hat, haben wir es die ganze Zeit zusammen geplant. Ich bin genauso schuldig wie er.«

Rachel schwieg einen Moment. Auch Frances blieb stumm; sie wusste, dass die beruhigenden Worte, die sie normalerweise fand, in diesem Fall vollkommen unangebracht und unzulänglich sein mussten. Irgendwann rappelte sich Rachel zum Sitzen hoch, griff nach einem frischen Taschentuch auf dem Nachttisch und tupfte sich damit die Augen. Dann sagte sie entschlossen: »Ich möchte, dass Sie ihn für mich anrufen. Jetzt.«

»Sie meinen Abdul?«

»Er muss seine Tochter sehen. Er muss hier bei mir sein.«

»Die Polizei«, sagte Frances, als sie daran dachte, mit welcher Eindringlichkeit Yolanda Fish sie dazu eingespannt hatte, sich zu Rachel zu setzen. »Haben die einen Verdacht? Wissen sie es schon?«

Rachel schüttelte den Kopf. »Sie wissen es nicht. Vielleicht hegen sie einen Verdacht. Das könnte durchaus sein. Aber Sie dürfen es ihnen nicht erzählen. Sie haben es mir versprochen. Sie haben mir versprochen, es überhaupt niemandem zu erzählen.«

»Nein«, sagte Frances. »Das werde ich auch nicht.«

»Sie müssen Abdul anrufen. Ich liebe ihn«, erklärte Rachel. »Und er liebt mich. Aus diesem Grund haben wir etwas sehr Schlimmes getan. Aber wir haben immer noch uns und unsere Tochter, und wir müssen ... zusammen sein, was immer geschieht.«

Folglich schrieb sich Frances trotz ihres Versprechens an Yolanda, Rachel keinen Moment allein zu lassen, die Nummer auf einen Zettel und ging zu der Warteschlange an den Münztelefonen.

Alex ließ sich diesmal mit dem Nachhauseweg von der Schule Zeit. Der Schnee war weitgehend zu schmutzigem Matsch geschmolzen; Alex trödelte vor sich hin, suchte nach schattigen Stellen, an denen die Pracht liegen geblieben war, und trat mit ihren guten Schulschuhen dagegen, ohne sich darum zu scheren, ob sie das vertrugen oder nicht.

Die Direktorin hatte versucht, ihren Vater bei der Arbeit zu erreichen, aber er war in einer Besprechung gewesen. Das war schon mal eine gute Sache. Er wäre so böse mit ihr gewesen - nicht nur von ihr enttäuscht, weil sie in der Schule handgreiflich geworden war, sondern auch darüber verärgert, bei seiner ach so wichtigen Arbeit gestört zu werden. Alex würde das im Traum nicht wagen, und selbst die dämliche Jilly machte nicht den Fehler, ihn im Büro anzurufen.

Alex hatte versucht, der Direktorin zu erklären, wie alles gewesen war, doch die hatte gar nicht zugehört.

Wenigstens hatte sie nicht Jilly angerufen. Nicht, dass Jilly sich viel daraus machte. Nicht, dass Alex sich auch nur das Geringste daraus machte, ob Jilly sich was daraus machte oder nicht. »Jilly, Jilly, du bist so silly«, murmelte sie leise vor sich hin und trat einen winzigen Schneemann um, den jemand im Garten vor dem Haus gebaut hatte. Mit weiteren Spottreimen auf ihre Stiefmutter brachte sie den gesamten Weg bis zur Wohnungstür hinter sich. Sie schloss auf, warf ihren Rucksack auf den Boden, schlüpfte aus dem Mantel und lief schnurstracks in die Küche, um nach Essbarem zu suchen. Durch den Vorfall in der Schule hatte sie eine ganze Mahlzeit versäumt, und ihr Magen erinnerte sie allmählich daran.

Sie brauchte heute mehr als eine Banane und eine Tüte Chips. Vielleicht fand sich im Kühlschrank ein Fertiggericht, das einigermaßen essbar war. Alex zog die Edelstahltür auf und wühlte im Kühlschrank herum, bis sie eine kleine Portion Käsemakkaroni fand, sie mit zur Mikrowelle nahm und den Snack hineinwarf.

»Was glaubst du eigentlich, was für Spielchen du hier treiben kannst?«, sagte plötzlich eine wütende Stimme hinter ihr. Alex wirbelte herum, und als sie sich der stirnrunzelnden Jilly gegenübersah, schlug ihr das Herz bis zum Halse.

Jetzt wurde es ernst, so viel war Alex klar. Alex runzelte oft die Stirn und ihr Dad ebenso, doch Jilly hielt absolut nichts davon; das machte Falten, rief sie ihnen oft genug ins Gedächtnis.

Alex schaute auf ihre nassen Schuhe herunter und auf die Spur, die sie quer über den Küchenboden hinterlassen hatten. Das würde Jilly überhaupt nicht gefallen. Tja, zu dumm aber auch, dachte sie trotzig.

Jilly hatte jedoch Wichtigeres im Kopf. Es stellte sich heraus, dass sie gerade mit ihrer Schwester beim Einkaufen gewesen war, als die Direktorin Melanie auf dem Handy anrief: Melanies beide Töchter waren in eine Balgerei verwickelt worden, und zwar - dreimal durfte man raten - mit Alex. »Handgreiflichkeiten an der Schule«, sagte Jilly und verzog den Mund. »Wie ... gewöhnlich. Und wie kannst du es wagen, auf deine eigenen Kusinen loszugehen! Das ist ungeheuerlich!«

»Sie sind nicht meine Kusinen«, machte Alex ihr wütend klar. »Sie sind nicht mit mir verwandt, Gott sei Dank! Und ich bin überhaupt nicht auf sie losgegangen! Sie haben angefangen!«

»Das wage ich doch sehr zu bezweifeln«, erklärte Jilly. »Sie sind ... junge Damen. Sie sind ordentlich erzogen. Sie haben Manieren. *Die beiden* sind nicht verwildert.«

»Ich schon, ja? Willst du mir das sagen?«

»Deine Mutter war eben zu sehr mit diesem Laden beschäftigt, anstatt sich um ihre Familie zu kümmern! Hat ihren Mann und ihr Kind vernachlässigt und deine Erziehung dieser irren Alten überlassen!«

Alex riss wie unter Schock die Augen auf; sie hatte das Gefühl, als hätte sie einen Schlag in die Magengrube bekommen, der ihr die Luft nahm. Glaubte Jilly tatsächlich, was sie da sagte? Hatte sie das vielleicht von Dad?

Sie holte tief Luft und brüllte: »Meine Mutter hat mich nicht vernachlässigt! Wie kannst du so was sagen? Und meine Granny ist auch keine Irre!«

Jilly verschränkte die Arme vor der Brust und redete weiter, als hätte sie Alex' Ausbruch gar nicht gehört. »Und was diesen Blödsinn betrifft, den du den Mädchen aufgetischt hast, du hättest einen Freund - also, das ist einfach zu albern. Fällt dir nichts Besseres ein, als solche Lügenmärchen zu erzählen?«

»Ich lüge nicht«, zischte Alex zwischen den Zähnen hervor.

»Ach, komm schon. Sieh dich doch an! Einen Freund? Da lachen ja die Hühner.« Mit einer ruckartigen Kopfbewegung warf Jilly ihr kunstvoll frisiertes blondes Haar zurück.

Vor langer, langer Zeit, kurz nach der Hochzeit ihres Vaters mit Jilly, hatte Alex feierlich beschlossen, sich mit ihrer neuen Stiefmutter nicht in irgendwelche Streitereien hineinziehen zu lassen, sei es verbaler oder anderer Art. Bis jetzt war es ihr gelungen, sich daran zu halten, indem sie innerlich auf Tauchstation ging und sich ins Gedächtnis rief, dass Jilly etwas unterbelichtet war und es daher in jedem Fall ein ungleicher Kampf sein würde.

Noch nie war sie derart in Versuchung geraten, diese Stimme in ihrem Hinterkopf zu ignorieren, die sie warnte, es sei höchste Zeit, den Rückzug anzutreten. Sie wollte Jilly anschreien, ihr wehtun, mit Worten wie auch mit etwas, das selbst die dämliche Jilly verstehen würde: ihr an den perfekten blonden Haaren ziehen und ihr mit den Fingernägeln die perfekte rosa Haut aufkratzen.

Sie bot den letzten Funken Willenskraft auf, biss die Zähne zusammen, ballte die Fäuste, machte auf dem Absatz kehrt und steuerte ihr Zimmer an.

»Wo willst du hin?«, fragte Jilly fordernd in ihrem Rücken. »Ich will wissen, was mit diesem Medaillon ist, um das sich die ganze Aufregung drehte. Wieso hab ich noch nie ein Medaillon bei dir zu Gesicht bekommen?«

Alex ignorierte die Frage. Sie hatte die Tür zu ihrem Zimmer erreicht, marschierte hinein und knallte die Tür hinter sich zu. Unglücklicherweise gab es kein Schloss; also zerrte sie den Stuhl von ihrem Schreibtisch herüber und klemmte die Lehne unter die Klinke. Nur für alle Fälle.

Die Kette an ihrem Medaillon war gerissen; sie musste entweder repariert oder ersetzt werden. Für den Augenblick hatte sie es in der Brusttasche ihres Blazers verstaut. Sie setzte sich auf die Bettkante und strich sich liebevoll mit der

Hand über die Stelle, an der es sich an ihr Herz drückte. Sie würde es Jilly nicht zeigen. Nicht um alles in der Welt. Nicht einmal ihrem Vater. Es gehörte ihr; es ging niemanden etwas an. Der schlimmste Fehler, den sie heute gemacht hatte, war, es vor diesen grässlichen Mädchen herauszuholen.

Ihre Mutter. Ihre liebe, schöne, witzige und wundervolle Mutter. Und Jack. Mit einem raschen Blick zur Tür, um sicherzugehen, dass Jilly nicht versuchte, ihre Schutzwehr einzureißen, griff Alex in ihre Tasche, zog das Medaillon hervor und machte es auf. Mum. Und Jack.

Sie küsste die Fotos eins nach dem anderen, ließ das Medaillon dann wieder zuschnappen und steckte es unter ihr Kopfkissen.

Kurz darauf ging sie zu ihrem Schreibtisch. Da sie den Stuhl gerade anderweitig brauchte, kniete sie sich auf den Boden vor dem Computer und legte die Finger auf die Tastatur. Sie hatte nur eine neue Nachricht, und die war von Jack. GET 2GETHER lautete der Betreff. Mit Herzklopfen öffnete Alex die Mail.

»Hey, Sasha!«, lautete sie. »I WANT 2 C U!! Treffen wir uns? Heute Abend, okay???!? Paddington Station unter der Uhr. Ich bin um 5 da!!! Zieh was Rotes an! Ich auch!! Xoxoxoxoo Jack.«

Auch wenn sie gar nicht so viele Leute auf ihrer Weihnachtsliste hatte, fand Callie ihren Einkaufsausflug ermüdend. Im Laufe des Tages war es auf der Oxford Street lebhafter geworden; um die Teezeit wurde es bereits dunkel, und ihre Tragetaschen schienen Zentnergewichte zu sein.

Erleichtert entdeckte sie in einem Café mitten in einem großen Kaufhaus einen leeren Tisch. Er war zwar noch nicht abgeräumt, aber zumindest hatte sie ihn für sich allein; sie brauchte den zweiten Stuhl für ihre Taschen und war überhaupt nicht in der Stimmung für irgendwelche höflichen Plaudereien mit einem redseligen Fremden.

»Ein Kännchen Tee bitte«, sagte sie zu der gehetzten Kellnerin, die aus dem Nichts erschien, um ihre Bestellung aufzunehmen. »Normalen Tee.«

»Was zu essen?«

Der Rosinenkuchen hätte sie gereizt - sie hatte nichts zu Mittag gegessen, aber sie erinnerte sich an ihre Verabredung für heute Abend. »Nein, danke.«

Während sie auf den Tee wartete, wühlte sie in ihren Tüten herum und machte eine Bestandsaufnahme. Hatte sie auch alle bedacht?

Wie jedes Jahr war es am leichtesten gewesen, etwas für Frances zu kaufen; Callie fand, dass sie sich nicht genügend verwöhnte, und so schenkte sie ihr gerne irgendwelche extravaganten Toilettenartikel. Diesmal bekam sie Badebomben in verschiedenen exotischen Duftnoten, die alle so köstlich rochen, dass man hätte reinbeißen mögen.

Danach wurde es schon schwieriger. So gut sie ihren Bruder kannte, war es doch jedes Mal eine Herausforderung, etwas auszusuchen, das ihm gefiel und das er noch nicht hatte. Im Hinblick auf seine neue Begeisterung für alles Italienische hatte sie sich für ein großes und sehr schweres Buch über die italienische Küche entschieden und wünschte jetzt, sie hätte mit dem Kauf bis zum Nachhauseweg gewartet.

Es hatte Spaß gemacht, etwas für Bella zu kaufen, auch wenn Weihnachten für sie ein Tag wie jeder andere war. Zu einem Kauspielzeug, mit dem sie sich beschäftigen konnte, wenn sie allein zu Hause war, kam noch ein kleiner Beutel Hunde-Schokobonbons; beides würde Bella sicher glücklich machen.

Und dann Brian. Mit einer guten Flasche konnte man wohl nichts falsch machen - aber einer Flasche von was? Wenn sie seine Gewohnheiten richtig beobachtet hatte, konnte sie sich nicht vorstellen, dass Brian scharfe Sachen schätzte, aber Wein war ein wenig zu einfallslos. Callie erinnerte sich, dass ihr Vater Tio-Pepe-Sherry liebte, und so trieb sie diese Marke in der Markthalle von Selfridges auf, wo sie dann auch noch gleich eine Schachtel edle Pralinen für Jane kaufte.

Die größte Herausforderung war ihre Mutter. Sie wusste bereits im Voraus, dass jedes Geschenk, egal, wofür sie sich entschied, sich zwangsläufig als unzulänglich erweisen würde: die falsche Größe, die falsche Farbe, der falsche Schnitt. Darüber hinaus würde Laura Anson auch nicht zögern, ihr klarzumachen, inwiefern das Geschenk ihren Erfordernissen nicht entsprach. Daher war es immer die sicherste Strategie, ihr etwas in einer Ladenkette zu kaufen, wo es leicht umgetauscht werden konnte. Soweit Callie wusste, hatte ihre Mutter noch kein einziges ihrer Geschenke behalten. Es war jedes Jahr aufs Neue vergebliche Liebesmühe. Wieso machte sie es dann überhaupt noch? Aus reiner Gewohnheit wahrscheinlich. Möglicherweise war es auch eine Art Sportsgeist: Vielleicht würde ihre Mutter eines Tages ein Weihnachtsgeschenk auspacken und sagen: »Ach, Callie, das ist perfekt – ich liebe es!« statt »Dieses Blau fand ich schon immer grässlich« oder »Das ist viel zu groß für mich, da versinke ich ja drin!« Callie versuchte, auf Nummer sicher zu gehen, und entschied sich für einen Morgenmantel in einer Farbe, die sie fast im selben Ton bereits an ihrer Mutter gesehen hatte. Der Mantel war weich und anschmiegsam, aber sie war sicher, dass Laura Anson dennoch das Haar in der Suppe finden würde. Wenn das Unvermeidliche geschah, würde sie ihn vielleicht gar nicht umtauschen, sondern selbst behalten und ihrer Mutter das Geld geben, um sich etwas anderes dafür zu kaufen.

Wenigstens brauchte sie sich dieses Jahr keine Gedanken darüber zu machen, was sie Adam schenken sollte. Sie sollte, dachte Callie, für diese kleine Gunst des Schicksals dankbar sein. Dafür hatte sie das sehr schwierige Problem mit Marco zu lösen.

Sie dachte schon eine ganze Weile darüber nach. Mit an Sicherheit grenzender Wahrscheinlichkeit würde er ihr etwas überreichen, und sie musste sich revanchieren. Aber womit? Wie persönlich und wie teuer sollte es sein? Eine Schachtel Stofftaschentücher hätte sie völlig unpassend gefunden, aber genauso wenig konnte sie sich vorstellen, ihm etwas zum Anziehen oder etwas noch Persönlicheres zu kaufen.

Am Ende entschied sie sich für einen perfekten Kompromiss: Sie war beim Kauf von Peters Kochbuch darüber gestolpert und hatte sich mit einem Freudenschrei darauf gestürzt. Es war ein opulent ausgestatteter, großformatiger Bildband über Venedig. Sie war sicher, dass er ihm sehr gefallen würde. Sie konnte kaum abwarten, sein Gesicht zu sehen, wenn er das Päckchen öffnete und die Hochglanzseiten mit den prächtigen Fotografien durchblätterte.

Als sie sich den Tee eingoss, damit er abkühlte, und sich Marcos Freude über sein Geschenk vorstellte, war sie wieder bei dem Thema, das ihr seit Stunden im Kopf herumging: Marcos Anruf mit dem plötzlichen Vorschlag, im La Venezia zu essen, und seine Andeutungen, dass er ihr ein paar Offenbarungen machen musste. Noch dazu wichtige, wie es schien. »Dinge, die ich dir erklären muss«, hatte er gesagt.

Was für Dinge musste er ihr erklären? Und wollte sie diese Erklärungen wirklich hören? Auch wenn sie auf seine Familie neugierig war und sich oft genug gewundert hatte, wie ausweichend er über sie sprach, so schien diese Entwicklung doch eine neue Phase in ihrer Beziehung zu signalisieren, und Callie war sich nicht ganz sicher, ob sie dafür schon bereit war.

Sie hatte in letzter Zeit so viele Veränderungen in ihrem Leben verarbeiten müssen, allen voran die neue berufliche Stellung unmittelbar nach der Trennung von Adam. Und im Großen und Ganzen war die Beziehung mit Marco so, wie sie im Moment war, sehr befriedigend. Wieso also etwas daran ändern? In Adam hatte sie sich verliebt und war Schritt für Schritt eine Bindung eingegangen, doch es hatte ihr nur Kummer eingebracht.

Andererseits genoss sie Marcos Gesellschaft sehr. Mehr noch: Zwischen ihnen stimmte die Chemie. Marco war gut aussehend und sexy; bei seinen Küssen hatte sie Schmetterlinge im Bauch. Aber es war nicht nur physisch. Von ihrer ersten Begegnung an hatte sie gemerkt, wie unbeschwert sie sich mit ihm unterhalten konnte, fast, als würden sie sich schon ein Leben lang kennen. In seiner Gegenwart konnte sie sich entspannen und sie selbst sein: keine Täuschungsmanöver, keine Spielchen. So etwas bekam man nicht alle Tage.

Schließlich wurde sie ja auch nicht jünger. Sie war jetzt dreißig. Heutzutage nicht gerade alt, doch früher oder später fing ihre biologische Uhr zu ticken an, und zurückstellen konnte sie sie nicht.

Wieso musste das Leben so kompliziert sein? War sie übertrieben vorsichtig, suchte sie nach Entschuldigungen, um Marco auf Distanz zu halten? Gerade erst verletzt, neue Stelle, neue Lebenssituation, angeborenes Misstrauen. Waren das alles nur Ausflüchte für Angst? War sie einfach nur ein Feigling, der mit Wandel und Entwicklung nicht fertig wurde?

Sie nahm einen Schluck Tee, bevor er ausreichend abgekühlt war, und schnappte nach Luft, als er ihr die Kehle hinunterbrannte. Reiß dich zusammen, Callie! Nimm diesen Abend einfach als Gelegenheit, mal von Peter wegzukommen, und mach dir nicht ins Hemd! Oder wie die Italiener zu sagen pflegen, *che sarà, sarà*.

VIERZEHN

Zieh was Rotes an.

Alex wühlte ihren Kleiderschrank durch und versuchte, das Kribbeln im Bauch zu ignorieren. Rot war eigentlich keine gute Farbe für sie. Zu auffällig, wo sie sich doch lieber unsichtbar machte.

Ihre Mutter liebte Rot. Es stand ihr gut zu ihrem dunklen Teint und passte zu ihrer lebhaften Persönlichkeit.

Alex trug lieber Braun oder Schwarz oder Dunkelblau.

In dem Moment fiel ihr der Pullover ein, den Granny ihr letztes Weihnachten gestrickt hatte. Scharlachrot. Ein fröhliches Lippenstiftrot. Sie hatte ihn ein paarmal angezogen, um Granny eine Freude zu machen, doch seit sie nach London gezogen waren, hatte sie ihn kein einziges Mal mehr angehabt.

Wenn sie sich recht erinnern konnte, hatte sie ihn erst kürzlich in der untersten Schublade ihrer Kommode gesehen. Sie kniete sich hin und wühlte in dem Durcheinander, zog weitere ebenso ungetragene Sachen heraus, bis sie den roten Pulli gefunden hatte. Alex knöpfte sich die Schulbluse auf, warf sie zu den anderen abgelegten Kleidern auf den Boden und zog sich den Pullover über den Kopf. Dann betrachtete sie sich im Spiegel.

Nicht überzeugend. Zu eng – sie war im letzten Jahr tatsächlich gewachsen. Er betonte nur noch ihre flache Brust.

Kein Raum, um etwas anzudeuten, um vorzutäuschen, dass irgendwo unter den Kleidern eine üppigere Figur versteckt war. Einen Moment lang stand sie vor dem Spiegel und überlegte, was sie tun könnte, um die Situation zu retten.

Silly Jilly, dachte sie. Was ihr an grauen Zellen fehlte, besaß sie an Dekolleté. Vermutlich hatte sie eine Schublade voll Rüschen-BHs, um ihren Vorzug ins rechte Licht zu rücken.

Falls Jilly jedoch in ihrem Schlafzimmer war, konnte sie diesen Ausweg vergessen.

Doch Alex hatte Glück. Die Tür zum Elternschlafzimmer stand offen, und sie hörte, dass Jilly im angrenzenden Bad war und Wasser in die Wanne laufen ließ. Auf Zehenspitzen schlich sie ins Zimmer und öffnete wahllos Schubladen.

Eine war voll mit Höschen – bloße Fetzchen an Spitze. Alex hielt eins hoch, um es sich genauer anzusehen; doch aus Gründen, die sie nicht ganz verstand, fühlte sie sich unwohl dabei und wurde vor Verlegenheit rot. »Krass«, murmelte sie vor sich hin, ließ das Höschen wieder fallen und schloss die Schublade.

Die nächste beinhaltete nichts weiter als einen Stapel Briefumschläge. Alex wollte sie gerade wieder zuschieben, als sie sah, dass der oberste an sie adressiert war. »Miss Alexandra Hamilton«, stand darauf, gefolgt von der Anschrift.

Alex zog die Schublade weiter auf und sah genauer hin. Der Brief war mit der Post gekommen, aber ungeöffnet. Darunter lag noch einer, ebenfalls mit ihrem Namen.

Ein ganzer Stapel Briefe! Ungeöffnete Briefe an sie. In Jillys Schublade! Alex holte sie gerade heraus, als das schnurlose Telefon auf dem Nachttisch klingelte.

Würde Jilly aus der Wanne steigen, um ans Telefon zu gehen? Alex durfte nichts riskieren.

Sie schoss in ihr eigenes Zimmer zurück und verzichtete auf geborgten Brustumfang.

Jack würde sie so nehmen müssen, wie sie war. Wenn ihm das nicht gefiel, konnte sie es auch nicht ändern.

»Du willst noch raus?« Peter, der auf dem Sofa lungerte und einen Kaffeebecher auf dem Bauch balancierte, hob milde überrascht eine Augenbraue. »Du hast heute Morgen gar nichts davon gesagt. Nicht dass es wichtig wäre«, fügte er hinzu. »Ich bin heute Abend auch aus. Ein Gig. Ich spiele auf einer Weihnachtsfeier.«

»Marco hat vorhin angerufen«, sagte Callie in bewusst ruhigem Ton. »Er will mich zum Abendessen ins La Venezia führen.«

»Oh!« Das brachte Peter schlagartig in eine sitzende Position und den heißen Kaffee zum Überschwappen, sodass er sich über ihn selbst und das Sofa ergoss. »Oh, Mist. Das wollte ich nicht.«

Callie sprintete in die Küche, um einen Lappen zu holen, mit dem sie an dem Sofa herumwischte, während Peter sich mit einem Taschentuch säuberte. »Alles in Ordnung?«

»Bis auf ein paar Verbrennungen zweiten Grades. Ich werd's überleben.«

»Deinem Hemd ist es wohl auch nicht so gut bekommen«, sagte sie. »Zieh's aus, dann stecke ich's in die Waschmaschine, bevor es eintrocknet.«

»Mal im Ernst, Schwesterherz.« Folgsam knöpfte Peter das Hemd auf. »Er lädt dich ins La Venezia ein! Wurde aber auch langsam Zeit. Dann will er dich seiner Familie vorstellen?«

»Hat er nicht gesagt«, gab sie zu.

»Aber darum muss es gehen. Das ist großartig!«

Es zuckte um Callies Mundwinkel, während sie nach dem Hemd griff. »Ich bin froh, dass du so denkst. Jetzt, wo es so weit ist, bin ich mir gar nicht mal sicher, ob ich seine Familie wirklich kennenlernen will.«

»Wie oft muss ich dir das noch sagen, Callie? Schwimm mit dem Strom. Und halte Marco mit beiden Händen fest. Der Mann ist was fürs Leben. Überhaupt kein Vergleich zu diesem Wie-hieß-er-noch-gleich.«

»Adam.«

Peter zuckte die Achseln. »Ist auch egal. Schnee von gestern. Du hast Marco gern, stimmt's?«

»Natürlich, aber ...«

»Worauf wartest du dann noch? Lerne die Familie kennen, sieh einfach, was passiert. Und«, fügte er mit einem Augenzwinkern hinzu, »falls nichts anderes dabei rauskommt, auf jeden Fall ein köstliches Essen. Darauf hast du mein Wort.«

Alex brannte darauf, sich die Briefe anzusehen, doch sie hatte keine Zeit. Sie wusste nicht, wie lange sie bis zur Paddington Station brauchte und was die Fahrt kostete. Sie wollte auf keinen Fall zu spät kommen. Ihr Vater war mit dem Taschengeld immer großzügig gewesen, und Alex' Bedürfnisse waren minimal - ein paar Tüten Knabberzeug und Schokoriegel pro Woche. Daher hatte sie ein Bündel Zehn-Pfund-Noten in ihrer Sockenschublade verstaut. Sie machte sie auf und stopfte sich eine Handvoll Scheine in die Tasche ihrer Jeans, man konnte ja nie wissen.

Alex steckte den Kopf aus der Tür und schlich ins Wohnzimmer. Sie hörte Jilly im Elternschlafzimmer am Telefon: Wahrscheinlich berichtete sie ihrer Schwester gerade mal wieder von Alex' Untaten.

Tja, Pech.

Alex nahm ihren Mantel vom Stuhl, stopfte das Bündel Briefe in eine der tiefen Taschen, öffnete die Wohnungstür, schlüpfte hinaus und zog sie lautlos hinter sich zu. Jilly würde zumindest in den nächsten Stunden nichts merken, falls überhaupt. Wenn Alex in ihrem Zimmer war, ließ Jilly sie immer in Ruhe. Ihr Dad steckte gewöhnlich den Kopf herein, um ihr guten Abend zu sagen, wenn er von der Arbeit kam, doch bis dahin war noch viel Zeit. Da war sie vermutlich schon wieder zu Hause, und mit ein bisschen Glück hätte sie niemand vermisst.

Draußen war es dunkel, und es wurde schon wieder kälter. Alex lief zur U-Bahn-Station St. John's Wood; ihr Atem bildete vor ihrem Gesicht eine frostige Wolke. Sie konnte nicht allzu schnell laufen, denn die Bürgersteige waren glatt von der überfrierenden Nässe, und ihre Trainingsschuhe hatten rutschige Sohlen. Sie musste folglich der Versuchung widerstehen zu rennen. Das fiel ihr ziemlich schwer; einmal lief sie doch etwas schneller, rutschte prompt aus und fiel aufs Pflaster.

»Vorsicht, kleines Mädchen«, mahnte sie ein alter Mann, der ihr eine Hand hinstreckte, um ihr aufzuhelfen.

»Danke.« Alex lächelte ihm zu und lief vorsichtiger weiter.

Ein paar Touristen – in mittlerem Alter, mit ihren Kameras um den Hals so offensichtlich Besucher, dass sie ebenso ein Schild auf der Brust hätten tragen können – kamen aus der U-Bahn-Station, als Alex sie erreichte. »Abbey Road?«, sagte einer von ihnen mit einem breiten amerikanischen Akzent. Alex zeigte in die Richtung. »Da lang«, sagte sie. Es war nicht das erste Mal, dass sie gefragt wurde, wenn sie in St. John's Wood unterwegs war, doch sie hatte nie verstanden, wieso die Leute darum so ein Theater machten. Die Beatles waren vor ungefähr hundert Jahren berühmt gewesen. Noch bevor ihr Dad geboren wurde.

Sie war noch nie in ihrem Leben U-Bahn gefahren. Bei den seltenen Gelegenheiten, bei denen sie mit ihrem Vater und Jilly ausgegangen war, hatten sie seinen Wagen oder ein Taxi genommen. Aber was sollte daran schon so schwer sein? Eine Menge Leute machten das täglich. Es gab einen Fahrscheinautomaten; sie steckte eine Zehn-Pfund-Note hinein, doch sie wurde wieder ausgespuckt. »Kein Wechselgeld«, hieß es auf der Digitalanzeige. Also ging Alex an den Fahrkartenschalter und schob ihr Geld durch die Öffnung. »Paddington, Rückfahrkarte«, sagte sie in möglichst selbstbewusstem Ton.

Zusammen mit ihren Tickets und dem Wechselgeld bekam sie die Bestätigung, dass die Probleme damit noch nicht gelöst waren. »Umsteigen in Baker Street«, sagte die Dame am Schalter freundlich. »Bakerloo, Circle oder Hammersmith und City.«

»Danke.«

Durch die Schranke, die Rolltreppe hinunter und in den Zug. In Richtung Zentrum war er nicht allzu überfüllt. In der Baker Street war allerdings die Rushhour schon voll im Gange, und als sie erst einmal durch das Labyrinth von Tunneln die Bakerloo Line gefunden hatte, musste sich Alex in einen überfüllten Waggon drängeln.

Schon jetzt war ihr klar, dass sie die U-Bahn nicht leiden konnte. Zu viele Menschen auf zu engem Raum. Kaum Platz zum Stehen, und es gab offenbar Leute auf der Welt - und das sogar in London -, die sich nicht täglich wuschen. Alex hielt sich an einer senkrechten Stange fest, versuchte, nicht allzu tief einzuatmen, und hoffte, nicht umgerempelt zu werden. Vielleicht nahm sie sich für den Nachhauseweg ein Taxi, obwohl sie ein Rückfahrtticket gelöst hatte.

Fast hätte sie ihre Haltestelle in Paddington verpasst und es nicht geschafft, sich zwischen all den Leibern bis zur Tür durchzuzwängen, bevor sie wieder automatisch schloss. »Entschuldigung. Entschuldigung«, wiederholte sie unentwegt, bis sie endlich atemlos auf dem Bahnsteig stand.

Also. Wo war die Uhr? Jack hatte offenbar angenommen, sie wüsste es.

Hier nicht. Jedenfalls nicht auf diesem Bahnsteig. Sie wartete eine Minute, bis der Zug abgefahren war und der Bahnsteig sich langsam wieder mit Menschen füllte, die auf den nächsten Zug warteten.

»Entschuldigen Sie«, wandte sie sich an eine freundlich aussehende ältere Frau. »Könnten Sie mir wohl sagen, wo die Uhr ist?«

»Oh, du willst wissen, wie spät es ist?« Die Frau sah nach. »Gerade fünf.«

Demnach war sie spät dran. »Nein, ich suche nach dieser Uhr. Ich habe mich mit jemandem dort verabredet.« Bestimmt würde Jack auf sie warten. Bestimmt. Bestimmt.

»Die Uhr?« Die Frau sah sich um. »Ach so, du meinst sicher die Station der Mainline. Die Rolltreppe rauf. Du kannst sie gar nicht verfehlen.«

»Danke«, sagte Alex über die Schulter hinweg und folgte schon dem Schild zum Ausgang.

Den Gang runter, die Rolltreppe hinauf, durch die Schranke. Alex hatte nicht gewusst, dass sie den Fahrschein am Ausgang noch einmal brauchen würde, zum Glück hatte sie ihn nicht weggeworfen, doch sie musste einen Moment in ihren Taschen danach wühlen.

Die Station der Mainline war riesig - wie eine kleine Stadt für sich wimmelte sie von Läden und Imbissstuben. Die Menschen strömten unaufhörlich vorbei - vom Zug in die U-Bahn, von der U-Bahn in den Zug. Ein paar blieben stehen, um sich eine Zeitung oder ein Sandwich zu kaufen. Manche studierten die riesigen Anschlagtafeln mit den Reiseauskünften: Ankunft, Abfahrt, Reiseziel, Bahnsteignummern, Uhrzeit. Alle paar Sekunden wechselten die Daten.

Und da - dort in der Mitte - war die Uhr. Die große Uhr.

Alex blieb stehen und holte tief Luft. Auf der Uhr war es zehn nach fünf.

Neville hatte Yolanda nach Hause geschickt; jetzt konnte er es kaum abwarten, ihrem Beispiel zu folgen. Es war Freitagabend, verflucht noch mal, und dieser Fall kotzte ihn langsam an. Eine Woche lang zog sich das nun schon so hin, und sie waren keinen Schritt weitergekommen. Er wollte nach Hause, etwas Dämliches im Fernsehen anschauen, ein Takeaway-Curry bestellen und sich bis zur Besinnungslosigkeit volllaufen lassen. Er hatte das ganze Wochenende frei, und das hieß, er konnte trinken, so viel er wollte.

Trinken. Triona. Es war so viel passiert, dass er kaum einen Gedanken an sie verschwendet hatte oder an die E-Mail, die er ihr geschickt hatte. Und auch nicht an die Antwort, die zweifellos auf ihn wartete.

Er drehte sich zu seinem Computer auf dem Schreibtisch um und öffnete das E-Mail-Programm.

Jede Menge Werbung, SPAM und anderer Mist. Leute, die ihm irgendetwas verkaufen wollten.

Nichts von Triona. Nichts.

Jack hatte gesagt, er würde auch Rot tragen. Eine rote Jacke, eine rote Mütze, einen roten Schal oder wie sie einen roten Pullover?

Alex suchte die Leute in der Nähe der Uhr mit ihren Blicken ab. Eine Frau mit roten Lederhandschuhen, ein Mädchen mit einem roten Rucksack auf dem Rücken. Beide schienen auf ihrem Weg zu einem anderen Ziel nur vorbeizulaufen.

Er ist schon weg, sagte sie stumm, und eine Woge der Verzweiflung schwappte über sie hinweg. Weg. Weg. Weg. Sie hatte diese grässliche U-Bahn-Fahrt über sich ergehen lassen, um hierher zu kommen, und es war zu spät. Er hatte nicht auf sie gewartet.

Ihr standen die Tränen in den Augen.

»Sasha?«, sagte eine Stimme hinter ihr.

Alex wirbelte mit einem strahlenden Lächeln herum. Niemand außer Jack kannte sie unter ihrem Pseudonym.

Doch derjenige, der sie angesprochen hatte, war nicht der gut aussehende Junge, den sie von dem oft geküssten Foto in ihrem Medaillon kannte. Das hier war ein Mann. Ein *alter* Mann, älter als ihr Dad. Dicker als ihr Dad. Mit weniger Haar als ihr Dad. Auch wenn er eine rote Baseballmütze trug, sah sie, dass er darunter kaum Haare hatte.

»Sasha?«, wiederholte er grinsend. Er hatte schlechte Zähne.

»Sie sind nicht Jack.« Ihr war gar nicht bewusst, dass sie es laut gesagt hatte – energisch –, bis er nickte.

»Bin ich wohl. Wenn du jetzt sauer auf mich bist, weil ich nicht viel Ähnlichkeit mit dem Foto habe ... na ja, Sasha, du siehst auch nicht ganz so wie auf deinem aus.« Er grinste wieder – diese schrecklichen Zähne – und machte einen Schritt auf sie zu. »Ich beklage mich nicht, wenn du es auch nicht tust.«

»Nein.« Alex konnte sich von seinem Anblick nicht losreißen, während sie blind zurücktrat. Er kam weiter auf sie zu.

»Ich tu dir nix«, sagte er. »Komm schon, Sasha. Gehen wir und holen uns einen Burger. Wir können viel Spaß miteinander haben.«

»Nein.«

Er streckte die Hand nach ihr aus und streichelte ihre Wange.

Erst jetzt drehte sie sich um und rannte durch den belebten Sackbahnhof, als ginge es um ihr Leben. Sie entdeckte einen schmalen Spalt zwischen zwei Reisenden, die Koffer hinter sich herzogen, und quetschte sich zwischen ihnen hindurch, um zum Ausgang zu sprinten. »Sasha!«, hörte sie ihn rufen, aber sie schaute sich nicht noch einmal um.

Frances nahm gewöhnlich den Bus nach Notting Hill, wo sie zu Hause war, doch an diesem Tag beschloss sie zu laufen. Die Busse waren rappelvoll, und obwohl es mit zunehmender Dunkelheit auch kälter wurde, hatte sie das Gefühl, frische Luft zu brauchen. Am späten Nachmittag war es ihr im Krankenhaus stickig vorgekommen, überheizt und ohne Sauerstoff.

Als sie zügig den Bürgersteig entlanglief, wünschte sie sich, Leo wäre nicht so weit weg. Einen von seinen praktischen Ratschlägen hätte sie jetzt gut brauchen können, und eine von seinen ungestümen Umarmungen auch.

Nun denn, rief sich Frances ins Gedächtnis, auch Ehemänner sind für so etwas da. Mit ein bisschen Glück wäre Graham zu Hause.

Er saß in seinem Arbeitszimmer und schrieb.

»Hast du Zeit, ein bisschen zu reden?«, fragte Frances, als sie den Kopf zur Tür hereinsteckte.

Graham legte den Stift augenblicklich zur Seite und antwortete: »Für dich immer.« Er sah sie kritisch über seine Lesebrille hinweg an. »Du siehst ja halb erfroren aus, Schatz! Dein Gesicht ist röter als dein Haar!«

»Ich friere auch ein bisschen«, gab sie zu.

Er ging zu ihr und nahm ihre Wangen in seine warmen Hände. »Du brauchst eine Tasse Tee«, erklärte er. Frances folgte ihrem Mann in die Küche und überließ es ihm, das Wasser aufzusetzen, während sie ihre Handschuhe auszog und sich die Hände über der Heizung wärmte.

Graham hatte schon einige Jährchen mehr als Priester auf dem Buckel als Frances. Auch wenn sie wusste, dass es ihr nicht zustand, ihm von Rachels Geschichte zu erzählen, konnte es nicht schaden, von seiner Erfahrung zu profitieren, um damit fertig zu werden. »Liebling«, fing sie an. »Kann ich dich um einen Rat bitten?« Ohne seine Antwort abzuwarten, fuhr sie fort. »Heute ist was passiert. Jemand hat mir etwas ... Wichtiges anvertraut.«

Er hörte auf, mit den Küchenutensilien zu hantieren, und drehte sich zu ihr um.

»Etwas Wichtiges?«

Die Art, wie er das sagte und die Stirn runzelte, trieb sie in die Defensive. »Ja, ja, schon gut, alles, was mir irgendjemand erzählt, ist wichtig. Für den Betreffenden. Manchmal auch für andere - aber das hier ist mehr.« Wie viel durfte sie sagen? »Es ist wichtig ... für die Polizei. Für ihre Ermittlungen zu einem Verbrechen.«

Er öffnete einen Küchenschrank und holte zwei Becher heraus. »Demnach verfügst du über eine Information, die der Polizei helfen würde - etwas, das sie nicht wissen.« Es war eher eine Feststellung als eine Frage.

Frances nickte.

»Ist das Leben eines Menschen in Gefahr?«

»Nein. Nicht mehr.«

»Und du hast dieser ... Person ... versprochen, es niemandem zu erzählen?«, vermutete er.

»Als Priesterin. Ich habe mein Wort gegeben.«

»Ich denke, dann kennst du die Antwort, Fran.« Graham goss kochendes Wasser in die Kanne. »Es ist schwer. Das gehört zu den schwierigsten Aufgaben unseres Berufs.«

»Die Geheimnisse anderer Menschen zu wahren«, sagte sie.

»Vor allem, wenn es so viel leichter - und auch so viel besser für alle Beteiligten - wäre, sie preiszugeben.« Er setzte sich abrupt an den Küchentisch und seufzte. »Ich hatte auch einmal so etwas ... ich durfte nicht einmal dir davon erzählen, Fran. Ist schon lange her, aber es kommt mir immer noch hoch.«

»Was?«

Graham schloss die Augen, als täte die Erinnerung nach wie vor weh. »Jemand aus meiner Gemeinde - nicht dieser hier - hat mir von einem Zwang erzählt, den er hatte. Etwas, das ihm nicht guttat und entschieden seiner Frau schadete. Wenige Monate später landete sie im Krankenhaus. Sie wäre beinahe gestorben. Wenn sie wirklich gestorben wäre ... also, ich weiß nicht, wie ich damit hätte leben können.«

Frances widerstand der Versuchung, darüber zu spekulieren, um welches frühere Gemeindemitglied es wohl gehen mochte. »Und hast du je überlegt, es der Polizei zu melden?«

»Das war nie eine Option«, sagte Graham. »So wie ich das damals wusste, weißt du es heute. Es gibt nur eins, was wir tun können.«

Sie brauchte nicht zu fragen, tat es aber trotzdem. »Was denn?«

»Beten, Fran«, sagte er. »Bete für den Betreffenden und für dich.«

Angus Hamilton war nicht wirklich ein impulsiver Mann, auch wenn er sich manchmal gerne dafür hielt. Immerhin hatte er Jilly geheiratet; er hatte die Stadt verlassen, in der er sein ganzes Leben verbracht hatte, und war nach London gezogen. Dabei war ihm nicht klar, dass seine entscheidende Triebfeder bei allem, was er tat, ob impulsiv oder nicht, das Bedürfnis war, die Kontrolle zu haben.

Das war der eigentliche Grund, weshalb er an diesem Freitag nicht erst am Abend von der Arbeit kam. Normalerweise verließ er gerade vor dem Wochenende sein Büro sehr spät, nachdem bereits alle anderen gegangen waren, weil er sicherstellen wollte, dass für den nächsten Wochenanfang alles gerichtet war.

Doch an diesem Freitag war eine seiner Untergebenen mit einer Bitte zu ihm gekommen. »Würde es Ihnen etwas ausmachen, wenn ich heute ein bisschen früher gehe, Mr Hamilton? Die Straßen sind verstopft, und ich möchte das weihnachtliche Schulkonzert von meinem kleinen Jungen nicht verpassen. Er spielt heute Abend solo.«

Angus Hamilton sagte Nein, und das im Grunde nur, weil er es konnte. Als wollte er seine gehobene Stellung als Leiter der Finanzabteilung betonen, die ihm Privilegien einräumte, die andere nicht für sich in Anspruch nehmen konnten, beschloss er, an diesem Nachmittag vielleicht selbst der Rushhour zuvorzukommen und eine Stunde früher als gewöhnlich zu gehen.

Er nahm den Fahrstuhl zur Tiefgarage; unterwegs versuchte er, Jilly anzurufen, um ihr Bescheid zu geben, dass er früher kommen würde, und sie zu bitten, in ihrem Lieblingsrestaurant einen Tisch zum Abendessen zu reservieren. Doch es war besetzt, und so übernahm er den Anruf im Restaurant selbst.

»Wir sind heute voll ausgebucht, Mr Hamilton. So kurz vor Weihnachten, wissen Sie. Den ganzen Abend. Aber ich bin sicher, wir können etwas für Sie tun. Sie irgendwo reinquetschen.«

Etwas war nicht genug. »Ich hätte gerne meinen gewohnten Tisch«, beharrte er.

»Wird erledigt, Mr Hamilton.«

Er brummte zufrieden. Das war das. Im Nachhinein war es gut, dass er es nicht Jilly überlassen hatte; sie hätte sich womöglich an einen schlechteren Tisch abwimmeln lassen und damit bei ihrer Ankunft eine unschöne Szene heraufbeschworen.

In der Hoffnung, dass Alex mitkommen würde, hatte er für drei reserviert. Das war keineswegs ausgemacht; das Mädel war in letzter Zeit ein solcher Starrkopf, und die Chancen standen fünfzig zu fünfzig, dass sie es rundweg ablehnen würde, mit von der Partie zu sein. Früher war sie so umgänglich und ein solcher Sonnenschein gewesen, doch die Widerborstigkeit des Teenagers hatte bei ihr früh eingesetzt, und so wusste er nie, was sie auf die Palme bringen würde.

Nein, das stimmte nicht ganz. Was sie vor allem auf die Palme brachte, war Jilly.

Unbewusst griff er in seine Hosentasche, um eine Tablette gegen Sodbrennen herauszuholen.

Seine Arbeit verlangte ihm viel ab, das war nicht zu leugnen, doch den größten Stress in Angus Hamiltons Leben brachte die Spannung zwischen seiner Frau und seiner Tochter mit sich.

Er hatte ja gar nicht erwartet, dass Alex einer neuen Stiefmutter freudig in die Arme laufen würde, und er machte sich auch keine Illusionen über Jillys mütterliche Gefühle – sie hatte nie behauptet, welche zu haben. Doch auf dieses Ausmaß an Problemen war er nicht gefasst gewesen. Alex und Jilly mochten sich gegenseitig nicht – der Verachtung auf der einen Seite schlug pure Gleichgültigkeit auf der anderen entgegen. Alex gab sich gar nicht erst die Mühe, ihre Gefühle Jilly gegenüber zu verbergen, und Jilly hegte nicht das geringste Interesse für Alex und empfand ihre Anwesenheit als lästig. »Sie ist nicht mein Kind«, rieb sie ihm immer wieder unter die Nase, wenn Alex wegen irgendetwas Schwierigkeiten machte.

Er wusste, dass Jilly weitaus glücklicher gewesen wäre, hätte er Alex nicht mitgebracht. Doch sie war seine Tochter; es kam überhaupt nicht infrage, sie in Schottland bei ihrer geistig und emotional labilen Mutter zu lassen. Oder auch bei seiner eigenen Mutter, die angeboten hatte, Alex zu sich zu nehmen, als sie den Umzug nach London in Erwägung zogen. Alex war sein Fleisch und Blut; sie gehörte zu ihm.

Wenn es irgendjemanden gab, den er außer sich selbst liebte, dann war es Alex.

Mark zog seine Jacke über und sah auf die Uhr. »Ich bin dann mal weg«, sagte er zu niemand Bestimmtem.

Er wollte nach Hause, unter die Dusche und sich ein bisschen was Besseres anziehen, bevor er sich mit Callie traf. Sie hatten sich im West End auf einen Drink verabredet, um von dort aus zum La Venezia weiterzuziehen.

Doch als er in einem Waggon der Central Line eingezwängt schon auf halbem Weg nach Hause war, fiel ihm ein, dass er für ihr Abendessen noch keine Vorkehrungen getroffen hatte. Normalerweise wäre es nicht das geringste Problem, doch im Moment, bei all den Weihnachtsfeiern ...

Nachdem er sich nun schon einmal zu diesem Schritt durchgerungen hatte, wollte er unter allen Umständen, dass es nach Plan verlief.

Kaum war er auf der Straße, zog er sein Handy heraus und rief im Restaurant an. Wie gehofft, meldete sich Serena.

»Ich weiß, es ist viel verlangt«, sagte er, »aber ich brauche unter allen Umständen heute Abend einen Tisch.«

»Einen Tisch? Marco, machst du Witze?«

»Es ist wichtig. Sonst würde ich nicht fragen«, bettelte er und ließ dabei den kleinen Bruder raushängen.

Serena seufzte. »Und du verrätst mir nicht, worum es geht?«

»Es soll eine Überraschung sein.«

»Na toll. Du weißt aber schon, Marco, dass Mama keine Überraschungen schätzt?«

Da hatte sie wahrlich recht, räumte Marco im Stillen ein. Einen Augenblick lief er Gefahr, den Mut zu verlieren. Er konnte Callie schließlich auch in ein anderes Restaurant ausführen, dann musste das hier eben warten. Bis nach Weihnachten, wenn es an allen Fronten ein bisschen ruhiger war.

Nein! Er hatte es schon lange genug aufgeschoben.

»Ich mach das schon mit Mama«, sagte er im Brustton der Überzeugung, auch wenn er sich nicht so fühlte, »halt mir einfach nur einen Tisch frei, okay? Denk dran, ich hab was gut bei dir, nachdem ich letztes Wochenende ausgeholfen habe.«

»Das stimmt«, räumte Serena ein. »Ich sehe mal, was sich machen lässt. Aber nicht vor neun.«

Das musste reichen. »Okay. Dann um neun.«

»Oder ein bisschen später. Ein Tisch für ... bitte sag jetzt nicht, für sechs.«

»Zwei«, sagte Mark entschieden. »Ein Tisch für zwei.«

Angus Hamilton parkte seinen Wagen in der Garage und ging zur Wohnung. Er schloss die Tür auf und rief: »Jilly?«

Sie war eindeutig zu Hause; er hörte ihre Stimme in einem anderen Zimmer. Immer noch am Telefon. Jilly schien Stunden am Telefon zuzubringen, mit ihrer Schwester, ihrer Mutter und ihren Freundinnen. Was sie ständig zu besprechen hatten, war ihm schleierhaft, da sie schon, soviel er wusste, ganze Vormittage zusammen im Fitnessclub und beim Friseur verbrachten, während sie nachmittags miteinander einkaufen gingen.

Er folgte ihrer Stimme bis zum Schlafzimmer, wo sie - sehr verführerisch, wie er fand - auf dem Bett ausgestreckt lag, das schnurlose Telefon am Ohr. Für einen kurzen Moment dachte er daran, die Tischreservierung sausen zu lassen und sich einen gemütlichen Abend daheim zu machen. Und gleich jetzt damit anzufangen.

Dann dachte er an das praktische Hindernis, das Alex darstellte. Nun ja, sie konnte sich in ihrem Zimmer mit diesem teuren Spielzeug beschäftigen, das er ihr gekauft hatte. Das tat sie ohnehin die meiste Zeit, da sie offenbar die Gesellschaft ihres Computers der ihrer Eltern vorzog.

Jilly lächelte ihm entgegen. »Ich muss Schluss machen, Mel«, sagte sie ins Telefon. »Angus ist gerade gekommen. Ich ruf dich später noch mal an.«

Angus lockerte seine Krawatte. Jilly sah wirklich bezaubernd aus: das seidig blonde Haar gegen den hellblauen Satin der Tagesdecke, dazu ein edler rosa Kaschmirpulli, der ihre Kurven eher betonte als verdeckte.

Doch sie setzte sich auf, stellte das Telefon auf dem Nachttisch ab und strich sich die Kleider glatt. »Du bist heute früh dran«, bemerkte sie.

»Ich hab uns für heute Abend einen Tisch reserviert. Chez Antoine. Ich hatte Lust, mal wieder essen zu gehen.«

»In dem Fall kann ich nur hoffen, dass du nicht Alex mitnehmen wolltest«, sagte Jilly mit dieser Mischung aus hochgezogener Augenbraue und aufgerissenen Augen, die sie statt Stirnrunzeln zum Einsatz brachte, um nicht ihre Haut zu ruinieren. »Deine Tochter ist bei mir in Ungnade gefallen.«

Er war enttäuscht. Naiverweise hatte er sich Hoffnung auf einen angenehmen Abend, ein entspannendes Wochenende gemacht. »Was hat sie denn wieder verbrochen?«

Jilly warf ihr Haar zurück. »Nichts weiter, als eine ganz und gar unwürdige Handgreiflichkeit an der Schule anzufangen! Und ausgerechnet mit Beatrice und Georgina! Die Direktorin hat Mel angerufen! Ich durfte den Nachmittag am Telefon zubringen, um mich bei meiner eigenen Schwester für das Benehmen deiner Tochter zu entschuldigen. Ich bin sicher, sie hat es nur getan, um mir eins auszuwischen.«

Angus' erster Instinkt war, seine Tochter zu verteidigen. Sonntag um Sonntag hatte er Jillys junge Nichten in Aktion erlebt und glaubte daher keine Sekunde, dass sie für das, was passiert war, keinerlei Schuld traf. Nur wusste er auch, dass Gegenbeschuldigungen völlig kontraproduktiv gewesen wären. Er musste mit Alex reden und ihre Sicht der Dinge hören, um sich ein Bild davon zu machen, was tatsächlich vorgefallen war; erst dann konnte er an Konsequenzen denken. »Wo ist sie jetzt?«, fragte er.

»In ihrem Zimmer. Sie schmollt. Von mir aus kann sie das ganze Wochenende da bleiben.«

Angus drehte sich um und ging zur Tür.

Jilly erhob ihre Stimme. »Wahrscheinlich willst du ihr sagen, es wäre schon in Ordnung. Aber ich sage dir, es ist absolut nicht in Ordnung. Jedenfalls nicht für mich.«

»Ich werde sie fragen, was passiert ist«, sagte er so ruhig er konnte.

»Und dann glaubst du ihr natürlich alles aufs Wort. Deiner ach so lieben Tochter«, schnaubte Jilly. »Was kümmern dich schon Melanie und Beatrice und Georgina. Und *ich*.«

Auf dem Weg zu Alex' Zimmer kaute Angus eine weitere Magentablette. Er klopfte leise an die Tür. »Alex? Alex, mein Mädel? Kann ich reinkommen?«

Keine Antwort.

»Hör zu, Kleines, ich weiß, dass man immer beide Seiten hören muss. Ich wüsste gerne, was du dazu zu sagen hast.« Er überlegte, ob er an diesem Punkt Jilly erwähnen sollte, ließ es aber bleiben.

Nachdem es lange still geblieben war, versuchte er es ein letztes Mal. »Alex, wenn du nicht aufmachst, komme ich jetzt rein. Wir müssen reden.«

Wieder herrschte auf der anderen Seite Schweigen. Er drückte die Klinke herunter und stieß die Tür auf.

Alex' Zimmer war die übliche Müllhalde: ungemachtes Bett, Schuluniform einfach fallen gelassen, andere Kleider quer über den Boden verstreut. Jilly weigerte sich, auch nur einen Fuß in Alex' Zimmer zu setzen; selbst die Putzfrau hatte es seit Tagen nicht betreten, und das sah man.

Angus schaute sich um. Er betrachtete den Schreibtisch mit dem leuchtenden Computerbildschirm und den Stapeln an Büchern und Papieren.

Alles mehr oder weniger so wie das letzte Mal, als er es gesehen hatte, nur dass Alex nicht da war.

Er warf einen Blick in den Kleiderschrank, nur um ganz sicherzugehen, dass sie sich nicht dort versteckte, um ihm

Angst einzujagen. »Jilly«, rief er, als er wieder in die Diele trat. »Alex ist nicht in ihrem Zimmer.«

Sie kam aus dem Schlafzimmer und zuckte die Achseln. »Hast du auf dem Klo und in der Küche nachgesehen?«

Angus ging von Zimmer zu Zimmer. Nirgends eine Spur von Alex.

»Vielleicht hat sie sich heimlich rausgeschlichen, während ich am Telefon war«, vermutete Jilly. »Nur um mich zu ärgern.«

»Ist ihr Mantel da?«, fragte er. »An einem solchen Tag würde sie sicher nicht ohne Mantel rausgehen.«

Jilly warf einen Blick auf den Stuhl, der Alex gewöhnlich als Mantelablage diente. »Er war vorhin noch da auf dem Stuhl«, räumte sie ein. »Das macht sie auch immer, um mich zu nerven. Normalerweise hänge ich ihn auf, aber heute dachte ich einfach nicht daran - ich bin schließlich nicht ihre Putzfrau.«

»Dann ist sie verschwunden!«

Jilly zuckte erneut die Achseln. »Sie spielt sich nur auf, sie macht sich interessant. Sie kommt zurück, sobald sie genug hat.«

Angus schlug das Herz bis zum Halse, er schmeckte die Galle in der Kehle, und seine Fantasie beschwor ein schreckliches Bild herauf - Alex mit zerschmetterten Gliedern irgendwo einsam und verlassen auf den Straßen von London.

Er bemühte sich mit aller Macht um einen ruhigen Ton. »Alex ist verschwunden«, sagte er. »Mein kleines Mädchen ist weg. Ich rufe die Polizei.«

Fünfzehn

Zeit, heimzugehen. Endlich. Neville gab Sid Cowley ein paar Instruktionen, damit die Ermittlungen im Fall Trevor Norton übers Wochenende normal weiterliefen, und ging in sein Büro zurück, um seine Jacke zu holen. Er überprüfte noch einmal seine E-Mails, bevor er den Computer herunterfuhr: immer noch nichts von Triona. Und auch keine Nachrichten auf seinem Anrufbeantworter und seinem Handy. Vielleicht hatte sie sich ja bei ihm zu Hause gemeldet und dort etwas hinterlassen.

Als er gerade seine Bürotür hinter sich zuzog, kam Detective Superintendent Evans den Flur entlang auf ihn zu. Evans geriet nicht oft auf Abwege, sondern blieb normalerweise in seinem teuren Eckbüro; es musste schon etwas Wichtiges sein.

»Ach, Stewart. Bin ich froh, dass ich Sie erwische«, sagte Evans und musterte ihn mit seinen eng stehenden Augen.

Das klang alles andere als vielversprechend. »Sir?«

»Wie ist der letzte Stand im Fall Norton?«

»Wir ... arbeiten noch dran, Sir.« Neville überlegte, ob es irgendetwas Konkretes zu sagen gab, etwas, das Evans davon ablenken würde, dass sie kein bisschen näher an der Lösung des Falls waren als vor einer Woche. »Mrs Norton hat ihr Baby bekommen«, war alles, womit er aufwarten konnte.

»Mädchen oder Junge?«

Neville musste überlegen. »Mädchen, hat DC Fish glaube ich gesagt.«

Evans runzelte die Stirn, und etwas zu spät fiel Neville ein, dass Yolanda Fish seit ihrer Indiskretion gegenüber der Presse - in Gestalt von Lilith Noone - bei Evans schlecht angeschrieben war. Er versuchte, ihr Image ein bisschen aufzupolieren. »DC Fish hat ausgezeichnete Arbeit geleistet, Sir«, sagte er. »Sie war eine große Hilfe.«

»Gut, gut.«

»Also dann, ein angenehmes Wochenende, Sir.« Neville drehte sich um und machte Anstalten zu gehen.

»Einen Moment noch, Stewart. Da ist noch was, worüber ich mit Ihnen sprechen muss. Etwas Wichtiges.«

Neville unterdrückte einen müden Seufzer. »Eigentlich war ich gerade auf dem Weg nach Hause, Sir. Ins Wochenende.«

Doch Evans blieb unerbittlich. »Das kann warten, Stewart. Ich möchte, dass Sie sich um etwas kümmern, das eben reingekommen ist.«

Ich bin groggy, kaputt, völlig alle, hätte Neville ihm am liebsten in die hässliche Visage geschrien. Ich hab gerade eine ganze Woche an einem Mordfall gearbeitet, der im Sande verläuft, und ich will nach Hause. »Sir?«, sagte er.

»Kleines Mädchen wird vermisst. Na ja, so klein denn auch wieder nicht«, korrigierte er sich. »Sie ist zwölf. Fast ein Teenager. Trotzdem, sie wird vermisst. Hat die Wohnung irgendwann am Nachmittag verlassen und ist noch nicht zurück. Ich wollte Sie bitten, zu ihren Eltern zu fahren. In St. John's Wood.«

Nein, nein, nein, schrie es in Nevilles Kopf. Ich will nach Hause. »Sie wird noch nicht lange vermisst, Sir«, wandte er ein. »Ist wahrscheinlich nur bei einer Freundin. Oder hat sich davongeschlichen, um sich mit einem Freund zu treffen. Die fangen heutzutage früh an, Sir. Soviel ich weiß.«

Evans schüttelte ungeduldig den Kopf. »Ich möchte, dass Sie sich darum kümmern, Stewart.«

Er wollte aber nicht! Wie weit konnte er bei Evans gehen? »Aber Sir. Ich hab ein freies Wochenende«, wagte er in seiner Verzweiflung zu sagen. »Könnten Sie nicht DS Cowley schicken? Oder jemand anderen? Sie wird höchstwahrscheinlich sowieso in ein, zwei Stunden wieder auf der Matte stehen.«

»Detective Inspector Stewart.« Evans zog verärgert die üppigen Brauen zusammen, die an haarige Raupen erinnerten. »Muss ich mich noch deutlicher ausdrücken? Ich will, dass *Sie* hingehen. Nicht Cowley und auch sonst niemand.«

»Sir.«

Evans senkte die Stimme. »Ich brauche einen Mann mit ein bisschen Diskretion. Ein bisschen Grips. Nicht so einen Lümmel, der da reinmarschiert und mir die Leute verschreckt.«

Schmeichelei, dachte Neville müde und kein bisschen in der Stimmung, auch noch gute Miene zum bösen Spiel zu machen.

»Mr Hamilton, der Vater des Mädchens. Er ist ein wichtiger Mann. Reich.« Evans zwinkerte verschwörerisch. »Er spielt mit dem Vizepräsidenten der Metropolitan Police Golf, verdammt noch mal. Er hat nicht wie gewöhnliche Menschen die 999 gewählt, Stewart. Er hat den Vizepräsidenten angerufen. Zu Hause. Sehen Sie jetzt, weshalb ich Cowley nicht da hinschicken kann?«

Neville kam ein genialer Gedanke. »Wenn es derart wichtig und sensibel ist, Sir, wären vielleicht Sie ...«

»Völlig unmöglich«, unterbrach ihn Evans spitz. »Mein Sohn wird an diesem Wochenende getauft. Die Familie meiner Frau kommt in Scharen gelaufen. Heute Abend haben wir einen großen Empfang.«

Aha. Neville hoffte, dass sein Lächeln seine Gedanken nicht verriet – die süße Denise. Die zweite Mrs Evans. Nicht allzu reichlich mit Köpfchen gesegnet, dafür umso üppiger mit anderen Qualitäten. Einstige Sekretärin, jetzt Vorzeigefrau. Mutter des jüngsten Evans-Sprosses.

Armer kleiner Teufel, wenn die Fotos nicht trogen – schon jetzt ganz deutlich mit dem wuchtigen Evans-Kinn geschlagen.

»Ich setze Vertrauen in Sie, Stewart. Und wie Sie sagen, hat es sich wahrscheinlich schon erledigt, bevor Sie eingetroffen sind«, fügte Evans hinzu und schenkte ihm ein Lächeln, das Zuversicht vermitteln sollte. Er klopfte Neville auf die Schulter. »Allerdings werde ich Ihnen meine Privatnummer geben, damit Sie mich auf dem Laufenden halten können.«

Neville kapitulierte.

Trotz ihrer gespielten Gelassenheit Peter gegenüber war Callie wegen des bevorstehenden Abends nervös; sie hatte sich so sorgfältig angezogen wie bei ihrem ersten Rendezvous mit Mark. Aller Wahrscheinlichkeit nach würde sie zumindest das eine oder andere Familienmitglied kennenlernen, und so wären Jeans nicht angemessen. Nichts, was sie in ihrem Kleiderschrank fand, schien ganz passend, doch irgendwann hatte sie sich für ihre beste schwarze Hose und eine weinrote Samtbluse entschieden, die sie mit einem elegant wirkenden Seidentuch in leuchtenden Farben ergänzte. Ihr Mantel sah ein wenig schäbig aus, wurde ihr im letzten Moment bewusst, doch es war zu kalt, um ohne ihn auszugehen, und so konnte sie einfach nur hoffen, dass es niemand bemerkte. Wenigstens hatte sie ein Paar schicke schwarze Stiefel, die sie anziehen konnte.

Das Weinlokal kannte Callie noch nicht, weil sie nicht sehr oft ins West End kam. Allerdings brauchte sie nicht lange, um es zu finden. Mark wartete vor dem Eingang auf sie.

»*Cara mia!* Du siehst hinreißend aus«, rief er ihr entgegen.

Sie hob das Gesicht zu einem Begrüßungsküsschen auf die Wange. »Du siehst auch nicht übel aus, Marco.« Das war glatt untertrieben. Er trug ausnahmsweise eine Krawatte, dazu ein frisch gebügeltes Hemd. Sein Gesicht war glatt rasiert und duftete leicht nach einem würzigen Aftershave, das ihr plötzlich den Puls hochjagte. Einen Moment lang wünschte sie sich, mit ihm allein zu sein.

Das Weinlokal wimmelte von abendlichen Gästen, die nach der Arbeit auf einen Schluck hereinkamen, aber zum Essen weiterwollten, und so bekamen sie einen Tisch, an dem sie einigermaßen ungestört waren. »Setz dich schon mal hin«, sagte Mark. »Ich kümmere mich um den Wein. Ist dir roter recht?«

»Ja.« Sie sah an ihrer Bluse herunter. »Zumindest trage ich die richtige Farbe, falls ich ihn verschütte.«

Er kam mit einer Flasche und zwei Gläsern wieder.

»Eine ganze Flasche?«, fragte Callie. »Erwartest du noch jemanden?«

Mark schüttelte den Kopf. »Leider haben wir eine Menge Zeit, ihn zu trinken. Wir können erst kurz nach neun ins La Venezia. Ich hoffe, das macht dir nichts aus.«

»Ich hab sonst nichts vor. Außer«, fügte sie hinzu, »dass ich morgen mit der Morgenandacht dran bin. Brians freier Tag.«

»Bis dahin bringe ich dich nach Hause«, versicherte ihr Mark mit einem ziemlich verkrampften Lachen.

Er wirkte so nervös wie Callie sich fühlte. Das machte es nur noch schlimmer.

Mark goss zwei Gläser voll. »*Cin cin*«, sagte er und stieß mit ihr an.

»Was genau bedeutet das eigentlich?« Sie wollte das schon immer wissen, hatte aber nie danach gefragt.

»Es ist einfach nur die italienische Entsprechung für ›Cheers‹. Ich dachte, das wäre passend für italienischen Wein.«

Callie nahm einen Schluck. Sie war kein Connaisseur, schon gar nicht für italienische Tropfen, doch das reiche Bouquet sagte ihr, dass diese Flasche keine billige Massenware war. Er hatte offenbar keine Ausgaben gescheut.

»Mmm. Der schmeckt.«

»Freut mich, dass du ihn magst.«

Ein Weilchen saßen sie beide schweigend da und tranken in kleinen Schlucken, dann fingen beide zur gleichen Zeit an zu sprechen.

»Also, Callie ...«

»Marco, ich ...«

Sie lachten, was die ungewohnte Spannung zwischen ihnen ein wenig milderte.

»Okay«, sagte Callie. »Du zuerst.«

»Nein, du.«

»Na ja, ich ... ich hab mich nur gefragt, was das alles zu bedeuten hat, weiter nichts. Hat es irgendetwas mit gestern Abend zu tun? Ich meine, du wolltest mir gerade etwas erzählen, als Peter reinplatzte und wir nicht weiterreden konnten.«

»Das hat es zumindest ausgelöst.«

»Hat es etwas mit deiner Familie zu tun?«

»Meine Familie!« Mark seufzte aus tiefstem Herzen. *»Esattamente, cara mia.«*

Neville hatte im Lauf seines Berufslebens schon eine Menge seltsame Situationen erlebt; doch das, was ihn bei Evans' Auftrag erwartete, schlug so manches.

Es war vom ersten Moment an offensichtlich, dass der Mann und seine Frau sozusagen nicht nach denselben Noten sangen.

Der Mann, Angus Hamilton, war angespannt und beunruhigt. Seine Art war trotz des starken schottischen Akzents schroff, sein Ton fordernd.

Seine Frau, die er als Jilly vorstellte, war so kalt wie die Eiswürfel in dem Glas, das sie lässig in der Hand hielt.

»Kann ich Ihnen etwas zu trinken anbieten, Inspector?«, fragte sie und hielt ihren Drink hoch. »Gin Tonic? Oder ist das im Dienst verboten?«

»Nein, danke, Mrs Hamilton.«

»Oder lieber einen Kaffee?«

Neville überlegte eine Sekunde und wollte schon Ja sagen, doch als er den Mund aufmachte, kam ihm Angus Hamilton mit einer ungeduldigen Geste zuvor. »Lass gut sein, Jilly, der Inspector hat Wichtigeres im Sinn.«

Zum Beispiel das Sixpack bei mir daheim, dachte Neville sehnsüchtig.

»Meine Tochter«, sagte Angus Hamilton, um sofort zur Sache zu kommen. »Alex. Was gedenken Sie zu tun, um sie zu finden?«

»Nun, Mr Hamilton, zunächst einmal würde ich gerne Ihnen und Ihrer Frau ein paar Fragen stellen. Das wird uns bei unseren ... Ermittlungen helfen.«

Angus Hamilton deutete auf das Sofa; Neville interpretierte die Geste als Einladung, Platz zu nehmen. Hamilton ließ sich in dem Sessel gegenüber nieder, wobei er vorgebeugt saß, die Ellbogen auf die Knie stützte und die Hände verschränkte.

Indes Mrs Hamilton es sich recht genüsslich neben Neville auf dem Sofa bequem machte. Das fand er schade, denn – so viel war bereits klar – Mrs Hamilton war eine Augenweide, und er konnte sie nicht sehen, ohne sich dabei auffällig zu ihr umzudrehen. So nahm er damit vorlieb, Angus Hamilton ins Auge zu sehen. »Also«, sagte er. »Wann genau hat Alex die Wohnung verlassen?«

»Ich war nicht da. Das müssen Sie meine Frau fragen.«

Neville drehte sich um und nahm die bezaubernde Jilly Hamilton mit ihrem zarten Lächeln auf ihren rosa glänzenden Lippen ins Visier. »Haben Sie eine ungefähre Ahnung, wann Ihre Tochter rausgegangen ist?«, wiederholte er.

Jetzt verzog Jilly das Gesicht. »Sie ist nicht meine Tochter.«

Aha. Das erklärte einiges. Von allem anderen einmal abgesehen, schien Jilly Hamilton nicht annähernd alt genug, um eine zwölfjährige Tochter zu haben. Er schätzte sie auf nur ein paar Jährchen über zwanzig – wohl näher an zwanzig als fünfundzwanzig, wenn sein geübtes Auge ihn nicht trog.

Und Angus Hamilton? Auch nicht sonderlich alt, obwohl sich sein Haaransatz schon ein wenig lichtete. Anfang bis Mitte dreißig?

Jedenfalls älter als sie. Offensichtlich die zweite Ehefrau.

Das alles ging ihm blitzschnell durch den Kopf, während Angus Hamilton sagte: »Das ist jetzt nicht so wichtig, Jilly. Erzähl dem Inspector einfach nur, was passiert ist. *Alles*.«

»Meinetwegen.« Sie zuckte die Achseln und hob dabei ihre in Kaschmir gehüllte Brust auf eine Weise, dass Neville Mühe hatte, sich noch auf ihre Aussage zu konzentrieren. »Wir hatten eine ... Meinungsverschiedenheit, Sie verstehen? Ich und Alex. Direkt nachdem sie aus der Schule kam. Dann ist sie zum Schmollen in ihr Zimmer gegangen, und ich ... na ja, ich habe telefoniert. Nebenan. Ich habe nicht mitbekommen, wie sie rausgegangen ist.«

»Können Sie mir eine ungefähre Zeit angeben, Mrs Hamilton?«

Neville hoffte, sie würde wieder die Achseln zucken, und sie enttäuschte ihn nicht.

»Ich denke, es war so zwischen, na ja, sagen wir, vier und sechs?«

»Genauer geht es nicht?«

»Nein, tut mir leid.«

»Alex verbringt viel Zeit in ihrem Zimmer«, erklärte Angus Hamilton, um vielleicht dem Eindruck vorzubeugen, seine Frau sei hinsichtlich seiner Tochter etwas nachlässig. »Sie ist sehr ... fleißig. Ernsthaft. Nicht wahr, Jilly?«

Neville wechselte den Blick schnell genug zu Jilly, um zu sehen, wie sie die Augen verdrehte. »Todernst«, bestätigte sie, und es klang nicht wie ein Kompliment. »Interessiert sich nicht für typische Mädchensachen. Anders als ihre Kusinen.«

Es war Zeit, erkannte Neville, sein Notizbuch zu zücken. Er schlug ein leeres Blatt auf. »Ihre Kusinen?«

»Stiefkusinen, genauer gesagt«, korrigierte sie sich. »Beatrice und Georgina. Die Mädchen meiner Schwester. Melanie ist einige Jährchen älter als ich«, fügte sie hinzu, als sei sie eine Erklärung schuldig. »Und sie hat jung geheiratet. Deshalb sind ihre Töchter ungefähr in Alex' Alter. Ich hatte gehofft, sie würden dicke Freundinnen werden. Ich meine, wo sie doch in dieselbe Schule gehen; außerdem wohnen sie nur ein Stück die Straße rauf.« Jilly deutete vage Richtung Fenster. »Aber sie ist vollkommen anders als die beiden. Sie sind richtige Mädchen, so wie ich es war. Klamotten, Make-up, Jungs. Popstars. Nicht Computer und Bücher wie bei Alex.«

Neville pickte sich ein Wort aus ihrem plätschernden Monolog heraus. »Jungs?«

»Beatrice und Georgina haben jede Menge Verehrer.« Sie schenkte ihm ein selbstgefälliges Lächeln. »So wie ich in ihrem Alter.«

»Und Alex? Hat die keine Verehrer?«

»Oh, guter Witz.« Jilly brachte ein klingelndes, künstliches Lachen hervor. »Keine Chance, Inspector.« Sie stockte, während sie zu ihrem Mann hinüberschielte. »Offen gesagt ging es bei dem Streit auch um dieses Thema. Ich meine, dass sie behauptet hat, sie hätte einen Freund, wo es doch gar nicht stimmt.«

Angus Hamilton runzelte die Stirn. »Das hast du mir gar nicht erzählt.«

»Bitte, Mrs Hamilton«, sagte Neville, gründlich verwirrt. »Können Sie mir das erklären?«

»Na ja, es war eigentlich ziemlich albern.« Wieder dieses aufreizende Zucken. »Beatrice und Georgina zufolge bestand Alex darauf, sie hätte einen Freund. Sie hat gesagt, er hieße Jack und wohne in London. Sie hat behauptet, sie hätte ein Foto von ihm in einem alten Medaillon, das sie trug.«

»Das Medaillon ihrer Großmutter!«, sagte Angus Hamilton und richtete sich noch ein wenig weiter auf. »Das muss es gewesen sein. Ich wusste gar nicht, dass sie es noch hat.«

Jilly fuhr in ihrer Erzählung fort. »Ihre Kusinen sagen, sie hätten sie gefragt, ob sie es mal sehen dürften, und sie hat ihnen tatsächlich ein Bild gezeigt, das sie offenbar aus einer Zeitschrift ausgeschnitten hatte oder so. Ich meine, hat sie wirklich gedacht, sie kaufen ihr das ab?«

»Ist es Ihnen je in den Sinn gekommen, dass sie vielleicht die Wahrheit gesagt haben könnte?«, fragte Neville und blickte zwischen den Eheleuten hin und her. »Es wäre doch immerhin möglich, oder?«

»Alex ist ein bisschen jung für so etwas«, erklärte ihr Vater. »Ich weiß zwar, dass ein paar Mädels in ihrem Alter sich schon für Jungs interessieren. Aber meine Alex ist noch sehr jung für ihr Alter, wenn Sie verstehen, was ich meine. In ein, zwei Jahren vielleicht – aber jetzt noch nicht.«

Neville beschloss, das Thema nicht weiter zu vertiefen. Nachdem er *Jack?* geschrieben hatte, blätterte er zu einer leeren Seite in seinem Notizbuch weiter. »In Ordnung. Dann eben keine Freunde. Aber wie sieht es mit Freundinnen aus? Anderen Mädchen an ihrer Schule oder in der Nachbarschaft, die sie mittags mit nach Hause bringt oder bei denen sie schon mal abends zum Lernen oder zum Fernsehen bleibt?« Das fasste in etwa Nevilles Vorstellungen von Mädchenfreundschaften zusammen.

»Nein, nichts dergleichen«, sagte Jilly. »Sie hat keine Freunde.«

»Sie ist so was wie eine Einzelgängerin«, fügte Angus Hamilton hinzu. »Auch wenn sie in Schottland eine gute Freundin hatte. Kirsty hieß sie, glaube ich. Alex war nicht glücklich darüber, dass sie sich von ihr trennen musste.«

»Noch irgendjemand, dem sie nahesteht? Angehörige?«

»Alex liebt ihre Granny«, sagte Angus Hamilton beinahe widerwillig. »Aber sie sieht sie kaum einmal. Jetzt nicht mehr.«

»Seit dem Umzug nach London«, fügte Jilly erklärend hinzu.

Großmutter in Schottland, schrieb Neville in sein Notizbuch. Er würde sich die Anschrift nötigenfalls später besorgen. »Hat Alex so etwas schon mal getan?«, fuhr er fort. »Ich meine, weggehen, ohne jemandem Bescheid zu geben?« Er sah Angus Hamilton an, der seine Frau fixierte, und so wandte Neville ebenfalls den Kopf.

Sie winkte nur ab. »Ständig. Ich meine, Alex kommt und geht, wie es ihr passt. Sie ist ihr eigener Herr. Wir sind nicht ihre Kindermädchen. Ich jedenfalls nicht.«

Noch etwas fiel Neville ein. »Ich hätte das wohl gleich fragen sollen. Hat Alex ein Handy?«

»Ich hab ihr angeboten, ihr eins zu kaufen«, erklärte Angus Hamilton. »Sie hätte sich eins aussuchen können, aber sie wollte keins.«

»Sie musste ja immer was Besonderes sein«, fügte Jilly spitz hinzu. »Welches Mädchen hat heutzutage kein Handy? Das ist doch pervers.«

Das war's dann, erkannte Neville. Er vergeudete eindeutig seine Zeit. Der Stiefmutter war es scheißegal, wo das Mädchen war, und es war nicht das erste Mal, dass die Kleine sich selbstständig machte – nur dass ihr Vater es zum ersten Mal mitbekam, weil er an diesem Abend früher von der Arbeit gekommen war. Das Kind mochte schon wer weiß wie oft abgehauen sein, ohne dass er es wusste. »Ich denke, ich sollte mal einen Blick in ihr Zimmer werfen«, sagte Neville und klappte sein Notizbuch zu.

Angus Hamilton nickte. »Natürlich, Inspector. Ich muss Sie nur warnen: Es ist nicht gerade ordentlich.«

»Es ist eine Müllhalde, eine Schande«, flüsterte Jilly außer Hörweite ihres Mannes.

Nevilles Wohnung war auch kein Ausbund an häuslicher Ordnung, doch selbst er fand Alex' Zimmer ziemlich erschreckend. Es wirkte, als hätte sie es geradezu darauf angelegt, Ordnung in Chaos zu verwandeln. Vielleicht, dachte er angesichts des makellosen Zustands in der übrigen Wohnung, ging es wirklich genau darum. Eine Trotzreaktion.

Er stand in der Tür und versuchte für den Fall, dass es doch noch zu Ermittlungen kam, alles im Kopf zu speichern, was er sah. Ihm wurde bewusst, dass er die halbe Zeit, die er bei den Hamiltons gesessen hatte, mit einem Ohr auf die Tür gehorcht hatte, als müsse sie jeden Moment aufgehen und Alex hereinspaziert kommen. Jetzt, wo er wusste, weshalb sie weggegangen war – ein Streit, noch dazu ein unangenehmer mit einer völlig gleichgültigen Stiefmutter –, war er mehr denn je davon überzeugt, dass sie nicht lange wegbleiben würde. War die Wut erst mal abgekühlt, hatte sie erst einmal Dampf abgelassen, dann würde sie nach Hause kommen, sobald sie davon ausgehen konnte, dass ihr Vater daheim war. Sie würde sich an ihn um Hilfe wenden und hoffen, dass er sich auf ihre Seite schlug und sie ein paar Punkte gegen ihre Stiefmutter gutmachte.

Irgendwie beneidete Neville Angus Hamilton nicht: zwischen zwei eigensinnigen Frauen hin und her gerissen, die sich hassten wie die Pest.

Andererseits war der Mann ein Glückspilz - die reizende Jilly jede Nacht im Bett zu haben ...

Er gestattete seiner Fantasie nicht, diesen Faden weiterzuspinnen, denn das wäre fatal.

Neville bahnte sich durch die über den Boden verstreuten Kleider seinen Weg bis zum Schreibtisch. Vielleicht hatte sie ja dort einen Zettel hinterlegt, um mitzuteilen, wo sie hingegangen war.

Doch er fand auf Anhieb nichts dergleichen. Dann der Computer?

Er drückte wahllos eine Taste; der Bildschirmschoner verschwand, und stattdessen erschien ein Fenster mit der Passwortabfrage.

Es war noch entschieden zu früh, auf diese Weise die Privatsphäre eines jungen Mädchens zu stören. Falls sie zurückkam - wann immer das sein mochte -, wäre sie wahrscheinlich wütend, wenn sie erfuhr, dass ihr Vater einem Polizisten gestattet hatte, in ihrem Zimmer herumzuschnüffeln.

Neville trat behutsam den Rückzug an. »Mr Hamilton«, sagte er, und es war nicht nur der Gedanke an das Sixpack, der ihn dazu veranlasste, »für mich sieht die Sache im Moment folgendermaßen aus: Niemand ist in Ihre Wohnung eingedrungen, um Ihre Tochter zu entführen. Sie ist aus freien Stücken rausgegangen, und es gibt keinen Grund anzunehmen, dass sie nicht bald wieder heimkommt.« Er hielt ihm eine Visitenkarte hin.

»Meine Handynummer. Bitte rufen Sie mich an, sobald sie zurück ist.«

»Inspector.« Angus Hamilton übersah die Karte und starrte Neville mit einem Ausdruck ins Gesicht, der so kalt war wie sein Ton. »Das ist nicht gut genug. Wir sprechen immerhin von einem Kind. Meine Alex ist zwölf Jahre alt. Sie wird seit heute Nachmittag vermisst. Jetzt ist es ...« Er senkte den Blick lange genug, um die Zeit von seiner Rolex ablesen zu können. »Jetzt ist es fast acht. Falls das der beste Rat ist, den Sie mir anzubieten haben, dann seien Sie versichert, dass ich den Vizepräsidenten am Telefon habe, bevor Sie noch ganz zur Tür raus sind. Ich lasse mich nicht abwimmeln.«

»Wo fange ich am besten an?«, seufzte Mark. »Ich denke, am besten bei dem, was ich dir gestern erzählen wollte.«

Der Wein stieg Callie bereits zu Kopfe. Ihr wurde bewusst, dass sie nichts zu Mittag gegessen und sich auch noch diesen verführerischen Rosinenkuchen verkniffen hatte. »In Ordnung«, sagte sie.

»Mein Schwager. Joe.«

»Verheiratet mit deiner Schwester?«

»Richtig.« Er nickte. »Sie sind schon eine halbe Ewigkeit verheiratet. Über zwanzig Jahre. Ich kenne Joe sogar noch länger. Ich war noch ein Kind. Joe ... also, sagen wir einfach, es war ein Schock für mich.«

Er starrte in sein Weinglas, ohne sie anzusehen. Callie berührte seine Hand. »Erzähl es mir, Marco.«

»Ich hatte immer geglaubt, sie führten eine tolle Ehe. Sie haben zwei Mädchen. Sie hätten noch mehr haben wollen, aber Serena hatte Probleme mit ihren Schwangerschaften. Wie Mama.« Das hörte Callie zum ersten Mal; sie hatte sich schon ein wenig gewundert, dass Marco in einer offenbar so traditionellen italienischen Familie nicht mehr Geschwister hatte. »In meinen Augen sind sie immer so was wie das ideale Paar gewesen. Einander und der Familie treu ergeben. Aber jetzt ...« Er schüttelte den Kopf. »Jetzt ist nichts mehr so, wie es einmal war. Ich habe rausbekommen, dass Joe ... fremdgeht.«

»Vielleicht hast du da einfach was in den falschen Hals bekommen«, sagte sie. »Es ist nicht immer alles so, wie es auf den ersten Blick erscheint.«

Er sah auf. »Du verstehst nicht, *cara mia*. Er hat es selbst zugegeben! Gegenüber Serena und mir. Er treibt's mit einer seiner Studentinnen.«

Treuebruch. Nach ihrer eigenen Erfahrung vor gar nicht so langer Zeit rührte das bei Callie an einen wunden Punkt. Arme Serena, dachte sie. »Na ja, wenn er Reue zeigt ...«, fing sie an.

»Tut er aber nicht!«, brachte Mark wütend heraus. »Nicht die Spur. Er hat sich sogar über mich lustig gemacht, weil ich es mir so zu Herzen genommen habe. Und hat mehr oder weniger zugegeben, dass es nicht das erste Mal war. Und auch nicht das letzte Mal sein wird.«

»Aber Serena ...«

»Er sagt, sie muss einfach damit leben. Das ist das Schlimmste.« Er schwieg und atmete tief ein. »Nein, das Schlimmste ist, dass sie damit leben *wird*. Sie *wird* sich damit abfinden. Ihn jeden Tag zur Arbeit ziehen lassen und dabei überlegen, ob er vielleicht auf dem Sofa seines Büros eine seiner Studentinnen vögelt, während sie ... ach, ich weiß auch nicht. Seine Hemden bügelt. Im Restaurant die Kreditkarte eines Gastes durchs Lesegerät zieht. Chiara bei ihren Hausaufgaben hilft. Und die ganze Zeit so tut, als sei alles in Ordnung. Als sei ihre Ehe perfekt. Gegenüber den Mädchen so tut. Gegenüber Mama und Papa. Gegenüber sich selbst. Gott, Callie. Das geht mir so gegen den Strich.«

»Oh, Marco.« Sie wusste nicht, was sie sonst sagen sollte.

Er nahm einen großen Schluck von seinem Wein. »Ich hätte ihn am liebsten umgebracht«, sagte er, jetzt ein wenig ruhiger. »Zum ersten Mal habe ich begriffen, was Menschen zu Mord treibt. Zu Verbrechen aus Leidenschaft sozusagen. Vermutlich ist das für einen Polizisten eine nützliche Erkenntnis.« Er gab ein kurzes, bitteres Lachen von sich. »Und dabei war ich ja noch nicht einmal unmittelbar betroffen. Ich war wegen meiner Schwester wütend, nicht mal aus eigener

Erfahrung. Ich mache mir, glaube ich, keine Vorstellung, wie es sich für sie anfühlen muss. So betrogen zu werden.«

Callie brauchte es sich gar nicht vorzustellen; sie wusste es ganz genau. Zwar hatte sie nie den Wunsch verspürt, Adam tatsächlich umzubringen, doch falls er rein zufällig unter einen Bus geraten wäre ...

Ein wenig zu spät sah Mark auf und erkannte wohl den schmerzlichen Ausdruck in Callies Gesicht. »Oh, Callie, ich wollte nicht ...«

»Keine Sorge«, sagte sie schnell. »Das ist vorbei. Was Serena angeht ... du wirst ihr helfen müssen, das durchzustehen, Marco. Wenigstens hat sie dich, um sich auszusprechen. Sie muss es nicht mit sich allein abmachen.«

Neville zog sich in die Küche der Hamiltons zurück, holte sein Handy heraus und rief DSI Evans' Privatnummer an.

Es war nicht verwunderlich, dass Evans sich nicht selbst meldete, sondern die süße Denise ans Telefon ging. Er erkannte ihre Stimme auf Anhieb: ein wenig näselnd, ein wenig gewöhnlich. Essex.

»Mrs Evans, Neville Stewart. DI Stewart. Ich müsste bitte dringend mit Ihrem Mann sprechen.«

»Im Moment passt es nicht so gut«, sagte sie. Ihr Ton ließ nicht erkennen, ob sie wusste, wer er war - ob sie ihn unter den Heerscharen junger Polizisten einordnen konnte, die ohne Erfolg ihr Glück bei der süßen Denise versucht hatten, als sie nichts weiter als Detective Superintendent Evans' Sekretärin war - die ungeheuer, ja atemberaubend viel in der Bluse hatte. Doch Denise hatte darauf gewartet, den dicksten Fisch an Land zu ziehen, auch wenn man in der Definition geteilter Meinung sein konnte, und jetzt hatte sie ihn im Netz. Neville vermutete mal, dass sie langfristig kalkulierte. Im Moment mochte es nicht so rosig sein, sich mit Evans abzufinden und mit ihm Kinder zu bekommen - besonders wenn die Kinder am Ende alle so aussahen wie er; irgendwann jedoch würde die Investition reichlich Dividenden bringen: Er würde zum Ritter geschlagen, und sie wäre Lady Evans. Würde das ihre Verwandtschaft in Essex nicht stolz und glücklich machen?

»Es ist dringend«, wiederholte Neville. »Er hat mir diese Nummer gegeben und mir eingeschärft, auch davon Gebrauch zu machen.«

»Aber wir haben uns gerade zum Abendessen hingesetzt«, protestierte die süße Denise. »Ich teile gerade die Suppe aus.«

»Würden Sie ihm bitte ausrichten, dass Mr Hamilton erneut den Vizepräsidenten anrufen wird?«, bat er und fügte hinzu, »ich bleibe dran.«

»Ach so, na schön«, sagte sie widerstrebend. »Ich sag's ihm.«

Einen Moment später war Evans am Apparat. »Was war das mit dem Vizepräsidenten?«

»Hamilton kämpft mit harten Bandagen, Sir«, sagte Neville kurz und bündig. »Er sagt, er lässt sich nicht abwimmeln.«

»Und haben Sie versucht, ihn abzuwimmeln?«, fragte Evans streng. »Ich dachte, ich hätte Ihnen aufgetragen, die Sache zu klären.«

Neville holte tief Luft. »Sir, das ist so ein Fall, wie er täglich passiert. Das Mädchen kriegt Streit mit ihrer Stiefmutter und marschiert aus der Wohnung. Der Stiefmutter zufolge ist es auch nicht das erste Mal, die Kleine kommt und geht, wie's ihr passt. Vielleicht bleibt sie nur diesmal wegen des Streits ein bisschen länger weg. Sie hat ihren Mantel angezogen, also wird sie nicht erfrieren. Wahrscheinlich ist sie einfach nur zu einer Schulfreundin gegangen. Oder sie läuft durch die Geschäfte und mampft Chips. Und hasst ihre Stiefmutter. Sie kommt zurück, sobald es ihr langweilig wird und sie die Nase voll hat. Darauf gehe ich jede Wette ein.«

»Das würde ich mir lieber überlegen, Stewart«, brummte Evans. »Wohl gemerkt: Ich bin davon überzeugt, dass Sie recht haben, aber darum geht es hier nicht, nicht wahr?«

»Vermutlich nicht«, räumte Neville ein.

»Dieser Hamilton wird erst Ruhe geben, wenn sein liebes kleines Töchterlein wieder heil und unbeschadet zu Hause ist.«

»Das fasst es wohl zusammen, Sir.«

»Und bis es so weit ist, müssen wir ihm den Eindruck vermitteln, dass wir die Sache sehr ernst nehmen. Dass wir tatsächlich was tun; ob das nun der Fall ist oder nicht.«

Neville war nicht sicher, worauf Evans hinauswollte. »Und was wollen Sie mir damit sagen, Sir? Soll ich hier rumsitzen und den Mann beschwichtigen, bis die Läden schließen und die Kleine nach Hause kommt?« Die Vorstellung behagte ihm nicht, selbst mit Mrs Hamilton als Augenschmaus.

»Rufen Sie auf dem Revier an und sagen Sie denen, sie sollen die Streife alarmieren«, sagte Evans energisch. »Die sollen nach dem Mädchen Ausschau halten, sowohl in der Nachbarschaft als auch im West End. Lassen Sie sich von Hamilton ein Foto geben. Und wenn Sie nicht die ganze Nacht dort zubringen wollen«, fügte er hinzu, »und das wollen Sie vermutlich nicht, dann holen Sie eine Familienkontaktperson zum Händchenhalten. Dafür sind die schließlich da. Vielleicht DC Fish? Sie sagen, sie hat im Fall Norton gut gearbeitet.«

»Ja, eben, Sir. Deshalb habe ich sie auch nach Hause geschickt und ihr gesagt, sie soll sich ein freies Wochenende machen.«

»Na, dann finden Sie eben jemand anders. Sie ist ja nicht die Einzige. Sorgen Sie nur dafür, dass es jemand ist, der Manieren hat. Wie gesagt. Jemand, der Hamilton nicht zu sehr auf die Palme bringt.«

»Verdammt«, murmelte Neville, als Evans auflegte.

Wen zum Teufel konnte er anrufen?

Mark Lombardi, flüsterte eine Stimme in seinem Kopf.

Er und Mark waren gute Freunde. Trinkkumpane, eingefleischte Junggesellen. Er konnte Mark das nicht antun.

Nachdenklich betrachtete er sein Handy. Mark Lombardi. Vorzeigbar, sympathisch. Diskret. Genau, was Evans suchte, genau, was die Situation erforderte.

Die Nummer hatte er eingespeichert. Marks Handy - für den Fall, dass er ihn zu einem spontanen Treffen im Pub überreden wollte. Er musste sie nicht einmal nachschlagen oder auf dem Revier anrufen, um sie zu bekommen.

»Tut mir leid, Kumpel«, sagte er leise und drückte den Knopf. »Du oder ich.«

»Jedenfalls«, sagte Mark und füllte ihre Weingläser erneut auf, »die ganze Sache mit Joe hat mich ins Grübeln gebracht. Über alles Mögliche. Über die Familie zum Beispiel.«

»Ja?«

»Du musst nämlich verstehen, wie das mit meiner Familie ist ...«, fuhr er in ernstem Ton fort. »Sie sind Italiener.«

Callie hätte beinahe laut gelacht, beherrschte sich aber. »Nun ja, das hatte ich mir fast gedacht.«

»Ich meine, eingefleischte Italiener. Oder auch Venezianer, genauer gesagt. Ich bin hier in London geboren, Serena auch. Aber *i genitori*, also meine Eltern, stammen beide aus Venedig, und ihre Eltern und Großeltern und so weiter und so fort. Sie leben jetzt schon seit über vierzig Jahre in London, aber sie sind keine Londoner. Werden sie auch nie sein. Sie werden immer Venezianer bleiben, die zufällig woanders wohnen.«

»Es gibt viele Leute in London, die von woanders kommen«, wandte sie ein, während sie noch nicht recht erkannte, was der Sinn der langen Erklärung war. »Die meisten von ihnen werden früher oder später Londoner.«

»Meine Eltern eben nicht«, erklärte er. »Nicht in tausend Jahren. Und sie verstehen auch nicht, wie ich mich fühle. Sie denken, ich wäre genauso italienisch wie sie.«

Jetzt war Callie wirklich verwirrt. »Aber ... bist du das denn nicht?«

»Genetisch schon. Und kulturell in vielerlei Hinsicht auch. Sohn italienischer Eltern zu sein, hat mich so vielfältig geprägt, dass es mir wohl nur teilweise bewusst ist. Die Sprache, die Kirche ...«

Ah, dachte Callie. Die Kirche. Ging es die ganze Zeit darum?

»Aber ich bin auch Londoner«, fuhr er fort. »Ich bin in einer multikulturellen Großstadt aufgewachsen. Einer englischen noch dazu. Ich esse *fish and chips* und trinke Ale. Wenn ich keinen italienischen Wein oder Peroni-Bier bekomme«, fügte er mit selbstironischem Grinsen hinzu.

Callie hob lächelnd ihr Glas, und er tat es ihr nach.

»Und was Beziehungen betrifft ...« Mark verstummte und wandte den Blick von ihr ab, um ins Glas zu schauen.

Callies Lächeln erstarb.

»Mein ganzes Leben lang habe ich versucht zu tun, was meine Eltern von mir erwarteten. Was sie glücklich machen würde. Serena auch. Sicher, sie hat Joe geliebt, als sie ihn heiratete. Tut sie immer noch. Aber was wäre gewesen, wenn es ihr freigestanden hätte, sich in jemand anderen zu verlieben? Jemanden, der kein Italiener ist? Vielleicht wäre dann ihr Leben vollkommen anders verlaufen.«

»Vielleicht aber auch nicht«, fühlte sie sich bemüßigt zu sagen, »oder zumindest nicht unbedingt besser.«

»Aber sie hat nie auch nur geglaubt, eine Wahl zu haben. Und ich auch nicht. ›Ein nettes italienisches Mädchen‹ – all die Jahre haben meine Eltern darauf gewartet, dass ich eine nette Italienerin finde. Habe ich aber nicht. Und ich hab auch nie ein Mädchen gefunden, für das ich genug empfunden hätte, um das Missfallen meiner Eltern zu riskieren.«

Callie schluckte. Schwer.

»Was ich sagen will«, fuhr Mark fort und sah nun endlich zu ihr auf, sodass sie die Tränen in seinen Augen sehen konnte. »Ich will damit sagen, dass es heute Abend genau darum geht. Ich möchte dich mit meiner Familie bekannt machen. Ich möchte, dass sie *dich* kennenlernen.«

»Marco ...«

Sein Handy schrillte.

Mark stöhnte. »Nicht *jetzt*.«

Er zog es aus der Tasche und sah auf das Display. »Neville Stewart«, sagte er. »Da sollte ich besser rangehen.«

SECHZEHN

»Es ist gerade wirklich schlecht, Neville«, sagte Mark, nachdem Neville ihm eine kurze und bündige Erklärung der Situation geliefert hatte. »Ich bin gerade dabei ... bei etwas sehr Wichtigem. Und ich habe für später einen Tisch reserviert.«

»Mein herzliches Beileid, Kumpel.« Er klang allerdings nicht sehr mitfühlend. »Die Sache ist die: Der Kerl hat Beziehungen. Und Evans will kein Risiko eingehen. Es gibt Druck von oben. Kein Geringerer als der Vizepräsident.«

Mark unternahm einen zweiten Versuch. »Ich habe bereits eine halbe Flasche Wein getrunken. Selbst wenn ich einen Wagen dabeihätte, könnte ich nicht fahren.«

»Nimm die Jubilee Line. Geht bis nach St. John's Wood. Du bist im West End? Du kannst an der Baker Street umsteigen. Ich bleibe hier, bis du kommst.«

Er konnte es nicht fassen. Da war er so weit gekommen ...

Mark trennte das Telefonat mit einem wütenden Druck auf die Taste, dann sah er zu Callie auf: »Es tut mir so leid«, sagte er. »Ich hole dir ein Taxi.«

Callie schenkte ihm ein schiefes Lächeln. »Ich denke, ich finde allein nach Hause, Marco.« Sie zog bereits ihren Mantel an und schnappte sich Tasche und Handschuhe.

»Neville sagt, es duldet keinen Aufschub«, wand er sich, um ihren Abschied noch etwas hinauszuzögern, damit der

Abend nicht auf diese Weise endete. Nichts gelöst, nicht einmal eine Reaktion von ihr auf das Bekenntnis, die Erklärung, auf die er nun schon seit Wochen hingearbeitet hatte.

»Das war dann wohl Neville Stewart, nehme ich an?« Es lag, so schien es Mark, ein gewisser scharfer Unterton in ihrer Stimme. Auch wenn sie darüber nicht sprachen, wusste er doch, dass sie für DI Stewart nicht viel übrig hatte, nachdem sie ihm nur einmal unter ziemlich widrigen Umständen begegnet war.

Mark nickte. »Es ist nicht Nevilles Entscheidung«, fügte er lahm hinzu. »Druck von weiter oben, hat er gesagt.«

»Nun denn, da kann man nichts machen.« Callie zuckte mit den Achseln und schien ihn zu bedauern. »Mein Beruf kann auch schon mal so sein«, sagte sie. »Nur dass mein Druck von noch weiter oben kommt.«

Gegen seinen Willen musste er lachen. »Ja, der Stellvertretende Polizeipräsident hält sich nur für den lieben Gott.«

Sie hatten die Straße erreicht, wo sie sich trennen mussten. »Macht es dir wirklich nichts aus, allein heimzufahren?«

»Kein Problem.«

»Ich rufe dich an und halte dich auf dem Laufenden«, sagte er.

»Pass auf dich auf, Marco.«

Als Alex endlich zu rennen aufhörte, hatte sie keine Ahnung mehr, wo sie war.

Nicht dass sie überhaupt etwas wiedererkannt hätte: London war für sie ein einziges großes Mysterium, eine verwirrende Monstrosität. In St. John's Wood kannte sie sich noch aus, jedenfalls einigermaßen. Die Wohnung, ihre Schule und alles dazwischen. Aber nicht in diesen Straßen hier.

Sie hätte ebenso gut in einem fremden Land sein können. Kebabstände, indische Currybuden, aus denen ihr exotische Düfte entgegenquollen.

Wie weit war sie gerannt? Wie lange war sie gegangen? Alex hatte keine Ahnung. Sie sah auf die Uhr: Es war sechs durch.

Sie lief noch eine Weile. Es war die beste Möglichkeit, sich warm zu halten. Erst als sie zu rennen aufgehört hatte, als ihr das Herz nicht mehr im Halse pochte, sondern wieder normal schlug, hatte sie gemerkt, wie eisig es war. Wenn sie jetzt noch langsamer ging oder stehen blieb, würde ihr sehr kalt werden. Also lauf weiter!, trieb sie sich an.

Auf die belebten Geschäftsgegenden folgten ruhigere Wohnstraßen, die nicht weniger fremd auf sie wirkten. Dann kam sie erneut ins abendliche Getriebe. Diesmal schickere Läden. Etwas besser gekleidete Menschen, die mit vollen Tüten beladen von den Weihnachtseinkäufen kamen.

Und dort, an der Ecke, stand ein Polizist und regelte den Verkehr. Er trug eine von diesen gelben Leuchtstoffjacken über der Uniform, aber er war zweifellos Polizist.

Alex blieb stehen.

Callie beschloss, sich den Luxus eines Taxis nach Hause zu leisten. Natürlich hätte sie mit der U-Bahn fahren können, doch die Nachtschwärmer, die den Freitagabend unsicher machten, exotisch gekleidete junge Leute, die sich amüsieren wollten, waren schon unterwegs und die Waggons sicher unerträglich voll. Außerdem, rechtfertigte sie sich, wäre es ein kalter Spaziergang von Paddington nach Bayswater.

Erst als sie das Taxi bezahlt hatte, die Treppe zu ihrer Wohnung hochgegangen war und sich von Bella stürmisch begrüßen ließ, wurde ihr bewusst, dass sie nichts gegessen hatte. Mittags nichts, dann keinen Kuchen, kein Abendessen. Nichts weiter als ein paar Nüsse in dem Weinlokal. Und natürlich den Wein, der ihr aus dem leeren Magen ungehindert zu Kopfe gestiegen war, sodass sie sich mehr als nur beschwipst fühlte.

Solange Peter bei ihr wohnte, würde der Kühlschrank vermutlich nicht allzu viel hergeben; er schien zu glauben, dass er sich nehmen konnte, was immer er in die Hände bekam, nur weil er bei ihr wohnte. Callie öffnete einen Schrank und fand eine Packung Brotstangen, die Peter übersehen haben musste, und der Kühlschrank gab ein Plastikgefäß mit nicht mehr ganz taufrischen Oliven her. Nachdem sie den Mantel abgelegt hatte, setzte sie sich an den Tisch und stopfte sich die karge Mahlzeit in den Mund. Knusprige Brotstangen, glitschige Oliven. Als sie alles verputzt hatte, leckte sich Callie das salzige Öl von den Fingern.

Sie hatte nach wie vor Hunger und nahm das Tiefkühlfach in Augenschein. Dort war immerhin ein Becher Eiskrem: Ben and Jerry's Cherry Garcia. Peters Lieblingssorte; er musste es gekauft haben. Tja, Pech gehabt. Wenn er sich nicht genierte, ihre Lebensmittel aufzubrauchen, dann litt sie auch keine Gewissensqualen, wenn sie seine Eiskrem aß. Falls sie nur ein bisschen naschte, würde er es vielleicht nicht einmal merken.

Als sie den Deckel aufstemmte, sah sie, dass der Topf schon halb leer war. Sie holte einen Löffel und schabte einen Bissen nach dem anderen heraus. Bevor es ihr richtig bewusst wurde, kratzte sie schon die letzten Schokoladeflocken von der Becherwand.

Callies Hände zitterten, als sie das Beweisstück ihres Diebstahls unter der Stangenbrotverpackung, dem Oliventopf und einem leeren Saftkarton im Mülleimer vergrub. Obwohl es in der Wohnung im Vergleich zu draußen sehr warm war, hatte das Eis sie von innen her ausgekühlt. Sie ging in ihr Schlafzimmer und zog die Stiefel aus, schlüpfte mit den Füßen in die rosa Hausschuhe und zog anschließend ihren alten, schäbigen Morgenmantel über die Kleider. Er war abgetragen, und sie wusste, dass es albern aussah, aber er war so behaglich. Und es sah sie ja niemand außer Bella.

Etwas Heißes zu trinken, das würde sie auf die Beine bringen. Dann könnte sie wieder klar denken und würde aufhören zu zittern.

Wenigstens konnte sie Peters Wundermaschine benutzen. Sie warf eine Kapsel für heiße Schokolade hinein, und eine Minute später war das Getränk fertig.

Leckere, belebende heiße Schokolade. Sie nahm den Henkelbecher mit ins Wohnzimmer und machte es sich auf dem Sofa bequem, wo sich Bella fast augenblicklich zu ihr gesellte und sich an sie kuschelte. Callie streichelte ihr die seidigen Ohren mit der freien Hand. Bella war ein solcher Trost, ein wunderbarer Gefährte.

Brauchte sie denn Trost?, fragte sich Callie.

Ja, sie war versetzt worden. Oder, genauer gesagt, sitzen gelassen. Ja, sie war auf etwas Wichtiges, etwas Entscheidendes gefasst gewesen. Und dieser entscheidende Moment in ihrem Leben war ausgesetzt worden.

»Ich möchte dich mit meiner Familie bekannt machen.« Was genau hatte das zu bedeuten? Marco schien diesem Ereignis eine Bedeutung beizumessen, die über diesen Anlass hinausging.

Jetzt, wo der Moment vorüber war, fragte sie sich, ob er je wiederkehren würde.

War sie enttäuscht? Oder vielleicht im Gegenteil sogar erleichtert?

Während sie ihrem Hund die weichen Ohren kraulte, dachte sie darüber nach und kam zu keinem Schluss.

Neville und Mark besprachen sich leise im Flur außerhalb der Wohnung der Hamiltons. Ein Schichtwechsel, dachte Neville erleichtert. An dieser Stelle würde Mark übernehmen. Das Mädchen würde nach Hause kommen, und sie wären die Sache los.

»Die Frau ist ein ziemliches Miststück«, warnte er Mark. »Der scheint das Kind vollkommen egal zu sein. Ist nicht ihrs«, fügte er hinzu, als Mark ihn entgeistert ansah.

»Ach so, sie ist die Stiefmutter?«

»Richtig, von der bösartigsten Sorte.« Er grinste. »Der einzige Mensch, der ihr was bedeutet, ist offenbar sie selbst. Ich denke, das Beste, was dieses Kind sich von ihr erhoffen kann, ist wohlwollende Nichtbeachtung.«

Mark sah ihn erschrocken an. »Willst du etwa damit sagen, sie hätte etwas mit dem Verschwinden des Mädchens zu tun?«

»Gütiger Gott, nein. Keine solchen Abgründe. Nach meinem Eindruck heute Abend ist ihr das alles nur vollkommen schnuppe.«

»Und was ist mit dem Vater?«, fragte Mark mit gesenkter Stimme weiter.

»Er scheint an dem Mädchen zu hängen«, räumte Neville ein, »allerdings auch wieder nicht so sehr, dass er viel Zeit mit ihr verbringen würde, soweit ich das beurteilen kann.«

»Klingt nicht gerade nach viel Familiensinn«, sagte Mark, wobei sein Gesichtsausdruck für Neville völlig offenließ, ob das in seinen Augen etwas Gutes oder etwas Schlechtes war.

»Du wirst ja selber sehen. Ich denke, es wird Zeit, dass du da reingehst.« Und Zeit, dass ich nach Hause komme, fügte er in Gedanken hinzu.

»Was genau soll ich eigentlich machen?«

»Oh, das Übliche«, sagte Neville achselzuckend. »Händchen halten, beruhigende Worte.«

Jetzt sah Mark eindeutig sauer aus. »Meinst du wirklich, mein Job beschränkt sich darauf?«

Mächtig ins Fettnäpfchen getreten, dachte Neville reuevoll. »Natürlich nicht, Kumpel«, versuchte er zurückzurudern. »Das ist nur eines deiner vielen Talente. Hier bei diesem Einsatz geht es jedenfalls genau darum. Ich hege nicht den geringsten Zweifel, dass dieses Kind jeden Moment nach Hause kommt. Müde und frierend. Die Stiefmutter wird stinksauer auf sie sein, weil sie ihnen den Abend versaut hat«, fügte er hinzu. »Wahrscheinlich macht sie Hackfleisch aus ihr, wenn ihr das nicht zu viel Arbeit ist. Der Papa ist wahrscheinlich erleichtert, auch wenn er es vermutlich nicht zeigt. Er wird ihr auch noch die Hölle heiß machen, sodass sie sich fragen wird, weshalb sie überhaupt zurückgekommen ist. Armes Kind.«

Mark schien nicht überzeugt. »Schaun wir mal.«

»Ruf mich morgen Früh an und sag mir, ob ich richtig lag.« Neville drückte die Wohnungstür auf. »Okay, Vorhang auf, Kumpel.« Er geleitete Mark ins Wohnzimmer. »Mr und Mrs Hamilton, darf ich Sie mit Detective Sergeant Mark Lombardi bekannt machen, einem unserer besten Familienkontaktbeamten? Er wird sich um Sie kümmern, bis Alex heimkommt.«

Es wäre so einfach gewesen, zu diesem Polizisten zu marschieren, ihm zu sagen, sie hätte sich verlaufen und wolle jetzt nach Hause. Er hätte einen Anruf gemacht, sie vermutlich in seinem Streifenwagen selber mitgenommen, und das wär's dann. Nicht lange, und sie hätte sich mit Buster unter die Decke kuscheln können. Mit ein bisschen Glück wäre Dad noch nicht mal vom Büro zurück, und Jilly hätte nicht einmal gemerkt, dass sie nicht da war. Schlimmstenfalls wurde sie doch vermisst – Dad wäre ein bisschen besorgt, und Jilly würde sie anschnauzen, weil sie ihm Angst eingejagt hatte.

Alex war ganz nah daran, den Polizisten anzusprechen. Sie trat bis an den Bordstein heran und sah ihn an. »Können Sie mir helfen, nach Hause zu kommen?«, hatte sie schon auf den Lippen.

In diesem Moment dämmerte es ihr.

Nach Hause: Was für ein Witz!

St. John's Wood war nicht ihr Zuhause. In keiner Hinsicht. Es war der Ort, an dem sie vorübergehend wohnte. Wo sie ihre Sachen hatte, aber es war nicht ihr Zuhause. Beim besten Willen nicht.

Zu Hause war sie in Schottland, und das würde auch so bleiben. Egal, was passierte.

Und Mum war in Schottland.

Alex kehrte dem Polizisten den Rücken zu und ging weiter.

Es gehörte nicht zu Marks Aufgaben, hinsichtlich Alex' Verschwinden und Verbleib zu ermitteln, und das wusste er. Als Familienkontaktperson fiel ihm eine ganz andere Rolle zu: die Familie zu unterstützen und zu informieren. Auch wenn Nevilles abschätzige Bemerkung über das Händchenhalten und die beruhigenden Worte nicht gerade glücklich gewählt war, lief es zuweilen genau darauf hinaus. Das und Unmengen Tee. Mark war sehr gut im Teekochen.

»Kann ich Ihnen einen Tee bringen, Mrs Hamilton?«, erbot er sich.

»Tee?« Jilly Hamilton verdrehte die Augen. »Sie können mir noch einen Gin Tonic bringen, wenn Sie sich nützlich machen wollen.«

Angus Hamilton schlug Marks Angebot ebenfalls aus. Er lief auf und ab, auf und ab, während er rhythmisch die Fäuste ballte. »Ich habe einfach keinen Schimmer, wo das Mädel hin sein könnte«, murmelte er. »Ist ihr denn nicht klar, dass wir krank vor Sorge sind?«

Mark hatte nicht den Eindruck, dass Jilly Hamilton krank vor Sorge war: Sie schien einfach nur gelangweilt. Während ihr Ehemann das Zimmer abschritt, inspizierte sie ihre Fingernägel, erst jeden einzeln und dann als Ensemble. Sie waren in einem dunklen Korallenrot lackiert, jeder in sich und passend zu den anderen makellos geformt. Soweit Mark wusste, hatten sich weder seine Mutter noch Serena in ihrem ganzen Leben je eine Maniküre geleistet, doch er war in der Lage, eine teure, professionelle Nagelpflege zu erkennen, wenn er eine vor Augen hatte. Kein abgesplitterter Lack oder sonstiger Makel. Vollkommen. Dennoch unterzog Jilly das

Werk einer kritischen Prüfung, schob behutsam ihre Nagelhäutchen zurück und strich mit der Fingerkuppe über den Lack, um ihn auf Unregelmäßigkeiten oder raue Stellen hin zu überprüfen.

»Gefällt Ihnen die Farbe?«, fragte sie Mark träge und streckte beide Hände aus, um sie von ihm begutachten zu lassen.

»Sehr schön.«

»Ein bisschen dunkler als sonst. Aber heute Früh dachte ich, wieso eigentlich nicht? Falls es mir nicht gefällt, kann ich ja morgen war anderes ausprobieren.« Sie hielt die Hände gegen das Rosa ihres Pullovers. »Ich weiß nicht. Vielleicht sind sie doch zu dunkel. Angus, Schätzchen, was meinst du?«

Angus Hamilton gab einen kehligen, genervten Laut von sich, sagte aber nichts. Sie versenkte sich erneut in die stumme Betrachtung ihrer Hände.

Hunger! Nicht nur ein bisschen - sie kam fast um vor Hunger.

Alex' Mittagessen war unterbrochen worden, bevor es begann, und dasselbe galt für ihren Versuch, nach der Schule etwas zu sich zu nehmen. Jetzt knurrte ihr der Magen heftig, um sie daran zu erinnern, dass er gestopft werden wollte.

Sie hatte Geld in der Tasche, das war also kein Problem. Sie blieb stehen, schaute sich um und sah die goldenen Bögen von McDonald's an der Ladenfront auf der anderen Straßenseite.

Im Unterschied zu den meisten Mädchen in ihrem Alter ging Alex nicht oft zu McDonald's. Genauer gesagt war sie erst ein einziges Mal da gewesen, und das war schon ziemlich lange her. Ihre Mutter war mit ihr zu einem Einkaufsbummel nach Aberdeen gefahren, und sie hatten bei McDonald's Mittag gegessen. »Ich habe eine heimliche Schwäche für McDonald's«, hatte ihre Mutter ihr gestanden. »Als

Studentin in Edinburgh hab ich mich hauptsächlich von Big Macs ernährt.«

Einen Big Mac würde sie sich jetzt auch gönnen. Schon der Name erinnerte sie an Schottland, und an ihre Mutter.

Sie drückte die Tür auf und trat in das hell erleuchtete, warme Restaurant. Es war gut besucht: Familien, kleine Teenager-Gruppen, eine wilde Kindergeburtstagsparty. Unsicher sah sie sich um, doch niemand schien auf sie zu achten.

Alex stellte sich an, um zu bestellen, und las unterdessen die Liste mit den Angeboten. Bis sie an der Reihe war, hatte sie sich entschieden. »Ein Big-Mac-Menü«, erklärte sie mit fester Stimme.

»Und was zu trinken?«, fragte der gelangweilte, pickelübersäte Jugendliche an der Kasse.

Ihre Mutter hatte ihr normalerweise keine Cola gegeben, aber als sie zu McDonald's gingen, hatte sie ihr zur Feier des Tages eine zu ihrem Happy Meal spendiert. »Cola«, sagte sie.

Der Junge nahm ihre Zehn-Pfund-Note und gab ihr eine Handvoll Wechselgeld zurück. Alex steckte die Münzen in die Hosentasche und bekam wenige Sekunden später ihr Tablett in die Hand gedrückt.

»Wo soll ich mich hinsetzen?«, fragte sie den Jungen.

Der sah sie erstaunt an. »Wo du willst.«

Alex trug das Tablett zu dem Tisch am Fenster. So konnte sie die Leute draußen beobachten, die mit ihren Einkäufen vorbeihasteten, oder den anderen Gästen im Restaurant zusehen.

Sie stopfte sich ein paar Pommes in den Mund, schlürfte etwas von ihrer Cola und wandte sich dann der Hauptattraktion zu. Alex öffnete den gelben Faltkarton, hob den Big Mac heraus, riss den Mund weit auf und biss hinein. Es war himmlisch: Noch nie im Leben hatte ihr etwas so köstlich geschmeckt. Hellrote Soße tropfte ihr auf den Mantel.

Alex rieb mit der Papierserviette an dem Fleck. Und in diesem Moment, als sie die Beule in ihrer Manteltasche sah, fielen ihr die Briefe wieder ein.

Neville öffnete die Tür zu seiner Wohnung und zog angeekelt die Nase kraus. Ihm schlug ein Geruch nach Whiskey und Elend entgegen.

Die Zentralheizung lief über Zeitschaltung und war so eingestellt, dass sie bereits vor Stunden angelaufen war, weil er mit einer früheren Heimkehr gerechnet hatte. Also war die Wohnung auch noch stickig überheizt. Neville hatte gedacht, es müsse angenehm sein, aus der Kälte in die Wärme zu kommen, doch es war nur Mief. Er öffnete ein Fenster und sog einen erfrischenden Schwall eisige Luft ein. »Schon besser«, murmelte er.

Das Telefon. Bestimmt hatte sie eine Nachricht hinterlassen.

Keine Nachricht.

Und in der Whiskeyflasche waren nur noch ein paar Tropfen.

Na ja, er hatte noch sein Guinness. Sechs Dosen und den Pub um die Ecke für den Notfall. Wenn er in geselligerer Stimmung gewesen wäre, hätte er den kurzen Weg nicht gescheut, um das echte Zeug zu bekommen, frisch gezapft, doch im Moment war die Gesellschaft anderer Menschen das Letzte, was er brauchen konnte. Redselige Fremde, Trinkkumpane: nein, danke.

Apropos Trinkkumpane. Als er die Lasche an seiner ersten Dose aufriss und sich den Inhalt mit größter Sorgfalt ins Glas goss, dachte Neville einen Augenblick lang mit Schuldgefühlen an Mark Lombardi. Er hätte ihm das nicht antun sollen. Wirklich nicht. Mark war einfach zu nett; diese schrecklichen Hamiltons würden ihn zum Frühstück verspeisen.

Die Briefe. Alex zog das Bündel aus ihrer Manteltasche, betrachtete es kurz und blätterte dann den Stapel durch. Ihr Name und ihre Anschrift waren jeweils ordentlich in Druckbuchstaben geschrieben. Die Briefmarken stammten aus Schottland.

Die meisten dieser Briefe waren offenbar nie geöffnet worden, nur die untersten waren an der Oberkante aufgeschlitzt.

Sie fing mit einem von diesen an und zog das gefaltete Blatt heraus.

Es versetzte ihr einen Schlag, als sie die klare Handschrift ihrer Mutter erkannte: große, gut lesbare Buchstaben.

Meine liebste Alex, las sie, musste an dieser Stelle aber kurz innehalten, weil ihr die Tränen in die Augen stiegen.

Es war unerträglich, sagte sich Angus Hamilton. Sie hatten ihn eindeutig mit einem Polizisten abgespeist, der dieser Aufgabe nicht gewachsen war.

»Ich bin kein Ermittler«, erklärte DS Lombardi. Als wäre das eine Entschuldigung. Wieso hatten sie keinen richtigen Detective geschickt? Das würde der Vizepräsident schon noch zu hören bekommen.

»Sie sind doch ein Detective Sergeant, oder etwa nicht?«, fragte er erbost. »Nun, wie wäre es dann mit ein bisschen Detektivarbeit?«

»Was genau erwarten Sie von mir?«

Angus Hamilton funkelte ihn wütend an. »Irgendetwas, was weiß ich. Angefangen mit Alex' Zimmer. Können Sie da nicht nach Anhaltspunkten suchen?«

»Ich denke schon, dass ich es mir mal ansehen kann«, sagte der Polizist zögernd.

»Worauf warten Sie dann noch, Mann?« Angus marschierte voran und stieß die Tür auf.

DS Lombardi warf einen langen Blick über das Chaos. Er deutete auf die Kleiderhaufen auf dem Boden und fragte: »Wissen Sie, was sie anhatte, als sie verschwunden ist?«

»Meine Frau hat sie nicht gesehen, daher also nein. Wir wissen es nicht. Ihr Mantel ist nicht da, also muss sie den anhaben, aber davon abgesehen, nein.«

»Ist das da ihre Schuluniform?«

Blazer und Rock lagen auf dem Boden.

»Ja«, bestätigte Angus.

»Demnach hat sie nicht ihre Uniform an.«

»Ich denke, das ist offensichtlich.«

Der Sergeant wies auf den Teddybär mitten auf dem ungemachten Bett. »Und sie hat ihren Teddy nicht mitgenommen.«

Angus schnaubte. »Sie ist zwölf Jahre alt und kein Kleinkind. Sie hat Buster seit ihrem zweiten Lebensjahr nicht mehr irgendwohin mitgenommen.« DS Lombardi bahnte sich einen Weg durch das Katastrophengebiet, das Alex' Zimmer darstellte. »Das ist ein schöner Computer«, sagte er. »Das Neueste vom Neusten, nicht wahr?«

»Den hat Alex sich gewünscht«, sagte Angus blasiert, »also hab ich ihn ihr gekauft. Sie träumt davon, einmal Grafikdesignerin zu werden.«

»Ist es in Ordnung, wenn ich da mal rangehe?«

»Solange Sie ihn nicht kaputtmachen.«

Der Polizist drückte eine Taste, und der schwarze Bildschirm erwachte zu buntem Leben. Das Hintergrundbild - Angus erkannte die Landschaft der Highlands in der unmittelbaren Umgebung von Gartenbridge - war von einem Log-in-Fenster überlagert: *Geben Sie Ihr Passwort ein.*

»Sie kennen wohl nicht zufällig ihr Passwort?«

Angus schüttelte finster den Kopf. »Was hätte sie dann von einem Passwort?« Schwafelte der Mann so einen Unsinn, weil er wirklich ein Idiot war, oder tat er nur so?

Wenigstens war der hier nicht so wie der andere in Jilly vernarrt. Der DI hatte Stielaugen bekommen, wenn er sie ansah.

Sollte ihm schlecht bekommen.

Alex ging im McDonald's aufs Klo und wischte sich mit einem Papierhandtuch die Tränen aus dem Gesicht. Sie hatte sich wahrscheinlich gerade wie eine Verrückte aufgeführt, indem sie in der Öffentlichkeit so flennte.

Doch sie hätte nichts dagegen tun können. All diese Briefe von ihrer Mum. Sie hatte jeden gelesen und dabei geweint wie ein Baby.

Ihre Mutter hatte ihr monatelang jede Woche geschrieben. Briefe, in denen sie ihr schrieb, wie sehr sie sie vermisste, wie sehr sie sie liebte. Wie sie sich danach sehnte, wieder mit ihr zusammen und nie wieder von ihr getrennt zu sein.

»Wieso schreibst du mir nicht?«, fragte ihre Mutter immer und immer wieder. »Ich denke jeden Tag, jede Minute an mein liebes kleines Mädchen, und ich sehne mich danach, von dir zu hören.«

Mum hatte Angst, dass Alex sie nicht mehr liebte - als ob das je passieren könnte.

Aber die Briefe hatten sie nicht erreicht. Die ganze Zeit hatten sie sich immer höher in Jillys Schublade getürmt.

Jilly! Verhasste, widerwärtige Jilly! Alex hatte gewusst, dass Jilly Ärger bedeutete, doch so viel Abscheulichkeit hatte selbst sie ihr niemals zugetraut. Die Briefe abzufangen und vor ihr zu verstecken, damit sie dachte, ihre Mum hätte sie vergessen. Oder noch Schlimmeres.

So lange sie lebte, wollte sie Jilly nie wiedersehen.

Mehr noch: Jetzt wusste sie, wo ihre Mutter war. Der Absender stand auf jedem der Briefe: Lochside, Kelso, Roxburghshire, TD5 8JT.

Dort wollte sie hin. Sie würde Mum finden, und nichts sollte sie mehr voneinander trennen.

Alex zog sich in eine der Kabinen zurück, wo sie ihr Geld aus der Tasche holte und es zählte. Wenn sie es bis nach Schottland schaffen wollte - und das würde sie -, dann musste sie mit ihrem Geld sehr sparsam umgehen.

Sie hatte drei Zehn-Pfund-Noten, einen Fünf-Pfund-Schein und sechs Pfund einunddreißig Pence in Münzen. Also zusammen etwas über vierzig Pfund.

Würde das reichen?

Wahrscheinlich nicht.

Wie konnte sie nur an mehr Bargeld kommen?

Sie hatte mindestens hundert Pfund in ihrer Sockenschublade. Wenn sie irgendwie daran kommen könnte ...

Aber das war völlig unmöglich. Dahin durfte sie nicht zurück. Jilly hatte inzwischen vielleicht gemerkt, dass sie die Wohnung verlassen hatte, und Dad war möglicherweise sogar schon von der Arbeit zurück. Die Chancen, sich unbemerkt reinzuschleichen, standen nicht gut. Außerdem wollte sie diese Wohnung nie mehr wiedersehen. Niemals.

Am meisten bedauerte sie, dass sie Buster dagelassen hatte.

Unbewusst fuhr ihre Hand zum Hals, um das Medaillon zu berühren.

Es war nicht da.

O nein.

Ihr Herz klopfte schmerzhaft, als sie sich erinnerte. Die Kette war gerissen, und sie hatte es unter ihr Kissen gesteckt.

Ob sie doch wagte, zurückzugehen? Ein, zwei Minuten, länger würde sie nicht brauchen. Geld, Buster, Medaillon. Konnte sie das Risiko eingehen?

Jane Stanford hatte eine Aufgabe zu erledigen: In ihrem Universum war sie sehr wichtig.

Am Sonntagnachmittag würde in ihrer Kirche der Christingle-Gottesdienst abgehalten, der jedes Jahr kurz vor Weihnachten eigens für die Kleinen vorbereitet wurde und bei dem jedes Kind eine mit Kerze und Süßigkeiten geschmückte Orange - ein Christingle - bekam. Morgen Vormittag würde sich die Mothers' Union versammeln, um die Christingles herzustellen. Das geschah in einer Art Fließband-Verfahren, bei dem jede Orange als Symbol für die Welt in der Mitte eine rote Schleife bekam, dann eine Kerze obendrauf und schließlich je vier Cocktailspieße, auf die verschiedene kleine Süßigkeiten und getrocknete Früchte kamen.

Jahrelange Erfahrung hatte Jane gelehrt, dass die ganze Prozedur viel zügiger vonstatten ging, wenn man sie vorbereitet hatte. Die aufgespulte Schleife musste in passend lange Stücke geschnitten werden, und die Cocktailspießchen durften ruhig schon mit Rosinen und Süßigkeiten bestückt sein. Am mühsamsten war das Zuschneiden von Alufolie in Quadrate, die später das Kerzenwachs auffangen sollten.

Vor Jahren, als die Jungs noch klein gewesen waren, hatten sie das als Familienunternehmen bewältigt. Sie und Brian hatten die Schleife und Folie zurechtgeschnitten, während Simon und Charlie begeistert - ja, übermütig - die Süßigkeiten und Früchte aufspießten und dabei reichlich davon naschten. Für Jane waren das kostbare Erinnerungen, und sie hatte insgeheim gehofft, sie könnte diese Tradition dieses Jahr wieder aufleben lassen, sie sogar dazu nutzen, Ellie in das Familienleben einzubinden, wo es schon unabänderlich schien, dass das Mädchen ein Teil davon werden würde.

Doch Simon und Ellie waren weg - am Morgen nach Northamptonshire abgereist. Brian hatte sich in sein Arbeitszimmer verzogen, um an seiner Christingle-Predigt zu arbeiten, was in Janes Augen völlig überflüssig war, weil er sowieso jedes Jahr dasselbe sagte, und sogar Charlie hatte sie im Stich gelassen. »Heute Abend läuft ein guter Film im Fernsehen, Mum. Wie wär's, wenn wir die Christingle-Dinger vor der Glotze machen würden?«

Doch das gehörte nicht zur Tradition, und so saß Jane allein im ungeheizten Esszimmer und zitterte, während sie die Schleifen zurechtschnitt und sich die Finger an spitzen Cocktailspießen stach. Einsam und allein.

Simon war weg, und mit ihm schien das Leben aus dem Haus gewichen zu sein. Seltsamerweise war es damals, als die Jungen zum Studium gingen, nicht so schlimm gewesen. Jane hatte gewusst, dass sie zu Weihnachten wiederkommen würden; es gab etwas, worauf sie sich freuen konnte. Sicher, Simon und Ellie würden rechtzeitig zu Silvester zurück sein, aber das war nicht dasselbe. Es lag so etwas Unwiderrufliches in seiner Abreise. Sie stand irgendwie für das Ende einer Ära. Das Ende ihrer Familieneinheit.

Als Jane fertig war und die Abfälle entsorgt hatte, war auch Charlies Film zu Ende, aber er war nirgends zu sehen. Automatisch brachte sie das Wohnzimmer in Ordnung, schüttelte die platt gedrückten Kissen auf, hob eine abgelegte Zeitung sowie die alte Strickdecke vom Boden, die Charlie dort hingeworfen hatte. Außerdem hatte er einen schmutzigen Kaffeebecher stehen lassen, und Jane wusste, dass in Brians Arbeitszimmer noch einer auf sie wartete. Sie seufzte. Was gab Männern eigentlich diesen rührenden Glauben, dass ihre Becher, wenn sie nur lange genug irgendwo herumstanden, von selbst in die Küche zurückfinden würden?

Brian war nicht mehr in seinem Arbeitszimmer, und als Jane endlich ins Schlafzimmer kam, saß er bereits im Bett und las in einem zerfledderten Krimi, den er für zehn Pence beim letzten Wohltätigkeitsbasar erstanden hatte. Als sie hereinkam, klappte er das Buch zu und legte es auf den Nachttisch.

»Lass dich nicht stören«, sagte sie kurz angebunden.

Brian klopfte mit der Hand auf ihre Seite des Bettes. »Janey, ich glaube, wir müssen reden.«

Jane wollte nicht reden, sie erwartete nicht, dass Brian verstehen würde, wie ihr bei Simons Abreise zumute war, und es wäre nutzlos, es ihm erklären zu wollen. Widerstrebend setzte sie sich hin.

»Darüber ... na ja, was du über ein Baby gesagt hast.«

Sie atmete heftig ein. Das war das erste Mal, dass Brian es erwähnte, seit sie ihm in jener Nacht eröffnet hatte, dass sie sich mehr als irgendetwas sonst noch ein Baby wünschte. Es wäre noch stark untertrieben gewesen, zu sagen, er sei erstaunt gewesen; er hatte sie praktisch ausgelacht. Als er den ersten Schock überwunden und gemerkt hatte, dass es ihr ernst damit war, hatte er sämtliche Argumente und Klischees aufgetischt, mit denen sie gerechnet hatte: zu alt, zu eingefahrene Gleise, möglicherweise abträglich für ihre Gesundheit. Keines ihrer sorgsam vorbereiteten Gegenargumente hatte seine vorgefasste Meinung auch nur im Mindesten ins Wanken bringen können, sodass sie seitdem angenommen hatte, das Thema sei für ihn vom Tisch. »Ja?«, sagte Jane.

»Na ja, ich hab drüber nachgedacht«, gab Brian zu, »in den letzten Tagen sogar sehr intensiv. Ich glaube, ich war nicht besonders ... taktvoll. Ich war einfach nur so erstaunt, Janey.«

»Ich bin nicht zu alt«, erklärte sie, ohne ihn anzusehen, während sie mit einem losen Faden am Bettbezug spielte. »Heutzutage bekommen eine Menge Frauen in meinem Alter noch Babys.«

»Ich hätte mir nie träumen lassen, dass du so darüber denkst«, gab er zu. »Ich dachte, die Jungs wären ... dir genug.«

Jane schüttelte den Kopf. »Es hat überhaupt nichts mit den Jungs zu tun.« Das war nur die halbe Wahrheit, und das wusste sie, doch sie fuhr damit fort. »Ich habe mir das schon jahrelang gewünscht. Aber finanziell kam es nicht infrage. Es war einfach gar nicht dran zu denken.« Sie hatte immer die

Rechnungen bezahlt, und sie wusste besser als Brian, wie sehr das stimmte.

»Na ja, Janey, ich habe eben nachgedacht, und wenn es das ist, was du dir wirklich wünschst ...«

Sie drehte sich zu ihm um, und ihre Augen füllten sich überraschend mit Tränen. »Mehr als irgendetwas sonst.«

»Solltest du dann nicht besser herkommen?«

Brian breitete die Arme aus, und sie sank seufzend hinein.

Granny!

Das Wort kam Alex zusammen mit dem geliebten Gesicht in den Sinn, und ihr Mund verzog sich zu einem Lächeln.

Es war nicht nötig, in die Wohnung zurückzukehren, um mehr Geld zu holen.

Granny hatte eine Menge Geld, und sie würde ihr welches geben. Granny würde ihr helfen, nach Schottland zu kommen. Vielleicht käme sie sogar mit zu ihrer Mutter.

Und Granny würde auch verstehen, weshalb sie nicht in die Wohnung zurückkonnte. Granny mochte Jilly kein bisschen mehr, als Alex es tat; natürlich würde sie es nie so direkt sagen, aber das brauchte sie auch gar nicht. Alex hatte jedes Mal, wenn sie und Jilly im selben Zimmer waren, den ablehnenden Gesichtsausdruck in Grannys Gesicht gesehen.

Was nicht häufig vorkam. Vielleicht war das ja der Grund, weshalb sie Granny so selten sahen. Selbst die dumme Silly-Jilly war nicht so schwer von Begriff, um nicht zu merken, dass ihre Schwiegermutter nur Verachtung für sie übrig hatte.

Das war noch ein weiterer Grund auf der langen Liste von Gründen, Jilly zu hassen: dass sie ihre Großmutter kaum noch zu sehen bekam, obwohl Granny ebenfalls in London wohnte. Ja, Granny würde ihr helfen, von Jilly wegzukommen. Das Problem war nur, dass Alex nicht mehr ganz sicher war, wo sie wohnte. Bayswater, das war alles, was sie noch wusste. Nicht einmal die genaue Adresse. Nur Bayswater.

Also, sie würde es sicher finden. Gab es da nicht auch eine U-Bahn-Station? Sie konnte mit der U-Bahn nach Bayswater fahren, und war sie erst da, würde sie Grannys Wohnblock wahrscheinlich wiedererkennen. Bayswater konnte doch nicht gar so groß sein, oder? Und falls es nicht anders ging, konnte sie jemanden anhalten und fragen, wo Granny wohnte. Mrs Morag Hamilton: Bestimmt konnte ihr jeder in Bayswater den Weg beschreiben, so wie es in der guten alten Zeit in Gartenbridge jeder gekonnt hätte.

Alex stopfte das Geld wieder in ihre Jeanstasche und schlenderte aus der Toilette, aus McDonald's, auf die Straße, um nach der nächsten U-Bahn-Station Ausschau zu halten.

Mark hatte nicht zum ersten Mal mit schwierigen Zeitgenossen zu tun. Immerhin belegte die Statistik über Gewalt in Familien, dass die Wahrscheinlichkeit groß war, unter den nächsten Angehörigen eines Mordopfers auch den Mörder zu finden.

Doch mit jemandem wie Angus Hamilton hatte er noch nie zu tun gehabt.

Hamilton war nicht einfach nur unhöflich. Er war fordernd, gebieterisch. Bei Lichte betrachtet regelrecht beleidigend. Er behandelte Mark wie einen ignoranten Untergebenen, jemanden, der entschieden nur dazu da war, seine Befehle auszuführen – und sonst gar nichts.

Die Leute, die für Angus Hamilton arbeiteten, waren nicht zu beneiden.

»Wie viele Beamte suchen eigentlich nach Alex?«, wollte er wissen.

»Ich bin nicht sicher«, wich Mark aus.

»Nun, dann finden Sie es heraus! Rufen Sie im Revier an. Sind Telefone nicht dazu da?«

Mark entfernte sich ein paar Schritte von den Hamiltons – Mrs Hamilton war jetzt dazu übergegangen, ihre Nägel mit einem eigens dazu entwickelten Instrument zu polieren, während ihr Mann seinen Marsch wieder aufgenommen hatte – und kehrte ihnen den Rücken zu, um den Anruf zu machen. Wie erwartet, konnte ihm niemand klare Auskunft geben. Ja, sie wussten von dem vermissten Mädchen. In ganz London war die Streifenpolizei unterrichtet und aufgefordert worden, die Augen nach ihr offen zu halten, doch niemand hatte ein Kind gesehen, auf das die Beschreibung passte. Angus Hamilton blieb plötzlich stehen und schlug sich mit der flachen Hand an die Stirn. »*Ich* bin der Vollidiot«, verkündete er. »Dass ich da nicht eher drauf gekommen bin. Wieso sind Sie nicht darauf gekommen?«

Mark drehte sich um. »Worauf, Mr Hamilton?«

»Die Krankenhäuser, Mann! Rufen Sie sofort an, alle! Fragen Sie, ob ein junges Mädel eingeliefert worden ist. Allein. Nach einem Unfall oder so. Worauf warten Sie, Mann?« In diesem Moment löste etwas in seiner Stimme bei Mark eine Reaktion aus und drang durch seine inneren Widerstände gegen die Behandlung als hirnloser Lakai sowie die Enttäuschung über den ruinierten Abend. Alex Hamilton, das vermisste Mädchen, war zwölf Jahre alt. Genau wie seine Nichte Chiara. Chiara war zwar dabei, erwachsen zu werden – das hatte er selbst festgestellt –, aber sie war immer noch ein kleines Mädchen. Wehrlos, zutraulich, naiv und noch nicht mit allen Wassern gewaschen. Wenn Chiara verschwunden wäre ...

Serena wäre außer sich. Joe wäre selber draußen auf der Suche nach ihr. Er würde jeden, der wagte, sie anzurühren, in der Luft zerreißen. Die Polizei unter Druck setzen, genauso, wie es Angus Hamilton tat.

Mark entspannte sich und war plötzlich milder gestimmt. Sicher, Hamilton war ein rüder, unangenehmer Geselle. Doch sie waren auf derselben Seite. Sie wollten ein kleines Mädchen finden, das von zu Hause weggelaufen war. Von jetzt ab würde er das nicht vergessen.

Callie hockte immer noch mit Bella auf dem Sofa und sah sich im Fernsehen einen öden, hirnlosen Film an, als weit nach Mitternacht Peter die Wohnungstür aufschloss.

»Oh, Schwesterherz! Hab gar nicht mit dir gerechnet«, sagte er. »Ich dachte, du wärst noch in der Stadt. Steht dir übrigens reizend«, bemerkte er grinsend beim Anblick ihres fadenscheinigen Morgenmantels über ihrer Samtbluse.

»Danke. Zufällig hab ich heute für Mum einen Morgenmantel zu Weihnachten gekauft. Ich hoffe, sie findet ihn grässlich, dann kann ich ihn selbst behalten.«

»Schätze mal, deine Chancen stehen gut.« Er ließ seine Lederjacke auf den Sessel fallen. »Wann hat sie jemals etwas gut gefunden, das du ihr geschenkt hast?«

»Ungefähr so oft, wie sie *deine* Geschenke zu schätzen wusste«, entgegnete Callie.

»Das ist unsere Mum. Wenigstens hat sie keinen Liebling.«

Callie verzog das Gesicht. »Das sollte mich wohl trösten.«

»Überhaupt, wieso bist du schon zurück?« Peter wartete nicht auf die Antwort, sondern feuerte gleich eine Salve weiterer Fragen ab: »Wie ist es gelaufen? Wie war das Restaurant? Und wie fandest du Marcos Familie? Bereit, dich mit offenen Armen aufzunehmen?«

»Frag nicht«, sagte Callie in entschiedenem Ton. »Wirklich, ich meine es ernst. Frag nicht.«

Siebzehn

Kurz nach Mitternacht kam Bewegung in die Angelegenheit, als Angus Hamilton den Vizepräsidenten der Londoner Polizei aus dem Schlaf des Gerechten zerrte, der seinerseits die Festlichkeiten der Familie Evans störte, woraufhin Evans wiederum unverzüglich bei Neville Stewart anrief.

Zufällig war Neville nicht halb so betrunken wie geplant. Aus irgendeinem Grund hatte ihn bereits das erste Guinness in einen traumlosen, tiefen Schlaf hinüberbefördert, und zwar bereits auf dem Sofa. Nur das hartnäckige Klingeln des Handys in seiner Hosentasche drang in diesen Schlummer. Und als er zu sich kam, war er beinahe nüchtern.

»O Gott«, stöhnte er, während er nach dem Telefon tastete. Er hatte keine Ahnung, wie spät es war oder wie lange er geschlafen hatte.

»Mir ist völlig egal, was Sie gerade machen und mit wem«, sagte Evans in einem Ton, der keinen Widerspruch duldete. »Ich gebe Ihnen zwanzig Minuten, um wieder zu dieser Wohnung zu fahren, allerhöchstens eine halbe Stunde. Nehmen Sie Cowley mit, wenn es sein muss. Aber halten Sie ihn an der kurzen Leine.«

»Ja, Sir.«

»Sorgen Sie dafür, dass niemand Angus Hamilton provoziert. Ihm irgendwie auf die Zehen tritt.«

Neville fragte sich, ob Evans schon etwas über die Reize von Mrs Hamilton zu Ohren gekommen war – Reize, die auf den heißblütigen Sid Cowley ihre Wirkung sicher nicht verfehlen würden – oder ob es nur eine allgemeine Warnung war. Sid war nicht gerade ein Ausbund an Feinfühligkeit oder untadeligen Manieren. »Ja, Sir«, wiederholte er.

Cowley hatte überhaupt nicht getrunken; im Unterschied zu Neville hatte er auch am Samstag nicht frei. Also holte er Neville mit dem Auto ab, und sie machten sich auf den Weg nach St. John's Wood.

Unterwegs informierte Neville ihn über die Situation – und darüber, wieso sie mitten in der Nacht aus dem Bett geholt worden waren. »Die Leute musst du mit Samthandschuhen anfassen«, warnte er Cowley. »Evans hat sich sehr klar ausgedrückt. Dieser Hamilton kennt den Vize höchstpersönlich, ergo müssen wir uns von unserer besten Seite zeigen.«

»Chef.« Für einen kurzen Moment wandte sich Cowley von der vereisten Straße ab und warf einen vorwurfsvollen Seitenblick zu Neville. »Wann zeige ich mich jemals nicht von meiner besten Seite?«

Neville schnaubte. »Bitte, Sid. Jetzt machen Sie mal 'nen Punkt.«

»Vielleicht meinte er ja Sie, Chef«, konterte Cowley selbstgefällig.

Neville ignorierte die Bemerkung und fuhr fort: »Das Wichtigste, was ich Ihnen sagen wollte, ist, dass Sie sich bitte nicht an Mrs Hamilton aufgeilen. Das wäre so ziemlich das Schlimmste, was Sie tun könnten.«

Cowley sah ihn interessiert an. »Leicht, sich an ihr aufzugeilen, Chef?«

»Bei Gott, ja. So Pi mal Daumen zehn Jahre jünger als er. Blond. Wahnsinnsfigur.« Er überlegte, wie er sie sonst noch beschreiben könnte, und dachte an dieses reizende Achselzucken, das sie so gekonnt beherrschte. Die Sache mit Mrs

Hamilton war nur, dass sie nicht einfach irgendeine billige, kokette, kurvenreiche Blondine war. Sie war reich. Schick. Sie hatte Klasse – St. John's Wood, durch und durch, mit dem Silberlöffel im Mund geboren. Er konnte es nicht in Worte fassen, die Cowley verstehen würde, und so sagte er einfach nur: »Aber nichts für das einfache Fußvolk wie Sie und mich, Sid. Sie ist nicht nur eine verheiratete Frau, sondern spielt auch in einer ganz anderen Liga. Vergessen Sie das keine Sekunde lang!«

Sid Cowley schaffte es tatsächlich binnen Sekunden nach ihrem Eintreffen, Jilly Hamilton auf dem falschen Fuß zu erwischen. »Was dagegen, wenn ich rauche?«, fragte er ganz allgemein in die Runde und zog sein Zigarettenpäckchen heraus.

»Und ob ich etwas dagegen habe«, konterte Jilly Hamilton in scharfem Ton. »Das hier ist ein Nichtraucherhaushalt. Wenn man es erst mal in den Gardinen hat, kriegt man es nie mehr raus. Das sollten Sie eigentlich wissen ... Sergeant, oder?« Sie funkelte ihn an, bis das Päckchen wieder in der Tasche verschwand.

So viel Emotion hatte Neville bis dahin bei ihr noch nicht gesehen. Schau mal an, dachte er, es gibt ja doch etwas, das Jilly Hamilton nicht gleichgültig ist: ihre Gardinen zum Beispiel.

In den Stunden, die Neville zu Hause verbracht hatte, war Jillys Benehmen von Gleichgültigkeit zu Langeweile und nunmehr zu Schmollen übergegangen. Offensichtlich ging es ihr gegen den Strich, nicht im Mittelpunkt der Aufmerksamkeit zu stehen.

Während Neville sich mit Angus Hamilton darüber beriet, welche Schritte sie auf der Suche nach Alex als Nächstes unternehmen und was sie veranlassen würden, schlug Jilly immer wieder die Beine übereinander, stand auf und lief im

Zimmer herum, sah demonstrativ auf ihre zarte Rolex und verkündete schließlich: »Ich gehe ins Bett. Es gibt keinen Grund für mich, aufzubleiben, oder?«

Angus brach mitten im Satz ab und sah sie finster an. »Meinst du wirklich, du kannst schlafen?«

Sie zuckte die Achseln. »Wenn sie nach Hause kommt, dann kommt sie nach Hause. Wenn nicht ... na ja, so oder so kann ich wenig tun, oder?«

Am Samstagvormittag war die Polizei auf der Suche nach dem vermissten Mädchen wirklich mobilisiert. Auch wenn es offensichtlich zu spät war, um noch etwas in die Morgenausgabe zu bekommen, war ihr Foto an sämtliche Blätter weitergegeben worden, und der Vizepräsident der Londoner Polizei hatte höchstpersönlich eine Pressekonferenz einberufen. Bis Samstagmittag war es zumindest in London der Aufmacher, und die Bevölkerung wurde aufgefordert, sich unverzüglich unter einer eigens eingerichteten Hotline-Nummer bei der Metropolitan Police zu melden, falls jemand ein Mädchen gesehen hatte, auf das die Beschreibung von Alex Hamilton passte.

Auch wenn die Wohnung der Hamiltons an sich nicht als Tatort galt, waren die Leute von der Spurensicherung da gewesen, um DNA-Proben zu nehmen und Alex' Computer abzuholen. Danny Duffy hatten sie zwangsrekrutiert: Er war zusammen mit seiner Freundin mit dem Motorrad auf der Autobahn zu Weihnachtseinkäufen im Bluewater unterwegs und musste unverrichteter Dinge zurückkehren. Bald schon wusste jeder auf dem Revier, dass die Freundin das gar nicht komisch fand.

Als Alex am Samstagmorgen eingezwängt und frierend erwachte, brauchte sie eine Weile, bis sie sich erinnerte, wo sie war.

Die Suche nach ihrer Granny war gescheitert. Zwar hatte sie Bayswater gefunden, doch es war größer als erwartet und ging auf der einen Seite in Paddington, auf der anderen in Notting Hill über. Eben kein Dorf wie Gartenbridge, sondern ein Teil von London. Im Dunkeln wirkte alles fremd. Nirgends erkannte sie Grannys Wohnblock oder auch nur irgendeins der markanten Gebäude wieder.

So spät am Abend war es sogar schwierig gewesen, überhaupt jemanden zu finden, den sie nach Granny fragen konnte. Die Straßen der Wohngegenden waren praktisch menschenleer. Schließlich hatte sie einen Tante-Emma-Laden gefunden, der rund um die Uhr geöffnet hatte, und den dunkelhäutigen Mann hinter der Theke gefragt, ob er vielleicht Mrs Morag Hamilton kannte. Er starrte sie an, als käme sie vom Mars, und schüttelte den Kopf, während er die Hände in einer hilflosen Geste ausbreitete. Entweder verstand er ihren schottischen Akzent nicht oder er sprach kein Englisch.

Also war sie weiter umhergeirrt, bis sie nur noch fror und müde war. Inzwischen wollte sie nichts weiter, als ein warmes Plätzchen zum Schlafen zu finden.

Irgendwann hatte sie ihre Chance gesehen und nicht gezögert, sie beim Schopf zu packen. Ein Wagen fuhr in eine Parklücke am Bürgersteig, und eine Frau stieg aus. Sie zückte einen Schlüssel und ging auf einen Wohnblock zu. Alex rannte hinüber und schlüpfte hinter ihr in einen zugigen Flur. Die Frau nickte ihr gleichgültig zu und ging weiter zu ihrer Wohnung.

Der Korridor selbst war kalt und abweisend, doch es würde sich bestimmt etwas Besseres finden. Alex ging bis ans andere Ende und fand einen kleinen Raum, der nicht abgeschlossen war: eine Waschküche, offenbar zur gemeinsamen Benutzung durch die Hausbewohner. Darin standen einige großformatige Waschmaschinen und Wäschetrockner, alle mit Münzeinwurfschlitzen. Wände und Boden waren aus Beton. Es war kalt und feucht und es roch nach einer Mischung aus Waschpulver und schmutzigen Kleidern. Das Licht, das eine nackte Glühbirne an der Decke verbreitete, schien Tag und Nacht zu brennen und warf grimmige Schatten in die Ecken. Nicht gerade ein anheimelnder Ort, doch im Moment so willkommen wie ein Zimmer im besten Hotel der Stadt.

Und sie hatte Glück. Einer der Wäschetrockner lief und gab einiges an Wärme ab. Alex öffnete ihn und zog eine Ladung Handtücher heraus, die fast trocken waren und sich so heiß anfühlten, dass sie meinte, sich daran die Hände zu verbrennen. Sie breitete sie zwischen zwei Maschinen auf dem Betonboden aus, schmiegte sich mit dem Rücken an das warme Trocknerblech und schlief augenblicklich ein.

Einmal wachte sie, steif und frierend, mitten in der Nacht auf. Der Trockner war von alleine ausgegangen und die Wärme verpufft. Alex versuchte, wieder einzuschlafen, doch vergebens. Irgendwann stand sie auf, wühlte in der Maschine, bis sie Laken fand, um sich zuzudecken, und als auch das nichts half, opferte sie eine ihrer kostbaren Münzen für eine weitere Stunde Wärme aus dem Trockner. Danach schlief sie bis zum Morgen – unbequem zwar, aber immerhin ohne zu frieren.

Yolanda hatte gar nicht gemerkt, wie müde, wie erschöpft sie nach den Belastungen der letzten Woche war. Auf Nevilles Geheiß war sie heimgegangen, war nur noch ins Bett gesunken und nicht einmal aufgewacht, als Eli sich irgendwann am Freitagabend neben sie legte. Genauer gesagt wachte sie erst auf, als er ihr am Samstagmorgen eine duftende Tasse Kaffee unter die Nase hielt.

»Hey, Schatz«, sagte er, als sie gerade ein Auge aufbekam. »Dachte, das könnte dir nicht schaden.«

»Mmmm.« Sie rieb sich die Augen und setzte sich im Bett auf, um ihm die Tasse abzunehmen.

»Gut geschlafen?«

Yolanda nickte. »Wie schon lange nicht mehr.« Nur selten hatte sie bewusst darüber nachgedacht, was für ein Luxus es war, im eigenen Bett zu schlafen.

Eli hockte auf dem Bettrand. Zu ihrer Enttäuschung war er schon fertig angezogen, um zur Arbeit zu gehen.

»Willst du mir erzählen, wie der neueste Stand der Dinge ist?«, fragte er. »Ich hab noch fünf Minuten, bis ich los muss.«

»Rachel hat ihr Baby bekommen. Ein Mädchen. Die DNA-Analyse liegt vor, demnach lag ich mit meiner Theorie daneben, dass Trevor noch am Leben ist.« Sie seufzte und nahm einen Schluck von ihrem Kaffee. »Das heißt, wir wissen immer noch nicht, wer ihn getötet hat und ob Rachel irgendwie darin verwickelt ist. Natürlich lassen sie sie nicht aus den Augen, aber im Moment haben wir noch keine konkreten Anhaltspunkte. Außerdem ist sie ein, zwei Tage im Krankenhaus, und ich kann nichts tun.«

»Außer Schlaf nachholen«, erklärte Eli. »Und dich wieder mit deinem Mann vertraut machen, der schon fast vergessen hatte, wie du aussiehst.« Er beugte sich zu ihr herüber und drückte ihr den Arm.

Sie streichelte ihm die Wange. »Ich wünschte, du müsstest heute nicht arbeiten.«

»Ich auch, Schatz«, sagte Eli. »Ich auch.«

Callie hatte es wie gewöhnlich auch an diesem Samstag eilig, im letzten Moment zur Morgenandacht zu kommen, zumal Peter aus irgendeinem Grund beschlossen hatte, früh aufzustehen und ausgiebig zu duschen. Wieso ausgerechnet heute?, fragte sie sich frustriert. An jedem anderen Tag würde er noch auf dem Ausziehsofa liegen und murren, wieso sie ihn mit ihren rituellen Waschungen zu einer so unmenschlichen Zeit geweckt hatte.

Jetzt unterzog er sich hingebungsvoll selbst diesem Ritual und schien nicht vorzuhaben, so bald damit aufzuhören. Er sang unter der Dusche: immer ein schlechtes Zeichen, das auf lange Verweildauer schließen ließ. Melodien aus Broadway-Musicals waren seine Favoriten. *»If ever I would leave you …«*, trällerte er in seinem schönen Tenor.

»Ich wünschte, du tätest es«, brummte Callie in einer Aufwallung schonungsloser Ehrlichkeit. Einen Moment stand sie vor der Badezimmertür, dann beschloss sie, dagegenzudonnern. Peter war inzwischen so richtig in Fahrt und ließ keinen Ton aus. Er musste so von seiner eigenen Stimme verzückt sein, dass er Callie nicht einmal hörte. *»Oh no, not in springtime, summer, winter or fall …«*

Wenn er im Frühjahr immer noch hier wäre, würde sie sich die Pulsadern aufschneiden. Callie strich die Segel, hastete ins Schlafzimmer zurück, zog sich ihre Priestertracht sowie die Soutane über, bürstete sich kurz durchs Haar und legte ein wenig Lipgloss auf. Sie würde eben duschen müssen, wenn sie zurückkam.

Als sie zur Tür rannte, erschien Peter in seinem Frotteebademantel in der Badezimmertür und sah mit seiner rosig frischen, sauberen Haut und dem zerzausten nassen Haar wie ein junger Engel aus. »Oh, hi, schon unterwegs?«

»Wie immer, zur Morgenandacht«, erwiderte sie gereizt über die Schulter, bevor sie die Treppe hinunterstürmte. Sie wusste, dass dies die falsche Stimmung für einen Akt der Anbetung war, doch an diesem Punkt war ohnehin schon alles egal.

Als sie etwa eine halbe Stunde später wieder nach Hause kam, wartete Peter bereits mit einem frisch aufgebrühten Kaffee auf sie. »Tut mir leid, das mit der Dusche«, sagte er zerknirscht, »hab wohl einfach nicht nachgedacht. Ich dachte, es sei besonders rechtschaffen, mal früher aufzustehen. Stattdessen hab ich dir den Tag versaut.«

Er sah sie so voller Gram und Reue an, dass sie beinahe losgeprustet hätte; man konnte Peter einfach nicht lange böse sein. Sosehr er einem auf die Nerven ging, so unwiderstehlich war sein Charme, und zwar von Natur aus: Er kannte keine Berechnung oder Arglist. Er konnte gedankenlos sein, zweifellos, doch auch unglaublich einfühlsam.

»Macht nichts«, sagte sie. »Es waren nur drei Leute bei der Morgenandacht, und niemand hat sich über meine mangelnde Körperpflege beklagt.«

Peter lachte. »Na, dann trink erst mal den Kaffee, danach kannst du immer noch duschen. Ich hab Bella schon kurz Gassi geführt, die Sorge bist du also los. Du hast die Wohnung ganz für dich - ich bin in einer Minute weg.«

Für eine wilde Freudensekunde glaubte sie, er würde endgültig ausziehen. »Wo willst du hin?«

»Du hast mich gestern mit deinen Weihnachtseinkäufen beschämt. Also hab ich gedacht, ich fahre zum Sloane Square und erledige meine auch.«

»Sloane Square? Nicht Oxford Street?«

Er zuckte die Achseln. »Oxford Street ist mir zu hektisch. Und die Geschäfte sind am Sloane Square besser. Außerdem«, fügte er hinzu, »werde ich mal bei Mum vorbeischauen. Ich werde ein braver Sohn sein. Das verschafft dir vielleicht ein bisschen Luft.«

»Gott segne dich.« Sie war wirklich dankbar: Als sie gestern in ihren Terminkalender geschaut hatte, war ihr tatsächlich die Frage durch den Kopf gegangen, wie sie vor Weihnachten noch einen Besuch bei ihrer Mutter einschieben sollte.

»Ab und zu kann ich ganz nützlich sein«, sagte Peter grinsend, »auch wenn ich meinen Mitmenschen die meiste Zeit auf den Keks gehe.«

Sie konnte beides nur bestätigen. Callie ließ sich auf das Sofa plumpsen, das - Wunder, o Wunder - bereits zusammengeschoben war, und trank gierig einen Schluck Kaffee.

»Was hast du denn für den Rest des Tages vor?«, fragte Peter, während er sich einen Kaschmirschal um den Hals wickelte.

»Och.« Sie verzog das Gesicht. »Heute Vormittag bastle ich mit der Mothers' Union Christingles. Ich kann's kaum erwarten.«

Peter hielt mit seiner Tätigkeit inne. »Was zum Teufel sind Christingles? Warte mal, sag's nicht. Ich stelle mir was richtig Exotisches und Abartiges vor.« Er zwinkerte ihr zu.

Callie lachte. »Ach, wenn's doch nur so wäre: Es könnte mich fast in Versuchung führen, dich zu Mum zu begleiten.«

»Also, das klingt wirklich besorgniserregend.«

»Es wäre gar nicht so schlimm, wenn Jane nicht wäre«, gab sie zu. »Die meisten Leute in der MU sind eigentlich sehr nett. Aber Jane ist so herrschsüchtig, so besitzergreifend, als gehörte die Mothers' Union ihr. Sie schafft es jedes Mal, mich irgendwie ins Unrecht zu setzen. Und offenbar genießt sie es, mich bloßzustellen. Ich weiß auch nicht, weshalb sie es so auf mich abgesehen hat.«

»Oh, Schwesterchen.« Peter zog den Reißverschluss seiner Jacke hoch. »Du hast immer noch eine Menge zu lernen, oder?« Plötzlich klang er so klug und weise wie ein älterer Bruder, und nicht wie der jüngere. »Siehst du Marco heute Abend?«, fügte er hinzu, als er schon halb auf der Treppe war.

»Ich weiß nicht«, sagte sie.

Sie wusste es wirklich nicht. Sie hatten noch keine weiteren Pläne geschmiedet, und er hatte auch nicht angerufen. Nun ja, darüber würde sie sich später Gedanken machen. Jetzt war es erst einmal Zeit für eine Dusche und die Mothers' Union.

Bevor er sich auf den Weg zur U-Bahn-Station machte, nahm Neville Mark mit in die Küche der Wohnung, um unter vier Augen mit ihm zu reden.

Mark hob resigniert die Schultern. »Na ja, *sie* ist natürlich von keinerlei Hilfe. Sie ist wie ein verwöhntes Gör. Und du hattest recht: Alex ist ihr vollkommen schnuppe. Es muss sich alles nur um sie selbst drehen.«

Ach, dann war die reizende Jilly wohl so richtig in Form.

»Er tut mir irgendwie leid«, fügte Mark hinzu. »Auch wenn er alles an sich reißen will. Ist wohl einfach dran gewöhnt, dass er das Sagen hat und alles nach seiner Pfeife tanzt. Dabei gibt es nicht das Geringste, was er tun kann, außer zu warten und zu hoffen. Und zu beten, nehme ich an, falls er so geartet ist, was ich allerdings bezweifle.«

»Und die Polizei herumzukommandieren«, ergänzte Neville scharf. »Ich staune, wie du es schaffst, das auszulassen, Kumpel. Klingt fast, als wärst du auf seiner Seite.«

Mark schüttelte den Kopf, und Neville zuckte angesichts der heftigen Geste fast zusammen. »Wir sind allerdings auf derselben Seite, Neville. Wir wollen alle Alex finden. *Ich* staune, dass *du* das vergessen hast.«

»Aber er ist so verflucht arrogant ...«

»Seine Tochter wird vermisst. Sie ist zwölf Jahre alt. Ein Kind. Ein kleines Mädchen.« Mark hatte Tränen in den Augen. »Genau in demselben Alter wie meine Nichte. Er geht durch die Hölle, also geh du nicht so streng mit ihm ins Gericht, okay? Auch wenn er nicht gerade der beste Papa aller Zeiten ist, aber er liebt Alex.«

Neville räumte innerlich ein, dass er die Standpauke verdiente; er verließ die Küche, um Sid Cowley mitzunehmen. »Ich melde mich«, sagte er zu Angus Hamilton und führte sich ganz bewusst die schwierige Situation des Mannes vor Augen. »Ich halte Sie auf dem Laufenden. Sobald wir irgendetwas hören, rufe ich Sie an.«

»Danke, Inspector«, sagte Hamilton mit zusammengebissenen Zähnen.

»Wir finden selbst raus«, sagte Neville, ohne jemand Bestimmten anzusprechen.

Cowley griff, kaum dass sie die Tür hinter sich geschlossen hatten, nach seinen Zigaretten und dem Feuerzeug. »Arrogantes, affiges Arschloch«, sagte er im Plauderton.

»Und die reizende Mrs Hamilton? Was halten Sie von der?«

Der Sergeant ließ sich mit der Antwort Zeit, um sich seinen Glimmstängel anzuzünden und einen langen, nachdenklichen Zug zu nehmen. »Sie ist eine hochnäsige Kuh«, erklärte er. »Eine selbstsüchtige Schlampe. ›Nichtraucherhaushalt‹, leck mich.«

Neville gluckste. »Das liebe ich so an Ihnen, Sid. Sie sind ein so nachsichtiger Typ.«

»Aber verdammt attraktiv, trotz alledem«, fügte Cowley hinzu und formte dazu mit den Händen übertriebene Kurven in der Luft.

»Und außerdem«, sagte Neville, »sind Sie so verdammt berechenbar.«

Alex wusste, dass die Züge nach Schottland von der King's Cross Station abfuhren. Aber sie wusste nicht, wie man von Bayswater nach King's Cross kam.

Sie konnte ein Taxi nehmen, doch sie wollte nichts von ihrer dahinschmelzenden Barschaft dafür verschwenden. Mit viel Glück hatte sie gerade noch genug, um damit nach Schottland zu kommen. Also kein Taxi. Sie kam um die U-Bahn nicht herum.

Irgendwie fand sie auf Umwegen zu der Station in Bayswater zurück. Dort studierte sie die komplizierte U-Bahn-Karte, die wie ein verschlungenes Netz von Kabeln oder ein Teller bunter Spaghetti aussah. Sie zog mit dem Finger die

Linien nach. Die gelbe führte ununterbrochen von Bayswater nach King's Cross. Sie sah unten auf dem Farbschlüssel nach; die gelbe war die Circle Line. So einfach war das.

Gut, das sollte sie eigentlich schaffen.

Am Automaten musste sie sich von einem Pfund und fünfzig Pence trennen, tröstete sich aber damit, dass das Taxi viel mehr gekostet hätte.

Alex steckte die Fahrkarte in die Sperre, ging hindurch und folgte den Schildern District and Circle zum Bahnsteig. Niemand achtete auf sie. »Der nächste Zug ...«, bellte die Lautsprecheranlage, bevor eine ganze Liste an Fahrtzielen folgte.

Es war voll. Der vorletzte Samstag vor Weihnachten: Leute, die ihre Weihnachtseinkäufe erledigen wollten, Touristen und viele andere mehr. Alex klemmte sich in einen schmalen Keil in der Nähe der Tür und hielt sich an der Rückenlehne des benachbarten Sitzes fest.

Neville hatte sich in die Tatsache gefügt, dass Evans ihn zwar zum leitenden Ermittlungsbeamten im Fall Alex Hamilton ernannt hatte, ihn aber nicht in Ruhe seine Arbeit machen lassen würde. Vermutlich sollte er dankbar dafür sein, dass ihn nicht auch noch der Vizepräsident auf dem Handy eingespeichert hatte. Alles folgte streng der Weisungslinie, sodass er stets Evans, seinen unmittelbaren Vorgesetzten, im Nacken hatte.

»Angehörige?«, fragte Evans bei einem seiner Anrufe, bei denen er sich offenbar eine Auszeit von seiner angeheirateten Verwandtschaft genommen hatte. »Soweit ich weiß, ist Mrs Hamilton nicht die Mutter des Mädchens. Wissen wir, wo die leibliche Mutter ist? Und was ist mit anderen Angehörigen?«

»In Bezug auf die Mutter bin ich mir nicht sicher, Sir. Ich werde nachforschen.« Neville schlug sein Notizbuch auf und blätterte es durch. »Das Einzige, was ich hier habe, ist eine Großmutter in Schottland.«

»Kriegen Sie ihre Adresse raus«, wies ihn Evans an. »Und die der Mutter auch.«

»Die ist vielleicht tot.«

»Vielleicht aber auch nicht. Finden Sie's heraus.«

»Ja, Sir.«

Statt sich mit Angus Hamilton direkt in Verbindung zu setzen, wählte Neville den Weg des Feiglings und rief Mark an. Er erklärte, welche Informationen er brauchte. »Kannst du das rauskriegen?«, bat er. »Ruf mich zurück.«

Nach einer halben Ewigkeit, in der er mit den Fingern auf die zerkratzte Schreibtischplatte klopfte, piepste das Telefon. »Ja?«

Mark klang verwundert. »Die Mutter scheint in irgendeiner Anstalt zu sein. Privatklinik hat er es genannt. Sie hatte wohl eine Art Zusammenbruch.«

»Zusammenbruch?«

»Nervenzusammenbruch, nehme ich an. Mrs Hamilton – Jilly – sagt, die andere Mrs Hamilton, die erste ... sei ›übergeschnappt‹, als er sie verließ.«

»Du liebe Güte«, murmelte Neville, »ich hätte an ihrer Stelle einen Freudentanz aufgeführt und meinem gnädigen Schicksal gedankt.«

»Aber was mich überrascht, ist die Großmutter«, fuhr Mark fort.

»Was ist mit der?«

»Es ist seine Mutter, also die von Angus. Morag Hamilton heißt sie. Du hast gesagt, sie wäre in Schottland. Aber er sagt, sie wohnt in London. Bayswater.«

»Zum Teufel noch mal.« Neville hatte einen noch deftigeren Fluch auf der Zunge; doch irgendwie schaffte er es, den Mund zu halten. Evans würde seine kleine Panne jedenfalls nicht komisch finden. Demnach konnte es sein, dass die

Kleine gestern Nachmittag zu ihrer Großmutter gegangen war. Da hätten sie als Erstes nach ihr suchen müssen. Das hätte ihnen allen eine Menge Stress ersparen können. Andererseits, sagte sich Neville, hätte in diesem Fall die Großmutter sicher ihren Sohn angerufen oder das Mädchen selbst wieder nach Hause gebracht.

»Willst du die Adresse? Ich habe auch die Telefonnummer.« Neville schrieb sie sich auf. »Danke, Mark. Ich schicke sofort jemanden hin.«

Zu Callies Erstaunen lächelte ihr Jane entgegen, als sie in den Gemeindesaal kam. »Bereit, alles über Christingles zu lernen?«, begrüßte sie Jane.

»Ich hab nicht den blassesten Schimmer davon«, gab Callie zu, nachdem Jane sie so überraschend entwaffnet hatte.

Jane hatte die verschiedenen Zutaten auf langen Klapptischen ausgelegt: Tabletts mit Orangen, Schachteln mit weißen Kerzen, haufenweise roten Schleifen, quadratischen Folienstücken und dekorierten Cocktailspießen.

Einige Mitglieder der Mothers' Union waren schon da, andere trafen im Lauf der nächsten Minuten ein und scharten sich um die Tische.

Morag Hamilton war eine der Letzten, die kamen. Sie lief auf Callie zu, die ihr herzlich entgegenlächelte. Sie hatte Morag seit einigen Tagen nicht gesehen und vorgehabt, sie im Lauf des Wochenendes anzurufen, um zu sehen, wie es ihr ging.

»Ich bin froh, dass Sie gekommen sind«, sagte Callie zur Begrüßung. »Ich hatte gehofft, Sie hier zu sehen. Ich wollte Sie eigentlich anrufen und an heute erinnern, aber ich hatte gestern meinen freien Tag.«

»Na ja, es ist eine Gelegenheit, mal rauszukommen und andere Gesichter zu sehen.«

»Schon was vom Krankenhaus gehört?«, erkundigte sich Callie.

Morag schüttelte den Kopf. »Immer noch kein Termin. Kann wahrscheinlich noch Wochen dauern.«

»Sie geben mir aber Bescheid, wenn Sie was hören?«

»Ja, versprochen.«

Jane sah zum Zeichen, dass sie anfangen sollten, auf die Uhr. Da sie wusste, wie eifersüchtig Jane Brians freie Samstage als geheiligte Familientage hütete, erstaunte es Callie ein wenig, dass Jane überhaupt da war, besonders, wo sie doch ihre Söhne zu Hause hatte. Sie vermutete – vielleicht ein wenig streng, aber nicht ohne Grund –, dass Jane es nicht ertragen hätte, bei diesem Unternehmen nicht die Leitung zu übernehmen, und es konnte schließlich nicht verschoben oder vorgezogen werden. Der Christingle-Gottesdienst wurde immer am dritten Adventssonntag abgehalten, und die Orangen würden sich nicht halten, wenn man sie früher vorbereitete.

»Für diejenigen von Ihnen, die zum ersten Mal dabei sind«, sagte Jane mit der ganzen Autorität der Pfarrersfrau und sah dabei zu Callie und Morag Hamilton hinüber, »kann vielleicht ein bisschen Geschichte über Christingle und das, was wir hier tun, nicht schaden.« Sie lächelte in die Runde. »Wenn die Übrigen von Ihnen mir eine Minute gestatten.«

Weiße und graue Köpfe nickten. Auch Callie nickte, um ihr für das besondere Entgegenkommen zu danken.

»Der Christingle-Gottesdienst ist mährischen Ursprungs und reicht bis in die Mitte des achtzehnten Jahrhunderts zurück«, erklärte Jane dozierend. »Es war schon immer für die Kinder gedacht – als eine Möglichkeit, ihnen zur Weihnachtszeit nahezubringen, wie das Licht Christi in die Welt kommt. Die Anglikanische Kirche hat die ersten Christingle-Gottesdienste erst 1968 unter Federführung der Church of England Children's Society eingeführt. Es ist immer einer der beliebtesten und bestbesuchten Gottesdienste im ganzen Jahr.«

Jane hielt eine Orange hoch. »Ich werde Ihnen jetzt demonstrieren, wie wir ein Christingle basteln. Wir bilden dazu eine Art Fließband, indem wir sie von Tisch zu Tisch weiterreichen - so ist es am effizientesten. Aber ich zeige Ihnen erst mal alles von Anfang bis Ende.«

Sie nahm ein scharfes Messer vom Tisch. »Die Frucht symbolisiert den Erdkreis«, sagte sie und schnitt ein tiefes Kreuz in das obere Ende. »Ich bereite sie jetzt vor, damit wir die Kerze hineinstecken können. Aber zuerst braucht sie ihre rote Schleife. Die Schleife symbolisiert das Blut Christi, das für die Welt und alle seine Menschen vergossen wurde.« Sie wickelte ein vorgeschnittenes Stück Schleife um die Mitte der Orange und befestigte es mit Tesafilm.

»Jetzt wird sie an die Person mit der Alufolie weitergereicht.« Jane hielt ein kleines quadratisches Stück in die Höhe. »Die Folie dient nur der Sicherheit und hat keinen symbolischen Wert. Sie fängt das Wachs von der angezündeten Kerze auf. Ein Stück davon wird über das Kreuz an der Oberseite gelegt, dann wird die Kerze durch die Mitte der Folie gesteckt.« Sie demonstrierte diesen Arbeitsschritt und drückte die Kerze fest hinein. »Ich brauche Ihnen natürlich nicht zu sagen, dass die Kerze das Licht Christi in der Welt symbolisiert.

Schließlich«, fuhr sie fort, »haben wir noch die Cocktailspieße. Daran befinden sich Rosinen und Süßigkeiten, die für die Früchte der Erde stehen. Früher haben wir auch Nüsse verwendet«, fügte Jane hinzu. »Aber davon sind wir abgekommen, da heute so viele Kinder allergisch gegen Nüsse sind. Ich habe auch gelesen, dass sie seinerzeit in Mähren Gänsefedern statt Spießchen benutzten, aber die sind heutzutage Mangelware.« Sie lachte. »Jedes Christingle bekommt vier von diesen Spießchen rund um die Kerze, und zwar so.« Sie steckte sie in einem gleichmäßigen Abstand hinein und hielt das fertige Produkt in die Höhe, sodass es jeder sehen konnte. »Am Ende des Fließbands werde ich die

Christingles nehmen und in die Kartons legen, damit sie für morgen gleich bereitstehen.«

Jane erhielt donnernden Applaus, dann nahmen die Frauen ihre Plätze an den Tischen ein, wo, wie Callie vermutete, jede genau denselben Arbeitsschritt wie seit Jahren übernahm. In einigen Fällen vielleicht schon seit 1968.

»Callie, wollen Sie vielleicht hier sitzen?«, schlug Jane vor. »Sie können die Kerzen reinstecken. Ist Ihnen das recht?«

»Ja, gerne.«

»Und Mrs Hamilton, nicht? Wenn Sie hier neben Callie kommen, dann können Sie die Folienstücke auflegen und anschließend an Callie weitergeben.«

Offenbar ging es darum, den Neulingen die einfachsten Arbeiten zu übertragen, vermutete Callie, man durfte ihnen wohl noch keine Messer oder Cocktailspieße oder auch sonst irgendetwas, womit sie sich verletzen konnten, anvertrauen.

»Ich bin mit Kerzen ziemlich gut«, flüsterte Callie Morag zu. »Auch wenn es ein bisschen schwierig werden könnte, sie gerade reinzudrücken, sodass sie nicht umkippen oder herausfallen oder tropfen.«

Morag lächelte. »Es ist eine zauberhafte Sitte, nicht wahr? Hab ich in Schottland noch nie gesehen. Ich kann mir vorstellen, dass die Kinder ihre Freude dran haben.«

»Wie wär's, wenn Sie Ihre Enkeltochter zum Gottesdienst mitbringen würden?«, schlug Callie spontan vor. »Das würde Alex doch bestimmt gefallen, oder?«

Morag senkte den Blick und wandte das Gesicht ab. »Sie fände es toll. Aber sie würden es nie erlauben, da bin ich mir sicher.«

Die U-Bahn fuhr in den Tunnel ein. »Edgeware Road. Dieser Zug endet hier. Bitte alle aussteigen«, verkündete der Lautsprecher.

Gehorsam verließen die Fahrgäste den Zug. Alle außer Alex, die immer noch in ihrer Nische stand.

Edgeware Road? Aber sie wollte doch bis King's Cross. Dieser Zug sollte sie dort hinbringen.

Langsam stiegen neue Passagiere ein, und ehe sie sich's versah, fuhren sie in die entgegengesetzte Richtung wieder los. Dahin, wo sie hergekommen war – nach Bayswater.

»Paddington«, kündigte die Stimme als Nächstes an. »Umsteigen zur Circle Line und Bakerloo Line, Hammersmith und City Line und British Rail.«

»Entschuldigung.« Alex drängte sich aus der Tür.

Sie hatte einen Fehler gemacht, wie sie sofort merkte, als sie sich die Karte noch einmal genau ansah. Sie war in einen Zug der Green Line gestiegen, der nur bis zur Edgeware Road fuhr, wo sie doch einen gelben benötigt hätte. Sie musste in die Circle Line.

Alex sah, dass über ihr eine beleuchtete Anzeigetafel hing, auf der die nächsten drei Züge angekündigt wurden. Diesmal würde sie genau aufpassen, dass sie auch den richtigen erwischte.

Neville hatte es deutlich vor Augen: Wie Sid Cowley sich erst einmal eine Zigarette ansteckte und an die Wand lümmelte, bevor er dann irgendwann mal die Klingel drückte.

»Sie ist nicht da, Chef«, sagte Cowley. »Ich hab bei ihr geklingelt. Ich habe fünf Minuten gewartet. Falls sie doch da ist, geht sie nicht an die Tür.«

»Was ist mit Nachbarn?«, fragte Neville.

»Ich habe mit dem alten Knaben von gegenüber geredet. Kennt sie kaum, sagt er. Nur vom Sehen. Sie wohnt noch nicht lange da und ist meistens für sich.«

»Sonst irgendjemand?« Irgendjemand, dachte er, könnte die Kleine gestern Nachmittag vielleicht gesehen haben.

»Sonst ist keiner da. Ist schließlich bald Weihnachten.«

»Na schön, Sid. Dann muss ich sie eben anrufen.« Das widerstrebte ihm zutiefst; er hätte es ihr lieber persönlich sagen lassen, notfalls durch den weiß Gott nicht gerade feinfühligen Sid Cowley. Falls sie tatsächlich nicht zu Hause war, musste er eben hoffen, dass sie wenigstens einen Anrufbeantworter hatte.

Tatsächlich meldete sich nach dem dritten Klingelton eine kultivierte weibliche Stimme mit schottischem Akzent: »Bitte hinterlassen Sie eine Nachricht.«

»Hier spricht DI Stewart, von der Metropolitan Police London. Bitte erschrecken Sie nicht, aber könnten Sie mich wohl bitte so bald wie möglich zurückrufen, Mrs Hamilton?« Neville hinterließ seine Handynummer und hoffte, dass sie diese Nachricht abhörte, bevor sie auf andere Weise vom Verschwinden ihrer Enkelin erfuhr.

Nur einen Moment später musste er sich mit einer anderen dringenden Angelegenheit befassen: einem Anruf von Danny Duffy, dem Computer-Spezialisten.

»Chef«, sagte Danny, »könnten Sie mal zum Computer-Labor rüberkommen? Ich brauche Ihre Hilfe.«

Vielleicht hatte der Wunderknabe ja was gefunden, dachte Neville gespannt. Auch wenn er sich nicht denken konnte, was das sein könnte. Hatte das Mädchen vielleicht ihrem Vater eine Nachricht hinterlassen, aus der hervorging, wo sie hinwollte?

Es war ein schönes, teuer aussehendes Modell, ein weißer Rechner mit einem großen Flachbildschirm, der die anderen Geräte im Labor in den Schatten stellte. Danny saß darübergebeugt und tippte auf der Tastatur. Als Neville den Raum betrat, sah er auf.

»Ah, Chef.«

»Sie haben was gefunden?«

»Ehrlich gesagt, nein.« Danny hielt die Hände in einer hilflosen Geste in die Höhe.

»Was soll ich dann hier?«

»Der Computer gehört einem kleinen Mädchen, ja?«, fragte Danny.

»Zwölf Jahre alt«, bestätigte Neville, der immer noch ratlos war, was das Ganze sollte.

»Das passt. Die Kids kennen sich mit Computern viel besser aus als Erwachsene.«

Neville erinnerte sich, wie er auf Alex' PC eine Taste gedrückt hatte, woraufhin die Aufforderung zur Passworteingabe erschien. »Aber dieser Computer hat ein Passwort.«

»Genau, und sie hat es sehr clever gemacht. Man kommt nicht dran vorbei, weder durch Neustart oder indem man eine Optionstaste gedrückt hält oder sonst was in der Art. Es ist unerbittlich. Entweder man kennt das Passwort, um reinzukommen, oder das Ding bleibt zu. Das muss man der Kleinen lassen - sie hat es richtig gemacht.«

»Aber das hilft uns nicht weiter«, sagte Neville.

»Tja, da sind wir gearscht«, sagte Danny unbekümmert. »Es sei denn, ihre Mum oder ihr Dad kennt das Passwort. Oder kann es vielleicht raten.«

»Raten?«

»Das ist das Komische bei den Kinds«, sagte Danny. »Technisch mögen sie topfit sein, aber ihr Passwort ist gewöhnlich furchtbar leicht. Manchmal ihr eigener Name. Meistens der von einem Haustier. So was wie Fluffy oder Spot.«

»Sie heißt Alex.«

Danny tippte den Namen ein und schüttelte dann den Kopf. »Fehlanzeige.«

Neville zückte sein Handy und rief Angus Hamilton an.

»Ja?«, meldete der sich nach nur einem Klingelzeichen.

So schnell er konnte, erklärte Neville den Grund für seinen Anruf. »Mr Hamilton, tut mir leid, Sie zu stören. Aber wir versuchen, in Alex' Computer zu kommen, und wir brauchen dazu ihr Passwort. Irgendeine Idee, was es sein könnte?«

»Wie ich schon zu Ihrem Kollegen gesagt habe, DS Lombardi, ist der Sinn eines Passworts schließlich, dass es geheim ist«, erklärte Angus Hamilton. »Natürlich hat sie mir nicht gesagt, wie es lautet.«

»Hat Alex irgendein Haustier?« Neville wusste natürlich, dass das ziemlich weither geholt war. Er konnte sich nicht vorstellen, dass Jilly irgendein Geschöpf mit Fell oder Federn oder Flossen in die Wohnung lassen würde.

»Nein.«

»Nicht mal einen Goldfisch?«

»Nein.«

»Hat sie je ein Haustier gehabt, vielleicht früher in Schottland?«

»Nein.« Diesmal folgte eine Denkpause am anderen Ende der Leitung. »Aber ihre Granny hatte einen kleinen Hund. Ist inzwischen tot. Alex liebte diesen Hund sehr. Sie hat furchtbar geweint, als er starb.«

»Und wie hieß dieser Hund?«, fragte Neville.

»Macduff.«

»M-A-C-D-U-F-F?«, buchstabierte Neville und gab Danny mit einem Kopfnicken das Zeichen zum Mitschreiben.

»Ja«, bestätigte Angus Hamilton.

Dannys Finger glitten über die Tastatur; er schüttelte enttäuscht den Kopf.

Das war's also nicht, doch so schnell gab Neville nicht auf. »Wie steht's mit Freunden? Hatten Sie nicht eine Freundin in Schottland erwähnt? Kirsty?«

»Ja, richtig.«

Danny probierte es aus, dann zuckte er die Achseln.

»Sonst irgendeine Idee?«

Neville hörte eine Stimme im Hintergrund. »Mr Hamilton, könnte ich wohl mit DI Stewart sprechen?«

Offenbar wurde das Telefon weitergereicht, und als Nächstes hörte er Marks Stimme. »Wie sieht's mit Buster aus?«, sagte Mark.

»Buster?«

»Ihr Teddybär. Ihr Dad sagt, sie hängt sehr an diesem Teddy.«

Danny tippte den Namen bereits ein; er hob den Kopf und grinste von einem Ohr zum anderen. »Bingo!«, sagte er.

»Bayswater. Anschluss an die District Line«, kam es aus dem Lautsprecher.

Bayswater? Wie konnte es Bayswater sein? Da wollte sie nicht hin, da kam sie doch her.

Alex drängte sich aus dem Zug, als es ihr dämmerte. Circle Line. Das hieß, diese Linie führte im Kreis einmal ganz herum. Und sie war falsch herum gefahren, wahrscheinlich, weil sie von der Edgeware Road kam und auf dem falschen Bahnsteig gestanden hatte. Es musste noch einen anderen geben.

Sie sah sich die Wegweiser an. Ja, der Bahnsteig für die Züge Richtung Osten befand sich auf der anderen Seite, über eine Brücke hinweg. King's Cross war Richtung Osten.

»Kinderspiel, jetzt, wo wir drin sind«, sagte Danny großspurig, als sei er derjenige gewesen, der das Passwort herausgefunden hatte.

Glatte Eins für Mark, dachte Neville. Schlauer Bursche.

»Ich sehe mir immer als Erstes die E-Mails an. Da geht sozusagen die Post ab«, fuhr Danny fort. »Falls wir da nichts Interessantes finden, kann ich ihren Webbrowser überprüfen. Mal gucken, welche Sites sie besucht und wo sie Lesezeichen gesetzt hat.«

In rasantem Tempo hatte Danny das E-Mail-Programm geöffnet. Neville stand hinter ihm, sodass er auf den Monitor sehen konnte.

Danny zeigte mit dem Finger auf ein Fenster. »Hier ist die Liste. Die letzte Mail, die sie geöffnet hat, kam gestern Nachmittag. Von Jack.«

Von Jack? Dem Phantom-Freund? Jilly hatte darauf bestanden, es gebe keinen Freund, dieser Jack existiere nur in Alex' Fantasie ...

»In der Betreffzeile steht ›GET 2GETHER‹. *To-gether,* fällt der Groschen?« Er klickte die Nachricht an.

»Ach, du meine Güte«, sagte Danny und las laut vor, indem er den Jargon übersetzte. »Hey, Sasha! Ich will dich sehen! Treffen wir uns? Heute Abend, okay? Paddington Station unter der Uhr. Ich bin um fünf da! Zieh was Rotes an. Ich auch. Umarmung und Küsschen, Jack.«

»Oh, mein Gott«, stöhnte Neville und fügte vorsichtshalber aus seiner grauen Vergangenheit noch ein »Jesses, Maria und Josef« hinzu.

»Nein«, sagte Danny grinsend. »Jack.«

Achtzehn

King's Cross - endlich!

Alex war wirklich stolz auf sich, als sie aus der U-Bahn stieg. Sie hatte es geschafft! Irgendwie hatte sie das Gefühl, als wäre sie damit schon halb in Schottland.

Der Bahnhof von King's Cross kam ihr vor wie eine riesige Höhle. Offenbar flüchteten an diesem Tag viele Menschen aus London. Sie sah eine Menge Leute, die Koffer hinter sich herzogen oder Rucksäcke geschultert hatten. Fuhren sie schon jetzt über Weihnachten heim?

Genau das, dachte Alex mit einem plötzlichen Freudenschauer, mache ich auch. Ich fahre zu Weihnachten nach Hause. Sie würde ihre Mutter finden, und sie wären endlich wieder zusammen. Zu Weihnachten und für immer. Zusammen in Schottland. Daheim!

Sie musste sich am Fahrkartenautomaten anstellen, und als sie schließlich an der Reihe war und alle richtigen Knöpfe gedrückt hatte - Kind, Einzelperson, Edinburgh -, war sie bestürzt. Die Fahrt kostete über sechsundvierzig Pfund, und sie hatte noch nicht einmal mehr vierzig in der Tasche.

Wäre sie nicht unter solchen Mühen schon so weit gekommen, hätte sie vielleicht an diesem Punkt die Segel gestrichen.

Doch ihre Mutter wartete auf sie. Sie sehnte sich genauso nach ihr, wie sich Alex umgekehrt nichts so sehr wünschte wie ein Wiedersehen. Sie kämpfte gegen die Tränen der Enttäuschung an. Aber sie würde nicht aufgeben. Sie konnte es nicht. Jetzt nicht mehr. Sie verließ den Fahrkartenautomaten und lief in Richtung der Bahnsteige, um zu sehen, ob es dort dieselben Schranken gab wie bei der U-Bahn, wo man erst das Ticket in den Schlitz stecken musste, bevor man durchlaufen konnte.

Doch das, stellte sie fest, war hier nicht der Fall. Auf den Bahnsteigen wurden die Fahrkarten von Hand geprüft, und zwar von ein, zwei ziemlich laxen Kontrolleuren. Schilder warnten streng, ohne gültigen Fahrschein zu reisen sei ein Straftatbestand und werde mit hohen Bußgeldern geahndet; außerdem würden die Tickets im Zug überprüft.

Nun denn, sie musste es einfach riskieren.

Alex lief weiter, bis sie den nächsten Zug nach Edinburgh fand, der in etwa einer Viertelstunde losfahren sollte. Sie blieb dicht am Eingang stehen und beobachtete das Geschehen.

Eine große Familie kam auf den Bahnsteig zu: Vater, Mutter und eine Schar aus drei oder vier Kindern. Alex hielt sich dicht an die Gruppe; der Vater wedelte vor dem Kontrolleur mit einem Bündel Fahrkarten, und der Beamte winkte sie alle durch. Alex hängte sich wie selbstverständlich an die Familie und war im Nu auf dem Bahnsteig. So weit, so gut.

Sie folgte ihnen auch, für den Fall, dass sie jemand beobachtete, in den Waggon. Dort entdeckte sie, dass die meisten Sitze in den Kopfstützen kleine, gedruckte Schildchen hatten, die anzeigten, dass sie für bestimmte Leute reserviert waren. Die Familie hatte offenbar zwei gegenüberliegende Reihen mit einem Tisch dazwischen gebucht. Während sie ihr Gepäck verstauten und es sich auf ihren Sitzen bequem machten, ging Alex die Reservierungskärtchen durch. Sie bezogen sich jeweils auf unterschiedliche Reiseabschnitte –

einige galten bis nach Edinburgh, andere nur bis Peterborough oder York oder bis zu irgendeiner anderen Station. Alex fand in der Reihe hinter der Familie zwei Sitze mit einer Reservierung von Doncaster nach Edinburgh. Sie rutschte zum Fenstersitz durch; das würde für ein Stück der Reise funktionieren. Kurz bevor sie Doncaster erreichten, würde sie sich etwas anderes suchen.

Neville holte tief Luft. »Es gibt, nehme ich an, noch mehr E-Mails von diesem Jack?«

»Und ob, eine Menge.« Danny zeigte auf die Liste im Posteingang und dann auf einen Ordner mit der Aufschrift *Jack*. »Er scheint sogar der Einzige zu sein, mit dem sie sich schreibt, außer einer gewissen Kirsty.«

»Ihre beste Freundin in Schottland.« Die müssten eigentlich ziemlich harmlos sein, auch wenn Alex möglicherweise ihrer besten Freundin ihr Geheimnis über Jack anvertraut hatte und sie daher auch nützlich sein konnten.

»Würden Sie die für mich ausdrucken? Alle?«

»Kein Problem«, sagte Danny, »brauchen Sie sonst noch irgendwas, Chef?«

Neville seufzte. »Ich nehme mal an, dieser Apparat kann Ihnen nicht sagen, wer Jack ist und wo wir ihn finden könnten?«

»Oh, wahrscheinlich schon.« Danny klopfte mit stolzer Miene auf den PC.

»Und wie macht er das?«

»Na ja, es sollte ziemlich einfach sein, die E-Mail-Adresse, die er benutzt, zurückzuverfolgen, und zwar durch ISP. Internet Service Provider«, ergänzte er angesichts Nevilles verständnislosem Blick. »Die müssen die Anmeldedaten haben. Wir spüren den Kerl schon auf.«

»Ist es nicht möglich, ein anonymes Konto zu eröffnen? Oder falsche Informationen zu liefern?«

»Das ist schon möglich«, räumte Danny ein. »Falsche Informationen mit Sicherheit. Aber E-Mails hinterlassen Spuren. Das wissen nur wenige. Jeder Computer hat eine einmalige Adresse und hinterlässt eine einmalige Spur. Also kriegen wir ihn früher oder später.«

Früher oder später war vielleicht nicht schnell genug. Ein flaues Gefühl in seinem Magen erinnerte Neville daran, dass da draußen irgendwo ein junges Mädchen herumlief, und zwar möglicherweise nicht mit einem Jungen, sondern einem Mann, der das Treffen verabredet hatte, weil er nichts Gutes im Schilde führte. ›Zieh was Rotes an‹ – verflucht noch mal, würde ein Junge so etwas schreiben?

Und er, Neville, hatte die Gefahr, in der sie vielleicht schwebte, heruntergespielt, nur weil ihre Stiefmutter sich nicht vorstellen konnte, dass sie einen Freund hatte.

Jilly Hamilton würde möglicherweise für vieles Rede und Antwort stehen müssen. Und dasselbe galt für ihn.

Er freute sich wahrlich nicht darauf, es Evans beichten zu müssen.

Ach, Evans. Evans war ein Kinderspiel im Vergleich zu seinem anderen Dilemma. Wie, um Himmels willen, sagte er es Angus Hamilton?

Yolanda brachte den größten Teil des Vormittags damit zu, aufzuräumen. So nannte sie es zumindest, auch wenn es eher auf eine gründliche Gebäudereinigung hinauslief. Eli hatte wahrlich viele großartige Eigenschaften, und sie liebte ihn von ganzem Herzen, aber Reinlichkeit stand auf seiner Prioritätenliste nicht an oberster Stelle.

In der Küche erwartete sie der Abwasch von einer Woche, der sich vom Ausguss bis hin zu den Arbeitsplatten stapelte. Wie bei einer archäologischen Ausgrabung waren daran historische Daten abzulesen – die gesamte Speisekarte von sieben Tagen: verkrustete Baked Beans, eingetrocknetes Eidotter, zerlassener Speck. Eine Menge Pfannengerichte also: das war Elis kulinarische Spezialität, auch wenn seine Kompetenz nicht so weit reichte, hinterher wieder sauber zu machen. Zusätzlich gab es Hinweise auf Fertiggerichte und ins Haus gelieferte Mahlzeiten, darunter einen Teller, der so starke Curryflecken aufwies, dass Yolanda sich geschlagen gab und ihn in den Mülleimer warf.

Ihr machte es nichts aus, die Wohnung in Ordnung zu bringen, auch wenn sie bei jedem neuerlichen Beweis, dass Eli eine Woche lang keinen Finger krumm gemacht hatte, seufzte und die Augen verdrehte. Auf eine seltsame Weise war es eine beruhigende Arbeit, die sie von Rachel und dem unbefriedigenden Ermittlungsstand ablenkte. Sie genoss es, beruflich wie privat, aus Chaos wieder Ordnung zu schaffen.

Als sie ins Badezimmer kam, seufzte sie erneut. Eli hatte über dem Waschbecken seinen Schnauzbart gestutzt, wie die Spuren von kurzen schwarzen Härchen auf dem Porzellan nahelegten.

Schwarze Haare. Irgendetwas über schwarzes Haar war ihr die ganze Zeit durch den Kopf gegangen.

Jetzt fiel es ihr plötzlich ein: Rachel mit dem Baby im Arm. Ein winziges Mädchen mit pechschwarzem Haar.

Die blonde Rachel und ihr schwarzhaariges Baby. Was stimmte an dem Bild nicht?

Callie hatte während der Bastelsitzung ihr Handy ausgeschaltet; auf der Treppe zu ihrer Wohnung machte sie es wieder an und sah, dass sie eine Nachricht von Marco auf der Mailbox hatte.

»Hör mal, Callie, das mit gestern Abend tut mir wirklich ganz furchtbar leid«, sagte er. »Und ich weiß nicht mal, ob ich heute Abend freibekomme. Dieser Fall, zu dem ich gerufen worden bin – na ja, der ist sehr schwierig. Ein Mädchen wird vermisst. Ich erzähle dir später mehr davon. *Ciao, cara mia.*«

Sie steckte das Handy wieder in die Tasche und sah auf die Uhr. Bei ihrer Besprechung am Donnerstag hatte Brian sie gebeten, die Krankenhausbesuche am Samstag zu machen, und so stand das als Nächstes auf ihrer Liste. Bei der anhaltenden Kälte hatten sich eine ganze Reihe ihrer Gemeindemitglieder, vor allem die älteren, irgendwelche Bazillen eingefangen und brauchten ein bisschen pastoralen Trost. Im Hinterkopf hegte sie die Hoffnung, sich vielleicht im Krankenhaus-Café mit Frances zu einem kurzen Mittagsimbiss oder wenigstens einer Tasse Kaffee treffen zu können.

Zuerst jedoch sollte sie sich die Zeit nehmen, mit Bella einen zügigen Spaziergang durch den Park zu machen. Zwar hatte Peter gesagt, er hätte sie bereits am Morgen ausgeführt, doch das konnte höchstens für ein paar Minuten gewesen sein.

Bella war jedenfalls mehr als willig. Der Anblick ihrer Leine versetzte sie in noch größere Verzückung als der von Callie selbst. Callie hakte die Leine in Bellas Halsband ein, wickelte sich in einen warmen Schal, zog Mütze und Handschuhe an, während Bella vor Ungeduld an der Tür herumsprang.

Sie hatten ihre übliche Route am Rand des Hyde Park halb hinter sich, als Callies Handy in ihrer Tasche klingelte. »Oh, verdammt«, murmelte sie, klemmte sich Bellas Leine zwischen die Knie, zog sich die Handschuhe mit den Zähnen aus und wühlte nach dem Telefon. »Wehe, wenn das nicht wichtig ist.«

»Callie?«, sagte Morag Hamilton in der Leitung. Ihre Stimme zitterte, und sie wirkte verstört.

»Morag!«

»Entschuldigen Sie bitte, dass ich Sie behellige. Aber etwas ... Schreckliches ... ist passiert.«

»Oh, Morag. Was ist los?« Alle möglichen Szenarien drängten sich Callie auf. Raub? Ein Unfall? Es war kaum eine halbe Stunde her, seit sie sich gesehen hatten.

»Ich habe gerade mit der Polizei telefoniert. Meine Enkelin - meine kleine Alex - wird vermisst. Und ich kann nichts tun. Aber …«

»Ich bin gleich bei Ihnen«, sagte Callie, ohne zu zögern. »In ein paar Minuten.«

Bella sah sie erwartungsvoll an.

»Macht es Ihnen was aus, wenn ich Bella mitbringe?«, fragte Callie. »Ich bin im Park und kann schneller bei Ihnen sein, wenn ich sie nicht erst nach Hause bringen muss.«

»Nein, das macht mir nichts aus. Natürlich nicht.«

Callie steckte das Handy wieder in die Tasche, zog sich die Handschuhe an und nahm das Ende der Leine. »Komm, Mädchen, kleiner Dauerlauf!«

Der Zug hatte in Peterborough gehalten, wo einige Leute aus- und andere eingestiegen waren, und jetzt fuhren sie an flachen, gefrorenen Feldern vorbei, von denen einige noch immer schneebedeckt waren. Alex saß am Fenster und starrte auf die vorbeirauschende Landschaft.

Durch den Spalt zwischen den Sitzen konnte sie die Familie im Auge behalten, und im Moment war sie interessanter als der Blick aus dem Fenster. Das jüngste Kind quengelte, und der Vater versuchte, es mit einem Malbuch abzulenken. Die Mutter griff ins Gepäckfach über ihnen und holte eine Kühltasche herunter, die sie auf dem Tisch zwischen den beiden Sitzreihen auszupacken begann. Eine Thermosflasche, ein paar Tassen, kleine Saftkartons, die sie an die Kinder verteilte, bevor sie ihnen, wenn nötig, dabei half, das Loch mit dem biegsamen Strohhalm aufzustechen.

Ein Getränkewagen kam den Gang entlang in ihre Richtung. »Sandwiches?«, fragte eine muntere junge Frau in gestreifter Bluse. »Snacks, heiße und kalte Getränke?«

»Wir haben alles dabei«, sagte die Mutter hochnäsig, während sie weiter ihre Vorräte auspackte.

Der Wagen hielt an Alex' Reihe an. »Sandwiches? Snacks, heiße und kalte Getränke?«

Alex blickte sehnsüchtig auf die Tüten mit Chips, die Schokoriegel und Kekse. McDonald's und ihr Big Mac waren nur noch eine ferne Erinnerung. Ihr lief das Wasser im Mund zusammen. Sie hätte augenblicklich eine ganze Tüte Chips vertilgen können, oder einen Riegel Mars. »Nein, danke«, sagte sie tapfer.

Die Mutter verteilte Päckchen mit selbst gemachten Sandwiches und Tüten mit Knabbergebäck an ihre Brut, während der Vater eine dampfende braune Flüssigkeit aus der Thermoskanne in die Tassen füllte.

Alex konnte den kleinen Jungen - etwa sieben oder acht Jahre alt - auf dem Gangsitz in der Reihe vor ihr sehen. Er entfernte mit missmutigem Blick die Frischhaltefolie von seinen Sandwiches.

»Was ist da drauf?«, fragte er.

»Thunfisch und Gurke«, sagte seine Mutter. »Deine Lieblingssorte.«

»Das ist nicht meine Lieblingssorte. Ich hasse Gurke.«

Seine Mutter runzelte die Stirn. »Letzte Woche mochtest du Gurke noch, Henry.«

»Aber jetzt hasse ich sie. Gurken sind schleimig und schmecken scheußlich.«

»Dann nimm sie eben runter«, schlug die Mutter vor und wandte sich einem ihrer anderen Kinder zu, demjenigen, das direkt vor Alex saß, sodass sie es nur in der Spiegelung der Scheibe sehen konnte.

Henry riss seine Tüte Snacks auf - eine grüne Tüte mit Salz- und Essig-Chips, wie Alex neidisch feststellte - und kaute laut und genüsslich. »Mmm«, sagte er. »Salz und Essig. Lecker.«

»Abartig«, sagte eins der älteren Geschwister auf der anderen Sitzreihe. »Da schrumpeln einem ja die Lippen.«

Alex zog ihr Geld heraus und legte es auf der Ablage aus, die am Rücksitz vor ihr befestigt war. Achtunddreißig Pfund und einundachtzig Pence. Vielleicht, aber auch nur vielleicht, konnte sie ein bisschen davon opfern und es für eine Tüte Chips ausgeben, falls sie den Getränkewagen am Ende des Zugs noch einholte ...

Während seine Mutter gerade anderweitig beschäftigt war, beugte sich Henry um die Rückenlehne, sodass sich ihre Blicke trafen und er das Geld auf dem Tablett sah. Dann streckte er den Arm durch den Spalt und warf sein ganzes Sandwich-Päckchen auf den Sitz neben ihr. Blitzschnell drehte er sich wieder um, bevor seine Mutter seinen Handstreich bemerkte.

Alex starrte das Päckchen lange an, bevor sie wagte, es anzufassen. Essen! Zwar waren Thunfisch und Gurke auch nicht gerade ihre Lieblingskombination, doch das hier war ein Geschenk, das man nicht verschmähen, sondern dankbar annehmen sollte.

Henrys Mutter konnte jeden Moment das mysteriöse Verschwinden der Sandwiches bemerken und beschließen, der Sache nachzugehen. Hastig wickelte Alex die Folie ab und verschlang das Brot gierig mit großen Bissen. Als sie fertig war und die zu einer kleinen Kugel zusammengedrückte Frischhaltefolie in ihre Tasche gesteckt hatte, um jedes Indiz zu beseitigen, drehte sich Henry noch einmal kurz zu ihr um und gönnte ihr ein verschwörerisches Augenzwinkern.

Während Danny mit seiner mysteriösen Arbeit fortfuhr, die für Neville ungefähr so verständlich war wie Gehirnchirurgie oder Atomphysik, stellte sich Neville tapfer der Herausforderung. Er wusste, dass er sich nicht den Luxus leisten konnte abzuwarten, alles in Ruhe zu überdenken und zu ge-

gebener Zeit Konsequenzen daraus zu ziehen. Nein, Alex war immer noch nicht aufgetaucht, und was sie eben herausgefunden hatten, war so ziemlich das Einzige, was sie an Informationen besaßen. Der Vizepräsident musste umgehend unterrichtet werden; er würde dann entscheiden, wie viel davon an die Presse weitergegeben werden sollte. Die Presse: ihre größten Freunde und größten Feinde. Ein zweischneidiges Schwert.

Er wählte Evans' Nummer und war erstaunt, von der süßen Denise zu erfahren, ihr Mann sei nicht da; wie es aussah, sei er zur Dienststelle gefahren.

Also ging Neville nach oben und fand die Tür offen.

»Kommen Sie rein, Stewart«, rief Evans, das Telefon in der Hand. »Bin gerade angekommen und dabei, einen Kaffee zu organisieren. Wollen Sie auch einen?«

Neville hatte den ganzen Morgen nichts anderes getrunken, auf eine Tasse mehr oder weniger kam es da auch nicht mehr an. »Ja, Sir, gerne.«

Evans wies einen Untergebenen an, sich um die Getränke zu kümmern, dann legte er auf. »Haben Sie mich gesucht, Stewart?«

»Ich hatte heute eigentlich nicht mit Ihnen gerechnet«, sagte Neville. »Wegen der Familienfeier und dem Ganzen.«

Evans lachte leise. »Um die Wahrheit zu sagen, Stewart, sind mir die angeheirateten Verwandten ein bisschen auf den Geist gegangen«, vertraute er ihm an. »Sie waren nie verheiratet, oder, Stewart?«

»Nein, Sir, ich hatte noch nicht das ... Vergnügen.«

»Na ja, sonst wüssten Sie, was ich meine. Glauben Sie mir. In kleinen Dosen, meinetwegen, aber manchmal wird es einfach zu viel. Denises – Mrs Evans' – Vater. Was für ein Klugscheißer! Und ihre Mutter redet wie ein Wasserfall!«

Evans musste am Vorabend ein paar sehr gute Flaschen Wein kredenzt und selbst genossen haben, dachte Neville.

Noch nie hatte er ihn so mitteilsam erlebt oder auch so milde gestimmt. Möge es eine Weile so bleiben, dachte er inbrünstig.

Der Kaffee traf wenig später ein: zwei Tassen mit richtigen Untertassen nebst einem großen Teller Sandwiches. »Langen Sie zu«, ermunterte ihn Evans, und so nahm sich Neville ein Dreieck mit Schinken und Pickles und verdrückte es mit wenigen Bissen.

Er konnte es nicht länger hinauszögern. Während Evans seinen Kaffee schlürfte, ergriff er die Flucht nach vorn. »Der Computer des Mädchens, Sir. Es war eine E-Mail darauf. Von jemandem namens Jack. Er hat sich mit ihr für gestern Abend an der Paddington Station verabredet.«

»Gütiger Gott.« Evans verschluckte sich an seinem Kaffee, sodass ihm ein kleines Rinnsal aus dem Mundwinkel lief, fasste sich aber sofort wieder. »Und was wissen wir über diesen Jack?«

»Sie hat ihn als ihren Freund beschrieben. Gegenüber ihren Stiefkusinen. Aber ich glaube, sie haben sich bis dahin noch gar nicht gesehen. Er hat ihr aufgetragen, etwas Rotes anzuziehen, also nehme ich an, es war ihr erstes Treffen.«

»Verfluchter Mist.«

»Natürlich könnte es theoretisch ganz harmlos sein. Andererseits ...«

Evans sprach Nevilles Gedanken aus. »Aber er könnte auch ein kranker Pädophiler sein. Das meinen Sie doch, nicht wahr?«

»Ja, Sir.«

So, jetzt war es raus. Es war auf dem Tisch. Die schlimmste Möglichkeit.

»Die Computer-Jungs ...«

»Die sitzen dran«, versicherte Neville. »Sie drucken sämtliche E-Mails für mich aus. Außerdem versuchen sie, ihn elektronisch zurückzuverfolgen. Ich verstehe zwar nichts davon, aber Danny sagt, das sei möglich. Er ist sich ziemlich sicher, dass sie ihn finden werden.«

»Gut.« Evans hatte seine Tasse abgestellt und nahm das Telefon zur Hand. »Ich rufe den Vize an. Er muss das auf der Stelle wissen. Gehen Sie zum Computer-Labor zurück und lesen Sie diese E-Mails. Alle. Sie können mir eine kurze Zusammenfassung machen. Fordern Sie für den fraglichen Zeitraum das Filmmaterial sämtlicher Überwachungskameras rund um Paddington an und überprüfen Sie, ob da was drauf ist. Außerdem könnten Sie mal nachhören, ob irgendwelche brauchbaren Hinweise per Telefon eingegangen sind, seit es in den Nachrichten gebracht wurde. Wahrscheinlich nicht, aber man weiß ja nie.«

Neville zögerte. »Sir, wegen Alex' Vater ...«

Evans warf ihm einen verständnisvollen Blick zu. »Ich rufe ihn selber an«, sagte er und winkte Neville aus dem Büro.

Wie ein Verurteilter, der im letzten Moment vom Galgen gerettet worden war, machte sich Neville erneut auf den Weg zum Computer-Labor und musste unwillkürlich grinsen.

»Sie wird seit gestern Nachmittag vermisst«, sagte Morag, und in ihre Panik mischte sich Bitterkeit. »Niemand hat es für nötig gehalten, mich zu informieren.«

Nach allem, was sie von Morag über ihren Sohn und dessen Frau gehört hatte, war Callie nicht überrascht.

»Ich musste es von einem Polizisten erfahren. Angus hat mich immer noch nicht angerufen.«

Callie sah, dass Morag schwer getroffen war, wenn nicht sogar unter Schock stand. Sie hatte Callie weder den Mantel abgenommen noch ihr einen Tee angeboten. »Soll ich uns einen Tee machen?«, schlug Callie vor. Morag konnte auf jeden Fall einen brauchen: die beste Medizin gegen Schock.

»Ja, gerne.«

Sie ließ Bella bei Morag im Wohnzimmer; als sie mit dem Tee zurückkam, lag der Hund auf dem Sofa und Morag streichelte ihn, als gäbe ihr das ein wenig Trost. »Ich vermisse meinen Macduff«, sagte Morag.

Callie verstand, was in dieser harmlosen Bemerkung noch alles mitschwang. Macduff, Morags Cairn-Terrier, stand für einen ganzen Lebensabschnitt, der für immer verloren schien: ein Heim, einen Ehemann, eine Familie. Gemeinschaft. Alles vorbei und stattdessen ein einsames Dasein im unerbittlich anonymen London.

»Soll ich Ihren Sohn vielleicht anrufen?«, erbot sie sich, während sie den Tee einschenkte.

»Nein, das würde nichts bringen.« Morag beugte das Gesicht über Bellas schwarz-weißen Kopf.

»Hat dieser Polizist gesagt, wieso sie weggelaufen ist? Wissen die irgendwas? Wollte sie einfach nur von zu Hause weg?«

»Jilly.« Diesmal gab sie sich keine Mühe, die Bitterkeit in ihrer Stimme zu unterdrücken. »Sie hatte einen Streit mit Jilly, hat er gesagt. Diese Frau ist ... sie ist ein Monster. Ein selbstsüchtiges Monster. Ich habe mir wirklich Mühe gegeben, mit ihr zurechtzukommen – Angus zuliebe und Alex zuliebe. Aber der Tag, an dem sie auf dieser Dinnerparty auftauchte, war der schlimmste in unser aller Leben, das ist nun mal die Wahrheit.«

Callie war geneigt, ihr zuzustimmen, wusste aber nicht, welchen Nutzen es haben sollte, es auszusprechen.

»Die Fahrkarten, bitte!«, rief ein Mann in Uniform, der aus dem Waggon vor ihnen kam und einen Kartenlocher schwang. »Alle Fahrscheine und Bahnkarten bitte!«

Alex schlug das Herz bis zum Hals.

Er war immer noch einen halben Waggon von ihr entfernt, aber wenn sie jetzt aufstand und hinausging, würde es jeder merken. Sie musste einen geeigneten Moment abpassen. Die erste Reihe lief reibungslos: Fahrscheine wurden hingehalten, geprüft und gelocht, zurückgegeben. Doch dann trat eine kleine Komplikation auf. »Könnte ich wohl bitte Ihre Bahncard sehen, Madam?«, forderte der Schaffner eine ziemlich dicke Frau in einem leuchtend blauen Mantel auf.

Die Frau wühlte in ihrer Handtasche. »Ich scheine sie nicht dabeizuhaben«, sagte sie.

Der Schaffner runzelte die Stirn und sah sie eingehend an. »Den Preis gibt es aber nur mit Bahncard«, erklärte er. »Steht deutlich auf dem Fahrschein, dass Sie im Besitz einer gültigen Karte sein müssen.«

»Ich habe ja auch eine, aber ich muss sie wohl zu Hause gelassen haben.«

Mehr brauchte Alex nicht zu hören; sie schoss aus ihrem Sitz und schlenderte unauffällig in Richtung der Toilette am hinteren Ende des Waggons.

Niemand sah sie an, als sie vorbeiging, und niemand sah zu, wie sie sich einschloss.

Sie hatte reichlich Zeit, sich im Spiegel zu betrachten: kein besonders hübscher Anblick, musste sie zugeben. Sie sah aus, als hätte sie schlecht geschlafen, was ja auch den Tatsachen entsprach. Natürlich war ihr Haar auch nicht gut frisiert; diese schreckliche Krause widersetzte sich jedem Versuch, eine Frisur daraus zu machen. Alex kämmte es sich mit den Fingern und bändigte es mit ein paar Spritzern Wasser aus dem Hahn. Dann hielt sie ein Papierhandtuch unter den Wasserhahn und versuchte, sich damit das Gesicht zu waschen. Sie fuhr mit den Händen über den Mantel und entfernte ein paar Fusseln, die von der Waschküche hängen geblieben waren. Na bitte: fast respektabel. Sie ließ noch ein paar Minuten verstreichen, um ganz sicherzugehen, bevor sie irgendwann aus ihrem Versteck hervorkam und auf ihren

Platz zurückkehrte, als sei es ihr selbstverständliches Recht, dort zu sitzen.

Sie triumphierte überhaupt nicht, sondern fühlte sich im Gegenteil halb krank.

Was würde ihre Mutter sagen, wenn sie wüsste, dass sie schwarzfuhr? Eine gemeine Verbrecherin oder so gut wie. Sie hatte das Schild gelesen, auf dem stand, was einem passieren konnte, wenn man ohne gültigen Fahrschein in den Zug stieg. Mum würde sich für sie schämen, Granny auch.

Doch Alex erinnerte sich energisch daran, dass es der guten Sache diente. Sie musste zu ihrer Mum, koste es, was es wolle.

»Nächster Halt Doncaster«, ertönte die Ansage. »Hier haben Sie Anschluss an die Regionalzüge nach Grimsby, Selby, Hull und Wakefield.«

Doncaster! Alex musste ihren Platz räumen, und zwar schnell. Das hätte sie längst tun sollen. Sie drehte sich um und versuchte, sich einen Überblick zu verschaffen.

Zwei Reihen hinter ihr machte sich eine Frau daran, ihr Gepäck einzusammeln und sich den Mantel anzuziehen. Auch ihr Begleiter stand auf. Vielleicht hatte sie Glück!

Tatsächlich begab sich das Paar auf den Gang, bevor sie in den Bahnhof von Doncaster einliefen, und Alex erkannte an den kleinen Schildchen, dass sie nur von King's Cross bis Doncaster reserviert hatten. Das hieß, sie musste auf diesen Plätzen bis ganz nach Edinburgh sicher sein. Sie wartete, bis der Zug in den Bahnhof einfuhr und die Türen aufgingen, dann wechselte sie die Plätze.

Hinter Doncaster fuhren sie durch das Vale of York, und die Landschaft wurde weitläufiger; als sie in den Bahnhof von York einfuhren, erhaschte sie einen flüchtigen Blick auf die weiße, majestätische Kathedrale und die üppigen steinernen Schnörkel an den Fenstern, die sie an Herzen erinnerte.

York. Das musste mindestens die halbe Strecke nach Edinburgh sein. Hinter York wurde die Landschaft interessanter, und Alex vergaß die Familie, die jetzt drei Reihen weiter vorne saß.

Doch kurz bevor sie Durham erreichten, hörte sie unverkennbar Henrys Stimme laut und schrill. »Mum, ich muss mal aufs Klo.«

»Oh, sicher. Aber sei vorsichtig, Henry.«

Alex sah nicht hin, als er an ihr vorbeikam; sie war von dem prächtigen Anblick der Kathedrale von Durham fasziniert, die hoch über dem Zug auf ihrem Felsen ruhte und so aussah, als sei sie daraus emporgewachsen. Kein Mensch konnte das so gebaut haben!

Wenig später, kurz nachdem sie Durham hinter sich gelassen hatten, glitt plötzlich Henry neben ihr auf den Sitz und sagte flüsternd: »Du hast keine Fahrkarte, stimmt's?«

»Was soll das?«, stellte sie sich, ebenfalls im Flüsterton, dumm.

»Ich hab dich gesehen. Du bist mit uns in den Zug gestiegen. Und als der Schaffner durchkam, bist du aufs Klo gegangen. Du hast gedacht, niemand sieht dich. Aber ich hab dich gesehen. Du hast keine Fahrkarte.«

»Und?«

»Keine Sorge«, sagte Henry mit übertriebenem Augenzwinkern. »Ich verrat's keinem.«

Alex ließ einen tiefen Seufzer heraus und merkte erst jetzt, dass sie die Luft angehalten hatte.

»Wenn du mir zwanzig Pfund gibst.«

»Was?«, zischte sie.

»Zwanzig Pfund. Du hast mehr. Ich hab's gesehen.«

»Aber das ist ... das ist Erpressung!«

»Von mir aus.« Er zuckte die Achseln. »Liegt ganz bei dir. Gib mir zwanzig Pfund oder ich sag's meiner Mum. Dann suche ich den Schaffner und sag's ihm auch. Die stecken dich ins Gefängnis. Ist dir das lieber?«

Alex hätte ihn erwürgen können. Stattdessen griff sie sich in die Tasche, löste zwanzig Pfund aus ihrem ohnehin ausgedünnten Bündel Scheine und knallte sie auf das kleine Tablett.

Henry schnappte sie sich. »Danke«, sagte er. »Du wirst es nicht bereuen. Ich werd ... dich nicht verpetzen.« Dann war er weg.

Aus was für einem dämlichen Fernsehprogramm hatte er sich das wohl abgeguckt?, fragte sich Alex. In der Fensterspiegelung sah sie, wie ihr zwei dicke Tränen aus den Augenwinkeln liefen. Wütend wischte sie sie mit dem Handrücken fort. Sie hatte bisher nicht geweint und würde auch jetzt nicht damit anfangen. Weinen brachte doch nichts.

Neville holte sich den Stapel E-Mail-Ausdrucke aus dem Computer-Labor und kehrte damit an seinen Schreibtisch zurück. Bevor er sich an die Lektüre machte, befolgte er Evans' Rat und fragte bei der Hotline nach. Vermutlich war noch nicht viel eingegangen; Alex' Foto würde erst in den Mittagsnachrichten erscheinen, aber erst, wenn es auch in den Zeitungen abgebildet war, konnten sie mit vielen Rückmeldungen rechnen.

»Wir hatten ein paar Anrufe«, erfuhr er. »Natürlich die üblichen Spinner. Die hängen sich immer als Erste an die Strippe. Ein Kerl schwört, er hätte sie gestern so kurz nach vier Uhr nachmittags in 'nem Imbiss in Kilburn gesehen. Ich bin eher geneigt, dem alten Mann in St. John's Wood zu glauben, der behauptet, er hätte sie ungefähr um die gleiche Zeit in der St. John's Wood High Street gesehen. Er sagt, sie hätte nicht aufgepasst, wo sie hintritt, und wäre auf dem Eis ausgerutscht und hingefallen. Er hätte ihr aufgeholfen und sie ermahnt, vorsichtiger zu sein.«

»Das würde passen«, bestätigte Neville, auch wenn es ihnen nicht wirklich weiterhalf.

»Die interessanteste Information kommt von einer Frau, die gestern Abend um Viertel nach fünf durch Paddington Station kam und es eilig hatte, ihren Zug zu erwischen.«

»Ach ja?« Neville richtete sich unwillkürlich in seinem Stuhl auf; die Sache mit Paddington hatten sie noch nicht an die Öffentlichkeit gegeben, also war es ziemlich wahrscheinlich, dass diese Meldung stimmte.

»Sie sagt, das Mädchen, das wie Alex ausgesehen habe, sei an ihr vorbeigerannt und habe sie zur Seite gedrängt. Sie hat sich die Kleine genauer angesehen, weil sie sich über die schlechten Manieren des Kindes geärgert hat – das Mädchen ist keine Sekunde stehen geblieben, um sich zu entschuldigen, als sie den Koffer der Frau umstieß. Unsere Anruferin hat ihren Zug um wenige Sekunden verpasst und gibt ihr die Schuld daran.«

»Das Mädchen ist gerannt?«, wiederholte Neville und schluckte, um einen dicken Kloß loszuwerden, den er in der Kehle spürte.

»Ja, und jemand ist ihr hinterhergerannt und hat ›Sasha‹ gerufen. Ein Mann in mittleren Jahren, übergewichtig mit beginnender Glatze. Er ist auch nicht stehen geblieben.«

»Hat sie gesagt, ob dieser Mann das Mädchen eingeholt hat?«

»Die Frau hat das nicht weiter verfolgt. Schließlich wollte sie ihren Zug noch kriegen.«

Neville legte den Hörer auf und stützte den Kopf in beide Hände. »O Gott«, stöhnte er. »Gütiger Himmel.«

Wenigstens, sagte er sich, war sie so schlau, wegzurennen. Vielleicht, aber auch nur vielleicht, hatte sie es ja geschafft.

Außerdem sollten sie noch CCTV-Filmmaterial von Paddington bekommen, das ihnen hoffentlich half, die Frage zu klären. Er nahm erneut das Telefon zur Hand, um einen Beamten danach zu schicken.

An irgendeinem Punkt fiel bei Callie der Groschen: »Ein Mädchen wird vermisst«, hatte Marco ihr aufs Handy gesprochen. Dieses Mädchen musste Morags Enkeltochter sein.

Sie ließ Morag eine Weile mit Bella allein und schlich in die Küche zurück, um auf ihrem Handy Marco anzurufen.

»Kannst du reden?«, fragte sie, als er sich meldete.

»Na ja, ist kein so guter Zeitpunkt. Hast du meine Nachricht bekommen? Ich arbeite bei einem schwierigen Fall mit. Würde es dir was ausmachen, heute Abend zu reden?«

»Deshalb rufe ich ja an«, erklärte sie hastig. »Dein Fall. Das Mädchen, das vermisst wird. Alex Hamilton, nicht wahr?«

»Richtig. Dann hast du es schon in den Nachrichten gesehen?«

Die Nachrichten: Daran hatte sie nicht einmal gedacht. Sie würde sie einschalten müssen, um zu sehen, was sie darüber brachten, auch wenn das Morag noch mehr aufregen könnte. »Nein. Ich bin hier bei ihrer Großmutter. Sie ist ein Mitglied meiner Gemeinde. Ich habe sie erst vor Kurzem kennengelernt. Sie ist noch nicht lange in London.«

»Die Großmutter!«

»Ich wollte dich nur fragen, ob du mir irgendetwas sagen könntest, das ich ihr weitergeben kann. Irgendetwas, das ihr hilft. Sie hat erst durch die Polizei davon erfahren, Marco«, fügte sie hinzu und merkte, dass ihre Stimme vor Empörung zitterte. »Ihr Sohn hat es nicht mal für nötig gehalten, sie anzurufen, und sie sagt, es würde nichts bringen, wenn sie sich umgekehrt bei ihm meldete.«

»Wahrscheinlich hat sie recht«, bestätigte Marco leise. »Er würde sie nicht hier haben wollen.«

»Also, kannst du mir irgendwas sagen? Über den Stand der Dinge?«

Er senkte die Stimme noch ein bisschen. »Hör zu, *cara mia*, gib mir ein paar Minuten, und ich rufe dich zurück.«

Callie schloss daraus, dass er nicht offen sprechen konnte. Sie beschäftigte sich irgendwie, indem sie in der Küche aufräumte und für die unvermeidliche nächste Runde Tee die Becher abwusch und die Kanne ausspülte.

Als er wie versprochen zurückrief, sprach er in normalerem Ton, wenngleich seine Stimme auch ein wenig hallte. »Ich bin im Klo«, erklärte er. »Um ungestört zu sein.«

Er bestätigte ihr, was Morag bereits wusste: Nach einem Krach mit ihrer Stiefmutter hatte Alex irgendwann im Lauf des Nachmittags die Wohnung verlassen.

»Ihre Stiefmutter klingt nach einem Albtraum«, sagte Callie. »Oder hat Morag ihr gegenüber nur Vorurteile? Ist Jilly wirklich so schlimm, wie Morag sagt?«

»Wohl eher noch schlimmer. Ich denke, sie ist der selbstsüchtigste Mensch, der mir je untergekommen ist. Und furchtbar oberflächlich. Gott sei Dank ist sie jetzt weg«, fügte er hinzu.

»Weg?«

»Oh, nicht für immer.« Marco stieß ein trockenes Lachen aus. »Jilly ertrug es nur offensichtlich nicht länger, nicht im Mittelpunkt zu stehen. Heute Morgen hat sie eine Tasche gepackt und verkündet, sie gehe zu ihren Eltern, bis das alles vorbei sei. Ich war bestimmt nicht böse, sie ziehen zu sehen.«

»Und was ist mit *ihm*?«, fragte Callie. »Angus? Was macht er auf dich für einen Eindruck?«

»Zuerst mochte ich ihn überhaupt nicht«, räumte Marco ein. »Sicher, er steht unter kolossalem Stress, aber ich komme grundsätzlich nicht gut mit Menschen aus, die immer bestimmen wollen. Und er hat mich mächtig von oben herab behandelt.«

Callie war seinetwegen empört. »Aber du bist doch da, um ihm zu helfen.«

»Aber nicht ganz genau so, wie er sich das vorgestellt hat. Ich konnte nicht einfach einen Zauberstab schwingen und seine Tochter wieder nach Hause holen. Allerdings muss ich sagen, dass er mich sehr viel respektvoller behandelt, seit ich das Passwort seiner Tochter rausbekommen habe.« Er lachte leise.

»Jetzt kann ich dir nicht ganz folgen. Passwort?«

»Ist eine lange Geschichte, *cara mia,* ich erzähle dir das alles bei nächster Gelegenheit in Ruhe.«

»Dann sehen wir uns heute Abend nicht?«, fragte Callie und war selbst erstaunt, wie sehr sie die Aussicht enttäuschte.

»Möglicherweise nicht. Kommt ganz drauf an, was heute Nachmittag noch alles passiert.«

»Ich nehme mal an, Alex könnte jeden Moment bei euch zur Tür hereinspazieren? Oder irgendwo wohlbehalten aufgefunden werden?« Das allerdings, dachte Callie, war eher unwahrscheinlich: Je länger das Mädchen weg war, desto geringer die Chancen auf ein schnelles glückliches Ende. Das war, wie sie sehr wohl wusste, die unausgesprochene Angst, die Morag lähmte. Alex war die ganze Nacht über weg gewesen und nicht nur für ein, zwei Stunden. Wie ließ sich das wegdiskutieren?

»Was soll ich dann also Morag sagen?«, fragte Callie. »Ich möchte sie so gut wie möglich unterstützen.«

Am anderen Ende der Leitung trat eine Pause ein, als ob Marco seine Worte abwöge. »Wenn du sie unterstützen möchtest, *cara mia,* dann bleib einfach bei ihr. Halte sie uns und Angus vom Hals. Wir haben gerade genug um die Ohren, eine hysterische Großmutter hätte uns in dem ganzen Kuddelmuddel noch gerade gefehlt.«

»Morag ist nicht hysterisch«, protestierte Callie. »Natürlich ist sie betroffen. Und krank vor Sorge. Aber sie ist nicht der hysterische Typ.«

»In dem Fall«, sagte Marco, »tu einfach irgendetwas, um sie zu beschäftigen.«

Der Zug hielt in Newcastle mit seinen hohen Brücken über den Tyne, dann kam Berwick-upon-Tweed, direkt am Meer. Im nächsten Moment hatten sie die Grenze überquert.

Schottland!

Alex hätte am liebsten das Fenster geöffnet, um die Luft ihrer Heimat tief einzuatmen. Doch bei der Planung dieser Züge hatte man das Öffnen der Fenster nicht vorgesehen, und so musste sie sich damit zufriedengeben, sich einfach nur an den sanften Hügeln der Borders sattzusehen, die selbst im eisigen Griff des Winters noch schön waren. Nicht atemberaubend wie ihre Highlands, dachte sie, aber doch auf ihre eigene würdevolle, unaufdringliche Art einfach nur schön.

Schottland: das Land, in dem sie geboren war, das Land ihrer Vorfahren. Blau bemalte Pikten, kriegerische Kelten, die sich in der Vorgeschichte verloren. Sie begriff selbst nicht, wieso dieses Land eine solche Anziehungskraft für sie hatte, ihr so zu Herzen ging, und sie hätte es auch nicht in Worte fassen können. Doch Alex wusste, dass sie trotz allem in diesem Moment glücklicher war als all die Monate zuvor – seit jenem schwarzen Tag, an dem sie über die Grenze nach England, ins fremde London geschafft worden war.

Sie war endlich daheim.

NEUNZEHN

Die E-Mails waren zutiefst deprimierend. Wenn er sie noch länger las, dachte Neville, würde er Selbstmordgedanken kriegen.

Was für ein einsames Kind diese Alex war. Völlig isoliert.

Für ihre Freundin Kirsty war das Leben offensichtlich weitergegangen. Sie hatte neue Freunde, neue Interessen. Sogar eine erste kleine Liebe.

Bei Alex dagegen herrschte Stillstand. Sie lebte ganz in der Vergangenheit, in der Erinnerung an eine enge Freundschaft, deren Tage gezählt waren, wenn die tägliche Nähe fehlte.

Und an diesem Punkt war Jack auf der Bildfläche erschienen. Jack mit seiner lockeren Vertraulichkeit und den großzügigen Komplimenten. An die Freundschaft, die Jack ihr per E-Mail bot, hatte sie sich wie an eine Rettungsleine geklammert.

Um ihn und ihre Beziehung hatte sie eine Fantasiewelt konstruiert. »Sasha« – der Name, mit dem sie ihre Mails unterschrieb und mit dem Jack sie anredete, das hatte Neville zunächst verblüfft, bis er begriff, dass Sasha die Person war, die Alex sein wollte: älter, selbstsicher, klug und erfahren. Sie hatte alles darangesetzt, erwachsen und weltläufig zu klingen.

Dabei hegte er keinen Zweifel, dass Jack sich keine Sekunde lang hatte täuschen lassen. Er wusste zweifellos, dass Sasha keine sechzehn war, dass sie nicht so weltklug war, wie sie tat, und sich schon gar nicht mit Männern auskannte. Alex' tatsächliche Naivität, ihre Unschuld klang durch ihre Nachrichten durch. Jeder Narr hätte das gesehen.

Demnach wusste Jack, dass sie in Wahrheit ein kleines Mädchen war.

Er hatte ihre Einsamkeit, ihr Bedürfnis nach menschlicher Nähe ausgenutzt. Er hatte ihr geschmeichelt und sich als Vertrauter aufgespielt - sie in eine kalkulierte Richtung gelenkt, mit absehbaren Konsequenzen.

Grooming - nannte man das, was Internet-Pädophile machten, nicht so? Die Anbahnung und Pflege einer Beziehung bis zur ersten persönlichen Begegnung mit ihren Opfern? Es war ein allmählicher, sorgsam austarierter Prozess. Nichts überstürzen, sie nicht verschrecken, sondern ihr Vertrauen erringen. Ihre ... Liebe.

Neville schlug mit der Faust auf die Ausdrucke. Es war widerwärtig. Ekelerregend. Die schlimmste Form von Ausbeutung. Bei dem bloßen Gedanken, wohin das führen konnte, wurde einem schon schlecht.

Wo *war* Alex Hamilton? War sie vielleicht gerade jetzt bei diesem Perversen?

Dieses Stück Scheiße schnappe ich mir, schwor sich Neville.

Sein Telefon klingelte.

»Hey, Chef«, sagte Danny Duffy. »Dieser Kerl war nicht so gescheit, wie er vielleicht dachte. Er hätte ein Hotmail-Account benutzen können oder sonst was, um es uns schwerer zu machen, ihn aufzustöbern. Aber er geht über einen ganz normalen Internet-Provider, und die haben mir die Kontaktdaten gegeben. Natürlich ist Jack nicht sein richtiger Name.«

»Lassen Sie hören.« Neville richtete sich angespannt in seinem Stuhl auf.

»Er heißt Lee Bicknell. Wohnt in Camden Town. Nähe Chalk Farm Road.«

»Bin schon unterwegs.«

Waverley Station, Edinburgh.

Alex war schon ein paarmal in Edinburgh gewesen. Einmal zu einem Schulausflug, mit dem Bus, die anderen Male mit dem Zug von Aviemore aus bis zur Waverley Station. Soweit sie sich erinnern konnte, hatte sie mit Mum und Dad bei einem Besuch mehrere Tage in einem Hotel gewohnt und jede Menge Touristenattraktionen abgeklappert. Mum hatte an der Universität von Edinburgh studiert und gab damit an, sich auszukennen. Dann war sie noch ein paarmal mit Mum alleine da gewesen und schließlich mit Granny und Granddad, die sie zum Kaufhaus Jenners mitgenommen hatten, um ihr die Weihnachtsdekorationen und den Weihnachtsmann zu zeigen.

Somit betrat sie, als sie aus dem Zug stieg, vertrautes Terrain. Sie war so aufgeregt, dass sie beinahe vergaß, sich vor den Kontrolleuren am Ende des Bahnsteigs in Acht zu nehmen.

Sie überprüften tatsächlich die Fahrscheine, stellte sie alarmiert fest.

Alex schaute sich hastig um und sah, dass Henrys Familie gerade erst an der Wagentür erschien. Offenbar hatten sie etwas länger gebraucht, bis sie ihre Siebensachen und ihre Kinder beisammen hatten. Sie trödelte ein wenig, bis sie an ihr vorüber waren, dann ließ sie sich noch einmal von ihnen ins Schlepptau nehmen.

Henry warf ihr einen vielsagenden Blick zu, den sie mit einem bösen Funkeln quittierte, und sobald sie sicher durch die Schranke waren, streckte sie dieser miesen kleinen Kröte die Zunge heraus und lief in eine andere Richtung.

So.

Sie war in Edinburgh, aber noch nicht in Kelso. Alex hatte eine vage Vorstellung, wo das lag - irgendwo in der Borders-Region, durch die sie gerade gefahren waren. Nicht allzu weit von Berwick, von Melrose.

Vielleicht gab es einen Zug. Obwohl sie, wie sie sich ins Gedächtnis rief, nur noch achtzehn Pfund und achtzig Pence besaß.

Dann vielleicht einen Bus?

Vor dem Bahnhofsgebäude folgte sie den Schildern zur Touristeninformation. Da gab es sicher die beste Hilfe, um sich zurechtzufinden und den nächsten Schritt zu planen.

Neville wusste, dass er jedes Recht hatte, jemand anderen loszuschicken, um Lee Bicknell, alias Jack, herzuholen. Es gab auf dem Revier jede Menge Arbeit für ihn, nicht zuletzt auch die Pflicht, Evans über den Inhalt der E-Mails zu unterrichten. Doch er nahm das Ganze inzwischen ziemlich persönlich und entschied, dass die E-Mails jetzt, wo sie wussten, von wem sie kamen, nicht mehr so wichtig waren.

Als Erstes rief er Danny Duffy zurück. »Gute Arbeit«, sagte er ein wenig verspätet. »Aber bilden Sie sich ja nicht ein, Sie könnten schon Feierabend machen. Oder mit ein paar Stunden Verspätung doch noch zu Ihrem Einkaufstrip starten.«

»Ich hasse Einkaufen«, sagte Danny fröhlich. »Was liegt an?«

»Ich hoffe, wir haben heute Nachmittag noch was, wo Sie mal einen Blick drauf werfen sollten, und außerdem müsste das CCTV-Material aus Paddington bald bei Ihnen sein.«

»Kein Problem, Chef.«

Dann holte er sich Sid Cowley - »ich erklär's Ihnen unterwegs«, sagte er - und fuhr mit ihm im Wagen quer durch London.

Der Verkehr war katastrophal. »Verdammte Weihnachtseinkäufer«, wiederholte Neville ständig wie eine Schallplatte mit Sprung. Dazu kam, dass er sich in diesem Teil der Stadt nicht besonders gut auskannte. Nicht sein Terrain. Zum Glück war Cowley ein ziemlich guter Navigator.

»Ich hab mich oft damit getröstet«, gestand ihm Cowley, nachdem er sie über einige Nebenstraßen um einen ziemlich üblen Rückstau herummanövriert hatte, »dass ich auch mal Taxi fahren kann, falls ich bei der Polizei nichts werde.«

»Sie sind immer wieder für Überraschungen gut, Sid«, attestierte ihm Neville.

Die Adresse gehörte zu einem kleinen viktorianischen Reihenhaus aus rotem Klinker, das zwischen einem anderen mit Rauputzfassade und einem mit Steinimitatverkleidung eingezwängt war.

»Bringen wir's hinter uns«, sagte Neville und parkte vor dem Haus. Er musste sich offen eingestehen, dass er sich darauf freute.

Der Mann, der ihnen die Tür öffnete, war klein und pummelig, mit schütterem Haar. Sein nervöses Lächeln entblößte schlechte Zähne. »Kann ich Ihnen helfen?«, fragte er und sah zwischen den beiden hin und her.

Neville zückte seinen Dienstausweis. »Mr Bicknell? Lee Bicknell?«

Der Mann nickte. Noch ein nervöses Lächeln, diesmal noch weniger überzeugend.

»Ich bin Detective Inspector Stewart, und das ist Detective Sergeant Cowley. Können wir wohl mal reinkommen und mit Ihnen reden?«

»Also ...«

»Danke.« Neville drängte sich an ihm vorbei durch den kleinen Flur in das Zimmer zur Straßenseite. Das Wohnzimmer: zwei Sessel und ein Fernseher.

»Ich weiß nicht, was das soll«, sagte Lee Bicknell mit heiserer Stimme, die fast in ein Quieken überging.

»Das werden wir Ihnen gerne sagen.« Neville kniff die Augen zusammen. »Mr Bicknell, kennen Sie ein Mädchen namens Alex Hamilton?«

»Ehm ... nein.«

»Oder jemanden namens Sasha?«

Es war nicht zu überhören, dass er nach Luft schnappte und allzu hastig und nachdrücklich antwortete: »Nein.«

»Mr Bicknell, es macht Ihnen doch nichts aus, wenn wir uns bei Ihnen ein bisschen umsehen?«

Er hielt abwehrend die Handflächen hoch. »Aber ich habe nichts Unrechtes getan!«

Neville lächelte. »Dann haben Sie ja auch nichts zu verbergen, nicht wahr?« Er nickte Cowley zu, der bereits auf dem Weg in den Flur war.

Es war ein bescheidenes kleines Haus mit je zwei Zimmern oben und unten; im Erdgeschoss befand sich hinter dem Raum, in dem sie gerade standen, noch ein Esszimmer mit Kochnische, das auf eine gepflasterte Terrasse mit Wäscheleine führte. Ein paar verdreckte Kübel mit verkümmerten Pflanzen darin schienen den ganzen Garten auszumachen.

»Sehen Sie, hier ist nichts zu finden«, sagte der Mann triumphierend.

»Nach oben?«, fragte Cowley.

Sie kehrten, dicht gefolgt von Bicknell, der leise protestierte, in den Flur zurück. Die steile, schmale Treppe in den ersten Stock war kaum zugänglich, weil sie mindestens zur Hälfte von einem Treppenlift eingenommen wurde. Neville, selber sehr schlank, begriff nicht, wie sich der rundliche Bicknell durch diesen Engpass quetschen konnte.

Auch oben zwei Räume, plus ein Bad hinter der Treppe. Die Tür zum hinteren Zimmer stand offen; Neville ging voran.

Es war so sauber, dass man vom Boden essen konnte. Das Bett - ein Einzelbett - gemacht, die Tagesdecke ordentlich übers Kopfkissen gezogen und an den Seiten eingesteckt. Der Nachttisch abgestaubt: ein alter Kleiderschrank in der Ecke. Der gemusterte Teppich zwar hässlich, aber mit Staubsaugerspuren.

Entweder war der Kerl ein Reinlichkeitsfanatiker, oder er versteckte etwas.

Neville warf einen kurzen Blick in den Kleiderschrank, in dem sich nur ein paar Hemden und Hosen befanden, dann machte er kehrt und lief zu der geschlossenen Tür des anderen Zimmers.

»Das ist Mutters Zimmer«, piepste Lee Bicknell, offensichtlich nervös.

Das erklärte den Treppenlift. »Wir werden versuchen, sie nicht zu stören«, versprach Neville. »Ist sie krank?«

»Sie ist ... gestorben. Letztes Jahr.«

»Dann hat sie sicher nichts dagegen«, steuerte Cowley bei und war schon zur Tür hinein. »Chef, hier ist der Computer«, sagte er, ohne sich umzudrehen.

»Der ... der gehört mir.« Bicknell schob sich an Cowley vorbei ins Zimmer - ein altmodischer Raum, ein wenig größer als der erste, von einem Bett mit Chenille-Tagesdecke beherrscht - und stellte sich schützend vor seinen Computer. Das offenbar neue Gerät mit großem Flachbildschirm stand etwas deplatziert auf einem Möbel, das anscheinend einmal der Frisiertisch seiner Mutter gewesen war. Ideal, dachte Neville, um sich darauf aller Wahrscheinlichkeit nach heruntergeladene Bilder von besonders widerlicher Art reinzuziehen.

»Was dagegen, dass wir uns den mal anschauen, Mr Bicknell?«, fragte er.

»Nein! Ich meine, ja! Ich habe natürlich was dagegen.« Der Mann plusterte sich zu voller Größe auf und starrte sie herausfordernd an. »Das ist mein Privatbesitz, und Sie haben kein Recht dazu.«

Neville und Sid Cowley sahen einander an, und Neville sagte: »Mr Bicknell, wir haben Grund zu der Annahme, dass dieser Computer Beweismaterial in Verbindung mit einer Straftat enthält, in der wir ermitteln. Das gibt uns das Recht, ihn mitzunehmen. Und wir möchten Sie bitten, ebenfalls mitzukommen. Wir würden gerne ein paar Dinge mit Ihnen besprechen, auf dem Revier.«

»Das würde uns bei unseren Ermittlungen sehr helfen«, fügte Cowley hinzu.

Der Mann riss die Augen auf; seine Pupillen weiteten sich. »Verhaften Sie mich etwa?«

»Wir bitten Sie lediglich, mitzukommen«, wiederholte Neville. »Falls Sie sich weigern, könnten wir uns allerdings gezwungen sehen, Sie zu verhaften.«

Bicknells Schultern sackten zusammen; er ließ den Kopf sinken. »In Ordnung. Ich komme mit.«

Aber Neville war noch nicht ganz fertig. »Eine letzte Frage, bevor wir gehen, Mr Bicknell«, sagte er. »Hat dieses Haus einen Keller?«

»Nein. Keinen Keller. Sie haben alles gesehen.«

»Ich schaue nach«, erbot sich Cowley, während er das Elektrokabel, den Bildschirm sowie die Internetverbindung des Computers ausstöpselte und sich den Rechner unter den Arm klemmte.

Es bestätigte sich schnell, dass Lee Bicknell wenigstens in einer Hinsicht die Wahrheit sagte: Es gab keinen Keller und keinen nennenswerten Speicher, nicht einmal ein Gartenhäuschen. Keine Stelle, um einen Stapel schmutziger Magazine zu verstecken, geschweige denn, ein kleines Mädchen – erst recht kein lebendiges.

Neville war nicht sicher, ob er erleichtert oder enttäuscht war. Vielleicht, so sagte er sich, bedeutete es, dass sie davongekommen war.

An die andere Möglichkeit wagte er nicht zu denken.

Die Frau an der Theke im Touristenzentrum hatte einen angenehm warmen Edinburgh-Akzent und ein passendes Lächeln dazu. »Busse nach Kelso?«, sagte sie auf Alex' Frage. »Nichts leichter als das, Mädel. Lauf immer hier die Straße weiter«, wozu sie mit dem Finger in die entsprechende Richtung zeigte, »und du kommst auf den Waterloo Place. Die Haltestelle für die Borders-Busse ist direkt an der Straße. Sie ist gekennzeichnet. Es fahren mehrere Busse am Tag - ich geb dir einen Fahrplan.« Mit flinken Händen blätterte sie einen Ordner durch und zog ein Faltblatt heraus, das sie ihr reichte.

»Wissen Sie ungefähr, wie viel es kostet?«, fragte Alex und gab sich Mühe, den bangen Ton in ihrer Stimme zu überspielen.

»Für ein Kind? Zwei oder drei Pfund, denke ich.« Das war kein Problem. Das ließ ihr sogar genug Geld, um sich vor der Abfahrt noch etwas zu essen zu kaufen. »Gibt es einen McDonald's in der Nähe?«, platzte sie heraus.

»O ja, gleich um die Ecke. Direkt hier in der Princes Mall.« Wieder deutete die Frau mit dem Finger in die Richtung.

Alex fand den McDonald's auf Anhieb. Diesmal wusste sie, was sie wollte, ohne dass sie auf die Tafel über der Theke zu sehen brauchte. »Ein Big-Mac-Menü«, erklärte sie selbstbewusst und händigte ihren letzten Fünf-Pfund-Schein aus. Jetzt hatte sie nur noch einen Zehn-Pfund-Schein und ein paar Pence in der Tasche.

Es war die Sache wert, bescheinigte sie sich, als sie hineinbiss. Das Lieblingsmenü ihrer Mum. Vielleicht saß sie sogar auf demselben Platz wie früher einmal ihre Mutter, als sie in ihrer Studentenzeit hier gegessen hatte.

Neville führte Lee Bicknell in ein Vernehmungszimmer, und Cowley brachte unterdessen den Computer zu Danny ins Labor.

Doch als Cowley zurückkam, war Bicknell noch immer nicht bereit, auf irgendwelche Fragen zu antworten. »Ich brauche nichts zu sagen«, erklärte er, nachdem Neville das Aufnahmegerät eingeschaltet und ein paar einleitende Worte aufgesprochen hatte. »Ich habe keine Ahnung, wovon Sie reden.«

»Sasha. Erzählen Sie uns von Sasha.«

»Ich kenne niemanden, der Sasha heißt.«

Neville beugte sich über den Tisch. Es war Zeit, diesem Theater ein Ende zu setzen. »Wir haben deine E-Mails, Kumpel. Jack an Sasha, Sasha an Jack. Sie hat alle gespeichert. Und wir haben deinen Rechner. Selbst wenn du die Mails gelöscht hast, findet sie unser kleiner Pfiffikus Danny. Darin ist er spitze.«

Bicknell blieb stur. »Ich heiße Lee und nicht Jack, und ich kenne niemanden namens Sasha.«

»Was haben Sie mit ihr gemacht?«, warf Cowley ein. »Mit Sasha?«

»Ich weiß nicht, wovon Sie reden. Was soll ich denn gemacht haben? Darf ich das vielleicht mal erfahren?«

»Du weißt sehr gut, was du getan hast«, schnauzte Neville. »Sag uns, wo sie ist, und du ersparst uns allen eine Menge Ärger.«

Er faltete die Hände vor sich auf dem Tisch. »Ich darf doch einen Anwalt haben, oder?«

»Natürlich können Sie sich einen Anwalt nehmen. Sie sind ja ohnehin aus freien Stücken hier«, erinnerte ihn Neville. »Sie wurden weder verhaftet noch irgendeines Vergehens angeklagt. Noch nicht.«

»Klar doch. Freiwillig. Ha, ha.« Jetzt kreuzte Bicknell die Arme über der Brust. »Ich möchte einen Anwalt sehen, bevor ich irgendwelche weiteren Fragen beantworte.«

»Gut.« Neville sprach die nötigen Worte auf Band, um die Vernehmung zu beenden. »Schwebt Ihnen jemand Bestimmtes vor, oder sollen wir Ihnen helfen, einen zu finden?«

»Wenn Sie damit sagen wollen, dass ... dass ich vorher verhaftet werde, dann täuschen Sie sich.« Bicknell wirkte von Minute zu Minute mehr in die Enge getrieben. »Ich sage Ihnen, ich bin ein unschuldiger Mann. Ich hab nix getan.«

»Das wird sich zeigen«, sagte Neville. »Sid, könnten Sie dem Herrn weiterhelfen? Ich weiß Sinnvolleres mit meiner Zeit anzufangen.«

Alex beendete ihre Mahlzeit mit einem zufriedenen Seufzer. Der Big Mac hier hatte sogar noch besser geschmeckt als der englische.

Sie ging noch schnell aufs Klo, dann war sie bereit, den nächsten Bus zu nehmen. Jetzt, wo sie ihrem Ziel schon so nahe war, wollte sie keine Zeit mehr verlieren. Noch an diesem Abend würden Mum und sie zusammen sein, und nichts würde sie je wieder auseinanderbringen. Dad nicht, und ganz bestimmt nicht Jilly. Sie war fast am Ziel.

Draußen war es schon dunkel, und es wurde deutlich kälter. Doch zum Bus hatte sie es nicht weit. Sie lief zuversichtlich die Princes Street Richtung Waterloo Place entlang.

Da vorne war schon die Haltestelle. Sie war, wie die nette Frau gesagt hatte, deutlich an dem Schild zu erkennen, auch wenn niemand sonst dort wartete.

Alex blieb etwa eine Viertelstunde stehen und fror von Minute zu Minute mehr. Es dauerte bestimmt nicht mehr lange: Fuhren Busse nicht ungefähr alle zehn Minuten? Sie stampfte mit den Füßen auf und klatschte in die Hände.

Dann fiel ihr ein, dass die nette Frau ihr einen Fahrplan gegeben hatte.

Ja, sie hatte ihn in die Tasche gesteckt.

Unter dem Licht einer Straßenlaterne schlug sie ihn auf. Montag bis Freitag? Nein, es war Samstag, rief sie sich ins Gedächtnis.

Die Busse, die samstags bis Kelso fuhren, gingen um neun und fünf vor zwölf vormittags.

Der letzte Bus war vor vielen Stunden gefahren.

Die bittere Enttäuschung stieg ihr wie Galle in die Kehle.

Nun denn, sagte sie sich streng, wenn sie bis morgen Früh auf den nächsten Bus warten musste, dann würde sie eben warten. Sie hatte schon einmal in einem Notbehelf geschlafen, dann konnte sie es auch wieder tun. Bestimmt würde sie in Edinburgh eine warme Stelle finden, um dort die Nacht zu verbringen – notfalls in einer versteckten Ecke der Waverley Station. Dann hätte sie es nicht weit, um am nächsten Morgen den ersten Bus zu nehmen und noch vor Mittag bei ihrer Mum zu sein.

Sie ging mit dem Finger den Fahrplan für Sonntagmorgen durch.

Wieder zwei durchgehende Busse. Diesmal allerdings fuhren sie erst um fünf nach drei und fünf vor halb sechs am Nachmittag.

Fast vierundzwanzig Stunden.

Das war zu viel. Die Tränen, die sie die ganze Zeit so heroisch zurückgehalten hatte, stiegen ihr jetzt mit aller Macht in die Augen und ließen sich nicht mehr aufhalten.

Sie wühlte in ihrem Mantel nach einem Taschentuch, und weil sie keins fand, wischte sie sich das Gesicht am Mantelärmel ab. Trotzdem flossen die Tränen weiter. Alex schluchzte und schniefte weiter. Sie war so nah dran, war so weit gekommen, und jetzt das! Noch einmal vierundzwanzig Stunden!

Am Bürgersteig fuhr ein Wagen heran, und ein Mann kurbelte die Scheibe herunter. »Was ist denn passiert, Mädel?«, fragte eine Männerstimme.

Unerschütterliche Gelassenheit: Das war eine der Qualitäten, die Neville an Danny Duffy allmählich immer mehr zu schätzen wusste. Die entsetzlichsten Abgründe konnten ihm sein Lächeln nicht vertreiben; er freute sich in einem solchen Fall einfach an seiner Fähigkeit, sie enthüllen zu können.

»Einige der schlimmsten Bilder, die mir je untergekommen sind, Chef«, sagte er. »Echt widerwärtiges Zeug. Und nicht nur ein paar, sondern Tausende. Wollen Sie mal sehen?«

»Nein, danke.«

Ungerührt fuhr Danny fort. »Ich hatte ja damit gerechnet, so was zu finden, als mir sein Provider mitteilte, er hätte ein Account für das Breitband mit der Höchstgeschwindigkeit. Das bezahlt man nicht mal eben so, wenn man nur ein paar E-Mails verschicken will, Chef. Das weist schon auf Riesenmengen an Downloads hin.«

»Mädchen?«, vermutete Neville und gab sich gar nicht erst Mühe, seinen Ekel zu verbergen.

»Ja, schon«, nickte Danny. »Aber sie sind sehr spezifisch, Chef. Jedenfalls nach allem, was ich gesehen habe. Keine *kleinen* Mädchen. Keine Teenager. Mädchen genau dazwischen. Elf, zwölf, dreizehn - so um den Dreh.«

»Wie Alex«, sagte Neville.

»Wie Alex. Beziehungsweise Sasha.« Danny schüttelte den Kopf. »Und noch was, Chef. Alex - Sasha - ist nicht die Einzige, mit der er unter dem Namen Jack E-Mails austauscht. Gibt 'ne ganze Menge. Charlotte, Jennifer, Mandy, Kylie. Und das sind noch nicht alle.«

»Klingt, als hätten wir genug zusammen, um ihn für 'ne Weile einzubuchten«, sagte Neville mit grimmiger Befriedigung. Das Problem war nur, dass sie ihn nicht lange genug hinter Gitter bekommen würden. Wenn er sich auch nur einen Anwalt mit bescheidenen Fähigkeiten nahm, dann würde er sich wahrscheinlich mit einem milden Urteil herauswinden können. Vielleicht vier Jahre für die Downloads, für die er am Ende dann nur zwei tatsächlich absaß. Und kaum war er wieder draußen, würde die E-Mail-Jagd auf neue zehn- bis zwölfjährige Mädchen von vorn losgehen.

Einen kurzen Moment lang stellte Neville sich vor, wie es wäre, Lee Bicknell für ein paar Minuten mit Angus Hamilton allein in einem Raum zu lassen.

»Danke, Danny«, fügte er dann seufzend hinzu. »Sie waren brillant.«

Dannys Grinsen war noch breiter als sonst. »Ist eigentlich kaum mein Verdienst, Chef, ehrlich. Ich hab einfach nur den Rechner angeschaltet und bin reinspaziert. Man hätte eigentlich meinen können, der Kerl schützt sein Pornozeug mit einem Passwort.«

Der Mann lächelte Alex an, sodass seine Zähne im Licht der Straßenlaterne blitzten, als er sich über den Beifahrersitz zum Fenster vorbeugte. »Was ist passiert?«, wiederholte er.

Er sieht Granddad ähnlich, dachte sie augenblicklich. Sogar sehr, vom dunkelblonden Haar bis hin zum Tweedjackett. Und auch seine Stimme klang wie die ihres Großvaters. Dieser heimelige Akzent. »Der Bus«, schluchzte sie, »es fährt erst morgen Nachmittag wieder einer.«

»Du hast deinen Bus verpasst, Mädelchen? Wo sollte es denn hingehen?«

»Kelso. Um meine Mum zu finden.« Die Tränen wollten einfach nicht aufhören; sie wischte sich mit dem Ärmel übers Gesicht.

Er kurbelte die Scheibe noch weiter herunter, und ein Taschentuch erschien in seiner Hand. »Hier, nimm das. Ist sauber, Ehrenwort.«

Alex beugte sich vor und griff nach dem Taschentuch. »Danke.«

»Willst du mir erzählen, was passiert ist?«

Sie wollte es ihm tatsächlich gerne erzählen. Er sah sie so mitfühlend an, genau wie Granddad damals, als sie sich das Knie aufgeschürft hatte.

Aber sie brachte kein Wort über die Lippen. Sie hatte nur einen einzigen Gedanken im Kopf. »Meine Mum«, schluchzte sie. »Ich will zu meiner Mum.«

»Deine Mum ist in Kelso, sagst du?«

Sie nickte, während sie sich das Taschentuch ans Gesicht drückte und feststellte, dass es ganz schwach nach Pfeifentabak roch, ein Duft, den sie schon immer mit ihrem Großvater verband.

»Na, wenn das kein Glücksfall ist. Genau da will ich hin.«

»Oh!«, platzte sie heraus.

»Na komm, Mädchen, worauf wartest du noch?«, sagte er und stieß die Beifahrertür auf. »Steig ein.«

Sid Cowley rief Neville an, um ihm Bescheid zu geben, dass der Anwalt sich mit seinem Klienten beraten habe, der nunmehr zu einer Aussage bereit sei. Inzwischen war es halb sieben, und Alex' Foto musste bereits in den Abendnachrichten gesendet worden sein. Er kam zu dem Schluss, dass ein kleiner Umweg zur Hotline nicht schaden konnte; vielleicht waren schon sachdienliche Hinweise eingegangen.

»Bis jetzt nicht allzu vielversprechend«, räumte der Mann am Telefon ein. »Der einzige, der logisch klang, war der einer Frau, die an der U-Bahn-Station von St. John's Wood arbeitet. Sagt, sie hätte einem Mädchen, das wie Alex aussah und alleine war, eine Fahrkarte verkauft. Gestern Nachmittag, so um halb fünf.«

»Danke«, sagte Neville enttäuscht.

Sicher. Es war gut zu wissen, dass Alex wie vermutet mit der U-Bahn nach Paddington gefahren war. Worauf er, wie er sich eingestand, in Wahrheit wartete, war jemand, der Alex ab Viertel nach fünf gesehen hatte - nachdem sie vor Jack - Lee Bicknell - weggerannt war. Jemand, der bestätigen konnte, dass sie ihm entwischt war. Dass sie, um es auf den Punkt zu bringen, noch am Leben war. Bis sie das entsprechende Filmmaterial aus den Überwachungskameras gesichtet hatten, war das ihre einzige Hoffnung.

Na ja, wenn Bicknell endlich den Mund aufmachte, klärte hoffentlich auch das die Situation.

Das Vernehmungszimmer war vorbereitet, und es konnte losgehen. Neville nickte dem Anwalt zu, einem blassen Mann in mittlerem Alter mit einem schlecht sitzenden Zahnersatz.

»Mein Klient ist bereit, eine Aussage zu machen«, erklärte er.

»Gut. Dann lassen Sie mal hören.« Neville wandte sich Lee Bicknell zu.

Bicknell hatte einen Schweißfilm auf der Stirn und konzentrierte seinen Blick auf eine Stelle irgendwo über Nevilles Schulter. »Okay, ich gebe zu, dass ich Ihnen nicht die ganze Wahrheit gesagt habe. Ich ... ehm, ja. Ich habe mich mit Sasha verabredet. In Paddington Station. Einfach nur so, um mich mit ihr zu unterhalten.«

Klar doch, dachte Neville, ohne ihn jedoch zu unterbrechen.

»Ich habe sie gesehen, aber sie ist vor mir weggerannt. Vielleicht weil ... ich nicht genau so aussah wie auf dem Foto, das ich ihr geschickt hatte. Eben ein bisschen älter.« Er verstummte.

»Und?«, hakte Neville nach. »Was war dann?«

Bicknell breitete die Hände aus. »Nichts. Sie ist weggerannt. Zuerst bin ich hinterher, aber ich bin nicht weit gekommen. Ich bin nicht mehr so fit wie früher«, räumte er ein.

Neville sah ihn an. Es leuchtete ein, und er hoffte, dass es stimmte.

»Ich sage die Wahrheit. Ich unterschreibe Ihnen eine Aussage, und dann möchte ich gerne nach Hause.«

»Wir wollen nichts überstürzen, Freundchen«, sagte Neville mit einem Lächeln um die Mundwinkel, aber nicht in den Augen.

»Wie meinen Sie das?«

»Mein Klient hat sich kooperativ gezeigt und eine Aussage gemacht«, schaltete sich der Anwalt ein. »Er ist aus freien Stücken hier. Wenn er nach Hause will, können Sie ihn nicht daran hindern.«

»Nun, dann wollen wir das mal schleunigst ändern, nicht wahr?« Neville sah zuerst Cowley, dann Bicknell an und ignorierte den Anwalt. »Mr Bicknell, ich verhafte Sie wegen des Besitzes pornografischer Bilder von Kindern. Sie können die Aussage verweigern, aber alles, was Sie jetzt sagen, kann vor Gericht gegen Sie verwendet werden. Das sollte vorerst genügen«, fügte er hinzu.

Yolanda war mit ihrer Putz- und Aufräumaktion fertig; zu Elis Heimkehr von der Arbeit hatte sie eine opulente Mahlzeit vorbereitet. Die erste Hälfte des Abends verbrachten sie gemütlich beim Essen und mit einer Flasche Wein; jetzt kuschelten sie sich auf dem Sofa aneinander und sahen sich einen alten Film auf DVD an, um die Vorfreude auf den nächsten Programmpunkt zu steigern.

Das Telefon klingelte. »Kannst du es nicht einfach bimmeln lassen?«, schlug Eli vor und legte Yolanda den Arm noch fester um die Schulter.

»Es kann was Wichtiges sein«, erinnerte ihn Yolanda. Widerstrebend löste sie sich aus seinem Griff und beugte sich zum Telefon vor.

»Hallo?« Yolanda erkannte Rachels Stimme.

»Schätzchen! Alles in Ordnung?«

»Ja. Es geht mir gut. Ein bisschen wund, aber ...«

»Und das Baby?«

Ihre Stimme klang augenblicklich weicher. »Oh, sie ist wunderbar. Ganz prächtig.« Rachel schwieg. »Ich müsste Sie um einen Gefallen bitten.«

»Ja? Wenn es in meiner Macht steht, gerne.« Yolanda wandte das Gesicht ab, um nicht Elis vorwurfsvollen Blick zu sehen.

Rachel erklärte ihr, dass sie und das Baby am folgenden Tag entlassen würden, und sie sei in solcher Hetze aufgebrochen, dass sie nichts Warmes für ihre Tochter dabeihabe: diesen flauschigen Schneeanzug mit der Kapuze, die warme Decke. »Ob Sie die eventuell für mich holen könnten?«, fragte sie. »Sie haben einen Schlüssel, und Sie wissen, wo Sie die Sachen finden. Ich weiß, es ist viel verlangt ...«

»Kein Problem«, sagte Yolanda. »Ich bin bei Ihnen, sobald ich kann.«

»Hast du schon vergessen«, erinnerte sie Eli mit düsterer Miene, als sie das Telefon zurück auf die Station stellte, »was die Frau über dich gesagt hat? Dass du sie keinen Moment alleine lässt? Eine Woche lang hat sie deine Gutmütigkeit ausgenutzt, und jetzt springst du schon wieder für sie. Bist du nicht ganz bei Trost?«

»Ich tu's für das Baby«, sagte Yolanda, während sie sich den Mantel zuknöpfte.

Callie und Morag hatten den größeren Teil des Nachmittags über Scrabble gespielt, und die ganze Zeit hatte sich Bella auf dem Sessel an Morag geschmiegt, als wüsste sie, dass diese den Trost eines warmen Körpers brauchen konnte. Callie hatte sich die größte Mühe gegeben, Morag von der bangen Sorge abzulenken, die ihr auf der Seele brannte. Mit Absicht vermied sie es, ihr vorzuschlagen, Fernsehen oder Radio einzuschalten. Falls sie Alex fanden, würde Marco sie unverzüglich anrufen – da war sich Callie sicher. Für den

Augenblick bemühte sie sich, ihr ein bisschen Ablenkung zu verschaffen.

Natürlich konnte sie Morag nicht daran hindern, immer wieder auf das Thema zurückzukommen. »Arme kleine Alex«, seufzte sie. »Wenn ich nur wüsste, wo sie gerade steckt.«

»Ich bin sicher, es geht ihr gut«, beruhigte sie Callie, auch wenn sie sich da keineswegs so sicher war. »Wenn sie mit Jilly Streit gehabt hat, wird sie keine Lust verspüren, so bald wieder nach Hause zu gehen.«

»Sie hätte zu mir kommen sollen«, sagte Morag. »Ich kann mir einfach nicht denken, wo sie sonst noch hingegangen sein könnte.«

Bella räkelte sich, sprang vom Sessel, trottete zu Callie herüber und sah sie mit einem flehentlichen Blick an.

»Ich denke, sie muss mal raus«, vermutete Callie.

»So ist's brav«, sagte Morag, mehr zu dem Hund als zu Callie. »Geh zu deiner Mummy. Die kümmert sich um dich.«

In dem Moment riss Morag die Augen auf; ihr Mund bildete ein rundes O.

»Das ist es«, sagte sie, und ihre Stimme klang plötzlich ganz fest. »Alex wird nach Schottland gefahren sein. Um ihre Mutter zu suchen.«

Eli hatte sich erboten, mitzukommen, doch Yolanda hielt es für angemessener, Rachels Haus allein zu betreten. Sie öffnete mit ihrem Schlüssel, ging geradewegs die Treppe hoch ins Kinderzimmer und holte die warmen Sachen für das Baby aus der Kommode.

Das schwarzhaarige Baby.

Yolanda wusste, dass im Elternschlafzimmer ein Foto von Trevors und Rachels Hochzeit an der Wand hing. Um es sich noch einmal ins Gedächtnis zu rufen, ging sie hinüber und sah es sich an.

Ja, Trevor war ganz genauso blond wie Rachel. Sein Haar war sogar eher noch heller als ihres, fast skandinavisch blond.

Sie setzte sich auf den Bettrand und überlegte.

Biologie war an der Schule nicht gerade eins ihrer besten Fächer gewesen, doch in ihren Jahren als Hebamme hatte sie eine Menge über die praktischen Konsequenzen der Genetik gelernt. Sie konnte sich bei all den Babys, die sie zur Welt gebracht hatte, an keinen einzigen Fall von zwei blonden Eltern mit einem schwarzhaarigen Kind erinnern.

Der Babyanzug glitt ihr vom Schoß auf den Boden. Yolanda beugte sich vor, um ihn aufzuheben, und sah, dass die Ecke eines Laptops unter dem Bett hervorguckte.

Ein Laptop?

Yolanda war für eine Woche im Haus gewesen und konnte sich nicht erinnern, je einen Laptop gesehen zu haben. Falls es einen gegeben hätte, dann hätte DI Stewart ihn zweifellos mitnehmen und im Labor überprüfen lassen. Von Danny Duffy und den anderen Computer-Genies.

Sie musste plötzlich daran denken, wie sie vor einigen Tagen überraschend in Rachels Zimmer gekommen war und Rachel etwas unters Bett geschoben hatte.

Es ging sie nichts an, sagte sich Yolanda. Das war nicht ihre Aufgabe. Sie sollte, wie sie Rachel versprochen hatte, ins Krankenhaus gehen und ihr die Babysachen bringen.

»Ich bin mir absolut sicher. Alex hat sich auf die Suche nach ihrer Mum gemacht. Nach Harriet.«

»Aber wie soll sie ihre Mutter denn finden?«, fragte Callie erstaunt. »Sie weiß doch gar nicht, wo Harriet ist, oder?«

»Also ...« Morag stand auf und ging zu den Fotos, die auf dem Klavier aufgereiht waren; sie nahm eins von Alex in die Hand und streichelte geistesabwesend den Rahmen. »Ich glaube, ich habe Ihnen das gar nicht erzählt. Ich hab vor ein paar Tagen mit meiner kleinen Alex telefoniert.«

»Sie hatten erwähnt, sie hätte angerufen und eine Nachricht hinterlassen«, erinnerte sich Callie.

»Ja. Danach hat sie noch mal angerufen. Sie hat mich nach ihrer Mutter gefragt - sie wollte wissen, ob ihre Mutter tot wäre.«

Callie schrak zusammen. »Tot?«

»Offenbar stand sie unter diesem Eindruck. Sie hatte schreckliche Angst, ihre Mutter könnte tot sein. Also habe ich ihr erzählt ...« Morag blickte ins Leere.

»Was haben Sie ihr erzählt?«, hakte Callie nach.

Morag schüttelte energisch den Kopf, als riefe sie sich in die Gegenwart zurück. »Ich habe ihr erklärt, dass es ihrer Mutter nicht gut geht und sie in einer Klinik in der Gegend der Borders ist. Die Adresse habe ich ihr aber nicht gegeben.« Sie rieb sich die Stirn. »Vielleicht hätte ich ihr gar nicht so viel verraten sollen. Falls ich auch nur das Geringste dazu beigetragen habe, dass sie von zu Hause weggelaufen ist ... oh, Callie. Das könnte ich mir nie verzeihen. Niemals.«

»Ich rufe Marco an«, beschloss Callie. »Wenn Sie die Anschrift von Alex' Mutter haben ...«

»O nein«, Morag schüttelte heftig den Kopf. »Nein, Angus darf auf keinen Fall erfahren, dass ich Alex etwas verraten habe. Er würde mir schwere Vorwürfe machen. Ich mache mir ja selbst welche.«

Callie war Angus Hamilton zwar noch nicht persönlich begegnet, doch sie hatte bereits genug von ihm gehört, um Morag zu glauben, dass sie seine Reaktion vermutlich richtig einschätzte. »Aber wenn sie nach ihrer Mutter sucht, dann sollte die Polizei das unbedingt wissen.«

Morag kniff die Augen zusammen, und sie hatte einen Ausdruck im Gesicht, der Callie sagte, dass Angus Hamiltons Sturheit zu einem Gutteil erblich bedingt war. »Nein«, sagte Morag. »Keine Polizei und kein Angus. Ich mache mich selbst auf die Suche.«

Die Krankenschwester in der Entbindungsstation war über Yolandas Besuch nicht gerade beglückt. »Die Besuchszeit ist um«, sagte sie. »Um diese Zeit dürfen nur noch die Väter rein.«

Yolanda zeigte der Schwester ihren Ausweis, und die Frau lenkte ein. »Dann kommen Sie dienstlich? Das geht wahrscheinlich in Ordnung«, murmelte sie und ließ Yolanda durch.

Rachel döste im Bett und hielt das Baby in der Armbeuge.

»Ach, ist das ein süßer Fratz«, sagte Yolanda, als sie auf das Bett zuging. »Haben Sie sich denn schon für einen Namen entschieden?«

Rachel schüttelte den Kopf. »Trevor war so sicher, dass es ein Junge wird. Also haben wir die ganze Zeit nur über Jungennamen geredet und sind zu den Mädchennamen gar nicht gekommen. Ich weiß einfach nicht, wie ich sie nennen soll.« Sie hob das Kind in die Höhe. »Wollen Sie sie mal halten?«

Genau das hatte Yolanda sich inständig gewünscht. Sie stellte ihre Tragetasche ab und nahm das kostbare Bündel, um dem winzigen schwarzen Köpfchen zärtlich etwas vorzusummen.

»Oh«, sagte Rachel im nächsten Moment überrascht.

Yolanda sah auf und folgte Rachels Blick zur Tür. Ein junger Mann kam herein; er schenkte erst der Krankenschwester ein Lächeln, dann Rachel, dann Yolanda und strahlte übers ganze Gesicht, als er das Baby sah.

Ein junger Mann mit dunkler Haut und sehr, sehr schwarzem Haar.

»Hey, Rachel«, sagte er. »Ich wusste gar nicht, dass du schon Besuch hast.«

Er streckte die Arme nach dem Baby aus; unwillkürlich übergab ihm Yolanda das Bündel. »Ich musste einfach kommen«, fügte er hinzu.

Rachel schien mehr als nur ein bisschen aus der Fassung gebracht. »Ehm, Yolanda«, sagte sie schnell. »Das ist mein ... ehm ... Freund. Abdul.«

Callie traute ihren Ohren nicht. »Sie wollen nach Schottland?«

»Allerdings«, sagte Morag. »Und zwar auf der Stelle.«

»Aber wie?«, protestierte Callie. »Es ist schon spät. Ob Sie heute noch einen Zug ...«

»Zug? Ich habe nichts von einem Zug gesagt.«

»Wie um Himmels willen wollen Sie denn dann hinkommen?«

Morag war schon auf dem Weg zu ihrem Sekretär. »Mit dem Wagen natürlich.«

»Aber Sie haben doch gar keinen Wagen.«

»Wie kommen Sie denn auf die Idee, Mädel?« Morag zog einen Schlüsselring aus einer Schublade und schwenkte ihn vor Callies Gesicht. »Sie glauben doch wohl nicht im Ernst, dass ich in diesen hässlichen Wohnblock gezogen bin, weil mir die Architektur so gut gefällt? Ich habe diese Wohnung nur gekauft, weil eine geschlossene Garage dazugehört. Und da steht mein Wagen.«

»Ihr Wagen?«, wiederholte Callie staunend.

»So ist es. Wir nennen ihn den Flying Scot. Ich hätte es nicht übers Herz gebracht, ihn wegzugeben, als ich nach London gezogen bin.«

Morag ging in die Küche und setzte Wasser auf. »Ich mache noch eine Thermoskanne Kaffee. Wird eine lange Nacht.«

Wie hieß es doch so schön im Volksmund? ›Wenn du sie nicht schlagen kannst, schließ dich ihnen an‹, dachte Callie.

»Und ich mache uns ein paar Sandwiches«, sagte sie. »Ich komme mit.«

Vom Krankenhaus zu Rachels Domizil war es nicht weit. Auch wenn sie sich sagte, dass sie dabei war, ihre beruflichen Kompetenzen zu überschreiten, war Yolanda wenig später erneut an der viktorianischen Doppelhaushälfte in der Nähe des Kanals und schloss die Tür auf.

Der Laptop lugte immer noch an derselben Stelle unter dem Bett hervor, und Yolanda zögerte höchstens ein paar Sekunden, bevor sie ihn herauszog.

Sie hatte nicht ganz bis zu Ende gedacht, was sie überhaupt damit machen wollte. Streng genommen wusste sie schon, dass sie Neville Stewart anrufen und die Sache ihm überlassen sollte. Doch dafür war es an diesem weit fortgeschrittenen Abend längst zu spät: Falls er nicht schon zu Hause war und in den Federn lag, dann war es zumindest höchste Zeit dafür.

Und für sie selber auch. In ihrem eigenen Bett, mit ihrem eigenen Mann.

Der Laptop konnte bis morgen warten, doch bis dahin würde sie ihn nach Hause mitnehmen. Zur Sicherheitsverwahrung, sagte sie sich.

Der Flying Scot war, wie Callie feststellte, als sie zu der Garage kamen, ein uralter Morris-Minor-Kombi mit Holzleisten an den Seiten und Karobezügen auf den Sitzen. »Sind Sie sicher, dass der noch fährt?«, fragte sie skeptisch.

Morag nickte vehement. »Donald hat damit jahrelang seine Krankenbesuche quer durch die Highlands gemacht. Zuverlässiger geht's nicht.«

Sie klopfte liebevoll mit der flachen Hand auf die Kühlerhaube.

»Und wo genau soll's hingehen?«, fragte Callie, während sie Bella auf den Rücksitz hievte.

»Wie gesagt, Mädchen, Sie müssen nicht mitkommen.«

»Ich lasse Sie aber nicht ganz alleine fahren.« Das war das Mindeste, was sie tun konnte.

Sie verdrängte den Gedanken daran, was Marco sagen würde, wenn er von ihrer Fahrt erfuhr. Sicher, er hatte sie gebeten, bei Morag zu bleiben und sie ihnen vom Leibe zu halten. Doch das schloss in seinen Augen sicher keine Fahrt aufs Geratewohl nach Schottland ein. Wahrscheinlich würde er wütend auf sie sein – und sie konnte es ihm nicht einmal verübeln.

Und dann war da noch Brian. Immerhin war es Samstagabend. Sie würde die Gottesdienste am Sonntagvormittag verpassen und mit ziemlicher Sicherheit auch die Christingle-Feier. Brian war vielleicht gar nicht mal so schlimm, aber Jane würde vor Wut kochen, wenn sie nicht zum Christingle erschien.

Nun ja, das war eben nicht zu ändern. Sie würde fahren, und damit basta. Es war zu spät, um Brian noch Bescheid zu geben; das musste bis morgen Früh warten.

»Wir fahren nach Kelso«, sagte Morag. »Das liegt in den Borders. Es ist also nicht gar so weit. Nur sechs bis sieben Stunden. Je nachdem, welches Tempo unser alter Freund hier schafft.«

Sechs bis sieben Stunden Nachtfahrt nach Schottland in einem Morris Minor, der vermutlich älter war als Callie selbst? Sie musste vollkommen verrückt sein.

Als sie nach Hause kam, konnte Yolanda der Versuchung nicht widerstehen, wenigstens einen kurzen Blick in den Laptop zu werfen. Eli war im Bad – sie hörte Wasser spritzen –, also stellte sie den Computer auf den Esstisch und klappte den Bildschirm hoch.

Es gab keinen Passwortschutz, und das E-Mail-Programm öffnete sich automatisch. Yolanda scrollte durch die Liste der Mails und las ein oder zwei der jüngsten Nachrichten. Von Abdul. An Abdul.

»Hey, Schatz.« Eli kam aus dem Badezimmer und trug nicht mehr am nackten Körper als ein Handtuch um die Hüften. »Du bist zurück. Wurde aber auch Zeit.«

Sie sah vom Laptop auf. »Eli, ich habe was gefunden. Rachel ...«

»Vergiss Rachel.« Er schloss den Deckel des Laptops und nahm Yolanda bei der Hand. »Komm, mein Schatz, wir haben Besseres zu tun.«

Zwanzig

»Also«, sagte Morag, als sie den Londoner Ballungsraum hinter sich hatten und auf der A1 Richtung Norden fuhren. »Reden Sie ein bisschen, Mädel. Erzählen Sie mir was über sich. Seit wir uns kennengelernt haben, habe vor allem ich geredet. Jetzt sind Sie mal dran.«

Und so redete Callie. Sie fing mit ihrer Familie an: ihrer schwierigen Mutter, dem Tod ihres geliebten Vaters, Peters Homosexualität. Irgendwann erzählte sie Morag von Adam und der gelösten Verlobung und irgendwann, nachdem sie bereits mehrere Stunden auf der Straße waren, auch von Marco.

»Er scheint ein sehr netter junger Mann zu sein«, sagte Morag.

»O ja, das ist er.«

Vielleicht klang sie nicht ganz überzeugend, denn Morag warf ihr einen forschenden Blick zu. »Aber?«

»Aber.« Callie seufzte. »Aber ich bin mir einfach nicht sicher, ob ich noch einmal zu einer solchen Beziehung bereit bin. Ich meine, wie mit Adam.« Da – es war heraus. Es war etwas, das sie noch niemals offen zugegeben hatte, nicht einmal vor sich selbst. »Ich habe einen Beruf, den ich liebe – eine Berufung. Pfarrerin zu sein – und in einem knappen Jahr bin ich so weit –, das kann das ganze Leben ausfüllen und einen so auf Trab halten, dass für anderes nicht mehr viel Raum bleibt. Ob ich da noch die Energie für eine Beziehung aufbringe? Ich weiß es nicht.«

»Bei allem Respekt«, sagte Morag, »das kann ich einfach nicht akzeptieren. Sie sind immer noch ein Mensch aus Fleisch und Blut, Callie. Nicht Superwoman. Und auch keine Einsiedlerin. Sie brauchen immer noch Liebe und Halt. Es ist nicht gut, allein zu sein. Für keinen von uns. Glauben Sie mir. Ich kenne beides, und wer allein ist, der ist auch einsam.«

»Aber Beziehungen machen das Leben so kompliziert.« Sie dachte an Morags Sohn. An die Komplikationen, die seine neue Ehe für so viele Menschen mit sich gebracht hatte, nicht zuletzt für seine Mutter ...

»Und bereichern es.« Morag wandte den Blick nicht von der Straße. »Ich weiß, Mädchen, es muss eine Versuchung für Sie sein zu denken, dass Gott - und die Kirche - Ihnen genügen könnten. Um die Lücken in Ihrem Leben auszufüllen. Und Bella natürlich«, fügte sie mit einem Lächeln hinzu, indem sie über die Schulter einen kurzen Blick auf den Rücksitz warf.

Widerstrebend nickte Callie. Das dachte sie tatsächlich. Auch wenn sie es vielleicht nicht genau so ausgedrückt hätte. »Wenn Sie sich für diesen Weg entscheiden, Callie, dann leben Sie nur halb. Und Sie werden nie erfahren, was Sie sich haben entgehen lassen.« Sie lächelte in sich hinein. »Ich hatte fast vierzig Jahre mit meinem Donald. Nicht genug Jahre, wohlgemerkt, und es waren weiß Gott nicht alle eitel Sonnenschein. Das gebe ich offen zu. Aber man muss es nehmen, wie es kommt, und die guten Jahre sind es wert. Ich würde die Zeit mit meinem Donald für nichts auf der Welt missen wollen und bin unendlich dankbar dafür.«

Callie musste daran denken, wie sehr sich Morag von ihrer eigenen Mutter unterschied: die Bitterkeit, mit der Laura Anson ihr Dasein als Witwe erfüllte, als sei es geradezu unverzeihlich, dass ihr Mann vor ihr gestorben war. Wie viel gesünder war da Morags Haltung, und das trotz allem, was sie durchgemacht hatte. Vielleicht, gab Callie innerlich zu, hatte die negative Einstellung ihrer Mutter stärker auf sie abgefärbt, als sie sich selbst eingestand.

Nur eines wusste sie ganz sicher: Sie wollte niemals wie sie werden.

»Ich versuche nicht, Ihnen zu sagen, wie Sie leben sollen, Mädel«, sagte Morag wie zur Entschuldigung. »Ich hoffe, Sie empfinden das nicht als aufdringlich.«

»Kein bisschen.«

Morag schlug auf einmal einen forschen Ton an. »Ich denke, wir suchen uns mal eine Stelle, wo wir ranfahren können. Zeit für einen Kaffee und ein paar Sandwiches. Und ich könnte mir denken, dass die kleine Bella gegen ein bisschen Bewegung nichts einzuwenden hätte.«

Es dauerte eine ganze Weile, bis das Klingeln des Telefons in Nevilles Träume drang – unangenehme Träume voller Schrecken, die sich verflüchtigten, als er langsam wach wurde und nur noch ein schlechter Nachgeschmack zurückblieb.

Seine Augen waren noch geschlossen, und er war sich nicht ganz sicher, wo er war. Es klingelte irgendwo in der Nähe seines rechten Ohrs, und er tastete einen Moment danach.

»DI Stewart«, brachte er schließlich mit heiserer, krächzender Stimme heraus.

Er befand sich tatsächlich an seinem Schreibtisch, wo er den größten Teil der Nacht verbracht hatte. An irgendeinem Punkt war er wohl nicht mehr in der Lage gewesen, die Augen auch nur eine einzige Sekunde länger aufzuhalten, hatte den Kopf auf den Tisch gelegt und war eingeschlafen.

Es war noch dunkel. Wie spät? Neville schaffte es, die Lider einen Spalt breit zu öffnen und blinzelnd auf seine Armbanduhr zu sehen. Kurz nach sieben.

»Oh, Sie sind noch da«, hörte er Detective Superintendent Evans sagen. »Gut.«

Neville fragte sich, was daran gut sein sollte. Jeder Muskel tat ihm weh von der unnatürlichen Haltung, in der er geschlafen hatte; außerdem brummte ihm der Schädel. Er sehnte sich nach seinem Bett, wo er weit weg von alldem hier den Schlaf des Gerechten schlafen wollte. Stattdessen saß er immer noch hier fest, und Alex Hamilton wurde immer noch vermisst. Es sei denn, Evans wusste mehr als er ...

»Nichts Neues?«, fragte Evans.

»Ehm ... nein.«

»Also, Stewart, ich wollte Ihnen nur sagen, dass ich für ein paar Stunden nicht erreichbar bin. Die Taufe, Sie wissen schon. Ich bin in der Kirche«, erklärte Evans und fügte hinzu: »Ich stelle mein Handy auf Vibration. Nur für den Fall, dass es einen entscheidenden Durchbruch gibt. Wie zum Beispiel, dass Sie das Mädchen gefunden haben.«

Oder die Leiche, fügte Neville stumm hinzu.

»Aber um Gottes willen, Stewart, nur dann, ansonsten bin ich nicht zu sprechen.«

»Ja, Sir.«

Neville lehnte sich zurück und schloss die Lider. Irgendjemand, dachte er, musste da hinter seinen Augen hocken und von innen dagegendrücken. Er konnte sich nicht erinnern, wann er das letzte Mal solche Kopfschmerzen gehabt hatte. Koffeinvergiftung von diesen unzähligen Tassen Kaffee, die er sich in den letzten vierundzwanzig Stunden heruntergekippt hatte? Er hatte keinen Alkohol getrunken, so viel wusste er.

Der widerliche Geschmack in seinem Mund erinnerte eher an einen Aschenbecher.

»O Gott«, stöhnte er, als er sich erinnerte. Er, der selbstgerechte Exraucher, der Moralapostel, der sich auf seine Entsagung mächtig viel zugute hielt und fanatisch gegen das Laster wetterte, hatte irgendwann im Lauf der Nacht einen Glimmstängel von Cowley geschnorrt. Und was das Schlimmste war, er hatte ihn auch geraucht, bis runter zum Filter - und jeden giftigen Zug genossen.

Jetzt bekam er die Quittung. Erst schon mal die Kopfschmerzen. Und Cowley würde es ihm ein Leben lang unter die Nase reiben.

»Aber Chef«, hatte er protestiert, als Neville ihn um eine gebeten hatte. »Rauchen ist eine schmutzige Angewohnheit. Das sagen Sie mir jeden Tag, den Gott werden lässt. Und es bringt Sie um.«

»Halten Sie einfach die Klappe, und geben Sie mir die verdammte Kippe«, hatte er beharrt und sie anschließend trotz Cowleys feixender Visage geraucht.

Cowley. Wenn man vom Teufel spricht. Da kam er hereingelatscht und sah so mies aus, wie Neville sich fühlte. Unrasiert, ein bisschen schmuddelig. »Hey, Chef«, sagte er grinsend. »Wie geht's uns denn so heute Morgen? Nicht ganz auf dem Posten?« Er nahm eine Packung aus seiner Tasche und schüttelte sie geräuschvoll. »Vielleicht noch 'ne Kippe? Teufel mit dem Beelzebub austreiben, wie man so sagt?«

»Zur Hölle mit Ihnen, Cowley.«

Morag und Callie hatten es fast bis Newcastle geschafft, als der Fliegende Schotte beschloss, dass es ihm langte. Das war natürlich auch nicht allzu verwunderlich, denn immerhin hatte er monatelang nur in der Garage gestanden.

Es passierte in den frühen Morgenstunden, als sie auf den Vorplatz eines Little Chef abbogen. Der Imbiss hatte zwar über Nacht geschlossen, aber es schien der richtige Ort für eine Kaffee- und Sandwich-Pause sowie einen Napf Wasser für Bella und die Gelegenheit für eine Pfütze zu sein.

Bisher war alles reibungslos verlaufen. Auch wenn sie nicht gerade schnell vorangekommen waren, hatte sich der Flying Scot in die gewünschte Richtung bewegt. Als sie jedoch wieder einstiegen und Morag den Schlüssel im Zündschloss drehte, ertönte nur ein knirschendes Geräusch, das nichts Gutes verhieß.

»O je«, sagte Morag. »Was meinen Sie, woran es liegt?«

Callie, die fast ihr ganzes Leben in London gewohnt und sich nicht einmal zum Führerscheinmachen aufgerafft hatte, fühlte sich nicht berufen, die Frage zu beantworten. »Ich habe keine Ahnung«, gab sie zu.

Morag versuchte es, ohne Erfolg, noch einmal. Eher klang das Geräusch noch schlimmer. »Könnte die Batterie sein«, spekulierte sie. »Springt nicht an.«

»Vielleicht«, sagte Callie, »war es keine gute Idee, das Licht anzulassen, als wir ausgestiegen sind.«

Auch beim dritten Versuch tat sich nichts. Morag zog den Schlüssel aus dem Zündschloss.

»Und jetzt?«, fragte Callie. »Können wir den Pannendienst vom Automobilclub anrufen oder so? Ich habe mein Handy dabei.«

Morag seufzte. »Ich fürchte, meine Mitgliedschaft ist ausgelaufen«, gestand sie. »Darum hat sich Donald immer gekümmert, und ich hab irgendwie verschlampt, sie zu verlängern.«

»Tja.« Callie sah sich um. »Da ist eine Werkstatt direkt nebenan. Aber die hat natürlich nicht auf.«

»In ein paar Stunden schon«, sagte Morag schicksalsergeben. »Sehen wir's mal so, Callie-Mädel – das gibt uns das Recht auf eine Runde Schlaf. Wir könnten sowieso nicht gut um fünf Uhr morgens in Lochside aufkreuzen.«

Und so hatte sich Callie zusammen mit Bella auf dem Rücksitz eingerollt. Es roch definitiv nach Hund, was, wie Callie stark vermutete, mehr mit dem verschiedenen Macduff als mit Bella zu tun hatte. Es hinderte sie jedoch nicht daran, die Augen zu schließen und in tiefen Schlaf zu sinken.

Neville ging den Flur entlang zur Toilette, um sich ein bisschen kaltes Wasser ins Gesicht zu spritzen. Danach organisierte er sich noch einmal Kaffee. Er schmeckte schal, doch das machte nichts: Vielleicht würde es diesen hartnäckigen Aschenbechergeschmack in seinem Mund überdecken.

Die Vernehmung von Lee Bicknell war reine Zeitverschwendung gewesen. Sie hatte Stunden gedauert, wobei sie jeden Lehrbuchtrick zum Einsatz gebracht hatten, um etwas aus ihm herauszuquetschen, doch Bicknell war hartnäckig dabei geblieben, er habe Alex Hamilton - Sasha - von dem Moment an nicht mehr gesehen, als sie in Paddington Station vor ihm davongelaufen sei. Nichts konnte diese Version erschüttern.

Neville hatte seine Hoffnungen in die Überwachungskameras gesetzt. Ein weiterer Reinfall. Ja, auf einem Film war tatsächlich Alex zu sehen, wie sie von der U-Bahn Richtung Eisenbahn läuft. Als sie das entdeckten, hatten sie frohlockt.

Doch die Freude währte nur kurz. Die Kamera, die ihnen hätte helfen können, weil sie den Bereich unter der Uhr abdeckte, war defekt gewesen, und diejenige, durch die Alex, falls Bicknell die Wahrheit sagte, hinausgerannt war, hatte nicht funktioniert, weil das Band zu Ende war.

Somit hatten sie nichts weiter als diese eine kurze Sequenz. Alex, die lächelnd durch den Bahnhof geht, weil sie sich auf das Treffen mit jemandem freut, den sie für ihren Freund hält.

Neville hatte sich ihr hoffnungsvolles Lächeln angesehen und wurde das Bild seitdem nicht mehr los. Es quälte ihn. Es verstörte ihn. Wenige Sekunden später war das lächelnde Mädchen wie vom Erdboden verschluckt.

An diesem Punkt hatte er die Kippe geschnorrt.

Sicher, die Spurensuche war im Lauf der Nacht in Bicknells Haus gewesen. Hatte den Laden auseinandergenommen, um irgendein Indiz dafür zu finden, dass Alex dort gewesen war. Fasern, Haare, Blutspuren: Wäre sie - tot oder lebendig - in dem Haus in Camden Town gewesen, dann würden sie es erfahren. Früher oder später. Sie beschlagnahmten seinen Wagen - einen alten Skoda, um ihn genauso gründlich zu filzen.

Bis diese Untersuchungen abgeschlossen waren, war Lee Bicknell immer noch hochgradig verdächtig, und er gab nichts zu.

»Chef!« Cowley fing ihn am Kaffeeautomaten ab. »Yolanda Fish ist am Telefon.«

»Yolanda Fish?« Er sah Sid verständnislos an. »Aber die hat doch frei. Sie ist zu Hause. Was will sie denn?«

»Sie sagt, sie muss mit Ihnen reden. Über Rachel Norton.« Cowley fügte hinzu: »Sie sagt, es ist wichtig.«

»Das hat mir noch gefehlt«, murmelte Neville genervt, doch er ging ran.

Yolanda entschuldigte sich zwar, sagte jedoch in entschiedenem Ton: »Es ist wirklich wichtig. Ich habe in Rachels Schlafzimmer einen Laptop gefunden. Und da sind einige Dinge drauf, die Sie sehen müssen.«

»Was hatten Sie denn in Rachels Schlafzimmer zu suchen?«, fragte Neville gereizt. »Sie sollten zu Hause sein. Es mit Ihrem Mann treiben, Sie erinnern sich? Das war meine Dienstanweisung.«

»Schon gut.« Mit bewundernswerter Klarheit und Kürze gab Yolanda Neville wieder, was sie herausgefunden hatte.

Fünf Minuten später legte Neville auf und wandte sich an Cowley, der nahe dabeigestanden und ungeniert jedes von Nevilles Worten mitgehört hatte.

»So was«, sagte er und schüttelte den Kopf. »Tja ...«

»Sagen Sie schon!«

»Wie's aussieht, hat unsere Rachel einen Lover! Und von da bis zu einem Motiv für den Mord an Trevor ist es nur ein kleiner Schritt.«

»Verdammte Scheiße«, sagte Cowley.

»Und damit wissen wir dann auch ziemlich eindeutig, wer der Mörder ist. Wir werden Mittel und Wege finden, es zu beweisen, aber ich denke, wir sind schon jetzt berechtigt, Rachel mindestens wegen des Verdachts auf Beihilfe vorübergehend festzunehmen. Mit ein bisschen Glück wird sie den Kerl verpfeifen, und wir haben den Fall in trockenen Tüchern.«

Cowley grinste. »Sie jetzt festnehmen?«

»Sobald sie aus dem Krankenhaus entlassen wird.« Neville wedelte mit der Hand Richtung Telefon. »Rufen Sie da an, Sid, ja? Sie sollen uns Bescheid geben, sobald es so weit ist.«

»Es ist wirklich Ihre Batterie.« Ein netter junger Mann mit dem in der Gegend üblichen Geordie-Akzent bestätigte Morags Befürchtung.

»Aber ich verstehe das nicht«, sagte Morag. »Immerhin hat er uns doch bis hierher gebracht. Den ganzen Weg von London.«

»Aber die Batterie war wohl trotzdem schon ziemlich leer. Solange Sie gefahren sind, ging es noch. Aber als Sie angehalten haben – Sie haben nicht das Licht angelassen, oder?«

»Ich fürchte, doch.«

Der junge Mann schüttelte den Kopf. »Ist keine Tragödie. Wie lange sind die Damen denn schon hier?«

Callie sah auf die Uhr. Wann hatten sie Rast gemacht? »Keine Ahnung. Seit ein paar Stunden.«

»Wir haben uns aufs Ohr gehauen«, fügte Morag hinzu.

»Na, jedenfalls kriegen wir Sie ganz schnell wieder flott«, sagte er frohgemut. »Ich gebe Ihnen Starthilfe. Bis wohin wollen Sie denn?«

»Kelso«, sagte Morag.

»Oh, das sollte kein Problem sein. Aber falls Sie noch weiter wollen, sollten Sie sich überlegen, ob Sie nicht eine neue Batterie kaufen.«

Neville schickte einen Constable zu Yolanda, um Rachels Laptop abzuholen, und gönnte sich noch einen Becher Kaffee, bevor Cowley erneut erschien. »Chef, noch ein Anruf.«

»Anruf?«

»Auf der Hotline«, erklärte Cowley. »Ich glaube, Sie sollten mit dieser Frau sprechen, Chef. Sie sagt, Alex Hamilton ist in Schottland.«

»Schottland? Hol mich der Teufel!« Neville runzelte skeptisch die Stirn. Sie hatten Dutzende Anrufe aus dem ganzen Land hereinbekommen, bis hinunter zu den Kanalinseln, und überall war das Mädchen gesehen worden. Was sollte an diesem hier anders sein?

»Reden Sie mit ihr, Chef«, wiederholte Cowley. »Könnte was dran sein.«

Also rief Neville die Frau an, die eine Nummer in einem Edinburgher Hotel hinterlassen hatte.

»Heute Morgen lag eine Zeitung vor unserer Zimmertür«, sagte sie. »Ein Freiexemplar.«

»Ja?« Neville gab sich aufrichtig Mühe, nicht ungeduldig zu klingen.

»Das kleine Mädchen. Die Kleine, die vermisst wird. Es war ein Foto drin. Ich hatte das Gefühl, sie kommt mir ein bisschen bekannt vor.«

Dir und ein paar Hundert anderen, dachte Neville im Stillen.

»Mein Sohn Henry«, fuhr sie fort. »Als er das Foto sah, wurde er ganz still. Das passt nicht zu ihm. Ganz und gar nicht. Wenn Sie ihn kennen würden, wüssten Sie, was ich meine.«

Zum Glück, dachte Neville, war ihm das Vergnügen erspart geblieben.

»Dann, nach einer Weile, hat er mir alles erzählt. Das Mädchen war gestern mit uns zusammen im Zug. Von King's Cross nach Edinburgh. Sie ist auch mit uns eingestiegen, sagt er. Sie saß hinter uns. Und sie ist mit uns ausgestiegen.«

Neville versuchte, ruhig zu bleiben. Wieso sollte er Klein-Henry glauben? Der Bengel machte sich wahrscheinlich nur interessant.

Seine Mutter hatte wohl ähnliche Zweifel an der Aufrichtigkeit seiner Motive gehegt. »Schließlich hab ich ihm die ganze Geschichte aus der Nase gezogen. Er wollte es mir erst nicht erzählen. Es wäre ein Geheimnis, und er hätte geschworen, es nicht weiterzusagen.«

»Ein Geheimnis?«

»Er hat gemerkt, dass sie - das Mädchen - mit uns eingestiegen ist. Ich meine, sie hat so getan, als gehörte sie zu unserer Familie. Als dann der Schaffner durch unseren Wagen kam, ist sie auf die Toilette gegangen. Henry hat wohl rausgekriegt, dass sie keinen Fahrschein hatte. Also hat er sie ... na ja, er hat sie erpresst. Hat ihr gesagt, er würde sie nicht verpetzen, wenn sie ihm zwanzig Pfund gibt. Er hat mir das Geld gezeigt. Zwei Zehn-Pfund-Scheine. Und das«, fügte sie hinzu, und es klang nach einer Mischung aus Unmut mit einem Hauch Stolz, »klingt wirklich nach Henry. Wenn Sie ihn kennen würden, wüssten Sie, dass es passt. Er sagt die Wahrheit.«

Danke, Henry, dachte Neville in sekündlich wachsender Euphorie. Du mieser kleiner naseweiser, erpresserischer Hosenscheißer. Als er auch noch mit Henry gesprochen und sich tatsächlich davon überzeugen lassen hatte, dass er die Wahrheit sagte, legte er auf und drehte sich mit einem Grinsen zu Cowley um, aus dem Erleichterung, Glück und Staunen sprach. »Schottland!«, sagte er. »Hol mich der Teufel, Sid, die Kleine ist in Schottland!«

Wenige Minuten später bestätigte sich die Erkenntnis durch einen weiteren Anruf, den sie für noch verlässlicher hielten: Die Frau am Schalter der Touristeninformation von Edinburgh hatte das Foto in der Morgenzeitung gesehen und war sich absolut sicher, dass dieses vermisste Mädchen am Sonntagnachmittag hereingekommen war und sich nach einer Busverbindung Richtung Kelso in der Borders-Region erkundigt hatte. Außerdem hatte sie, wie die Frau sagte, nach dem nächsten McDonald's gefragt.

»Kelso? Die Borders?«, fragte Neville stirnrunzelnd. »Was will sie denn da?« Er hatte nur eine vage Vorstellung davon, wo sich die Borders befanden, doch es klang nicht so, als sei es irgendwo in der Nähe der Highlands, und er hätte erwartet, dass es sie dorthin drängte. Wo sie zu Hause gewesen war, zu ihrer besten Freundin Kirsty.

»Was ist mit der Mutter?«, warf Cowley ein.

»Die Mutter! Sie ist in einer Art Anstalt, oder?«

Cowley zog sein Notizbuch heraus und blätterte es durch. »Da, Chef«, sagte er. »Lochside, Kelso.«

»Sid, Sie sind ein Genie!« Neville hätte ihn in dem Moment umarmen können. »Setzen wir uns mit den Kollegen da oben in Verbindung. Wir haben sie gleich.«

Als sie wieder auf der Straße und nicht mehr weit von der schottischen Grenze waren, zog Callie ihr Handy hervor und rief Brian an. Es schien ihm nicht das Geringste auszumachen, er hörte sich nicht einmal sonderlich überrascht an, als sie ihm erklärte, dass sie an diesem Morgen nicht in die Kirche kommen könnte, weil sie auf dem Weg nach Schottland sei. »Ich schaffe das schon«, sagte er.

Sie war erleichtert.

Callie wusste, dass sie auch Marco hätte anrufen sollen, um ihm zu sagen, was sie hier gerade machten. Aber wenn er nun richtig sauer auf sie wäre? Sie würde es ihm lieber persönlich als am Telefon sagen.

Und dann Peter. Sie hatte ihn Samstagnachmittag auf dem Handy angerufen, um ihm Bescheid zu geben, dass sie und

Bella bei Morag waren. Er musste gestern Abend mit ihrer Heimkehr gerechnet haben und machte sich wahrscheinlich Sorgen. Callie sah auf die Uhr: Noch viel zu früh, um Peter anzurufen. Sein regelmäßiges Samstagabend-Engagement als Musiker führte dazu, dass er sonntags erst gegen Mittag ansprechbar war.

Es waren die Straßenschilder, die Alex stutzig machten. Zuerst war alles bestens gelaufen. Der nette Mann, der so wie Granddad ausgesehen und geklungen hatte, war nach Süden aus Edinburgh rausgefahren, Richtung Lauder und Jedburgh. An einem Punkt waren sie auf eine schmalere Straße abgebogen, und auf den Schildern hatte Gordon und Kelso gestanden, so weit, so gut.

Als sie dann aber Gordon erreichten, waren sie wieder abgebogen, und plötzlich war Kelso von den Schildern verschwunden.

»Wo fahren wir lang?«, hatte Alex gefragt. »Liegt Kelso nicht in der anderen Richtung?«

»Nur ein kleiner Umweg«, hatte er gesagt und sich lächelnd zu ihr umgedreht. »Keine Sorge, Mädel. Ich bringe dich schon nach Kelso. Ich kümmere mich um dich.« Dann nahm er eine Hand vom Lenkrad und streichelte ihr das Haar. Es war eine ganz leichte, kurze Berührung, doch sie zuckte darunter zusammen wie unter einem Stromschlag.

Ein paar Minuten später war er in eine Tankstelle eingebogen. »Benzin wird ein bisschen knapp«, sagte er. »Ich muss tanken, und ich kauf dir was zu naschen, ja?«

»Nein, danke«, sagte sie steif. Ihre Mutter hatte ihr eingeschärft, niemals Süßigkeiten von Fremden anzunehmen. Nicht einmal von solchen, die wie Granddad aussahen. Außerdem hatte sie ihr verboten, jemals zu Fremden ins Auto zu steigen. Wieso hatte sie nicht schon vor einer Stunde daran gedacht?

Er stieg aus und tankte den Wagen auf, dann ging er zum Bezahlen in den kleinen Laden.

Kaum war er drinnen, öffnete Alex die Beifahrertür und sprang hinaus. Sie hatte keine Ahnung, wo sie war, aber sie wusste, dass sie nicht länger in diesem Auto bleiben durfte.

Instinktiv rannte sie von der Tankstelle weg und suchte nach einem Versteck.

Die Straße entlang lagen ein paar Häuser verstreut. Vermutlich Ferienhäuser, die jetzt, außerhalb der Saison, nicht vermietet waren. Jedenfalls brannte in keinem davon Licht. Außerhalb des Lichtkegels der Tankstelle war es sehr dunkel. Vielleicht gar nicht mal so schlecht, dachte Alex. Wenn sie nicht viel sehen konnte, dann galt das Gleiche für ihn, und in diesem Moment wusste sie mit absoluter Sicherheit, dass er sie auf keinen Fall sehen durfte. Von ihrer Angst angetrieben stürzte sie auf das nächstbeste Cottage zu und lief zur Rückseite herum. Sie stolperte über ein Gebüsch und prallte gegen einen halb zerfallenen alten Schuppen. Vielleicht ein altes Gartenhäuschen, dachte sie.

Die Tür hing lose an einem Scharnier. Alex zog sie auf und schlüpfte in die Dunkelheit. Dort stieß sie augenblicklich gegen einen Haufen auf dem Boden. Als sie mit den Händen darübertastete, stellte sie fest, dass es ein Stapel Brennholz war. Vorsichtig bahnte sie sich einen Weg um die Holzscheite herum und drückte sich in den hintersten Winkel des Schuppens, um wieder zu Atem zu kommen.

Kaum eine Minute später hörte sie ihn. »Mädel!«, rief er. »Wo bist du denn?«

Zwischen einigen Brettern der Schuppenwände klafften breite Ritzen, durch die jetzt das Licht einer Lampe blitzte. Er hatte eine Taschenlampe, die er in alle Richtungen schwenkte. Der Strahl kam immer näher.

Wieso hatte sie nicht das Handschuhfach aufgemacht und nach einer Taschenlampe gesucht? Jetzt war er im Vorteil – und er würde sie finden.

Alex hielt die Luft an und rührte sich nicht. Ihr Herz hämmerte so laut, dass sie dachte, er musste es hören.

Der Lichtkegel kam noch näher. »Mädel? Mädelchen?«

Ihr Herz pochte laut und dröhnte in ihren Ohren.

Unwillkürlich kniff sie die Augen fest zusammen und wartete auf das Schlimmste.

Und dann stolperte er über das Gebüsch. Trotz des Getöses in ihrem Kopf konnte sie es hören: das Stolpern und die Flüche.

Alex riss die Augen auf und sah, dass es wieder dunkel war. Wahrscheinlich hatte er die Taschenlampe fallen lassen. Sie hörte, wie er danach suchte, wie er leise, doch in einem unablässigen Wortschwall fluchte; darunter waren Begriffe, die sie noch nie gehört hatte, doch der Ton verriet, dass es Schimpfwörter waren.

Dann ... Stille.

Sie hielt den Atem an, spitzte die Ohren. Als Nächstes hörte sie, wie ein Motor ansprang und dann, wie der Wagen davonfuhr.

Alex rührte sich trotzdem nicht. Vielleicht war es ein Trick, und er schlich sich zurück. Und wartete, bis sie sich herauswagte.

Nachdem sie eine ganze Zeit lang ausgeharrt hatte, bekam sie jedoch fast einen Krampf in den Beinen, und der Arm schlief ihr ein. Sie kroch aus ihrem Versteck, streckte die schmerzenden Glieder und machte sich zu Fuß auf den Weg.

EINUNDZWANZIG

Als Erstes rief Neville bei der Polizei von Roxburghshire an, die ihm ihre volle Unterstützung zusicherte und erklärte, die Beamten seien praktisch schon unterwegs.

Dann starrte er aufs Telefon und stählte sich innerlich für den Anruf bei Angus Hamilton. Seit der ersten Nacht hatte er keinen direkten Kontakt mehr mit ihm gehabt, da alles entweder über Evans oder den Stellvertretenden Polizeipräsidenten gelaufen war. Doch Evans war nicht erreichbar, und Neville dachte nicht daran, ihn zu überspringen und beim Vize direkt anzurufen. Sie hatten Angus Hamilton versprochen, ihn auf dem Laufenden zu halten, und das hier war ein entscheidender Durchbruch.

»Mr Hamilton, wir haben zuverlässige Hinweise darauf, dass sich Alex in Schottland befindet«, sagte er.

Am anderen Ende war ein gewaltiger Seufzer zu hören – Ausdruck größter Erleichterung, wie Neville vermutete. »Erzählen Sie«, forderte Hamilton ihn auf. »Wo ist sie? Woher wissen Sie das?«

»Sie wurde gestern Nachmittag in Edinburgh gesehen. Irgendwann zwischen halb vier und vier Uhr. Ich habe mit einem zuverlässigen Zeugen gesprochen.«

Mit traumwandlerischer Sicherheit stürzte sich Hamilton auf den Aspekt der Situation, der Neville am meisten zu schaffen machte. »Gestern Nachmittag? Aber wo ist sie jetzt? Das ist Stunden her, Mann.«

»Wir können nicht mit Bestimmtheit sagen, wo sie jetzt ist«, erwiderte Neville widerstrebend. »Einiges spricht offenbar dafür, dass sie nach Kelso will.«

»Kelso!«

»Ich habe mit der dortigen Polizei gesprochen«, versicherte er ihm. »Die sind schon auf dem Weg nach ...«

»Nach Lochside! Ich auch. Ich nehme den Firmenjet, dann bin ich wahrscheinlich vor der Polizei dort.«

Es überraschte Neville keineswegs, dass Angus Hamilton nach der zermürbenden Warterei die erstbeste Gelegenheit ergreifen würde, um in Aktion zu treten; er hegte keinen Zweifel, dass Hamilton bereits mit einem Bein zur Tür hinaus war. »Könnten Sie eine Sekunde warten, Mr Hamilton?«, sagte er schnell. »Ich denke, es wäre am besten, wenn wir noch abwarten würden, bis wir von den Kollegen hören. Und wenn Sie Ihre eigenen Vorkehrungen treffen, nach Schottland zu reisen, dann könnte Sie vielleicht einer unserer Beamten begleiten.«

»Ich nehme natürlich DS Lombardi mit.«

»Gut«, sagte Neville. »Aber ich hatte zusätzlich an einen der Kripokollegen gedacht.«

Ein Mann von der Kripo. Musste er am Ende selber mit? Neville hoffte aufrichtig, dass ihm das erspart blieb. Ein Flug nach Schottland in der Gesellschaft von Angus Hamilton stand auf seinem Wunschzettel nicht obenan.

Cowley rückte ihm auf den Pelz, kaum dass er Angus Hamiltons Versprechen hatte, den Piloten in Bereitschaft zu halten und vorerst nichts zu unternehmen. »Kann ich mit nach Schottland, Chef?«, fragte er zu Nevilles Erstaunen.

»Schottland? Was zum Teufel treibt Sie ins verdammte Schottland?«

Sid Cowley grinste verlegen. »Na ja, Chef, Sie wissen doch, dass ich Mitglied bei *findagain.co* bin? Dieses erste Mädchen, mit dem ich Kontakt aufgenommen habe, Sie wissen schon, die war ein totaler Flop, aber diese Woche hat mir eine aus Edinburgh gemailt. Ein Mädchen, das eine Klasse unter mir war. Echt scharf. Falls ich nach Schottland rauf kann, denke ich, dann hab ich reelle Chancen.«

Neville schüttelte nachdenklich den Kopf. Er hätte wissen müssen, dass es in diese Richtung ging, auch wenn ihm schleierhaft war, wie Sid glauben konnte, seinen privaten Passionen frönen zu können, wenn er dienstlich dort war. Aber wieso nicht? Wenn Sid gehen wollte, umso besser. *»Findagain.co?«*, sagte er trotzdem. »Nach allem, was passiert ist, hätte ich eigentlich gedacht, Sie würden endlich aus Ihren Fehlern klug werden.«

Alex hatte das Gefühl, als wäre sie schon die ganze Nacht gelaufen. Zwar war es noch nicht ganz hell, doch der erste Lichtschimmer kroch gerade über den Horizont. Es musste bald Morgen sein.

Sie hoffte, dass sie es auch nicht mehr weit bis Kelso hatte. Alex wusste, dass sie auf der richtigen Straße war; auf dem letzten Schild hatte »3 Meilen« gestanden, und das war schon ein Weilchen her. Alex war noch nie in Kelso gewesen und hatte auch nicht die vollständige Adresse - sie wusste nur, dass »Loch« auf Wasser hindeutete. Sie folgte der Straße in die Stadt und stellte fest, dass das auffälligste Gewässer ein Fluss war. Es gab Wegweiser zur Abtei und zum Floors Castle, aber nirgends irgendeinen Hinweis auf einen See.

Es war Sonntagmorgen, wurde ihr bewusst, und die meisten Geschäfte hatten geschlossen. Endlich entdeckte sie eine Tafel auf dem Bürgersteig vor einem Zeitungskiosk, auf der GEÖFFNET stand.

Der Mann an der Kasse war gerade damit beschäftigt, die Sonntagszeitungen zu sortieren, und als Alex einen Schokoriegel auf die Theke legte, sah er kaum auf. »Das macht dann dreißig Pence«, sagte er und hielt die Hand für die Münzen auf.

»Könnten Sie mir wohl sagen, wie ich nach Lochside komme?«, fragte Alex.

Er kratzte sich am Kopf. »Ach so, du meinst wahrscheinlich die Klapse. Außerhalb der Stadt. Künstlich angelegter See, kein richtiges *Loch*. Aber den Unterschied bemerken die Deppen da bestimmt gar nicht.« Er zeigte mit dem Finger in die Richtung. »Nach Eden Water raus. Etwa eine Meile. Ein Stück abseits von der Straße gelegen.«

Sie glaubte, sich an ein Schild zu erinnern, auf dem Eden Water gestanden hatte. »Danke«, sagte sie und nahm ihren Schokoriegel.

Der Mann hob den Kopf und sah sie zum ersten Mal bewusst an, dann fiel sein Blick auf den Stapel Zeitungen auf der Ladentheke. »Hey, bist du nicht das Mädel, nach dem sie suchen?«

Ihr Herz krampfte sich zusammen. »Nein, ich glaube nicht«, sagte sie ruhig und verließ den Laden.

Für den Fall, dass er ihr hinterherstarrte, widerstand sie der Versuchung, loszurennen. Außerdem war sie dafür viel zu müde.

Nachdem sie nun schon so lange unterwegs war, fiel ihr die letzte Meile am schwersten. Es ging bergauf; die Wintersonne stand in einem solchen Winkel, dass es sie unangenehm blendete und sie das kleine Schild nach Lochside fast übersehen hätte. Und die Aussage »ein Stück abseits von der Straße« war auch stark untertrieben: Die gefrorene Einfahrt schien fast noch einmal so lang wie der Weg aus der Stadt zu sein.

Doch dann war sie endlich da. Es war ein großes Steingebäude, das sich hinter der kreisförmigen Zufahrt in die Höhe reckte; der See lag auf der Rückseite.

Hinter ihr fuhr ein Wagen vor und hielt an; eine Tür ging auf.

Endlich konnte Neville nach Hause. Cowley hatte sich auf den Weg nach Schottland gemacht, Evans genoss zweifellos die ausgiebigen Tauffeierlichkeiten, und der Vize bereitete sich auf die nächste Pressekonferenz vor.

Er wollte nicht einmal nachzählen, wie viele Stunden es her war, seit er das letzte Mal in seinem Bett geschlafen hatte. Viel zu viele. Er würde auch ohne einen Drink fest schlafen, und aller Kaffee der Welt würde ihn nicht mehr wach halten.

Neville zog sich nicht einmal aus; er warf sich einfach aufs Bett - und war weg.

Und dann war es wie eine Wiederholungssendung vom letzten Morgen: Das Telefon klingelte endlos.

Er rappelte sich mühsam hoch. »Zum Teufel«, murmelte er und tastete um sich. Sollte er denn nie mehr Schlaf bekommen? Das war schlimmer als ein Albtraum.

Es war jemand vom Revier. »Wir haben einen Anruf vom Krankenhaus bekommen, wegen Rachel Norton«, sagte er. »Sie soll mit ihrem Baby entlassen werden. Die sagen, sie könne nach Hause gehen, aber Sie hätten gesagt, Sie wollten unterrichtet werden. Was sollen die machen?«

Neville zögerte nicht. Das war sein Fall, und zwar seit sie Trevor Nortons Leiche aus dem Kanal gezogen hatten, und er würde ihn zu Ende bringen. Es war seine Pflicht. Sein Job. »Sagen Sie denen, sie sollen sie dabehalten, bis ich komme. Sagen Sie ihnen, ich komme, so schnell ich kann.«

»Alex, mein Mädel!«

Beim Klang der vertrauten Stimme wirbelte Alex herum. »Granny!«

Da war Grannys komischer alter Wagen, der Flying Scot, und Granny stieg aus und kam auf sie zugerannt, um sie fest in die Arme zu schließen. »Oh, meine kleine Alex! Bin ich froh, dich zu sehen!« Granny weinte. Die Tränen liefen ihr die Wangen herunter.

Alex merkte, dass ihr eigenes Gesicht sich auch nass anfühlte. »Granny!« Sie sagte es immer und immer wieder. »Granny, Granny, Granny.«

Und Granny konnte auch von ihrem Namen nicht genug bekommen. »Alex, meine Alex.«

So vermischten sich ihre Tränen, als sie zusammen weinten und sich in den Armen lagen.

Nachdem sich die erste Aufregung gelegt hatte, schien es Alex ganz natürlich und normal, dass Granny da war.

Aber dann erschienen auf einmal auch andere Leute. Plötzlich kam von irgendwo her die Polizei; sie war von Uniformen umringt. Alle redeten auf einmal - miteinander und in ihre Handys.

»Sie ist in Sicherheit«, hörte Alex einen sagen. »Wir haben sie.«

Frances Cherry packte auf dem Esszimmertisch die Weihnachtsgeschenke ein und merkte, wie sich echte Vorfreude in ihr ausbreitete. Nur noch wenige Tage, bis sie zum ersten Mal seit einem Jahr ihre Tochter Heather wieder zu Hause haben würden. Auch wenn Heather einen alternden Hippie geheiratet hatte, den Frances und Graham nun erstmals sehen würden; auch wenn die frisch Vermählten strenge Veganer waren und der Truthahn somit vom Speiseplan gestrichen war - sie würde Heather wiedersehen, und es würde eine fröhliche Weihnacht werden.

Dritter Advent. Der vorletzte Sonntag vor Weihnachten. In Grahams Kirche hatten sie an diesem Morgen ihr Lieblings-Adventslied gesungen, *»Lo, he comes with clouds descending«*. Sie summte es vor sich hin, während sie ein Stück Schleife abschnitt und kunstvoll um ein Päckchen band.

Als das Telefon klingelte, ignorierte sie es. Wahrscheinlich ohnehin eins von Grahams Gemeindemitgliedern. Er würde den Anruf in seinem Arbeitszimmer entgegennehmen.

»Fran«, rief Graham eine Minute später. »Für dich.«

Sie ging in die Diele hinüber und nahm den Hörer. »Frances Cherry am Apparat.«

»Tut mir leid, wenn ich störe«, sagte eine zögerliche Stimme: zögerlich und aufgewühlt.

Es war Rachel Norton, die gerade erfahren hatte, dass sie und ihr Baby aus dem Krankenhaus entlassen werden sollten. »Aber sie lassen mich nicht nach Hause«, sagte sie kläglich. »Sie sagen, die Polizei sei unterwegs. Ich glaube, sie wollen mich vielleicht verhaften. Ich weiß nicht, was aus meinem Baby wird.«

Frances zögerte keinen Moment. »Möchten Sie, dass ich rüberkomme und bei Ihnen bleibe, bis sie da sind? Ich könnte in einer Viertelstunde da sein.«

»Das wäre zu viel verlangt. An Ihrem freien Tag.«

»Sie verlangen es ja gar nicht, ich biete es Ihnen an. Bin schon unterwegs.«

Demnach hatte die Polizei es irgendwie rausgefunden, oder es gab zumindest starke Verdachtsmomente. Frances hoffte, dass Rachel nicht glaubte, sie hätte sie verraten.

Sie griff nach dem Mantel, den sie übers Geländer gehängt hatte, und rief Graham zu: »Ich muss noch mal ins Krankenhaus. Ich rufe dich an, sobald ich weiß, wie lange es voraussichtlich dauert.«

Callie hatte im Wagen gewartet, als Morag ausgestiegen war, um Alex zu umarmen; jetzt, wo die Polizei eingetroffen war, gesellte sie sich dazu und blieb an Morags Seite.

Eine Polizistin versuchte, Alex zu einem der Streifenwagen zu geleiten, aber Alex ignorierte sie und konzentrierte sich ganz auf Morag.

»Ich muss Mum sehen«, sagte sie entschlossen. »Das verstehst du doch, Granny? Ich bin den weiten Weg gekommen, ich war so lange auf den Beinen. Ich muss sie sehen. Ich gehe nirgendwohin, bevor ich sie gesehen habe.«

Callie stellte fest, dass Alex ziemlich mitgenommen aussah. Ihr krauses Haar war wild und ungekämmt, an ihrem verdreckten Mantel hingen hier und da Blätter und kleine Zweige. Doch sie behauptete sich mit ungebrochenem Willen. Callie merkte, wie sie das Mädchen dafür bewunderte und ihr von Herzen die Daumen drückte, dass ihr dieser innigste Wunsch in Erfüllung ging.

Morag legte Alex schützend einen Arm um die Schulter und sah die Polizistin an. »Officer«, sagte sie, »ich gehe jetzt mit Alex hinein und werde fragen, ob es möglich ist, ihre Mutter zu sehen.«

Die Autorität in ihrem Ton gewann die Oberhand. Die Polizistin trat zurück, und Morag marschierte durch die Eingangstür von Lochside, Alex an der Hand.

Callie, die nicht wusste, was sie sonst hätte tun sollen, folgte ihr unsicher in das Gebäude. Die Polizistin machte keinerlei Anstalten, sie aufzuhalten, vielleicht nicht zuletzt, weil sie den Priesterkragen trug. Callie stand neben Morag und sah zu, wie sie mit der Dame am Empfang sprach, die ihrerseits einen Arzt anrief.

Der eine Ärztin war: Dr. Farnsworth traf wenige Minuten später ein. Im fortgeschrittenen mittleren Alter, trotz der Tränensäcke und dem zermürbten Ausdruck mit einem gütigen Gesicht. Sie sah Alex an, die ihren Blick unerschrocken erwiderte, dann Morag und schließlich Callie, bei der ihre Augen einen Moment vom Gesicht zum Kragen wanderten. Ohne ein Wort zu sagen, winkte Dr. Farnsworth Morag und Callie einen Moment zur Seite, außer Hörweite von Alex.

»Mit Ihnen habe ich telefoniert, nicht wahr?«, sprach sie Morag an.

Morag nickte. »Das ist richtig. Ich versuche, auf dem Laufenden zu sein, wie es meiner Schwiegertochter geht. Aber ich habe seit - äh, ein paar Wochen, glaube ich - nicht mit Ihnen gesprochen.«

»Mrs Hamilton hat Fortschritte gemacht«, sagte die Ärztin ruhig. »Sehr große Fortschritte sogar. Ich bin äußerst zuversichtlich.« Sie lächelte - ein professionelles Lächeln. »Ohne zu sehr in medizinische Details zu gehen, scheint die Behandlung anzuschlagen. Sie nimmt wieder viel stärkeren Anteil als noch vor Wochen. Die Depression hat deutlich nachgelassen. Aber sie vermisst ihre Tochter sehr. Sogar ganz schrecklich. Und sie fragt in letzter Zeit immer öfter nach ihr.«

»Dann darf Alex sie sehen?«, fragte Morag.

»Ich denke, dass in der gegenwärtigen Behandlungsphase ein Wiedersehen sogar sehr förderlich sein könnte.« Diesmal bezog Dr. Farnsworths Lächeln auch ihre Augen mit ein, und sie sah zu Alex hinüber, die dastand und trotzig die Arme über der Brust verschränkt hatte. »Und Alex würde es wohl auch mehr als guttun.«

Frances blieb nicht viel Zeit mit Rachel, bevor die Polizei eintraf - nur ein paar Minuten, um sich neben sie aufs Bett zu setzen, ihr ein paar tröstende Worte zu sagen, die viel positiver klangen, als sie ihre Situation wirklich einschätzte. Sie hatte es selbst einmal am eigenen Leib erfahren und wusste, wie beängstigend das alles war, egal, wie es ausging. Verhaftet zu werden, war etwas, das sie ihrem schlimmsten Feind nicht wünschte.

»Werden sie mir das Baby wegnehmen?«, brachte Rachel mühsam heraus.

Frances schüttelte den Kopf. »Nein, ich bin sicher, das werden sie nicht.«

»Auch nicht, falls ich ... falls ich ins Gefängnis komme?«

»Auch dann nicht.« Frances kannte ein, zwei Gefängniskaplane, und so war es nicht nur eine vage Vermutung. »Falls Sie ins Gefängnis kommen, lassen sie das Baby bei Ihnen. Sie würden Sie in ein Frauengefängnis mit einer speziellen Mutter-Kind-Abteilung überführen. Da machen Sie sich mal keine Sorgen.«

Alex hielt sich an der Hand ihrer Granny fest. Jetzt, wo sie fast am Ziel war und jeden Moment ihre Mum sehen würde, überkam sie ein Anflug von Zweifeln. Wenn Mum sich nun verändert hatte? Wenn sie Alex nicht erkannte oder sie gar nicht sehen wollte? Wenn sie sich nun nichts zu sagen hätten?

»Ich warte hier auf dich«, sagte Granny, als könne sie ihre Gedanken lesen. »Die Ärztin sagt, deine Mutter kann es nicht abwarten, dich wiederzusehen.«

Jemand öffnete eine Tür; Granny führte sie hinein und ließ dann ihre Hand los.

Mum. Genau wie immer, genauso schön. Sie lächelte und lachte und weinte zur gleichen Zeit und rannte Alex mit ausgebreiteten Armen entgegen.

Alex warf sich hinein.

Während Morag Alex mit zu ihrer Mutter nahm, ging Callie nach draußen, um zu telefonieren. Inzwischen sollte Peter ansprechbar sein.

Zuerst versuchte sie, ihn über ihre eigene Nummer zu erreichen, da sie annahm, er wäre noch in der Wohnung und über ihre Abwesenheit besorgt.

Als sich niemand meldete, rief sie seine Handynummer an.

Er antwortete nach ein paar Klingelzeichen. »Oh, hi, Schwesterherz«, sagte er beschwingt. »Ich hoffe, du hast dir nicht allzu große Sorgen um mich gemacht. Ich hätte wohl besser anrufen sollen.«

»Um *dich* Sorgen machen? Wieso?«

»Weil ich letzte Nacht nicht nach Hause gekommen bin. Ich dachte, du machst dir vielleicht Gedanken.«

Offenbar erübrigte es sich, ihm zu erklären, wo sie selber war. »Und wo steckst du dann?«, fragte Callie.

»Also, du erinnerst dich doch an Jason?«

»Der Jason, der dich wegen eines Chorsängers hat sitzen lassen?« Den würde sie so leicht nicht vergessen, dachte Callie. Nicht, nachdem Peter sich tagelang bei ihr ausgeheult hatte, als es passierte. Jason war eine der längsten Beziehungen gewesen, die Peter je hatte; als es endete, war ihr Bruder schwer getroffen.

Peter lachte leise. »Das hat er längst bitter bereut. Jedenfalls ist er gestern Abend im Club aufgetaucht. In der Pause hat er mich auf einen Drink eingeladen. Und ... na ja, wir sind wieder zusammen«, verkündete er triumphierend. »Er sagt, es wäre der größte Fehler seines Lebens gewesen, mich so mir nichts dir nichts zu verlassen.«

Sie erinnerte Peter nicht daran, dass er damals erklärt hatte, er würde sich mit Jason nicht versöhnen, und wenn er der letzte Mann auf Erden wäre. »Das ist fantastisch«, sagte sie als treue große Schwester. »Ich bin so froh für dich.«

»Ich glaube, ich habe nie aufgehört, ihn zu lieben«, vertraute Peter ihr an. »Und du hast auch Grund zur Freude. Er hat eine kleine Wohnung in Chelsea, und ich ziehe bei ihm ein, ich komme dann also im Laufe des Tages vorbei und hole meine Sachen, und du bist mich endlich los. Ich weiß, es ist für dich nicht leicht gewesen mit mir.«

»O nein, Peter, sag so was nicht«, protestierte sie. »Wie du mal richtig bemerkt hast - wozu hat man schließlich eine Familie? Du wirst mir fehlen.«

Als Callie die Taste drückte, um das Gespräch zu beenden, merkte sie, dass sie es tatsächlich aufrichtig meinte.

Und Bella würde er ebenfalls fehlen.

Bella! Sie hatten sie einfach im Auto gelassen, als sie Alex auf der Einfahrt sahen. Schuldbewusst lief Callie zum Wagen, um nachzusehen, ob ihr nichts fehlte.

Die Polizei war immer noch da und stand unschlüssig herum. Die Beamtin, die versucht hatte, die standhafte Alex mitzunehmen, war am Handy und holte sich wahrscheinlich neue Instruktionen ein.

Noch ein Wagen kam die Einfahrt herauf: eine schnittige schwarze Limousine. Sie fuhr bis zu den Streifenwagen und hielt an.

Der Erste, der ausstieg, war ein Mann, den Callie auf Anhieb vom Foto wiedererkannte: Angus Hamilton. Klein, kräftig gebaut, Geheimratsecken. Ihm folgte jemand, den sie in anderem Zusammenhang schon kennengelernt hatte – ein jüngerer, blonder Polizist, der, wenn sie sich recht entsann, Sid hieß.

Und dann stieg auf der anderen Seite des Wagens noch jemand aus, und es zog Callie das Herz zusammen.

Marco. Es war Marco.

Er sah sie fast im selben Moment wie sie ihn. Natürlich hatte er von ihnen beiden mehr Grund zu staunen. »Callie«, sagte er. »Was machst du denn hier?«

Selbstverständlich war es Neville Stewart, der in Rachels Zimmer kam, gefolgt von einer Polizistin. Er sah todmüde aus, stellte Frances mit einem überraschenden Anflug von Mitgefühl fest. Nein, das war noch untertrieben: Er war unrasiert und ungekämmt und zerknittert, als hätte er in seinen Sachen geschlafen.

Sie hatte im Radio gehört, dass sie das kleine Mädchen sicher und wohlbehalten gefunden hatten. Wahrscheinlich hatte er mit den Ermittlungen zu tun gehabt. »Sie haben Alex Hamilton gefunden?«, sagte sie in der Hoffnung, für Rachel noch ein paar Sekunden Freiheit herauszuschlagen.

»Gott sei Dank, ja.« Er strich sich mit der Hand durchs Haar, sodass es ihm zu Berge stand. »Ihr Vater ist auf dem Weg zu ihr, um sie abzuholen.«

Er war eigentlich wirklich kein unrechter Mensch, dachte sie. Nicht so wie einige der Polizisten in den Fernsehkrimis, die Graham so gerne sah.

Dann erinnerte sie sich an das, was er Triona angetan hatte.

Spontan und ohne das Gebot der Berufsethik abzuwägen, stand sie auf und trat ihm gegenüber. »Könnte ich einen Moment mit Ihnen sprechen? Allein?«

Er sah sie verblüfft an; offensichtlich erinnerte er sich nicht an sie. Vielleicht dachte er, sie würde versuchen, ein gutes Wort für Rachel einzulegen.

»Es geht um eine persönliche Angelegenheit«, erklärte sie.

»Ach so ... in Ordnung.« Er nickte der Kollegin zu, dann folgte er Frances in ein kleines Wartezimmer.

Frances redete nicht um den heißen Brei herum; wenn sie nicht direkt zur Sache kam, fürchtete sie, würde ihr Mut sie verlassen. »Es geht um Triona.«

Er ging augenblicklich in die Defensive und verschränkte die Arme über der Brust. »Was ist mit ihr?«

»Ich glaube, Sie sollten sie anrufen. Mit ihr reden.« So – es war raus.

Er presste die Lippen zusammen. »Verzeihung, Reverend Cherry, aber ich denke, das geht Sie nichts an.« Sein Gesichtsausdruck sagte, was mischst du dich ein, du blöde Kuh.

Frances ließ sich nicht einschüchtern. Dafür war es zu spät. »Sie ist meine Freundin. Ich kenne sie schon eine Ewigkeit. Und ich habe sie sehr gern.«

»Und was hat sie Ihnen dann über mich gesagt?«, fragte er und runzelte die Stirn.

Jetzt musste sie auf der Hut sein. »Nur, dass Sie eine Meinungsverschiedenheit hatten. Ich glaube, Sie sollten miteinander reden.« Ihr seid beide so stur, hätte sie am liebsten gesagt. Der eine schlimmer als der andere.

Neville zögerte. »Nur zu Ihrer Information«, sagte er schließlich. »Ich habe ihr eine E-Mail geschickt und ihr genau das gesagt - dass wir reden müssen. Aber sie hat sich nicht einmal zu einer Antwort bequemt. Ich glaube, Sie geben dem Falschen die Schuld.«

Sie erinnerte sich an Trionas Klage über ihren PC. »Aber ihr Computer funktioniert doch nicht!«, platzte Frances heraus. »Sie hat Ihre E-Mail gar nicht bekommen.«

»Ach so.« Er legte sich verwirrt die Hände auf die blutunterlaufenen Augen, als bräuchte er Zeit, diese Information zu verarbeiten.

»Rufen Sie sie an«, wiederholte Frances. »Sobald Sie können, sobald Sie geschlafen haben.«

»Wissen Sie was?«, sagte er, und sein unrasiertes Gesicht verzog sich langsam zu einem Lächeln. »Ich glaube, das mache ich.«

Es war weder die richtige Zeit noch der richtige Ort, um mit Marco zu sprechen, war Callie schnell klar. Sie deutete eine entschuldigende Geste in seine Richtung an und folgte dann Angus Hamilton, der - nach einem kurzen Wortwechsel mit der Polizistin - entschlossenen Schrittes durch die Eingangstür von Lochside marschierte. »Wo ist sie?«, fragte er allgemein in die Runde. »Wo ist meine kleine Alex?«

Die Dame am Empfang zuckte die Achseln. »Das kann ich Ihnen nicht sagen, Sir.«

»Ich bin ihr Vater«, brüllte Angus, »und ich wünsche sie zu sehen, auf der Stelle!«

Es erfolgte ein kurzer Anruf, dann dauerte es nicht lange, bis Dr. Farnsworth wieder erschien. »Kann ich Ihnen helfen?«, fragte sie.

»Meine Tochter ist hier. Ich komme, um sie mit nach Hause zu nehmen.« Er stampfte ungeduldig mit dem Fuß auf.

»Sie ist im Moment bei ihrer Mutter«, ließ die Ärztin ihn wissen. »Können wir Ihnen eine Tasse Kaffee oder Tee bringen lassen, während Sie warten?«

»Bei ihrer Mutter?«, donnerte er. »Welcher Idiot hat das zugelassen?«

»Ich«, sagte Dr. Farnsworth in ruhigem Ton. »Ich hatte den Eindruck, es würde beiden guttun. Sobald Alex Gelegenheit gehabt hat, sich mit ihrer Mutter wieder vertraut zu machen, und sie eine Weile geplaudert haben, werde ich ihr sagen, dass Sie hier sind.«

Angus Hamilton marschierte mindestens eine Viertelstunde lang in der Eingangsdiele auf und ab und schien niemanden um sich wahrzunehmen. Callie wagte weder Marco anzusprechen noch hinauszugehen, und so setzte sie sich in einen Sessel und versuchte, sich unsichtbar zu machen. Der andere Polizist begab sich nach draußen und fummelte im Gehen mit einer Schachtel Zigaretten herum, doch Marco blieb. Er setzte sich Callie gegenüber an die andere Seite des Zimmers, und sein Blick wanderte zwischen ihr und Angus Hamilton hin und her.

Morag brach den Bann. Sie erschien in der Tür zwischen Diele und Korridor, und Angus blieb abrupt stehen.

»Mutter!«

»Hallo, Angus«, sagte sie ruhig.

»Ich hätte wissen müssen, dass du dahintersteckst.«

»Hinter was? Ich bin aus dem gleichen Grund hier wie du, Angus«, erklärte Morag. »Wegen unserer kleinen Alex.«

Er blickte seine Mutter finster an. »Hast du ihr den Floh ins Ohr gesetzt, wegzulaufen? Ist sie die ganze Zeit bei dir gewesen?«

»Mach dich nicht lächerlich, Angus«, erwiderte Morag scharf. »Wenn dafür irgendjemand verantwortlich ist, dann diese Frau, die du geheiratet hast.«

Seine Nasenflügel blähten sich auf. »Lass ja Jilly aus dem Spiel! Du hast Alex gegen sie aufgebracht. Willst du das etwa leugnen?«

»Ich habe Alex monatelang kaum zu Gesicht bekommen. Wie hätte ich das also anstellen sollen?«

»Und wenn es nach mir geht, wirst du sie auch künftig eine ganze Weile nicht zu Gesicht bekommen.« Angus Hamilton drehte sich wieder zur Rezeption um und schlug mit der Faust auf die Theke. »Ich wünsche, dass meine Tochter kommt. Auf der Stelle. Habe ich mich deutlich ausgedrückt? Ich werde sie augenblicklich mit nach Hause nehmen.«

»Nein.«

Alle drehten sich zu der leisen Stimme um, die dieses Wort mit solcher Entschlossenheit ausgesprochen hatte.

Alex trat hinter ihrer Großmutter hervor. »Nein, Dad«, bekräftigte sie. »Ich komme nicht mit dir zurück.«

»Alex, Kleines!« Er machte einen Schritt auf sie zu; sie trat einen Schritt zurück.

»Ich gehe nicht wieder zu Jilly. Jilly ist ... schrecklich. Ich hasse sie, und ich komme nicht wieder.«

Angus runzelte die Stirn und wechselte in einen ungewohnt schmeichelnden Ton. »Ich gebe ja zu, Kleines, dass man es mit Jilly nicht immer ganz leicht hat. Aber sie mag dich, und sie wird sich mehr Mühe geben. Wir beide. Das verspreche ich dir.«

»Sie mag mich *nicht*. Hat sie noch nie und wird sie auch nicht.«

Alex griff in ihre Manteltasche. »Jilly ist eine Lügnerin. Sie ist abscheulich.« Sie zog ein Bündel Briefe heraus und wedelte damit trotzig und wütend vor seinem Gesicht herum.

»Diese Briefe sind von Mum. Jilly hat sie vor mir versteckt, damit ich glaube, ich wäre meiner Mutter plötzlich egal.«

»Ich bin sicher, das ist nicht wahr.« Er streckte die Hand nach den Briefen aus.

Alex warf sie ihm vor die Füße. »Und ob das wahr ist. Ich hab sie in Jillys Schublade gefunden.«

»Nein.« Doch er bückte sich, sammelte die Briefe vom Boden auf und öffnete einen, um ihn sich anzusehen. Zum ersten Mal schien er sichtlich erschüttert.

Alex verschränkte die Arme vor der Brust. »Ich gehe nicht zurück.«

»Aber du hast keine Wahl«, sagte Angus, wenn auch in einem wesentlich zurückhaltenderen Ton. »Wo willst du denn sonst hin?«

»Zu mir.« Morag machte einen Schritt nach vorn und legte Alex den Arm um die Schulter. »Ich sorge für sie, so wie in früheren Jahren auch.«

Angus starrte seine Mutter an. »Aber wo?«

»Ich habe immer noch das Haus in Gartenbridge«, erklärte Morag.

»Ich dachte, das hättest du verkauft!«

Sie schüttelte den Kopf. »Das war nicht nötig«, sagte sie. »Nicht bei dem Geld, das dein Vater mir hinterlassen hat, als er starb. Und ich kam zu dem Schluss, dass ich über diese Rückzugsmöglichkeit vielleicht mal froh sein würde.«

»Alex gehört zu ihren Eltern«, wandte Angus ein, wenn auch mit weitaus weniger Überzeugungskraft.

»Auch wenn du ihr Vater bist, ist Jilly *nicht* ihre Mutter. Und wenn es Harriet wieder besser geht«, fügte Morag hinzu, »zieht sie auch zu uns. Dr. Farnsworth scheint zuversichtlich zu sein, dass das schon bald der Fall sein könnte.«

Callie holte Marco ein, bevor es Zeit war, sich für die Abreise mit Angus Hamilton in die Limousine zurückzubegeben.

»Hör mal, Marco«, sagte sie. »Tut mir wirklich leid, dass ich dich nicht angerufen habe, um dir Bescheid zu geben, dass ich mit Morag hier rauffahre. Ich hatte Angst, du wärst ... sauer.«

Er grinste. »Sollte ich wahrscheinlich auch sein. Wäre ich vielleicht sogar, wenn es anders ausgegangen wäre. Aber schließlich habe ich dich selbst gebeten, bei der Großmutter zu bleiben, und daran hast du dich gehalten.«

Sie stieß einen tiefen Seufzer aus und merkte erst jetzt, wie bedrückt sie gewesen war.

»*Cara mia*, ich glaube, wir müssen ... reden«, sagte Marco. »Ich wollte mich wegen neulich Abend bei dir entschuldigen. Das Ganze war ein Fehler, und es tut mir wirklich leid.«

Ein Fehler, ihr um ein Haar zu gestehen, dass er sie gern hatte? Callie merkte, wie ihr Mund trocken wurde. »Oh, du brauchst dich nicht zu entschuldigen«, brachte sie mühsam heraus.

»Ich hätte dich nie zu diesem Abend ins Restaurant einladen sollen. Das war dir gegenüber nicht fair und auch gegenüber meiner Familie nicht. Gott sei Dank kam es dann ja nicht dazu.«

»Wie meinst du das?« Sie konnte es nicht verhindern, dass ihr die Tränen in den Augen standen – lächerlich.

»Es war nicht fair, euch gegenseitig so vor vollendete Tatsachen stellen zu wollen. Ich war nur so versessen darauf. Ich wollte es endlich hinter mich bringen – mich offen dazu bekennen. Aber ich muss zuerst mit ihnen reden und sie ein bisschen darauf vorbereiten. So wie ich mit dir geredet habe.« Seine Worte überschlugen sich.

Sie auf *was* vorbereiten? »Und dann ...«

»Dann stelle ich dich ihnen vor, so wie es sich gehört. Als die Frau, die ich liebe.«

»Oh«, sagte Callie. Sie starrte auf ihre Füße.

»Ich hole das bald nach. Noch diese Woche.« Marco nahm ihre beiden Hände; ihr Magen vollführte seltsame Kapriolen.

»Hör mal, Callie, hast du am Donnerstag schon was vor? Meine Nichte Chiara hat die Hauptrolle im Krippenspiel an ihrer Schule. Als Maria. Mit einem speziell dafür geschriebenen Monolog.«

Sie kicherte nervös.

»Würdest du mit mir hingehen? Und ich stelle dich meiner Familie vor?«

Callie zögerte nicht - nicht eine Sekunde. »Ja«, sagte sie, hob den Kopf und sah ihm ins Gesicht. »Ja, Marco. Ich wüsste nicht, was ich lieber täte.«

DANKSAGUNG

Auch dieses Buch wäre ohne die Ermunterung und den fachmännischen Rat vieler Menschen nicht möglich gewesen: Suzanne Clackson, Deborah Crombie, Revd. Dr. Joan Crossley, Rt. Revd. Christopher Herbert, Ann Hinrichs, Gianna Lombardi-Roberts, Marcia Talley, Margaret Anne Tibbs und Mel Thompson, wie auch meiner wunderbaren Agentin Dot Lumley und meiner beiden hervorragenden Lektorinnen Susie Dunlop und Barbara Peters. Ihnen allen meinen tief empfundenen Dank!